La edad dorada

La edad dorada

Sara Donati

Traducción de Rosa Sanz

Rocaeditorial

Título original: *The Gilded Hour*

©2015, Sara Donati

Primera publicación por Berkley
Derechos de traducción acordados a través de Jill Grinberg Literary Management
LLC y Sandra Bruna Agencia Literaria, SL.
Todos los derechos reservados.

Primera edición: febrero de 2021

© de la traducción: 2021, Rosa Sanz
© de esta edición: 2021, Roca Editorial de Libros, S. L.
Av. Marquès de l'Argentera 17, pral.
08003 Barcelona
actualidad@rocaeditorial.com
www.rocalibros.com

Impreso por LIBERDÚPLEX, S. L. U.

ISBN: 978-84-18014-08-6
Depósito legal: B. 22255-2020
Código IBIC: FV

RE14086

Para mi hija Elisabeth, con todo mi amor

Aunque ella es joven,
el material de su vida es una pesada carga.
Le deseo un buen viaje.

Richard Wilbur, 1921

Dramatis personae

La casa Quinlan de Waverly Place
Tía Quinlan: pintora retirada; viuda de Simon Ballentyne y Harrison Quinlan.
Anna Savard: médica y cirujana.
Sophie Savard: médica oriunda de Nueva Orleans.
Margaret Quinlan Cooper: hijastra adulta de la tía Quinlan.
Henry y Jane Lee: jardinero y ama de llaves; con residencia propia.

Las casas Verhoeven y Belmont de Park Place y Madison Avenue
Peter (Cap) Verhoeven: abogado.
Conrad Belmont: abogado; tío de Cap.
Bram y Baltus Decker: primos hermanos de Cap; gemelos.
Eleanor Harrison: ama de llaves.

La familia Russo
Carmine Russo: jornalero italiano viudo; residente en Paterson (Nueva Jersey).
Rosa, Tonino, Lia y Vittorio Russo: sus hijos.

La familia Mezzanotte
Massimo y Philomena Mezzanotte: floristas oriundos de Livorno (Italia); residentes en la calle 13 de University Place.
Ercole Mezzanotte y Rachel Bassani Mezzanotte: hortelanos y apicultores oriundos de Livorno (Italia); residentes en Greenwood (Nueva Jersey) con sus hijos y sus familias.
Giancarlo (Jack) Mezzanotte: inspector de policía; residente en la calle 13-45 este con sus hermanas Bambina y Celestina Mezzanotte.

Otros personajes

Oscar Maroney: inspector de policía; residente en la calle Grove 86.

Archer Campbell: inspector postal; residente en la calle Charles 19 con su mujer, Janine Lavoie Campbell, y sus hijos.

*Anthony Comstock: secretario de la Sociedad Neoyorquina para la Supresión del Vicio; inspector postal.

Sam Reason: impresor; residente en Weeksville (Brooklyn) con su mujer Delilah.

Sam Reason: su nieto adulto, también impresor.

Giustiniano (Baldy, o Ned) Nediani: antiguo vendedor de periódicos.

Padre John McKinnawae: sacerdote y reformador social.

Sor Francis Xavier: procuradora del orfanato de San Patricio.

Sor Mary Augustin (Elise Mercier): monja del orfanato de San Patricio.

*Sor Mary Irene: Madre Superiora de la Casa de Huérfanos.

Lorenzo Hawthorn: médico forense.

Michael Larkin, Hank Sainsbury: inspectores de policía.

Doctora Clara Garrison: profesora de la Escuela Femenina de Medicina.

*Doctor Abraham Jacobi: médico del Hospital Infantil.

*Doctora Mary Putnam Jacobi: profesora de la Escuela Femenina de Medicina.

Doctor Donald Manderston: médico del Hospital Femenino.

Doctora Maude Clarke: profesora de la Escuela Femenina de Medicina.

Doctor Nicholas Lambert: especialista forense del hospital Bellevue.

Neill Graham: estudiante de último curso de Medicina en el hospital Bellevue.

Amelie Savard: hija de Ben y Hannah Savard; comadrona; alrededores de la calle Bloomingdale.

12

* Los asteriscos indican personajes históricos.

1

1883

*U*na mañana de marzo, en los preludios de la primavera, Anna Savard se encontró en la cocina a una joven que había de entregarle un mensaje que pondría a prueba su paciencia, le trastocaría el día y le haría emprender un viaje inesperado: una emisaria del cambio vestida con el hábito de las Hermanas de la Caridad.

Anna le entregó los cuatro huevos aún calientes del nido a la señora Lee y se volvió para saludar a la visita. La monja tenía los brazos cruzados sobre la cintura y las manos metidas en las mangas, vestida de blanco desde la austera capota bien atada a la barbilla hasta el amplio manto que caía al suelo como una tienda de campaña. No tendría más de veintitrés años, apenas medía un metro y medio, y todo en ella era anguloso: mentón afilado, nariz aguileña, pómulos marcados y unos codos sobresalientes. Hacía pensar en una gallina nerviosa y famélica envuelta en una servilleta.

—¿Usted es…?

—Sor Mary Augustin. —Hablaba con claridad y educación, pero sin el menor atisbo de timidez.

—Buenos días. Dígame en qué puedo ayudarla.

—Venía a por la otra doctora Savard, pero parece ser que ha salido. Ha dejado el recado de que la vea a usted en su lugar.

Quienes se presentaban tan temprano en casa casi siempre buscaban a su prima Sophie, que trabajaba con las mujeres y los niños pobres de la ciudad. Aunque durante un breve instante pensó en mentir, nunca había aprendido aquel arte, y, además, se lo había prometido a Sophie.

—La otra doctora Savard está asistiendo en un parto, pero me advirtió que era posible que pasara usted por aquí, y estoy dispuesta a sustituirla.

Sor Mary Augustin frunció el pálido ceño y después lo alisó de mala gana. Sin duda era una persona de carácter fuerte a la que habían enseñado a guardarse las opiniones.

—¿Marchamos, pues? —preguntó.

—Sí, pero antes debo escribir una nota para avisar de que estaré fuera —respondió Anna.

—Entre tanto —intervino la señora Lee—, yo le daré de comer a sor Mary Augustin, o tendré que confesarme con el padre Graves. —Aun percatándose de la renuencia de la monja, señaló una silla con la mano—. Sé que usted no quiere que vaya por el mal camino, así que siéntese.

Al cabo de un cuarto de hora, cuando ya estaban listas, la señora Lee cogió la carta que había que mandar al hospital y emitió un comunicado propio:

—Su prima Margaret quería hablarle del vestido que se pondrá para ese baile. —Pronunció «ese baile» como si hubiera dicho «las llamas del averno».

—Si tanto le preocupa, que le pida cuentas a la tía Quinlan. Es ella quien se ha encargado de los arreglos.

El rostro menudo y redondeado de la señora Lee tenía la capacidad de dibujar una variedad infinita de arrugas profundas cuando se enfadaba, como era el caso en ese momento.

—Pues digo yo: ¿qué hace una señorita de buena familia, con casi treinta años…?

—Sabe de sobra que todavía no he cumplido los veintiocho.

—Me gustaría saber qué hace una mujer educada, soltera, médica y cirujana, yendo a un baile el Lunes de Pascua, ¡el Lunes de Pascua!, en casa de esa casquivana ambiciosa de la Vanderbilt. ¿Por qué…?

—Señora Lee —la interrumpió Anna con su tono más severo, atemperado con una sonrisa—, le prometí a Cap que iría. ¿Quiere usted que lo defraude?

Y así, sin más, la hostilidad que flotaba en el ambiente se desvaneció, pues la señora Lee adoraba a Cap, igual que todo el mundo. Acto seguido regresó a sus fogones rezongando.

—Son tal para cual, usted y su tía —le oyó decir Anna—. Solo Dios sabe qué saldrá de eso. Y, para más inri, tiene que ser el Lunes de Pascua.

Anna empezó a andar por Washington Square Park a toda velocidad, hasta que reparó en que a sor Mary Augustin le costaba mantener el ritmo y se detuvo para esperarla.

—No nos retrasemos, por favor, o perderemos el transbordador —le pidió ella—. Puedo correr todo el día si es necesario.

—Llegaremos con cinco minutos de antelación, incluso yendo a este paso.

Una sombra de duda atravesó las angulosas facciones de la joven. A la luz del sol, tenía la tez como la leche, sembrada de pecas y con las cejas del caoba profundo de las castañas. Anna intentó recordar si había visto a alguna monja llevar capota, aunque se abstuvo de mencionarlo.

—¿Y cómo está tan segura, si se puede saber?

—Crecí aquí, y voy andando a todas partes. Además, llevo un reloj en la cabeza.

15

—¿Un reloj? —repitió sor Mary Augustin.

—Se me da bien medir el tiempo —explicó—. Puedo calcular la hora sin necesidad de mirarla. Es una habilidad imprescindible para un cirujano, ¿sabe usted?

—¿Un cirujano? —La pequeña monja parecía tan confusa y horrorizada como si hubiera afirmado ser un obispo—. Pero yo pensaba... ¿No era su prima...?

—La otra doctora Savard es especialista en obstetricia y pediatría. Yo soy, ante todo, cirujana.

—Pero ¿quién iba a querer...? —Mary Augustin se calló de pronto y brotaron sendos rosetones en sus mejillas. Era bonita, cuando se olvidaba de ser solemne.

Anna se preguntó cuánta información podría sonsacarle antes de que le diera un síncope. Así pues, dijo:

—Las mujeres suelen preferir que sea otra mujer, médica, comadrona o cirujana, quien las atienda cuando están muy enfermas o de parto. Si es que tienen elección.

—Oh —musitó—. Entonces solo opera a mujeres. Tiene cierta lógica.

—Estoy cualificada para operar a cualquiera, pero ejerzo en el Hospital de Caridad New Amsterdam. La otra doctora Savard, a quien esperaba encontrar, ejerce en el Hospital Infantil y en el de Personas Negras. Y sí, técnicamente, no se me permite tratar a hombres. O eso dice la ley.

Tras un momento, sor Mary Augustin respondió:

—Supongo que me falta experiencia. Nunca he presenciado una operación.

—En tal caso, debería hacerlo algún día. Por otro lado, siempre nos hacen falta enfermeras capacitadas, si alguna vez se replanteara su... vocación.

La religiosa se quedó muda ante tan escandalosa sugerencia. Sor Ignatia se habría puesto furiosa, como tendría que haberse puesto ella; sin embargo, por el contrario, se le había despertado un interés repentino. Llevaba menos de un año en aquella ciudad aterradora y emocionante, y las preguntas no habían hecho más que acumularse en su cabeza, preguntas que no debía formular con palabras.

Sin embargo, allí había una persona que no la censuraría por expresar sus dudas, y que tal vez les daría respuesta. De hecho, podría preguntar a la tal doctora Savard en qué consistía la obstetricia, y cómo era posible que una mujer se hiciera no solo médica, sino también cirujana. Inmediatamente después comprendió que sor Ignatia tenía razón: dejarse llevar por la curiosidad sería un gran error, pues podía arrastrarla a lugares donde era mejor no entrar.

Aun así, era incapaz de dejar de mirar a aquella extraña y desconcertante médica —cirujana, se corrigió— con el rabillo del ojo.

Al principio, Mary Augustin había pensado que la doctora Savard iba maquillada, hasta que advirtió que no era más que el rubor que subía y bajaba de sus mejillas mientras caminaban contra el viento. Su boca era de un tono rosado profundo, con los labios carnosos un tanto agrietados. Llevaba el cabello oscuro peinado hacia atrás, recogido en un moño bajo su práctico sombrero, sin el elegante flequillo que lucían la mayoría de las jóvenes de la época. Igual que lo luciría Mary Augustin —o Elise Mercier, como seguía refiriéndose a sí misma y siempre lo haría—, si se le permitiera incurrir en semejante frivolidad. Resistió el impulso de tocarse las tenues cicatrices de la viruela en la frente.

Con sus rasgos marcados y su coloración intensa, pocos considerarían hermosa a la doctora Savard, a pesar de que poseía un rostro interesante y una mirada inteligente. Además, resultaba obvio que era una mujer adinerada: el vecindario, la casa de cuatro plantas y piedra clara, el pesado portón de roble con lirios y querubines tallados, las cortinas de encaje de las ventanas; todas esas cosas lo dejaban claro. Sin embargo, ambas primas habían renunciado a una vida de asueto en favor de la medicina.

Sor Ignatia le habría aconsejado que dedicase su atención a otra cosa. Por ejemplo, al rosario que pendía de su cintura, oscilando a cada paso que daba. Si hubiera podido reunir el valor, lo primero que le habría preguntado a la médica sería acerca de sus ropajes.

La doctora Savard vestía con los mejores materiales, prolijamente confeccionados, aunque sin adornos, tan austeros como el hábito de una monja. Su sombrero era azul marino con ribetes grises. Los pliegues de un amplio abrigo a juego caían rectos desde el canesú que rodeaba sus clavículas hasta el borde de sus recias botas. Los guantes de lustroso cuero negro llevaban botoncitos de latón en las muñecas. Y, como todos los galenos, portaba un voluminoso maletín que agitaba al caminar.

De vez en cuando se podía entrever el dobladillo de su falda, lo que no dejaba de ser cosa curiosa. No le sorprendía que la doctora Savard no usara polisón, puesto que las mujeres que trataban con enfermos no solían molestarse en seguir los dictados de la moda, pero el movimiento de la tela la intrigaba. La falda de Mary Augustin ondeaba cual bandera, de modo que permitía ver la punta de sus botas, primero una y luego la otra. La doctora andaba a la misma velocidad, aunque su falda parecía moverse mucho menos. Entonces se percató con asombro de que la suya estaba dividida como los pantalones de un hombre, como si fueran mangas para las piernas. Se trataba de una prenda tan ancha que le permitía circular sin restricciones, mas no cabía duda de que era una especie de pantalón.

En plena Cuaresma, el padre Corcoran había dado un apasionado sermón sobre la Sociedad del Vestido Racional, un movimiento que abogaba por una moda femenina más funcional, que este tomaba como prueba irrefutable del continuo declive del sexo débil. Según declaró, de tales ideas solo podían surgir enfermedades físicas, infertilidad y condenación. Pese a ello, y para su extrañeza e intranquilidad, Mary Augustin no veía nada de indecente en aquellas faldas, por mucho que lo dijeran el padre Corcoran o el mismísimo papa León XIII. En su opinión, le parecían tan recatadas como cómodas. En cualquier caso, aquella era otra revelación que debía guardarse para sí.

Durante el trayecto, la doctora Savard fue saludando por su nombre a casi todos con los que se cruzaban: el barrendero y el recadero de la panadería, una muchacha que cuidaba de una criatura arropada en mantas, un par de lavanderas que reñían en gaélico. También le preguntó por su madre a un mugriento vendedor de periódicos, quien le devolvió la sonrisa y diluyó su aire huraño mientras hablaba con ella.

Los árboles de Washington Square estaban recibiendo a la primavera, y ya surgían los primeros brotes de un verde pálido al sol. La ciudad mostraba muchos de esos contrastes: bellas residencias en grandes avenidas rodeadas de tilos, olmos y sicomoros, y bloques de viviendas tan sucios y abarrotados que el hedor llenaba la garganta de bilis. Niños pequeños vestidos de terciopelo que paseaban bajo la atenta mirada de niñeras con delantales inmaculados, y un chiquillo medio desnudo que se agachaba para ver los gusanos que se retorcían en el vientre abierto de un gato muerto.

Mary Augustin seguía preguntándose qué había pensado que sucedería cuando la mandaron a esta bulliciosa urbe. En teoría, sabía lo que significaba entregarse a los más pobres y desesperados; en efecto, era consciente de que muchos de los zagales estarían enfermos hasta la muerte y de que pocos pasarían del primer año, pero nunca había entendido lo que era ser realmente pobre hasta que llegó a aquel lugar. Cada día se sentía temerosa y abrumada, al tiempo que la consumía la curiosidad, la necesidad imperiosa de aprehender lo inexplicable.

Le echó un vistazo a la doctora Savard, planteándose si de verdad sería un pecado tan terrible hablar con ella, y qué penitencia le reportaría tamaña transgresión si la contara en el confesionario: «Perdóneme, padre, pues he pecado. Le hice preguntas indecorosas a una mujer sabionda de buena cuna que lleva pantalones, y escuché sus respuestas».

En la esquina de la Quinta Avenida tuvieron que detenerse mientras unos bueyes tiraban de dos enormes carretas. Las historiadas letras rojas de la primera anunciaban que la profusión de plantones —algunos de los cuales medían al menos el doble que Mary Augustin— procedían del invernadero Le-Moult. La carga de la segunda era menos pesada: una infinidad de flores de vivos colores y tonos primaverales más claros. En el lateral había otro cartel de menor tamaño:

HERMANOS MEZZANOTTE
GREENWOOD, N. J.

La hermana no pudo evitar quedarse mirando, aunque no fue la única.

—¿Para qué será todo eso? —se dijo en voz baja para que nadie la oyera.

Sin embargo, la doctora Savard la miró encogiéndose de hombros y respondió:

—Para los Vanderbilt y su baile de máscaras.

Se había atrevido a lanzar una pregunta y había obtenido una respuesta, pero aquello solo le sirvió para que afloraran en su mente cientos de dudas más. Si seguía así, pensó, su cerebro acabaría plagado de signos de interrogación, centenares de pequeños garfios enterrados tan profundamente que jamás lograría soltarlos.

Había un mercadillo a la entrada de la calle Christopher, pero la mayoría de los puestos ya habían cerrado, y el transbordador estaba listo para partir. Una caterva de gente esperaba para cruzar el Hudson hasta Hoboken: obreros de toda condición, granjeras que acarreaban cestas vacías y bebés macilentos, tirando con cuerdas trenzadas de niños pequeños, los rostros aún pálidos del invierno. Los carretilleros se apoyaban sobre cajas de madera o se reunían en grupos que emanaban humo de tabaco.

En medio de todo aquello las esperaba una monja que se

identificó como sor Ignatia, y que era todo lo contrario de Mary Augustin, desde el hábito —cuanto llevaba era de un negro intenso, de la capota a los zapatos— hasta los carrillos redondos y la figura robusta. Anna se preguntó qué indicaría la diferencia de color: ¿juventud o vejez?, ¿bondad o maldad? No tuvo más remedio que morderse el labio para contener una sonrisa.

El transbordador emitió una estridente explosión de su silbato que les ahorró la molestia de otra presentación incómoda.

En la cubierta, las voces se alzaban cada vez más altas para sobreponerse al ruido del agua, el viento y los motores. Alemán, italiano, yidis, gaélico, francés, polaco, chino y otros idiomas que no reconoció, todos en competición. Dentro de la cabina sería mucho peor, de modo que Anna empezó a buscar sitio en la zona abierta, a barlovento del humo y la carbonilla, pero sor Ignatia tenía otra intención, como demostró con una mirada severa. Así pues, se resignó a seguirla sofocando un suspiro. Por algún motivo, la religiosa la hacía sentir como una estudiante de primer año de Medicina, siempre a la espera de recibir una reprimenda.

El aire de la cabina estaba impregnado del olor a vapor, a pescado que se pudría rápidamente, a col fermentada, a pañales húmedos y, por encima de todo, a sudor. Era el olor del trabajo duro, que no resultaba desagradable en sí mismo.

—Bien —dijo sor Ignatia, acercándose a la oreja de Anna—, ¿qué sabe acerca de lo que le espera?

En realidad, no le sorprendió que aquella monja se sintiera en posesión de la autoridad necesaria para cuestionar a una facultativa cualificada. De hecho, podría haber respondido: «He visto y tratado la viruela en numerosas ocasiones», o «He vacunado a cientos de hombres, mujeres y niños, y hasta a un par de curas». E incluso: «Desde que me licencié, hace cuatro años, he firmado unas quinientas partidas de defunción, el setenta y cinco por ciento de las cuales eran de menores de cinco años».

Los pueblos industriales cercanos a Hoboken siempre parecían al borde de una nueva epidemia: viruela, fiebre amarilla, tifus, gripe, varicela, paperas, tosferina, a veces varias enfermedades al mismo tiempo. Y, aunque se podían tomar medidas con las que poner fin a muchos de esos brotes, los patrones no veían ninguna razón para invertir en la vida de sus trabajadores. A la postre, nunca había escasez de inmigrantes ansiosos por ocupar un puesto en las fábricas de hilos y sedas. Únicamente se logró cambiar algo cuando intervino el Departamento de Sanidad.

Ahora se suponía que los dueños debían proporcionarles jabón y agua caliente, pues la higiene era la primera línea de defensa de la salud pública, y asegurarse de que los inmigrantes recién llegados se vacunaran antes de empezar a trabajar. Algunos de los patrones llegaron a cumplirlo, al menos por un tiempo, pero las epidemias seguían volviendo, tan regulares como las estaciones. Ese era el motivo de que Anna se hallara entonces en un transbordador, flanqueada por dos monjas.

—Vacunar no es difícil —le dijo a sor Ignatia—. Mientras haya alguien que facilite la comunicación en los distintos idiomas, no creo que tengamos ningún problema. Supongo que habrá plumas suficientes allá donde vamos.

—¿Vacunar? —La religiosa fulminó con la mirada a sor Mary Augustin, y cuando volvió a hablar, su acento alemán se había intensificado—: ¿Quién ha dicho nada de vacunar?

Anna hizo una pausa.

—¿No tenía que vacunar a los obreros la doctora Sophie?

El rostro enmarcado por la capota debía de ser muy bonito en el pasado, y seguía siéndolo, a la manera de tantas inmigrantes del norte de Europa: mofletes redondos, piel impecable, ojos de un azul grisáceo. En su caso, también tenía el mentón firme de una mujer que no toleraba los descuidos. Claramente irritada, dijo:

—Somos Hermanas de la Caridad. Nuestra misión consiste en garantizar el bienestar de los niños huérfanos y abandonados.

Anna consiguió esbozar una leve sonrisa.

—Muy bien —repuso con engañosa calma—. ¿Qué quieren que haga, pues?

—Vamos a recoger a los niños cuyos padres murieron durante el último brote de viruela, pero, según la ley, nadie puede entrar en Nueva York sin…

—Un certificado de buena salud firmado. —Anna acabó la frase por ella—. ¿Huérfanos italianos?

—Sí. Pero no se preocupe, sor Mary Augustin está estudiando el idioma, y también estará el padre Moreno para traducir. ¿O habla usted italiano?

21

—No. La fisiología, la anatomía y la bacteriología han ocupado todo mi tiempo. Pero sí hablo alemán. Lo estudié tanto en Berlín como en Viena.

¿De verdad había creído que la hermana Ignatia agradecería la mención de su lengua materna y lugar de nacimiento? La mujer frunció los labios con innegable fastidio.

Al otro lado de Anna, sor Mary Augustin preguntó:

—¿Qué es la bacteriología, doctora Savard?

—La bacteriología no tiene nada que ver con nosotras —repuso Ignatia—. Hacemos la obra de Dios entre los niños pobres de esta ciudad, y no pretendemos aspirar a nada más.

En otro momento, Anna habría aceptado gustosa el reto. A fin de cuentas, había discutido y debatido durante todos sus años de formación y después de ellos, a menudo con personas tan intimidantes e inflexibles como sor Ignatia. Una mujer que ejercía la medicina tenía abundantes oportunidades para afinar su dialéctica. Sin embargo, ya se divisaba la costa de Hoboken, y al cabo de unos minutos tendría que atender a unos niños que lo habían perdido todo, como lo perdió ella misma en su más tierna edad. Aunque su propio futuro nunca había sido tan incierto, aquellos huérfanos solo podían aspirar a que les dieran un techo, comida, educación básica y la oportunidad de aprender un oficio o entrar en un convento o seminario.

Entonces sonó la sirena de cubierta, y todo el mundo reunió sus paquetes, cajas y cestas para ponerse en marcha.

Anna levantó su maletín y siguió a los demás.

La iglesia de Nuestra Señora de la Caridad carecía de las bellas estatuas, los angelotes de oropel y las vidrieras de colores de las grandes basílicas de Manhattan, pero estaba llena de luz y muy limpia. Incluso el sótano cavernoso olía a sosa cáustica y vinagre, sin rastro de suciedad o moho.

A este insólito estado de cosas se sumaba la presencia de una treintena de niños que aguardaban de pie en completo silencio, como si el no llamar la atención sobre sí mismos fuera una cuestión de vida o muerte. Anna calculó que los mayores tendrían apenas once años, mientras que los más pequeños iban aún en pañales. Todos estaban desnutridos y con las mejillas hundidas, confundidos, asustados.

Al frente de la sala había tres mesas: la de Anna, donde llevar a cabo sus reconocimientos y cumplimentar los certificados de salud; una mesa llena de ropa usada custodiada por una monja alta y de voz ronca con una toca apretada bajo un velo gris a la que no le presentaron, y la de sor Ignacia, que gobernaba sobre el pan y la sopa.

El primer chiquillo que se situó ante ella para ser examinado sostenía un fardo en brazos como si temiera que fueran a arrebatárselo. Además tenía un papel enganchado a la camisa, que sor Mary Augustin cogió y alisó para leerlo sobre la página abierta del pesado libro de registro que reposaba en un atril.

—Santino Bacigalup —anunció—. Doce años. Ambos progenitores y dos hermanas murieron la semana pasada a causa de la epidemia. —La joven monja entornó los ojos mientras tomaba nota.

Anna se fijó en la determinación de la mandíbula del chico y en su mirada fija. Si se le ocurría acercársele, pensó, saltaría como un gato salvaje.

Sor Mary Augustin le dijo unas palabras en italiano, a las que el niño contestó con un torrente de sílabas que la dejaron perpleja.

—¿Qué significa eso? —preguntó Anna.

—Ojalá lo supiera —contestó Mary Augustin abriendo la mano y encogiéndose de hombros.

—Quiere volver a su casa en Sicilia —explicó una voz a sus espaldas.

Anna estaba explorando el abdomen del chico y no alzó la vista, mas supuso que sería el padre Moreno, quien se había comprometido a ejercer de intérprete.

—Tiene abuelos y una hermana casada en Palermo, donde quiere irse —prosiguió el sacerdote—. Es lo que le dijo su padre antes de morir.

El rostro de Santino se iluminó con alivio y felicidad cuando el sacerdote le hizo una pregunta en su idioma. Anna le colocó el estetoscopio sobre el pecho, y el muchacho no volvió a hablar hasta que le dio permiso con un gesto. Entonces soltó otra parrafada en italiano y siguieron conversando mientras ella le palpaba el vientre y los ganglios linfáticos.

Estaba desnutrido, pero era fuerte, tan duro como un alambre. Anna confirmó sus sospechas a través del sacerdote: Santino no había sido vacunado, aunque de alguna manera había logrado evadir la viruela que se llevó a sus padres y hermanas. Dejó que siguieran departiendo y cruzó la sala para dirigirse a una sorprendida sor Ignatia.

—El chico está sin vacunar —le dijo.

Sor Ignatia frunció el ceño.

—¿Acaso importa a estas alturas?

—¿Cómo? —Anna se contuvo durante unos instantes hasta que pudo adoptar un tono razonable—. Si sus padres se hubieran vacunado, aún estarían vivos, y él no estaría aquí, fuera de sí.

La monja se encogió de hombros con ademán impaciente.

—No podemos cambiar el pasado, doctora Savard.

—Pero podemos hacer algo por su futuro. Si me lo llega a decir esta mañana, habría... —Se mordió la lengua—. Da igual. —Y antes de que sor Ignatia pudiera responder—: Volveré mañana cuando termine con mis pacientes, y vacunaré a ese niño y a cuantos lo necesiten. Aunque me lleve todo el día y toda la noche.

Santino Bacigalup seguía charlando animadamente con el sacerdote cuando Anna regresó con ellos. Sin embargo, el hombre que se irguió para saludarla no era un sacerdote. En lugar de la sotana reglamentaria, vestía las ropas de quien acostumbra a faenar de sol a sol. Un hombre alto y fuerte, con una sombra oscura de barba y cabellos negros y alborotados que le caían sobre la frente.

—El muchacho quiere trabajar —explicó—. Se pagará el pasaje con sus honorarios. —Su expresión era neutral, o, mejor pensado, impenetrable.

—Usted es...

—Giancarlo Mezzanotte —replicó él con una fugaz inclinación de hombros y cabeza, como si su insistencia en saber su nombre fuera algo impropio. No obstante, hizo un esfuerzo visible por suavizar el rictus—. Pero llámeme Jack, por favor. Casi todo el mundo lo hace. El padre Moreno ha tenido que marcharse a administrar la extremaunción y me ha pedido que viniera a echar una mano con los huérfanos.

Hablaba con fluidez y sin ningún deje italiano detectable. Además, había algo en su manera de expresarse que contradecía su indumentaria y sus manos encallecidas.

Anna tocó la cabeza del niño, quien la miró.

—¿No se le puede encontrar algún trabajo aquí en Nueva Jersey?

El señor Mezzanotte se agachó de nuevo para hablar con él. Cuando se levantó, dijo:

—Puede que haya algo. Lo comentaré con el padre Moreno.

Entre el resto de los pacientes había dolores de tripa y de oído, erupciones y tiña, piojos y dientes rotos. Una cría de ocho años presentaba un leve estertor en un pulmón, y su hermano mayor, una herida punzante en la pantorrilla, poco profunda, pero que se había infectado. Mientras Anna la lavaba y vendaba, el chico le contó cómo se había caído por unas escaleras, consultando con el señor Mezzanotte las palabras correctas. Su gesto era tan estudiado y sincero, y su ademán tan pretendidamente dramático, que la doctora estuvo a punto de soltar una carcajada. Al ver que no reaccionaba, el chico se encogió de hombros, como un actor resignado ante un público que no se dejaba ganar.

Pocos de los niños se mostraban tan dispuestos a hablar. Anna trató a los silenciosos con todo el respeto y la gentil eficiencia que pudo, respondiendo a sus preguntas con la minuciosidad que ella misma agradecía recibir cuando era pequeña. De hecho, en un momento dado descubrió a sor Ignatia mirándola con algo que no era impaciencia. Lo que vio en sus ojos fue curiosidad, sorpresa y una especie de simpatía que, por algún motivo, la inquietó.

Los cuatro últimos llegaron en grupo. La mayor era una niña de nueve años que llevaba al hombro a una criatura, al tiempo que les daba empujoncitos a los otros dos para que avanzaran. Rosa, Tonino, Lia y Vittorio Russo lucían melenas rizadas de un castaño oscuro, y unos ojos claros que resaltaban sobre la piel del color del pan tostado. Según decía el papel, su madre había muerto durante la epidemia, por lo que su padre, desolado, los abandonó en la iglesia antes de desaparecer. Nadie sabía cuál era su paradero.

Rosa Russo se alzaba muy recta, rodeada de los más pequeños, con la mano izquierda desocupada sobre el hombro de su hermano.

—Soy americana —proclamó antes de que le hicieran ninguna pregunta—. Nací aquí. Todos nacimos aquí. Puedo hablar perfectamente —dijo con una cadencia que contradecía sus palabras.

Era una niña menuda con un vestido que le quedaba un par de tallas grande, pero, a pesar de lo raído de su atuendo, tanto ella como sus hermanos habían sido aseados a conciencia, tan limpios los cuellos, las caras y las manos como los de Anna. Proyectaba, además, cierta dignidad en la rectitud de su espalda y la inclinación de su cabeza. Aterrada y confusa sin remedio, pero también, y ante todo, resuelta.

—Acercaos —los animó Anna con un gesto—. Prometo que no os haré daño.

—Tenemos que encontrar a nuestro padre —respondió la niña, quebrándosele la voz por primera vez.

—Lo entiendo, pero si queréis buscarlo en Manhattan, tengo que daros un certificado. —Les enseñó el formulario impreso—. De lo contrario, no podréis cruzar el río.

—Hay otras maneras de cruzar —dijo Rosa con calma.

—Sí, pero ¿cómo llegaréis hasta allí? ¿Tenéis dinero para pagar el transbordador?

Tras un largo instante, la mayor guio a los dos medianos hacia delante.

El niño de más edad se mostraba taciturno, aunque cooperaba, mientras que la hermana pequeña gorjeaba y hablaba sin parar, en italiano con unas pinceladas de inglés. Cuando Anna se distrajo un momento, dos manitas frías se posaron sobre sus mejillas, y al alzar la vista se encontró con el rostro muy serio de Lia Russo casi pegado a su nariz.

La chiquilla bajó la voz hasta un murmullo de complicidad y dijo:

—*Hai occhi d'oro.*

—Dice que tiene los ojos dorados —le tradujo sor Mary Augustin.

Anna esbozó una sonrisa.

—Los tengo marrones verdosos, pero a veces parecen dorados, según cómo les dé la luz.

Entonces fue el señor Mezzanotte quien ejerció de intérprete, mas Lia negó con la cabeza, manteniéndose firme en su opinión:

—*D'oro.*

—De acuerdo —convino Anna—. Deja que, con mis ojos dorados, compruebe que estás sana. ¿Puedes aspirar hondo y aguantar la respiración?

Cuando el señor Mezzanotte se agachó para explicárselo, Lia tomó aire con tanta fuerza y con tal afectación que se le cerraron los ojos. Para alivio de Anna, gozaba de buena salud. Lo que no sabía ni podía adivinar era más complicado: ¿sería consciente de que su madre había muerto, o simplemente no entendía el significado de la palabra?

Por último, Anna se volvió hacia Rosa Russo, quien se presentó a sí misma y a su hermano lactante con una expresión que pretendía ser serena.

—¿Puedo tomar a tu hermano para examinarlo?

—Mamá dice que no. Mamá dice... —Hizo una pausa—. Mamá dice que intentarán apartarlo de nosotros, pero debemos estar juntos.

Anna pareció meditar un momento, hasta que se inclinó hacia delante y bajó la voz:

—Mi madre murió cuando yo tenía tres años, y mi padre, unas semanas más tarde. Pienso en ellos todos los días, y en lo que esperarían de mí.

La niña la escudriñó en busca de algo concreto, alguna respuesta.

—¿Tuviste que cuidar de tus hermanos?

—Solo tenía un hermano mayor, que estudiaba fuera, pero era demasiado joven para hacerse cargo de mí. Por eso, una tía mía me llevó a vivir con su familia.

—¿Tu hermano te dejó sola? —Su expresión oscilaba entre el asombro y el desdén—. ¿Por qué?

27

—Fue un momento difícil —dijo Anna, levantando la voz—. Como el que estáis pasando vosotros ahora.

—No es excusa. No debió abandonarte. ¿Dónde está ahora?

—Murió. En la guerra.

—No debió abandonarte —repitió Rosa casi con furia—. Te falló, pero yo no fallaré a mis hermanos.

Sor Mary Augustin se aclaró la garganta al oírlo, dispuesta a hablar en defensa de un hermano que llevaba muchos años en la tumba, alguien a quien no conocía ni del que no podía saber cómo había sido.

—Espero que tengas razón, Rosa —dijo Anna—. Ojalá puedas hacer por tus hermanos lo que el mío no pudo hacer por mí.

Anna regresó al transbordador a media tarde, con las monjas y los huérfanos más sanos, a la mitad de los cuales les habían rapado el pelo con el objetivo de combatir los piojos. Los niños enfermos —un posible caso de tuberculosis y otro de viruela— se quedaron en Nueva Jersey donde se ocuparían de ellos, aunque, por mucho que indagó, nadie supo decirle cómo, cosa que la inquietó. También faltaba Santino Bacigalup, pues el señor Mezzanotte le había encontrado trabajo en una granja.

Cuando llegó el padre Moreno, puso las mismas objeciones al arreglo que pusiera sor Ignatia, empleando un tono de voz solo un poco menos airado. Finalmente se calmó tras la promesa de una contribución importante al cepillo de la iglesia y, mirándola con suspicacia, dijo:

—¿Acaso quiere comprar el perdón de algún pecado, doctora Savard? La Iglesia ya no dispensa bulas.

—Yo no soy católica, padre Moreno. Sospecho que mi idea del pecado difiere bastante de la suya.

Acto seguido secó la tinta del pagaré bancario que había escrito en el escritorio del sacerdote y se lo entregó.

—¿Y quién se lo va a explicar a sor Ignatia?

—Supongo que esa labor debe recaer en mí —contestó Anna—. Confío en que me sirva de penitencia.

El padre Moreno hizo una mueca reprimiendo una sonrisa.

—Pero hay que vacunar al niño antes de que vaya donde su nuevo patrón —dijo ella—. ¿Se encargará de ello?

—Así se hará.

Cuando iba a salir por la puerta, el sacerdote la llamó de nuevo:

—No dudo de que se apiade de los niños, ni de la rectitud de sus intenciones, pero tengo que decirle que se parece usted a sor Ignatia más de lo que quisiera.

En el transbordador, pese a estar rodeadas de niños y demás pasajeros, sor Ignatia no dudó en sacar la cuestión del chico de los Bacigalup.

—Se ha entrometido —la acusó—. Ha interferido en algo que podría tener consecuencias terribles.

—La inacción también puede tener consecuencias terribles —replicó Anna con calma.

—No esté tan ufana. Lo que ha hecho no ha sido un acto de caridad.

—Por supuesto que no.

Sor Ignatia dio un respingo de sorpresa.

—Nadie hace nada por caridad —prosiguió Anna—. Todas las decisiones que tomamos nos benefician a nosotros mismos de un modo u otro. Aunque algo parezca un sacrificio, siempre es posible que la alternativa sea mucho peor. Por ejemplo, si no hubiera intervenido en este caso, no habría podido dormir, y yo debo dormir.

Los ojos grises de la religiosa recorrieron su rostro en pos de alguna pista que explicara tan extraña y perturbadora filosofía.

—Ese cinismo resulta poco atractivo en una joven.

—Quizá, pero es lo que necesita una médica y cirujana —respondió Anna suavizando el tono con una pequeña sonrisa.

—Ha sido un error pedir su ayuda —dijo sor Ignatia al cabo de un rato—. No volveré a hacerlo.

—Seguramente sea lo mejor —convino Anna—. Aun así, me aseguraré de vacunarlos a todos.

Giancarlo Mezzanotte sostenía una animada conversación con Rosa Russo en el banco de delante. Entre ambos se apretujaban Tonino y Lia; la mayor seguía llevando a la criatura en brazos.

Había algo en la postura de aquel hombre que le resultaba familiar, pese a que Anna estaba convencida de no haberlo visto antes. Entonces, cuando agachó la cabeza para escuchar a Rosa con más atención, cayó en la cuenta de que actuaba como un médico con un paciente, sopesando y analizando cada dato, no porque pensara que la chica mentía, sino porque su tono y su expresividad le decían más que sus propias palabras.

Sin duda, era una idea un tanto peregrina. El señor Mezzanotte llevaba aún su ropa de trabajo; tal vez fuera carpintero, albañil o hasta un obrero de fábrica, aunque, a diferencia de la mayoría de los de su clase, sabía hablar con los niños, lo que probablemente significaba que tenía hijos propios, que había crecido entre muchos hermanos o que también había sido huérfano.

En ese momento, el hombre se volvió como si le hubieran tocado el hombro y enarcó una ceja. De algún modo, parecía haber oído las preguntas que ella se hacía en la mente.

Anna le respondió con un leve asentimiento, e interrogó a sor Mary Augustin sobre la cuestión que no podía olvidar cuando él apartó la vista:

—¿Cómo es la granja en la que va a trabajar Santino Bacigalup?

Él la oyó y se dio la vuelta de nuevo, apoyando el codo sobre el respaldo del banco para contestar. Tenía una voz profunda y resonante, pero aun así tuvo que alzarla para hacerse entender.

—Lo he mandado con mis padres. Son floricultores y apicultores. Colmeneros.

Anna sintió la necesidad urgente de decirle que conocía el significado de la palabra «apicultores», pero se contuvo, y desterró su protesta al mismo lugar donde almacenaba la larga lista de preguntas que poblaban su cabeza. Como, por ejemplo, si ese hombre faenaba en Nueva Jersey, ¿qué hacía de camino a Manhattan? ¿Y por qué hablaba como si lo hubieran educado para dedicarse a algo distinto de la agricultura?

—Veo que no les he presentado como es debido —dijo sor Ignatia, desabrida—. Doctora Savard, este es el inspector Mezzanotte, del Departamento de Policía de Nueva York

—añadió apretando la mandíbula, como si le costara pronunciar las palabras.

Aunque se trataba de un giro inesperado, a Anna le pareció lógico: el hombre poseía un aire de autoridad innata y discreta competencia. De lo que carecía era de la condescendencia que ella había observado siempre al tratar con sus compañeros del cuerpo.

—Tenía la impresión de que casi todos los policías eran de origen irlandés.

Él esbozó una sonrisa que cambió la forma de su rostro, una sonrisa amplia, sincera y abierta que Anna percibió como un contacto físico.

—Es cierto, la mayoría son irlandeses.

—Igual que la mayoría de los médicos son hombres —intervino sor Ignatia, poniendo fin a la conversación.

Anna supo sin duda alguna que la veterana monja apreciaba al inspector y tenía buena opinión de él. Además de eso, parecía creer que debía protegerlo de ella, Anna Savard. Podría haberla tranquilizado asegurándole que no sentía ningún interés por él, y que, aunque así fuera, nunca había aprendido a coquetear con naturalidad. Entonces pensó que le habría gustado hacerlo solo por ver la reacción de sor Ignatia.

Mary Augustin la sacó de sus pensamientos:

—Me alegro de que el inspector Mezzanotte esté aquí para explicarle las cosas a la pequeña. Para prepararla. Es terrible cuando estas cosas llegan por sorpresa.

Anna desvió su atención hacia los cuatro hermanos Russo. A pesar de las nobles intenciones de Rosa, no iban a poder estar juntos por mucho tiempo. Los orfanatos estaban segregados por sexo, de modo que ella y su hermana irían a parar a uno, y los dos chicos a otro. De hecho, estaba segura de que le mentirían para que la separación fuera menos traumática. Probablemente le dirían que volvería a ver a los niños pronto.

Los adultos mentían a los niños igual que les contaban cuentos de hadas, creyendo firmemente en la suspensión de su incredulidad. Sin embargo, engañar a Rosa Russo no sería tan fácil. Anna se preguntó si tendría una pataleta, si rogaría o sollozaría, o si por el contrario conservaría la dignidad para proteger a los tres pequeños de los que se consideraba responsable. En cualquier caso, no le cabía duda de que presentaría batalla.

Los agentes del Departamento de Sanidad, señores de mediana edad con gran abundancia de vello facial, esperaban en el muelle con gestos hoscos antes incluso de que el primero de los huérfanos pusiera un pie en tierra. Anna echó a andar a paso rápido, sin despedirse de nadie.

Tras cuatro años de estudios en la Escuela Femenina de Medicina de Nueva York, y otros tantos en las clínicas, hospitales, asilos y orfanatos de Manhattan, Sophie Élodie Savard se había ganado el título de médica. Y, sin embargo, cuando se abrió la puerta de la vivienda revestida de tablas a la que había llamado, Sophie se presentó sin mencionar título alguno.

Archer Campbell, el señor de la casa, tenía una mata de cabellos rojos y rebeldes, y una tez casi traslúcida, suave como la de un bebé. Era un hombre menudo, de los que no engordaban nunca por mucho que comieran. Sus manos, grandes y tan encallecidas como las de un pastor, estaban manchadas de tinta.

Un hombre podía mostrarse distraído, alterado o imperturbable cuando su mujer estaba de parto, pero el señor Campbell parecía sobre todo irritado. En primer lugar, frunció el ceño al enterarse de que el médico cuyos honorarios había estado pagando no iba a venir. Para mayor agravio, quien apareció fue una mujer, y lo que era aún peor: una mujer libre de color, como habían enseñado a Sophie a pensar de sí misma cuando era una niña, en Nueva Orleans. Una mujer de apariencia serena y profesional, bien hablada y que no temía mirar fijamente a los ojos de un varón.

El señor Campbell era de los que le habrían cerrado la puerta en las narices, pero la carta que le enseñó había despertado su curiosidad. Estaba escrita bajo el membrete del Hospital Femenino de Nueva York, y su concisión rayaba en la grosería:

Estimado señor Campbell:

La señorita Savard ha acudido en mi lugar a causa de un compromiso ineludible que me retiene. Se trata de una médica excelente con gran experiencia, quien además cobra la mitad de mis honorarios.

DR. FRANK F. HEATH

Como solía suceder, la combinación del suave gemido que surgía del interior de la casa, la carta y los honorarios reducidos le franquearon la entrada.

Sophie le echó una mirada al cochero que la había traído. Le había pagado una hora completa por si necesitaba pedir ayuda, pero no le habría sorprendido que se marchara en cuando le diera la espalda, en cuyo caso tendría que mandar al mismo señor Campbell. Estuvo a punto de sonreír al imaginarse la expresión ofendida que pondría si le daba órdenes.

La casa era pequeña, pero estaba bien cuidada, sin un trasto fuera de su sitio, bruñida cada superficie, con cortinas limpias en las ventanas. Mientras que Sophie se ocupaba de su labor, el marido de la paciente soltaba bravatas y murmuraba para sí, clavando los ojos una y otra vez en el reloj de la repisa de la chimenea, a la vez que se paseaba de acá para allá con una colilla de cigarro en la boca. Como no permitió que cerrara la puerta del cuarto, siempre estaba allí cuando alzaba la vista. Sophie se preguntó si el motivo de su agitación creciente se debía al hecho de que su mujer estuviera de parto, o a que se hubiera quedado sin un lugar en el que dormir.

Al cabo de unas horas, el hombre se detuvo bajo el dintel para interrogarla:

—Los tres primeros no le dieron ningún problema. ¿Por qué este se está demorando tanto?

—El niño viene grande —contestó Sophie—. Pero su mujer es fuerte, y el latido de la criatura, constante. Simplemente va a tardar más tiempo del que esperaba.

Fue un alivio cuando se marchó a trabajar.

—Nunca me gustó el doctor Heath, es un bruto —dijo la señora Campbell. Sophie pensó que tenía acento de Nueva Inglaterra, con las vocales ásperas y las erres omitidas—. Yo quería una comadrona, pero el señor Campbell… —Miró el pasillo desierto y, aun así, susurró, como si su marido pudiera oírla desde cualquier rincón de la ciudad—. El señor Campbell opina que alguien de su posición debe disponer de un médico.

Puesto que no tenía nada que responder ante aquello, Sophie optó por pedirle paños, trapos y una palangana.

—Tiene un acento raro —observó la señora Campbell—. No parece de aquí.

—Mi primer idioma es el francés.

—El mío también.

Sophie se dio la vuelta, sorprendida.

—Nací y me crie en Benedicta, en Maine —prosiguió la parturienta—. Hay muchos francófonos en Benedicta, pero me trasladé a Bangor a los quince años, y lo abandoné por el inglés.

—Yo vine de Nueva Orleans cuando era una niña.

Sophie esperaba que las contracciones que llegaban a su apogeo distrajeran a la paciente de su interrogatorio, pero la señora Campbell lo retomó donde lo había dejado.

—Nunca había conocido a nadie de su color. Tiene los ojos de un verde extraño, y la piel...

—Soy una mujer libre de color —la interrumpió Sophie. Y al ver que la otra se quedaba perpleja, añadió—: Mis abuelos eran franceses, seminolas y africanos, pero nunca he sido una esclava.

Las comisuras de la señora Campbell se contrajeron en una mueca.

—Entonces no es blanca. Y, sin embargo, su pelo... Hay un nombre para la gente como usted, pero ahora no caigo...

—Casi no tengo recuerdos de Nueva Orleans —volvió a cortarla Sophie—. Me fui siendo muy pequeña.

Era mentira. En realidad, se marchó de su ciudad natal con diez años, y se acordaba de Nueva Orleans con demasiada claridad, del olor del agua marina y la buganvilla, del frescor de las baldosas bajo sus pies mientras jugaba en el patio, de las canciones infantiles que aún le venían a la cabeza cuando estaba muy cansada. Recordaba el sonido de la voz de su padre, y cómo carraspeaba antes de decir algo para hacerla reír. Recordaba el tono de su madre cuando estaba contenta y cuando estaba preocupada, y cuando se hartaba de trabajar y decidía salir a explorar en compañía de Sophie. Recordaba a la mujer del panadero, que había venido de las islas y le contaba historias de la Iwa de Santo Domingo; y de Jacinthe, quien reinaba en la cocina y podía hacer temblar a los sirvientes con una mirada a pesar de que solo tenía tres dientes. Recordaba la cualidad de la luz que se desparramaba sobre su cama cuando se despertaba por la mañana.

Recordaba la guerra y cómo temblaba la tierra y el mismo aire parecía gritar. Y cuando pasó lo peor, y todo y todos desaparecieron, recordaba el día en que la señora Jameson fue a llevársela de casa. Entonces tomaron el vapor Queen Esther en el gran Misisipi, fangoso y verde, y vio cómo la ciudad se alejaba tras ella.

Pero Sophie no podía relatarle su vida a la señora Campbell, porque la gente, y especialmente la gente blanca, nacida y criada en el norte, era incapaz de entender lo que había sido Nueva Orleans. De hecho, apenas si lo entendía ella misma.

Sin embargo, su reticencia a hablar despertó las sospechas de su paciente. Y así, entre contracciones, quiso saber desde cuándo era comadrona y cuántos partos había atendido.

—Espero que haya recibido formación —dijo con expresión ceñuda—. El doctor Heath no mandaría a nadie sin formación.

—Así es —afirmó Sophie sin poder ocultar la furia en su voz—. Soy una médica cualificada.

Se hizo un silencio de asombro.

—Anda ya —respondió Janine Campbell medio riendo—. No se lo cree ni usted.

Sophie podía haber recitado los nombres de siete mujeres negras que se graduaron en las facultades de Medicina de Filadelfia, Montreal y Nueva York antes que ella, pero no habría servido de nada; del mismo modo que le era imposible aliviar los dolores de parto de la señora Campbell, tampoco podía hacerla salir de su obstinada ignorancia. Así pues, dijo:

—Voy a prepararle una infusión que la ayude a mover a la criatura.

A media mañana, Sophie puso a un niño grande y muy llorón con mechones rojos y rizados en brazos de la señora Campbell, quien se recostó en la almohada aún jadeante y cerró los ojos.

—Es un bebé sano —dijo Sophie—. Despierto y vigoroso.

—Da asco lo gordo que está —replicó la madre—. Yo quería una niña.

El bebé encontró y se aferró al pezón; ella arqueó la espalda como para espantar a un insecto y dejó escapar un pequeño gemido.

Mientras la joven se afanaba por extraer la placenta, la señora Campbell miraba al techo sin prestar atención al pequeño. A través de la ventana que Sophie había abierto, entraban los sonidos de la calle durante una ajetreada mañana de lunes: calesas, omnibuses, carretillas, afiladores de cuchillos y pescaderos que pregonaban la mercadería, el viento que agitaba los manzanos desgarbados que ocupaban la mayor parte del diminuto patio trasero. Cerca de allí, un perro ladró una advertencia.

Sophie tarareó para sí a la vez que bañaba al bebé, le limpiaba el ombligo, lo vestía y lo envolvía. Era sólido, caliente y lleno de vida, y había nacido de una madre que solo podía verlo como una carga.

Cuando volvió a dejarlo en sus brazos, las lágrimas rodaban por el rostro de la recién parida hasta mojar la almohada.

Las mujeres lloraban tras dar a luz por distintos motivos: alegría, alivio, emoción, terror. El llanto de la señora Campbell no se debía a ninguno de ellos. Estaba exhausta, frustrada y al borde de una oscuridad que a veces envolvía a las nuevas madres durante días o semanas. Algunas no la abandonaban nunca.

—No me gusta llorar —le anunció al techo—. Va a pensar usted que soy débil.

—No pienso nada semejante. Imagino que estará agotada. ¿No tiene hermanas o parientes que le echen una mano? Cuatro niños pequeños y una casa es más de lo que puede manejar una persona sola.

—La primera vez que fue a cortejarme, Archer me dijo que su madre crio a seis varones sin una muchacha que la ayudara. Ojalá lo hubiera pensado mejor en aquel momento. Todavía estaría empleada en la oficina de correos de Bangor, con mi camisa buena, y una ramita de forsitia prendida al cuello.

Lo único que Sophie podía hacer por ella era escucharla.

—Lo peor es que quiere seis hijos propios —prosiguió—. Es una competición con sus hermanos, y me temo que no se rendirá. Me tendrá criando hasta que esté satisfecho. O hasta que me muera.

Acto seguido, la señora Campbell le confió todo aquello de lo que se avergonzaría al cabo de unas horas. Si Sophie no comentaba nada al respecto, la mujer podría olvidar los secretos que había susurrado, y a quién.

La señora Campbell estaba cayendo en un merecido sueño cuando, de repente, se sobresaltó y preguntó:

—¿Se ha enterado de lo de la doctora Garrison?

Sophie se alegró de estar mirando hacia otro lado, pues tuvo la oportunidad de serenar el rostro.

—Sí. He leído las noticias en el periódico.

Se hizo un largo silencio. Cuando se dio la vuelta, la señora Campbell dijo:

—Si es médica, ¿podría...?

—No —la interrumpió Sophie—. Lo siento.

Sin embargo, la mujer solo oyó el pesar en su voz, así que insistió.

—Sé que me moriré si tengo otro pronto. Guardo algunos ahorros...

Sophie adoptó una expresión inflexible.

—La ley me prohíbe hablarle de métodos anticonceptivos y... otras cosas parecidas. No puedo darle nombres ni direcciones. Si conoce el caso Garrison, sabrá que ni siquiera las cartas son seguras.

La señora Campbell cerró los ojos y asintió.

—Sé lo de las cartas. Cómo no lo voy a saber. El señor Campbell se ha asegurado de ello.

Sophie se tragó la bilis que le subía por la garganta y se recordó a sí misma lo que estaba en juego.

37

2

$\mathcal{T}$ras bajar a los niños del transbordador, Mary Augustin suspiró aliviada al ver que les esperaban tres omnibuses y algo aún mejor: cuatro hermanas de la caridad que vinieron a ayudarlas con los casi treinta pequeños asustados e infelices a los que había que escoltar. Diez niños y dos monjas en cada ómnibus eran una cosa manejable. Por muy complicada que fuera sor Ignatia en tantos sentidos, había que reconocer que no tenía igual cuando se trataba de hacer planes.

Mary Augustin se agachó para animar a un niño lloroso de seis años llamado Georgio cuando desembarcó un anciano caminando muy despacio, quien se sentó donde pudo y comenzó a abanicarse con el sombrero tan pronto como pisó tierra firme. El sudor cubría su frente y tenía el semblante ceniciento, lo que podía deberse a un simple mareo o a un trastorno más grave. La joven quiso llamar la atención de sor Ignatia, pero entonces se armó un altercado entre los pasajeros del siguiente viaje.

Dos estibadores que se gritaban frente a frente, ambos fornidos e indudablemente ebrios, empezaron a darse de puñetazos mientras los transeúntes formaban un círculo a su alrededor, algunos riendo, otros con gesto de asco, y el viejo seguía sentado y se abanicaba intentando recobrar el aliento. Mary Augustin se dividía entre separar a los huérfanos de la reyerta y observar al hombre al que quizá le estaba dando un infarto, de manera que solo pudo ver lo que ocurrió a continuación con el rabillo del ojo.

Uno de los estibadores le dio un empellón al otro, quien se tambaleó con una expresión de sorpresa casi cómica en el rostro. La gente se apartó de su trayectoria, y de hecho parecía estar perdiendo impulso cuando tropezó con un saco de lona, extendió los brazos para recuperar el equilibrio y golpeó con el puño a Salvatore Ruggerio, de once años, huérfano desde hacía poco tiempo, quien se había acercado a ver la pelea y que en ese momento se quedó paralizado de terror.

El hombre y el niño cayeron de espaldas del muelle al agua. Durante un segundo reinó un silencio absoluto, hasta que la muchedumbre estalló en un rugido.

Sor Ignatia rompió a gritar, proyectando la voz como un megáfono por encima del estruendo.

—¡Moved a los niños! ¡Sacadlos de aquí!

Sin embargo, Mary Augustin titubeó y miró a los tres hombres que saltaron al agua, uno de ellos con un largo abrigo de policía azul marino. Justo detrás, el anciano que parecía estar sufriendo un ataque al corazón se puso en pie para contemplar el espectáculo, tan ágil como un chiquillo de diez años.

Uno de los omnibuses ya había partido, así que Mary Augustin hizo que los pequeños a su cargo subieran al segundo con tanto orden y premura como le fue posible. Estaba dudando si debía volver al muelle cuando llegó sor Ignatia a paso rápido y la sujetó del codo. Aunque arrebolada, la mujer mayor ni siquiera respiraba con dificultad.

—El niño se ha dado un golpe en la cabeza. Ese policía —lo señaló con la barbilla— quiere que el tercer vehículo lo lleve al hospital de San Vicente con ese borracho idiota. —Hizo una pausa como si la hubiera invadido un pensamiento desagradable, y luego volvió a gritar con la autoridad de un general—: ¡Agente! ¡Vamos a llevar al niño a San Vicente, sin más paradas! ¿Entendido?

El policía, quien por edad podía haber sido el nieto de sor Ignatia, tragó saliva de manera aparente y asintió, pese a que la monja ya había desviado su atención hacia Mary Augustin.

—Tendrás que llevar al resto de los huérfanos en este ómnibus. Sor Constance te acompañará, de modo que deberéis apretaros. Yo cuidaré del niño.

—Salvatore Ruggerio.

—Ruggerio —repitió Ignatia—. Y manda aviso cuando

hayas hablado con los médicos. Ahora, saca a estos niños de aquí. Ya han visto suficiente.

Rosa Russo se enfrentó a Mary Augustin en cuanto subió al carruaje. Su rostro se debatía entre la ira y la pena, mas terminó por imponerse la ira.

—Mis hermanos —dijo—. Se han llevado a mis hermanos.

La separación era inevitable, aunque se podría haber manejado con más delicadeza de no haber sido por el caos que se desató en el muelle.

—Hay dos edificios en San Patricio, uno para los niños y otro para las niñas —le explicó la joven—. Podrás ver el de los niños enfrente, donde estarán tus hermanos.

«Al menos de momento», pensó para sí.

Desde que empezó en el orfanato, había presenciado demasiadas separaciones familiares para llevar la cuenta, más a menudo de lo que hubiera querido. Algunos no llegaban a reaccionar a causa de la impresión, mientras que otros se derrumbaban o se rebelaban. Rosa se limitó a plantarse. Pese a que tenía los ojos anegados de lágrimas, se negaba a dejarlas caer. Parecía dudar entre decir algo o no decirlo.

—Siéntate conmigo. Intentaré responder a tus preguntas lo mejor que pueda.

Sin embargo, Rosa volvió a sentarse con su hermana pequeña, compartiendo el asiento con otras niñas.

Mary Augustin se dio cuenta entonces de que el ómnibus había girado en la calle Christopher hacia Waverly Place, y temió que el cochero se hubiera perdido. Cuando Washington Square Park surgió ante su mirada, optó por dirigirse al pescante, bamboleándose con el traqueteo sobre los adoquines.

El cochero no era más que un muchacho, pero guiaba los caballos con buena mano y no se ofendió por su pregunta.

—Los zagales están inquietos —dijo sin despegar los ojos del tráfico y la carretera—. He pensado llevarlos por el parque para que se olviden de ese asunto tan feo del transbordador.

Mary Augustin no había logrado descifrar aún aquel misterio. ¿Cómo podía ser que algunos habitantes de la ciudad fueran tan toscos y groseros, mientras que otros mostraban una tremenda bondad y generosidad de espíritu? Le dio las gracias al cochero y volvió a su sitio después de indicarle a sor Constance que todo iba bien.

Efectivamente, los niños se habían tranquilizado. Todos miraban por las ventanas, apoyándose unos en otros para aprovechar el espacio, señalando cosas que no sabían nombrar. Con algo de esfuerzo, la joven echó mano de su italiano e intentó poner nombre a aquello que despertaba su curiosidad.

Señalaron árboles, senderos y carricoches en los que se paseaba a criaturas, las residencias que rodeaban Waverly Place, altas casas de ladrillo rojo que debían de antojársele castillos a los niños que se habían criado en cuchitriles.

Rosa Russo quiso saber qué clase de gente vivía en semejantes moradas, como si fueran reyes y reinas.

—Gente normal —dijo Mary Augustin—. Familias.

Entornando los ojos, Rosa le preguntó:

—¿Conoces a alguna de esas familias?

Mary reprimió una sonrisa.

—En esas casas no, pero ¿ves ese edificio al final de la calle?

—Una iglesia.

Mary Augustin estaba segura de que no era una iglesia, pero tampoco sabía qué podía ser tan majestuoso lugar. Por suerte, el cochero acudió en su ayuda respondiendo por encima del hombro.

—Es la Universidad de Nueva York. Pero tienes razón, parece una iglesia.

—Pero sí conozco a alguien que vive justo ahí delante, y tú también —prosiguió Mary Augustin—. La doctora Savard, la misma que te examinó antes de subir al transbordador. Un poco más allá de la universidad, con su tía y una prima, en una casa con ángeles encima de la puerta y un jardín enorme, tan grande como la misma casa. Con una pérgola. Y gallinas.

Se produjo un silencio absoluto mientras Rosa traducía la información al resto de los niños, tras lo que la asediaron a preguntas y más preguntas. Mary Augustin fue contestando, y Rosa fue transmitiendo sus palabras a medida que los caballos avanzaban a paso lento pero firme bajo los árboles colmados de flores que comenzaban a abrirse al sol.

41

Υ

El sargento que hacía guardia ante la puerta del número 333 de Mulberry alzó la vista entre la maraña de sus cejas encanecidas, miró a Jack Mezzanotte de arriba abajo, desde la sombra de barba hasta los zapatos lustrosos y luego meneó la cabeza con lentitud, como un sufrido profesor.

—Será mejor que entres, Mezzanotte. Están a punto de empezar la reunión sin ti.

—Necesitaba cambiarme de ropa —respondió Jack al tiempo que subía los escalones de dos en dos.

Tendría que haber visitado al barbero, pensó al pasarse la mano por el mentón, pero era mejor llegar sin afeitar que tarde. Tras detenerse lo suficiente para comprobar que llevaba el cuello de la camisa bien puesto, entró en silencio por la parte de atrás de la sala, donde se sentaba una treintena de inspectores neoyorquinos que charlaban entre ellos sin prestar atención a los hombres que había al frente.

Encontró una silla al lado de su compañero en la última fila. Oscar Maroney postulaba una teoría a la cual era muy adicto, y que Jack no había podido rebatir: estando en comisaría, lo más aconsejable era mostrarse anodino y poco memorable. La invisibilidad era una destreza que había de practicarse. No obstante, aquel día Maroney estaba incumpliendo su propia regla, ya que la expresión de su rostro distaba mucho de ser imperturbable. Oscar no solo estaba disgustado, sino que tenía un disgusto que era incapaz de ocultar.

—Prepárate, Jack. —Maroney podía emplear, suavizar y eliminar su acento irlandés cuando la situación lo requería, pero en ese momento apenas si lograba controlarlo—. Comstock está buscando víctimas. Perdón, quería decir voluntarios —dijo arrugando su considerable nariz al tiempo que levantaba el labio y agitaba el bigote. Poseía una amplia variedad de gestos de indignación, enfado, acusación y reproche, de los cuales hizo gala.

Jack dirigió su atención al fondo de la sala, donde el capitán estaba apoyado contra la pared, con los brazos cruzados y la barbilla sobre el pecho. El frente y el centro eran el objeto de la saña de Oscar. Comstock vestía como siempre, ya fuera verano o invierno, con un traje de lana negra lo bastante sombrío para subir a un púlpito.

El inspector de correos era un hombre chaparro, con luengas patillas como las cerdas de un jabalí, una coronilla pálida y brillante, y una boca pequeña tan definida como la de una mujer. Sus ojos se movían de un lado a otro con la mirada agresiva de un gallo de pelea, dispuesto a derramar sangre para mantener en orden su rebaño. Ansioso por derramar sangre. Un matón de primera, el peor que Jack había conocido a lo largo de una carrera poblada de matones.

Baker dio un golpe en la pared para acallar las murmuraciones, y Comstock echó los hombros hacia atrás y levantó los brazos como un director de orquesta.

—Ya sabrán cómo me llamo y cuál es mi misión. Soy Anthony Comstock, primer inspector de la Sociedad para la Supresión del Vicio y agente especial de la oficina postal nombrado por el director general de Correos del gabinete del presidente. He venido a hablar con ustedes, los representantes de la ley, acerca de un asunto de gran importancia. —Respiró con fuerza, llenando sus carrillos de un aire que expulsó con un siseo—. Como saben los hombres devotos y racionales, la lujuria es la fiel aliada de los demás pecados. En su infinita sabiduría, el Congreso de este gran país me ha conferido la responsabilidad de detener el envío, venta, préstamo, exhibición, publicidad, publicación, difusión y posesión de toda clase de material obsceno o procaz. Supongo que podrán imaginar a qué me refiero. —Hizo una pausa enarcando las cejas, como si esperara que alguno se atreviese a contradecirle.

Jack se fijó en que apoyaba el puño sobre una cajita que había en el escritorio, como para guardar alguna alimaña a buen recaudo.

—Es su cofre del tesoro particular —le susurró Maroney siguiendo su mirada—. Los hermanos Larkin están decididos a hacerse con ella hoy mismo.

Había cinco hermanos Larkin en el cuerpo, de los cuales dos eran inspectores, que se sentaban entonces en primera fila, dos guardias, que estarían de ronda por la ciudad, y el benjamín, que acababa de unirse a sus filas. Pese a ser buenos agentes en su mayoría, también eran unos bromistas de tomo y lomo, una

43

inclinación que les habría costado unos cuantos amigos si no la hubieran practicado antes entre sí con tanto jolgorio. En todo caso, no se podía decir de ellos que fueran incorruptibles.

Sin embargo, Comstock era el mayor rufián con diferencia, amén de rencoroso, vengativo y perverso. Tratándose de él, Jack estaba dispuesto a perdonar cualquier acto de latrocinio que planearan los Larkin.

—También es mi deber —prosiguió Comstock— incautar las sustancias y utensilios de todo tipo que puedan impedir la concepción o provocar el aborto. Los objetos que yo mismo he confiscado van desde libritos instructivos a artículos de goma diseñados con fines inmorales. Los infractores de la ley reciben un severo castigo. Quienes se dedican a estas actividades son condenados a trabajos forzados por un mínimo de seis meses y un máximo de cinco años, y a una multa de hasta dos mil dólares.

Hizo una nueva pausa para mirar a su auditorio. La mayoría de los hombres lo contemplaban como si fueran sordos y no hubieran entendido una palabra, mientras que unos pocos, entre los que se contaba Maroney, se mostraban abiertamente despectivos.

—Durante los últimos años, los agentes de la Sociedad para la Supresión del Vicio de Nueva York hemos incautado y destruido más de veinticinco toneladas de folletos y fotografías obscenas, seiscientas libras de libros, unas veinte mil diapositivas, casi cien mil artículos de goma, seiscientas barajas de naipes indecentes, cuarenta mil libras de afrodisiacos y ocho toneladas de material de juego y lotería. —Echó otra ojeada a la sala, pero sin hallar el reconocimiento del que se consideraba merecedor. Tosió nervioso y continuó con tono más serio—: Hoy vengo a reclutar a hombres que ayuden a combatir una epidemia que se extiende por todo el país. Una enfermedad que está siendo propagada por los propios médicos. Y no solo por los charlatanes y los bribones de baja estofa, no. Los médicos, las enfermeras, los farmacéuticos y las parteras dan información e instrucciones sobre métodos anticonceptivos a cualquier mujer que lo pida, y lo que es aún peor: venden jeringas, artefactos de goma y cosas por el estilo sin escrúpulos ni vergüenza. Y luego están los que procuran el aborto. Solo he podido llevar ante la justicia a un pequeño número de estos criminales. Por desgracia, es un proceso lento. Debemos mejorar nuestra cifra de detenciones por todos los medios posibles. —Sonrió con orgullo—. Estoy seguro de que recordarán el caso de la abortera *madame* Dubois.

Jack había dejado que su mente divagase sobre otras cuestiones, pero la mención de *madame* Dubois le hizo volver a la realidad. Comstock enganchaba los pulgares en las solapas de su abrigo y se balanceaba sobre los talones, pagado de sí mismo.

—Antes de someterse a la autoridad de los tribunales —continuó con una sonrisa de satisfacción—, Dubois se voló los sesos ahorrándonos el coste de llevarla a juicio. De hecho, no fue la primera pecadora de esa calaña que acabó con su propia vida, y si de mí depende, tampoco será la última.

Oscar se puso en pie.

—¡Y usted dice ser cristiano, miserable gazmoño arrogante de mierda!

Oscar Maroney era un hombretón con pinta de camorrista, de los que repartían leña sin notar el dolor de los nudillos y las heridas hasta pasada la tormenta. Comstock, más bajo y fofo, no movió un músculo, haciendo honor a su reputación de camorrista de otro tipo. En efecto, aquel era un matón de los que portaban pistolas y gustaban de usarlas.

Baker puso fin al enfrentamiento con una exclamación:

—¡Maroney!

Oscar relajó la postura lo justo para que Jack supiera que se estaba conteniendo. Entonces dio media vuelta, se abrió paso a empujones mientras maldecía de la manera más espectacular y cerró la puerta con tanta fuerza que los cristales vibraron.

—¿Ha oído lo que ha dicho ese hombre? —ladró Comstock—. ¡Exijo que se le imponga una sanción oficial por su lenguaje soez e impropio!

—Fue uno de los agentes que encontraron a la señora Dubois en una bañera llena de sangre —respondió Baker—. En su primer día de trabajo. Y ahora, ¿qué le parece si vamos acabando? No tenemos todo el día.

Comstock resopló con un temblor en los labios y dijo con voz ronca:

—De buena gana lo haré. Y además lo denunciaré a él por blasfemar y a usted por no ponerle coto. —Observó a su auditorio con ceño adusto, como si hubiera dado una importante lección—. Ya sabemos que la policía no siempre es capaz de descubrir los ardides que emplean esos supuestos médicos con tan poco respeto hacia las leyes de Dios y de los hombres, pero creo que ustedes, los inspectores de esta comisaría, estarán a la altura de las circunstancias. Por eso quiero pedirles a todos que se presenten como voluntarios en la Sociedad para la…

—La hora, señor Comstock —dijo Baker.

Comstock se volvió para fulminar con la mirada a Baker, el capitán de la brigada de inspectores de Nueva York, igual que si fuera un niño que se estuviera hurgando la nariz.

—¡Capitán Baker! Usted me dio permiso para dirigirme a sus hombres. Esta noche se celebra una reunión de la sociedad a la que deben asistir los nuevos voluntarios.

—Y yo le advertí que no pidiera voluntarios. Muchos están haciendo turnos dobles, y ninguno verá la cama antes del amanecer. Van a cumplir una misión especial.

—¿Qué misión especial es esa? ¿Quién la ordena? Capitán, ¿debo recordarle que el Congreso de los Estados Unidos me ha concedido…?

—Señor Comstock…

—¡Inspector, soy el inspector Comstock! —aulló echando espumarajos—. ¡Llámeme usted así!

—Inspector Comstock —prosiguió Baker con calma—, permita que responda a sus preguntas de una en una. En primer lugar, me sorprende bastante que ignore lo que va a suceder esta noche en la Quinta Avenida, pero le recuerdo que faltan unas horas para que dé comienzo el baile de disfraces de los Vanderbilt. Un tercio de los agentes de la ciudad estarán allí apostados para contener las masas, y más de la mitad de estos inspectores patrullarán la zona de incógnito. Por orden del alcalde, del gobernador y de los senadores del estado.

La boca carnosa de Comstock se contrajo en un mohín.

—¿Cuáles son sus prioridades, capitán? ¿Acaso antepone los caprichos disolutos de los ricos al bienestar de los jóvenes de esta ciudad? Le aseguro que estos hombres no son necesarios en la Quinta Avenida. ¿Es que ha perdido la moral?

—Mi moral es tan fuerte como la suya —dijo Baker secamente—. Y son mis superiores quienes dictan mis prioridades. Le recomiendo que trate el asunto con ellos, porque yo no puedo dedicarle más tiempo ni a usted ni a su sociedad.

Maroney estaba sentado en la sala de la brigada de inspectores, cabizbajo y espatarrado con las piernas por delante cual troncos caídos. Un puro reposaba bajo su bigote espeso y brillante como una piel de tejón.

—A veces me gustaría que el capitán no tuviera tanta sangre fría —dijo Jack—. Creo que, con un poco de esfuerzo, habría logrado que a Comstock le estallara la cabeza en el sitio. Una oportunidad desperdiciada.

—Eso me hubiera gustado ver a mí. —El puro se sacudió con cada palabra.

Jack se sentó ante su escritorio y contempló los montones de papeleo que requerían su atención.

—Estoy seguro de que podríamos vender entradas a precio de oro por ver cómo reventaba la cabeza de ese cretino como una calabaza —dijo Maroney—. Con sillas para el público. Y parasoles para protegerse de la explosión.

—Ese hombre tiene amigos —le recordó Jack.

—No es verdad. Tiene secuaces. Tiene compatriotas. Incluso tiene admiradores. Pero si no llevara esa pistola en el chaleco ni tuviera al jefe de correos en el bolsillo, sería fácil aplastarlo. De hecho, cada día espero que alguien le meta una bala en la sesera.

—Te olvidas de la Asociación de Jóvenes Cristianos y de la Sociedad para la Supresión del Vicio.

Maroney agitó su puro como si fuera una varita mágica con la que pudiera deshacerse fácilmente de tan indignos adversarios. Iba a levantarse de la silla cuando apareció Michael Larkin en la puerta, con la caja de imágenes obscenas confiscadas por Comstock bajo el brazo. Sin decir una palabra, se subió a un escritorio, abrió un armario con una mano y guardó la caja dentro con la otra.

Larkin estaba sentado ante ese mismo escritorio, encorvado sobre una hoja de papel, cuando apareció un agente que no hacía ni una semana que se había puesto el uniforme por primera vez. El muchacho agachó la cabeza en señal de disculpa.

—Baker quiere que registremos la comisaría a fondo. ¿Puedo pasar?

El joven hizo una búsqueda somera y superficial, echando una única ojeada a Michael Larkin antes de excusarse de nuevo y marcharse.

Hubo un largo silencio.

Maroney se aclaró la garganta.

—Michael, amigo mío. ¿No estás de servicio esta noche?

—No —respondió. El mayor de los hermanos Larkin los miró y guiñó el ojo—. De repente, tengo un montón de lecturas atrasadas.

—Así porque sí —dijo Jack.

—Como caídas del cielo —respondió complacido—. ¿Queréis comprobarlo vosotros mismos?

Jack se retrepó en la silla y apoyó los pies en el escritorio. Había sido un día muy largo, que empezó en los invernaderos de su casa. Pensó en el transbordador, en la fiera sor Ignatia y en los huérfanos, en la médica. Savard, se llamaba.

Entonces se inclinó sobre el informe que tenía delante, pero su mente seguía volviendo a esa cara peculiar, la de la tal Elizabeth, o Mary, o Ida, o Edith o Helen. Así pues, sacó el listín de un cajón y pasó las páginas hasta que halló dos registros: Sophie E. Savard y Liliane M. Savard, residentes en la misma dirección. Otro misterio. Uno que iba a investigar en cuanto se librara de Oscar.

Al acercarse a Washington Square, Anna se dio cuenta de lo cansada que estaba. La cirugía era una dura labor que agotaba cuerpo y mente, pero hasta el más complicado de los casos palidecía en comparación con sor Ignatia y una panda de huérfanos.

Volver a casa era como quitarse un abrigo lleno de ladrillos en cada bolsillo y cosidos al dobladillo. La tensión que había acumulado sobre sus hombros y espalda comenzó a esfumarse antes incluso de que la vivienda apareciera a la vista. Algunos días se lamentaba de las exigencias de su profesión, pero adoraba la casa y el jardín de Waverly Place sin la menor reserva. Durante el año que pasó en Europa, había trabajado hasta la extenuación para poder caer rendida por la noche en aquellas casas desconocidas de ciudades desconocidas. Al final aprendió mucho, tanto de medicina como de sí misma. Su lugar estaba aquí, y en ningún otro sitio.

Anna dio la vuelta por detrás, pasando ante la pequeña cochera, el establo y el depósito de hielo, y se detuvo para saludar al señor Lee en el jardín, quien removía la tierra a ritmo constante y estudiado. El señor Lee era un hombre serio, meticuloso y profundamente afectuoso. Con él aprendió a distinguir las malas hierbas de las plántulas, a atarse los zapatos y hacer nudos corredizos, a coger huevos de las gallinas sin recibir un picotazo, y cientos de baladas que siempre estaba dispuesto a recitar o cantar. El señor Lee les había enseñado a Sophie y a ella montones de trabalenguas con el rostro impasible que todavía las hacían reír. Anna sabía que, si tenía paciencia, observaría en su ademán sereno cosas que él quería que ella supiera.

Ahora miraba al cielo y presagiaba que, pese a las apariencias, el invierno aún no se había echado a dormir. Una curiosa manera de decirlo, como si el invierno fuera un oso que se preparase a hibernar durante largo tiempo. Después le comunicó a su pala que los vecinos que comenzaron a retirar el mantillo de la tierra habían cometido un grave error, pues estaba por venir una fuerte helada que se llevaría consigo todos los brotes de este mundo. Sería el fin del azafrán y de los delicados tulipanes holandeses que empezaban a abrirse brillantes cual gemas, salpicando la hierba y los barbechos.

El señor Lee casi nunca se equivocaba en cuanto al tiempo, pero a Anna le importó poco. Entonces estaba en el jardín, donde sabía que el sol calentaría lo suficiente al cabo de un mes para sentarse bajo la pérgola, a la suave sombra del manzano y el tulípero de Virginia en flor.

El jardín era su lugar favorito. De pequeña, antes de que llegara Sophie, había tenido el jardín para ella sola, hasta que la guerra se lo arrebató también. Cuando su abuelo cayó en la batalla, los nietos del tío Quinlan pasaban muchos días allí, y con ellos había aprendido lo que era compartir algo más que juguetes, libros e historias.

No recordaba en qué momento se habituó a llamar abuela a la tía Quinlan, hasta el verano en que cumplió los nueve, cuando Isaac Cooper, el nieto de su tía y solo un año mayor que ella, se encargó de corregirla. Como le dejó claro con voz trémula aunque estridente, Anna no tenía abuelos, ni padres, ni a nadie, y no podía quedarse con lo que era suyo. Para ella, siempre sería la tía Quinlan y nada más.

Nunca fue una niña dada a los llantos, ni de las que huían cuando los juegos se volvían demasiado violentos. Lo que la mantenía a raya era la expresión de los ojos de Isaac, y cómo desdeñaba sus lágrimas con un gesto impaciente de la mano. Anna se decía que en realidad no pretendía ser tan cruel con ella; al fin y al cabo, había perdido a su padre, a su abuelo y a dos tíos en la guerra, y la noticia de la muerte de su padre había llegado apenas tres meses antes.

Por lo demás, el niño tenía razón a la vez que se equivocaba. La madre de Isaac era hija del tío Quinlan e hijastra de la tía Quinlan, lo que significaba que Isaac y Levi no eran parientes directos de la tía Quinlan, como sin duda lo era ella. Por otro lado, de nada servía fingir que seguía teniendo lo que había perdido, de modo que se guardaba el dolor que le provocaban las palabras de Isaac para sí misma.

Sin embargo, la tía Quinlan lo sabía, pues fue Isaac quien se lo contó. Acudió a ella con los ojos llorosos, indignado porque aquella intrusa hubiera intentado robarle a su abuela. Anna no llegó a saber qué le respondió esta, cómo calmó sus temores, pero esa tarde la llamó al salón, le dio una taza de chocolate caliente y esperó. Después, simplemente la subió a su regazo y la abrazó hasta que se le saltaron las lágrimas y terminaron por desaparecer, dejándola débil y temblorosa.

—Quiero que vuelva el tío Quinlan —le dijo Anna.

—Yo también —respondió su tía—. Aún me parece oírlo subiendo las escaleras, y sufro al darme cuenta de que no es cierto. Ya sabes que habría vuelto a casa con nosotras si hubiera podido.

«Habría vuelto a casa. Con nosotras», pensó ella.

Anna asintió con la cabeza, demasiado constreñida su garganta por la pena para emitir una sola palabra.

La tía Quinlan la abrazó con más fuerza.

—Eres la niñita de mi hermana pequeña, y tu sitio está aquí conmigo. Cuando perdimos a tu madre y luego a tu padre, todos quisimos quedarnos contigo, todos los hermanos y hermanas. Pero yo fui la afortunada y ahora te tengo en casa. Además, puedes llamarme como quieras, incluso abuela. Mi madre, tu abuela, lo habría querido así, y sería un honor para mí.

Pero Anna no fue capaz. Esa palabra no volvió a salir de su boca tras ese verano, tanto si Isaac estaba presente como si no. A partir de ese momento, la mujer que era como una madre o una abuela para ella pasó a ser tía Quinlan, ni más ni menos.

El jardín habría perdido su magia de no haber sido por Cap, quien no lo permitió. Su amigo, su compañero de estudios, otro huérfano de la guerra que vivía con una tía. Pasaban cada minuto juntos en el jardín, planeando aventuras y trazando estratagemas, leyendo cuentos en voz alta, jugando al croquet, a las damas y a las cartas, y comiendo, siempre comiendo los frutos que ofrecía el jardín: fresas, caquis, membrillos, albaricoques del color del ocaso, moras que se desparramaban sobre la verja a finales de verano y manchaban los dedos, los labios y la ropa. Cuando llovía se metían bajo la pérgola, que era como estar dentro y fuera al mismo tiempo, un cenador umbrío que olía a violetas, heliotropo o rosas según cuál fuera la estación.

51

Y entonces llegó Sophie desde Nueva Orleans, y los tres juntos formaron una isla en la que Isaac no tenía ningún poder. Y así fue durante largo tiempo después de dejar la infancia atrás, hasta hacía justo dos años.

El señor Lee la despertó del ensueño con un carraspeo.

—¿Me oye, señorita Anna? —Una sonrisa oblicua distendió sus labios—. No guarde la ropa de invierno todavía. La primavera no tiene prisa este año, y usted tampoco debería tenerla.

Ahora tenía que entrar en la casa, merendar y, más tarde, cenar, y en lugar de meterse en la cama, debía ponerse el traje que le había elegido la tía Quinlan y salir por la noche con Cap, al baile de disfraces de los Vanderbilt. Porque Cap era su amigo, y la necesitaba.

3

*E*l salón de la tía Quinlan era acogedor y absolutamente anticuado; no había elegantes sofás de pelo de caballo, ni cojines duros como rocas recamados de pedrería, ni muebles pesados y voluminosos cogiendo polvo y empequeñeciendo el espacio. Por el contrario, las paredes estaban llenas de cuadros y dibujos, y las butacas y los sofás eran suaves y mullidos, forrados en terciopelo añil como el delfinio en julio.

Anna agradeció el descanso que le proporcionaba sentarse con su tía, con Sophie y con su prima Margaret. Aparte de para pasarse el pastel de semillas y los bollos, las tazas de té y la jarra de leche, nadie habló durante unos minutos.

Entonces le resonaron las tripas con tal fiereza que incluso Margaret lo oyó, a pesar de que normalmente era tan correcta que pasaba por alto esas cosas.

—No has comido en todo el día, ¿verdad?

En puridad, Margaret no era su prima, sino la hijastra de la tía Quinlan, criada en esa misma casa por el tío Quinlan y su primera esposa, la madre de esta. Sus hijos habían venido dos años antes para cobrar la herencia del abuelo, tras lo que partieron a Europa casi de inmediato. Puesto que Margaret los extrañaba mucho, Anna y Sophie debían soportar la carga de su instinto maternal frustrado.

—Ahora comerá —dijo la tía Quinlan—. Señora Lee, ¿puede ponerle un plato de algo sustancioso a Anna? —Luego le hizo un gesto con el brazo para que se acercara.

A los ochenta y nueve años, la simetría de la estructura ósea de la tía Quinlan se mostraba más visible que nunca. Daba igual que la piel que cubría aquellos pómulos perfectos se comportara como la más fina gasa de seda, primorosamente doblada en diminutos pliegues y dejada secar; era hermosa y punto. Tenía el cabello como la plata bruñida, con un tono profundo que resaltaba el azul vivo de sus ojos. Sus ojos siempre atentos, que en ese momento rebosaban del sencillo placer de tener a Anna y a Sophie tomando el té en casa al mismo tiempo.

Cuando se inclinó para besarla, la tía Quinlan le dio unas palmaditas con cuidado. En ese momento, la artritis la atormentaba; Anna lo supo sin necesidad de preguntarlo porque no había movido la taza de la mesita.

—¿Fue difícil el parto de ayer? —le preguntó Anna a Sophie.

—No, solo largo. —Su voz indicaba que era un tema que debía esperar hasta que se quedaran a solas. Podrían haber hablado de medicina de no haber estado Margaret, ya que a la tía Quinlan le interesaba todo y nada la sorprendía. Sin embargo, Margaret era aprensiva y remilgada hasta un nivel alarmante, como si no hubiera parido nunca.

—Y tú ¿qué tal? —quiso saber Sophie—. ¿Alguna opera- 53 ción interesante?

—Para nada. Me pasé casi todo el día con las monjas de San Patricio recogiendo huérfanos en Hoboken.

Sophie abrió la boca para volver a cerrarla con un chasquido audible.

—¿Con sor Ignatia? Pero ¿por qué…?

—Porque prometí que iría a ayudar en tu lugar si así lo pedían.

—Oh, no. —Sophie intentó sofocar una sonrisa sin conseguirlo—. Pensaba que sería sor Thomasina de San Vicente de Paúl. —Aunque apretó los labios con fuerza, se le escapó una carcajada al respirar.

—Qué interesante giro de los acontecimientos —dijo la tía Quinlan mirando a Anna con más atención—. La famosa sor Ignatia y tú pasando un día juntas. Me pregunto cómo es que sigues viva.

—Es posible que sor Ignatia no lo esté —sugirió Margaret—. Puede que Anna haya acabado con ella. —Su tono era un poco mordaz, como siempre que surgía el tema de la Iglesia católica romana. Después posó las manos sobre la cintura de avispa que le hacía el corsé, reduciendo su contorno a veinte pulgadas cuando medía más de cuarenta, y esperó una respuesta.

Anna solía disfrutar de las discusiones con la hijastra de su tía, pero ahora tenía otras cosas que hacer.

—Supongo que tiene gracia. Terminamos chocando, claro está... ¿Tengo que preocuparme por sor Thomasina? ¿Ha venido esta mañana?

—No —contestó la tía Quinlan—. Por lo visto, nuestra ración diaria de monjas se cumplió con la visita de las Hermanas de la Caridad.

Margaret soltó un carraspeo y dijo:

—Hoy he recibido una carta de Isaac y Levi. ¿Queréis que os la lea?

Aunque Margaret no era de las que renunciaban a una discusión con tanta facilidad, Anna supo por qué lo hizo, ya que no había nada en este mundo que la hiciera más dichosa que recibir una carta de sus dos hijos. En realidad, todas agradecían aquellas cartas, que eran largas y entretenidas. En esa ocasión, fue Levi quien se encargó de escribirla y relatar su escalada de los Dolomitas, un viaje accidentado a Innsbruck, incluir un extenso ensayo sobre la colada y explicar cómo se distinguía cada nación por su manera de doblar la ropa y el olor de las sábanas.

Daba gusto ver a Margaret tan contenta. Además, mientras estaba así de distraída, Anna podía escabullirse antes de que se acordara del baile, y más concretamente del vestido que iba a ponerse.

Casi había llegado a la puerta cuando su prima dijo:

—¿A qué hora vendrá Cap a por ti, Anna?

—Pasaré yo a recogerlo de camino a la Quinta Avenida —replicó sin detenerse—. A las diez y media. La fiesta no empieza hasta las once.

Una vez arriba, Sophie le advirtió:

—Cuanto más tiempo tengas a Margaret en vilo con tu disfraz, más furiosa se pondrá al verlo.

—Pero si a ella le encanta enseñar las uñas —dijo Anna—. ¿Quién soy yo para negarle ese placer?

Luego siguió a Sophie hasta su alcoba y se estiró en la cama, sobre el sencillo cobertor amarillo claro con bordados de hiedra en suaves tonos verde grisáceo. Cuando aún eran colegialas, se reunían todas las tardes en un cuarto o en otro para charlar un rato antes de dedicarse a las tareas de limpieza, los deberes y los juegos.

Sophie se descalzó con una impaciencia inusitada en ella y se arrojó a la cama bocabajo.

—¿Fue sor Ignatia tan cruel como sospecho? —preguntó con la voz amortiguada.

Anna se cruzó de brazos y pensó antes de responder:

—Es muy triste lo que ocurre con los huérfanos. Me recuerda lo afortunada que fui. Las dos lo fuimos.

—Sí, tienes razón.

—Por supuesto, ya lo sabía de manera abstracta, pero esos niños estaban aterrados. Y sor Ignatia... —Se incorporó de repente—. Mañana iré al orfanato a vacunarlos. Ni siquiera sé cuántos habrá.

Después de contarle a Sophie su confrontación con la monja, se produjo un breve silencio.

—Anna, hay por lo menos diez orfanatos católicos por toda la ciudad. El de San Patricio es el más grande, con capacidad para albergar a unos dos mil niños.

Anna se quedó muda al oírlo.

—Tendré que acompañarte —claudicó Sophie al fin—. Si son menos de cien, nos podremos apañar.

—Y si son más, informaré de ello a la Junta de Salud.

Sophie soltó una risita.

—Sor Ignatia se arrepentirá de haberte subestimado.

—Dudo que sor Ignatia se arrepienta de nada.

Tras un prolongado silencio, Sophie le preguntó:

—¿Alguna vez te has visto la cara cuando te enfadas por cómo han tratado a un paciente?

Anna volvió a desplomarse sobre la cama y dejó escapar una carcajada ahogada.

—No estarás insinuando que le doy miedo a la mismísima sor Ignatia...

—Desde luego que sí. —Sophie bostezó—. Por eso eres tan eficaz.

—Bueno, pues iremos mañana por la tarde. Por la mañana, tengo que operar.

—El juicio de Clara se celebrará mañana por la tarde en las Tumbas. ¿Lo has olvidado?

Anna se quedó pensativa largo rato, tratando de hallar la manera de hacer dos cosas al mismo tiempo en distintas partes de la ciudad. Sin duda debía asistir al juicio de la doctora Garrison para mostrar su apoyo y respeto a su antigua profesora y colega. Se trataba de un compromiso ineludible.

—Le mandaré un recado a sor Ignatia para pasarlo al miércoles por la tarde. A no ser que me olvide de otra cosa…

Viendo que Sophie no respondía, Anna se volvió hacia ella para mirarla a la cara.

—¿Qué ha sucedido hoy en realidad?

—La señora Campbell me preguntó por Clara.

Anna notó que se ponía tensa.

—¿Y bien?

—Soy capaz de disimular si es menester. Le dije que sí, que había leído lo de la detención de la doctora Garrison. Luego le dejé muy claro que no dispongo de anticonceptivos…

—Ni los conoces.

—Ni sé dónde encontrarlos o informarme sobre ellos, y que cumplo la ley a rajatabla.

Sin embargo, aquellas palabras no brindaban protección alguna, como bien sabían ambas. Hacía justo una semana que habían detenido a Clara Garrison por tercera vez, simplemente porque le abrió la puerta a un hombre angustiado por la salud de su esposa y le ofreció un folleto instructivo. La siguiente llamada a su puerta, ni cinco minutos después, llegó acompañada de inspectores postales y policías uniformados.

Tras detener a Clara y llevarla a las Tumbas, los inspectores registraron su casa y su consulta de la manera más destructiva posible. Allí encontraron un sobre dejado a simple vista sobre el escritorio, con media docena de folletos como el que le había dado al inspector vestido de paisano de Comstock, además de dos jeringas vaginales nuevas.

Clara había sido la profesora de obstetricia de Anna y Sophie en la universidad, una médica y docente magnífica, absolutamente comprometida con sus pacientes. Sophie profesaba la teoría de que la doctora Garrison había sido monja, ya que poseía la energía, el grado de exigencia y la discreta diligencia que asociaba con las religiosas que la educaron cuando era niña en Nueva Orleans. Con Clara habían aprendido lo que significaba cuidar de los más desvalidos.

En las dos detenciones anteriores, Clara tuvo la suerte de que los miembros del jurado se negaran a emitir un veredicto. En esta ocasión no fue tan afortunada, por lo que debía presentarse en los juzgados para responder a los cargos que Comstock había reunido con tanto esfuerzo.

—Quiero mandarle un folleto a la señora Campbell en una carta anónima —dijo Sophie—. La pobre está desesperada.

—De acuerdo —convino Anna, resignada a la necesidad de hacer al menos ese poco—. Pero ¿y cuando venga pidiendo un pesario, una jeringa o un diafragma?

Aquel era el mayor problema al que se enfrentaban, un problema que no tenía solución, cuyas consecuencias conocían demasiado bien. De una manera, nacería otra criatura en una familia de seis, ocho o más, conviviendo en un único cuarto sin ventanas ni retrete. De la otra, estaban las parteras y los médicos que podían ser llevados a prisión o acosados hasta acabar con sus carreras. Quizá Sophie o Anna cometieran un error algún día y se vieran frente al juez Benedict, el compañero de Anthony Comstock en su eterna cruzada contra los vientres vacíos. Ambos se dedicarían a sonreír con suficiencia, fruncir el ceño y asegurarse de que la acusada sufriera la mayor humillación y el máximo desprestigio personal y profesional que fuera posible.

Sophie y ella hablaron muy poco durante la siguiente media hora, que pasaron entrando y saliendo de un sueño ligero. La casa estaba en silencio, y Anna podría haber caído en un trance más profundo y quedarse allí toda la noche, de no ser por el aullido que ascendió por la escalera y las catapultó de la cama al pasillo, donde se apoyaron atónitas sobre el pasamanos.

La prima Margaret estaba en la entrada con un recadero que sostenía un paquete plano y cuadrado entre las manos.

El papel marrón de embalar había sido retirado, revelando el marco dorado de un retrato al óleo.

—Vaya por Dios —dijo Sophie—. ¿No es el chico de los recados de la señora Parker? ¿Qué hace con uno de los cuadros de la tita?

—Devolvérselo —contestó Anna—. La señora Parker lo ha usado como modelo para…

—Tu disfraz. —Sophie se mordió el labio, pero la sonrisa estaba ahí y era incontenible.

Margaret rompió en exclamaciones de horror al verlas, como había anticipado Anna:

—¡De condesa Turchaninov no, por favor!

—Me temo que sí.

—¡Pero irás medio desnuda!

El recadero arrastró los pies, incómodo.

—La tía Quinlan dijo que había mandado la condesa a restaurar —protestó Margaret.

A Anna no le extrañó en absoluto; su tía era capaz de recurrir al engaño si ello la ayudaba a llevar a cabo algún plan.

—Creo que limpiaron el lienzo antes de entregárselo a la modista —explicó—. La señora Parker lo ha tenido por lo menos dos semanas.

Margaret alzó los brazos en señal de disgusto y desapareció por la cocina.

—Yo quería ir de Boadicea, la reina guerrera —suspiró Anna—, pero la tía Quinlan me convenció para vestirme de condesa Turchaninov, tal como aparece en el cuadro.

El chico carraspeó y dijo:

—Ustedes perdonen, pero alguien tiene que firmarme el recibo. Da igual quién lo haga, da igual que su condesa lleve puesto un camisón, si no le devuelvo el recibo firmado, la patrona me dará un tirón de orejas como que hay Dios en el cielo.

La señora Lee desfiló por el pasillo, le cogió el recibo, se sacó un lápiz del bolsillo del delantal y firmó con una floritura. El chico aceptó el recibo y la moneda que le ofreció el ama de llaves, se levantó la gorra con la otra mano y se marchó a toda prisa por la puerta de servicio.

La señora Lee miró a Anna y negó con la cabeza en signo de desaprobación.

—No estaré sola —le recordó Anna—. No hace falta que te preocupes por mí.

La mujer frunció el ceño.

—Si usted va a ir de condesa Turchaninov, ¿de qué irá Cap?

Anna se encogió de hombros.

—No tengo ni idea.

—Podemos estar seguras de una cosa —terció Sophie, con un conato de sonrisa en los labios—: nadie va a mirar a Cap.

A las diez en punto, Sophie acompañó a Anna al salón para que su tía le pasara revista.

Estaba sentada en la silla tapizada que daba a la calle, con una luz de gas parpadeando a sus espaldas y un libro cerrado sobre el regazo. Así era como pensaba Sophie en su tía, aposentada en la silla de respaldo alto, mirando hacia la puerta para ver quién había llamado.

—Quítate el mantón, Anna. Deja que te vea.

—Le prometió a Margaret que lo llevaría toda la noche —apuntó Sophie al tiempo que Anna soltaba el cierre, y sujetó el chal cuando comenzó a caer, haciendo que la pedrería chasqueara con suavidad.

—Menudo desperdicio sería —dijo la tía Quinlan.

Entonces señaló el cuadro con la mano, y Anna acató su mandato restituyéndolo a su sitio habitual en la pared. La condesa Turchaninov tenía los cabellos rubios atados con cintas, una boquita de fresa y una fina barbilla adornada con un hoyuelo. Anna no se parecía en nada a ella, pero el vestido la favorecía.

—La señora Parker ha tenido que trabajar durante toda la semana, pero el resultado ha merecido la pena —opinó la anciana—. Deja que toque la tela. —Y luego, sin alzar la mirada, añadió—: ¿Has visto cómo te queda?

—Para eso estás tú aquí —bromeó ella cariñosamente.

—Sophie, cielo. Haz el favor de mover el espejo de cuerpo entero hacia aquí.

Sophie obedeció y observó a Anna mientras esta contemplaba su propio reflejo.

—Ahora dime lo que ves, y no te hagas la tímida.

—Veo un precioso vestido de shantung de seda, del color del trigo maduro al sol. Con el talle alto, pedrería, bordados y mangas anchas de encaje entretejido con hilos y cordones de oro. La misma filigrana cubre el corpiño de flores, lo que es de agradecer, puesto que, si no, iría con el busto al aire. Como me cruce con Anthony Comstock, acabaré en las Tumbas por comportamiento indecente y tendrás que pagar la fianza.

—Deja de cambiar de tema. Y mírate.

Anna suspiró y se palpó los pechos.

—Parecen dos hogazas de pan creciendo en el horno.

—No tienes remedio —se rio su tía.

—Pero soy sincera.

—El encaje es muy bonito, pero Margaret tiene razón: va medio desnuda —dijo Sophie.

—¡Bobadas! —repuso la anciana—. La gente no pensará eso. Se darán cuenta de lo esbelta que es, del garbo que tiene. Se fijarán en la línea de su garganta y en la forma de su cabeza. Verán sus ojos.

—Eso también es verdad —reconoció Sophie—. Tus ojos dorados deslumbran a todo el mundo, Anna.

Había estado pensando en los hermanos Russo durante gran parte del día, y entonces recordó las manos de Lia sobre su rostro. *Occhi d'oro.* Los vio por última vez en el transbordador, Rosa muy erguida con el pequeño al hombro y el brazo libre rodeando a Lia, alerta como un soldado de guardia. Ahora ya habrían separado a las chicas de los chicos, pero, a pesar del escaso tiempo que pasó con ellos, Anna sabía que Rosa no se rendiría. Estaba segura de que iba a presentar batalla, al menos hasta que le impusieran la derrota por la fuerza.

—¿Dónde tienes la cabeza de repente? —preguntó la tía Quinlan.

—En Hoboken —respondió—. Con los huérfanos italianos.

Hubo un corto silencio, uno que la anciana no pudo llenar con promesas vacías ni cuentos de hadas sobre el destino de los niños.

Al cabo de un momento, se dirigió a Sophie:

—¿Serías tan amable de traer el joyero de la cómoda, querida?

ϒ

Pocas veces tenían la ocasión de admirar la pequeña aunque espléndida colección de joyas de tía Quinlan. Sophie abrió la caja y la sostuvo delante de esta, quien señaló un collar, varias pulseras y una peineta a juego. La joven rozó con los dedos las perlitas perfectas, engarzadas en óvalos de oro.

Mientras ayudaba a Anna con los cierres, Sophie vio una prueba más de algo que sabía en teoría: la tía Quinlan era única a la hora de embellecer un conjunto.

—Ha llegado el carruaje —anunció la señora Lee desde lo alto de la escalera.

—Dale un beso a Cap de mi parte —pidió la tía Quinlan.

—Y de la mía —añadió Sophie en voz más baja.

—Y dile que se fije en los detalles. Quiero que me hable de los disfraces y de la casa nueva. Desde luego, será ostentosa y de un gusto pésimo, pero tienen una buena colección de pinturas.

—De disfraces y pinturas también puedo hablarte yo —replicó Anna, un tanto ofendida porque no le hubiera encomendado esa labor.

—No, querida. Tú me contarás quién tiene hidropesía, quién parece bilioso y qué mujeres están engordando, y harás un comentario acerca de las muestras de endogamia que se aprecian en la comunidad de Manhattan. Te conozco, Anna Savard.

Anna volvió a inclinarse para besar sus suaves mejillas.

—Es verdad. Me conoces mejor que nadie.

Después de marcharse Anna, Sophie se sentó en el escabel desde el que solía apoyarse en la rodilla de la tía Quinlan. La anciana posó una mano sobre su cabeza, y durante largo rato no se oyó más que el sonido de los caballos por la calle y el crepitar del fuego en la chimenea.

Entonces, su tía le dijo:

—Cap te quiere y sabrá perdonarte. Deberías concederle un tiempo de duelo.

—Ese es el problema, que le queda muy poco tiempo.

Sophie dudó un instante y se sacó del bolsillo un fajo de papeles manuscritos con caligrafía apretada.

—Quería hablarte de una carta que he recibido. Es acerca de Cap.

Hacía casi un año del descubrimiento de la bacteria causante de la tuberculosis, cuando Cap se apartó por completo de su familia y amigos. Desde aquel día, Sophie se había puesto en contacto con neumólogos de todas partes, incluso en Rusia, para interesarse por los nuevos y prometedores tratamientos que iban surgiendo. La carta que llevaba en la mano era la primera respuesta que ofrecía una mínima esperanza.

La tía Quinlan parecía somnolienta, pero se espabiló de pronto, enderezándose en el sillón.

—¿De un neumólogo?

Sophie se sintió un poco culpable por desvelárselo a la anciana, pero sabía que no podría descansar hasta que se desahogara con alguien.

—Sí. Escribí al doctor Mann de Zúrich hace unos meses, quien le reenvió mi carta al doctor Zängerle, en las montañas de Engadina.

Hizo una pausa dando por hecho que su tía tendría algo que decir, puesto que había viajado bastante por Europa, donde vivió diez años de su juventud.

—Es una zona muy bonita, cerca de la frontera de Italia. Remota y tranquila. ¿La carta es del tal Zängerle de Engadina?

—Dirige una clínica muy pequeña en su propia casa, en la que solo atiende a cinco pacientes. Define el tratamiento como un ensayo, y tiene la esperanza de abrir un sanatorio con su mujer si sigue cosechando éxitos. Resulta que ha leído la historia clínica de Cap y quiere ofrecerle una plaza.

—Pero no ha encontrado una cura.

La tía Quinlan no era dada a las falsas esperanzas ni a la negación de la dura realidad, y se cuidaba de ocultar sus propios sentimientos por temor a crear dudas o expectativas injustificadas.

—No afirma tenerla, pero sus pacientes han mejorado mucho.

A continuación, le describió el protocolo, leyendo algún párrafo de la carta cuando le fallaba la memoria.

—En principio, diría que es una cosa razonable —contestó la anciana—. Buena alimentación, descanso y aire fresco de las montañas. ¿Crees que le hará bien a Cap?

Sophie se encogió de hombros.

—Es posible. Incluso diría que probable, siempre que las cifras sean correctas. La verdadera pregunta es si podremos convencerlo.

Su aparente tranquilidad quedaba contrarrestada por el temblor de las comisuras de su boca, que no podía controlar. Aquella era la demostración perfecta de por qué los médicos no debían atender a sus seres queridos. De hecho, sabía que Anna habría insistido en consultar el asunto con otro galeno de haber estado presente, pero la había excluido a propósito, como parecía saber la tía Quinlan a juzgar por la expresión de su rostro.

—Sin embargo, no puedes hacerle llegar la propuesta.

Sophie reprimió una mueca.

—Ya sabes que no. Ni siquiera puedo escribirle, no lee mis cartas.

—¿Y Anna?

Sophie volvió la cara hacia otro lado.

—No estaría de acuerdo. No querrá que viaje tan lejos.

Su tía podría haber cuestionado tal suposición, pero lo dejó correr por el momento. Entonces dijo:

—Lo cierto es que Cap no puede hacer ese viaje solo. Tendría que acompañarlo alguien. Pero como veo que ya has pensado en todo, ¿a quién propondrías tú?

—No lo sé —respondió afligida—. Me temo que no pienso con claridad. —Un eufemismo de primera categoría.

—Pero crees que debería ir.

Sophie respiró profundamente.

—Sí. No sé explicar por qué, pero me parece que es un riesgo que merece la pena.

—Hay que ver lo mucho que te pareces a tu abuela —comentó la tía Quinlan al cabo de un rato—. Para ella, la medicina era más que una ciencia.

—¿A qué te refieres? —preguntó ella, enfurecida, un acontecimiento tan raro que la anciana la miró con alarma y preocupación. Aun así, debía seguir adelante—. ¿Acaso soy menos médica que Anna, o lo es ella?

63

Su tía no vaciló ni un segundo.

—No es una crítica, sino una observación. Anna es una científica primeriza. —Y luego—: Me temo que te he molestado.

—Anna es una médica estupenda —dijo Sophie alzando la voz—. Una cirujana estupenda.

Acto seguido dobló la carta y se la guardó en el bolsillo con manos temblorosas.

—Piensas que estoy siendo cruel, desleal o ambas cosas —terminó respondiendo la anciana—, pero te equivocas. No menosprecio a Anna, simplemente señalo el hecho de que tú posees una ventaja de la que ella carece. Y en el fondo lo sabes, hay una parte de tu mente que lo entiende, aunque te niegues a reconocerlo por miedo. —Levantó una mano para acallar las protestas de su sobrina—. Cuando dices que Cap debería ir a Suiza, pero no sabes explicar por qué, entiendo lo que quieres decir. Sé que necesitas ayuda, y yo puedo dártela.

A pesar de que era lo que Sophie quería oír, la sencillez de sus palabras la tomó desprevenida.

—Cap se resistirá.

La tía Quinlan le dedicó una de sus sonrisas más dulces y turbadoras.

—He vivido muchos años, y he visto caer torres más altas —declaró—. Estoy segura de que me hará caso.

A veces, Sophie soñaba que llamaba a la puerta de Cap. En sus sueños, aquel simple gesto hacía que la puerta se abriera de par en par, revelando los cuartos despojados de todo cuanto conocía y amaba, una carcasa tan limpia, fría e impersonal como un quirófano. Recorría cada estancia desesperada por encontrarlo, en busca de algún rastro, cualquiera, y entonces se despertaba apesadumbrada.

Aunque lo había amado desde siempre, rechazó sus proposiciones de matrimonio por los motivos que le había explicado con gran detalle una y otra vez. En alguna ocasión pensó en rendirse y claudicar, pues no podía negar que no había nada en el mundo que deseara más que desposarse con Cap. Pero luego, durante los minutos de silencio que precedían al letargo, pensaba en cómo cambiaría su vida. Él afirmaba entender a lo que tendría que renunciar, mas no era cierto. No podía comprenderlo. Él era el hijo de Clarinda Belmont, descendiente de los holandeses que fundaron Nueva Ámsterdam, un auténtico *knickerbocker*,[1] con todo lo que ello significaba. Ella, por el contrario, era una mulata, una criolla.

La palabra era casi un insulto. Cap podía rechazar la mentalidad que la acompañaba, pero no podía conseguir que lo hicieran los demás. Sophie no se libraría de ella, y sus hijos habrían de sufrirla también, como una marca indeleble en su piel. Él era incapaz de aceptar la verdad.

El diagnóstico de Cap no la hizo cambiar de opinión, pero a él sí. En un día frío y húmedo de abril, Sophie descubrió la verdad en la mesa del desayuno.

Un paquete envuelto en papel marrón y atado con un cordel, algo que no tenía nada de particular por sí mismo; no era el primero que le mandaba Cap, ni siquiera el decimoquinto. Parecía llegar uno cada semana, a veces dirigido a una de ellas, y otras a «Las señoritas del número 18 de Waverly Place».

A lo largo de los años habían recibido frutas exóticas, libros sobre Mesopotamia, molinos de viento o filosofía alemana, estilográficas de marfil con perlas incrustadas, confites, huevos de avestruz bellamente grabados y pintados, tallas diminutas del Japón, acuarelas o esculturas de artistas jóvenes cuya obra le había llamado la atención, un canario en una jaula de hierro forjado, esquejes de rosa silvestre, varas de encaje de Bruselas, rollos de damasco estampado de la India, partituras, entradas de conciertos y conferencias. Él escuchaba sus protestas con educación, asentía y seguía haciendo lo de siempre.

Aquella mañana, el nombre de Sophie era el único que aparecía escrito sobre el papel de embalaje. Era un paquete fino que contenía una corta biografía del doctor René-Théophile-

65

---

1. En los primeros años del siglo XVII, cuando los colonos holandeses comenzaron a llegar al otro lado del Atlántico, los hombres llevaban unos pantalones muy característicos que se remangaban por debajo de la rodilla y que se conocían como *knickerbockers* o *knickers*. Con el tiempo, el término se convirtió en el símbolo de la ciudad de Nueva York y especialmente de Manhattan. *(N. de la T.)*

Hyacinthe Laennec, un montón de notas tomadas en una conferencia, fechadas el 24 de marzo de 1882 y tituladas *Die Ötiologie der Tuberculose*, y una carta.

La biografía no necesitaba explicación. El doctor Laennec fue un investigador sagaz y respetado que murió a los cuarenta y cinco años de la tuberculosis que contrajo de sus propios pacientes. Por otro lado, al principio no sabía a cuento de qué venían las notas, un montón de papeles escritos con caligrafía apretada, pulcra y clara. Tras un cuarto de hora de lectura, se dio cuenta de que Cap había pagado a alguien, puede que a un estudiante de Medicina, para que viajara a Alemania y asistiera a la conferencia del doctor Robert Koch sobre el bacilo de la tuberculosis. Los apuntes, concienzudos y precisos, debieron de ser enviados por correo especial.

Cap no había dejado nada al azar. No estaba en su naturaleza.

Sophie apartó las notas a un lado y abrió la carta cuando reunió el valor. A pesar de su brevedad, cortaba como un bisturí.

> Sophie, mi amor:
> Perdóname. Después de cuatro años de esfuerzos para convencerte de que aceptes mi propuesta de matrimonio, retiro mi oferta con la mayor tristeza y arrepentimiento. Como verás, la tesis de los médicos que estudias y respetas es ahora inequívoca.
> No sé cuánto tiempo me quedará de vida, pero no puedo pasar ni un solo día a tu lado sin poner la tuya en peligro. Eso es algo que no puedo ni quiero hacer.
> Perdóname.

Ella le había respondido, pero no sirvió de nada. Tan solo permitía que Anna se acercara a él una vez al mes para examinarlo, siempre que llevara una mascarilla tratada con ácido carbólico y cumpliera con las medidas de higiene más estrictas. El ama de llaves y las criadas que sirvieron primero a su abuela y después a su madre conservaron su puesto, pero se comunicaba con ellas a través de la puerta cerrada de la estancia de la que rara vez salía. Su secretario podía sentarse en la misma habitación, pero en el lado opuesto y de espaldas. Algunos de sus amigos más íntimos fueron tan insistentes que les permitió visitarlo si se quedaban en esa otra parte que nunca pisaba, y entonces era él quien se ponía la mascarilla.

Cap quería que Sophie lo considerase un hombre muerto porque así se veía a sí mismo. En realidad, ella se levantaba cada mañana y se acostaba cada noche pensando en él. Lo echaba de menos, estaba furiosa y lloraba por el tiempo que podían haber pasado juntos.

El baile del Lunes de Pascua de los Vanderbilt iba a ser su primera aparición en público desde que le diagnosticaron la enfermedad. Sophie se preguntó si sus amigos se habrían dado cuenta de que también era su despedida.

En cualquier otra noche de marzo, a las once de la noche, el extremo norte de la Quinta Avenida podía confundirse con una hilera de mausoleos para gigantes. A un lado de la calle, la mole de la nueva catedral, rodeada de escuelas, rectorías y orfanatos como polluelos en torno a una gallina durmiente. Al otro lado, una sucesión de mansiones opulentas, amenazadoras, tan estériles como imponentes. Un largo paseo en el que no había ni un árbol ni un remedo de jardín, solo muros altos y cientos de ventanas cerradas, los ojos de los muertos.

Pero esa noche, la nueva mansión, la cuarta o la quinta que se habían construido los Vanderbilt durante los últimos diez años —Jack no lo recordaba con exactitud—, estaba del todo despierta. De hecho, el mármol y el granito reflejaban la luz que salía de las ventanas como si emitieran un resplandor. La primera residencia personal totalmente iluminada con electricidad, a un precio exorbitante. Con sus gabletes, balcones y galerías, brillaba como una estrella engorrosa y mal concebida, ubicada entre sus aburridos vecinos de ladrillos rojos y castaños.

Se había levantado un toldo doble ante la entrada para proteger a los invitados tanto de los elementos como de la multitud de transeúntes curiosos. Los lacayos con librea azul pálido y pelucas empolvadas esperaban para acompañarlos desde sus carruajes a la alfombra roja que recorría la acera y los escalones hasta el enorme portón.

Al día siguiente, la personalidad de la casa quedaría oculta como una tortuga en su caparazón; las vidrieras se tornarían opacas, las persianas y cortinas impedirían que entraran la luz y el aire fresco.

En un momento dado, sus hermanas intentaron calcular cuántos rollos de terciopelo, brocado y satén se habrían invertido en las cortinas de cualquiera de las mansiones de los Vanderbilt, pero la cuenta ascendió con rapidez a unas cifras tan astronómicas que acabaron por rendirse y volver a sus labores de costura. Su interminable, adorada y preciosa costura.

Lo esperaban cada tarde, sentadas cara a cara, rozándose las rodillas sobre un bastidor de bordar. Entonces corrían a coger su abrigo y le ofrecían toda clase de víveres hasta que aceptaba el plato que le habían preparado. Querían que tuviera el mejor asiento junto al fuego, los periódicos del día, contarle los chismorreos familiares, los embates del tiempo, sus observaciones sobre las idas y venidas de los vecinos, las predicciones funestas respecto al futuro del nuevo empleado de la carnicería, advertencias sobre la humedad de su abrigo o sus zapatos. Sus hermanas dirigían la casa y aspiraban a dirigir su vida con el mismo orden meticuloso y agotador.

Con el rabillo del ojo, Jack pudo ver a una figura familiar, una mujer de unos sesenta años, cuidadosamente vestida y caracterizada para que lo único amenazante en ella fuera una noble pobreza. Pocos lograrían adivinar que había una multitud de bolsillos ocultos bajo su falda amplia, listos para ser llenados con los frutos del trabajo de esa noche. De hecho, ya la había detenido tres o cuatro veces a lo largo del último año. Se hacía llamar Meggie, pero su verdadero nombre era un misterio, quizás incluso para sí misma. Estaba a punto de bajarse de la acera para interceptarla cuando una mano se posó pesadamente en el hombro de la mujer. Era la de Michael Hone, de la comisaría 25, quien llevaba solo dos años en el cuerpo, aunque tenía buen ojo. La ladrona exhaló un hondo suspiro y se dejó prender.

—Meggie se está haciendo mayor —dijo Oscar, que apareció de pronto—. Hace veinte años era escurridiza como una anguila. Estaba a medio camino de Brooklyn antes de que te dieras cuenta de que se había evaporado, y fíjate ahora... Por cierto, ese emperador romano con el culo gordo, ¿podría ser un cargo electo al que no nombraré?

Pasaron un rato entretenido contemplando los disfraces: el cardenal Richelieu y el conde de Montecristo, un fraile capuchino, mercaderes chinos con los ojos pintados, magos, vaqueros, la reina Isabel, la diosa Diana con un arco y flechas, un trío de pastorcillas con bastones y corderos de aspecto realista pegados a sus faldas.

—Hay gente que no sabe qué hacer con su dinero —se lamentó una muchacha cuya ropa estaba desgastada, pero bien remendada—. Te aseguro que a mí se me habría ocurrido un disfraz mejor que de pastora.

Un joven vestido de caballero de la Orden de Malta, cubierto de los pies a la cabeza con cota de malla y armadura, descendió del carruaje después del trío y se dirigió a la acera ruidosamente, escorando de izquierda a derecha como un barco en la tormenta.

—Atención a lo que viene por ahí —dijo una voz de hombre que se impuso al estrépito—. Que alguien le dé un ancla a ese pobre diablo.

El rugido alegre de la multitud no frenó al cruzado en su persecución de las pastorcillas, pero todos los policías que lo oyeron se pusieron nerviosos. Los disturbios a causa del reclutamiento para la guerra tuvieron lugar veinte años atrás, pero tendrían que pasar otros tantos antes de que pudieran respirar tranquilos en presencia de una muchedumbre. Como ya sabían, los ánimos podían pasar del buen humor a la violencia sin previo aviso. En ese momento, los tenderos y los obreros de las fábricas, los oficinistas y los carniceros, los albañiles con cinturones de herramientas y fiambreras, todos ellos se maravillaban ante la visión de una capa bordada con perlas y rubíes, pero esa misma gente era la que había incendiado el orfanato para niños de color y colgado a inocentes de las farolas para desahogar su ira.

Solo había un barómetro fiable que indicaba que las cosas estaban a punto de torcerse. Jack se fijó en media docena de chiquillos que se escabullían entre el gentío con la facilidad y el sigilo de un gato. Eran seis, el más pequeño tendría siete

69

años, y por su aspecto habría dicho que pertenecía a la pandilla que dormía en el callejón junto a la panadería del alemán de la calle Franklin. Los hornos calentaban la pared de ladrillo, lo que hacía de aquel rincón un lugar codiciado durante el invierno, por el que debían luchar y que podían perder en cualquier instante. En caso de que hubiera tensión en el ambiente, los golfillos se esfumarían con tanta rapidez como una ilusión.

—Se están acomodando —dijo Maroney.

La concurrencia observaba entonces a un Shakespeare moderno cuyo sombrero no paraba de caerle sobre los ojos, de modo que avanzaba a trompicones. Los chiquillos se reían con la boca abierta mostrando los huecos de su dentadura, pues a fin de cuentas seguían siendo niños con ganas de divertirse.

Esa mañana, Jack había conocido a otros huérfanos más afortunados que quedaron bajo la austera custodia de sor Ignatia. Conmocionados, abrumados, muchos se rezagaban por el camino, divididos entre la promesa de comida y la entumecedora familiaridad de las viviendas miserables donde murieron sus padres. La doctora había logrado calmarlos con su actitud práctica, sin rastro de condescendencia ni lástima. Unos cuantos intentarían escaparse del hospicio, pero ninguno de ellos sobreviviría mucho tiempo en las calles de la ciudad.

La Sociedad de Ayuda a la Infancia calculó que había unos treinta mil niños huérfanos o abandonados en Manhattan, mientras que las inclusas no podían albergar a más de doce mil. Los demás vivían donde pillaban, mal vestidos, la mayoría sin zapatos, con infecciones, piojos y lombrices. Comían lo que conseguían robar, rapiñar o mendigar, sin tener siquiera un cuchitril que pudieran llamar hogar. Casi todos se negaban a pedir asilo a las organizaciones benéficas que existían, por el simple temor de que no se les permitiera salir de nuevo, o de acabar en un tren rumbo al oeste que les depararía un futuro aún más incierto que el panorama sombrío que tenían delante. Así, dormían acurrucados en los portales o encaramados en las escaleras de incendios, y muchos morían durante el crudo invierno, vencidos por el hambre, la soledad y el frío.

Los carruajes se fueron deteniendo uno tras otro, y los lacayos y cocheros hacían cola para abrir las puertas y ayudar a las señoras que no podían verse los pies bajo las faldas y ena-guas. Después seguían el camino bordeado de estatuas y árbo-les en macetas a través de la carpa hasta la casa, donde come-rían en exceso y beberían más todavía.

Jack se dio cuenta de que el buen humor anterior empezaba a enfriarse. La muchedumbre se puso a dar vueltas, aburrida y ansiosa por distraerse.

Algo más lejos, se abrieron las puertas de un carruaje del cual bajaron dos jóvenes de un salto que se volvieron para ayu-dar a las damas, demasiado impacientes para esperar sentados en el sofocante interior del vehículo. Acto seguido, las puertas de los demás carruajes se abrieron también, al principio una o dos, y pronto en tropel. Las mujeres vestidas de plata, de ama-rillo ranúnculo, de rojos ardientes y de morados profundos se dejaron llevar por sus maridos, padres y hermanos, levantando las faldas para evitar los charcos, el estiércol y la basura, riendo nerviosas mientras apartaban la mirada de la multitud, como si así pudieran desviar la atención que debían atraer sus extrava-gantes trajes, confeccionados con tal propósito.

Aunque los guardias pasarían allí el resto de la noche, los inspectores podrían retirarse en cuanto entraran los últimos invitados. Como si hubiera oído los pensamientos de Jack, el capitán dobló la esquina y los señaló a ambos.

—A ustedes dos los quiero ahí dentro. —Baker alzó el pul-gar por encima del hombro, por si quedaba alguna duda de dónde se refería—. Beaney se encargará de darles las indicacio-nes pertinentes. Cree haber visto a varios de los sospechosos habituales entre la multitud.

—Seguro que van vestidos de sacerdotes —murmuró Os-car—. Son unos bromistas.

Baker soltó una sonora carcajada a su pesar y frunció aún más el ceño para compensar aquel pequeño lapsus.

—Se quedarán en sus puestos hasta nueva orden —dijo, y se fue maldiciendo en voz baja.

Al cruzar la calle, Jack y Oscar pasaron por delante de un carruaje que había conocido tiempos mejores, en el que aguar-daban dos ancianas con pelucas empolvadas, tan sombríos sus rostros pintados que más bien parecían ir de camino a un fu-neral.

71

En ese momento se apeó una pareja de un carruaje bastante más moderno y elegante. Él parecía un caballero de cierta edad, de figura escuálida y postura frágil, que se apoyaba en un bastón. Su disfraz era de una sencillez absoluta: una capa negra con forro de seda roja al hombro, que resaltaba los pantalones negros ajustados y la chaqueta corta sobre camisa blanca.

—Juraría que va de un grande de España de esos —dijo Oscar, tras lo que dejó escapar un suave gruñido cuando el hombre volvió el rostro hacia la luz—. Es Cap Verhoeven. Pobre desdichado.

Los ojos de Verhoeven eran de un azul vivo y brillante, mientras que su semblante estaba cubierto de rubor. A veces, a aquel color tan encendido lo llamaban la bandera roja de la muerte blanca. Se suponía que la tisis procuraba una muerte dulce, romántica incluso, pero Jack no veía nada benigno en cómo acababa con los más fuertes y prometedores.

—Un abogado espléndido, además de imparcial, algo raro entre los de su clase. Su madre era una Belmont. —Oscar poseía un conocimiento enciclopédico de las antiguas familias neoyorquinas, para las que su madre había trabajado durante toda la vida.

Al retroceder un paso, Verhoeven dejó ver a la mujer que lo acompañaba, tomándolo del brazo al tiempo que intentaba mantener un chal en su sitio con la otra mano. Un gritito de sorpresa e irritación escapó de sus labios cuando la prenda salió revoloteando.

Sobre las capas de gasa que movía la brisa, sus hombros y su largo cuello quedaron desnudos al aire de la noche. Bajo la luz de los candiles del carruaje, su tez adquirió la iridiscencia cambiante del abulón: dorados y rosas, marfiles y azules ahumados. Los lustrosos cabellos oscuros, recogidos en una corona alrededor de su cabeza, realzaban la curva de sus mejillas.

Tales fueron los pensamientos de Jack durante los pocos segundos que tardó el lacayo en recoger el chal y dejarlo caer de nuevo sobre sus hombros. Cuando ella se volvió para darle las gracias, pudo verle la cara por primera vez.

Oscar no pasó por alto su gesto de asombro, y preguntó:

—¿Qué? ¿Lo conoces?

—A Verhoeven no, pero a ella sí.

—Ah. —Oscar era capaz de imprimir más escepticismo en una sola sílaba que ningún otro hombre—. ¿Y dónde conociste a alguien así?

—En el transbordador de Hoboken. Rodeados de monjas y huérfanos.

Oscar enarcó una ceja.

—¿Es la médica de la que me hablaste? ¿Cómo se llamaba?

—Savard. La doctora Savard.

Hubo un breve silencio entre los dos.

—Vamos a ver qué manjares nos ofrecen las cocineras —propuso Maroney.

Sin embargo, Jack sabía que su compañero tenía otra cosa en su cabeza. Una médica vestida de seda era una rareza, y una vez despierta, la curiosidad de Oscar Maroney debía ser saciada. Por una vez, Jack estaba tan ansioso como él.

Anna entró en el vestíbulo de mármol blanco de Alva Vanderbilt en el número 660 de la Quinta Avenida del brazo de Cap, con cierto retraso, como habían planeado. Así evitaron el paseíllo hasta la casa, la cola que se formó mientras anunciaban a los cientos de invitados, y también y por desgracia, las seis contradanzas formales. 73

La señora Lee había estado leyendo acerca de los bailes de sociedad en la prensa, quedando especialmente fascinada por el *Hobby Horse Quadrille*. De hecho, Anna sabía lo que era gracias a ella: una cuadrilla en la que los bailarines llevaban un caballito de dos piezas en torno a la cintura, confeccionado con papel maché y terciopelo. Anna también sentía curiosidad, por lo que estaba tan decepcionada como lo iba a estar su ama de llaves.

Al pasar del frío de la noche al gran salón, se vieron envueltos por una nube de aire recalentado con olor a rosas, fresias y roble envejecido, proveniente de una chimenea gigantesca en la que, según pensó Anna, se podría haber asado una casita de campo. De los arcos tallados que sostenían el techo abovedado pendían arañas de cristal, a las que se sumaba el resplandor de docenas de lámparas. La iluminación eléctrica en el interior era una innovación, otro ejemplo más de la necesidad de los Vanderbilt de ser los primeros en todo. La luz se reflejaba en el pulido suelo de mármol y en la infinidad de joyas que lucían aquellas personas cual medallas militares, engarzadas en botones y peinetas, cosidas en faldas, corpiños y capas, exhibidas en gargantas y muñecas, dedos y orejas.

A pesar de la claridad, del calor y del ruido, los suelos de mármol y las paredes revestidas de piedra ornamentada despojaban el lugar de cualquier indicio de bienvenida o comodidad. Al subir por una escalera en la que habrían cabido diez hombres codo con codo, se llegaba a una galería de tesoros traídos de todos los confines del mundo: obras maestras de la pintura, esculturas de Egipto y Grecia y tapices de la China, alhajas, armarios taraceados e instrumentos musicales. Más tarde, si Cap se veía con fuerzas, podrían recorrer el largo trecho a paso lento.

Siguieron a un lacayo que los condujo por un itinetario sinuoso a través de distintas estancias y una sala de música blanca y dorada. Cada objeto estaba hecho de las maderas más raras o de las piedras o mármoles más finos, con dorados, tallados, incrustaciones de marfil, adornados con perlas o alas de mariposa, forrados en terciopelo, damasco o seda bordada. Se suponía que el efecto debía resultar abrumador, y así era.

Con la ayuda del lacayo encontraron un rincón acogedor que les había preparado uno de los primos de Cap, entre altos jarrones rebosantes de rosas de un rojo intenso y sillas tapizadas en seda con madreselvas estampadas, un sofá cubierto de cojines bordados de cuentas, y una mesita llena de copas y vasos de cristal, bandejas doradas con *crudités*, canapés y empanadas de caviar. Al lado, en un mueble auxiliar, más platos llenos de pastelillos y tartaletas coronadas con ciruelas, nueces y fresas, muy adelantadas a la temporada, además de galletas francesas de mantequilla, adornadas con una V en hilo de oro para que los invitados no olvidasen que se hallaban en la morada de una Vanderbilt.

Las flores colmaban las estancias: rosas, tulipanes, lirios del valle, fresias, ramas enteras de cornejo y magnolias tempraneras. Todos los viveros e invernaderos en cien millas a la redonda debían de haberse quedado sin existencias.

Desde su rincón podían contemplar la mascarada sin sufrir

pisotones, y Anna se encontró riendo a carcajadas ante el espectáculo. Robin Hood bailaba un vals con un abejorro, cuyas alas se agitaban en cada movimiento; un emperador romano tenía como compañera a una lechera; Federico el Grande danzaba con un ave fénix, y un campesino ruso con María Antonieta, quien, según observó Anna con cierta satisfacción, llevaba un vestido aún más impúdico que el suyo.

Así pues, se sentaron a mirar, Anna con una copa de champán, y Cap sin nada en las manos. Nunca comía, bebía ni se quitaba los guantes fuera de casa. Ahora se pasaba el pañuelo por la cara y la garganta, húmedas de sudor.

—Hace demasiado calor con las luces eléctricas y la gente —le dijo Anna—. Deberías beber algo.

—Solo si me dejas tirar el vaso cuando acabe —respondió Cap desafiante, enarcando una ceja.

—No creo que vayan a echarlo de menos —susurró ella—. Sea cual sea el tipo de cristal del que esté hecho.

—Pero es posible que culpen a una sirvienta, lo que no te haría ninguna gracia.

Aunque no había pruebas de que el bacilo de la tuberculosis se transmitiera a través de los objetos, Cap se había fijado unas reglas inquebrantables a sí mismo. En el fondo, Anna podía entender su inquietud.

La sacaron de sus pensamientos dos piratas que se desplomaron en el sofá fingiendo agotamiento. Bram y Baltus Decker eran los primos de Cap; habían estudiado Derecho con él en Yale y seguían siéndole obstinadamente fieles aun a pesar de su insistencia en guardar las distancias. Entonces se lanzaron a comer y beber con entusiasmo, interrumpiéndose mutuamente para opinar sobre el champán, el caviar, el paté de *foie gras* y los canapés de trucha ahumada, sobre la orquesta y las contradanzas, y para relatar todo lo que habían visto y oído desde la última vez que estuvieron con su primo.

Bram se levantó el parche del ojo y parpadeó como un búho.

—¿Dónde está Belmont? Qué más da, es una pregunta absurda. Andará por aquí, detrás de unas faldas. Fijaos en ese disfraz, ¿de qué se supone que es? Calza unas babuchas, así que será algo oriental.

—Una suposición bastante lógica, teniendo en cuenta el fez y el velo dorado —replicó su hermano.

Ambos miraron a Cap esperando que les diera una respuesta. Porque tenía una memoria prodigiosa e impartía sus conocimientos cuando se le pedía.

—Me parece que es *Lalla Rookh*, de Moore.

—¿Cómo que de moro?[2] Será de mora.

—No, no, Moore es el autor.

—¿De un libro o de una obra de teatro?

—Es un poema y una ópera.

—¡Arrea! ¿Quién es tan listo para componer un poema con una mano y una ópera con la otra?

—Nadie —intervino Anna, aburrida de aquel diálogo de besugos—. Primero fue un poema de Thomas Moore.

—Malditos irlandeses. —Baltus apuró su copa de champán—. Bram, ¿hemos visto alguna ópera de esas características?

—Pues lo cierto es que sí —contestó su hermano sin abrir los ojos—. *El profeta velado.*

Baltus alzó la vista al techo, como si hubiera algo allí que fuera a refrescarle la memoria.

—Había veneno y un apuñalamiento —le indicó Cap, arrancándole una sonrisa.

—Ah, sí, ya me acuerdo. —Baltus buscó con la mirada entre la multitud y se le borró la sonrisa—. Rayos y truenos, ahora que tenía algo que decirle, va la mora y se junta con el papa de Aviñón —se lamentó.

El joven se dejó caer sobre los cojines y cogió otra copa de champán de la bandeja que le ofreció un camarero.

—Esta noche te veo en plena forma, Cap.

—Embustero —repuso este con una sonrisa franca.

—Yo diría que eres más ciego que un topo —proclamó Bram—. Quien está estupenda es Anna.

En eso estuvieron todos de acuerdo, de modo que brindaron entre sí y con ella, haciendo un gran esfuerzo por no mirarle el escote.

—¿Por dónde anda hoy la otra doctora Savard? —preguntó Bram.

---

2. Moore es «moro» en inglés. *(N. del E.)*

Aunque se había dirigido a Cap, Anna respondió:

—Sophie está trabajando. —Y así, sin más, se hartó de las medias verdades—. Está trabajando —repitió— y no se siente cómoda en esta compañía.

—¿Cómo? —gruñó Bram—. ¿Es por nosotros? No será por nosotros.

Anna lanzó una mirada singular a dos hombres que pasaban por allí, uno vestido con lo que parecía ser el hábito de un cardenal, el otro como un griego de la Antigüedad.

—¿El viejo Twomey? —susurró Bram inclinándose—. ¿Qué puede temer Sophie de ese fantoche? Y, por cierto, ¿de qué va disfrazado? ¿De Aristóteles?

—De Platón —dijo Anna.

—¿En serio? ¿Cómo lo sabes?

—Porque el profesor Twomey adora a Platón.

Cap la miró y negó con la cabeza. Si los gemelos Decker hubieran estado sobrios, Anna podría haberles hablado de las lecciones magistrales que solía impartir el viejo profesor acerca de Platón, Francis Galton y su teoría del genio hereditario. Dadas las circunstancias, fue Cap quien replicó:

—Despierta, Bram. ¿Ves a alguien aquí que no sea blanco como la nieve?

Anna le echó un vistazo al salón de baile y trató de imaginarse a Sophie en aquella compañía. Era una mujer bella, exótica y elegante, con tanta gracia al hablar como al recorrer una estancia. Si hubiera acompañado a Cap esa noche, nadie le habría hecho el vacío descaradamente —al menos mientras él se hallara cerca—, pero la habrían tratado con fría condescendencia, si no con desdén. Anna estaba convencida de que su prima poseía mejor intelecto y elocuencia que cualquiera de los allí presentes, entre los que se contaban un antiguo presidente que le daba a la botella, senadores, príncipes, duques, jueces del Tribunal Supremo, gigantes de la industria y seis de los hombres más ricos del mundo occidental, además de profesores de filosofía con espíritu intolerante.

Y si hubieran estado dispuestos a pasar por alto sus orígenes, no habrían podido negar su evidente autonomía, su escasa disposición a dejarse impresionar por la prepotencia de los demás. Para ser aceptada en tales compañías, Sophie debía admitir primero que no era digna de ellas. Si hubiera sido capaz de tal cosa, Cap no lo habría permitido nunca. Ni tampoco Anna.

—Philius Twomey se puede ir al infierno —murmuró Baltus. Entonces, sin dar mayor explicación, se levantó y se unió al baile, golpeándose la pierna con la espada de un modo que sin duda le provocaría moratones. Pronto se perdió entre un grupo de jovencitas reunidas en un rincón.

—Ha divisado a Helena Witherspoon —dijo Bram—. Recién llegada de Princeton. Tienes que conocerla, Cap. He apostado a que Baltus se casará con ella antes de fin de año. Esa es.

—Pelirroja —observó Cap—. Al menos es constante en sus gustos.

—Y por ahí van Madison y Capshaw. —Bram sonrió de oreja a oreja—. Ahora sí que nos vamos a divertir.

Anna vio que Cap se acomodaba en la silla y apoyaba los codos en los brazos de terciopelo bordado. Cuando se cubría el mentón con las manos, resultaba imposible no fijarse en el contraste entre los guantes blancos y el color encendido de sus mejillas y sus sienes hundidas.

Sin embargo, enseguida bajó la vista hacia el plato que tenía en el regazo. No podía mirar a Cap durante mucho tiempo precisamente porque le quedaba muy poco tiempo; se iba consumiendo día a día, su cuerpo y su mente se dejaban arrastrar por una corriente inexorable.

La señorita Witherspoon era muy joven. Anna se preguntó si tendría madre, pues le parecía improbable que una dama de buena posición permitiera que su hija se mostrara en público como… ¿la reina de las hadas?, ¿una emperatriz? En resumen, con más joyas que sentido común. El vestido era una cascada de tejido dorado y terciopelo burdeos engalanado con una ristra de broches del cuello al dobladillo, formados por anillos de diamantes con una esmeralda en el centro. Pulseras de oro se enroscaban desde sus muñecas hasta los codos, unidas al pesado brocado con más broches de diamantes. Su cabello había sido trenzado con sartas de perlas negras, y una corona a juego descansaba sobre su frente. Además tenía la cintura más estrecha de lo que dictaba la naturaleza, como resultado del uso de un corsé desde la niñez, de día y de noche. Anna hizo un gesto de dolor al pensar en los daños causados.

Por otro lado, la señorita Witherspoon era la princesita de su padre, si no de nadie más, y entendía las costumbres de los ricos. Hizo profundas reverencias a cada uno de ellos, con sus joyas brillando a la luz, y escuchó las presentaciones con atención, mirando primero a Anna, luego a Cap y viceversa, tratando de dar sentido a lo que escapaba de su experiencia del mundo.

Anna sabía lo que pasaba por la cabeza de la jovencita, las cuestiones que ansiaba preguntar, pero que no debían formularse en sociedad. Efectivamente, la habían presentado como señorita Savard, tenía los modales que se esperaban en tales círculos y lucía un vestido bonito, si bien muy pocas joyas. Sin embargo, lo más llamativo en ella era su soltería. Parecía demasiado joven para ser una viuda de guerra, por lo que la señorita Witherspoon pensó que sería una solterona. No obstante, también era demasiado mayor para conseguir un marido, mas ahí estaba con Cap Verhoeven, al que se consideraba un gran partido. El hecho evidente de que estuviera enfermo no parecía importarle a la princesa Witherspoon, aunque lo cierto era que las mujeres siempre se sentían atraídas por él a pesar de su salud, y en ocasiones a causa de ella.

Bram la atendía como cualquier enamorado lleno de esperanza. ¿Le apetecía una copa de champán? ¿Madeira? ¿Ponche? Y qué bien olía su pelo, cuán tersa era su piel.

—Señor Decker —dijo ella, apartando la mirada de Cap para posarla por fin en Bram.

—¿Sí, señorita Witherspoon?

—¿Tendría la bondad de explicar por qué llaman Cap a su amigo, el señor Verhoeven? Tenía entendido que su nombre es Peter.

Remató la pregunta bajando la vista y batiendo las pestañas con coquetería en dirección a Cap.

—Es una buena historia —respondió Bram.

—No tanto —alegó Cap.

Podría haberse ahorrado la objeción, ya que sus amigos se levantaron en el acto, formaron un semicírculo a su alrededor, sacaron pecho y separaron las piernas cual marinos en alta mar. Andrew Capshaw marcó el tono y empezaron a cantar.

¡Oh, capitán! ¡Mi capitán! Nuestro espantoso viaje ha terminado,
La nave ha salvado todos los escollos,
hemos ganado el anhelado premio.

Aun con sus gansadas, formaron una armonía a cuatro voces bastante decente durante la primera estrofa, tras lo que pararon para darse palmaditas en la espalda, satisfechos consigo mismos.

—¿Os habéis quedado a gusto? —les dijo Cap.

La señorita Witherspoon se dirigió directamente a él.

—Es un poema, ¿verdad? ¿Lo escribió usted?

Se hizo un breve silencio en el corrillo, hasta que Cap le contestó con su bondad habitual:

—Me temo que es demasiado joven para recordar el asesinato. El poema que estos gaznápiros intentaban corear sin mucho éxito fue escrito en homenaje al presidente Lincoln después de su muerte. Es de Walt Whitman.

—Cap leyó el poema en un recital público en la Cooper Union —añadió Anna—. Por pura casualidad, fue el día de su undécimo cumpleaños. El auditorio entero se puso en pie para aplaudir. ¿Cuántas veces te pidieron que repitieras tu actuación?

Cap se llevó una mano enguantada a la mejilla.

—Perdí la cuenta al llegar a treinta.

—Y por eso se le empezó a llamar Capitán, y luego Cap —concluyó Anna con la voz un poco ronca, algo que podía pasar inadvertido con todo el ruido de los músicos y bailarines.

Los demás no se dieron cuenta, pero Cap sí; se lo notó en la cara. Durante un instante volvió a ser el chico que había sido un hermano para ella.

Entonces, Anton Belmont, otro primo de Cap, cruzó la pista de baile con su hermana menor de un brazo y una de las debutantes de los Schermerhorn del otro. La búsqueda de más sillas y copas de champán llevó un cuarto de hora, mientras la conversación avanzaba al galope y los jóvenes se desvivían por hacer reír a las muchachas. Cuando se les unieron otros amigos, Anna decidió que podía ausentarse un rato con tranquilidad.

Así pues, se levantó, interrumpiendo una discusión interminable acerca de una partida de póquer jugada años antes, y se excusó. La verdad era que si no pasaba quince minutos sola al aire libre sellaría para siempre su reputación de solterona intratable quedándose dormida en mitad del mayor acontecimiento social de la década.

Tardó algo de tiempo en encontrar el tipo de pasillo indicado —uno que solo utilizaba el servicio para llegar a la parte trasera de la casa—, donde había una puerta que conducía a un patio desierto rodeado por un muro de piedra caliza, suavemente iluminado por las ventanas de la cocina o la despensa. Allí, la música y las voces se reducían a un murmullo de fondo muy parecido al de un mosquito encerrado en una habitación cercana, insistente, pero del que era posible evadirse. Oh, pero qué malhumorada estaba. Y sin motivo alguno.

El lugar estaba medio lleno de ladrillos, barriles y montones de leña, una escalera de mano y una pirámide de tejas. Y lo que era más extraño aún, casi una docena de cubos de jardinería de los que surgían rosas de todos los colores y formas. Anna aspiró una bocanada purificadora y plena de fragancias cambiantes: albaricoque, heliotropo, miel, musgo de roble y vainilla, almizcle y mirra.

Anna se sentía mucho más feliz aquí, en la serena oscuridad, pero a Cap siempre le habían gustado las fiestas elegantes como aquella, cuanto más ridículas, mejor. De hecho, pasaría las semanas siguientes riéndose de todos. De haber estado sano, estaría en la pista de baile o recorriendo las habitaciones, examinando un cuadro aquí o un tapiz allá, contando anécdotas y chistes y los acertijos por los que era famoso. Vaciando una copa de champán tras otra. Cautivando a las ancianas con la misma facilidad que a sus apetecibles nietas.

Era Sophie la que debería haberlo acompañado esa noche. Era a Sophie a quien amaba y quien lo amaba, quien lo conocía mejor. Cuando pensaba en la distancia que había entre ellos, fantaseaba con atarlos a una silla cara a cara y dejarlos así hasta que recordaran cómo hablar el uno con la otra.

Habían querido casarse, pero al final Sophie no pudo soportar la idea de lo que un matrimonio como ese perjudicaría a Cap, y por eso se negó repetidas veces. Anna pensó que si se lo volviera a pedir, Sophie le diría que sí, pues lo extrañaba muchísimo, como él a ella, pero había dejado de pedírselo.

El aroma de las rosas resultaba embriagador a pesar del aire fresco, y Anna se lamentó de que estuvieran ahí solas, sin nadie que las apreciara. Podría llevarle una a Cap, una rosa perfecta, y que lo entendiera como él quisiera.

De repente, oyó un chasquido y la llamarada de un fósforo a su espalda. Un sonido corriente, nada extraordinario en el curso de un día normal. Al volver la cabeza vio a un hombre apoyado en el extremo opuesto del muro, que se encendía un puro con un destello de brasa en la penumbra. Era moreno de piel, corpulento, vestido no con un disfraz, sino con un traje normal, y la estaba observando. La observaba a conciencia, con tranquilidad, percibiendo su mirada y el escalofrío que se extendía por su cuerpo como un sarpullido.

—No tema, señora. Soy el inspector Oscar Maroney de la Policía de Nueva York. —Su tono era agradable, su voz un tanto áspera por el tabaco—. ¿Se estaba planteando cometer un pequeño hurto? Una rosa o dos, tal vez.

Anna no se alteraba con facilidad, pero era cautelosa por naturaleza, y no estaba dispuesta a seguirle el juego a un desconocido, ya fuera policía o no, así que dio media vuelta hacia la puerta, que se abrió antes de que tocara el pomo.

El hombre que apareció en el umbral era tan alto como el otro, lo que unido a la amplitud de su pecho y sus hombros le hacía parecer tan sólido e inabarcable como una pared. Curiosamente, tenía un melocotón en la mano, redondo, maduro y colorado aún en la oscuridad. En los preludios de la primavera, la estampa resultaba tan estrafalaria como si hubiera sostenido la propia luna entre los dedos. Anna apartó la vista, retrocedió y dijo dos palabras, con calma pero con una voluntad férrea indiscutible:

—Con permiso.

—Doctora Savard —dijo una voz familiar—. No esperaba volver a verla tan pronto.

Anna se detuvo en seco, insegura, pero también curiosa. Casi con miedo de mirar a los ojos de aquel hombre.

—No le causaste una gran impresión, Jack —intervino Maroney—. No te reconoce.

Jack. Esa pequeña pista fue suficiente para hacerla mirar de nuevo, para captar el destello de una sonrisa. El inspector Mezzanotte. Giancarlo. Jack.

—¿De veras? —Mezzanotte lanzó el melocotón al otro lado del pequeño patio, donde su amigo lo cazó al vuelo. Entonces la contempló directamente, sondeándola.

—Ahora lo recuerdo —replicó ella—. Va vestido con una ropa muy distinta a la de esta mañana, inspector. —De hecho, iba impecable, con una levita corta a la moda del momento y un chaleco a juego. Aunque costaba distinguir el color en la penumbra, pensó que podía ser negro. Nada del otro mundo, pero sin duda más elegante de lo que habría esperado de un agente de la ley, por mucho que fuera de incógnito—. ¿Está de servicio? —le preguntó.

Otra vez esa sonrisa deslumbrante. Anna dudó si sería capaz de corresponder, pues de pronto sentía el rostro congelado.

—Venía de los invernaderos cuando nos vimos en la iglesia. He pasado el fin de semana en casa, y estuve recortando los rosales al alba —explicó mirando las rosas que había detrás de Anna, como hizo ella, recordando que había mencionado que sus padres eran floricultores.

—¿Me está diciendo que estas rosas son suyas? —Ni siquiera trató de ocultar la desconfianza de su voz.

—La mayoría vienen del vivero de Klunder, pero las más claras de la derecha son nuestras. Se cortaron ayer, el domingo de Pascua después de la puesta del sol, traídas esta mañana antes del amanecer.

Como se quedó sin palabras, cosa poco habitual en ella, Anna soltó lo primero que se le ocurrió:

—Menudo desperdicio. La señora Vanderbilt quería todas las flores del mundo, tanto si podía darles uso como si no.

—Exacto —dijo Maroney—. De eso mismo se quejaba mi hermana.

Anna se volvió para mirarlo.

—La pobre quería engalanar la mesa con flores, pero no encontró ni un narciso ni una violeta en ningún sitio. ¡Me lo contó hecha una furia, como si fuera culpa mía! Al final tuvo que conformarse con una rosa por un dólar y medio.

—Un dólar y medio —repitió Anna, verdaderamente escandalizada—. Nuestras estudiantes de Enfermería pagan dos dólares por una semana de alojamiento y comida. —Aunque sabía que había usado un tono acusatorio, le fue imposible hablar de otra manera. Al inspector Mezzanotte le dijo—: ¿Es eso cierto, un dólar y medio por una sola rosa?

—No. O, mejor dicho, ningún florista honrado cobraría tanto, pero algunos se aprovechan de la ley de la oferta y la demanda. Sin ir más lejos, la semana pasada mi tío tuvo que pagar cincuenta dólares por un centenar de rosas General Jacqueminot.

—La señora Vanderbilt se puede permitir esos dispendios —contestó Anna—. La hermana del inspector Maroney, en cambio, se ha quedado sin flores por su codicia. Ella habría valorado lo que la otra malgasta. —Sus palabras le sonaron pomposas a sí misma, pero parecía incapaz de controlar lo que salía de su boca.

En lugar de responder, Jack Mezzanotte atravesó el patio y se agachó un instante. Cuando se levantó de nuevo, llevaba tres botones de rosa en una mano y una navaja en la otra, que usó para cortar las espinas mientras volvía a acercarse.

—La doctora Savard tiene razón —le dijo a su compañero, aunque sin dejar de mirar a Anna—. Sería una pena dejar que las rosas se echen a perder. Al menos hagamos buen uso de unas pocas.

Entonces se situó delante de ella, tan cerca que pudo percibir su calor, y enarcó una ceja como si le pidiera permiso. Anna podría haberlo detenido con una palabra o con un gesto, pero no lo hizo. Por el contrario, alzó el rostro, le clavó los ojos para demostrar que no se sentía intimidada, asustada ni avergonzada, e inclinó la cabeza levemente. Una invitación.

Jack examinó su cabello y trazó con el dedo la curva de la peineta de plata que Sophie le había colocado antes. A pesar de la ligereza del roce, un escalofrío recorrió la espalda de Anna. Él depositó el tallo con mucha delicadeza, hizo una pausa para observar el efecto y lo movió unos milímetros. Luego dio un paso atrás y sonrió.

—Esta rosa se llama *La Dame Dorée*. Su creador quería obtener una rosa borboniana blanca perfecta, pero no lo consiguió. Cuando se abra, verá que los pétalos interiores tienen un borde rosicler. Puede que el color no sea perfecto, pero la fragancia es exquisita. Y antes de que lo pregunte: sí, las vendemos al por mayor, a diez dólares el centenar… Por cierto, creo que no sé su nombre.

—Es Liliane —respondió con voz ahogada—, pero me llaman Anna. —Aunque no hubo nada indecoroso en su tono ni en su expresión, Jack le lanzó una mirada abrasadora. Esa misma mañana, Anna había sido una criatura diferente para él, mujer solo nominalmente, pero eso había cambiado por obra y gracia de la condesa Turchaninov, cosa que la ofendía al tiempo que le provocaba un malsano placer—. Ahora le olerán las manos a *La Dame Dorée* durante toda la noche. —Turbada por el impulso repentino de restregarle la cara con la palma para comprobarlo, se apartó de él—. Si me disculpan, he de volver con mis amigos.

Acto seguido salió por la puerta y se marchó. En cuanto dobló la esquina, se apoyó en una pared para recuperar el aliento. Luego se tocó las flores del pelo con dedos temblorosos, convencida de haber imaginado aquel extraño encuentro en el patio amurallado.

El señor Lee los esperaba a la una y media, una hora calculada para que Cap no se agotara demasiado y para que Anna pudiera atender a sus pacientes al día siguiente. Mientras lo ayudaba a subir al carruaje, pensó en la jornada que vendría —intervenciones quirúrgicas y el juicio de la doctora Garrison— y se le esfumó el buen humor.

Cap había empezado a toser sobre su pañuelo antes incluso de pisar la calle. Entonces se desplomó en el asiento, se encorvó dándole la espalda y tembló violentamente con cada arrebato. Anna sabía que tendría la cara y el cuello cubiertos de sudor, la tez purpúrea, las venas de la frente, las sienes y la garganta hinchadas. Y que estaría sangrando.

Sin embargo, él no deseaba su ayuda y lo habría ofendido en caso de ofrecérsela, así que le concedió la intimidad que necesitaba. Entonces cerró los ojos y trató de sumirse en la preciada calma con tanto esfuerzo obtenida, pero a Cap le costaba respirar, y no había sonido en el mundo peor que aquel.

Al final, Cap se enderezó un poco, dobló y escondió su pañuelo sin que ella lo viera y se sacó otro del bolsillo, una flamante bandera blanca con la que se secó el rostro en la penumbra.

—Gracias por acompañarme —murmuró con voz enronquecida.

Pasó un momento y luego otro.

—Sophie te echa de menos —le dijo Anna—. Creo que nunca estás lejos de sus pensamientos.

A pesar de haberla oído, Cap no contestó. Por el contrario, inclinó la cabeza levemente, incitándola a continuar, pero como no podía darle la respuesta que él ansiaba oír, se quedó callada.

4

$\mathcal{A}$nna iba a llegar tarde al juicio de la doctora Garrison, que estaba a punto de comenzar. Sophie daba vueltas ante el Palacio de Justicia; por una parte, quería entrar para encontrar sitio; por la otra, deseaba salir corriendo en dirección contraria.

Los neoyorquinos lo llamaban las Tumbas, un sobrenombre apropiado para un edificio que emanaba un efluvio fétido de criptas abiertas y desagüe de cloacas. Sophie estaba segura de que todo el que pasara por sus oficinas, tribunales o, peor aún, celdas, debía salir con los pulmones enfermos y la cabeza dolorida.

Los niños que jugaban en la playa comprendían que los castillos de arena debían someterse al agua y al viento desde el primer momento, pero los hombres que erigieron el Palacio de Justicia rehuyeron tan incómoda verdad y lo dispusieron directamente sobre un pantano. En consecuencia, el edificio empezó a hundirse antes incluso de que se abrieran sus puertas, y continuó descomponiéndose igual que un ser vivo, aun cuando la gente iba y venía sin parecer apercibirse del ambiente malsano que lo impregnaba.

Las viviendas de los pobres desprendían un hedor que hacía llorar los ojos y revolvía la bilis, pero Sophie las prefería a las Tumbas. Allí, las repetidas inundaciones y la humedad constante significaban madera podrida, yeso viscoso y trozos de mampostería que se derrumbaban sin previo aviso. La peste se asentaba en la parte posterior de la lengua y no era fácil de eliminar ni con el paso de las horas. Lo más horrendo eran las celdas subterráneas, donde los hongos y el musgo brotaban de las paredes infestadas de sabandijas y cucarachas negras.

Anthony Comstock había encerrado a Clara Garrison en aquellas celdas en diversas ocasiones.

Cuando el carruaje se detuvo, Anna saltó al adoquinado casi como lanzada con catapulta, se volvió para pagar al cochero, cogió a su prima del brazo y entraron en el edificio a toda prisa.

La sala de sesiones especiales era cavernosa y fría. Sophie sintió el helor en los huesos mientras seguía a Anna hasta los asientos vacíos del fondo, donde, afortunadamente, el techo no presentaba marcas de agua, y por lo tanto era menos probable que les cayera encima del sombrero o de los hombros.

—Estás temblando —le dijo Anna, entregándole unos guantes forrados de piel que sacó del maletín.

Sophie no había llegado a acostumbrarse al clima de Nueva York, pero seguía sobrestimando su propia tolerancia a las bajas temperaturas. Anna, que la conocía mejor que nadie, se había puesto los guantes, una bufanda y hasta un par de los gruesos calcetines de lana que les tejía la señora Lee cada invierno. Aunque con cierto apuro, Sophie no era tan orgullosa como para rechazar su ofrecimiento.

La sala se fue llenando con rapidez, a pesar de que el estrado de los jueces seguía desocupado en un extremo, al igual que el del jurado a la derecha. Un poco más abajo, pero aún muy por encima del nivel principal, había sillas destinadas a los testigos, los acusados y los abogados. Clara Garrison hablaba en voz baja con su abogado a un lado, y Maude Clarke, al otro: un pequeño remanso de paz entre el ruido y el movimiento constante del gentío. Iba bien vestida, con aspecto sereno y distinguido, pero sin pretensiones. La doctora Clarke también se había emperifollado con arreglo a su profesión y a su estatus, aunque era una mujer más menuda, bastante maternal en el fondo y en la forma, por lo que solía ser menospreciada por los hombres con los que trataba. Durante sus estudios, Sophie había visto muchas veces a las doctoras Garrison y Clarke charlando una con otra. Resultaba desconcertante contemplarlas ahora, cuando iban a ser sometidas a examen, en lugar de ser ellas las que examinaban.

Al echar una ojeada, Sophie se dio cuenta de que la mayoría de las médicas en activo más prominentes de la ciudad habían acudido a mostrar su apoyo, incluida la doctora Mary Putnam Jacobi, la catedrática más exigente e inflexible de la Escuela Femenina de Medicina.

Mary Jacobi se había interesado bastante por la educación y la carrera de Sophie, e hizo todo lo posible por ayudarla y animarla. Al principio sospechó que se debía a lo raro que era ver a mujeres negras en la universidad, pero salió de su error cuando la profesora la invitó a su casa para que conociera a su esposo, un experto pediatra de prestigio internacional, que, además, era el presidente de la Sociedad Médica del Estado de Nueva York, de modo que ejercía una gran influencia en las altas esferas. Mary Jacobi le presentó a Sophie como si fuera un valioso espécimen capturado en estado salvaje contra todo pronóstico.

—Tiene una aptitud asombrosa para la medicina pediátrica y obstétrica —le dijo a su marido, un hombre delgado de barba blanca con semblante serio aunque amable, quien tomó las manos de Sophie en las suyas con delicadeza y le sonrió mientras las miraba.

—Debes perdonar a Mary —indicó él con su fuerte acento alemán—. Siempre anda a la búsqueda de nuevos talentos, pero puede resultar un tanto brusca. Ahora que estás aquí, siéntate y háblame de tus estudios.

Sophie no sabía si la aceptación y el apoyo que mostraba Abraham Jacobi hacia las mujeres que practicaban la medicina era una consecuencia de su matrimonio, o si fue a causa de ello por lo que se había ganado a su esposa. Lo que sí sabía es que era uno de los pocos médicos varones que admitía mujeres en sus clases, y que había aprendido mucho de él incluso antes de conocerlo en persona. Todavía visitaba a los Jacobi regularmente, y quizá se habría sentado al lado de Mary si hubiera habido sitio para Anna y para ella.

Su prima se mantenía en un silencio poco habitual en ella, huraño casi, lleno de una tensión retumbante. Sophie posó una mano sobre los dedos entrelazados de Anna y los estrechó. Sin duda había motivos de sobra para estar preocupadas, y de nada serviría afirmar lo contrario.

Una pequeña conmoción cerca de la puerta hizo que las cabezas se giraran para ver entrar a Comstock, flanqueado por

89

sus colegas de la Sociedad para el Supresión del Vicio y la Asociación de Jóvenes Cristianos, quienes marcharon a través de la sala para tomar los asientos reservados a la fiscalía. Todos ellos iban vestidos de negro riguroso como Comstock, con sombreros idénticos bajo el brazo; todos con bigotes y barbas relucientes de brillantina. Sophie sentía tan intenso desagrado hacia aquellos hombres que se le hizo un nudo en la garganta.

Anna se despertó un poco, frunciendo el ceño como si hubiese recordado alguna tarea pendiente y crucial.

Sophie se preguntó si por fin le iba a hablar de Cap. Había planeado llevársela aparte para que le diera las últimas noticias, pero esa mañana su prima se levantó antes que ella por primera vez. Ya estaba en la cocina cuando bajó, conversando animadamente con Margaret y la señora Lee, quien tenía una lista interminable de preguntas y otra aún más larga de lamentaciones, pues Anna se había olvidado de fijarse en los detalles que más le interesaban del baile. Si las circunstancias hubieran sido distintas, se habría echado a reír.

Según les dijo Anna, Cap estuvo arrebatador, con un traje de bailaor de gala que le confeccionaron en España hacía unos años, muy sencillo y elegante, y que realzaba su figura alta y delgada. Además, había estado de buen humor, disfrutando de los escandalosos chistes que contaban sus primos. Tanto fue así que ella misma les narró una de las historias, acerca de un ganso, el color del excremento de ganso y la preciada alfombra de Aubusson de la señora Decker. También les describió los disfraces más extravagantes, respondió una infinidad de preguntas sobre la casa, las cortinas, las alfombras, los muebles y las chimeneas, los cuadros y las esculturas. Refirió los nombres de los amigos que se habían detenido para saludar a Cap, qué trajes llevaban y todas las conversaciones que podía recordar. Sin embargo, no dijo, porque no hacía falta que lo dijera, que Cap había guardado las distancias, sin tocar nada, sin permitir que nadie se le acercara, y que usó guantes toda la noche. Tampoco hizo comentario alguno acerca de su salud, que era lo que Sophie ansiaba saber.

Por el contrario, Anna recordó de pronto que tenía pacientes que atender y se marchó. Sophie no volvió a verla hasta que llegó a la entrada de las Tumbas justo antes de las dos de la tarde, cuando entraron juntas al tribunal. Por muy difícil que le resultara, tendría que esperar hasta que su prima estuviera lista para hablar.

Con un poco de esfuerzo, ordenó sus pensamientos y se volvió hacia ella.

—Pareces absorta. ¿Has tenido algún caso difícil?

Anna frunció el ceño con gesto teatral.

—Confieso que no me esperaba esa pregunta.

—Aun así, me gustaría saberlo.

—Esta mañana vino una madre primeriza, de unos quince años. Sospecho que estuvo sola durante el parto, y el niño nació muerto. El misterio es que ella siga viva. Tenía una de las peores fístulas que he visto, con daños graves en la vejiga y en la uretra.

Cuando una joven menuda y desnutrida daba a luz sin ayuda, era frecuente que se produjeran desgarros, pese a que la criatura fuera de tamaño normal. En esos casos, las pacientes sufrían un dolor tan agudo que había que anestesiarlas antes de poder examinarlas.

—Bueno, al menos se ha tratado a tiempo —dijo Sophie.

Aunque las fístulas obstétricas suponían un martirio, muchas mujeres se abstenían de visitar al médico por la vergüenza y el bochorno. Así, se escondían en su propia casa, repudiadas como leprosas, padeciendo un calvario hasta que la infección se convertía en peritonitis y ya no había nada que hacer.

—Tres horas de operación —explicó Anna—. Y mañana más, si está lo bastante fuerte. Temo que no dure tanto tiempo. —Entonces se volvió hacia Sophie, mirándola con agudeza diagnóstica—. Preferiría que me preguntaras lo que de verdad quieres saber.

—Y yo que me lo dijeras.

Tras una larga pausa, Anna contestó:

—Está empeorando. Dice que no le duele mucho, pero los síntomas son evidentes.

—¿Úlceras?

—Ninguna en la boca ni en la cara, de momento.

Tan ensimismada estaba Sophie tratando de ordenar sus pensamientos en oraciones coherentes que el grito del alguacil la sobresaltó cuando puso orden en la sala y anunció el comienzo de la sesión que presidía el juez Micah Stewart.

El magistrado salió de la antecámara con su cabellera blanca como la nieve, que destacaba no solo por su abundancia, sino también por el contraste con el bigote y las cejas que aún eran de un rojo zanahoria. Antes de tomar asiento, se detuvo para mirar a los espectadores y saludó con la cabeza a los alguaciles, los guardias y los letrados. Luego posó la mirada en Anthony Comstock, y hasta Sophie pudo advertir que el desdén oscurecía su rostro.

—Señor Comstock —dijo Stewart con una voz seca, que, sin embargo, logró llenar la sala—, ya veo que ha vuelto a las andadas.

De no ser por la gravedad de la situación, Anna habría disfrutado viendo al juez Stewart cantarle las cuarenta a Anthony Comstock, el cual era incapaz de refrenar su cólera ni guardarse sus opiniones, y suplía la falta de argumentos racionales con imposturas, retórica rimbombante y versículos bíblicos, una táctica que le estaba sirviendo de poco.

—No puede desestimar los cargos sin más —decía Comstock en tono condescendiente—. El jurado ha emitido la acusación, de modo que debe usted proceder y permitirme continuar con el caso.

Stewart se reclinó en el respaldo de la silla.

—Tal vez sí.

Comstock se mostró muy sorprendido.

—De hecho, si hubiera una acusación legal, tendría usted razón —prosiguió el juez—. Pero resulta que el fiscal Wilson no consideró que hubiera causa suficiente para imputar a la acusada, como me comunicó él mismo hace tan solo una hora. Así que actuó a sus espaldas, ¿verdad? Fue a hablar con el jurado de manera furtiva para presentarle sus quejas directamente.

—El fiscal del distrito estaba muy ocupado y... —balbuceó Comstock.

—Se empeñó en obtener una acusación a pesar de que la fiscalía le había dicho que el caso no era lo bastante sólido, ¿no es cierto?

—Señoría —volvió a empezar Comstock—, ¿ha visto el material incautado en el despacho de la doctora Garrison?

—¿Se atreve a responderme con otra pregunta?

—Si ha visto esos materiales, sabrá que la acusada tenía la intención, la aviesa intención, de distribuir tratados inmorales e implementos obscenos con los que corromper a la población y poner vidas inocentes en un peligro mortal. La primera acusación se refiere al folleto que la doctora Garrison entregó al inspector Campbell, en el que se instruye a las mujeres sobre cómo prevenir la concepción.

Sophie se enderezó, estirando el cuello para ver mejor.

—¿Qué pasa? —susurró Anna.

—El que está al lado de Comstock es el señor Campbell. Ayer atendí a su esposa mientras estabas en Hoboken.

—Resulta que he leído el folleto al que se refiere —dijo el juez—, dos veces, y en ningún momento se menciona la palabra concepción. Se habla mucho de higiene y de salud, pero no de procreación, concepción ni nada por el estilo.

—Leyó la palabra jeringa, ¿no? —insistió Comstock.

—Ciertamente.

—Pues ahí está.

—¿Ahí está qué?

—Ya sabe para qué se usan las jeringas, señoría.

—Eso creo. Pero quizá sea el momento de cederle la palabra a la defensa. ¿Doctora Garrison?

Clara alzó la voz para hacerse oír:

—Las jeringas son un instrumento fundamental de la ginecología, señoría, indispensables para tratar las enfermedades y aplicar remedios locales para preservar la salud. También se emplean para la irrigación y limpieza de heridas y cavidades corporales...

—¡Eso son patrañas!

—Compórtese, Comstock —le recriminó el juez—. ¿Tiene algo más que añadir, doctora Garrison?

—No, señoría.

Comstock elevó el tono de su voz hasta que tembló de indignación.

—¡Pero las publicaciones que distribuye la doctora Garrison tan libremente incitan a las jóvenes a cometer actos criminales!

—Pues a mí no me lo parece.

93

—¡El diablo suele ser sutil! —exclamó Comstock.

—Demasiado sutil para mí —dijo el juez Stewart. Anna habría jurado que reprimía una sonrisa—. No considero que haya nada ilícito en ello. Por lo tanto, la primera acusación queda retirada.

—¡Señoría! Soy un representante...

—Escúcheme bien, señor Comstock: no quiero volver a oírle hablar de su sociedad, y como me interrumpa otra vez, lo acusaré de desacato.

—Si me permite mostrarle el veredicto del juez Benedict... —Puso la mano sobre los documentos que tenía delante.

Stewart endureció el rostro.

—No se lo permito. El veredicto del juez Benedict no me obliga a nada.

—La Sociedad para la Supresión del Vicio...

—Me temo que es usted duro de oído, Comstock. A menos que tenga alguna objeción pertinente, voy a retirar el resto de los cargos.

Comstock agarró un libro y lo levantó en alto, mostrándolo a la sala.

—El *Tratado de anatomía*, de Niemeyer —bramó—. Encontrado en la biblioteca de la doctora Garrison, a plena vista. ¿No es eso cierto, señor Campbell? ¿Acaso no estaba este libro en la biblioteca de la acusada?

Un hombre mucho más bajo y delgado que Comstock se puso en pie y se quitó el sombrero, revelando una mata de cabellos rojos y rizados.

—Es cierto.

—Verificación independiente —rugió Comstock—. Informo al tribunal de que se trata de una publicación obscena, cuya difusión debería prohibirse a toda costa. Especialmente inadecuada para estudiantes de cualquier tipo, incluidos los de Medicina. Le remito a las ilustraciones en color de las páginas dieciséis y diecisiete, y del capítulo cuatro. Y, además —hizo una pausa dramática—, se imprimió en Londres.

El juez Stewart frunció el ceño.

—¿Hay alguna ley que prohíba importar textos médicos de Inglaterra?

—Le puedo asegurar que hay una ley que prohíbe enviar

materiales obscenos por correo. Y si este libro se imprimió en Inglaterra, tuvo que llegar hasta aquí de alguna manera.

—Una suposición razonable. Señor Wall, ¿acepta su cliente la afirmación de que un libro impreso en Londres no fue impreso aquí?

Una risa ahogada recorrió la sala, pero el abogado defensor mantuvo una actitud profesional.

—La aceptamos.

El juez Stewart dirigió su atención a Clara, quien tenía las manos entrelazadas, con expresión atenta aunque serena.

—Doctora Garrison, ¿mandó usted este libro desde Inglaterra?

—No, señoría. No lo hice.

—¿Hizo que se lo mandaran por correo?

—No, señoría.

—¿Sabe cómo llegó a este continente desde allí?

—Sí. Se lo compré a un librero de Londres y lo traje en mi maleta.

—¿Qué pruebas hay que demuestren esa afirmación? —protestó Comstock.

—¿Y qué pruebas tiene usted de lo contrario? Si leyera las leyes con la misma avidez con la que lee esos libros que le resultan tan ofensivos, sabría que la carga probatoria recae en usted y nada más que en usted, señor mío. Y, ahora, siéntese antes de que ordene que lo saquen a rastras.

Stewart esperó a que Comstock obedeciera, y luego echó una ojeada alrededor de la sala.

—Aquí se están tratando dos cuestiones —dijo—. La primera está relacionada con la naturaleza de los materiales en sí. Lo que tengo delante es una colección de ilustraciones médicas como las que se usan para enseñar anatomía. El señor Comstock ha decidido que tales ilustraciones no son educativas, sino obscenas. En mi opinión, tal afirmación es ridícula. Si se ha cometido algún delito en este asunto, ha sido solo en la mente de la acusación.

Comstock dio un respingo, como si le hubieran espoleado.

—Eso no le corresponde a usted decirlo.

—Si no cierra la boca, me veré obligado a multarle y a pedirle al agente Harrison que le encierre en una celda. Sus aspavientos no le servirán de nada conmigo, Comstock. Ahora dígame, ¿ha estudiado medicina alguna vez?

Comstock reconoció que nunca había estudiado, enseñado ni practicado la medicina. También admitió, de mala gana, que los médicos debían ser capaces de ubicar las distintas partes del cerebro, del ojo, de la laringe, de las arterias, los tendones y los músculos, y de todos los órganos internos.

—Estos no son los primeros libros ni las primeras imágenes que ha confiscado por considerarlos indecentes, ¿verdad?

—He requisado millares —respondió, echando mano de la poca dignidad que le quedaba—. Varios millares. Son incinerados una vez al mes.

—Y, mientras tanto, ¿se conservan a buen recaudo en sus oficinas?

—Sí. Siempre hay unos cuantos centenares en cualquier momento. Las fuerzas del mal no tienen límite en esta ciudad.

—Y se guardan bajo llave, para que nadie pueda verlos.

Comstock frunció el ceño exageradamente.

—Tan solo se ven cuando debo mostrarlos ante un tribunal como prueba de cargo.

—¿Únicamente se exhiben en esas ocasiones?

Comstock vaciló un breve instante.

—¿Es a mí a quien se está juzgando, señoría? El director general de Correos de Estados Unidos…

—No se encuentra en esta sala. Le he hecho una pregunta, señor Comstock.

—A veces me piden que hable con los agentes de policía sobre la labor que ejerce la Sociedad para la Supresión del Vicio. Muchos jóvenes no logran imaginar la inmundicia que les espera en las calles y los callejones de la ciudad. Por lo tanto, utilizo los materiales incautados como herramienta educativa, con fines profesionales.

—Entonces usted también es docente, igual que la doctora Garrison —dijo el juez. Comstock no movió un músculo—. Señor Comstock, si no me equivoco, acaba usted de afirmar que emplea tales materiales para ilustrar e instruir, por lo que le son necesarios para el desempeño de su profesión. Pues resulta que la doctora Garrison hace idéntica afirmación, y en su caso, me inclino a creerla. ¿Tiene algo que añadir, doctora Garrison?

—Así es —respondió Clara—. Me gustaría que constara en acta que mi prioridad siempre ha sido y será el bienestar de mis pacientes. Además, me tomo mi responsabilidad para con las estudiantes de Medicina con la misma seriedad.

Stewart le dirigió una larga mirada asesina a Comstock, que enrojeció hasta las orejas temblando de ira. Stewart y muchos de los presentes se rieron de él, pero Anna prefería no subestimarlo. Veía en él a un hombre dominado por sus impulsos más básicos y pueriles, convencido de que repartir dolor y humillación era su misión sagrada, la cual le fue encomendada por un dios sofocante y arbitrario, por lo que se había ganado ese derecho. Pero, por encima de todo, Comstock era un hombre que acababa de ser puesto en evidencia y que jamás olvidaría tamaña ofensa. Así, haría lo posible por descargar su furia contra Clara, o contra alguien como ella.

El juez dio un golpe en la mesa con el mazo.

—Se desestiman todos los cargos. Doctora Garrison, queda usted en libertad. Se levanta la sesión.

Anna se volvió hacia Sophie.

—Háblame del tal Campbell.

Sophie se puso en pie y susurró:

—Fue su esposa quien me preguntó por los métodos anticonceptivos. Parecía muy afligida.

Anna ató cabos en el acto, y con ello se le secó la garganta.

—¿Pensaste que…?

—En absoluto. No tenía ni idea de que el marido trabajaba para Comstock.

—¿Mandaste el folleto?

—Sí.

—¿Crees que ella también actúa bajo sus órdenes?

A pesar de que Comstock tendía enrevesadas trampas a los médicos que consideraba sospechosos, Sophie dudaba que una mujer de parto pudiera prestarse a semejantes estratagemas. De hecho, recordaba bien la angustia que embargaba a la señora Campbell. Aquella desesperación era imposible de fingir, de modo que negó con la cabeza.

La multitud fue saliendo despacio, con una parsimonia que

amenazaba con situarlas frente a Comstock y sus compinches. Entonces hubo un movimiento repentino, y Anna se halló tan cerca del señor Campbell que pudo ver las hebras de tabaco alojadas entre sus rojos bigotes. Él la miró y se quedó quieto, como si la presencia de una mujer en aquel lugar le resultara inexplicable. Luego reconoció a Sophie; lo supo por su expresión.

El hombre le susurró algo a Comstock y ambos se giraron como marionetas. Anna apartó la vista, pero no antes de que sus ojos se encontraran con los de Comstock, fríos, oscuros y calculadores como los de un ave de presa.

Cuando volvió al hospital, Anna descubrió que su paciente empezaba a despertar de la anestesia. Aunque la acompañaban dos de sus mejores estudiantes, la muchacha estaba confusa y dolorida, y golpeó sin fuerzas el vaso que le acercaron a la boca. Las demás mujeres de la habitación contemplaban la escena con interés, de modo que echó la cortina para concederle algo de intimidad.

—¿No ha habido suerte en encontrar a alguien que hable el búlgaro? —preguntó.

—Vino y se fue —dijo Naomi Greenleaf—. He tomado nota de la conversación. La paciente tiene un nombre raro, Aleike…

—Gyula —apuntó Ada Wentworth, pronunciando con esmero el complicado apellido—. Dieciséis años. Su marido trabaja de albañil en el puente nuevo.

Hubo una pausa mientras miraban por la ventana, un hábito adquirido con los años a medida que se iba construyendo el puente de Brooklyn. Resultaba tan inconcebible, por su tamaño, por la mera idea de que una creación humana pudiera abarcar la cuenca del East River, que su imagen recortada contra el cielo parecía no ser más que un espejismo. Y, sin embargo, los periódicos afirmaban que se abriría al tráfico en primavera.

—La dejó aquí y regresó a la obra por miedo a perder el jornal —prosiguió Ada—. Ella le preguntó a la intérprete si aún puede tener hijos. Hicimos todo lo posible para que entendiera en qué consistía la operación. Luego nos dijo que no tiene dinero y volvió a llamar a un sacerdote. Según la intérprete, hay uno en la Casa de Huérfanos que habla búlgaro. Intentará traerlo. Hemos conseguido que tome bastante caldo, pero, como ve, no acepta el láudano.

La chica se calmó un poco cuando Anna se sentó a su lado y le puso la mano en la frente, húmeda de sudor febril. A pesar de su juventud, la expresión de su semblante indicaba que se había resignado a una muerte fuera cual fuera. Aun con las medidas tan rigurosas que tomaban para mantener la higiene, en un caso como el suyo había muchas posibilidades de que la infección acabara con su vida. Si no era así, si lograban salvarla, pronto volvería a quedarse embarazada con idéntico o peor resultado. Su existencia giraba en torno a un único propósito: engendrar para después criar. Y si tenía el valor y la determinación necesarias para buscar una manera de evitarlo, la ley la castigaría por ello.

Pero Anna no se resignaba al fracaso. Puede que la chica lo notara, porque se bebió el agua mezclada con láudano, aunque torciera el gesto por el mal sabor.

—Esto la ayudará a dormir —dijo Anna en voz baja—. Aliviará el dolor por un tiempo, y así podré examinarla.

La muchacha se estremeció cuando la tensión abandonó sus hombros y su pulso comenzó a disminuir.

—Haremos todo lo posible por usted, señora Gyula. Ahora duerma un rato. Deje que nosotras la cuidemos.

Incluso después de los días más largos y agotadores, Anna disfrutaba de la vuelta a casa, del sencillo placer del caminar y la oportunidad de quedarse a solas consigo misma. Por lo general, aprovechaba ese tiempo para repasar los casos de la jornada y analizar las decisiones que había tomado, pero los últimos acontecimientos estaban haciendo estragos en su capacidad de concentración. Cuando logró desterrar de su mente la caza de brujas de Comstock, Cap ocupó su lugar para dar paso a Rosa Russo y sus hermanos, quienes se aferraron a sus pensamientos como una lapa, con la persistencia de aquellos pacientes que había perdido a causa del tifus y la viruela, la disentería y la septicemia. Entonces se imaginó que hubieran formado un club entre todos para atormentarla con el recuerdo de sus errores.

Recorrió Stuyvesant Street hasta Astor Place y disminuyó la velocidad al pasar por la Cooper Union, como tenía por costumbre. Aquel lugar en el que había pasado tanto tiempo durante su infancia era un segundo hogar para ella.

La tía Quinlan daba clases allí antes de que la artritis pusiera punto final a su trabajo. Cualquiera que sintiera un interés sincero por las ciencias, la ingeniería o las artes podía inscribirse en la escuela fundada por Peter Cooper, y las lecciones sobre teoría del arte, dibujo y pintura de la tía Quinlan fueron muy apreciadas en su momento. Cuando era pequeña, Anna iba a sentarse cerca de su tía mientras enseñaba, y cuando se hizo mayor, iba a explorar.

Deambulando por las aulas había aprendido acerca de las reacciones químicas, la arquitectura, la luz y la sombra y la proporción áurea. Cuando tenía sueño, se hacía un ovillo en una de las butacas de lectura en la sala de profesores, donde la tía Quinlan terminaba encontrándola a menudo. De camino a casa hablaban de lo que Anna había descubierto ese día y de cómo encajaba todo en el orden del universo.

Una tarde de febrero, antes de cumplir los cinco años, Anna fue con sus tíos a escuchar la charla de un político. La sala de conferencias estaba abarrotada, hacía demasiado calor, y en general no era el sitio adecuado para una niña nerviosa, de modo que la mandaron al pasillo a jugar. Y así fue como conoció a Cap, quien no había recibido su apodo todavía y se presentó como Peter. Llevaba consigo una caja de soldaditos de plomo, y estuvo encantado de referirle cada detalle acerca de ellos.

Al principio, Anna no sabía si Peter se daba cuenta de que había cuentos para niños y cuentos para niñas, hasta que comprendió que él no hacía tales distinciones. Aquella fue una revelación que marcó el inicio de un vínculo instantáneo entre ambos.

Aún faltaban otros cinco años, dos epidemias, una serie de levantamientos populares y una guerra para que Sophie se uniera a ellos, pero, cuando llegó, lo hizo como la última pieza del rompecabezas. Los tres juntos convirtieron la Cooper Union en su nuevo hogar; recibieron clases con los hijos de los demás profesores, exploraron las aulas, los laboratorios y las salas de conferencias. A los doce años se aventuraron a salir por el vecindario, y a los catorce ya conocían la mayor parte de Manhattan como la palma de su mano. Al pasar ahora ante la entrada principal, Anna se vio abrumada por una pena casi insoportable, por Cap, por Sophie, por ella misma y por los niños que habían sido.

Las clases vespertinas, en las que siempre había demasiada gente, estaban a punto de comenzar. Anna observó a los pequeños grupos de estudiantes que aceleraban el paso para no retrasarse. La mayoría eran hombres que querían aprender ingeniería, pero también había algunas mujeres. Nadie vestía ropas caras y todos parecían llevar una larga jornada de trabajo sobre las espaldas.

En ese momento, a alguien se le cayeron los libros al suelo y tuvo que agacharse para recogerlos, de modo que las farolas de gas iluminaron su cabello negro. Anna se detuvo recuperando el aliento, hasta que aquel hombre se levantó de nuevo y vio que era un extraño al que no conocía.

Luego prosiguió su camino agitada, irritada consigo misma. Menuda tontería, haberse imaginado que volvería a encontrarse con el inspector Mezzanotte tan pronto, menos de veinticuatro horas después de que le pusiera rosas en el pelo. Era imposible que se cruzara con él en la inmensidad de Manhattan: en su imaginación, tan inabarcable como el Atlántico.

5

*A*unque su primera intención había sido vacunar a los huérfanos de Hoboken al día siguiente, Anna pasó una semana tan ajetreada que tuvo que posponerlo del martes al miércoles, y luego al viernes. Por desgracia, habían llamado a Sophie para que atendiera una emergencia, así que iba a tener que enfrentarse a sor Ignacia ella sola.

El aire entraba y salía del interior del carruaje de alquiler. Anna se remetió la bufanda en el cuello de la capa y se consideró afortunada de no estar expuesta a los elementos. La predicción del señor Lee se había cumplido, y el invierno había vuelto, barriendo consigo todo rastro de primavera. Desde su asiento relativamente seco y cálido, Anna vio a los hombres que caminaban encorvados contra el viento, sujetándose el sombrero. El aguacero se acumulaba en las calles y alcantarillas, goteaba por las repisas, y cada portal estaba lleno de cuerpos que se acurrucaban para resguardarse de la lluvia, con los rostros desencajados por la incomodidad, el fastidio, la resignación o una mezcla de las tres cosas.

En la calle, los vendedores y repartidores competían por el derecho de paso mientras esquivaban la trayectoria de los carros, y los bueyes mugían como para armonizar con el chirrido del hierro sobre el hierro. Los caballos que tiraban de un ómnibus doblaron la esquina envueltos en la nube de vapor que despedían sus anchos lomos. Los golfillos se deslizaban entre la multitud con un propósito claro, ágiles y despiertos a pesar de la inclemencia del tiempo. Sin duda sacarían provecho de la inesperada tormenta, rapiñando el doble de carteras y relojes antes de que cayera la noche.

Al pasar por Madison Square, vio que las temperaturas no

habían desalentado a los mendigos, quienes reclamaban su espacio alrededor del parque y lo defendían con violencia si hacía falta. Había tres o cuatro que le resultaban familiares, y otros muchos que no. Una mujer con un niño desfigurado en brazos, ambos cubiertos con una manta empapada. Un hombre con muletas que vestía un ajado uniforme, pese a ser demasiado joven para haberlo usado en la última guerra.

Anna tenía cierta reputación entre los pobres, a los que el Ayuntamiento de la ciudad se refería con desprecio como indigentes. De hecho, siempre que podía se paraba a hablar con los realmente desamparados, pero los otros, los mendigos profesionales que se ganaban la vida fingiendo lesiones o mandando a niños cojos o enfermos a pedir, sabían que estaba dispuesta a denunciarlos y testificar en su contra si era necesario. Las calles de Manhattan estaban tan llenas de desdichados como de rufianes.

Unos días antes, ella había recorrido esas mismas calles con los hombros al aire, sin más abrigo que un chal y de camino a una fiesta que costó al menos un millón de dólares. Así de impredecible y de injusta era la vida.

103

El carruaje pasó ante la catedral de San Patricio y giró hacia la calle 51, donde el orfanato ocupaba dos manzanas enteras, con un edificio para los niños y otro para las niñas. Entre ellos había un convento, una fortaleza de piedra que se alzaba amenazante bajo la lluvia.

Tras apearse frente al edificio de las niñas, Anna se dirigió a la entrada a toda prisa. Una vez dentro, se sacó el pañuelo para secarse la cara y buscó al portero, pero fue interceptada por una monja de edad indefinida y aspecto huraño que se presentó como la hermana Peter Joseph, quien le recordó a sor Ignacia por el mero hecho de que llevaba un hábito negro en lugar de blanco, como la joven Mary Augustin.

La espalda de sor Peter Joseph había empezado a encorvarse, pero se movía con agilidad juvenil mientras le hacía gestos a una muchacha vestida con otro hábito, este gris, que vino a tomar el abrigo, la bufanda y el sombrero de Anna para dejarlos en un guardarropa que supuestamente se encontraba bastante lejos de allí.

Anna siguió a la monja por los pasillos, resbalando un poco al doblar las esquinas del pulido suelo. Se detuvieron delante de una puerta en la que podían leerse dos palabras: Madre Superiora.

—¿Ocurre algo? —preguntó Anna.

En lugar de responder, sor Peter Joseph abrió la puerta, le indicó que pasara, entró tras ella y se alisó las faldas antes de sentarse en la silla que había detrás del escritorio. Anna se sorprendió al darse cuenta de que había supuesto que sor Ignacia era la directora del orfanato, aunque se alegraba de haberse equivocado.

—En primer lugar, le doy las gracias en nombre de nuestros niños —comenzó la religiosa—. Como sabrá, sor Ignacia no es partidaria de las vacunas, pues las considera peligrosas.

—Sí, eso me pareció.

—Sin embargo, nuestra obligación es vacunarlos, por lo que me llevé una desagradable sorpresa al descubrir que se había descuidado. He tenido unas cuantas esta semana. En cualquier caso, todos los huérfanos han recibido la vacuna contra la viruela durante los dos últimos días a manos del personal del San Vicente. —Sacó una carpeta de un cajón y la deslizó sobre el escritorio—. Los registros de vacunación, por si quiere verlos.

Anna no abrió la carpeta ni trató de ocultar su irritación.

—Si están todos vacunados, podrían haberme avisado...

—Y así ahorrarle un viaje con este tiempo. Es cierto, pero, ya que está aquí, confío en que esté dispuesta a examinar a algunas de las hermanas.

—¿No tienen un médico que las visite regularmente?

Aquellos ojos del color de las hojas del roble en otoño la evaluaron con frialdad.

—¿O es pedir demasiado?

Anna sintió que el rubor teñía sus mejillas.

—Será un placer ayudarlas.

Entonces apareció otra carpeta que fue deslizada sobre el escritorio.

—Estos son los historiales de las hermanas que precisan un reconocimiento. Hay dos enfermeras novicias que la esperan para ayudarla. Si necesita algo, mándeme a una de ellas y veré qué se puede hacer. La enfermería del convento queda al final de este pasillo, a la izquierda. No tiene pérdida.

Anna titubeó un instante en la puerta.

—¿Estará disponible sor Mary Augustin esta tarde? Esperaba poder hablar con ella. —Se produjo una larga pausa, así como un nuevo conjunto de arrugas entre las cejas blancas y escasas de la madre superiora—. ¿O es pedir demasiado?

—Le diré que vaya a verla antes de que se marche —respondió esta con una sonrisa divertida.

La enfermería era un espacio amplio y rectangular, tan limpio como cualquier quirófano del New Amsterdam. A lo largo de una pared había armarios de suministros, una mesa para la preparación de medicamentos, un estuche de instrumental médico con el frontal de cristal, equipos de esterilización y una pila de agua. Un par de camillas ocupaban el centro de la dependencia, rodeadas por una cortina que se podía correr. Anna dedicó un momento a preguntarse si las enfermerías de los pabellones infantiles estarían tan bien equipadas, y luego se reprendió a sí misma por pensar mal.

Su primera paciente fue una monja de unos treinta años con un esguince de muñeca. Después trató una infección ocular, drenó un forúnculo, extendió la receta de un linimento que aliviaría la rigidez de las articulaciones y, por último, diagnosticó lo que casi con total seguridad era el inicio de un riñón tuberculoso que debía ser vigilado de cerca. Además anotó sus consejos y observaciones en una hoja de papel que dejó en la carpeta de cada monja, con la esperanza de que fueran leídos.

Las hermanas se mostraron tranquilas, dispuestas a cooperar y absolutamente estoicas; no hacían preguntas, pero respondían a las que les hacía sin dudarlo. Todo fue muy rutinario, hasta que una monja de cincuenta y dos años, sor Francis Xavier, se presentó como la procuradora del orfanato y del convento. Notando la confusión pintada en el semblante de Anna, le explicó:

—Comida —dijo—. Y bebida. Soy la que se asegura de que haya suficiente para alimentar a las criaturitas, siempre pidiendo con la boca abierta y enseñando el buche rosado como pajaritos en el nido. Y a las hermanas también. —Se dio una palmadita en el abultado vientre—. Me gusta mi trabajo.

La hermana Xavier tenía un bulto en el pecho del tamaño de una manzana. Mientras lo palpaba, esta le preguntó:

—¿Cree que me darían un lazo azul en la feria estatal por lo grande que es? Duele como un demonio, y va y viene como la luna.

—¿Hace cuánto que lo tiene?

Su ceño liso se contrajo al pensar.

—Hará unos veinte años. Creo que si fuera un cáncer me habría matado hace mucho, pero ha crecido tanto que palpita como un diente podrido. ¿Se puede quitar?

—Sí se puede. Por lo menos, puedo hacerle una punción con una aguja ahora y operarla un poco más adelante. Con algo de suerte, no volverá a reproducirse, pero tendrá que acudir al hospital para la intervención quirúrgica.

—¡Al hospital! —Xavier se rio a carcajadas—. Eso no es para mí. ¿No ha dicho que puede sacarlo con una aguja? Eso bastará.

—Puedo hacerle un drenaje, pero será un alivio momentáneo. Es necesario operar. Hablaré de ello con la madre superiora, a no ser que prefiera que la trate otro médico.

Sor Xavier frunció el ceño mirando al techo, de una manera que hizo que Anna se compadeciera de las hermanas que trabajaban bajo su mando en las cocinas. Después soltó un gemido explosivo y exasperado.

—Si no hay más remedio, mejor usted que uno de los médicos del San Vicente. No pienso dejar que un hombre me hurgue con un cuchillo.

—Bien. De momento, veamos qué podemos hacer para aliviarla un poco. Tardaré un rato en explorar el tumor, y luego tendré que esterilizar el instrumental y la mesa de operaciones. La aspiración en sí llevará menos de un minuto.

—¡Qué fastidio! Pero, en fin, proceda.

Sin embargo, sor Francis Xavier era incapaz de quedarse callada. Hablaba y hacía preguntas, aunque sin perder de vista cada movimiento de Anna, interrumpiéndola de vez en cuando para saber lo que había en esa botella, si podía olerla, si la aguja hipodérmica se había usado antes con otra persona y cómo se había limpiado.

Mientras que las demás habían guardado un silencio absoluto, ella estaba decidida a llenar la habitación con palabras.
Así, Anna se dio cuenta de que aquella monja tan parlanchina
era una oportunidad que no debía desaprovechar.

—Quería preguntarle sobre unos niños italianos que vinieron de Hoboken el lunes, tras quedar huérfanos durante una
epidemia de viruela. Dos chicos y dos chicas, Russo de apellido.
¿Sabe usted algo de ellos?

Sor Xavier se encogió de hombros en respuesta.

—En este lugar, decir el lunes es como decir el mes pasado, y los chicos estarán en el otro edificio, si es que aún siguen aquí.

Aquello la hizo vacilar, pero se centró en lo que parecía
más a mano.

—¿Y las chicas?

—Se comenta que van a venir unas religiosas de Italia
para instalar su propio orfanato, pero mientras tanto se suele
mandar a los *guinea*[3] al antiguo asilo.

Pronunció aquella palabra —un insulto terrible, como sabía Anna— con la misma naturalidad con la que habría dicho
casa o niño. La joven se quedó sin aliento por un instante,
hasta que recuperó la calma.

—Ahora notará un pinchazo, pero le ruego que no se
mueva. —Y luego añadió—: Ya está.

La hermana Francis Xavier dio un gran suspiro cuando
Anna tiró del émbolo y un líquido amarillo turbio llenó la
jeringa.

—Eso ya está mejor.

Mientras limpiaba el punto de la inyección y lo cubría con
una gasa, pensó cuál sería la mejor manera de averiguar lo
que necesitaba saber.

—Es usted tan desesperante como una novicia —protestó
la hermana Xavier, con un tono más gruñón a cada minuto
que pasaba—. ¿Por qué no suelta ya lo que sea que quiere
decir?

—No sé cuál es el antiguo asilo, ¿dónde está?

107

---

3. Solía dedicarse este insulto racista, «*guinea*», a los inmigrantes italianos, a
los que se acusaba de no ser «completamente blancos». *(N. del E.)*

La monja se sentó con alguna dificultad.

—Nos encontramos en los edificios nuevos de la catedral de San Patricio. Los antiguos se quedaron pequeños, así que el obispo anduvo detrás del alcalde hasta que le regaló estas tierras para construir un orfanato más grande.

—Pero ¿el otro sigue en uso?

—En efecto. Lo más probable es que mandaran allí a las italianas.

—¿Y eso por qué?

Los hombros de sor Francis Xavier se encogieron bajo el hábito negro.

—Supongo que estarán más a gusto en la calle Mott, entre los suyos.

Cuando terminó el último de los reconocimientos, ya habían dado las seis. Anna volvió por su cuenta a través de los pasillos, pasando ante despachos y aulas a oscuras. En algún lugar del edificio tañían campanas, pero, por lo demás, había demasiada calma para ser un lugar que albergaba a cientos de niñas, niñas pequeñas que aprendían a recitar el abecedario, a rezar y a lustrar suelos de madera junto con otras lecciones más difíciles.

Al llegar a la siguiente ventana, se detuvo para mirar afuera y entendió cuál era el motivo de tanta quietud. Dos filas de niñas caminaban a paso rápido por un amplio sendero hacia una de las entradas laterales de la catedral. Por lo que parecía, había llegado la hora de las oraciones de la tarde. Se preguntó cuántas veces al día se repetiría ese proceso, y si a las niñas les molestaba. Supuso que no, pues llevaban zapatos resistentes y capas con capucha, y tenían el estómago lleno. Algunas de ellas habrían soportado cosas mucho peores por mucho menos.

Ahora ya no tenía frío y su ropa estaba seca, pero le rugían las tripas y hubiera querido sentarse un rato en paz para tomar un té y un bocadillo antes de volver a enfrentarse al mal tiempo. Aunque no había ni rastro de la joven monja que llevó sus prendas de abrigo al guardarropa, las encontró bien dobladas encima de una silla en el desierto vestíbulo.

Por lo visto, sor Mary Augustin no estaba disponible después de todo.

Anna se quedó de pie junto a la ventana, contemplando la lluvia primaveral que reemplazaba a la aguanieve. Estaba pensando que iba a tener que salir a buscar un carruaje cuando alguien le tocó el codo.

—Le pido perdón —dijo sor Mary Augustin—. No quería asustarla, pero me alegro de haberla visto antes de que se fuera.

Se sentaron en el banco de las visitas del pequeño vestíbulo, mientras la suave lluvia se retiraba dando paso a una húmeda luminosidad y los rayos del sol dibujaban un damero sobre el frío suelo de piedra gris.

—La madre superiora me ha dado permiso para hablar con usted, pero no tengo mucho tiempo, y hay algo que debería saber —tragó saliva de manera visible— acerca de los Russo.

—Imagino que trae malas noticias.

El rostro de la joven reflejó distintas emociones al mismo tiempo: miedo, remordimiento, culpabilidad, hasta que terminó asintiendo y relató la historia con bastante brevedad. Tras la pelea de borrachos en los muelles, y con las prisas por regresar al orfanato, los hermanos de Rosa se habían separado del resto.

—¿Qué quiere decir?

—No llegaron aquí.

Anna se reclinó en el banco y siguió escuchando a la monja. A pesar de que se organizó una búsqueda nada más enterarse del suceso, nada se sabía de los chiquillos desde que se les perdió la pista cuatro días antes, el lunes pasado. Rosa estaba fuera de sí de la angustia. Cuando se ofreció a hablar con ella, las mejillas de Mary Augustin se tintaron de un rojo vivo.

—El miércoles las mandaron al antiguo asilo de San Patricio. El sacerdote es italiano —dijo a modo de explicación, en concordancia con lo que le había contado sor Ignacia.

La mayoría de los italianos e irlandeses vivían en las casuchas que se amontonaban a lo largo del East River.

—De acuerdo. Pues me marcho a hablar con ellas. —Estaba muy cansada, pero no podía quedarse de brazos cruzados mientras Rosa se consumía de inquietud.

—Ese es el problema —repuso Mary Augustin con voz trémula—. No las encontrará allí.

—Creo que seré capaz de localizar un orfanato católico en la calle Mott.

—Seguro que sí, pero es que se han ido. Se escabulleron en algún momento entre las once y las seis de la mañana. Aunque han peinado la zona varias veces, no hay ni rastro de ellas.

Muda de asombro, Anna se preguntó qué habría empujado a Rosa a tomar una medida tan desesperada.

—¿Se trató mal a las niñas, recibieron algún castigo?

—No lo sé —confesó Mary Augustin como si ya esperase la pregunta—. Imagino que Rosa no pararía de reclamar a sus hermanos, por lo que alguna monja perdería la paciencia y le soltaría un rapapolvo.

—Un rapapolvo. De modo que han desaparecido cuatro niños y no saben dónde pueden estar.

—Me temo que sí.

Anna se quedó mirándola sin saber qué decir.

—Entonces me voy ahora mismo a buscarlos.

En el descanso para cenar, Jack se sentó en su escritorio de la sala de inspectores mientras veía a Oscar pasearse de un lado a otro, cada vez más gruñón porque se moría de hambre. Así las cosas, no le iba a quedar más remedio que salir pronto a la intemperie o resignarse al mal humor de su compañero.

—Cualquiera diría que no te has mojado nunca —murmuró Oscar.

Entonces apareció un mensajero agitando una hoja de asignación: un vigilante había sorprendido a unos intrusos italianos en los terrenos de la universidad en Washington Square, por lo que solicitaba un intérprete.

—Pues ahora nos va a tocar mojarnos, y voy a perderme la cena —se quejó Oscar.

Jack cogió su abrigo y su sombrero con una mirada significativa a la barriga de Maroney y se dirigió a la puerta.

ϒ

De repente, la aguanieve dio paso a una brisa más cálida, y con eso, el aire volvió a impregnarse de un ambiente primaveral. Cuando llegaron al parque de Washington Square, Jack percibió el crecimiento sutil de todas las cosas, tan tangible como la luz del sol sobre la piel.

La Universidad de Nueva York quedaba al otro lado de la parte noreste. Con sus torres altas y sus arcos, a Jack le recordaba más bien a una iglesia, salvo por el estruendo que producían los estudiantes que intentaban jugar un partido de béisbol en el césped. Aunque no tardarían en quedar cubiertos de mugre y barro, Jack podía entender sus ansias de libertad. A juzgar por las miradas que les lanzó Oscar, este también lo entendía. De hecho, se habría unido a ellos sin pensárselo dos veces.

Al entrar en el edificio, la discusión se oía desde el vestíbulo. La mesa del bedel estaba vacía, pero la puerta abierta de atrás permitía ver al agente Harry Pettigrew ante una mujer menuda que le cantaba las cuarenta con la postura tradicional que adoptaban las madres después de que sus crecidos hijos hubieran cometido alguna tropelía.

—Parece que es a Harry a quien hay que rescatar —observó Oscar—. La mujer del bedel lo tiene arrinconado.

Hasta que pasó a la oficina, Jack no se percató de que había dos niñas sentadas codo con codo encima del mostrador. Así pues, no se trataba de unos vándalos, ni siquiera de unos golfillos de la calle. Aquellas pequeñas eran demasiado frágiles para sobrevivir en la urbe por su cuenta, así que se habrían escapado o las habrían echado de algún sitio. Una sollozaba quedamente, mientras que la otra la abrazaba con semblante impasible.

—Señora Conway —se defendió Pettigrew—, nadie pretende hacer ningún daño a…

—¡Eso lo dice usted!

—Un momento, señora Conway —intervino Oscar—. No crucifique al pobre guardia tan rápido.

Mientras Oscar negociaba un tratado de paz entre ambas partes, Jack se fijó mejor en las niñas empapadas y sucias, con el pelo alborotado sobre sus ropas viejas, temblando de frío a pesar de las toallas que las cubrían y del carbón que ardía en la estufa.

La mayor levantó la cabeza para mirarlo, y fue entonces cuando la reconoció. Rosa, si no le fallaba la memoria. La había visto por última vez bajando del transbordador de Hoboken, rodeada de sus hermanos y hermana. En aquel momento, parecía decidida a mantener unida a su familia, pero estaba claro que había fracasado, tal y como se temió. También recordó el apellido: Rosa Russo.

Ella lo reconoció igualmente, pues pasó de la perplejidad al alivio en un instante. La niña se había mostrado muy orgullosa de su dominio del inglés, de modo que empezó por ahí.

—Señorita Russo, volvemos a encontrarnos.

La discusión tuvo un final abrupto cuando el guardia Pettigrew, la mujer del bedel, el propio bedel y el vigilante se volvieron para mirarlo.

Pettigrew fue el primero en recuperar la compostura:

—No habla nuestro idioma.

—Claro que sí. ¿No es verdad, Rosa? —dijo Jack sin despegar los ojos de los suyos.

La chiquilla se irguió con gran dignidad, una pequeña reina a la que por fin reconocía uno de sus súbditos.

—Sí. Soy norteamericana.

—Hoboken —le indicó Jack a Oscar, informándole de las circunstancias aunque cuidándose de revelar demasiada información al bedel y a su mujer—. ¿Por qué no le has dicho a esta buena gente que hablas inglés?

—Habría dado igual —replicó ella mirando a los adultos—. No iban a hacerme caso en ningún idioma. Y sabía que, si les decía lo que querían —añadió dándole un repaso a Pettigrew—, nos habrían devuelto a... —Al ver cómo se inclinaba este en su dirección, hizo una pausa y dijo en italiano—: *Il orfanotrofio*. Hemos tardado mucho en llegar hasta aquí, y Lia está muy cansada.

—Os escapasteis —afirmó Oscar en su italiano de Nápoles, bastante parecido al de las niñas.

Rosa le echó una ojeada nerviosa, sorprendida ante la combinación de aquel rostro irlandés con su idioma materno. Al cabo de un instante, asintió con la cabeza.

Interrogándola pacientemente, Oscar pudo averiguar de dónde venían y en qué momento se habían dado a la fuga: se escabulleron del orfanato de la calle Mott con Prince antes del alba en dirección norte, tras haber pedido indicaciones a un músico callejero italiano al que acompañaba un mono con sombrero.

—¿Qué indicaciones pedisteis? ¿Adónde queríais llegar?

—Aquí —contestó Rosa extendiendo los brazos—. Sor Mary Augustin nos describió este lugar.

Jack recordó el rostro de la hermana Mary Augustin de San Patricio. Sin embargo, había algo que no encajaba, así que lo pensó un momento y formuló una pregunta con cuidado:

—¿Os dijo ella cómo se llegaba?

—No —respondió Rosa, impacientándose otra vez—. En el trayecto del muelle al... —Se detuvo—. De camino al sitio ese, el ómnibus pasó por esta iglesia que no es una iglesia. Sor Mary Augustin la señaló y nos dijo que la doctora Savard vivía cerca, en una casa con un enorme jardín tras un muro de ladrillos, y árboles frutales y una pérgola y gallinas y un gallo.

—*Un gallo!* —repitió Lia con su fuerte acento italiano, como si los gallos solo pudieran existir en ese idioma.

—Entonces supe que debía buscar a la doctora Savard para que nos ayudara. Nos han apartado de nuestros hermanos, y yo quiero recuperarlos. Estaba segura de que podría encontrar la casa con ángeles encima de la puerta —concluyó Rosa.

—*Angeli sopra la porta?* —le preguntó Oscar a Lia.

—*Si. Putti e gigli.*

Jack pensó que la chiquilla se esforzaba mucho por comunicarse con precisión.

—¿Hay alguna residencia cercana que tenga lirios y ángeles tallados...? —le preguntó a Pettigrew.

—Tal vez sean querubines o cupidos... —sugirió Oscar.

—Cu-pi-dos —coreó Lia.

—Tallados en piedra en el dintel. ¿Le suena?

—Se refieren a la casa de la señora Quinlan —repuso el vigilante—. Si hubieran dicho antes lo de los ángeles y los lirios, habríamos resuelto el misterio de inmediato. Está a media manzana de aquí.

Al oírlo, Rosa terminó por derrumbarse y empezó a sollozar. Aun con la tristeza que la embargaba, había algo muy formal en ella, mientras que la benjamina estaba menos atada por

113

el orgullo. Puede que Lia no entendiera las palabras que se habían pronunciado, pero las lágrimas de su hermana eran más de lo que podía soportar.

Cuando Oscar abrió los brazos, Lia corrió hacia él, apretó la cara contra su abrigo de lana y lloró abiertamente.

—Podrían habernos dicho que buscaban la casa de los Quinlan —se lamentó Pettigrew con aire contrito—. Todos conocen la casa del jardín amurallado. Si hubieran hablado en cristiano...

Margaret les estaba leyendo el periódico en voz alta, algo que le gustaba hacer porque, según Sophie, era la única manera de introducir los temas que quería tratar. Su prima, quien se había criado en esa misma casa con el tío Quinlan y su primera esposa, tenía pocos intereses en la vida: sus hijos, lo que opinaran de ella las demás familias neoyorquinas de rancio abolengo, el recuerdo de su difunto marido y los crímenes.

De hecho, compraba varios periódicos todos los días y llevaba un cuaderno en el que apuntaba los delitos que se cometían en un radio de una milla. Ahora estaba sentada con un elegante aunque discreto vestido de diario, la postura perfecta y la cabeza erguida, y les leía la noticia de un robo acontecido en la calle Greene, a solo dos manzanas de allí, en ese barrio al que denominaba con desprecio la Pequeña Francia. Sophie sabía que se iba a armar un rifirrafe del demonio si continuaba empleando ese tono, pues la tía Quinlan no toleraba los discursos intolerantes de su hijastra, y menos aún su aversión hacia los inmigrantes. Al final tendría que recordarle a Margaret que los abuelos de su padre también habían sido inmigrantes. Era una discusión interminable y agotadora, y Sophie ya estaba pensando en cómo zanjarla cuando vio a dos hombres que se aproximaban a la casa. El mayor llevaba en brazos a una niña muy pequeña con un abrigo andrajoso demasiado grande. Los acompañaba otra niña de unos ocho o nueve años que iba mirando las casas, señalando las puertas, farolas y portales y explicando algo. Ambas parecían haber estado malviviendo en las calles.

—¿Te has quedado sorda, Sophie? —dijo Margaret—. Te he preguntado si...

Los desconocidos se detuvieron ante la puerta de la tía Quinlan, con su friso de ángeles y lirios.

—Tenemos compañía —advirtió Sophie.

La tía Quinlan se enderezó, alegrándose como siempre que recibían visitas.

—Y todavía no hay señales de Anna. Empiezo a temer que sor Ignatia la haya secuestrado. Tal vez debamos mandar al señor Lee a rescatarla.

A Jack le costó creer que Anna Savard viviera en aquella casa, pero allí estaba la puerta de piedra con el delicado dintel de ángeles y lirios tallados. Había pasado por esa calle cientos de veces y siempre había sentido curiosidad por la gran mansión de cuatro plantas, con sus perales y sus ciruelos cargados de frutas maduras que asomaban por encima del muro.

Oscar señaló con la barbilla a la joven que miraba desde la ventana.

—¿La conocéis?

Jack no la reconoció, ni tampoco Rosa, quien mostró una honda decepción en el rostro.

—Esa no es la doctora Savard. Pero los ángeles y los lirios...

—No olvidemos que el sargento Pettigrew dijo que había dos señoritas Savard. —No quedaba ni rastro de la célebre volatilidad de Maroney. Una niñita de cara sucia se había encargado de domarlo.

La mujer que abrió la puerta no era Anna Savard, aunque tenía el mismo porte distinguido que ella. Sus facciones eran más anchas, sus ojos de un color indefinible, no verde o azul, sino de algún tono intermedio, igual que su piel se situaba entre la miel añeja y el cobre. Mientras Jack pensaba en lo anterior, Oscar se ocupaba de las presentaciones y explicaba qué los traía a su puerta en aquella tarde de primavera. Se pronunciaron las palabras Hoboken, huérfanos y sor Mary Augustin.

Resultó que había dos doctoras Savard, y que ambas eran médicas. Jack había pasado la mayor parte de su vida sin encontrarse con una criatura semejante, y ahora aparecían hasta en la sopa.

115

—¿Está la otra doctora Savard? —preguntó Rosa—. ¿Podemos verla, por favor?

La segunda doctora Savard tenía una sonrisa amable, capaz de disipar los temores de un niño.

—No ha vuelto todavía, pero llegará en cualquier momento. ¿Les gustaría entrar y esperarla? —Miró a Oscar y luego a Jack—. Adelante, inspectores.

Entonces les presentó a otra mujer, esta llamada Margaret Cooper, una viuda de guerra de mediana edad un poco nerviosa en su disposición, si Jack no se equivocaba, y a una anciana, la señora Quinlan.

—Percibo que está a punto de desentrañarse un misterio —dijo la señora Quinlan—. Qué emocionante. Pasen y siéntense. Señora Lee, tendremos invitados a cenar cuando venga Anna, pero lo que necesitamos ahora es una buena taza de té.

El salón era grande y cómodo, pero Jack se sentía como si se hubiera subido sin darse cuenta a un tren que avanzaba a toda velocidad. Y, lo que era más extraño aún, tenía demasiada curiosidad para pensar en bajarse. En vez de eso, vio como las hermanas Russo eran despojadas de sus harapos y envueltas en mantas para sentarse juntas en una silla tapizada cerca de la chimenea. Pronto le estaban contando su historia a las tres mujeres: Rosa, en inglés; Lia haciendo comentarios en italiano. Poco a poco, el tono agitado de Rosa se fue calmando y comenzó a soltar hipidos entre las frases, tomando rápidas bocanadas de aire. Al fin y al cabo, no dejaba de ser una niña pequeña, lista para desahogar sus cuitas en aquellas mujeres que la escuchaban atentamente con expresión solemne. Mirándola ahora, resultaba difícil creer que se hubiera atrevido a tanto y hubiera sobrevivido.

Según la experiencia que tenía Jack, la mayoría de los hombres no pensaban mucho en los niños; representaban distracciones que había que pasar por alto, aprendices a los que entrenar y poner a trabajar, o cargas a las que alimentar y vestir, y a menudo las tres cosas a la vez. Como agente de policía, había llegado a comprender que los niños en circunstancias semejantes necesitaban, exigían algo más que la indiferencia deliberada o la condescendencia.

Rosa estaba aterrorizada, enfadada, confundida, desesperada, al tiempo que se distinguía en ella una voluntad férrea. Había un hecho simple e innegable que debía hacerles entender a esas mujeres: tenía que encontrar a sus hermanos. Su padre los había abandonado, pero ella no lo haría nunca.

Jack paseó la vista por la estancia, llena de color y bien iluminada por la luz de gas de los candiles y las lámparas colgantes. Las paredes estaban cubiertas de pinturas y dibujos, y un fresco policromado de tonos opalescentes ocupaba todo el techo. Había estanterías altas y atestadas con frentes de cristal, una cesta de costura en un rincón, plantas de hojas brillantes y vigorosas en maceteros de azulejos. Era una habitación peculiar en una casa peculiar, poblada por mujeres que parecían inquebrantables, quienes se tomaban la aparición en su puerta de unas huérfanas italianas mojadas y unos inspectores de la policía como si no fuera nada de lo común.

Sus hermanas se hubieran fijado en cada detalle del salón, en las telas, las cortinas y los manteles. Lo que no sabía era si se habrían sentido escandalizadas o encantadas.

Sobre una mesita ubicada en un lugar destacado, una docena de fotografías en las que pudo contar a ocho hombres de uniforme, de los cuales el más joven no tendría más de dieciocho años. Uno de los retratos, rodeado de un marco historiado, mostraba a un caballero de al menos setenta inviernos.

—Es mi padre —dijo Margaret Cooper, que apareció detrás de él.

En ese momento se dio cuenta de que se diferenciaba de las otras por su vestimenta elegante y tradicional, lo que significaba que iba emperifollada como una pierna de cordero destinada al horno.

—¿Regresó al servicio activo para la guerra?

Ella sonrió, complacida de que hubiera sacado aquel tema de conversación.

—Era médico militar, retirado. El siguiente es mi hermano James. La tía Quinlan, como la llaman Sophie y Anna, es mi madrastra.

—¿Y los demás?

Fue señalando a cada uno, acercando el dedo, pero sin llegar a tocarlos.

—Este es Andrew, mi marido, al que perdí en la batalla de

Chickamauga. Aquí Nathaniel Ballentyne, el hijo de la tía Quinlan y su primer marido. Murió en Shiloh, luchando en la compañía de mi hermano. Nathaniel y James fueron juntos a la escuela; eran íntimos amigos. Estos cinco —pasó el dedo por encima— son algunos de los sobrinos de mi madrastra. Ninguno de ellos regresó a casa. Ni uno solo.

Oscar, que se había mantenido al margen, aunque prestando atención, emitió un sonido suave con la garganta.

—Lo lamento. Mi más sentido pésame.

Jack le echó un vistazo a la señora Quinlan, que seguía conversando con las niñas, y volvió a mirar las fotografías. Una fiesta de bodas, un niño gordo de pie que acariciaba el pelaje de un perrazo, dos jóvenes rubias tan parecidas que debían de ser gemelas. Un lienzo pequeño en un caballete plasmaba a una mujer india de pómulos altos con el pelo entreverado de canas, una alegre sonrisa y los brazos cruzados sobre el pecho.

Oscar le tocó el hombro y señaló con la cabeza un cuadro en la pared opuesta. La imagen del presidente Lincoln seguía apareciendo en los periódicos y las revistas, pero Jack no recordaba haber visto nunca un retrato al óleo como aquel, en el que parecía cobrar vida.

—Es obra de mi madrastra —dijo Margaret Cooper—. La señora Quinlan está bien considerada como artista. O lo estaba, antes de que la artritis pusiera fin a sus empeños pictóricos.

En ese momento resultaba difícil de creer. Sin duda, la anciana que hablaba con las niñas con tanta amabilidad fue una mujer hermosa en su juventud. Pero también había sido capaz de pintar así al presidente Lincoln, como a Jack le gustaba pensar en él, vivo, con un brillo sagaz en los ojos oscuros. Todo el mundo tenía sus propios recuerdos del día del asesinato, historias que se contaban una y otra vez, y que volverían a contarse hoy, mañana y todos los días durante el resto de sus vidas. La conversación podía surgir entre desconocidos en un vagón de tren o en la cena del domingo.

Jack dirigió su atención a la instantánea de dos chiquillas y un chiquillo de unos diez u once años, cuando se percató de que eran Sophie y Anna Savard. Supuso que el niño sería Cap Verhoeven, con una mata de pelo rubio y una sonrisa de las que rara vez se veían en las fotografías.

—Diríase que se criaron juntos como hermanos —observó Oscar.

—No crea —respondió Sophie mientras ayudaba al ama de llaves con el carrito del té—. Yo tenía diez años cuando la tía Quinlan me mandó traer a esta casa, tan pronto como fue posible viajar después de la guerra. Miren qué contenta está de poder hablar en italiano —indicó dándose la vuelta—, cómo se le ilumina la cara.

La anciana empleaba un lenguaje bastante formal, y Jack supo que había viajado a Italia largo tiempo atrás, y aprendido de tutores que valoraban más la gramática que la conversación, pero tenía buen oído para el idioma. Ella debió de notar su mirada, porque alzó la cabeza sonriente y le quitó el aliento. Sí, sin duda había sido hermosa de joven. La belleza fue apagándose con los años, pero le dejó algo igual de poderoso.

En ese instante, Jack oyó el sonido de la puerta delantera que se abría y se cerraba, y allí estaba ella, Liliane, a la que llamaban Anna, teñidas sus mejillas de un vivo rubor, aunque supuso que se debía a la turbación y no al frío. En el umbral se quitó el sombrero y la bufanda, lo que le permitió advertir el pulso que le latía en la base de la garganta.

Luego avanzó hacia las hermanas Russo sin detenerse, soltando las prendas por el camino. Las demás le hablaban a la vez, pero ella no parecía oírlas. Pese a que hizo un esfuerzo evidente por enderezar la espalda y serenar su espíritu, era innegable que estaba agitada.

—Veo que tenemos compañía —dijo con la voz un poco ronca.

—Así es —replicó la señora Quinlan—. Creo que ya conoces a Rosa y a Lia.

Las niñas se inclinaron hacia delante, tan interesadas en Anna como esta en ellas.

—Sí, nos conocimos en Hoboken. De hecho, estaba a punto de salir a buscaros. Tenéis a dos conventos revolucionados. —Se agachó para tocar con delicadeza su cabeza, su cara y sus hombros.

—Tenemos más invitados —anunció su tía, señalando el rincón donde aguardaban Jack y Oscar.

Anna se dio la vuelta con aire cauteloso. Jack intentó sonreír, pero lo único que consiguió fue que le temblara la comisura de los labios.

—Buenas tardes, doctora Savard —dijo Oscar, disfrutando claramente de la situación y del evidente interés que Jack trataba de esconder—. Espero que pueda perdonarnos por la intromisión.

Una nueva oleada de carmín le subió del cuello al rostro para desaparecer tan rápido como había llegado, dejando apenas unas motas, algo que Jack había visto en contadas ocasiones, sobre las caras, las gargantas y los senos de las pocas mujeres con las que había compartido el lecho. La imagen lo tomó desprevenido, de modo que apartó la mirada para ocultar su propia expresión, pues temía que revelara tanto como el rubor de una mujer.

Mientras, Oscar hablaba de Pettigrew, de las niñas halladas en el cuarto del bedel y de cómo habían dado con la casa. Sin embargo, Jack no oyó más que algunas palabras, embebido como estaba en sus pensamientos, cuando volvió la cabeza y vio que Anna Savard lo miraba también. Durante un instante temió que le hubiera leído la mente, contemplándose a sí misma desnuda y jadeante entre sus brazos.

Entonces sonrió, con una media sonrisa cansada aunque amable, como la que le habría dedicado a cualquiera.

—Rosa —dijo Anna—, has de prometerme que no te escaparás de nuevo.

—Han perdido a mis hermanos —repuso la niña con mucha calma—. Y les da igual.

—No hubo malicia en ello. —Al percibir su confusión, explicó—: No querían hacerte daño.

—Pero me han hecho daño. —Aun siendo tan pequeña, irradiaba un aplomo portentoso—. ¿Nos van a mandar de vuelta al orfanato?

Ahí estaba la cuestión. Antes de que nadie pudiera responder, Margaret Cooper se puso en pie con vehemencia.

—Desde luego que no —dijo con un tono que no daba lugar a réplica—. Lo que necesitan estas niñas es un baño caliente, una buena cena y una cama mullida en la que puedan pasar la noche sin miedo. Que duerman cuanto quieran, y luego que desayunen hasta hartarse.

Así pues, aquella era la más maternal del grupo. Las Savard, por su parte, parecían satisfechas de que su prima se encargara de la cuestión. Lia, obediente, se bajó de la silla de un salto, arrastrando las mantas consigo. Incluso Rosa se levantó sin dudarlo, aun con el rostro demudado por el cansancio, ahora que por fin había alcanzado su objetivo.

Entraron en el comedor antes de que Anna tuviera tiempo de analizar la cuestión y su propio estado de ánimo. O ánimos, porque podría decirse que tenía más de uno: entusiasmada y exhausta, furiosa y poseída de una calma casi preternatural, inquieta y centrada. Parte de ello tenía que ver con el mare-mágnum de preguntas que la habían asaltado durante el tra-yecto en carruaje: cómo encontrar a las niñas perdidas, si po-dría ayudarla algún amigo o si eso complicaría aún más las cosas, si debía avisar a la policía y por qué no lo habían hecho ya las Hermanas de la Caridad, si era razonable empezar pre-guntando en los hospitales… Y permeándolo todo, un temor que le pesaba en el alma: si hubiera mostrado un mínimo de interés, en lugar de marcharse del transbordador sin más, qui-zás habría podido evitar aquella debacle. Debería haber hecho algo, cualquier cosa.

Después de tanto sufrimiento, el inconmensurable alivio de regresar a casa y encontrarse con las niñas en el salón, como agua fresca en una tarde calurosa. Y de colofón, nada más dar-se la vuelta, ver al inspector Mezzanotte mirándola, cuando ya se había resignado a olvidarlo.

Todavía la miraba, sentado al otro lado de la mesa de su propio hogar, silencioso y observador mientras su compañero relataba la historia con más detalle. Ahora que las niñas esta-ban fuera de la habitación, hablaron abiertamente sobre las cosas que podían haber salido mal.

Anna se dedicó a su cena con tal ansiedad que tardó un mo-mento en darse cuenta de que alguien le había hecho una pre-gunta. La señora Lee estaba a su lado con la sopera, una ceja enarcada y un mohín en la boca que no presagiaba nada bueno. Más adelante habría un interrogatorio, porque la mujer las cazaba al vuelo, pero Anna no le daría ninguna respuesta, ya que detectaría cualquier mentira en el acto, y la verdad era demasiado delicada para ser contada.

La tía Quinlan dijo:

—Anna, ¿mencionaste al inspector Mezzanotte cuando nos contaste tu expedición a Hoboken del Lunes de Pascua?

—A mí sí —contestó Sophie—. Fue usted su intérprete, ¿no es así, inspector?

Anna sabía que Sophie estaba dispuesta a intervenir en su favor, pero era demasiado pedir y, además, habría sido un intento condenado al fracaso. Aquellas ancianas a las que pertenecía en cuerpo y alma no se dejarían distraer tan fácilmente, de modo que se hizo cargo de la conversación ella misma.

—Había demasiados dialectos para sor Mary Augustin, y el sacerdote se había ido a dar... —Miró a Jack Mezzanotte a los ojos—. No me acuerdo de la palabra.

—El viático —indicó él—. La extremaunción.

—Fue una suerte poder contar con su ayuda. Al inspector Maroney lo conocí esa noche, en el baile de máscaras de los Vanderbilt. Estaban allí de servicio —añadió.

Sophie había estado participando en la conversación con sus acostumbrados buenos modales, pero entonces se puso un poco rígida.

—¿Conoció a nuestro amigo Cap? —le dijo a Maroney.

—No tuvimos el placer. Lamento saber que está enfermo. —Pronunció la frase de tal manera que podía tomarse como una pregunta o una observación.

—Tiene tisis —explicó la tía Quinlan. Anna se alegró de cambiar de tema, pero también le extrañó; su tía no era dada a comentar la salud de Cap ante desconocidos. Allí pasaba algo. Al momento dijo—: Sophie ha recibido una carta de un especialista suizo. —Miró a Anna enarcando una ceja—. Pensábamos contártelo esta tarde.

—Ajá —respondió ella, dudosa.

¿Cuándo habría llegado esa carta exactamente? Sobre todo, se dio cuenta de que había sido vencida. La tía Quinlan sacaba el tema a colación porque la compañía la obligaba a ser paciente y guardarse sus críticas. Por el momento.

—¿Un especialista que puede curar la tisis? —preguntó Oscar Maroney, tan impresionado como escéptico.

—No, todavía no —replicó Sophie—. Pero va a abrir un sanatorio, bueno, una pequeña clínica en la que probar un nuevo tratamiento.

—Ya discutiremos los detalles más adelante, si es que Cap quiere, claro.

Y punto, pensó Anna. Eso bastaría para poner fin a la conversación, en la mesa y en cualquier momento, porque Cap no se prestaría jamás a algo así. Sin embargo, la tía Quinlan la miró con expresión meditabunda, cosa que no le gustó nada.

—Sí que quiere. De hecho, ha pedido que vayas a verlo el domingo, para hablar del tema.

Jack había estado atendiendo a la charla entre las ancianas y las jóvenes, y percibió el afecto y el respeto con el que se trataban, pero también los enfrentamientos y los desacuerdos que venían de lejos.

—Si me lo permiten, ¿puedo preguntar qué piensan hacer con las hermanas Russo? —Todas las miradas se fijaron en él—. ¿Quieren que las devolvamos al orfanato?

Maroney se revolvió inquieto a su lado.

—¿Usted lo haría? —Sophie pareció sorprenderse.

—Tendríamos que hacerlo si nos lo pidieran.

—¿Dónde? —quiso saber la tía Quinlan—. ¿Al de la calle Mott?

Margaret Cooper apareció en la puerta como si la hubieran invocado.

—¿Estáis hablando en serio? No podemos mandarlas allí con la conciencia tranquila.

—Margaret… —empezó a decir Anna, pero su prima se había marchado ya, con la espalda muy tiesa.

—¿Se las quiere quedar? —Oscar miró a cada una de las mujeres por turnos, enarcando una ceja con educado pasmo.

—Margaret es muy maternal y echa de menos tener hijos a los que cuidar, pero, como es lógico, esto es algo que debemos pensar y discutir a fondo antes de tomar una decisión tan importante —dijo la señora Quinlan.

Margaret volvió al cabo de un momento con un periódico en las manos.

123

—Redada en fumadero de opio chino —leyó en voz alta—. Jóvenes del vecindario son engañadas con propósitos inmorales. —Recorrió la página con la mirada—. Una pelea frente a la taberna de Mayer entre las calles Cherry y Water se salda con un apuñalamiento mortal... Ah, sí, y esto: hallado el cadáver de un niño con señales de violencia en un retrete de la calle Prince. ¿Hace falta que siga?

Oscar se mostró tan sorprendido como encantado ante aquella inesperada fuente de información.

—¿Está suscrita a la *Gaceta Policial?*

—Sí —respondió ella, desafiante.

La anciana tía negó con la cabeza.

—Margaret, somos conscientes de los peligros que acechan en ese vecindario, pero ese no es el problema ahora mismo. Debemos avisar a las monjas de que pueden dejar de buscar a las niñas, lo que no significa que vayamos a deshacernos de ellas.

—Puede que no tengamos elección —alegó Sophie—. La Iglesia tendrá algo que decir al respecto.

Margaret Cooper torció el gesto, pero Anna se levantó de la mesa antes de que la conversación pudiera continuar.

—Voy a escribirles ya.

Después de que los inspectores se marcharan al convento con el recado, Anna se dejó arrastrar a una tensa discusión acerca de las niñas y de lo que supondría mantenerlas.

—No son gatos callejeros —dijo en voz alta sin dirigirse a nadie en particular, lo que provocó una encendida declaración maternal por parte de su prima: ella, Margaret Quinlan Cooper, no necesitaba que nadie le explicara lo que conllevaba criar niños, con la responsabilidad, el esfuerzo y las posibles desazones inherentes. Si a Anna no le gustaba la idea de estar atada, que siguiera como entonces y dejara el cuidado de las pobres niñas a quien sabía lo que se hacía. Sus dos hijos eran prueba suficiente de que estaba a la altura de la tarea.

Cuando acabó su discurso, le lanzó una mirada a la tía Quinlan en busca de aprobación, pero no obtuvo el beneplácito que esperaba.

Por el contrario, la anciana le preguntó:

—Margaret, ¿de verdad quieres dedicar los próximos veinte años de tu vida a la crianza de dos niñas?

—Y de dos niños, en caso de que los encontremos —murmuró Sophie.

—¿Vamos a buscarlos? —preguntó su tía.

Anna se obligó a respirar hondo tres veces seguidas. Sabía lo que tenía que decir, aunque ignoraba por qué necesitaba decirlo.

—Yo sí —anunció—. Al menos voy a intentarlo. Siento que se lo debo a Rosa. Pero, por favor, no me pidáis que os lo explique, porque no sé si podría.

—Está bastante claro, Anna —replicó la tía Quinlan—. Te recuerda a ti misma.

—Mi situación no tuvo nada que ver con la suya —contestó ella, sonrojándose de ira—. Yo tenía familia. Nunca hubo dudas sobre quién cuidaría de mí. —No le gustó la expresión de su tía, así que añadió—: Aunque las niñas vuelvan al orfanato, haré lo que esté en mi mano por localizar a los chicos.

—Va a ser muy difícil —repuso su tía con suavidad.

—Pero, si por ventura aparecen, tendremos que hacernos cargo de cuatro chiquillos —advirtió Sophie con semblante sereno y tono inconfundible. Si bien apoyaría a Anna en lo que resolviera, primero se aseguraría de que tomara la decisión sin precipitarse.

—Hagamos lo que hagamos, tendremos que decírselo a las niñas por la mañana —aconsejó la tía Quinlan—. Bastante afligidas están ya las pobrecitas.

Tardaron una hora y media en alcanzar algún tipo de acuerdo, y, sin embargo, cuando se metió en la cama, Anna descubrió que era incapaz de dormir. Así pues, se levantó, encendió la lámpara del escritorio y sacó papel, pluma y tintero. Había repasado la redacción tantas veces en su cabeza que escribió rápidamente y sin pausa.

Inspector Mezzanotte:

Le estoy muy agradecida por su amable ayuda con las hermanas Russo y por traérnoslas a casa. Tras una larga discusión, hemos decidido pedir la custodia de las niñas a las Hermanas de la Caridad mientras tramitamos la tutela. Nos haremos cargo de ellas y las educaremos en el catolicismo si es preciso.

Por otro lado, le rogamos que nos permita usar su nombre como referencia en la petición que remitiremos en breve a las autoridades eclesiásticas. Por favor, háganos saber si está de acuerdo con ello. También nos comprometemos a acoger a los dos hermanos Russo, en caso de que logremos encontrarlos. Reconozco la dificultad de tal empresa, pero me siento obligada a intentarlo al menos.

Gracias una vez más por su comprensión y amabilidad.

Atentamente,

ANNA SAVARD

Media hora más tarde, ya en duermevela, Anna se incorporó de repente. Las primeras luces del alba clareaban el cielo, pero volvió a encender la lámpara porque había cometido un error que debía corregir. Comenzó de nuevo la carta: «Inspectores Mezzanotte y Maroney».

A la mañana siguiente, se sentó a la mesa de la cocina enfrente de Sophie mientras leía otra carta que había llegado con el primer correo. Era breve y, por desgracia, había recibido otras similares en el pasado.

Estimada doctora Savard:

Conozco a varias señoras a las que ha atendido, y quienes hablan maravillas de sus dotes como especialista en salud femenina. Hoy le escribo con la esperanza de que pueda proporcionarme cierta información delicada, de la que necesitan a veces las que son madres de muchos hijos. Una amiga me enseñó hace poco un folleto, el cual creo que le entregó usted, por el que estaría dispuesta a pagar lo que fuera. De hecho, estoy interesada en adquirir cualquier material que tenga sobre la restauración del ciclo. Le ruego que me mande una lista de los materiales de los que disponga y su precio al apartado de correos 886 de Herald Square. Gracias desde ya por su amable ayuda.

Suya afectísima,

SRA. C. J. LATIMER

Encima de la mesa y entre ambas había también una hoja de papel más grande con una sola línea escrita en la parte superior: «Latimer = Campbell».

Aquel era el método con el que Sophie, Cap y ella habían abordado siempre los problemas difíciles de geometría o química. Ellas continuaron la práctica en la universidad cuando estudiaban farmacología y fisiología, y ahora lo empleaban a veces para discutir los casos difíciles a los que se enfrentaban. La carta que firmaba la señora Latimer no tenía nada de extraordinario, pero había despertado las sospechas de Sophie. Dadas las circunstancias, temía que estuviera relacionada con el folleto que había enviado a la señora Campbell. Si su marido había interceptado el sobre, podría ser una trampa, otro intento de manipulación para que violara la ley Comstock.

Junto al codo de Sophie había una montaña de recortes de periódico que databan de hacía cinco años, acerca de los médicos, las parteras, los impresores y los farmacéuticos que había detenido Comstock por la distribución de anticonceptivos o documentos sobre estos. Anna había creado un gráfico a mano, en el que calculó el número de detenciones según el tipo de pruebas y los resultados de cada proceso. Comstock no había tenido demasiado éxito, pero era tenaz, y en ocasiones, con el juez adecuado, conseguía lo que quería.

Anna percibió en sí misma una especie de compulsión por seguir el rastro de Comstock, y una rabia generalizada porque tal cosa fuera necesaria. Por lo que sabían, el resto de los médicos de la ciudad estaban tan preocupados como ellas ante la posibilidad de que los detuvieran, pero todos temían tanto a Comstock que no hablaban del asunto cuando se reunían.

—Nos falta información —dijo Anna tras repasar los hechos durante diez minutos—. No parece que exista un vínculo real con la señora Campbell.

—Quizá, pero creo que deberíamos ponernos en lo peor —respondió Sophie—. La señora Campbell recibiría el folleto el miércoles, seguramente con el primer correo de la mañana, dos días después de que atendiera su parto, y al día siguiente de que viéramos a su marido en compañía de Comstock en el juicio de Clara Garrison. Tenemos que avisar al impresor. Si han dado conmigo, también podrían rastrearlo a él, y no pienso permitirlo.

—Piénsatelo un día más. Y piensa en otra cosa: si Comstock tiene a alguien vigilándote, podrían seguirte hasta la imprenta, mientras que, si no vas, les costaría mucho encontrarla y es posible que nunca sospecharan nada.

Sophie le echó una mirada torva.

—¿Por qué intentas convencerme de que no haga lo que sé que debo hacer?

Anna se reclinó en la silla, levantó su taza y reflexionó un instante.

—No es eso, de verdad que no… Pero es que cuando pienso en ese hombre, me sulfuro.

—Puedes estar segura de que tomaré las precauciones necesarias.

Anna iba a tener que conformarse con eso.

6

*E*l domingo por la mañana, Anna volvió temprano a casa después de visitar a sus pacientes operadas y se tumbó en su diván favorito del salón, con la cabeza en alto para poder admirar el fresco del techo. Era obra de un pintor que estuvo de visita y que, como explicó con gran detalle, no tenía otra manera de agradecer la extraordinaria hospitalidad de la señora Quinlan.

La tía Quinlan era conocida por su generosidad como anfitriona y su mecenazgo artístico. Si alguna de sus amistades escribía una carta de recomendación, ella abría las puertas de su casa con gusto, y tenía muchas amistades. Así, a lo largo de los años, habían venido muchos jóvenes necesitados de aliento, comidas regulares y cobijo. Estos se quedaban unos días o unas semanas, y casi todos dejaban un cuadro, un dibujo o una escultura.

El señor MacLeish había decidido que un mural era lo menos que podía hacer, por lo que las desterró a todas del salón durante el mes entero que pasó trabajando. «Y comiendo», como señalaba la señora Lee siempre que tenía la oportunidad. No le hizo ninguna gracia que la echaran del salón, y menos aún que Hamish MacLeish no le permitiera supervisar sus avances. Cuando llegó el momento de contemplar la obra terminada, estaba resuelta a detestar lo que hubiera creado, pero se ablandó de buen grado nada más verla.

MacLeish se ganó al ama de llaves por haber colocado a la señora Quinlan —una tía Quinlan mucho más joven, sacada de un antiguo autorretrato— en el centro del fresco como Mnemósine, la diosa de la memoria.

—Es perfecto —había dicho entonces la señora Lee—. Las diosas y los dioses no olvidan nada, salvo lo que les conviene.

—El pintor fue aprendiz de Rossetti —les recordó la tía Quinlan mientras se sentaban en el salón, estudiando el fresco después de que MacLeish hubiera partido a la costa oeste en busca de fortuna—. Pero qué obsesión con el pelo, y menudos pelucones. Como todos los discípulos de Rossetti.

También había pintado a las musas en torno a su madre, ataviadas con vaporosas túnicas de colores centelleantes y más cabello del que podría querer cualquier mujer.

Margaret resopló y se dirigió a sus primas:

—El pelo le salió bien, pero vuestras caras no están muy conseguidas.

—No sabíamos que nos había tomado como modelos —replicó Sophie, pues resultaba evidente que Margaret estaba celosa.

—Supongo que deberíamos ofendernos porque no nos pidiera permiso —dijo Anna.

—Ni perdón —apostilló la tía Quinlan secamente.

Pasado un año, Anna había aprendido a valorar el fresco. Según se decía a sí misma, le gustaba porque MacLeish le había otorgado el papel de Euterpe, la musa de la música. Anna tenía muy mal oído, y un gran aprecio por la ironía y el sarcasmo.

Entonces se habría quedado dormida de no ser por una manita que le agarró la muñeca. Lia Russo reclamó su presa y trepó como un mono para acurrucarse en sus brazos. Venía directa de la cama, un manojito de franela que olía a sueño, a talco de lavanda y a niña pequeña.

Acto seguido, Lia apoyó la cabeza en el hombro de Anna y se unió a ella en la contemplación del fresco. Aún no llevaban ni dos días allí, y las Russo ya se habían apoderado de la casa. O mejor dicho, era Lia quien se había erigido en dueña y señora, puesto que Rosa alternaba entre quedarse al margen e intentar controlar a su hermana. Cuando Anna se fue al hospital en la mañana de su primer día en Waverly Place, los muebles habían empezado a cambiar de sitio; cuando regresó, más tarde, se seguía debatiendo acerca de la decoración, de lo que podía bajarse del desván y de las compras de ropa y zapatos que había que hacer. Anna tuvo la sensación de que aquel revuelo inesperado iba a ser bueno para todas, una vez que se zanjaran las formalidades legales.

El primer borrador de la carta a las monjas del orfanato

reposaba sobre su escritorio. Aunque acostumbraba a escribir sin gran esfuerzo, en aquella ocasión no fue así. Ahora tenía que explicar lo inexplicable: el porqué de su interés en esas dos niñas en concreto, cuando veía a tantas casi cada día.

—¿Has desayunado? —le preguntó a Lia.

La cría de cinco años respondió señalando el techo:

—¡Cielo!

—Muy bien —la alabó Anna, resistiendo el impulso de corregirla.

La escena que se desarrollaba sobre sus cabezas no tenía nada que ver con el cielo de los cristianos, pero no iba a hablarle a esa chiquilla de escuelas de arte, mitología griega y perspectiva, tanto geométrica como filosófica. Si quería creer que el cielo era un lugar en el que las jóvenes retozaban en un prado junto a un arroyo, no pensaba disuadirla. ¿Pensaría Lia que su madre la esperaba allí? Ella, que no guardaba más que un vaguísimo recuerdo de su propia madre, no lograba imaginarla en ningún sitio.

—*Cos'è?* —Lia volvió a levantar la mano, y Anna se dio cuenta de que había aprendido su primera frase en italiano, la eterna pregunta de los niños: ¿qué es eso?

—No estoy segura. ¿Te refieres al manzano? —Hizo como si mordiera una manzana, a lo que la niña asintió.

—Manzano —pronunció perfectamente.

—¿Y en italiano? *Cos'è?*

—*Melo.*

Anna repitió la palabra, y Lia asintió con la cabeza.

En ese momento, Margaret entró en el salón rebosante de energía. Las niñas le habían dado un sentido a su vida, algo que nadie sabía que le faltaba, cosa que a Anna le pareció un poco triste.

—¡Conque estás aquí! Ven ahora mismo a desayunar. Hay huevos con tocino y tostadas con mermelada. —Repitió lo último en una especie de italiano y le tendió la mano.

Lia bajó del sofá por su propia voluntad y se dejó llevar, mirando a Anna mientras se alejaba. Sophie ocupó su lugar con una bandeja de manjares en los brazos.

—¿Intentas sobornarme? —le preguntó, volviéndose para inspeccionar su ofrenda.

—¿Hace falta que te soborne?

Anna miró al techo de nuevo.

—Depende.

Sophie seguía estando decidida a advertir al impresor, y Anna sabía que sería imposible convencerla de lo contrario. En el fondo, opinaba igual que su prima.

—¿Cuándo vas a ir a ver a Cap?

—En cuanto consiga despertarme —dijo dando un bostezo enorme.

—¿Y cuándo viene de visita el inspector Mezzanotte?

Anna notó que se le desencajaba el rostro.

—No viene de visita. —Y luego—: No es esa clase de visita. Lo veré el domingo por la tarde.

—Tengo una duda... —comenzó a decir Sophie. Anna ahogó un gemido—. No sé si estás tan furiosa desde el viernes porque la policía se quedó demasiado tiempo, o porque se fue demasiado pronto.

Anna se levantó, se arregló la falda y, con toda la dignidad que pudo reunir, replicó:

—Me voy a ver a Cap.

La conversación acerca del viaje de Sophie a Brooklyn había alterado a Anna más de lo que quería reconocer. Para ella, todo residía en un plano teórico: en algún lugar de la ciudad había un impresor que podría ser el próximo objetivo de Comstock. Sabía su nombre y poco más; Sophie conocía al hombre y lo apreciaba.

Ocurrió por accidente durante una helada mañana de invierno, poco después de que Anna partiera a Europa a estudiar. Como las carreteras eran traicioneras y Sophie debía hacer tantas paradas, había consentido a que el señor Lee la llevara en carruaje.

Primero fueron al Dispensario Alemán, donde le habían pedido su opinión acerca de un caso complicado. El único médico de guardia era el doctor Thalberg, un hombre inflexible e igual de complicado, quien se mantuvo cerca de Sophie mientras esta examinaba a la paciente de cuarenta años en su duodécimo y peligroso embarazo. La discusión posterior duró otra hora, y para cuando resultó evidente que no podía hacer nada por la mujer, llegaba tarde a su siguiente cita. Se estaba poniendo el abrigo para marcharse cuando entró en la sala de espera y se detuvo en seco.

El dispensario se había creado para atender las necesidades de la *Kleindeutschland*, unas cuatrocientas manzanas en las que rara vez se oía hablar inglés por la calle y los letreros de tiendas y periódicos estaban en alemán. Era una ciudad dentro de la ciudad, cuyo corazón comercial se situaba en la avenida B, mientras que las cervecerías, los restaurantes y las marisquerías se alineaban en la avenida A. Lo que los forasteros solían ignorar era que la Pequeña Alemania tenía sus propios límites estrictos. Sophie lo sabía por el doctor Thalberg, quien a menudo deseaba en voz alta que existiera un segundo dispensario al que pudiera mandar a los alemanes del sur, bien lejos de su sensibilidad prusiana.

Sophie recibía pocas peticiones de ayuda de aquel lugar, por razones que nunca se discutieron, pero que estaban claras. Aunque la mayoría de las mujeres enfermas que no podían permitirse pagar los honorarios de un médico pasaban por alto el color de su piel, las que acudían al Dispensario Alemán eran más propensas a expresar sus objeciones. El doctor Thalberg y el resto del personal la llamaban solo cuando la paciente se encontraba demasiado indispuesta para quejarse.

La sala de espera estaba ocupada por la clase de personas que se amontonaban en cualquier clínica: una madre angustiada que intentaba consolar a un pobre pequeño; otra que parecía no haber dormido en varios días; un obrero que se sostenía un brazo herido; un frágil anciano que roncaba con suavidad, sumido en un sueño profundo; un mozo de cuadra con sucios zuecos de madera y una fiebre tan alta que Sophie pudo sentirla al pasar.

Y a un lado, solo, con una mano apoyada en la pared para sostener un pie en el aire, junto a un portafolio de cuero casi partido por la mitad, vio a un hombre de unos setenta años aparentemente ileso, aparte de la cojera. A juzgar por la ropa, se trataba de un empresario al que vestía un sastre estupendo, pues todo en él rezumaba elegancia y discreción, pero poseía las facciones anchas y el rico colorido de sus ancestros africanos.

Un hombre negro de buena posición, aquejado de alguna dolencia, en esa clínica en plena Pequeña Alemania. O bien era un extraño en la ciudad que no se enteraba de la situación, o había sido una visita imprevista. Sophie se preguntó cuánto tiempo iba a estar allí de pie mientras se atendía al resto de los pacientes, y especuló que allí seguiría cuando se vaciara la sala.

Ni su rostro ni su postura denotaban preocupación o ansiedad. Si estaba distraído por la lesión o simplemente no era consciente de la docena de personas que irradiaban desconfianza y disgusto en su dirección, no había manera de adivinarlo. Todo eso y más pasó por la mente de Sophie durante los dos segundos que tardó en enrollarse la bufanda al cuello. Entonces, sin pensarlo siquiera, se acercó a él y le ofreció el codo.

—¿Puedo llevarle a alguna parte? Tengo un carruaje en la puerta.

Él dudó menos de un instante, asintió con la cabeza y aceptó el favor.

Su nombre, como descubrió mientras salían por la puerta, era Sam Reason. Sophie le presentó al señor Lee, quien lo ayudó a subir al carruaje sin que su pierna sufriera. Todavía no se había instalado del todo cuando se disculpó por las molestias que estaba ocasionando.

—Le agradezco mucho su gentileza. La verdad es que no sabía qué hacer.

Sophie se concentró en su voz. Le recordaba al hogar, a Nueva Orleans. El sonido la emocionó tanto que lo escuchó sin hablar mientras él le contaba que un carruaje había volcado tras chocar con un ómnibus a una manzana de allí.

—El pobre cochero salió disparado y murió en el acto. A los caballos hubo que sacrificarlos allí mismo. Yo solo me he torcido el tobillo, y lo único que he perdido ha sido mi libro de muestras. —De repente pareció recordar algo y se tocó la frente—. Y el sombrero.

—Pero ¿por qué vino aquí, a este dispensario?

—Un carretillero muy amable que pasaba por ahí se desvió de su ruta para acercarme. Los camilleros estaban ocupados con los heridos más graves. —Lo que no dijo, porque no hacía falta, era que tampoco se habrían molestado en socorrerlo a él.

El hospital para negros quedaba a sesenta manzanas, lo que suponía un trayecto de dos horas, un tiempo del que el carretillero no disponía, así que lo dejó en la puerta y se fue corriendo a seguir con su trabajo.

El señor Reason extendió la mano, una mano grande y callosa, que ella estrechó mecánicamente con el mismo vigor que él. Tanto su padre como la tía Quinlan le daban gran importancia al apretón de manos, y la habían instruido en sus peculiaridades desde la más tierna infancia.

—Tengo una imprenta en Brooklyn. Si fuera tan amable de dejarme en el transbordador de la calle Fulton, le pagaría con gusto por el desplazamiento.

—No es necesario. Pero hay que mirarle ese tobillo antes de que intente andar. Tal vez esté roto.

Al ver su gesto de asombro, Sophie se explicó presentándose:

—Me llamo Sophie Savard. Soy médica.

El hecho de que el hombre reaccionara con más alivio que sorpresa hizo que se ganara su respeto y gratitud para siempre.

Después de que el señor Lee llevara al señor Reason al transbordador, Sophie se dedicó a atender a los hombres que esperaban su ayuda. Aquel día eran cuatro, ninguno de los cuales presentaba heridas graves. Mientras trabajaba, repasó en su cabeza los acontecimientos de la mañana, y pensó en las preguntas que debería haberle hecho a Reason sobre su casa en Nueva Orleans, cómo había llegado al norte, y si regresaba alguna vez. Una nostalgia desmedida le formó un nudo en la garganta imposible de deshacer.

Trató una laceración en el cuero cabelludo, una costilla rota y un pulgar aplastado por un golpe de martillo mal dirigido. Luego vinieron más hombres, algunos con una simple astilla clavada, pero hubo uno con tos y estertores en ambos pulmones. Sophie le escribió un informe y le recomendó que acudiera al hospital para negros, a sabiendas de que no iría porque no podía perder ese tiempo.

A las dos estaba de vuelta en el carruaje, comiéndose el bocadillo que le había preparado la señora Lee. El tráfico había empeorado, se producían embotellamientos constantes y tardarían al menos media hora en llegar al dispensario para niños negros, así que apartó su maletín para intentar dormir lo que le permitiera el viaje, cuando vio la tarjeta de visita. Estaba impresa en papel grueso y suave al tacto, con letras en relieve:

IMPRENTA DE REASON E HIJOS

AVENIDA ATLANTIC CON LA CALLE HUNTERFLY

BROOKLYN, NUEVA YORK

SAMUEL REASON, MAESTRO IMPRESOR

En el reverso había un mensaje escrito con buena caligrafía, clara y diminuta:

Estimada doctora Savard: sería un gran honor para mi familia y para mí que nos acompañara a la misa del Tabernáculo Bethel y a cenar el próximo domingo o cualquier otro. Su agradecido servidor, S. R.

Al cabo de seis meses, Sophie supo que la doctora Garrison buscaba a un nuevo impresor y le recomendó al señor Reason, pero nunca aceptó su invitación ni le habló del encuentro a Anna. En realidad, no había ido a la iglesia de Brooklyn porque se lo impedía su conciencia, pero tampoco podía decirle al señor Reason que no era creyente. Estaba segura de que se habría sorprendido, y probablemente escandalizado.

Por qué no le comentó nada a Anna resultaba más difícil de explicar, incluso a sí misma. Lo cierto era que quería protegerlo, aunque solo fuera porque lo había puesto en peligro al recomendarlo a la doctora Garrison. No obstante, una cosa estaba clara: eran las diez de la mañana de un domingo, y tenía el día libre.

Sophie cogió la tarjeta del señor Reason del escritorio, comprobó el contenido de su maletín —sin el cual no podía ir a ninguna parte—, avisó en la cocina de que se iba, sin dar más detalles, y emprendió la marcha hacia la estación de la Segunda

Avenida. Si tomaba el tren elevado, el transbordador y un carruaje, podría llegar a Brooklyn al cabo de una hora. Esperó que fuera tiempo suficiente para pensar en cómo explicarse.

Cap había nacido y vivía en una preciosa casa de Murray Hill erigida con mármol y piedra arenisca, exactamente a una milla y media de Waverly Place. Anna había recorrido aquella distancia tantas veces que podía hacerlo con los ojos cerrados. Desde luego, en la primera parte de la Quinta Avenida eran pocas las distracciones, pues cada vivienda le resultaba casi tan familiar como la suya.

Los barrios de moda se iban desplazando hacia el norte a medida que la ciudad crecía, de tal modo que la parte baja de la Quinta Avenida la poblaban entonces las antiguas generaciones de las familias más prominentes: Delano, De Rahm, Lenox, Morgan y Astor. Recordaba haber visitado esas casas con sus tíos cuando era muy pequeña: los suelos de mármol, las altas estatuas, los mayordomos con expresión de sufrimiento y las bandejas de plata, los olores de alcanfor, alcohol y lavanda. Ahora vivían allí unos pocos ancianos muy ricos en unas veinte o treinta habitaciones cerradas, con la única compañía del servicio.

137

Sin embargo, aquella luminosa mañana de domingo era el primero de abril, y el buen tiempo había sacado a la gente a la calle, insuflando vida al vecindario. Una brisa le agitó el sombrero, sacudió el faldón de su abrigo y la llenó de energía, así que Anna se dejó llevar, primero para comprarle un bollo glaseado a un vendedor callejero y luego para negociar con una florista que llevaba un pañuelo sobre los hombros y la cabeza a modo de velo. Tras señalar lo que quería, la mujer envolvió los tallos de violeta en musgo y papel de periódico, y ató el ramo con un cordel.

Se detuvo de nuevo para mirar a unos niños que jugaban al pilla-pilla en un patio, riéndose y gritando como lo había hecho ella en el pasado, con tanta despreocupación. En ese momento se percató de que estaba perdiendo el tiempo a propósito, y de por qué lo hacía.

Había evitado la conversación sobre la clínica de los Alpes durante toda la semana por una razón muy sencilla. Puede que fuera egoísta por su parte, pero no quería renunciar a Cap, despedirse de él y no volver a verlo nunca más.

Entonces cayó en la cuenta de algo, tan claramente como si hubiera oído las palabras en voz alta: Sophie quería que Cap se fuera a Suiza porque quería irse con él.

Desde el otro extremo de la habitación, Cap dijo:

—La tía Q estuvo aquí esta semana. Supongo que lo sabrás. Hablamos de la carta del doctor Zängerle.

Estaba sentado en la silla del escritorio, con la postura rígida y la tez del color de la leche desnatada. Todas las ventanas estaban abiertas, dejando que la brisa de principios de primavera se colara en la habitación y jugara con los papeles del escritorio. Si Anna le hubiera preguntado si tenía frío, él se habría ofrecido a cerrarlas por ella. Nunca había sido fácil sacarle respuestas acerca de sí mismo, y ahora parecía imposible.

Anna se quedó en silencio por un instante.

—Sí, eso he oído.

—¿Crees que la idea es digna de crédito?

—El médico es digno de crédito. Tiene muy buena reputación. Si me preguntas por el tratamiento, no sé lo suficiente para opinar.

—Sophie piensa que es prometedor.

Anna inclinó la cabeza.

—Sí.

—Y tú estás de acuerdo. —No era una pregunta, y Anna no contestó.

Al cabo de un momento, se aclaró la garganta y dijo lo que no podía guardarse por más tiempo:

—Cap, si hablaras con ella, si le preguntaras…

Él la miró con franqueza.

—Tú crees que debo ir.

—Esa no es la cuestión.

—¿De verdad? —murmuró—. Pensaba que sí.

—Ella te acompañaría si se lo pidieras.

—¿En calidad de qué? —Se volvió para toser sobre su pañuelo, sacudiendo los hombros por el esfuerzo. Cuando recobró el aliento, repitió—: ¿En calidad de qué?

—No te entiendo.

—¿En calidad de médica? ¿De enfermera? ¿De cuidadora? ¿De carcelera?

—De amiga tuya, de alguien que te quiere. Y de médica, claro.

—Para estudiarme desde lejos —replicó con cierta amargura—. Para sentarse al otro lado de la habitación y observarme.

—Cap, hace cuatro años nos sentamos en esa misma mesa —la señaló con la barbilla— y me dijiste que dejarías Manhattan para vivir en París o donde fuera si Sophie se iba contigo. Estabas dispuesto a renunciar a todo por ella.

—Sí, pero me rechazó. Fue ella la que no estuvo dispuesta a renunciar a nada.

Anna suspiró con fuerza.

—¿De verdad crees eso?

—¡Sí! —exclamó. Y después, abatido, añadió—: No. Sophie pensaba que acabaría arrepintiéndome. No logré que me entendiera.

—Ahora te entiende y está dispuesta a renunciar a todo.

Se preguntó si Cap la había oído, hasta que advirtió que le costaba respirar. Terminó por calmarse pero cuando estaba a punto de recoger su maletín lo vio temblar, pero no solo por el malestar físico. Ella misma sintió una opresión en la garganta, comprendiendo con tristeza que nada podía hacer por él. Entonces se puso en pie.

—Necesitas descansar.

Cap siguió mirando por la ventana, como si no hubiera dicho nada.

—¿Cap?

—Dile que lo pensaré. Y a la tía Quinlan, que fue un placer verla y que me plantearé lo de Suiza. ¿Me harás ese favor?

Anna asintió, con tanto entusiasmo como aflicción.

No era la primera vez que Sophie iba a Brooklyn, ya fuera para asistir a una conferencia o para presenciar una intervención quirúrgica en un hospital, con Anna u otros colegas. Aquel día viajaba sola entre la multitud apostada en la cubierta del transbordador. Los pasajeros se apiñaban por todas partes,

139

levantando la cabeza para contemplar el puente nuevo desde abajo. La prensa decía que estaba a punto de terminarse, y que la inauguración sería en mayo. Y aunque pudo comprobarlo con sus propios ojos, seguía pareciéndole irreal.

Cada día se publicaba algo en los periódicos acerca del puente sobre el East River: cómo se construía, la ingeniería aplicada, la magnitud de la obra y los hombres que lo diseñaron y lo levantaban. Y cada día, los neoyorquinos lo contemplaban y se maravillaban. Muchos creían que nunca se acabaría; otros estaban convencidos de que se vendría abajo en cuanto comenzara a utilizarse.

Una mujer alzó la voz lo suficiente para que se la oyera a pesar del ruido del viento, el agua y los motores de vapor:

—Así es como se sentirán los insectos.

Sophie se fijaba en la red de cables que sostenía el puente sobre el río como por arte de magia. Los obreros trepaban por ellos como arañas en su tela. El más mínimo traspié podía costar varias vidas, como en efecto había sucedido. La muerte súbita no era rara en la ciudad, pero pocos se enfrentaban a ella cara a cara y minuto a minuto. Había que tener un valor muy determinado, o estar muy desesperado.

De pronto sintió un escalofrío y se lamentó de ir tan poco abrigada. Anna se habría reído de ella por no haber tenido en cuenta el viento fresco que soplaba en el río. Entonces se acordó de los guantes que le había prestado en los juzgados.

Se agachó para abrir las correas de su maletín y buscó entre los ordenados botes de ungüentos y medicinas, los instrumentos, los estuches de pinzas y bisturís y las ampollas de cristal selladas.

En ese momento se proyectó una sombra sobre el maletín abierto, y vio a un niño pequeño que la miraba.

—Parece que pesa —dijo.

—Pues sí —afirmó Sophie—. Pero estoy acostumbrada.

El chiquillo clavó los ojos en el estetoscopio.

—¿Qué es eso?

Sophie encontró los guantes y los sacó mientras pensaba cómo responder a la pregunta.

—Es un aparato para escuchar los latidos del corazón.

El niño se llevó la mano al pecho como si le hubiera dicho

que prestara su corazón a tal propósito. Conforme iba cerrando las correas del maletín, la expresión del chiquillo pasó de la curiosidad a la duda, y, por último, a la desconfianza. Cuando el transbordador arribó al muelle, corrió a tirar de la manga de una mujer y señaló a Sophie.

La joven se puso los guantes muy despacio y se unió a la cola para desembarcar, furiosa porque le recordaran que no podía ser ella misma en público. Tenía que ser la persona que veían los blancos: una mulata bien vestida, elegante, reservada. Supondrían que era una institutriz, un ama de llaves, la maestra de alguna escuela para negros, la esposa de un pastor o comerciante. Alguien que supiera leer, pero no el significado de una palabra como estetoscopio, y menos aún para qué servía.

Percibiendo la mirada del niño en su espalda, Sophie alzó la cabeza con orgullo.

El muelle estaba lleno de gente que esperaba para volver a Manhattan, entre vendedores de flores y postales, y el tráfico de los ómnibus y carruajes que llevarían a los recién llegados a su destino. Sophie caminó junto a la fila de cocheros hasta que encontró a uno que no la rechazó. El hombre se encorvó hacia delante, sosteniendo las riendas en sus manazas, y la miró bajo el ala de un reluciente sombrero de copa. Cuando asintió con la cabeza, ella subió al vehículo sin su ayuda.

—¿Adónde vamos, señorita? —Abrupto, pero respetuoso.

—Al taller de un impresor, el señor Reason. ¿Lo conoce?

El cochero respondió con una carcajada.

—Conozco a todo Weeksville, y todos me conocen a mí.

—Weeksville —repitió Sophie, echando un vistazo a la tarjeta de visita.

—Es como llamamos al vecindario. —La observó con el ceño arrugado—. ¿De qué conoce usted a Sam Reason?

—Coincidimos en Manhattan hará un año y medio.

Una vez sentada con el maletín a sus pies, el hombre dio un silbido y emprendieron la marcha. Él seguía asomando la cabeza por encima del hombro, dejando que el caballo encontrara solo el camino.

—¿Es usted la que lo ayudó cuando volcó el carro?

—Pues sí, pero ¿cómo lo sabe?

—Todo el mundo conoce esa historia. —Agitó la mano como si espantara una mosca—. Además, lleva un maletín de médico. También conocía su nombre, pero ahora no me acuerdo.

Sophie se lo dijo y recibió el suyo a cambio: John Horatio Alger, Johnny para los amigos.

—Hay un problema —explicó Johnny sin prestar ninguna atención al caballo ni a la carretera—, y es que Sam no va a estar en el taller un domingo por la mañana. Pero yo sé dónde encontrarlo. Ya lo creo que sí.

Sophie se acomodó mientras Brooklyn pasaba ante sus ojos. También allí había llegado la primavera, lo notó en cada aspiración y en el sol que le calentaba el rostro, en la hierba fresca, en los árboles que reverdecían y en los pájaros que revoloteaban por el cielo.

Media hora más tarde entraron en la calle sin pavimentar de un vecindario como tantos de los que visitaba Sophie al cabo del día. En medio de la vía dormitaba un perrazo espatarrado que el caballo esquivó sin detenerse.

—¡Tú, Helmut! —exclamó el cochero—. Si no tienes cuidado, un día te voy a atropellar.

El perro alzó una oreja moteada con fingido interés y volvió a bajarla.

La mayoría de las casas eran pequeñas, a alguna le hacía falta un apaño o una mano de pintura, pero casi todas se veían tan limpias y cuidadas que las ventanas relucían en la claridad. La tierra oscura de los jardines estaba removida y absorbía el calor del sol. Había una mujer muy anciana tricotando bajo la sombra de un porche mientras mecía una cuna con la rodilla. Los miró y saludó con la mano. El cochero inclinó la cabeza, tocando el ala de su sombrero.

El vecindario estaba extrañamente desierto. Sophie temió que se hubieran equivocado de dirección cuando tomaron la calle Dean y se detuvieron frente a un pequeño edificio encalado con altas ventanas ojivales como las de una iglesia.

Antes de que pudiera preguntarle, el señor Alger anunció:

—El Tabernáculo Bethel, de la Iglesia metodista episcopal africana. Los Reason saldrán pronto.

En ese momento, las puertas se abrieron como por ensalmo y dos jóvenes con trajes oscuros se apartaron para dejar paso a los feligreses.

—Justo a tiempo —dijo el cochero.

Sophie había supuesto que Weeksville era un barrio de negros, pero, aun así, le sorprendió contemplar aquel mar de rostros entre el que no había ni uno solo blanco. Sin embargo, lo más asombroso era que todas las miradas parecían converger en ella, lo que enfrió su ánimo e hizo que se enfadara consigo misma. Por supuesto que la miraban. ¿Cómo no iban a hacerlo? Fuera cual fuese el color de su piel, seguía siendo una forastera.

La gente saludaba a Johnny Alger, pero clavaba los ojos en Sophie. Hubo sonrisas, gestos educados y expresiones de curiosidad, y hasta alguno que pensó en acercarse, aunque terminó por seguir adelante, sin saber si debía dirigirse a ella.

La muchedumbre comenzó a dispersarse al cabo de unos diez minutos, pero seguía sin haber ni rastro del señor Reason, por lo que el cochero se puso en pie haciendo que el carruaje se balanceara y llamó a un chico que bajaba por las escaleras de la iglesia.

143

—¡George! ¡George Reason!

El muchacho tendría unos dieciséis años, desgarbado y torpe aún, flexible como una marioneta. Se paró delante de ellos, miró a Sophie con más detenimiento y se quitó la gorra para proceder a darle vueltas entre las manos.

—¿Dónde están tus padres? —le preguntó Alger.

—En casa —respondió George—. Mary dio a luz al alba y las mujeres estaban demasiado cansadas para escuchar sermones…

—Y los hombres, demasiado exaltados —apostilló el otro.

Sophie se aclaró la garganta y dijo:

—Parece que es un mal día para hacer una visita…

Pero George ya se había sentado en el pescante con el cochero y partieron enseguida, continuando la conversación sin hacerle caso.

Llegaron hasta una casa de tablones blancos con persianas de color verde hiedra y un porche cerrado. A un lado había un jardín bien delimitado con cuerdas, y al otro, un patio vallado lleno de niños.

El cochero le susurró unas palabras al caballo, para que se detuviera.

—¿Son todos tus...? —Sophie no supo cómo acabar la frase, cosa que le arrancó una sonrisa al chico.

—Primos, mayormente. Mis dos hermanas pequeñas andarán por ahí, subidas al árbol. Hoy solo ha venido la mitad de la familia.

—Hay cientos de ellos, para parar un tren y toda una flota.

—El señor Alger sonrió, satisfecho de su propio ingenio.

Desde la casa llegó el sonido de una campana y una voz de mujer llamando a la mesa. George bajó del carruaje, ayudó a Sophie a hacer lo propio y la esperó mientras le pagaba al señor Alger.

Sophie se quedó un momento alisándose la falda, calándose el sombrero y tratando de calmar sus nervios. Como solía hacer cuando le faltaba valor en tales situaciones, pensó en la tía Quinlan, quien podía participar en cualquier acto social, pequeño o grande, y hablar con cualquiera sin vacilar ni avergonzarse. Se trataba de una habilidad que ella no había adquirido todavía.

Cuando alzó la vista, una figura familiar había salido al porche. El señor Reason se acercó a ella con una mano extendida, sonriendo con un candor que la dejó sin aliento.

—Doctora Savard —dijo antes de alcanzarla—. No sabía si volvería a verla. Bienvenida. Le voy a presentar a mi familia. Espero que venga con hambre, porque tenemos un jamón del tamaño de un osezno.

—La verdad es que sí —admitió Sophie, a lo que sus tripas respondieron con un rumor bien audible.

—Pues vamos allá. Toda la familia está deseando conocerla.

Desde que traspasó el umbral, Sophie comprendió que no iba a ser fácil mantener una conversación tranquila. Resultaba imposible en medio de una reunión como aquella, en la que se festejaba la llegada de un bebé y, como no tardó en descubrir, una próxima boda. Michael, el nieto del señor Reason, había llevado a su novia para anunciar el compromiso.

Así pues, se dejó arrastrar a la mesa que ocupaba dos habitaciones, la sentaron en el lugar de honor junto al patriarca y se atiborró de comida y té helado hasta que temió que fuera a escapársele algún eructo. Durante ese tiempo, fue presentada una y otra vez, respondió e hizo preguntas, y contó la historia de cómo se torció el tobillo el señor Reason.

Los Reason tenían tantos hijos y nietos, todos tan curiosos y vivarachos, que la excelente memoria de Sophie se saturó enseguida, y se alegró de que solo estuviera presente la mitad de la familia. Sin embargo, lo más llamativo no era la cantidad de parientes, sino que ya había contado a dos pares de mellizos y a unos trillizos. Cuando hizo un comentario al respecto, todo el mundo miró al señor Reason.

—Es que de pequeño fui tartamudo. —Sin duda se trataba de una broma recurrente, pues sus palabras fueron acogidas con una carcajada general.

Después de que recogieran la mesa y de que los más jóvenes empezaran a traer tartas y café, la señora Reason se inclinó hacia ella y dijo:

—Me alegro mucho de que por fin se haya decidido a visitarnos, aunque sospecho que quiere tratar algún asunto con mi marido. ¿Estoy en lo cierto?

Sophie asintió con la cabeza.

—¿Cuándo piensa volver a la ciudad?

—No tengo prisa, pero antes de que anochezca.

—Muy bien, pues vamos a comer tarta, y luego le presentaré a mi nueva nieta y a su madre, mi hija pequeña.

Sophie reparó en que la señora Reason no le hablaba como a una médica o comadrona, sino como a una amiga de la familia. Era un hecho tan insólito que la confundió durante un instante, hasta que sonrió y dijo:

—Me encanta la tarta, y será un placer conocer a su hija.

Entonces, como si la anciana hubiera chasqueado los dedos, los hombres se perdieron de vista y Sophie pasó el resto de la tarde con hijas, nueras, nietas y chiquillos de ambos sexos, todos hablando entre sí y con ella. Los más pequeños eran demasiado tímidos para acercarse, pero le lanzaban miraditas y sonrisas. Cuando las niñas se alborotaban, bastaba un gesto de su abuela para calmarlas. Las nueras no se sosegaban tan fácil-

145

mente: se burlaban unas de otras hasta que prorrumpían en carcajadas a su pesar, con pataleos y falsas rabietas incluidas.

Althea había nacido la penúltima, pero era la primera de sus hijas.

—Casi había perdido la esperanza —explicó la matriarca—. Ya tenía nietos cuando llegaron las mellizas, Althea y Mary. Después me retiré.

—Guardó lo mejor para el final. —Althea sujetó a uno de sus hijos para limpiarle la cara, reteniendo al revoltoso niño de cinco años con un brazo y blandiendo un pañuelo con la otra mano.

Un golpe en la puerta anunció que la parturienta estaba despierta. Todas las mujeres habrían ido a verla en tropel, pero la señora Reason lo evitó plantándose en el umbral.

—Tendréis que esperar vuestro turno. Ahora entro yo con la señorita Sophie.

—Y yo —dijo Althea, desafiándola con la mirada.

En la luminosa alcoba que daba al jardín en barbecho, Althea se inclinó sobre la cama de Mary para contemplar la carita de la criatura dormida.

—Después de diez nietos varones, has tenido que venir tú a dar un paso al frente —dijo.

—Ya era hora —convino la señora Reason, acercándose por el otro lado—. En esta familia escasean las niñas. —Tomó a la recién nacida con manos firmes para acunarla contra su generoso pecho—. Venga a ver a esta hermosura —animó a Sophie.

Sophie las observó detenidamente, tanto a la nueva madre como al bebé, y no advirtió signos de enfermedad ni malestar. La hija menor de la señora Reason era una mujer sana, exhausta, pero satisfecha de sí misma y del lugar que ocupaba en el mundo.

—¿Cómo la va a llamar? —le preguntó.

—Mason y yo aún lo estamos decidiendo. —Mary apartó la mirada de la cría en brazos de su madre y le dedicó una sonrisa a Sophie—. Usted es médica. ¿Atiende muchos partos?

—Dos a la semana, por lo menos, pero, en general, trato a mujeres y niñas.

—No sabía que hubiera médicas negras.

—Cada año somos más. Puede que su hija también lo sea.

Mary pareció sorprenderse ante la idea, y después sonrió.

—Quizá. ¿No tiene hijos propios?

—No estoy casada.

—Ha de buscarse un marido que sea lo bastante hombre para enorgullecerse de tener a una mujer culta —manifestó Althea—. Es lo que siempre me decía mi madre. —La miró sonriente—. Y lo que hice yo.

—Althea era maestra antes de que nacieran sus hijos —explicó la señora Reason.

Mary se incorporó sobre la almohada y alargó los brazos cuando la pequeña empezó a quejarse.

—Tiene una niña preciosa —le dijo Sophie. Y a la abuela—: Creo que es hora de que vuelva al transbordador.

—Salgamos un momento al jardín —replicó esta—. Hace un día demasiado bonito para pasarlo encerradas. Entre tanto, le pediré a mi marido que llame a un carruaje.

147

La señora Reason abrió la puerta de una amplia cocina exterior y la cerró tras haberla cruzado ambas.

—Todavía no hay mucho que ver por aquí, pero quería hablar a solas con usted.

—Le estoy muy agradecida por su amable hospitalidad —dijo Sophie, y aunque era verdad, sus propias palabras le sonaron demasiado formales.

La anciana, ensimismada en un profundo cavilar, pareció no darse cuenta. Suponiendo que querría comentarle algún asunto serio y personal, Sophie adoptó su expresión más solemne.

—¿Ha pensado en marcharse de Manhattan? —Antes de que pudiera contestar, prosiguió—: Sé que ha sido su hogar desde la guerra y que es donde ejerce su oficio, pero imagine todo lo que podría hacer por Weeksville. Imagíneselo. Y le prometo una cosa: aquí nadie pondrá en duda su título ni el respeto que merece.

Sophie dio un respingo al oírlo.

—¿Cómo puede saberlo? —Y luego, en tono más quedo—: Pues claro que lo sabe. —La señora Reason era una negra del norte que había vivido la guerra de Secesión, los disturbios de Nueva York y seguramente cosas peores—. ¿Por eso se estableció aquí con su marido? ¿Para estar entre su gente?

—En gran parte, sí. Weeksville se parece un poco a nuestro hogar, a Nueva Orleans. Nos dejan en paz y no hay mucha necesidad de tratar con los blancos. Tenemos casi todo lo que necesitamos: abogados, profesores de música, sastres, zapateros, carpinteros y albañiles, enfermeras y comadronas. Es nuestro sitio. También podría ser el suyo. —Se puso en pie ante el sonido del carruaje—. Comprendo que tendrá que pensar en ello. ¿Me promete que lo hará?

Sophie pensó en su casa, en el rostro amable de la tía Quinlan y en el de Anna, curioso, divertido o feroz según el momento. Pensó en el jardín y en Cap, en aquel día de verano cuando la arrinconó contra el enrejado de la pérgola, impregnado el aire del dulce aroma del jazmín, como tamizado en azúcar, y la besó. En la sorpresa que le causó. En la suavidad de su boca y el cosquilleo rasposo de sus mejillas, el pulso agitado en la base de su cuello, y lo perfecto y maravilloso que había sido.

—Adoro a mi familia —le dijo a la señora Reason—. Mi sitio está con ellos. Al menos por el momento.

El camino de vuelta al transbordador era demasiado corto para andarse con rodeos, de modo que Sophie fue al grano y le habló al señor Reason sobre el empeño de Comstock en denunciar a las colegas de la doctora Garrison.

—Así pues, por extensión, también supone una amenaza para usted, dado que le recomendé sus servicios. El tal Comstock es un hombre sin escrúpulos, al que no le importa mentir ni espiar con tal de atrapar a sus presas. Debe estar en guardia.

Cuando lo miró, el señor Reason se mostraba sereno, sin el menor atisbo de sorpresa.

—Es muy amable por haber venido a contármelo, pero ¿de verdad cree que es tan grave?

—Mucho me temo que sí. Ese hombre ha arruinado negocios por diversión y ha mandado a la cárcel a buenos facultativos. Disfruta haciendo esas cosas. He venido en persona porque vigila el correo.

Al cabo de un instante, Reason dijo:

—Usted no lo sabe, pero me jubilé poco después de conocerla, cuando tuve el accidente. Mi nieto mayor se ha hecho cargo de la imprenta. Hoy no lo ha visto porque se ha marchado de viaje a Savannah. Regresará mañana.

—De acuerdo —respondió Sophie, extrañamente decepcionada—. ¿Le transmitirá la advertencia?

—Podría venir a cenar el próximo domingo y decírselo usted misma.

—Lo intentaré —sonrió ella—. Pero, mientras tanto...

—Desde luego. Y le prometo otra cosa: si alguna vez necesita ayuda, la que sea, no tiene más que pedirla. Bastará con que mande un recado al bufete de Levi Jackson. Él se encargará de que llegue hasta mí. Aquí en Weeksville nos echamos una mano unos a otros. ¿Lo recordará?

Sophie se preguntó cómo podría olvidar algo así.

Durante el trayecto en carruaje del transbordador a Waverly Place, Sophie se quedó dormida varias veces, entrando y saliendo de un extraño sueño. Estaba en Brooklyn y en Nueva Orleans, en la pulcra cocina de la señora Campbell, en el aula donde supo que quería ser médica y que, efectivamente, lo sería. Era médica. El día siguiente lo pasaría en el hospital de la Casa de Huérfanos, donde se acogía a los niños que no tenían salvación, y a otros a los que trataría ella. Algunos mejorarían lo suficiente para volver a las inclusas o con sus familias. Si cerraba los ojos, podía ver muchos de aquellos rostros. Los había de todos los colores. Y necesitaban su ayuda.

149

7

Jack Mezzanotte entró en el parque de Washington Square y se sentó en un banco a esperar que dieran las tres, cuando podría llamar a la puerta de Anna Savard sin parecer un colegial enamorado. El sol le calentaba la cara y estaba exhausto, pero no tanto como para sorprender al vecindario echándose una siestecita al aire libre. Algún guardia habría pasado por allí y sus compañeros se lo hubieran recordado hasta el día del juicio final.

Dos niñeras se pararon a hablar cerca de él, meciendo sus carritos para apaciguar a las criaturas mientras le lanzaban miradas de reojo. Jack cogió su periódico y se escondió detrás. Una de las consecuencias de la guerra que aún podían verse en la ciudad era el excedente de solteronas. La idea de que hubiera tantas jóvenes sin esperanza de tener familia propia le hizo pensar con tristeza en sus hermanas.

Por el contrario, pensar en Anna Savard no le hacía estar triste. De hecho, malgastaba demasiado tiempo pensando en ella: una mujer culta, con opiniones fuertes, independiente. Y, sin embargo, aquellas niñeras, bonitas, educadas hasta el punto de saber leer y escribir, llevar las cuentas de la casa, hacer labores de costura y remendar, con familias y reputaciones lo bastante buenas para conseguir empleo cuidando a los niños de las familias ricas, tenían más posibilidades de casarse que Anna y Sophie Savard, o que sus propias hermanas.

Así cavilaba cuando vio que Anna se aproximaba desde la Quinta Avenida, caminando tan deprisa que se le arremolinaban las faldas en torno a las botas y se levantaba el borde de su capa, de un verde profundo, a cada paso. Jack se preguntó si volvería a llevar una falda pantalón como el día que la conoció, plantándole cara a sor Ignacia en el sótano de la iglesia. También se preguntó si tendría el pelo rizado tras quitarle las horquillas del moño.

Ella no se fijó en él y podría haber pasado de largo sin darse cuenta.

—Disculpe, doctora Savard.

Anna se detuvo en el acto, cautelosa, y mostró sorpresa al reconocerlo.

—Inspector Mezzanotte, ¿qué hace usted aquí?

—Sentarme al sol —dijo Jack señalando el banco.

Ella miró el reloj de la torre de la universidad. La caminata le había coloreado las mejillas y la punta de la nariz.

—Son las dos y media —anunció él—. No se retrasa. —Al notar su confusión, añadió—: Habíamos quedado a las tres, ¿no se acuerda?

Jack esperó mientras Anna se sentaba y cruzaba las manos sobre el regazo. Llevaba unos guantes con hojas de hiedra bordadas.

—¿Lo ha hecho usted? —preguntó indicando sus manos.

Ella frunció el ceño sin comprender.

—El bordado.

—Pues no. ¿Le interesa el bordado?

—Estoy acostumbrado a verlo. Mis hermanas cosen para varias iglesias y unas cuantas señoras ricas con menos tiempo o ganas.

Anna se encogió de hombros, como disculpándose:

—Los únicos puntos que doy son de otro tipo. ¿Tiene hermanas?

—Dos. Y cinco hermanos. ¿Y usted?

—Tenía un hermano mayor, pero murió cuando yo era pequeña. Ahora tengo a Sophie. Y a Cap. —Desvió la mirada hacia el parque. Sus ojos eran del color del cobre envejecido, un castaño leonado con destellos verdes.

—Lamento lo de su amigo el señor Verhoeven.

Hubo un breve silencio.

—Gracias —repuso ella al fin. Y luego—: ¿Ha sabido algo de los hermanos Russo?

—No, pero hay alguien que podría ayudarnos. ¿Quiere acompañarme a hablar con él?

Anna arqueó ligeramente las cejas.

—¿Hoy? ¿Ahora mismo?

—Si no tiene otros compromisos.

La joven pareció algo molesta, como si le incomodara la idea de que la esperasen.

—¿Se puede ir a pie?

—Tardaríamos media hora, a un paso razonable.

Ella se puso en pie, al igual que él.

—Deje que le lleve el maletín —le ofreció Jack, pero Anna se adelantó.

—Un poco presuntuoso de su parte, ¿no cree?

La doctora Savard estaba de un humor de perros.

El inspector Mezzanotte iba a disfrutar del paseo.

Recorrieron el parque hasta la avenida Greenwich y se dirigieron al norte, atravesando barriadas de viviendas pequeñas y humildes. Los vecinos habían salido a sentarse al sol en aquella cálida tarde de primavera, las abuelas caminaban con sus nietos, y se podían ver los inválidos, lisiados e incontables veteranos de guerra. Una criatura de meses gateaba por la acera seguida de su hermana mayor.

Unas niñas que jugaban a la rayuela se hicieron a un lado para dejarles pasar. Al acercarse a un descampado, una cuadrilla de muchachos corrió hacia ellos. En medio del grupo, un chico sonriente sostenía una navaja ensangrentada, agitándola como un trofeo. Aunque cojeaba, su expresión era de pura victoria.

Anna estudió los detalles automáticamente: estaba sucio de tierra, pero se veía bien alimentado, y lo más importante, su única preocupación parecía ser que alguien pretendiera arrebatarle su título de vencedor. Daba la impresión de que ni siquiera le dolía la herida del pie.

—¡Válgame Dios! —exclamó Anna—. Están jugando con cuchillos.

Jack se echó a reír.

—No le parece bien.

—¿Conoce a alguna mujer a la que sí? Un juego que se puede ganar atravesándose el pie con una navaja sucia no es un pasatiempo aceptable.

—No es la única manera de ganar.

Ella lo miró con fijeza.

—¿Jugaba a lanzar cuchillos con sus hermanos?

—Todavía lo hacemos de vez en cuando.

Anna se quedó con la boca abierta.

—Los chicos siempre se hacen sangre de un modo u otro —dijo Jack.

—Sí —respondió ella de mala gana—. Y a veces pierden los dedos de los pies. He cosido unos cuantos en los últimos años.

Caminaron en silencio un buen rato. Jack pensó que lo cortés no quitaba lo valiente, así que se abstuvo de ensalzar los méritos de aquel juego en particular.

—El mundo es un lugar peligroso para los niños —dijo ella al cabo—. Como ambos sabemos muy bien. Esos chicos tenían la edad de Tonino Russo.

—Esperemos que Tonino no tenga que enfrentarse a nada más peligroso que una prueba de puntería.

Se hizo otro silencio, durante el que ambos recordaron que quizá nunca sabrían qué fue de Tonino y de su hermano.

—¿Sabe una cosa? —dijo Anna—. Rosa llora por las noches hasta caer rendida, pero se cuida mucho de mostrar una apariencia tranquila al mundo. Ni siquiera pregunta por las cartas que escribimos Sophie y yo, ni por los lugares que vamos a visitar. Su hermana Lia es lo único que impide que se derrumbe. Ella es la razón por la que pone buena cara.

—¿Y usted?

—No soy muy buena actriz, pero tampoco paso mucho tiempo con ellas. Margaret, la señora Lee y la tía Quinlan se ocupan del día a día, y las tres tienen gran experiencia criando huerfanitas. Sophie y yo podemos dar fe de ello.

Notó que Jack clavaba los ojos en la acera, tratando de encontrar algo que decir. Esperaba que él se diera cuenta de que no quería ni necesitaba su compasión.

—No he parado de pensar en algo que dijo Rosa acerca de su hermano, el de usted, cuando estábamos en Hoboken. —Al ver que no replicaba, interpretó su silencio como una forma de darle permiso—. Dijo que le había fallado, y usted estuvo de acuerdo.

—¿Ah, sí? —Su voz sonó un poco ahogada, pero él parecía decidido a continuar.

—Me preguntaba si alguien más le había dicho lo mismo, que su hermano le había fallado.

—No —contestó Anna—. Por supuesto que no. Mi hermano se graduó en West Point. Era un oficial del ejército y cumplió con su deber. Se sentía orgulloso de hacerlo, y merece respeto por ello.

Al cabo de un instante miró a Jack y vio una expresión en su rostro que no acabó de comprender. No era pena, de eso estaba segura. Desconcierto, incertidumbre, confusión. De repente, la invadió una congoja casi insoportable: iba a hacerle preguntas, preguntas que no quería oír ni mucho menos responder.

Una ambulancia pasó traqueteando a su lado y se detuvo en el pórtico de San Vicente, justo delante de ellos. Anna aceleró la marcha.

Y así, la conversación terminó sin más.

—¿No le despiertan curiosidad las ambulancias?

Ella pareció sorprenderse por la pregunta.

—Supongo que se refiere a curiosidad profesional. ¿Es lo que siente usted al ver una detención? —Prosiguió sin esperar una respuesta—. No lo llamaría curiosidad, sino una especie de conciencia, cierta tensión. Con el tiempo se aprende a valorar la situación por cómo se mueven los camilleros y por sus voces. Apostaría a que no es un caso muy grave. Así que no, no me interesa lo suficiente como para intervenir.

La doctora había sido amable con él hasta que empezaron a hablar de los Russo y luego, por asociación, de su hermano. Ahora deseaba haber esperado a otro momento para interrogarla. Ella lo intrigaba, lo sorprendía sin cesar. Seguía sorprendiéndolo, a pesar de que ella parecía sorprenderse muy poco. Sin embargo, no estaba exenta de cicatrices, que no tenía intención de mostrar, e incluso, como entendió entonces, de reconocer ella misma.

—¿Cree que una mujer no sería capaz de hacer frente a las realidades de su oficio?

Aquel tono no dejaba lugar a dudas; estaba molesta y dispuesta a hacérselo saber.

—Usted no se me antoja una persona de sensibilidad frágil —dijo Jack—. Por eso, deje que le cuente una cosa. Ayer por la mañana, un zapatero mató a su mujer en la calle Taylor. El hombre tiene más de setenta años, ella tenía menos de treinta.

—¿Un asunto de celos? —repuso Anna, interesada.

—Los italianos lo elevan a la calidad de arte. Resulta que acudimos al lugar tras recibir el aviso, pero el zapatero se había esfumado. Estuvimos buscándolo casi todo el día. Cuando estábamos a punto de rendirnos, al anochecer, va y pasa por mi lado. Esto ocurrió en la colonia italiana de Brooklyn, donde es fácil desaparecer durante unos días.

—¿Pudo reconocer al zapatero?

—Tenía su descripción: bajo, calvo, con un bigote canoso…

—Pero habrá cientos de hombres así. Veo que está sonriendo. ¿Dónde está el chiste?

Jack se frotó la comisura del labio con el nudillo.

—No hay ningún chiste, sino una especie de arma secreta. Le diré cómo lo atrapé: haciéndole una pregunta.

Ella hizo un gesto con la mano, impaciente.

—Yo estaba en una esquina cuando lo vi. Como encajaba con la descripción, le dije: «¡Eh, Giacalone!», así que se dio la vuelta y me miró. Entonces le pregunté por qué había matado a su mujer, me respondió y lo aresté. Fin de la historia.

Ella se había detenido y lo miraba con la misma cara con la que él miraba a los carteristas que balbucían excusas sospechosas.

—¿Y eso por qué? ¿Solo porque lo llamó por su nombre?

—¿Usted no se gira cuando la llaman por su nombre?

—Supongo que sí, pero no confesaría un crimen sin más ni más. Tiene que haber otra explicación.

Estaba claro que le gustaban los enigmas y que seguiría haciendo preguntas hasta llegar al fondo de la cuestión.

—Sí, hay otra explicación. Le hablé en su idioma.

—En italiano.

—En siciliano.

—¿No se habla italiano en Sicilia?

—Los italianos que están en Sicilia sí. Los sicilianos no. Veo que no me cree, pero es cierto.

—Dígame lo que le dijo, primero en italiano y luego en siciliano.

—A la orden. —Se inclinó con una reverencia teatral—. «*Perchè hai ammazzato la tua donna?*» es como se diría coloquialmente en italiano. En siciliano, o en uno de sus dialectos, sería: «*Picchì a ttò mugghieri l'ammazzasti?*».

Mientras caminaban, Jack casi podía oír cómo le daba vueltas a la historia, en busca de algún error.

—¿El siciliano tiene varios dialectos?

—Hay docenas de dialectos del siciliano. El italiano tiene cientos.

—¿Cómo es que habla siciliano?

—No lo hablo, pero tengo una serie de frases preparadas.

Ella frunció los labios como si reprimiera una sonrisa.

—Cuénteme.

—¿Por qué has matado a tu mujer, o a tu vecino o amigo? ¿Qué hiciste con el dinero que robaste? Ese tipo de cosas.

—¿Es que los sicilianos cometen más delitos que los demás?

—En absoluto. Por eso sé decir esas frases en distintas variedades del italiano.

La doctora se quedó un buen rato en silencio.

—Inspector Mezzanotte —repuso con cierta indignación—, creo que me está tomando el pelo.

—Póngame a prueba si no me cree.

—Muy bien. Florencia. —Lo dijo como si supiera con seguridad que los florentinos no mataban a sus esposas.

Él sonrió de oreja a oreja.

—*O perché tu ha'ammazzaho la tu' moglie?*

Ella apretó los labios mientras pensaba.

—Por supuesto, no tengo manera de saber si es correcto. Podría estar inventándoselo todo.

Jack se rio, y muy hábilmente le tomó la mano y la apoyó en su brazo.

—Según usted —comenzó Anna después de una larga pausa—, ese hombre se sorprendió tanto de encontrarse con un paisano que bajó la guardia.

—Algo así.

—Me cuesta imaginarlo.

—Si estuviera al otro lado del mundo, en un país en el que todos la odiaran y desconfiaran de usted, y no hablara el idioma…

—Aprendería el idioma.

Él la miró.

—Usted sí, pero echaría de menos su propia lengua y a su gente. Imagine que no oye más que ese otro idioma que tantos quebraderos de cabeza le ha dado. La gente se burla de su acento, de sus expresiones. Le insultan a la cara. Entonces, de repente, oye a alguien hablando en su idioma. El idioma de su pueblo y de su familia, el que escuchaba en la mesa de la cena cuando era niña, o jugando con otras niñas como usted. Es como si le dieran un regalo maravilloso e inesperado. Ya no está sola en el mundo.

Ella lo escuchaba atentamente, con la cabeza en alto.

—Así explicado, lo entiendo. Para ser claros, se aprovechó de su soledad.

—Ese hombre mató a su esposa —replicó Jack—. Sus sentimientos no son de mi incumbencia.

—Entonces, solo persigue a los criminales de habla italiana.

Su tono era vagamente incrédulo, y él se preguntó qué as guardaba en la manga.

—Yo no he dicho eso. Detengo a toda clase de personas, jóvenes y viejos, ricos y pobres. Esta semana le eché el guante a un banquero, un socio de los Astor, cuya familia lleva doscientos años en el país. Por malversación, un delito de guante blanco.

—Sin embargo, su arma secreta solo funciona con los italianos.

—Doctora Savard, ¿me envidia por mis herramientas profesionales?

—No —respondió, y se mordió el labio—. Tal vez un poco. Me alegro de que el resto del mundo esté a salvo de sus trucos.

Él enarcó una ceja y vio cómo ella cambiaba el gesto.

—Ahora está presumiendo. ¿Cuántos idiomas habla?

—No lo sé —mintió Jack, solo para ver su reacción—. Nunca los he contado.

157

Lo que era un barrio de obreros, tenderos y cocheros dio paso de pronto a las viviendas de los trabajadores de las destilerías y la fábrica de gas de Manhattan. Incluso en domingo, el aire estaba cargado del olor a aceite de carbón, a savia de pino y a resina, lo que hizo que Anna pensara en aquellos jóvenes de caras demacradas y pulmones del color de la ceniza.

—Llevé a cabo una parte de mis prácticas en San Vicente —se oyó decir a sí misma—. De hecho, vine varias veces a este vecindario.

—No sabía que los cirujanos hicieran visitas a domicilio.

—Primero fui médica. Mi formación fue bastante amplia y minuciosa. —Ella lo sujetó del brazo con más fuerza y tiró de él para alejarlo de la esquina en la que tosía un anciano entre una nube de gotas de saliva—. Podría ser contagioso —explicó, un poco avergonzada por su osadía.

Anna se preguntó si se sentiría ofendido por su manera de expresarse, o si le parecería desagradable. La clase de pensamientos que había desterrado con tanto esfuerzo, y que ahora volvían de nuevo a su cabeza. Entonces se recordó a sí misma que las personas que se apartaban de ella por su cerebro y su profesión no merecían la pena. Un amigo era alguien con quien no tenías que excusarte, que te aceptaba tal cual. También se dio cuenta de algo más: ese hombre le gustaba, y deseaba tenerlo de amigo.

En ese momento le resultó imposible alzar la cabeza para mirarlo; él esperaría cosas que ella no podía ni quería darle. Sin embargo, la hacía reír, y por más que lo intentara, no podía pensar en otra persona aparte de su familia y de Cap que la hiciera reír de verdad.

Tras pasar por la calle 20, el vecindario cambió otra vez. Allí había árboles, parquecillos y niños que jugaban gritando. Viviendas respetables de piedra parda, y luego el campus abierto del Seminario Teológico, tan sobrio y sombrío como el interior de una iglesia.

Jack se detuvo frente a una pequeña propiedad justo al otro lado del seminario. Tiró de una cuerda y el sonido de la campana resonó desde lo más profundo de la casa.

Al cabo de un minuto, dijo:

—Aquí viven monjas ancianas, y me temo que no son muy rápidas.

158

—¿Monjas?

—Es San Jerónimo, una residencia para religiosos jubilados.

Antes de que le diera tiempo a preguntar qué ayuda podrían prestar esas personas para encontrar a dos niños pequeños, la pesada puerta de madera se abrió. La monja que los recibió llevaba una túnica cosida a mano demasiado ancha para su menuda figura, atada con una cuerda a la cintura. Bajo la toca, sus ojos eran de un azul vivo y cristalino.

Mientras cerraba la puerta tras ellos, Jack dijo:

—Hermana...

La anciana dio media vuelta y los dejó allí sin molestarse en escuchar o responder. Anna pensó que debía de ser sorda, cuando oyó una voz temblorosa que se alejaba.

—Les está esperando.

—¿Dónde?

La monja se detuvo y mostró un ceño fruncido que oscureció su rostro.

—¿Dónde va a ser? En la cocina.

159

8

*E*l hombre al que quería ver Jack estaba sentado ante una larga mesa, comiendo de un plato de aceitunas, pepinillos y rodajas de cebolla cruda mientras leía el periódico. Lo sostenía tan cerca de sus ojos que lo primero que vio Anna cuando los miró fue la mancha de tinta en la punta de su nariz larga y recta, encaramada sobre una sonrisa sincera de dientes del color del marfil viejo.

—Jack. —Dobló el periódico y lo dejó a un lado—. Conque estás aquí. —Entonces se fijó en Anna—. ¿Quién es esta joven que me has traído?

Anna sintió que la mano de Jack le rozaba la parte baja de su espalda, como animándola a que se acercara.

—Hermano Anselm, le presento a la doctora Anna Savard. Anna, el hermano Anselm conoce a todos los que tratan con los niños huérfanos y abandonados de la ciudad.

—Yo también fui un niño huérfano —explicó el anciano, señalando una silla.

Era un hombre de altura media, un poco encorvado por la edad, pero aún fuerte. Anna se preguntó por qué el inspector lo llamaba hermano, si eso sería más o menos que sacerdote.

Anselm la miraba como ella a él, con franca curiosidad.

—Creo que perdió a sus padres siendo muy joven —dijo.

Anna se quedó en silencio, alarmada sin motivo.

—No se preocupe, Jack no ha estado chismorreando de usted. Solo es una intuición. En ocasiones, los niños que sufren pérdidas semejantes a una edad temprana desarrollan una especie de fragilidad, a falta de una palabra mejor.

—¿Le parezco frágil?

—¡Dios nos asista! Nada de eso.

Antes de que pudiera continuar aquella extraña conversación, Anselm se volvió hacia Jack y le indicó el extremo opuesto de la cocina.

—Un té nos vendría muy bien —sugirió, tras lo que fijó de nuevo su atención en Anna.

Jack obedeció el mandato como si fuera lo más natural del mundo, un inspector de la policía de Nueva York trajinando en la cocina.

—Partí de Francia con mi familia a los diez años —dijo Anselm—. Seis días después de zarpar de Marsella, la fiebre tifoidea se llevó a mis padres y a mis tres hermanos. Llegué a este país sin nada, ni siquiera el idioma.

Anna percibió entonces el deje francés, la cadencia que lo delataba.

—¿Cuándo fue eso?

—En el año 1805. Cuando todo esto —hizo un gesto amplio para abarcar el vecindario— era tierra de cultivo. Vengo los domingos para decir misa a las hermanas. A cambio, ellas me dan una comida.

—Está muy sano para ser un hombre de ochenta y ocho años. ¿Lo acogieron las monjas cuando era pequeño?

—Con el tiempo, pero basta de hablar de mí. Cuénteme usted lo de las niñas que tiene en casa y los niños a los que busca.

Anna comenzó el relato esforzándose por resumir los hechos sin dejar traslucir sus emociones, como si informara a otro médico del historial de un paciente, exponiendo solamente los datos importantes.

Jack dejó la bandeja en la mesa, con su robusta tetera, sus tazas, una jarrita de leche y un cuenco de azúcar machacada. Luego sirvió a los tres en silencio, y le ofreció la jarra a Anna para que ella la aceptara o no.

—Está bien enseñado, ¿verdad? —dijo Anselm con una sonrisa indulgente. Sin duda debían de ser muy amigos para tolerar tales bromas, pues Jack respondía a sus pullas con una mueca de sorna.

Tras tomar un sorbo del té con leche, Anna juntó las manos en el regazo y prosiguió con la historia. El hermano Anselm no dejó de mirarla en ningún momento, ni cuando Jack apostillaba algo, hasta que al final resumió:

161

SARA DONATI

—De modo que las chicas están alojadas con usted y con su tía.

—Y con mis primas.

—Repítame lo que le dijo sor Mary Augustin sobre los chicos.

Anna trató de ordenar su mente.

—Dijo que se habían perdido los papeles. Una tal sor Perpetua seguía buscándolos esa misma tarde, sin éxito. Supuestamente, es algo que puede suceder cuando llegan muchos niños de golpe.

—Así es —afirmó Anselm—. Cuesta creer la cantidad de chiquillos que hay en las calles, y, sin embargo, solo una pequeña parte entra en los orfanatos. Dediqué a ellos sesenta años de mi vida y nada de lo que hicimos pareció dejar huella. El papeleo y los niños desaparecen sin dejar rastro.

—Qué cosa tan horrible —repuso ella.

—En ocasiones lo es. Hay personas que no desperdician ninguna oportunidad para aprovecharse de la infancia, ya sea como mano de obra barata o algo peor. Supongo que habrá visto casos semejantes en el desempeño de su profesión.

—Mi prima Sophie trata más casos de ese tipo que yo.

El anciano elevó ambas cejas al mismo tiempo.

—¿Y qué casos trata usted?

—Soy cirujana. Mis pacientes suelen ser mujeres en edad fértil o mayores. ¿Cree que los niños de los Russo fueron…? —Buscó una palabra que fuera capaz de pronunciar en voz alta—. ¿Robados? ¿Secuestrados?

—No hay que ponerse en lo peor, hija mía. En mi opinión… —Hizo una pausa.

—Le prometo que no me lo tomaré a mal, pero no calle ahora, por favor —le rogó ella.

—Primero quiero que me diga qué es lo que teme. ¿Que hayan muerto? ¿No saber nunca qué fue de ellos?

Anna miró al inspector a los ojos, preguntándose si la despreciaría por lo que iba a confesar.

—Nada de eso. Mi mayor temor es tener que decirle a Rosa que he fracasado.

Una pelea en la calle llegó al paroxismo y se desvaneció mientras esperaba una réplica.

162

—Le preocupa que la culpe, mas no es suya la culpa. La niña lo sabe en el fondo, aunque lo olvide en su dolor. Y el dolor se aplaca con el tiempo.

—¿Insinúa que debo decirle que no hay posibilidad de encontrarlos? —Anna no sabía cómo sentirse al respecto, si aliviada, resignada o indignada.

—Ah, no —dijo el hermano Anselm—. Aún no es el momento de rendirse, aunque puede que termine por llegar. Tiene que estar preparada para ello. Y también Rosa debe estarlo.

Cuando logró tranquilizarse, Anna preguntó:

—¿Por dónde empezamos? —Entonces carraspeó para ocultar su vergüenza y se corrigió—: ¿Por dónde empiezo?

—Con Jack —respondió el anciano—. Jack puede hacer preguntas donde usted no puede, y viceversa. ¿Qué hay de la señora Webb? —dijo dirigiéndose a él.

—Vamos a verla después.

Anna tuvo que contenerse para no lanzarle una mirada. Ese hombre no le había mencionado nada de otra visita, y aunque sabía que debía ofenderse por su prepotencia, solo podía sentirse agradecida de que hubiera tomado la delantera.

—Creo que el pequeño de tres años ya habrá sido adoptado —prosiguió Anselm—, si es que está sano. ¿Cuál era su estado cuando lo examinó?

—Tenía un tamaño normal —contestó ella alzando un hombro—. Un poco bajo de peso, desde luego, pero nada extremo. Muy despierto, con los ojos azules como su hermano y sus hermanas. Un niño guapo, con una mata de pelo negro.

—Un niño de tres años guapo, sano, despierto y con los ojos azules… Dudo que haya pasado más de una noche bajo el techo de un convento. Por muchos huérfanos que haya en las calles, invisibles para todos, nunca dejará de existir una demanda de niños fuertes, siempre que los padres adoptivos consigan convencerse de que la madre tenía buena salud.

—Pero ¿cómo…?

—No pueden saberlo. Pero si el chiquillo está sano y es bien parecido, lo acaban creyendo. —Se levantó de la mesa para rebuscar en una cajita que había en el aparador. Al volver, depositó una hoja de papel y una pluma delante de Anna

163

y se sentó de nuevo. Entonces dijo—: Supongo que el mayor se parece al pequeño.

—Sí, de constitución media, aunque bastante fuerte, con rizos negros y ojos azules. Muy tímido, pero qué se puede esperar en tales circunstancias...

—Siete años... Fuerte... Quizás echara a andar y se perdiera. Jack, ¿has investigado si pudo haberlo encontrado uno de los *padroni*?

Anna se estremeció. El escándalo de los *padroni* surgió cuando ella era muy joven, pero recordaba bien los detalles. Un hombre iba a los pueblecitos de montaña de Italia en busca de niños que mostraran el más mínimo talento musical, prometiendo a las familias que regresarían al cabo de un par de años con unos ahorros sustanciosos. Él se encargaba de sufragar los gastos del viaje, la manutención y las clases. Lo único que debían prometer los pequeños era obediencia y estar dispuestos a aprender música.

En realidad, los niños terminaban en las miserables casuchas de la calle Crosby, durmiendo sobre el sucio suelo, sin comida ni abrigo suficiente, obligados a tocar el violín en las esquinas. El que no sacaba las ganancias exigidas recibía una paliza. Más de uno había muerto de esa manera.

—Pensaba que se había aprobado una ley... —comenzó a decir. Sin embargo, aprobar una ley y hacerla cumplir eran dos cosas muy distintas, como sabía cualquiera que viviera en Manhattan.

—La situación no es tan grave como hace diez años —declaró Jack—, pero todavía quedan unos cuantos *padroni* por ahí. Haré las averiguaciones oportunas.

El hermano Anselm se mostró satisfecho con aquello.

—También es posible que lo acogieran en una de las muchas casas de caridad que hay por la ciudad.

—¿Y si no fue así? —dijo Anna.

—Si no, esperemos que haya dado con alguna banda de golfillos italianos —expuso el anciano contemplándola con atención—. A fin de cuentas, son muchos los que se mantienen alejados de los hogares y orfanatos. Con ellos aprendería el arte de robar carteras hasta que lo considerasen un miembro más.

Anna respondió lo que no podía callar por más tiempo:

—Si le parece que criarse entre pícaros es malo, lo cierto es que hay destinos mucho peores.

—Por lo menos es un comienzo —replicó Anselm—. Le daré el nombre de las personas y los lugares que debería visitar, para que vaya escribiendo cartas. Mis manos ya no pueden sostener la pluma.

Las campanas de la iglesia marcaron las cinco en punto cuando dejaron al hermano Anselm, a esa hora en la que el sol caía verticalmente durante las tardes primaverales. Jack y Anna se pararon en el umbral un momento, en silencio.

—Una parada más —dijo él—. ¿O prefiere que la lleve a casa? Puedo ir a ver a la matrona yo solo; voy cada día desde que supe de la desaparición. —Ella lo miró llena de confusión—. Hay una mujer en la comisaría de Mulberry a la que llaman la matrona. Los guardias le entregan los niños perdidos o abandonados, y ella se encarga de lavarlos y darles algo de comer. Aunque no haya visto a los chicos, tal vez sepa algún cotilleo que nos sea útil.

Anna se irguió y respiró hondo.

—Muy bien. Pues hablemos con ella.

Después de subir al carruaje, Jack se recostó en el asiento y cerró los ojos mientras trataba de poner orden en sus pensamientos. Casi podía sentir la mirada de Anna en su rostro, pero, cuando volvió a abrirlos, ella observaba por la ventana a unos muchachos que jugaban al béisbol en una esquina.

—Diría que ha sido una entrevista productiva —opinó él.

—Yo también. Poco esperanzadora, pero sin llegar a ser demasiado desoladora. Pero ahora hay mucho que hacer.

—No tiene por qué hacerlo sola.

Anna podía tomárselo como una oferta o como un desafío, o simplemente rehuir la cuestión. La buena educación mandaba que le diera las gracias y dijera que ya la había ayudado bastante, tras lo que él insistiría y la conversación se repetiría en bucle hasta que uno de los dos se rindiera. Sin embargo, Jack sospechaba que Anna Savard no apreciaba mucho tales rituales, y esta vez acertó.

—Gracias. Me complace contar con su ayuda.

Jack había conseguido dos objetivos: Anna disponía de la información necesaria para proseguir la búsqueda, y él tenía permiso y un motivo para estar con ella todo el tiempo posible. Tomaron rumbo al este por la calle 19. Almacenes, molinos y fábricas dieron paso a comercios y establecimientos más pequeños y luego más grandes hasta llegar a Broadway. Cuando el cochero rodeó Union Square, Jack giró la cabeza por hábito para contemplar la floristería de la familia en la esquina de la calle 13 antes del Bowery, un punto que siempre se le antojaba una especie de frontera de una ciudad a otra.

A partir de ahí, los escaparates de postín se convirtieron en talleres de zapateros remendones, bazares y ferreterías; los restaurantes, en cervecerías; los bancos, en casas de empeño; y los teatros, en licorerías. Pronto se vieron rodeados de cabarés, pensiones de mala muerte, tascas inmundas y burdeles. Aunque los negocios decentes estaban cerrados a cal y canto por ser domingo, las puertas de los antros y los tugurios permanecían abiertas a pesar de lo que dictaba la ley. Nada de ello pareció sorprender a Anna Savard.

En la comisaría había tanto ajetreo como habría imaginado Anna si se hubiera detenido a pensarlo. Al atravesar el vestíbulo hacia un empinado tramo de escaleras, se fijó en una pareja mayor que dormitaba apoyándose el uno en el otro, en una madre con un chiquillo en el regazo y en un grupo de mujeres muy maquilladas que parecían temer por su futuro. Una de ellas la miró con ojos apagados e inexpresivos y luego bajó la vista.

Anna siguió al inspector a través de varios pasillos y de otras escaleras más cortas. Tras abrir una puerta, el propósito de la habitación quedó en evidencia cuando se oyeron los llantos de una criatura y el olor a amoniaco de la ropa mojada invadió sus fosas nasales.

Era una estancia larga y estrecha llena de cunas, con un escritorio en un extremo y una camilla en el otro, junto al que una señora regordeta cubierta con un mandil de pies a cabeza

se inclinaba sobre un bebé. La niña se revolvía infeliz por estar
sumergida en el agua de la bañera.

—Chis, chis, pequeña —le murmuraba dulcemente—.
Qué niña tan buena. Primero el baño y después vamos a llenar esa barriguita.

Una mecedora crujió y Anna vio que había otra mujer sentada en un rincón oscuro. Parecía estar durmiendo con un
bebé agarrado a su pecho, tan pequeño y tan feroz, mamando
con ansia, como si supiera con certeza que aquella iba a ser la
última vez.

Los tres niños de las cunas estaban dormidos, arropados con
paños, los párpados tan pálidos como piedras de luna, surcados
por venas azules. Los recién nacidos debían ser rechonchos,
blandos y rosados, pero aquellos eran angulosos, como muñe-
quitos de palo envueltos en papel.

—¿Señora Webb?

La mujer que bañaba al bebé miró por encima del hombro.

—Inspector Mezzanotte, buenas tardes. ¿Qué me traes hoy?

—Hoy vengo sin zagales.

La señora Webb reanudó su labor. La criatura había dejado
de llorar y la contemplaba con absoluta fascinación.

—¿Has visto? No está tan mal, ¿verdad? El agua está calen-
tita. —A Jack le dijo—: ¿Qué se te ofrece entonces? ¿Sigues
buscando al chiquillo italiano?

—Eso me temo. ¿Podemos echar un vistazo al libro de registro?

Ella señaló con la barbilla un libro grande, que estaba abierto encima del escritorio.

Jack cruzó la habitación sin vacilar, pero Anna dudó y se
acercó a la señora Webb, quien era evidente que había bañado
a unos cuantos críos a lo largo de su vida. Mientras la observaba,
le quitó el jabón a la niña con mano experta, la tapó con una toalla y la frotó hasta secarla. La recién nacida tenía un peso muy
inferior al normal, por lo que su cabeza parecía demasiado grande
para el resto del cuerpo; más problemático aún era el cordón
umbilical, que estaba desgarrado y atado con un cordel sucio.

—Lo hizo una madre joven —explicó la señora Webb, siguiendo la mirada de Anna—. Se ve que iba con prisa. Dejó a
la pequeña cubierta de harapos en una puerta, con apenas unas

horas de vida, cuando un guardia la encontró y me la trajo esta mañana temprano. Pobrecita.

Por lo general, la gente creía que los niños abandonados eran ilegítimos y que las madres los entregaban para ocultar un lapsus moral inexcusable. Anna no se había cuestionado la idea hasta que fue a la Escuela de Medicina y tuvo que mirar más de cerca. Los niños abandonados eran un grupo miserable, nacidos en la pobreza y enfermizos en su mayoría, pero las madres solían estar casadas y desesperadas a su manera.

—Mañana irán todos a la oficina de Caridad Pública y los verá un médico —decía la señora Webb—. Tal vez puedan hacer algo con el cordón.

—¿Tiene nombre?

La matrona comenzó a vestir a la niña con movimientos rápidos y eficientes.

—A veces dejan un papelito con el nombre, pero a esta criatura no. Mañana le darán un nombre y un número, y según la suerte que tenga en el sorteo la bautizarán como católica o protestante. Después la llevarán al hospital infantil, al asilo de expósitos o a cualquier otro sitio donde haya una cuna.

Anna esperó que no fuera al hospital infantil de la isla de Randall, que tan mala fama tenía entre los círculos médicos. Abrumados por un flujo interminable de bebés abandonados, con una carencia constante de nodrizas y muy pocos conocimientos especializados, tres cuartas partes de los admitidos morían al cabo de menos de tres meses, y la mayoría de los demás al cabo de menos de un año. Sin embargo, una cosa era oír las cifras en una sala de conferencias o leerlas en un informe, y otra muy distinta saber que los niños allí reunidos probablemente estarían muertos antes de que acabara el verano.

Jack Mezzanotte levantó la vista del libro de registro y le hizo un gesto, señalando una línea con el dedo.

—Es del día en que los Russo llegaron de Hoboken. Se registraron cuarenta y dos niños durante la semana siguiente. Este es el único que podría ser.

Anna leyó la anotación, escrita con letras muy juntas:

Bebé varón, de unos tres meses, sin marcas distintivas ni lesiones externas. Vestido con ropa de abrigo. Despierto. Encontrado durmiendo en la hierba bajo un árbol de la plaza Stuyvesant a las cinco en punto por un empleado que pasaba por allí cuando volvía a casa del trabajo. Agente A. Riordan.

—Cuesta saberlo con tan poca descripción —dijo luego.

La señora Webb se acercó a ellos con la criatura recién bañada en brazos y leyó por encima del hombro de Anna.

—Recuérdame a quién buscabas.

—Un niño de unos tres meses, sano, con el pelo muy negro y los ojos azules. Desapareció el 26 de marzo.

La matrona negó con la cabeza.

—Por aquí no pasan niños así. Cuando aparece uno tan grande y fuerte, tarde o temprano suele venir una madre preguntando por él. A mí me llegan medio muertos ya. —Su tono no tenía nada de extraordinario; como el de un marinero hablando de las mareas—. Pero salen limpios, calientes y con la barriga llena. Cada uno de ellos. Después de eso, todo depende del buen Dios.

169

Sin más discusión, se dirigieron a Washington Square y giraron a la izquierda en Bleecker antes de que ninguno de los dos pensara en hablar.

Entonces Jack dijo algo que la tomó por sorpresa:

—Sabe que no debe pasear por este vecindario al anochecer. —No era una pregunta ni una orden, sino una simple afirmación.

—Por supuesto.

Siempre le resultaba extraño que le recordaran lo cerca que estaban los bajos fondos de la casa en la que había crecido, donde conocía a todos los vecinos y nunca tenía la menor sensación de peligro, fuera la hora que fuese. La ciudad era como un mazo de naipes bien barajados; cualquier esquina podía llevar al desastre o a la salvación.

Caminar entre las sombras alargadas de Washington Square Park fue casi como un sueño. Durante esos últimos diez minutos, Jack pensó en lo que podría decir y rechazó todo lo que le vino a la mente.

Anna se detuvo en la esquina de Waverly Place con el parque y se volvió hacia él.

—Sophie y yo estamos escribiendo a los asilos y orfanatos más pequeños, pero hay varios que debería visitar personalmente.

—Podemos hacerlo esta semana.

—Es muy amable por su parte.

A veces, cuando sonreía de cierta manera, un hoyuelo cobraba vida en la mejilla izquierda de Anna. Allí estaba ahora. Jack se planteó si de verdad no se daba cuenta del interés que sentía por ella, cuando le dijo:

—No quiero ser grosera, pero será mejor que no me acompañe a la puerta. Rosa le acribillará a preguntas si le ve.

Podría haber dicho que no le importaba responder a sus preguntas, o que no estaba preparado para marcharse, pero ninguna de esas cosas lo acercaría a su objetivo, una meta que no se había marcado de modo consciente, pero que ya había echado raíces. Tuvo que aclararse la garganta para contestar.

—Le escribiré mañana o pasado, a menos que tenga mucho trabajo y no pueda ser hasta finales de semana.

—Suelo estar operando por las mañanas. Los dos tenemos nuestros horarios.

Jack tomó su mano como si fuera a estrecharla y recorrió la fría seda de su guante para sentir la cálida piel que había debajo, hasta acariciar la hendidura donde la palma se unía con la muñeca. Anna dio un respingo, pero no se apartó. Él se preguntó si ella dejaría de sonrojarse alguna vez, o si era una batalla que siempre perdería.

Al cabo de un instante le devolvió el maletín de cuero, y ella se dio la vuelta y se fue. Jack vio cómo se alejaba, cada vez más deprisa. Entonces se detuvo como si acabara de acordarse de algo.

—Si el hombre de ayer hubiera sido francés, ¿qué le habría dicho?

Él se echó a reír.

—¡No lo sabe!

—Puede que no. ¿De qué parte de Francia?

$\mathcal{D}$espués de cuatro noches en Waverly Place, las niñas ya se habían acostumbrado a la rutina. «Los niños necesitan seguir un horario —decía la señora Lee—. Para que sepan lo que vendrá, en qué momento y durante cuánto tiempo. Esas cosas los tranquilizan.»

Para sorpresa de Anna, también fue un consuelo para ella. Dondequiera que estuviese, en el quirófano, con las estudiantes, en una sala de examen o en una reunión, podía mirar el reloj y saber exactamente dónde se hallaban las niñas y qué hacían. Sabía, por ejemplo, que cuando Margaret entrara a despertarlas a las ocho, Lia estaría confundida y llorosa. Entonces dejaría que Rosa la consolara, y luego lo haría Margaret, mientras la vestía. A las ocho y media, ambas estarían sentadas a la mesa del desayuno.

Durante el día, Lia abordaba por turnos a cada adulto de la casa para preguntar dónde estaban Sophie y Anna y cuándo volverían.

· «Le da miedo que la gente desaparezca —le había dicho Sophie—. Se despierta llamando a sus padres y hermanos. Tardará un tiempo en darse cuenta de que nosotras no vamos a marcharnos.»

Alguien de fuera vería a una niña alegre, curiosa por todo, entusiasmada por las comidas que se le ofrecían, los juguetes que se bajaban del desván, las gallinas que deambulaban por el jardín, llena de preguntas que soltaba en un batiburrillo de italiano e inglés. Lia escuchaba atentamente cada conversación, la incluyera a ella o no, y repetía las palabras que no conocía para presentarlas como pequeños enigmas. ¿Carnicero? ¿Trajín? ¿Maleza? ¿Estornudo? ¿Tragar?

171

¿Resbaladizo? Entre Rosa y la señora Quinlan obtenía las respuestas que quería, y al tercer día Anna pensó que había aprendido al menos cien palabras nuevas. Rosa se mostraba más contenida. Era considerada, observadora y dispuesta, como esos niños inseguros que buscan desesperadamente la aprobación de los demás. Lia sabía cómo pedir y recibir amparo; ella era incapaz. De hecho, pareció despertar del todo el segundo día, cuando oyó que Anna y Sophie hablaban de encontrar a sus hermanos. La búsqueda comenzó mandando un anuncio por palabras a los periódicos. Rosa hizo que Sophie se lo leyera dos veces.

Se ofrece cuantiosa recompensa a cambio de información fehaciente sobre el paradero de dos niños desaparecidos, siempre que sean devueltos sanos y salvos a su familia. Se trata de Anthony (7 años) y su hermano Vittorio (3 meses). Puede que estén juntos o separados. Ambos tienen el pelo negro rizado y los ojos muy azules. Se los vio por última vez el lunes 26 de marzo a mediodía, cerca del transbordador de la calle Christopher. Les rogamos escriban a la señora Quinlan, apartado de correos 446, oficina postal de Jefferson Market. Se responderán todas las cartas.

Aunque no lo había pedido, Rosa se sintió aliviada al saber que buscaban a sus hermanos. El anuncio fue el primer paso, pero fueron las cartas las que encendieron su imaginación.

Con la ayuda del hermano Anselm y del Directorio de Servicios Sociales y Sanitarios de la ciudad, identificaron casi un centenar de lugares que debían considerar. Anna planeaba visitar en persona una docena, más o menos, y con el resto se comunicarían por correo. Rosa se sentaba a verlas escribir cartas como si fuera una obra de teatro interpretada solo para su disfrute.

Sophie estaba cogiendo un sobre cuando alzó los ojos y se encontró con la mirada inquisitiva de Rosa.

—Casi lo olvido —dijo. Luego se aclaró la garganta y leyó en voz alta.

3 de abril de 1883

Reverendo Thomas M. Peters, párroco

Iglesia de San Miguel

Calle 100 Oeste

Manhattanville

Estimado reverendo Peters:

Al mediodía del lunes 26 de marzo, Tonino Russo, de siete años, y Vittorio Russo, de tres meses, llegaron a la terminal del transbordador de la calle Christopher entre un grupo más amplio de huérfanos italianos. Un accidente en el muelle causó gran confusión, y durante ese tiempo los niños desaparecieron sin dejar rastro. Le escribo en relación con la búsqueda de estos dos hermanos.

Los chicos tienen aspecto italiano, pelo negro rizado y ojos muy azules, sin otras marcas distintivas.

Como fundador de la institución benéfica Sheltering Arms, sé que verá a demasiados niños perdidos y sin hogar para recordarlos a todos; sin embargo, me gustaría pedirle que, por favor, tenga en cuenta a los pequeños mencionados. Si usted o alguien de su personal reconoce a algún niño que encaje en la descripción, solo o en pareja, le agradecería que me avisara lo antes posible.

En cuanto a mí, me licencié en la Escuela Femenina de Medicina y estoy registrada en la Oficina Sanitaria, pero mi preocupación por los hermanos Russo es personal. Si lo desea, estoy dispuesta a proporcionarle más información y referencias profesionales.

Atentamente,

DRA. SOPHIE ÉLODIE SAVARD

173

Tras firmar cada carta y anotar la dirección del destinatario en el sobre, este se colocaba en un montón delante de Rosa, vigilante como un pájaro en su nido. Pero con cada carta completada venían las preguntas.

—¿Responderá?

—Eso creo —dijo Anna—. Aunque podría tardar.

—A menos que sepa dónde están mis hermanos.

—Por supuesto —convino Sophie—. En ese caso nos escribiría inmediatamente.

—O vendría a casa —sugirió Rosa—. Puede que los traiga consigo.

—Ojalá, pero ya sabes que es difícil —musitó Sophie.

Rosa no sabía nada de eso. Ella intentaba ordenar el caos a pura fuerza de voluntad.

—Estoy segura de que responderá —dijo Anna con más firmeza, cosa que no se le escapó a la niña.

Hubo un momento de vacilación.

—¿Cómo lo sabes?

Y esa era la cuestión, claro. No sabían casi nada, y era posible que nunca lo hicieran. Solo podían prometer lo que Anna replicó:

—Mientras estemos todas de acuerdo, seguiremos buscándolos hasta encontrarlos.

Esa noche escribieron a la fundación Sheltering Arms, a la Misión del Octavo Distrito, a la Sociedad Femenina de Beneficencia de la Iglesia Bautista Emanuel, a San Vicente de Paúl y al Hogar de los Niños Perdidos. Sin embargo, con cada carta, Anna se preguntaba si ayudaban o perjudicaban a la chiquilla, consumida por el dolor, la culpa y una rabia que no podía expresar con palabras. Cuando terminaron, ya tarde, Rosa se fue con Margaret, que se encargaba de bañarlas y acostarlas.

—Me gustaría que alguien hiciera lo mismo por mí —le dijo a Sophie mientras abría su propio correo, que no había podido mirar hasta entonces.

—Mentira cochina. No soportarías que nadie se desviviera así por ti.

—El doctor Tait quiere derivarme a una paciente —explicó tras leer una carta escrita con buena letra sobre delicado papel de lino. Sophie se enderezó un poco—. Un tal Drexel desea que trate a su esposa cuando vengan de Inglaterra.

—Una buena noticia.

—Quizá, si es que Tait se ha acordado de mencionar que soy una mujer. Es la única persona que se olvida de hacerlo.

Sophie apoyó la cabeza en el puño y ahogó un bostezo.

—Todo el mundo debería darle menos importancia al sexo de los demás.

Anna pensaba responder a la carta, pero sabía de sobra lo que iba a ocurrir: el señor Drexel hablaría primero con el anterior médico de su mujer en el Hospital Femenino, el doctor Manderston, y este le recomendaría a uno de sus colegas del mismo hospital. En el fondo le daba igual; ganaba lo suficiente para cubrir sus necesidades, no le faltaban pacientes y nunca le faltarían. Los médicos varones del Hospital Femenino sentían poco aprecio por ella, por Sophie y por todas las mujeres que estudiaban y ejercían la medicina. En su mayoría, eran concienzudos, si bien algo mediocres y contrarios a cualquier avance que no pudieran atribuirse a sí mismos.

—Siempre tendré trabajo donde estoy —dijo al cabo—. Nos veo a las dos dentro de cuarenta años, arrastrando los pies por los pasillos, criticando a las estudiantes de Enfermería y torturando a las de Medicina.

—Qué imagen tan encantadora —bromeó Sophie—. Aunque espero que haya vida más allá del Hospital de Caridad New Amsterdam.

Hubo un pequeño silencio durante el que ambas pensaron en las cuestiones que debían discutirse, especialmente acerca de Cap y de lo que Sophie quería para él, para ambos. Anna le lanzó una mirada significativa.

—No, por favor —le imploró ella—. No sé qué decirte. No lo sabré hasta que Cap tome una decisión. 175

—¿Y tú has decidido algo?

—Pues claro —replicó casi ofendida—. Estaré con él hasta el final, si me lo permite. ¿Has tenido noticias del inspector?

—No.

—Todavía no —la enmendó Sophie.

Anna no quería pensar en Jack Mezzanotte porque, en realidad, no sabía si volvería a verlo. El domingo habían trabajado juntos por un objetivo común, pero los niños Russo eran problema suyo.

—Ha sido de gran ayuda —concedió ella—, pero no sé por qué iba a querer seguir ayudando.

—Ah —dijo Sophie con una enorme sonrisa que no se molestó en disimular.

El viernes mientras desayunaban, fue Rosa quien preguntó por los policías. Que se sintiera lo bastante cómoda para ello era buena señal, algo que Anna no pudo pasar por alto.

—¿Crees que se han olvidado de nosotras?

—Hablamos con ellos el domingo pasado, y seguro que están muy ocupados.

—Pensaba que nos iban a ayudar.

Anna apuró su café y dijo:

—Si hoy no sabemos nada, les escribiremos una carta por la noche.

Rosa asintió con cautela y escepticismo evidente.

Anna se pasó el día repitiéndose las mismas cosas que le había asegurado a Rosa: que el inspector Jack Mezzanotte era un hombre muy ocupado, que ya les había hecho un gran favor presentándoles al hermano Anselm y que resultaba absurdo esperar más e incluso seguir pensando en él. De hecho, se fustigó tanto que por un momento creyó estar imaginándoselo cuando se lo encontró esperándola en el vestíbulo del hospital.

Allí estaba, tan tranquilo mientras la gente iba y venía a su alrededor, con la luz del atardecer cayéndole en franjas sobre el rostro, mitad al sol y mitad en la sombra. Sin embargo, la sonrisa franca de sus labios transformaba su semblante por completo. Durante aquel breve instante no fue un policía, sino un hombre al que le gustaba lo que veía, y la estaba mirando a ella.

Aparte de ese extraño detalle, tenía aspecto cansado. Anna se recordó que no debía fijarse en esas cosas, y menos aún darle consejos sobre sus hábitos de sueño, así que le devolvió la sonrisa.

—Qué sorpresa —dijo ella, y se dio cuenta de que Jack se relajaba, como si no hubiera estado seguro del recibimiento que le dispensaría.

—Esta semana he tenido turno de noche, y mucho ajetreo.

—¿Estudiando idiomas?

—Entre otras cosas —sonrió él—. He localizado al padre.

Al principio, Anna no entendió a qué se refería con aquello.

—¿Al padre?

—Carmine Russo. Se me ocurrió que sería más fácil encontrar a los chicos y reclamarlos si dábamos con el padre primero.

Nunca habría imaginado que se pudiera encontrar a un inmigrante italiano entre tantos miles, y aunque lo hubiera hecho, no habría sabido por dónde empezar. Tampoco sabía qué pensar acerca de Carmine Russo, que había abandonado a sus hijos.

—¿Dónde está exactamente?

—En la isla.

Anna lo meditó un momento. La isla de Blackwell solo podía significar un par de cosas, y ninguna buena: si no lo habían mandado al presidio o al correccional, estaría en uno de los hospitales de incurables, en el hospicio o en el manicomio. Y si no, en el sanatorio de la viruela. Eso era todo lo que abarcaban esas dos palabras: la isla.

—Lo han condenado a seis meses en el correccional —decía el inspector—. Por disipación y conducta desordenada.

Así pues, se trataba de un borracho contumaz.

—¿Está seguro?

—Los datos encajan, pero no lo sabré hasta que hable con él. No hace falta que me acompañe, pero pensé que querría verlo usted misma. Debo transportar a un prisionero desde el muelle de la policía, y tengo un carruaje esperando.

A pesar de lo mucho que le desagradaba la idea, ¿cómo iba a cumplir la promesa que le hiciera a Rosa si se rendía ante el primer escollo? El inspector la miraba con gesto inexpresivo. No intentaría convencerla, y eso le bastó para decidirse. Que se le acelerase el pulso no era más que una desafortunada reacción biológica a la presencia de ese hombre, algo incómodo pero soportable. Había cosas más importantes en juego.

Por tanto, se volvió y llamó al portero, quien había estado escuchando la conversación desde el otro extremo.

—Señor Abernathy, ¿me haría el favor de enviar un mensaje a Waverly Place? Dígales que he salido y que regresaré dentro de unas horas.

Abernathy era poseedor de un ceño adusto con el que paraba los pies a la mayoría de los alborotadores con los que se topaba, y con el cual observaba ahora al inspector Mezzanotte.

Anna volvió a llamarlo.

—¿Señor Abernathy?

—Si está usted segura, doctora Savard —replicó al fin con tono condenatorio.

—Sí, gracias.

De repente, Jack cruzó el vestíbulo y le dijo algo al portero,

177

quien cambió de expresión en el acto y le estrechó la mano. Anna no había visto nunca al señor Abernathy estrechar la mano de nadie.

Cuando el carruaje se puso en marcha, no tuvo más remedio que preguntarle:

—¿Qué le ha dicho al portero?

—El hombre es un antiguo agente de policía, así que me he presentado.

—¿Y cómo lo sabía?

Él se encogió de hombros.

—Esa cara de vinagre es inconfundible.

—Todavía no lo entiendo. ¿Por qué desconfiaba de usted?

Jack enarcó una ceja.

—Ningún hombre había ido antes a buscarla al hospital, ¿verdad, doctora Savard?

Aquello le sonó más a una provocación que a una pregunta.

—¿Cree que pensó que iba usted a...? —Anna hizo lo que pudo por permanecer impasible.

—¿A qué?

—No sé. Dígamelo usted. ¿Por qué se mostraba tan suspicaz?

—Si usted tuviera una hija de su edad y un desconocido preguntara por ella, ¿no sospecharía de sus intenciones? ¿O de las de su hija?

—Pero ese señor no es mi padre, evidentemente —se oyó balbucear.

—No, pero es usted una joven a su cargo, por lo que me vio como una posible amenaza.

—Qué ridiculez.

—Para él no. Soy un hombre que se interesa por usted.

Hubo un silencio incómodo.

—¿Ah, sí?

Jack meneó la cabeza como si ella hubiera dicho una tontería. Entonces se inclinó y bajó la voz.

—¿De verdad no sabe la respuesta?

—¿Insinúa que no ha venido a hablarme de Carmine Russo?

—No he dicho eso en absoluto. Quería hablarle de Carmine Russo, pero también ha sido una oportunidad para verla fuera del hospital.

—Me está poniendo nerviosa. —En ese momento, su estómago le recordó con un rugido que se había saltado el almuerzo. Sin dudarlo un instante, Jack se sacó del abrigo un paquete envuelto en papel marrón, todavía caliente, y se lo ofreció.

—Le pido perdón, tendría que haber pensado en usted. Le ruego que acepte mi comida. Me ha sobrado bastante.

Había varias respuestas que podía dar una dama en una situación semejante, todas para indicar una negativa cortés, aunque firme. No se iba a poner a comer en público, delante de un desconocido, dentro de un carruaje, careciendo de los utensilios más rudimentarios. Sin embargo, Anna estaba hambrienta, y el inspector le entregó su pañuelo de lino para que lo usara de servilleta.

Así pues, abrió lo que resultó ser la mitad de un bocadillo gigantesco. Olía tan bien que pronto dejó de fingir y le dio un bocado, aún caliente, sabroso y suculento. La carne de cerdo, cortada en apetitosas lonchas, estaba sazonada con una mezcla de aceite, ajo y limón que empapó el pan de bordes dorados. Anna no pudo reprimir un suspiro de satisfacción.

Después de limpiarse con el pañuelo, dijo:

—Inspector Mezzanotte, nunca en mi vida había probado manjar tan delicioso. Espero que le sobrara de verdad, porque me temo que tendrá que arrestarme si quiere recuperarlo.

Jack intentó contener la sonrisa que se dibujaba en su boca, pero era difícil. La disposición de aquella mujer a reconocer tanto el hambre como los placeres de la mesa le resultaba tan refrescante como sorprendente. Aunque la educación exigía que apartara la mirada mientras comía, fue incapaz de hacerlo hasta que terminó, cuando dobló el papel, volvió a limpiarse los labios y suspiró.

—Estaba buenísimo, pero no se lo diga a la señora Lee. Se cree la única que sabe cocinar en esta ciudad.

—Me lo imagino. Supongo que le debe gustar tener a las niñas en casa.

Anna pensó en la señora Lee, y en los platos colmados que les servía tres veces al día.

—De momento, no ha habido quejas.

179

Entonces procedió a hablarle de los cambios que se habían producido en su hogar, dando al traste con la inmovilidad de sus días, y de lo venturoso que parecía que así fuera.

—Lia siente curiosidad por todo. A Rosa le obsesiona el Directorio de Servicios Sociales y Sanitarios. Margaret lo usa para enseñarle a leer.

—Su prima Margaret se ha volcado en la causa de las niñas.

—Igual que todas, pero ella es la que tiene más tiempo. Además, desde que sus hijos se fueron de viaje, no sabía qué hacer con su instinto maternal. Ahora está encantada de poder cuidar de las niñas.

Jack se fijó en el mohín de su boca.

—Pero...

Ella lo miró.

—¿Es que lee los pensamientos?

—Leo las caras. ¿Cuál es el problema?

—Las niñas no dan ninguno. Todo el mundo las adora. Los Lee compiten entre sí por pasar tiempo con ellas... —Entonces se quedó callada.

A la luz de la tarde, Jack pudo ver el rubor que tiñó sus mejillas. Había algo que la avergonzaba o que no quería contar.

—¿Se trata de alguna enfermedad?

Anna vaciló un momento.

—No exactamente.

—No irá a dejarme con esta intriga.

—No hay por qué obedecer a todos los caprichos, inspector —replicó mirándolo a los ojos—. Pero le diré algo: Sophie y yo nos referimos a la cuestión como la Guerra de los Corsés.

Él no pudo evitarlo y se echó a reír.

—Tiene razón, no hace falta revelar nada más. Permítame otra pregunta: ¿le importaría llamarme por mi nombre?

—¿Giancarlo?

—Prefiero Jack. ¿Le parece bien?

Anna ladeó un poco la cabeza, pensativa.

—No sé si es adecuado que nos tuteemos...

—¿Quién lo dice?

—Todo el mundo. —Indicó la ciudad con un gesto—. Somos dos profesionales que intentan resolver un problema. Debe existir cierto grado de formalidad.

—A Oscar lo llamo por su nombre.

—¿Ah, sí? Puede que alguna vez, pero suele llamarlo Maroney. Y si mal no recuerdo, él le llama Mezzanotte. Podemos usar los apellidos. Es lo que hacíamos en la universidad antes de licenciarnos.

—Sería un buen comienzo. Para la cooperación. Y la amistad.

Aquella palabra pareció sorprenderla.

—No tengo muchos amigos, aparte de mis compañeras de carrera y otros médicos. Creo que asusto a la gente.

—En tal caso, ya va siendo hora de que amplíes tu círculo de amistades, Savard.

El transbordador del departamento de policía era pequeño y, según suponía Anna, se utilizaba sobre todo para transportar a los delincuentes condenados desde las Tumbas a la penitenciaría de la ciudad en la isla de Blackwell. El prisionero de Jack era un hombre de mediana edad que vestía un buen traje —quizás un tendero o un maestro de escuela— y daba cabezadas contra la pared roncando tan fuerte que hacía vibrar el cristal de la ventanilla.

Jack se fue a hablar con el patrón mientras cruzaban el East River, atestado de todo tipo de embarcaciones. Aunque faltaba una hora para el final de la jornada, seguiría habiendo luz durante un buen rato.

A Anna le gustaba navegar y sentir el roce de la brisa sobre la piel. Entonces contempló el tráfico de la ciudad, tan denso como lo había estado a las nueve de la mañana. Los edificios comenzaron a distinguirse a medida que se acercaban a la isla, todos mirando hacia Manhattan cual manada de perros bulldog con malas pulgas. La habían asignado allí un par de veces antes de terminar la carrera, durante periodos cortos. Era uno de los pocos lugares en los que estaban tan desesperados por encontrar médicos dispuestos a regalar su tiempo que aceptaban incluso a las estudiantes de Medicina. Aunque la estancia le sirvió de aprendizaje, no guardaba un buen recuerdo de Blackwell.

Sin embargo, como se repitió a sí misma, ahora no venía a tratar a nadie, sino a entrevistarse con un hombre que podía ser

Carmine Russo. En ese momento se alegró de tener a Jack Mezzanotte a su lado, no solo porque hablaba italiano, sino porque sin él no habría sabido por dónde empezar, más allá de la obvia y contundente pregunta de por qué abandonó a sus hijos.

Anna se preguntó si esa frase se hallaría en la lista de cosas que Mezzanotte necesitaba decir en varios idiomas. Según su experiencia, los inspectores de policía no se preocupaban por los niños abandonados, pero aquel parecía ser la excepción a la regla.

Jack regresó a la barandilla y paseó la vista por los hospicios, los hospitales y la penitenciaría, y otra vez en sentido inverso. Anna no pudo evitar fijarse en su tamaño, en la anchura de sus hombros, en su apostura. Sin duda era mucho más corpulento que otros italianos que conocía, pero ¿por qué, se preguntó, por qué lo comparaba con los demás?

Qué pregunta tan necia. No hacía ni una hora que se había inclinado sobre ella para declararle su interés; había abierto una puerta, y ella estaba en el umbral, pensándoselo.

Al entrar en la sala de espera del correccional los recibió una guardesa huesuda e inusualmente alta que llevaba un delantal blanco almidonado y una anticuada cofia de fustán sobre el cabello canoso. La mujer escuchó la petición de Jack desviando la mirada y luego los llevó por los pasillos hacia la parte trasera del edificio.

Pasaron por habitaciones en las que había sastres, zapateros y cordeleros encorvados ante su labor. A través de las ventanas, Anna vio los talleres más grandes de carpinteros, herreros y hojalateros, con menos guardias uniformados de lo que había esperado. Todos los ruidos que se oían eran mecánicos: sierras, martillos y palas. Se preguntó si a los trabajadores no se les permitía hablar, o si no tenían nada que decirse. Muchos de ellos mostraban signos evidentes de las malas decisiones que los habían empujado a aquel lugar: mejillas hundidas, dientes partidos, miembros paralizados, músculos atrofiados, dedos amputados, pieles moteadas con moratones y el rojo oscuro de los capilares rotos en las mejillas y la nariz.

La guardesa los llevó a un cobertizo donde unos hombres

mayores clasificaban los artículos de cuero que había que reparar, bridas y arneses, estribos y correas, alforjas y sillas de montar en grandes cantidades. El aire estaba cargado del olor a jabón de Castilla, a cera y al vinagre para limpiar el moho. Aunque no resultaba desagradable, el ambiente era asfixiante incluso en una tarde fresca de primavera.

Uno de los vigilantes se acercó a ellos, pero no para dirigirse a la guardesa, sino a Jack. Sin hacer el menor caso, la mujer lanzó una exclamación que atravesó el cobertizo:

—¡Carmine Russo!

Todos los hombres la miraron, pero solo uno se levantó del taburete donde había estado trabajando, rodeado de cubos. En una mano sujetaba un cepillo y en la otra lo que parecía ser una cartuchera. De mediana edad, con el pelo rapado casi hasta el cuero cabelludo para desalentar a los piojos, de blanco puro en las sienes. Sus brazos nervudos estaban llenos de músculos; su vientre, hinchado de tal manera que no hablaba de hambre ni de cerveza, sino de ascitis. Y lo que era aún peor: la esclerótica de sus ojos sorprendentemente azules había adoptado un tono amarillo, y el bronce natural de su piel se había vuelto más profundo por la ictericia.

183

Jack tocó el codo de Anna y entraron en el cobertizo. Russo los esperaba con el cepillo chorreante en la mano, formando un charco de agua y espuma en la tierra compactada.

—*Signore Russo.* —Jack habló en italiano durante algún tiempo.

Anna oyó varios nombres: Rosa, Vittorio, Tonino y otras palabras que quizá significaban hijos y esposa.

Russo clavó y desclavó la mirada en ella varias veces. Finalmente, se encogió de hombros.

—¿Por qué? —quiso saber Anna—. ¿Por qué los dejó en Hoboken para irse a la ciudad?

A Jack le llevó un buen rato conseguir una reacción de Russo que no fuera algún gesto. Cuando habló, su voz sonó áspera y cascada, como si tuviera dañadas las cuerdas vocales. Anna temió que hubiera estado bebiendo algún líquido cáustico por su contenido alcohólico, buscando alivio para encontrar más dolor, pues no le cabía duda de que aquel hombre estaba muy enfermo.

—No podía alimentarlos, no podía cuidarlos, no podía mirarlos —tradujo Jack—. Así que se los di a las monjas.

—¿Quiere recuperarlos?

Carmine Russo la miró como si la entendiera, pero no contestó.

—Pídele que suelte eso, por favor —dijo Anna, decidiéndose de repente—. Dile que soy médica y que me gustaría hacerle un reconocimiento rápido.

Jack vaciló un instante tan breve que ella podría haberlo pasado por alto de no haberlo esperado. No obstante, se dirigió a Russo con tono firme, más de mando que de petición.

Anna pensaba que iba a protestar, pero el hombre obedeció y se quedó con los brazos colgando a lo largo del cuerpo. Ella se quitó los guantes, se los entregó a Jack y alzó la cabeza de Russo con delicadeza para que le diera la luz de la puerta abierta en la cara. Luego le exploró la mandíbula y el cuello, con suavidad sobre los ganglios linfáticos inflamados, y le palpó el abdomen por encima del peto, con mucho cuidado. Tres toques le dijeron todo lo que debía saber.

—Sus hijas están sanas y salvas. Si logramos dar con sus hijos, nos encargaremos de que no les falte de nada para que puedan llegar a ser buenas personas.

Pese a que estaba segura de que la había entendido en parte, el hombre miró a Jack, preguntó algo por primera vez y estuvieron un rato hablando en italiano. Cuando Carmine Russo volvió a fijar su mirada en ella, tenía los ojos bañados en lágrimas.

Al salir, Anna abordó a la guardesa:

—El señor Russo padece insuficiencia hepática. Tiene un tumor muy grande y otros más pequeños. Para ser sincera, me sorprende que siga en pie, pues debe de sentir unos dolores terribles. Hay que ingresarlo en el hospital.

—¿Podrán hacer algo por él?

—No. No hay tratamiento posible. Será cuestión de días.

—Ah, pues en ese caso… No puedo mandarlo al hospital, si va a ser para nada. Lo llevaría al de incurables, pero no hay ni una sola cama libre. Tendrá que volver a su celda.

Anna se quedó callada, preguntándose por qué había esperado otra cosa. Entonces le pidió su maletín a Jack, se agachó para abrirlo y sacó una botella con tapón de corcho que oprimió en la mano de la guardesa.

—¿Se encargará de que le administren esto para calmar el dolor? Una cucharadita en un vaso de agua cuando no aguante más. Puede que la necesite cada pocas horas, y más cuando se acerque el final. Si se raciona bien, le ayudará a pasar el último trance.

Anna se mostró distante en el camino de regreso al transbordador, con la cabeza claramente en otro sitio. Pensando en Rosa, seguro, y en cómo iba a contarle a la niña la situación de su padre. El gesto que había tenido, la botella de láudano que le entregó a la guardesa, fue tanto por Rosa como por Carmine Russo. Ahora podría decir que su muerte sería tranquila e indolora.

—No es alcohólico —declaró mientras esperaban al patrón—, y si lo era, ya no es ese su problema. Tiene un cáncer avanzado desde hace al menos un año. ¿Puedes ocuparte de que traigan a las niñas para que vean a su padre y se despidan?

La pregunta lo había pillado desprevenido.

—¿Crees que es buena idea?

Ella lo fulminó con la mirada.

—Creo que es necesario.

Anna volvió la cabeza y contempló el correccional durante un buen rato. Luego, con el semblante adusto, dijo:

—Estamos a menos de una milla de la isla de Randall. ¿Podemos ir al hospital infantil, o has de volver a la comisaría?

Desembarcaron en la isla de Randall cuando la campana de una iglesia cercana repicó anunciando las seis de la tarde. Jack notó que Anna Savard tenía el brazo agarrotado bajo su mano, aunque trató de sonreír al mirarlo.

—Estoy siendo tonta y supersticiosa, pero si el niño estuviera aquí…

No terminó la frase, ni falta que hacía. En su mente, la aparición del hermano pequeño de Rosa compensaría la noticia de la enfermedad del padre. Jack entendió el impulso y no

185

la desanimó; hasta que no comprobara por sí misma que Vittorio no estaba en el hospital infantil, de nada serviría lo que pudiera decir.

Con tantas veces como había estado en Blackwell por asuntos policiales, Jack nunca había tenido ocasión de visitar la isla de Randall. Allí no había prisioneros, cárceles ni celdas de detención: era una isla de niños. Y de tumbas, como se recordó cuando llegaron a las puertas del hospital. Desde allí se podía ver el cementerio de pobres a lo lejos, incontables filas de lápidas anónimas, cuya variedad de tonos terrosos se recortaba sobre el fondo de azules y verdes profundos del mar y del bosque, cada vez más oscuros con la caída de la noche.

Anna adoptó una postura distinta al entrar en el edificio, como si se preparase para la decepción, o para la batalla.

Tardaron unos diez minutos en encontrar a la enfermera, y en que esta, con mal disimulado desdén, les mostrara la habitación de los niños de tres a seis meses, donde dormían por parejas en cunas en las que apenas cabía uno.

Parado bajo el dintel de la puerta, a Jack le dio un vuelco el corazón. Había visto muchas cosas en acto de servicio: los asesinatos más atroces, actos de crueldad inimaginable, desesperación y muerte sin motivo. Había presenciado eso y más, pero no recordaba haberse sentido tan conmocionado como en ese momento, frente a aquella multitud de niños pequeños. Una fila tras otra en aquel cuarto lóbrego que apestaba a pañales sucios y leche agria, sin una mínima brisa que trajera un respiro, ni nada que ver aparte de las paredes pintadas de color barro, con manchas de humedad y moho, y más criaturas desamparadas.

Sin embargo, lo peor era el silencio. Allí debería haber habido demasiado ruido y algarabía para poder hablar con normalidad. Como Jack sabía por experiencia personal, los niños sanos de esa edad expresaban sus necesidades a pleno pulmón. Aunque era cierto que muchos de los bebés parecían dormidos, al menos una treintena de ellos estaban despiertos, sentados como otros tantos muñecos y mirando fijamente al vacío a través de los barrotes de sus cunas.

Si Anna se sorprendió, lo disimuló bien. Se puso a subir y bajar por los pasillos, deteniéndose solo en raras ocasiones para mirar más de cerca, y luego una vez durante un minuto entero, llegando a meter la mano en una cuna, su expresión indescifrable en la penumbra. La enfermera permanecía inmóvil al otro lado de la sala, mirándose las manos mientras Anna seguía avanzando de una fila a la siguiente sin cambiar de postura. Finalmente dio la vuelta y negó con la cabeza para indicar que el pequeño de los Russo no estaba allí.

Sin embargo, en lugar de moverse, le hizo a Jack un gesto para que se acercara.

Entonces señaló su maletín, y él fue a colocarlo sobre la única superficie plana que había, una mesa larga contra la pared, al lado de una pila de agua. Jack titubeó un instante antes de despejar un espacio apartando tazones sucios con papilla incrustada, lo que hizo que las cucarachas salieran correteando en tropel.

Anna empezó a sacar cosas del maletín, cuando echó un vistazo alrededor como si buscara algo y se dirigió a la enfermera sin mirarla:

—Necesito una palangana. No, dos palanganas limpias, una que esté llena de agua caliente.

Jack vio que la mujer vacilaba hasta que Anna le lanzó una mirada que no dejaba lugar a dudas.

Entre tanto, ella fue depositando su instrumental sobre un paño que había extendido y abrió una botella que despedía un fuerte olor a ácido carbólico. Jack retrocedió al instante, pero dio un paso al frente para que no pensara mal de él.

El líquido fue a parar a la palangana vacía, junto con un par de tijeras y un instrumento con mango de tijera que acababa en unas palas.

—Pinzas —le explicó Anna al notar su interés.

El sonido de su voz animó a la enfermera a hablar.

—¿Para qué es todo eso?

Pero ella no respondió, sino que cogió una toalla del maletín y caminó entre las cunas hasta llegar a una en la que había un bebé durmiendo y otro sentado, ni dormido ni despierto.

—Póntela encima del pecho —dijo entregándole la toalla a Jack—. Sostén al niño en brazos mientras preparo unas cosas, por favor. Y háblale, le hará bien.

—¿Cómo? —preguntó la enfermera con tono más desabrido—. ¿Qué cree que está haciendo exactamente, señorita?

Jack la había presentado como doctora Savard, pero la mujer parecía haberlo olvidado o no le creyó. Anna se detuvo y se encaró con ella, bullendo de ira contenida.

—Ese niño... —señaló la cuna—. Esa criatura se está muriendo de hambre.

La enfermera abrió la boca y la volvió a cerrar.

—Le aseguro que está alimentado. Recibe una ración completa tres veces al día, y las nodrizas lo atienden como a los demás...

—Pero no mama apenas —la interrumpió Anna.

—¿Y cómo lo sabe? —dijo la otra acercándose.

—Porque se está muriendo de hambre —masculló cada palabra.

—¿Ha visto cuántos niños hay en esta habitación? No tenemos tiempo para obligar a los que se ponen quisquillosos.

Anna palideció al oír sus palabras, le dio la espalda y se dirigió a Jack.

—¿Puedes traerme al bebé, por favor? —dijo con una voz pavorosamente tranquila—. Necesito mirarle la boca.

—¿La boca? —farfulló la enfermera.

Jack deseó no verse sometido nunca a la mirada que Anna le dedicó a la mujer.

—Quien fuera que lo examinara cuando llegó no se dio cuenta de que padece anquiloglosia. Tiene el frenillo de la lengua demasiado corto, de modo que no puede sorber bien. Por eso —añadió con retintín— es tan quisquilloso.

La enfermera empezó a protestar, pero Jack ya había perdido la paciencia.

—Márchese y no vuelva hasta que la doctora Savard haya terminado.

La enfermera miró a Anna, luego a Jack, otra vez a Anna y salió de la habitación.

—Gracias. Y ahora, si me lo acercas...

El niño pesaba menos que el maletín, un saco de huesos unidos por piel y tendones. Tenía el abdomen hinchado, y los ojos, apagados y hundidos.

—Sujétalo con mucho cuidado, pero no dejes que se mueva. —Aunque hablaba con Jack, toda su atención estaba puesta en el niño, al que le abrió la boca presionando sus mejillas suavemente. El carbólico con el que se había lavado las manos hizo que le lloraran los ojos.

Entonces lo exploró con dos dedos tan rápido como pudo, volviendo la cabeza hacia el otro lado para, según pensó Jack, concentrarse en el tacto.

—Solo será un momento —murmuró. Al pequeño le habló con más dulzura, en un arrullo—: No has podido comer, ¿verdad? Pues eso va a cambiar. Tienes que ser un niño muy fuerte para haber sobrevivido aquí tanto tiempo.

El bebé parpadeó somnoliento.

Con una serie de movimientos raudos y certeros, Anna usó las pinzas para levantarle la lengua y tener una visión clara del frenillo. Acto seguido tomó las tijeras con la otra mano y dio un corte tan limpio como el de una costurera frente a un hilo suelto.

El niño despertó de su letargo en brazos de Jack, abrió la boca y aulló con ganas, ofendido, vivo.

Anna dejó los instrumentos manchados de sangre en la palangana y cogió una gasa húmeda. Luego se volvió hacia Jack con una sonrisa tensa en los labios.

—Casi he terminado. Sujétalo bien, por favor.

La lengua diminuta se movía salvajemente dentro de la boca abierta, como abrumada ante su repentina libertad. Aunque el niño intentó zafarse, Anna le sujetó la cara con firmeza y le colocó la gasa.

—Dejará de sangrar pronto —dijo, como si Jack la hubiera puesto en tela de juicio de alguna manera.

Después alzó la vista y llamó a la enfermera, que estaba en la penumbra junto a la puerta. La mujer se acercó a ellos a regañadientes, con los brazos cruzados sobre la cintura.

—Pienso dar parte de esto... —empezó, pero Anna la acalló con un gesto de la mano.

—Yo también. Y ahora, escúcheme bien, pues deberá cumplir mis instrucciones con exactitud.

Pese a que no había estado en el ejército, Jack pensó que ningún general habría podido mandar a sus hombres a la batalla con tanta seguridad como ella. Entonces explicó cómo y cuándo había que cambiar la venda y alimentar al niño, y los indicios de problemas que podían surgir. Además, dijo, la enfermera debía enjuagarle la boca con agua con sal tres veces al día.

189

—La nodriza tendrá que ser paciente con él. Se habrá olvidado de cómo mamar, y necesitará un poco de tiempo para recuperar el instinto natural, pero le aseguro que, en cuanto se dé cuenta de que se está llenando la barriga, el hambre superará con creces la molestia de la incisión. Puede que cada toma le lleve media hora, sin embargo, mejorará rápidamente. Si la desnutrición no está muy avanzada, logrará recuperarse. Aunque su futuro es incierto, tiene más posibilidades que hace diez minutos. —Había estado limpiando y recogiendo sus instrumentos mientras hablaba, cuando se volvió para mirarla a la cara—. Lávese las manos con agua muy caliente y jabón potásico antes de cambiarle la gasa. De hecho, debería lavarse con ácido carbólico al cinco por ciento antes de tocar a cualquiera de los niños. No puede pasar de uno a otro sin hacerlo. Sus manos son la fuente de contagio más probable. —El bebé aullaba sin parar, pero Anna siguió centrando su atención en la enfermera—. ¿Ha entendido mis instrucciones?

La mujer asintió de mala gana, con enfado evidente.

—Si se considera incapaz de cumplir estas sencillas instrucciones, tendré que avisar al médico de guardia. Porque hay un médico de guardia, ¿verdad? Da igual, lo haré de todos modos.

—No será necesario —replicó la enfermera destilando hiel.

Anna la miró durante largo rato.

—Piense de mí lo que quiera, pero no se desquite con la criatura. Alguien vendrá mañana y pasado para ver cómo evoluciona. Si no mejora, la denunciaré a la Sociedad para la Prevención de la Crueldad contra los Niños, y le aseguro que no disfrutará de su escrutinio. ¿Nos entendemos?

Anna tomó al niño de brazos de Jack y lo sostuvo sobre su hombro, meciéndolo de un lado a otro con la boca pegada a su oído mientras la enfermera se esforzaba por responder algo.

—Sí —dijo al fin.

—Eso espero. Por su propio bien, pero sobre todo por el del pequeño.

Cuando el transbordador de la policía zarpó de la isla de Randall, el sol se veía bajo en el horizonte. Anna estaba muy callada, de modo que Jack la dejó pensar y se entregó a sus propias cavilaciones. Nunca había dudado de su inteligencia ni de sus conocimientos, pero ahora entendía mejor quién era, como mujer y como médica.

Ella lo sacó de su ensimismamiento tocándole el brazo.

—Mi madre murió dando a luz —dijo—. Yo tenía tres años, pero todavía conservo algunos recuerdos de ese día. El embarazo fue una sorpresa, pues ya era mayor. De hecho, ella misma nació cuando su madre iba a cumplir los cincuenta, lo que le dio esperanzas. Sin embargo, se puso de parto de repente y demasiado pronto mientras mi padre estaba fuera. Sufrió un… —Hizo una pausa—. Se llama desprendimiento de la placenta, que se separa del útero. Por supuesto, esos detalles no los descubrí hasta mucho más tarde. Lo que sí recuerdo es la cara de mi padre cuando apareció en la puerta y supo que había perdido a mi madre y al niño.

Se quedó en silencio unos instantes, rememorando.

—Él murió poco después en un accidente con el carruaje. Fue culpa suya, porque estaba distraído. Siempre he pensado que si hubiera estado con ella cuando murió, se habría sentido menos… Supongo que la palabra sería devastado. Quizá le habría hecho frente al dolor de otra manera.

El tono de su voz era tranquilo y, cuando alzó la vista, tenía la mirada serena.

—No sé si ver a su padre ayudará a Rosa o le hará daño —prosiguió—. No la conozco lo suficiente para adivinar su reacción. —Y luego añadió—: ¿Qué crees tú?

Jack resistió el impulso de aproximarse más a ella.

—Creo que tú no estuviste con tus padres cuando murieron.

Anna dio un respingo como si la hubiera golpeado.

—Eso ya lo sé, evidentemente.

—Creo que, de alguna manera, en contra de la lógica, te sigues culpando por su muerte porque no estabas allí. Lo veo en tu rostro cuando hablas de ello.

—Era una niña pequeña —dijo alzando la voz—. Apenas un bebé.

Jack la rodeó con el brazo y la atrajo hacia sí. Ella se entregó sin dudarlo, dejándose acunar. Y así, desde la barandilla del transbordador, contemplaron una tormenta que llegaba desde el oeste, moviéndose como una gran ola en el cielo para dominar el atardecer y desplazar a la propia noche. A lo lejos, el primer destello del rayo y el soplo de la brisa la hicieron estremecer. Jack se dio cuenta.

Ella tuvo que alzar la cabeza para mirarlo, y entonces la besó. Fue un beso suave, intangible casi, y sin embargo, a través de la ropa que había entre ellos, la sintió temblar, tan despierta, tan viva como la luz que se bifurcaba en el cielo. Jack volvió a besarla de la misma manera, planteando una pregunta sin palabras. En respuesta, ella levantó una mano y le tocó la mejilla. Tenía la palma fría —había olvidado devolverle los guantes—, pero su tacto era firme. En esa ocasión se encontraron a medio camino, su mano libre se apoyó en su solapa, y su beso fue húmedo, cálido y acogedor. Una mujer fuerte, frágil entre sus brazos.

En casa, las niñas ya estaban acostadas y Sophie había salido a atender a una paciente. Anna no vio rastro de la señora Lee ni de Margaret, pero la tía Quinlan la esperaba en el salón. Había un fuego en el hogar, lo que hacía un buen contrapunto a la lluvia que caía sobre el tejado. Todas las cortinas estaban echadas, excepto una, ante la que se sentaba la señora Quinlan para mirar la tormenta.

Tenía un libro abierto en el regazo, aunque no había más luz que la del fuego y el ocasional resplandor blanco azulado de un rayo. Anna se sentó a su lado y observó los árboles que se mecían con el viento.

—¿Consiguió el señor Lee proteger el jardín a tiempo?

—Siempre lo hace —respondió su tía con una pequeña sonrisa—. Estoy deseando ver cómo luce el jardín este verano. Podría mudarme allí por completo, con tocador y ropero incluidos.

La tía Quinlan había crecido en un pequeño pueblo al borde mismo de los bosques del norte, un mundo diferente en todos los sentidos del que habitaba ahora. Anna había nacido en ese mismo pueblo, pero solo le quedaban recuerdos vagos de él.

Entonces dijo:

—¿Es la primavera la que te hace estar más nostálgica que de costumbre?

—Supongo que sí. Hoy he estado pensando en mi padre. Y ahora, ¿vas a contarme por qué te ha ayudado a bajar del carruaje el inspector Mezzanotte, o voy a tener que torturarte para sacártelo?

—No será necesario. Vino al hospital para decirme que había encontrado a... —Miró por encima del hombro para asegurarse de que estaban solas—. Al señor Russo, el padre de las niñas.

Relató los detalles tan brevemente como pudo. La historia del hospital infantil se la guardó para sí, y era posible que no la revelara nunca.

A pesar de que la tía Quinlan no se sorprendía con facilidad, Anna habría esperado un poco más de reacción por su parte cuando se enteró del estado del señor Russo.

—Pensaba que no íbamos a saber qué fue de él —dijo al cabo—. Será un consuelo para las niñas. Quizá no lo sea mañana ni pasado, pero sí con el tiempo. Rosa tiene tanta imaginación que podría haberse vuelto loca considerando las posibilidades.

—¿Crees que debería decírselo ya?

Los ojos azules como el lirio de la anciana se clavaron en los suyos con expresión serena.

—Eres tú quien debe decidirlo.

—No quiero mentirles.

—No quieres hacerles daño —la corrigió la tía Quinlan—. Pero les dolerá, no hay manera de evitarlo. Ya lo sabes.

—Como médica, sí, lo sé. Pero es diferente...

—Cuando son algo tuyo. Sí.

Por extraño que pareciera, era algo que no podía negar. Sin saber cómo, Rosa y Lia se habían convertido en parte de la familia en el espacio de una semana.

—Ahora háblame del inspector.

Aunque hubiera querido mentirle a su tía, Anna sabía por experiencia que no lo lograría. Así pues, contestó:

—No estoy lista para hablar de él todavía.

—Ah. —La tía Quinlan sonrió—. Eso es alentador. ¿Cuándo lo volverás a ver?

—El domingo —repuso Anna, sabiendo que se ruborizaba—. La Sociedad para la Protección de los Niños en Peligro, creo que dijo Jack... —Se dio cuenta de que había usado su nombre de

193

pila, y lo encontró casi gracioso. Aún no lo había llamado así a la cara, incluso después de lo sucedido en el transbordador.

De hecho, todavía no tenía claro lo sucedido en el transbordador, aparte de que había sido delicioso y extremadamente alarmante. Antes de que su rostro reflejara sus pensamientos, se inclinó hacia delante y recogió el correo de la mesa para echarle un vistazo.

La tía Quinlan se fue a la cama, pero Anna se quedó allí, con las cartas sin abrir en el regazo. Pese a estar a oscuras, el punto de luz que arrojaba la farola de enfrente le permitía ver la lluvia que parecía bailar al ritmo del viento. Un hombre pasó a toda prisa por delante de la casa con un periódico sobre la cabeza.

En ese momento se detuvo un carruaje, la puerta se abrió, y de ella surgió el paraguas de Sophie, abriéndose de golpe.

Anna la oyó entrar, colgar sus cosas y dirigirse al salón, donde apareció sonrojada y con la cara húmeda de la lluvia. Entonces se dejó caer en el sillón que había frente a ella, alzó la cabeza hacia el techo y soltó un largo suspiro.

—Ya sabes lo resbaladizos que son los adoquines del mercado de abastos —explicó—. Como el hielo en enero.

—¿Huesos rotos? ¿Conmoción cerebral?

—Las dos cosas, y algo peor. Estaba embarazada de seis meses. Con cuatro niños menores de diez años en casa, y un marido inútil.

—Una historia corriente, y triste.

Sophie le lanzó una mirada de desconcierto.

—¿Por qué haces eso?

—¿El qué?

—Siempre supones lo peor de las familias numerosas.

—Yo no hago tal cosa.

—Anna, puedo darte una docena de ejemplos sin esforzarme siquiera.

A pesar del sueño que tenía, aquel tono inusual en la voz de su prima logró despertarla. Se estudiaron mutuamente durante largo rato, y luego Anna echó la cabeza hacia atrás y exhaló una bocanada de aire que le revolvió el pelo alrededor de las sienes.

—Sí, soy una cínica, está en mi naturaleza. ¿Por casualidad has decidido que necesitas cambiarme?

Sophie se inclinó para coger una pastilla de menta del cuenco de los caramelos.

—No quiero cambiarte a ti.

—¿Qué quieres cambiar?

—Nada. Todo.

—Entiendo que no hay noticias de Cap.

Sophie se tomó su tiempo para desenvolver la pastilla, se la metió en la boca y extendió el cuadradito de papel encerado sobre su rodilla, alisando las arrugas.

—Si no es por Cap, es que hay otra cosa. ¿Vas a soltarlo de una vez, Sophie?

—Estoy preocupada por Cap, pero también tengo que contarte lo del domingo.

—¿Este domingo que viene?

—No, el domingo pasado. Cuando fuiste a ver a Cap, yo fui a Brooklyn.

Sophie se dio cuenta del momento exacto en que Anna ató cabos.

—Tenía que hacer algo —se excusó—. Y no ha habido ninguna repercusión.

Anna cerró los ojos.

—Todavía.

Aunque podía discutir, Sophie sabía que nada de lo que dijera aliviaría la congoja de su prima. Así pues, le habló de la familia Reason, de Weeksville, del viaje en carruaje y del hecho de que nadie le había pedido consejo médico, ni siquiera la madre primeriza.

—Te gustó estar allí.

—Sí —dijo Sophie—. Me gustó.

En realidad, nunca habían mantenido aquella conversación por la simple razón de que Anna no la veía como una mujer de color. Si le dijera que había disfrutado entre personas como ella, Anna no lo entendería, a menos que Sophie le diera detalles explícitos, y entonces… ¿qué? ¿Se sorprendería? ¿Se preocuparía? ¿Se sentiría dolida? Anna era de una generosidad inaudita, pero su mundo era pequeño y a menudo no era consciente de muchas cosas que acontecían en su entorno inmediato.

—No irás a mudarte a Brooklyn.

—¿Es una orden?

Anna abrió los ojos.

Sophie se percató de que su prima estaba muy cansada, y se arrepintió de haber planteado la cuestión.

—No. Esta es mi casa. Si me voy a algún sitio, será a Suiza.

—Vamos a buscar algo de comer —dijo Anna—. Yo también tengo cosas que contarte. Ojalá no fuera así.

—Por supuesto que debemos llevarlas a ver a su padre —declaró Sophie con tono impasible, sin duda ni vacilación. Cuando Anna comenzaba a perderse en ambigüedades, siempre podía confiar en que ella la sacara del entuerto—. Tienes tus dudas —añadió.

Anna rodeó la taza de té con las manos.

—Estoy preocupada. ¿Tú hubieras querido que te llevaran a ver a tu padre cuando llegó el final?

En vez de responder a la pregunta, Sophie dijo:

—La cuestión es si les causamos ese dolor ahora o después.

—Creo que saber es mejor que no saber —opinó Anna.

—Entonces está claro. ¿Necesitamos un permiso especial para ir a la isla? ¿Puede ayudarnos el inspector?

—Le mencioné la posibilidad y dijo que podía encargarse. Supongo que yo también iré, si fuera posible. Además, es buena idea tener a alguien al lado que sepa hablar italiano. Si no es Mezzanotte, quizás el inspector Maroney esté dispuesto.

Sophie se echó a reír.

—¿Lo llamas Mezzanotte? ¿Por qué?

Anna hizo una mueca sobre la taza y trató de ser sincera.

—Supongo que he intentado guardar las distancias.

—Sin éxito.

—He fracasado estrepitosamente.

Sophie le apretó el hombro, pero no dijo más: un acto de amabilidad que logró arrancarle una sonrisa a Anna.

10

El sábado por la mañana llegó una carta de Jack con el membrete de la policía: tenía noticias de la isla. Carmine Russo había muerto la noche anterior y sería enterrado al mediodía. Si quería asistir con las niñas, estaba todo arreglado. El inspector Maroney podía recogerlas, llevarlas al entierro y devolverlas a casa. El chico de los recados esperaba su respuesta.

Curiosamente, a lo largo de aquel duro día, Anna no dejó de darle vueltas al asunto menos importante de todos: Jack Mezzanotte había mandado a su compañero para acompañarlas, en lugar de presentarse él mismo.

De pie ante la tumba, con una temblorosa Rosa a su lado, Anna trató de evadirse de la voz monótona del capellán que leía el servicio fúnebre para concentrarse en las niñas: qué podía hacer por ellas, si es que podía hacerse algo, qué decir o no decir. Con los años había perfeccionado la manera de comunicarle a un adulto que su madre, hermana o hija había fallecido. Intentaba responder a sus preguntas y escuchaba con paciencia. Se mostraba comprensiva, aunque tranquila. Nada de eso parecía posible entonces, frente a esa tumba en particular, y aquel ataúd de pino barato.

La pena de Rosa era palpable, pero Lia parecía hallarse en una especie de ensueño. Miraba con expresión vacía, sus ojos brillaban febriles y no hacía ningún ruido. Oscar Maroney la tomaba en brazos por la sencilla razón de que sus piernas no la sostendrían si la soltaba. Ni siquiera Sophie, con su compasión y gentileza, logró captar la atención de Lia. Cuando alargó la mano para apoyarla en su espalda, la niña volvió la cara para ocultarla sobre el hombro de Oscar Maroney.

En efecto, fue Maroney quien consiguió conectar con ella

durante el trayecto de vuelta a Manhattan en transbordador. Lia se sentó en su regazo, muy cerca de Rosa, mientras él les contaba lo que Anna supuso que eran cuentos infantiles, poniendo voces, agachando los hombros, abriendo los ojos con fingida sorpresa y susurrando.

Ese era el motivo, comprendió entonces, de que hubiera mandado a Oscar: porque sabía cómo tratar a los niños que lo estaban pasando mal.

Ojalá hiciera lo mismo por las médicas que lo pasaban mal, se dijo. A pesar de la vergüenza que le provocaba, no podía negar la evidente verdad: deseaba ver a Jack Mezzanotte, recibir su apoyo y su ayuda. Con tan poco tiempo como había pasado con él, ya se había creado expectativas irreales por el mero hecho de que hubiera coqueteado con ella. En el fondo era mejor así. Por lo tanto, regresaría a casa, se lamería las heridas y el ego dañado, y mañana sería otro día. A fin de cuentas, no dejaba de ser una cirujana reputada, con una profesión que la satisfacía y una familia cariñosa que ahora incluía a dos niñas pequeñas.

198

Casi se había convencido a sí misma de aquello cuando llegó a Waverly Place y se encontró con una carta en el buzón.

Savard: si estás disponible mañana, propongo que vayamos juntos a hablar con la Sociedad para la Protección de los Niños en Peligro. A menos que reciba aviso de lo contrario, te estaré esperando en el monumento a Washington de Union Square a la una. Podemos ir andando desde allí.

Siento no haber ido hoy a echar una mano con Rosa y Lia.

MEZZANOTTE

Cuando salió de la floristería el domingo después del mediodía, Jack vio a Anna pasar a su lado, ensimismada. Tras llamarla por su nombre, ella se detuvo y se volvió hacia él.

—Inspector Mezzanotte.

Vuelta a la formalidad, pues. Jack inclinó la cabeza y dijo:

—Doctora Savard.

Anna se fijó en el letrero que había en la puerta: FLORISTERÍA HERMANOS MEZZANOTTE.

—Oh. Es aquí donde vives. No sé cómo no me había dado cuenta, cruzo esta esquina todos los días.

Estaba nerviosa, y avergonzada por estar nerviosa.

—Esta es la tienda. La casa está más abajo, detrás del muro de ladrillo —le indicó—. Si quieres verla...

Ella negó con la cabeza, aturullada.

—En otro momento, quizá.

—Vamos a tomar un café, y así me cuentas cómo fue ayer.

Era una idea razonable y un plan de acción concreto; una tarea a la que dedicarse. En cuanto encontraron una mesa en la cafetería del final de la calle, Anna empezó a hablar y no se calló hasta que hubo relatado la lúgubre historia al completo.

—Habría sido mucho peor sin el inspector Maroney. Estamos en deuda con ambos. Las niñas necesitaban más consuelo del que podíamos proporcionarles.

—No me debes nada. —Hizo una pausa cuando la camarera trajo las tazas de café—. Pero si te empeñas, hay algo que puedes hacer por mí.

Anna respiró hondo.

—Si está en mi poder, por supuesto.

Jack se inclinó hacia delante, cosa que hacía a menudo, como observó ella, y sonrió.

—Me gustaría que te calmaras. No hay por qué preocuparse.

Ella dejó escapar una risita.

—Suelo ser una persona muy tranquila —le dijo. Y en un arranque de sinceridad—: Tú me pones nerviosa.

—Eso es evidente.

Se hizo un silencio mientras probaban el café.

—No imaginaba que pudiera haber una casa detrás de los invernaderos. Vivir ahí debe de ser como estar en un oasis en medio de la parte más concurrida de la ciudad.

—La casa formaba parte de la granja original, con un jardín vallado —le explicó él—. La compró mi tío Massimo cuando vino de Italia hace treinta años. En aquellos tiempos, todavía había huertos.

Después le habló con naturalidad de la numerosa familia Mezzanotte, de los tíos que llegaron de Europa uno por uno, todos entregados al negocio de las flores de un modo u otro, de los primos que trabajaban en la tienda y en los invernaderos, y de la tía Philomena, una benévola tirana cuya supremacía en la cocina era indiscutible.

—Fue quien hizo el bocadillo que tanto te gustó.

—Aún me acuerdo de ese bocadillo —dijo Anna con cierta nostalgia—. Entonces, ¿te alojas con tus tíos?

—No, hay dos casas. Massimo y su familia viven en el extremo más alejado de la propiedad original. En la otra solo estamos mis dos hermanas y yo.

—Las hermanas costureras.

—En efecto.

Era fácil hablar con él, y no parecía ofenderse con facilidad, así que se dejó vencer por la curiosidad y le preguntó:

—¿Cuándo viniste a los Estados Unidos?

Sin duda ya había respondido antes a esa pregunta, en muchas ocasiones quizá, planteada a veces por personas que despreciaban a los inmigrantes, a los italianos o a ambos grupos. Sin embargo, le contestó con más detalle de lo habitual, en un tono puramente amistoso. Llegó con tres años, dijo, con un hermano menor y otro mayor. Vinieron por invitación de un tío que había comprado una gran granja a unas quince millas de Hoboken.

—¿Massimo, el que dirige el cotarro?

—Otro de mis tíos. Tengo un montón.

Cuando salieron de la cafetería y entraron en la parte alta de la ciudad, Anna no pudo resistirse y retomó la cuestión:

—¿No recuerdas nada de Italia?

—Claro que sí, estudié dos años en la Universidad de Padua. —Y en respuesta a su gesto inquisitivo, dijo—: Derecho. Pero yo quería volver a casa. Mis padres no estuvieron de acuerdo, pero fue la decisión correcta. —Al cabo de un momento, añadió—: ¿Qué sabes del lugar al que vamos?

Estaba cambiando de tema, lo que podía significar que le había hecho demasiadas preguntas, o preguntas que no quería responder. Y en el fondo, como se dijo a sí misma, no debía sorprenderse si al final se ofendía.

Por lo tanto, se aclaró la garganta y contestó:

—Pues casi nada, pero ni siquiera Sophie pudo decirme

gran cosa. Según ella, debe de ser reciente. Conoce la mayoría de los orfanatos, algunos bastante bien.

Jack se golpeó la frente con el puño medio cerrado.

—Ahora que me acuerdo: hemos de conseguir que nos acompañe una de las monjas de San Patricio cuando vayamos a la Casa de Huérfanos, o no llegaremos muy lejos. A ser posible, alguien que haya tenido trato con los Russo. Tal vez sor Ignacia, ya que hicisteis tan buenas migas en Hoboken.

Estaba sonriendo.

—Me tomas el pelo.

—Y a ti te gusta.

Anna aceleró el paso, en un esfuerzo por recuperar la compostura.

—Háblame de esa organización y de cómo podrían ayudarnos.

—Por ahora —comenzó Jack—, deberías saber que acogen a niños para buscarles un hogar. Algunas de las familias son de la zona, pero durante los últimos años han estado mandándolos al oeste en tren. Creo que la mayoría va a parar a las granjas.

—Pero Tonino Russo es demasiado pequeño.

—Según tengo entendido, en ocasiones colocan a niños de cuatro años.

Anna se quedó en silencio durante largo rato.

—¿Te parece mal? —le preguntó él.

Ella estuvo a punto de echarse a reír.

—¿Cómo voy a juzgarlos? Entiendo que las cosas se torcerán de vez en cuando, con resultados desastrosos incluso, pero al menos hay alguien que hace algo. —Entonces le dijo lo que pensaba en realidad—: No debería preguntaros a Sophie ni a ti sobre estas cuestiones. Es un defecto mío, lo reconozco. Me enfrasco en mi trabajo, ni siquiera leo los periódicos… Sin embargo, creo que estoy despertando en algunos sentidos, y es por obra de Rosa.

Jack la vio ruborizarse mientras ella le confesaba lo que consideraba un defecto suyo.

—Si sor Mary Augustin no hubiera llamado a mi puerta ese lunes por la mañana, ahora mismo estaría en el hospital —decía—. Percibí algo en Rosa cuando la vi por primera vez

201

en el sótano de aquella iglesia. Aunque hemos tenido infancias muy distintas, la siento muy próxima a mí. —De pronto, levantó la cabeza para mirarlo, inquieta, avergonzada, como si fuera a juzgarla, y cambió de tercio—. No te he contado mi visita al orfanato de San Patricio. ¿Recuerdas la conversación que tuve con sor Ignacia? Pues resulta que fui a vacunar a los niños, y al llegar me encontré con que la madre superiora ya se había encargado de que los vacunaran a todos.

—¿No te avisaron?

Anna negó con la cabeza.

—Pues no. Dejó que fuera de todos modos, para pedirme que examinara a unas cuantas monjas. Sospecho que sabía que había que operar a una, pero no querían ir a un hospital católico porque no admiten cirujanas.

—Y las examinaste, claro.

—Claro. Y dentro de unas semanas estaré operando a una.

—¿De qué?

—Esa información no es para tus oídos, Mezzanotte.

Vuelta a los apellidos. Algún progreso se estaba haciendo.

—Entonces, háblame de otra operación, alguna reciente.

Ella lo miró con expresión suspicaz.

—Dudo mucho que te interesen las suturas de las incisiones internas.

—Lo cierto es que sí. Anda, mujer, que tengo curiosidad.

Anna empezó despacio. Al ver que le prestaba atención, que su interés era sincero, continuó con más seguridad. Jack memorizó cada palabra, pues suponía que después habría un examen y tenía la intención de aprobarlo.

A diferencia del profundo silencio que reinaba en el orfanato católico y que tanto conmovió a Anna, la Sociedad para la Protección de Niños en Peligro era un caos. Ocupaba la mayor parte de un edificio antiguo en la calle 31, con tres plantas llenas de oficinas y niños. La primera impresión que tuvo fue de estrechez y hacinamiento, aunque lo mismo se podía decir de la mayoría de los asilos que había visitado hasta entonces. Nunca faltaban los niños huérfanos y sin hogar, pero los fondos siempre eran exiguos.

Pasaron por una amplia habitación en la que había una docena de chiquillos reunidos, todos callados. Anna se detuvo para estudiar sus rostros. Dos de ellos tenían la edad adecuada, pero ninguno era Tonino Russo. Entonces pensó que había sido una ingenua por pensar que la búsqueda pudiera terminar tan rápido, hasta que se dio cuenta de que Jack Mezzanotte también los contemplaba. Por lo visto, el inspector era menos cínico de lo que creía.

Después, Jack abrió la puerta a la que se dirigían.

Anna comenzó a relatar la breve historia de los hermanos Russo tal como la conocía. Jack añadió algunos detalles, mientras miraba al superintendente con evidente desagrado. El señor Johnson giró su silla en dirección a la calle antes de que Anna hubiera terminado y se pasó la mano por el cuero cabelludo. Tenía unos dedos largos y delgados que se estrechaban como las velas de cera.

—A ver si lo he entendido bien —dijo al volverse hacia ellos—. ¿Esos chicos que están buscando no son parientes de sangre?

—No —repuso Anna—, pero mi familia ha acogido a las chicas, y haríamos lo mismo con los chicos.

—¿Y por qué, si me permite la pregunta, querría tomarse la molestia de criar a cuatro huérfanos italianos una señorita soltera con una educación tan exquisita?

A Jack no le gustó el tono de aquel hombre ni sus insinuaciones. Anna pareció no darse cuenta o no preocuparse, pues se dignó contestar:

—Yo misma quedé huérfana muy joven. Mi prima, que también es médica, perdió a sus padres a los diez años. Tuvimos la suerte de que nos acogiera una tía, quien está de acuerdo con nuestro proceder. Comprendo la responsabilidad que conlleva, y nuestras finanzas están en orden.

En realidad, no había respondido a su pregunta, pero le había dicho lo que ella quería que supiera.

—Se trata de algo muy irregular… —objetó el señor Johnson.

—No le estamos pidiendo permiso —replicó Jack llanamente—. Considérelo un asunto policial, si lo prefiere. Se han perdido dos niños pequeños del orfanato de San Patricio. Queremos saber si uno de ello o los dos han pasado por aquí, y dónde estarían en tal caso. Y ahora, ¿puede ayudarnos?

Pese a sus esfuerzos para no mostrarse intimidado, Jack advirtió un leve temblorcillo en el párpado del señor Johnson. Aquel era un hombre que se ofendía con facilidad y que tardaba en olvidar. Sin embargo, aunque se inclinaba a negarles su ayuda, sabía bien en qué clase de problemas se podía meter enemistándose con un inspector de la policía.

—Al pequeño no lo hemos visto —dijo al cabo de un momento—. Pero es posible que el mayor se marchara con alguno de los grupos de la semana pasada. De todos modos, antes de seguir adelante, ¿se da cuenta de que hay miles de niños indigentes y sin hogar en esta ciudad, doctora Savard?

—Decenas de miles —puntualizó Anna con voz gélida.

—Imagino que ya habrán hablado con la Iglesia católica.

Cuando ella le aseguró que sí, Johnson se levantó para salir del despacho.

—Puede que tarde media hora o más —anunció, y cerró la puerta tras de sí.

Hacía demasiado calor en el pequeño despacho, y Anna notó que se le acumulaba el sudor debajo del pelo y a lo largo de la columna vertebral. Entonces, cuando observó que Jack ya estaba en la puerta y la había abierto para que corriera el aire, se puso en pie.

—Esos niños que vimos al entrar... —dijo ella—. ¿Crees que van a mandarlos a otro lugar?

—Supongo que sí. Se parecían mucho a estos. —Señaló con la cabeza una docena de fotografías enmarcadas que recorrían las paredes. En ellas salían grupos de chicos flanqueados por adultos, mirando a la cámara con expresión solemne. Pulcramente vestidos según la estación, con los rostros y los zapatos bien limpios. Niños de hasta quince años, calculó, pero en los que quedaba poco rastro de infancia, incluso en los semblantes más jóvenes.

La imagen más reciente estaba fechada la semana anterior e incluía una pulcra anotación:

Los agentes de colocación Charles Tenant y Michael Bunker parten hacia Kansas en marzo de 1883 con los muchachos Gustaf Lundström, Alfred Jacobs, Federico DeLuca, Harrison Anders, Colum Domhnaill, Lucas Holtzmann, Samuel Harris, Michael y Dylan Joyce, James Gallagher, Zachary Blackburn, Galdino Iadanza, Nicholas Hall, Erik Gottlieb, Marco Itri, John Federova, Alfred LeRoy, George Doyle y Henry Twomey.

Anna se preguntó qué habría sido de aquellos chicos, si estaban bien cuidados y eran felices en sus nuevos hogares. El sentido común le decía que les iría mejor lejos de esa ciudad en la que los niños solían morir de frío, a la intemperie, pero la idea de mandarlos con unos perfectos desconocidos la llenaba de desconfianza.

—Nuestro último grupo —dijo el señor Johnson apareciendo detrás de ellos—. Ahí pueden ver a Michael y Dylan Joyce… —Señaló a dos niños tan parecidos que podían ser gemelos. No tendrían más de ocho años, y el cabello rubio asomaba bajo sus gorras—. Procedían de una familia de siete hijos que vivía en una habitación en Rotten Row, entre una suciedad inimaginable. La madre no quería dejarlos ir, pero al final tomó la decisión correcta. Sin un solo diente sano en la boca, con un borracho por marido, y aún procreando como conejos —añadió con espanto—. Debería haber una ley que lo prohibiera.

La voz de Anna sonó áspera a sus propios oídos:

—¿A qué tipo de ley se refiere? ¿A una en contra de la falta de dientes?

Por cómo se tensó su cuerpo, pudo percibir la sorpresa de Jack. Sorpresa, pero no desacuerdo o desaprobación. Al menos todavía no. Sin embargo, Anna no había terminado y no iba a tolerar semejante condescendencia.

El señor Johnson se aclaró la garganta.

—La superpoblación no es cosa de broma, doctora Savard. Las clases bajas no son capaces de contenerse y no están dispuestas a trabajar lo suficiente para mantener a tantos niños, así que nosotros, usted y yo, debemos soportar la carga económica. ¿Qué solución se podría dar a un problema tan acuciante?

—El control de la natalidad, evidentemente —replicó Anna, intentando dominar su temperamento con todas sus fuerzas.

205

—Los anticonceptivos artificiales son ilegales, como espero que sepa.

Anna respiró hondo.

—Soy consciente. Permita que le haga una pregunta, señor Johnson. La anticoncepción es ilegal y el aborto también. Sin embargo, la historia ha dejado claro que los seres humanos son incapaces de practicar la abstinencia. Los pobres..., espere, ¿cómo los ha llamado? Las clases bajas. ¿Cómo sugiere usted que su número se mantenga a un nivel que le parezca aceptable?

El señor Johnson apartó la mirada y luego volvió a fijarla en ella, al tiempo que contraía los músculos de la mandíbula.

—¿Está hablando en serio?

—Por supuesto —dijo Anna—. Me gustaría saber cuáles son las medidas por las que aboga.

El hombre se enderezó.

—El primer problema es el influjo de la peor chusma de Europa. Se debería impedir la entrada al país de esa escoria moral e intelectual. Si se hubiera actuado a tiempo, Michael y Dylan Joyce habrían nacido en Irlanda, y no nos tocaría a nosotros darles de comer.

—A tiempo... —repitió Ana—. Es decir, después de que llegaran sus propios antepasados.

Los músculos de su mandíbula se contrajeron de nuevo.

—Me está malinterpretando.

—Me parece que no. Creo que lo entiendo muy bien.

—¿Tiene alguna información para nosotros? —intervino Jack perdiendo la paciencia.

El señor Johnson se dirigió a él con alivio evidente.

—Todavía no. He vuelto porque había olvidado un detalle importante. Ese niño... —Consultó sus notas—. Tonino Russo, ¿habla inglés?

Anna no recordaba que Tonino hubiera dicho una palabra, pero estaba enfadada y decidida a incomodar a aquel hombre todo lo que pudiera.

—Es bilingüe.

—Entonces, ¿habla inglés?

—Habla italiano —contestó Jack—. Y francés. Y un poco de alemán, por lo que sería más bien trilingüe.

Anna retrocedió un paso y le dio un codazo a la vez que sonreía al señor Johnson. Sin embargo, en esta ocasión, sus hoyuelos no se dibujaron en sus mejillas.

—Es un niño muy listo.

—Doctora Savard —dijo el señor Johnson—, no mandamos niños al oeste si no hablan inglés. Y ahora, ¿lo habla o no lo habla?

Recorrieron una manzana entera antes de que Anna rompiera el silencio.

—Me dijiste que buscaban familias para los huérfanos, pero no es solo eso, ¿verdad? Separan a los niños de sus padres.

Jack la conocía lo suficiente para saber que no le iba a gustar que intentara aplacarla, así que le dijo la verdad tal como la entendía él.

—La mayoría de las veces son huérfanos, pero no se cortan si tienen que separar a los hijos de sus padres. Especialmente de las familias de inmigrantes, irlandeses y alemanes. E italianos.

207

Ella se detuvo y giró sobre sus talones para mirarlo a la cara, como si esperara hallar alguna verdad oculta escrita en su frente.

—Pues no me gusta la Sociedad para la Protección de Niños en Peligro. Sobre todo, no me gusta la filosofía maltusiana del señor Johnson, pero te agradezco que concertaras la reunión. Ha sido instructiva, aunque no productiva. Creo que voy a buscar un carruaje.

—Podríamos hacer otra visita, si tienes tiempo. A la casa de huéspedes de la calle Duane, dirigida por la Sociedad de Ayuda Infantil.

—Bueno, puesto que ya estamos en marcha… —dijo Anna, y señaló hacia el este—. Deberíamos ir por allí, para tomar el tren elevado.

—¿Sin carruaje? —preguntó Jack, entre molesto y divertido.

—No es necesario. El tren nos llevará hasta el centro de la ciudad. —Entonces echó a andar, pero se paró al ver que él se quedaba atrás—. ¿Vienes?

—No lo sé.

Anna tenía un rostro tan plástico y expresivo que Jack pudo ver cómo la irritación daba paso lentamente a la confusión, y luego a una especie de pudoroso abatimiento. Él se mantuvo impasible y esperó. Después de un momento, Anna exhaló un largo suspiro y retrocedió hasta situarse delante de él, con la cabeza bien alta.

—He sido una grosera. Perdona que la haya pagado contigo.

—No te disculpes todavía —dijo Jack, todo lo serio que pudo—. A lo mejor soy maltusiano sin saberlo.

A ella le tembló la comisura del labio, al borde de la sonrisa.

—El maltusianismo augura que la superpoblación provocará una catástrofe económica y el fin de la sociedad civilizada. Sus adeptos culpan a los inmigrantes pobres de ello, bueno, y de todo. Es xenofobia disfrazada de teoría económica.

—Entonces estás del lado de la Iglesia católica. Cuantos más niños, mejor.

Anna abrió la boca y volvió a cerrarla con un suave chasquido.

—Estoy del lado de las mujeres —contestó con la voz ronca—. Esos seres que paren y crían niños. Las personas a las que el maltusianismo y los curas consideran animales reproductores sin raciocinio.

—Ahora soy yo el que tiene que disculparse. No debería habérmelo tomado a la ligera.

Ella contempló su rostro durante unos instantes, como si pudiera leerle la mente, hasta que asintió con la cabeza y lo agarró del brazo.

—A la Sociedad de Ayuda —dijo—. Vamos.

—Detesto estos trenes. —Jack protestó con una vehemencia que sorprendió a Anna. De pie en el abarrotado vagón, lo miró y bajó la vista de inmediato—. Convierten las calles en túneles oscuros, lo llenan todo de mugre y ceniza y van aullando como *banshees*.

El vagón traqueteaba de tal manera que la nariz de Anna casi tocaba el bolsillo del abrigo de Jack, a la altura del pecho. Olía un poco a naftalina, a almidón y a tabaco. Y a él mismo.

Cada persona tenía un olor distintivo; era una de las primeras cosas que había aprendido como estudiante de Medicina. También tenían su propio olor ciertas enfermedades, las cuales intentó enumerar en su mente para refrenar el impulso de levantar la cabeza, porque, si lo hacía, parecería que buscaba un beso. Se había esforzado mucho por olvidar que había besado a Jack Mezzanotte, y en algún momento hasta lo había logrado durante una hora.

Él se volvió ligeramente hacia ella, se inclinó y le habló al oído:

—Quizás esté equivocado con ese asunto del tren elevado. Puede que tenga algunas ventajas, después de todo.

Anna se mordió el labio para no reírse, y se le escapó una especie de hipo.

—¿Qué ha sido eso? —preguntó Jack.

Su aliento le calentaba el pabellón de la oreja y agitaba los pelillos sueltos que se enroscaban en su sien.

—No he dicho nada —respondió mirando su pañuelo, de un blanco brillante y bellamente bordado, algo que ya sabía porque tenía uno igual en casa, el que le había dado él junto con la mitad de su cena en aquel carruaje.

A la mañana siguiente se lo encontró en el bolsillo, y ahora estaba en su cómoda, lavado, planchado y doblado, mostrando las iniciales en una esquina: GLM. Hacía días que se preguntaba qué significaría la L. Lorenzo. Lucian. Leonardo. Lancelot. Lucifer. Lunático.

—¿Te estoy poniendo nerviosa?

Anna se fijó en sus pies, en cómo se mantenían estables en el suelo pese al bamboleo del tren. Sus propios pies, mucho más pequeños, estaban entre ellos. Pies entrelazados. Lo sintió sonreír cerca de su cabello.

—Me lo tomaré como un sí —dijo él.

Jack resistía el vaivén porque se sujetaba a una de las correas superiores, que quedaban fuera del alcance de Anna. Ella no tenía dónde agarrarse, o al menos nada que fuera decente. Debía rozarse con él en cada curva.

—¿Qué es lo que quieres, Mezzanotte? —le preguntó, imprimiendo algo de fuerza a su voz—. ¿Pretendes besarme en un tren lleno de gente?

209

—¿Es una invitación?

Entonces le frotó la oreja con los labios, y a ella se le erizó la piel desde el cuello a la columna y hasta en lugares en los que era mejor no pensar en ese momento.

Cuando el tren se detuvo, los pasajeros se dirigieron a las puertas, inundaron el andén y alcanzaron el hueco de la escalera donde volvieron a unirse, como un río que atravesara un cañón. Con el vagón medio vacío había espacio suficiente para hacerse a un lado, pero, por algún motivo, Anna fue incapaz de moverse.

Qué rabia le daba esa facilidad que tenía para robarle la calma. Al cabo de un momento dijo:

—Está claro que te has hecho una idea equivocada de mí. No soy una chica en busca de aventuras. Ni siquiera soy una mujer que desee un admirador.

—Demasiado tarde —repuso Jack—. En ambos casos.

Anna respiró hondo, dio tres pasos hacia atrás y se obligó a contar hasta veinte. Después lo miró cuando el tren volvió a disminuir la velocidad y se dio cuenta de dónde estaban.

—Aquí es donde paramos —dijo ella echando a andar.

Él la sujetó de la muñeca y la hizo retroceder. La mano de Jack era grande, cálida y áspera, la mano de un hombre acostumbrado al trabajo duro. Ella apretó la mandíbula y se negó a levantar la cabeza, pero le oyó reírse de todas formas. Una carcajada corta y grave, un sonido de satisfacción.

—Aquí es donde interrumpimos el viaje —la corrigió—. Pero no por mucho tiempo.

Ahora los pasajeros no parecían tener tanta prisa, pues se quedaron en el andén por alguna razón inexplicable para Anna, hasta que el tren arrancó y el nuevo puente colgante surgió a la vista. Era de un tamaño monstruoso, como un ave rapaz de cuello largo que se arqueaba sobre el río acechando a sus presas. Bajo sus flancos de metal, las casas de los pobres se hacían más pequeñas, las tabernas, las salas de baile y los callejones se perdían entre unas sombras que nunca iban a desaparecer.

Y, sin embargo, era bonito. Anna no recordaba la última vez que había visto el puente de cerca, y entonces contempló lo que antes le parecía improbable: estaba a punto de terminarse. En poco más de un mes se abriría al tráfico.

El propio puente estaba lleno de obreros, tirando de carros y carretas cargadas de materiales de construcción. Justo en ese momento, una carreta salió de la terminal en forma de granero situada entre el puente y Park Place.

—Acaban de empezar las pruebas —dijo Jack.

Se suponía que iba a celebrarse una gran inauguración con bandas de música, fuegos artificiales y discursos, una especie de fiesta de verano. Anna tenía ganas de recorrer el puente de lado a lado por el paseo marítimo, pero seguramente esperaría a que se esfumara el frenesí inicial, y con él, las grandes multitudes. Entonces se volvió hacia Jack, quien observaba la obra.

—¿Ya has estado en el puente?

Él la miró y sonrió.

—Siempre que encuentro cualquier excusa.

—¿Cómo es?

—Hace viento.

Ella enarcó una ceja, impaciente.

—Sospecho que eres una profesora dura con tus alumnas. —Y luego, cuando la vio fruncir más el ceño—: Es como ser un pájaro, sobrevolando el mundo.

—Estaba pensando en eso —comentó Anna—. Parece un ave de presa.

—Puedo llevarte, si quieres verlo por ti misma.

—¿A lo alto de la torre? —Aunque le tembló la voz, se sentía demasiado asombrada para fingir indiferencia.

—La torre es de piedra maciza. Y no es como el campanario de una iglesia, no se puede subir desde el interior.

—Imposible —dijo ella—. Las torres no crecen como las plantas. Habrá escaleras fijadas a la piedra. Mira, hay una bandera ondeando en la parte superior. A menos que tengan hadas trabajando, algún ser humano ha ascendido hasta allí para izarla. Yo también podría hacerlo.

Aquello lo dejó estupefacto.

—¿Me estás diciendo que quieres escalar la torre desde el exterior?

—Exacto. ¿Tú no? ¿O es que ya lo has hecho?

211

Jack lanzó una ojeada a su alrededor. Casi todo el mundo se había alejado, pero aun así bajó la voz:

—Semejante gamberrada haría que me suspendieran, o que me echaran directamente.

Anna tuvo que morderse el labio para mantenerse seria.

—Ya veo. Tú has subido a una de las torres, pero a mí no me llevas porque soy mujer.

—No, es porque podrías desnucarte.

—Empecé a trepar árboles con cuatro años —respondió ella agitando los dedos.

—Caerse de un árbol no es lo mismo que caerse de un puente suspendido.

—Entonces no me vas a llevar a la torre.

—No, pero sí al punto más alto del promontorio. En cuanto el tiempo y mi horario, el horario de ambos, lo permitan.

Anna lo pensó un instante y optó por dejar la batalla para otro día.

La intersección de las calles Duane y Chambers estaba atestada de ómnibus, carros, carruajes y toda clase de vehículos que competían por el espacio con mercaderes que pregonaban utensilios de cocina, herramientas, afilado de cuchillos, betún, botones y agujas de coser, ostras abiertas, encurtidos, nueces, salchichas, queso y cuajada, pasteles de carne y caramelos duros. Los vendedores de periódicos llamaban la atención de los compradores, anunciando a voz en grito los titulares más salaces y emocionantes de la edición de las tres.

Anna se fijó en un joven apoyado en la pared de una cafetería, cuyos ojos recorrieron la multitud hasta detenerse en Jack, tras lo que desapareció casi al instante, lo que probaba algo que ella sabía en teoría: el inspector era más conocido en la ciudad de lo que podía imaginar, tanto por la gente buena como por la mala.

La casa de huéspedes construida y dirigida por la Sociedad de Ayuda Infantil era un imponente edificio de ladrillo de cuatro pisos que ocupaba la mayor parte de una manzana. Aunque la parte delantera de la planta baja albergaba el taller de un sastre, el resto proporcionaba refugio y comida a los niños sin hogar. Durante el día vendían papel de fumar y cerillas, lustraban zapatos, tocaban violines maltrechos en esquinas concurridas y acarreaban objetos pesados en fábricas, muelles y embarcaderos. Entre ellos había pinches de cocina, mozos de cuadra, recaderos, cazadores de ratas y pilluelos que robaban lo que no podían ganar ni mendigar.

Anna no los veía como víctimas indefensas ni como criminales despiadados, sino como muchachos que se negaban a rendirse y morir. Un niño desamparado que sobrevivía al menos un mes en la ciudad era un niño que había aprendido a aprovechar cualquier oportunidad, o a crearlas cuando no existía ninguna.

Pese a ello y a lo cuidadosa que era, a Anna le habían vaciado el bolsillo en más de una ocasión. Al comienzo de su carrera, descubrió que no se podía dejar a los niños pobres sin supervisión en la sala de reconocimiento ni en el despacho. Hasta los más jóvenes podían rapiñar lo que tuviera algún valor en la calle, desde unas gasas a los bajalenguas de madera, y de vez en cuando, escalpelos y separadores.

Jack abrió la puerta y subieron por una escalera con los peldaños bien barridos, el pasamanos reluciente y ni una sola marca en las paredes encaladas. Anna se preguntó cómo se las arreglaría la dueña para tenerlo todo tan limpio con tantos niños bajo su techo.

La recepción estaba casi vacía a media tarde, salvo por un mostrador alto y una mesita en un rincón, donde se sentaba un niño que rellenaba su libro de ejercicios con el ceño fruncido. Detrás del mostrador había un hombre de mediana edad en mangas de camisa escribiendo en un libro de cuentas mientras una mujer clasificaba el correo vespertino. Jack carraspeó educadamente para llamar su atención, y lo logró.

—¡Jack Mezzanotte! —La mujer levantó los brazos como si su hermano favorito hubiera aparecido por sorpresa. Era rubicunda y de formas redondas, con el pelo recogido en un moño despeinado, aunque en sus ojos brillaba la inteligencia y su barbilla indicaba determinación, por lo que Anna supuso que sería de armas tomar.

—Ha pasado demasiado tiempo —decía—. ¿Dónde te habías metido? —Entonces miró a Anna y ensanchó su sonrisa, mostrando unos hoyuelos.

Jack le presentó a los señores Howell, y a ella la presentó solo con el nombre, para luego añadir con bastante formalidad que era médica y cirujana. Aunque lo hizo como si fuera lo más normal del mundo, los rostros animados del matrimonio adoptaron una expresión confundida.

Después recuperaron el entusiasmo y las buenas maneras y se apresuraron a llevarlos a su apartamento, justo al lado de la recepción. La señora Howell pidió un té en la cocina y se sentaron en unos descoloridos sillones de cretona. Los minutos siguientes los dedicaron a preguntar a Jack por su salud, su familia, los tejemanejes de la jefatura de policía, las actividades de la Sociedad Italiana de Beneficencia y por uno de sus muchachos que había sido detenido por robo.

Cuando una de sus hijas les dejó el té en una bandeja, la atención de la señora Howell se dirigió hacia otra parte.

—¿Y de qué conoces a la doctora Savard, Jack?

Él se reclinó en la silla y sonrió.

—Prefiero que sea Anna quien narre la historia. Por eso estamos aquí.

Aunque aquello empezaba a parecer una obra de teatro ensayada, Anna lo contó todo desde el principio. Los Howell la escucharon atentamente, interrumpiendo solo para aclarar algún detalle.

—¿Examinó a los cuatro niños?

—Sí. Todos disfrutaban de buena salud. Tonino estaba muy desarrollado para su edad y era bastante fuerte. Al pequeño se le veía despierto y calmado.

A continuación, los describió lo mejor que pudo.

—¿Jenny? —dijo el señor Howell mirando a su esposa.

Ella negó con la cabeza.

—Al pequeño no lo habrían traído a nuestra puerta, y no he visto al mayor, lo cual no significa que no haya pasado por aquí, pero es poco probable. Le preguntaré a nuestro Thomas cuando vuelva de clase; echa unas horas en la entrada todos los días. Y hay…

Hizo una pausa cuando un chiquillo entró en la salita, se apoyó en su silla y lanzó miradas anhelantes al plato de galletas que estaba intacto en la mesa. Anna se preguntó cuántos hijos propios habrían criado en ese mismo edificio.

—Timothy —le dijo la señora Howell—, ve a ver si Baldy está dentro, por favor. Dile que necesito hablar con él de inmediato. —Se volvió hacia Anna—. Mientras tanto, me gustaría saber más cosas de usted, doctora Savard.

Jack repartió su atención entre la historia de Hank acerca de un chico al que habían arrestado por sacarle un cuchillo a otro en el dormitorio y la enfática petición de ayuda de Jenny Howell a Anna en pro de una causa más noble, a la vez que esperaba la llegada de Baldy. El muchacho irrumpió en la habitación al cabo de unos minutos como si los guardias le pisaran los talones, con energía suficiente para abastecer las líneas del tren elevado de Nueva York por sí solo.

—¿Quería usted verme, Ma Howell? —Entonces reconoció a Jack, irguió su cuerpo larguirucho y se quedó muy quieto.

—Tranquilo, que no he venido a por ti —le aseguró, añadiendo algo en italiano que hizo que el joven se relajara y sonriera.

—Siéntate —ordenó Hank—. El inspector y esta señora están buscando a un niño, y quizá puedas ayudarlos.

Baldy tomó asiento en un taburete y escuchó a Jack con una expresión que indicaba a las claras que pensaba cooperar, pero que no era tan necio como para creer una sola palabra del inspector Mezzanotte. A la postre, se trataba de una postura bastante razonable, puesto que lo había aprehendido más de una vez.

Al acabar el relato, el muchacho preguntó:

—¿El crío ese es un napolitano de ojos azules?

—De ojos azules y pelo negro.

—Alguien así no pasaría desapercibido. ¿Seguro que es napolitano?

Jack asintió, a lo que Baldy negó con la cabeza.

—No puedo ayudarle.

—Podrías preguntar por ahí, ver si lo han visto Vince, Bogie o alguno de las pandillas.

—Podría —respondió Baldy. En ese momento había posado la mirada en Anna con evidente curiosidad—. ¿Es verdad que ha acogido a sus hermanas, señorita?

—Es la doctora Savard —lo corrigió Jack.

—Doctora Savard, si le interesan los huérfanos italianos, yo mismo me presento voluntario. —Se golpeó el pecho con el puño—. Además, soy mucho mejor que italiano. Soy siciliano de pura cepa.

—Pero tú no eres un niño, aunque parece que se te olvida —dijo la señora Howell—. Con dieciocho años, ya eres un hombre hecho y derecho, o deberías serlo.

El muchacho tenía una mata de pelo tan espesa que se alzaba enhiesta sobre su cuero cabelludo, y un ingenio vivo debajo. Jack lo retó diciendo algo que Anna no entendió, tras lo que se enzarzaron en un parloteo que era mitad chanza, mitad disputa, y todo en italiano.

Anna se acercó a la señora Howell y bajó la voz:

—¿Hay algún lugar donde pueda hablar un rato a solas con Baldy?

Anna cerró la puerta del despacho del señor Howell y sonrió ante el intento del joven por mostrarse tan inocente como experimentado.

—Baldy —comenzó, y luego se interrumpió con una pregunta—, ¿puedo preguntarte cómo te llamas en realidad? Has de tener un nombre más digno.

Él inclinó la cabeza.

—Soy Giustiniano Gianbattista Garibaldi Nediani.

—Ya veo. —Hizo una pausa.

—¿No le gusta Baldy?

—No es que no me guste, es que no te pega.

—Tengo un nombre muy largo —dijo—. Y soy muy alto. Si a usted le hubieran puesto un nombre más largo, quizás habría crecido más.

Anna tuvo que sonreír al oírlo.

—Puede que Anna no sea mi nombre completo. Si no te importa, te llamaré Nediani o Ned. ¿Te parece bien?

El muchacho asintió con gesto casi aristocrático.

—¿Qué quiere saber?

No fue necesario insistir mucho para conocer su breve historia. Huérfano a los ocho años, abandonado por un tío, cuatro años en las calles, de los cuales pasó tres vendiendo periódicos.

Desde entonces había trabajado en la casa de huéspedes haciendo un poco de todo mientras buscaba otras maneras de medrar en la vida, como él decía. De hecho, relataba los hechos con tanto desparpajo que Anna no supo qué pensar. Podía ser un cuento bien ensayado, o uno que debía manejarse como un carbón encendido, con cuidado y premura, no fuera a hacer más daño.

—¿Sigues vendiendo periódicos?

—Ya soy muy mayor para eso, aunque todavía cuido de los más pequeños. Estoy aquí la mayor parte del tiempo.

—¿Te conformas con quedarte aquí, o tienes otros planes?

El muchacho pareció ofenderse un poco.

—Tengo ahorrados trescientos veintidós dólares con cincuenta y cinco centavos. Puede preguntárselo a Ma Howell, que es quien lleva las cuentas. Pienso comprar acciones de bolsa cuando reúna lo suficiente.

—Eso está muy bien —dijo Anna—, pero ahorrar para una vida mejor es un proceso lento.

—Tiene un trabajo para mí, ¿verdad? Quiere que encuentre a ese niño.

—Sí. Me doy cuenta de que te pido que busques a un niño pequeño que no conoces, lo que podría ponerte en una posición difícil, ya que tendrías que hacer preguntas en ciertos lugares. Sin embargo, por el otro lado, sabes moverte en las calles. Tu experiencia y tus conocimientos te conceden una gran ventaja.

—Es cierto —respondió él inclinando la cabeza.

—Me gustaría que ejercieras… como de una especie de detective oficioso. Y así serás recompensado.

Como si hubiera pronunciado el nombre de Jack en voz alta, Ned dijo:

—No quiero tratos con policías.

—Este acuerdo es entre tú y yo —repuso Anna—. Y nadie más. Con el entendimiento de que no te pondrás en peligro en ningún caso.

El muchacho dibujó una sonrisa divertida, y con razón: era ingenuo pensar que podría huir de los problemas, o que quisiera hacerlo.

—Ahora hablemos de la compensación. He estado haciendo números. ¿Entiendo que hospedarse aquí cuesta diez centavos por noche?

217

—Para los chicos mayores. Los pequeños pagan seis centavos. Otro centavo por dos comidas, mañana y tarde. Ma Howell es buena cocinera.

—Estupendo —dijo Anna, tratando de no sonreír—. Digamos que un dólar y medio a la semana para tu alojamiento y manutención. Seis dólares cubrirían cuatro semanas. Eso servirá como anticipo. Si tuviéramos éxito, si alguien encontrara a Tonino o una pista fiable de dónde puede estar, recibirás los mismos honorarios. Si lo localizas o descubres su paradero, te pagaré otros diez dólares. Si dentro de cuatro semanas no se sabe nada de él, volveremos a evaluar la situación y decidiremos cómo proceder. ¿Estás de acuerdo con estas condiciones?

—Sí —contestó con gran dignidad—. Acepto.

Anna sacó unos papeles de su bolso y los colocó en una esquina del escritorio. Había pedido permiso para usar la pluma y la tinta, así que también las cogió.

—Bien, creo que has estado asistiendo a clases desde que llegaste aquí, así que puedes leer y escribir. Voy a redactar nuestro acuerdo y ambos lo firmaremos. ¿Te parece correcto?

—Estoy dispuesto. Vaya escribiendo, doctora Savard.

218

Cuando regresó a la salita, tanto el patrón como su esposa se habían marchado a cumplir con sus deberes. Jack estaba leyendo el periódico, con las piernas estiradas y los tobillos cruzados. Algo cambió en su rostro al verla, aunque nada en su expresión indicaba suspicacia. Anna se preguntó si alguna vez se sorprendía por algo, y si jugaría al póker.

—¿Qué? —le dijo mientras él se levantaba de la silla—. ¿Qué? —repitió cuando se detuvo delante de ella, sin tocarla, pero lo bastante cerca para poder oler el almidón del cuello de su camisa.

—¿Has sobornado a ese chico?

Ella alzó la cabeza y retrocedió un paso; Jack dio dos pasos hacia delante.

—Le he pagado por sus servicios —replicó, negándose a echarse atrás de nuevo y convenciéndose a sí misma de que era por una cuestión de dignidad y nada más—. No ha sido ningún soborno. ¿Por qué tienes que describirlo todo en términos policiales?

Jack sonrió ligeramente.

—Porque soy policía, y Baldy, un delincuente.

Anna notó que se le aceleraba el pulso.

—Puede que haya infringido la ley en alguna ocasión…

—Las leyes, en plural. A menudo, con gran entusiasmo y habilidad.

—Bueno —dijo ella, revolviéndose irritada—. Es evidente que no es ningún ángel.

—¿Cuánto dinero le has dado?

—Seis dólares y la promesa de una bonificación. Y antes de que digas más, Mezzanotte, deberías saber que si se queda los seis dólares y no hace nada por ganárselos, seguiré pensando que la inversión ha valido la pena.

Jack la miró durante un buen rato, con una arruga entre las cejas y una sonrisa en la cara, como si fuera un enigma difícil de resolver.

—Vamos —dijo—. Aún tenemos que hacer un par de paradas más.

—Casi me da miedo preguntar —murmuró Anna.

Anna pasó las dos semanas siguientes en un estado de alerta máxima y agitada consigo misma. Algunos días recibía un mensaje de Jack Mezzanotte con noticias sobre la búsqueda, pero, más a menudo, cuando se marchaba por las mañanas, el portero le entregaba una nota en la que le pedía que se reunieran en algún lugar: el orfanato de niños protestantes, el convento de Nuestra Señora del Rosario, el Protectorado de Niños de la calle Broome, el hogar Sheltering Arms, la Sociedad de Ayuda a Niños Indigentes, el asilo de San Vicente de Paúl.

Así pues, se encontraban, hablaban con el director del hospicio o del hospital, y después tomaban caminos separados. Si estaba oscuro cuando terminaban, Jack insistía en acompañarla a casa, y hablaban de todo y de nada en absoluto. Anna empezaba a dudar de que sintiera algún interés por ella, pero entonces él volvía y se sentaba a hablar con Rosa sobre lo que habían descubierto y adónde irían después, y durante esas visitas era muy consciente de sus miradas.

La tocaba a menudo, de un modo que una mujer con una educación más estricta no habría permitido jamás. Notaba su mano en el hombro, un breve instante, o en la parte baja de la espalda al pasar de una habitación a otra, con tanta ligereza que podría haberlo imaginado, si no hubiera sido por la expresión satisfecha que se dibujaba en el rostro de la señora Lee.

Jugaba con las niñas y hasta podía hacer reír a Rosa, mientras que Lia estallaba en carcajadas que culminaban en ataques de hipo. Contaba cuentos en inglés e italiano, se sacaba caramelos de un bolsillo que parecía no tener fondo, y durante todo ese tiempo, su mirada volvía, una y otra vez, a Anna.

Una tarde, temprano, en un ómnibus que recorría Broadway, le tomó la mano y la examinó como si fuera un objeto extraño encontrado en un banco del parque. Desabrochó los tres botones de nácar de su muñeca, y luego, demasiado tarde, la miró para pedirle permiso.

—¿Puedo?

Ella quiso decirle que no, pero resultaba tan encantador que se limitó a asentir con la cabeza.

—La única vez que te he visto sin guantes en público fue en la isla de Randall, cuando trataste a ese niño con... —No recordaba la palabra.

—Anquiloglosia —respondió Anna—. Murió esa misma semana. —Al cabo de un momento, añadió—: Solo me quito los guantes cuando trabajo, o cuando estoy en casa sin posibilidad de tener compañía.

Entonces, Jack le retiró el guante con un par de tirones rápidos y acunó su mano como un pájaro herido. Realmente, era un espectáculo lamentable: áspera, roja e hinchada, con las uñas cortadas al ras por el bien de la higiene. No se podía negar que tenía unas manos horribles.

—Me lavo... —dijo ella—, me desinfecto las manos y los antebrazos muchas veces al día.

—¿Con qué, exactamente?

—Antes nos lavábamos las uñas, las manos y los brazos con jabón potásico y nos enjuagábamos con una solución de ácido carbólico al cinco por ciento.

—¿Ya no?

—Funciona bastante bien. Puedes comprobarlo metiendo las manos en gelatina nutritiva después de terminar el procedimiento. Si al cabo de tres días no crecen microbios en el cultivo, es prueba de que se han eliminado todos los agentes infecciosos. Por desgracia, también es muy duro para la piel, así que ahora empezamos con el lavado como antes, pero nos enjuagamos primero con alcohol de ochenta grados durante un minuto y luego con una solución de ácido carbólico al tres por ciento. Sirve para esterilizar y no es tan abrasivo para las manos. Sin embargo, la señora Lee no las tiene tan mal, y eso que ha estado toda la vida fregando suelos. —Estaba divagando, pero le turbaba ver cómo le inspeccionaba las manos y los dedos temblorosos—. Todo se complica por el hecho de que no puedo operar si me hago la más mínima herida, porque me pondría en riesgo. Algún día se les ocurrirá un método mejor para proteger al paciente y al cirujano de las infecciones. —Y a continuación, vacilante, añadió—: ¿Te dan asco mis manos?

Jack se sobresaltó ante la pregunta, y levantó la cabeza con el ceño fruncido.

—Eso sería una bajeza por mi parte.

Anna trató de alejarse, pero él no la soltó, delicado aunque inflexible. Por un momento tuvo la sensación de que iba a besarle la palma, y la idea de su lengua sobre su piel la hizo estremecer.

—No —susurró, y, con los dedos casi entumecidos, volvió a ponerse el guante.

—Lo que necesitas —dijo Jack al cabo de un momento— es una especie de guante hecho de un material fino, pero no de tela, sino de algo como… —Se quedó en blanco hasta que logró aclararse—. Como condones para los dedos y las manos.

La imagen que surgió en su mente fue de lo más cómica, a la par que intrigante.

—Los condones están hechos de intestinos de cordero, creo —prosiguió él—. Si se pudieran esterilizar y coser como un guante, ¿no daría resultado?

Anna no pudo reprimir una sonrisa.

—Esta ha de ser la conversación más extraña de toda la historia de la humanidad.

—Pero ¿daría resultado?

Ella lo barruntó un instante.

—Ese material en particular es permeable, por lo que el cirujano aún tendría que lavarse con diligencia. No creo que bastara solo con el jabón.

—Supongamos que pudiera coserse un guante esterilizado de tripas de cordero o algo similar. Entonces sería posible hacer una prueba con tu gelatina... ¿Cómo la has llamado?

—Nutritiva.

—Y comprobar si crecen microbios. Si así fuera, se podría experimentar con distintos materiales y métodos de esterilización hasta hallar la combinación correcta.

—Seguramente, tardaría años. Y haría falta alguien dispuesto a llevar a cabo la labor, con todo lo que acarrea.

—Pero podría funcionar. Por lo menos, merece la pena pensar en ello.

Esa noche, cuando la acompañó a casa, se detuvo en la penumbra del jardín para besarla.

—Savard —musitó contra su boca—, no dejo de pensar en ti. Pienso en ti noche y día. Y no son tus manos lo primero que me viene a la cabeza.

La volvió a besar, con pasión y vehemencia, y luego esperó a que abriera la puerta.

—Sigo dándole vueltas a lo de los guantes, aunque tú no lo hagas —le dijo desde lejos.

11

Al empezar sus estudios, Sophie se dio cuenta enseguida de que lo más difícil no iba a ser la química ni la anatomía patológica, sino lo que la tía Quinlan definía como su tierno corazón. La medicina exigía serenidad de espíritu y la capacidad de tomar decisiones rápidas. Un buen galeno debía estar dispuesto a ocasionar no solo molestias, sino también sufrimiento para lograr una cura. Así, no tardó en comprender que su corazón era algo que debía domeñar y relegar al olvido mientras ejercía su profesión.

Los niños morían por enfermedades evitables. Las mujeres perdían la vida en el parto, a pesar de recibir los mejores cuidados. Le llegaban pacientes con cáncer en el pecho, el vientre y la cabeza, con las manos destrozadas por la maquinaria de las fábricas, con quemaduras y huesos rotos, con sus miedos y sus historias. Ella escuchaba y ayudaba como podía. A veces, demasiadas veces, fracasaba en el intento.

Ahora temía estar fallándole a Rosa. A la postre, nada pudo hacer por aliviar el dolor de las niñas cuando las llevaron al entierro de su padre en la isla de Blackwell.

Lia hallaba consuelo dejando que la abrazaran, la mecieran y le leyeran cuentos. Rosa, la tranquila, eficiente y feroz Rosa, se refugiaba en el duelo y la rabia sin aceptar la compasión de nadie. Únicamente parecía relajarse cuando estaba en el jardín con el señor Lee, y solo se desmoronaba cuando su hermanita recordaba de pronto que habían encontrado y perdido a su padre el mismo día.

Rosa no pedía nada y era casi imposible hablar con ella, a menos que fuera acerca de sus hermanos desaparecidos.

Anna y Jack habían pasado las últimas tres semanas visitando instituciones benéficas, aprovechando cada momento libre del que disponían. Él venía a cenar dos o tres veces a la semana y luego se sentaba a la mesa de la cocina con Rosa para contarle dónde habían estado y lo que habían descubierto. Era una lista impresionante, aunque también decepcionante. Habían entrevistado al personal y a los menores de la Sociedad para la Protección de los Niños en Peligro, la Sociedad de Ayuda Infantil, la Misión Howard, los orfanatos Shepherd's Fold, Leake y Watts, la Sociedad para la Prevención de la Crueldad contra los Niños y las inclusas dirigidas por las iglesias episcopales, protestantes, bautistas y metodistas. En los siguientes días comenzarían a visitar juntos los asilos católicos.

También hacían otras averiguaciones que no le mencionaban a Rosa, pues esperaban que nunca imaginara que sus hermanos pudieran estar en algún lugar peor que una casa de expósitos.

En ese momento, Jack y Anna estaban en la cocina hablando con la tía Quinlan y con Rosa. A través de la puerta abierta se oían las voces que se alzaban y se acallaban a ritmo regular, y después la de Rosa exclamando, temblando y quebrándose. Era tan raro que la niña llorase que Sophie se preguntó qué noticias habría traído Jack.

Sophie se levantó de su asiento en el jardín y le tendió la mano a Lia.

—¿Vamos a dar un paseo?

La pequeña había empezado a exhibir las redondeces propias de su edad, su cabello brillaba lustroso y tenía buen color. Mientras que su hermana se dejaba vencer por la angustia, Lia se mostraba calmada, alegre y afectuosa. La señora Lee había dicho que la única vez que la vio llorar fue cuando Margaret y la tía Quinlan se pusieron a discutir sobre la importancia relativa y el valor de los corsés, una diferencia de opinión que se ventilaba a diario. Según creía el ama de llaves, la tristeza de Lia se debió a que no era capaz de subirse a ambos regazos al mismo tiempo para consolarlas.

Lia se puso a corretear a su alrededor, cantando para sí una melodía que la joven no reconoció. La niña sujetaba con firmeza la pierna de una muñeca vieja encontrada en el desván, y no parecía importarle que fuera arrastrando la cabeza por tierra. Cuando se sentaron en un banco a la luz de las primeras horas de la tarde, Lia desvistió a la muñeca e inició una conversación con ella que se parecía mucho a las que podía mantener con Margaret. Entonces se quedó callada y miró a Sophie.

—¿Qué es un corsé?

Sophie se esperaba aquella pregunta, aunque pensaba que sería Rosa quien la hiciera, pues era ella quien se hallaba en el centro de las disputas entre Margaret y la tía Quinlan.

—Un corsé es una especie de blusa.

La reacción de la niña fue de desconcierto. Sophie dudaba que incluso la tía Quinlan supiera cómo se decía en italiano, así que tocó la anticuada prenda de la muñeca, con su amplio escote, sus faldones hasta la rodilla y las mangas hasta el codo.

—Esto es una blusa. Tú llevas otra más corta.

Lia siguió confusa hasta que se recogió el mandil, las faldas y las enaguas con ambas manos y las levantó para mirarse el vientre y la blusa de algodón que lo cubría. Sophie le apartó los dedos con delicadeza y le alisó la ropa.

—Un corsé es una especie de blusa —repitió—, pero tiesa. Se hace con un material muy rígido, y algunas señoras se lo ponen para afinarse la cintura y estar a la moda. —Entonces dibujó en el aire la silueta de una mujer con el talle estrecho.

Lia apretó la barriguita de la muñeca frunciendo el ceño muy concentrada.

—La tía Margaret quiere que Rosa se ponga un corsé.

Aquello no sorprendió a Sophie. Aunque su lengua materna era el italiano, la chiquilla tenía buen oído y era capaz de imitar los sonidos como un loro, a pesar de que no entendiera su significado del todo.

—La tía Margaret piensa que las jóvenes deberían empezar a usar corsés lo antes posible, porque fue lo que le enseñaron cuando era una niña.

—Pero a la tía Quinlan no le gustan los corsés.

—Tienes razón. No permitió que ni Anna ni yo los usáramos, pues cree que... —Se detuvo para replantear el enfoque—. Las chicas que usan corsés ajustados no pueden correr, jugar ni trepar a los árboles, solo estar sentadas y poco más. La tía Quinlan considera que la libertad de movimiento es más importante que esto. —Volvió a dibujar la silueta en el aire.

Podría haber añadido su propia opinión médica y la de Anna, pero Lia ya había oído suficiente. La niña saltó del banco al césped y empezó a dar vueltas con los brazos extendidos y la muñeca a medio vestir en una mano. Después echó a correr y gritó:

—¡Soy el viento!

—Sí que lo eres —dijo Sophie riendo—. Y siempre lo serás.

Cuando Sophie y Lia volvieron a entrar, Jack Mezzanotte se había marchado, y Anna se había ido a dormir en previsión de una operación complicada a la mañana siguiente. Sin embargo, Margaret estaba aguardándolas y tomó a la niña en brazos en el acto.

—Ya debería haberse bañado —le dijo a Sophie. Luego se detuvo en las escaleras—. Por cierto, ha llegado correo mientras estabas fuera.

Sophie se despidió con un gesto de Lia, quien seguía sujetando la muñeca a medio vestir con su mano sucia.

En la mesa del vestíbulo había dos cartas y un paquetito que le cortó el aliento. De hecho, habría reconocido su forma en la oscuridad de tantas veces que lo había sostenido. La última vez había sido hacía más de un año. El mismo Cap había escrito la dirección. Lo dejó a un lado con parsimonia y cogió la primera carta, esperando que se calmara su desbocado corazón.

No reconoció la letra, un garabato extraño que no se parecía en nada a la caligrafía cuidada y angulosa de Cap.

Estimada doctora Savard:

Le escribo para darle la noticia de que no hay noticias. He hablado con los cabecillas de las bandas del Battery a Central Park, pero nadie recuerda a un italiano de pelo negro y ojos azules, ni de siete años ni de otra edad. También eché una ojeada por ciertos establecimientos que no le sonarán, pero de los que podrá informarle el inspector Mezzanotte si le pregunta. No hay ni rastro del chico en el Hurdy Gurdy, el Billy McGlory y similares, ni he sabido de él en lugares peores. La semana que viene tendré que ir a Haymarket por un asunto y aprovecharé para indagar. Con algo de suerte, no encontraré nada. Pienso que más vale un tren con rumbo al oeste que el Black and Tan o alguno de los fumaderos de opio chinos. Volveré a escribirle cuando tenga algo que contar, ya sea bueno o malo.

Su humilde servidor,

G. GIANBATTISTA GARIBALDI NEDIANI, NED

A pesar de la seriedad de la cuestión, Sophie no tuvo más remedio que sonreír. La descripción que le hiciera Anna de Ned había sido casi tan colorida como la carta. Después la apartó para que Anna la leyera al despertar.

La segunda carta la había escrito alguien con mano firme y letra clara que tampoco le resultaba familiar.

Estimada doctora Sophie:

Han pasado unas semanas desde que tuvimos el placer de recibirla en nuestra casa durante aquella preciosa tarde de primavera, y ahora le escribo no para invitarla de nuevo, como habría sido mi deseo, sino para comunicarle la noticia del fallecimiento repentino de mi marido. Enterramos a Sam en el que hubiera sido nuestro 52.º aniversario, hace justo cuatro días.

Nos mantenemos firmes en la fe a nuestro señor Jesucristo y hallamos consuelo en su misericordia. Dios ha llamado a Sam a su lado, y un día me llamará a mí para que me una a él. Hasta entonces tengo una familia a la que cuidar y labores con las que distraerme.

Aparte de esta triste noticia, la informo de que nuestro nieto mayor, también llamado Samuel Reason, se ha hecho cargo de la imprenta. Usted no lo conoció porque entonces se hallaba en Savannah, donde fue a visitar a la familia de su esposa. Sam le pide permiso para reunirse con usted y discutir asuntos de negocios. Si pudiera dejar en la tienda de la calle Hunterfly el recado de cuándo podría ser, le agradecería mucho su ayuda en estos difíciles momentos.

Espero que sepa que siempre será bienvenida en nuestro hogar, y que no deje pasar mucho tiempo antes de visitarnos de nuevo.

Con sincero afecto y agradecimiento por la amabilidad que le mostró a mi amado esposo, se despide su fiel amiga,

SRA. DELILAH REASON

Sophie se quedó largo rato sentada en silencio, pensando en Sam Reason. La señora Reason tenía a sus hijos y nietos, hermanas, hermanos y amistades que la apoyaban y le daban sentido a su existencia. Además de eso, disponía de cincuenta y dos años de recuerdos en los que refugiarse, una abundancia que le costaba imaginar mientras sopesaba el paquete sin abrir de Cap. Con mucho cuidado cortó el cordón y apartó el grueso envoltorio de papel marrón. Dentro encontró el familiar estuche que había pasado de sus manos a las de Cap durante los últimos diez años, siempre con una carta adjunta y a veces algo más. Había creído que no volvería a verlo nunca y por un momento se limitó a observarlo, recorriendo con los dedos el árbol tallado junto a un lago de perlas incrustadas.

Finalmente lo abrió y sacó varias páginas enrolladas en forma de tubo y atadas con un nudo. Se sentía atemorizada a la vez que exultante.

Sophie, amor mío:

Nada me es tan grato como el acto de poner fin a este silencio largo y doloroso que ha habido entre nosotros. Si rompieras esta carta sin leer una palabra, no podría reprochártelo, aunque deseo que no lo hagas. Hay cosas que debo decirte.

Te he herido y decepcionado, creyendo que obraba por tu propio bien. Sabes que mis temores por tu salud se basan en la ciencia, pero ahora confieso lo que antes no era capaz de reconocer: que mi decisión de cortar lazos contigo se debió a algo más que eso. En verdad estaba rabioso porque quería que fueras mi esposa y me rechazaste. Y así, para mi vergüenza, te rechacé yo a ti, mientras me decía a mí mismo que actuaba bien.

Después vino la tía Q a visitarme, y cuando se marchó se llevó con ella mis delirios y fingimientos. He sido frío y cruel, y ya solo puedo pedirte perdón. Espero que seas más generosa que yo, aunque no me lo merezca.

Te he añorado cada día, cada hora y cada minuto. Has de saber que te amo y siempre te amaré, como te amé aquel mes de junio de nuestros dieciséis años, bajo el rosal de la pérgola, embargados mis sentidos del aroma de las flores y el rumor de las abejas, y luego de ti y nada más que de ti. De tu sabor, de la suavidad de tus labios, hasta del sonido de tu aliento en la garganta. Te quise entonces como te querré el día de mi muerte. Y me voy a morir, Sophie, y será demasiado pronto.

Todo esto me lleva a la carta del doctor Zängerle que me trajo tu querida tía. Tras haberla leído muchas veces, no creo que sus métodos puedan curarme, pero quizá me concedan algo más de tiempo. Tú quieres que vaya a Suiza y me ponga bajo su cuidado en la clínica de Rosenau, y yo estoy de acuerdo, aunque con algunas condiciones.

Sea cual sea el tiempo que me quede, vamos a pasarlo juntos los dos. Deberás acompañarme a Suiza y estar conmigo hasta el final, ya sea una semana, seis meses o, por incierto que parezca, un año. Quiero que seas mi esposa, y cuando llegue la hora, mi viuda. Antes de partir a Europa, habremos de desposarnos en una ceremonia legal, acompañados de tu familia y los testigos de mi elección. Anunciaremos nuestro enlace en la prensa antes y después de que se produzca. Nada de ello se hará en secreto, sin importar el escándalo ni las acusaciones que ocasione.

No compartiremos el lecho ni tendremos ningún tipo de intimidad física, más allá de los cuidados que le brinda un médico a su paciente. Ambos tomaremos las medidas necesarias para no contagiarte a ti ni a nadie.

No debe existir ninguna ambigüedad sobre nuestra condición de marido y mujer, por lo que la naturaleza platónica del matrimonio habrá de quedar oculta a ojos de los demás. Prométeme que te presentarás al mundo como mi esposa en todos los sentidos, incluso después de que me haya ido. Te hago esta petición por motivos legales, y solo de manera secundaria por mi orgullo.

Cuando seas mi viuda, aceptarás todos los bienes y propiedades que heredarás en virtud de mi testamento, en el que serás nombrada única beneficiaria a excepción de ciertas provisiones destinadas a la jubilación de la señora Harrison y el resto del servicio. Hay dos cosas de las que puedes estar segura: el testamento será sólido e inamovible como una roca, y una o más de mis tías o primos intentarán invalidarlo de todos modos para negarte lo que te corresponde por derecho.

Para proteger tus intereses, haré los arreglos necesarios para que te represente el mejor abogado ante los tribunales en este y en cualquier otro asunto. El tío Conrad será el albacea de mi testamento y coordinará todos los aspectos de la herencia en colaboración con el otro abogado que he contratado, pero tu palabra será definitiva.

Lo que hagas con los bienes que recibas dependerá solo de ti. Si decides construir un hospital, donarlo todo a una escuela o vivir cómodamente el resto de tus días, nadie podrá interferir. Te conozco, Sophie, y sé que ahora mismo estás pensando que no te importan el dinero ni las propiedades, pero a mí sí. Es lo que quiero, y soy inflexible en este punto.

Antes de que cayera enfermo, me dijiste una y otra vez que me amabas, pero que no podías casarte conmigo. Pensabas que con el tiempo habría llegado a albergar resentimiento contra ti. Te convenciste de que echaría de menos tomar el té con mis ancianas tías y lamentaría haber perdido la oportunidad de acompañar a las debutantes en los salones de baile, que los chismes, la moda y las conversaciones interminables sobre los linajes serían cada vez más importantes para mí. Estabas equivocada, pero nada de eso importará cuando nos casemos y nos vayamos de esta ciudad. La distancia y la muerte pondrán fin a cualquier crítica que puedan hacer mi tía Eugenie, la señora Astor y su gente. Al fin serás mía, yo seré tuyo, y eso es lo único que me importa. En los días y horas de mi vida, tú lo eres todo.

Sé que es una desfachatez por mi parte pedir misericordia cuando yo no la he mostrado, pero te ruego que no me hagas esperar tu respuesta por mucho tiempo.

Siempre tuyo,

CAP

12

Sophie se despertó con el primer canto del gallo tan querido por Lia y se percató de que seguía llevando la ropa del día anterior. Se había dormido releyendo la carta de Cap, a la que aún se aferraba ahora. Cap, quien la amaba y deseaba que fuera su viuda.

Necesitaba hablar con Anna antes de escribir una sola palabra. Así pues, comenzó el día con una energía inusitada, lavándose la cara sin mirarse al espejo, por temor a lo que podría encontrar en él. Entró en el cuarto de su prima menos de un cuarto de hora después.

—Qué madrugadora. —Anna se desperezó gustosamente, levantando los brazos por encima de la cabeza—. Pensé que sería Lia; suele venir a contarme sus cosas. —Entonces observó a Sophie con más detenimiento y se incorporó espabilada del todo.

Sophie se dio cuenta de que era incapaz de decir nada, así que le ofreció la carta.

Anna dibujó una amplia sonrisa que hizo surgir sus hoyuelos.

—¡Por fin!

—Léela.

—Es demasiado personal, Sophie —respondió con el ceño fruncido.

—Te lo suplico. Yo no sabría cómo empezar, y necesito tu ayuda.

Aquello le arrancó una carcajada.

—¿Cuándo fue la última vez que necesitaste mi ayuda?

Sin embargo, cogió la carta y se puso a leerla.

Υ

Anna leía despacio, como siempre había hecho. Según decía la tía Quinlan, era por el juez que llevaba dentro. Medía cada palabra antes de pasar a la siguiente. Al terminar, miró a Sophie con lágrimas en los ojos.

—¿Qué vas a hacer?

Sophie se sentó al lado de su prima, cruzó las manos en el regazo y sintió que el alivio y la alegría florecían en su interior. Ahora pronunciaría las palabras que lo harían realidad.

—Voy a casarme con él, evidentemente. —Y luego, porque debía ser sincera consigo misma añadió—: Me casaré y estaré con él cuando muera.

Anna la abrazó, atrayéndola hacia sí.

—¿Eres feliz?

—Creo que no debería, pero sí.

Anna le acarició el pelo.

—Vas a casarte con Cap porque lo amas y quieres pasar con él el tiempo que le quede.

Sin embargo, detectó un tono extraño en su voz. Sophie estudió el rostro de su prima, y no le gustó lo que vio.

—Dime.

Sin molestarse en disimular, Anna cogió la carta y buscó una frase concreta. Después se aclaró la garganta y leyó en voz alta:

—«Tú quieres que vaya a Suiza y me ponga bajo su cuidado en la clínica de Rosenau.»

Sophie sintió un leve cosquilleo en la base de la columna. Había algo que no encajaba, pero sus pensamientos volaban a un ritmo tan frenético que no lograba aprehenderlos.

—¿Cómo sabe Cap el nombre del pueblo? —preguntó Anna con suavidad—. Que yo recuerde, no figuraba en ninguno de los documentos, ¿verdad?

Sophie se sabía de memoria las cartas del doctor Zängerle, y no había ninguna mención de un pueblo llamado Rosenau. Se quedó quieta durante diez segundos y soltó una risa histérica.

—Esto es demasiado, incluso para Cap.

No obstante, mientras lo decía, sabía que era bastante posible. Cap podía urdir ingeniosas tretas a largo plazo; de hecho, le divertía enormemente. Ella lo había rechazado, pero él nunca se rindió del todo.

—Parece cosa de locos. ¿Estamos pensando que Cap se distanció de mí porque...? —Buscó las palabras en vano.

—Seguía una estrategia —respondió Anna—. Sí, lo creo.

—En ese caso, tuvo que ponerse en contacto con Zängerle hace más de un año. Pero ¿por qué dejó pasar tanto tiempo después de montar semejante tinglado?

Anna extendió las manos sobre su regazo mientras pensaba en ello.

—Esperaba a que llegara el momento oportuno, cuando te sintieras tan sola que acabaras aceptando sus condiciones... —dijo tocando la carta.

—¿Y cómo se sincronizó con Zängerle?

—Reteniendo la carta en su poder para mandarla él mismo. Si no me equivoco, venía sin fecha.

Sophie sintió que se llenaba de despecho y regocijo, de oprobio y resignación.

—¡Qué insensatez! ¡Qué descaro! ¿Cómo se puede ser tan embaucador? ¿Tan desesperado estaba?

—Ten en cuenta que no son más que conjeturas —señaló Anna—. Quizá las cosas no sean lo que parecen.

Sophie se rio entre dientes.

—De eso nada. Desde que lo has dicho, tengo claro que es una de sus jugarretas. —Apoyó la cabeza en ambas manos—. Se ha alejado de mí durante un año para que me case con él. —Aunque le temblaban los hombros, no sabía si estaba al borde de la risa o de las lágrimas.

—Me temo que te conoce demasiado bien. ¿Habrías aceptado sus condiciones hace un año?

Sophie trató de imaginar cómo habría reaccionado ante aquella propuesta. Cuando lo rechazó, lo hizo con una profunda convicción.

—No lo sé. Lo dudo.

—Lo que me asombra es que haya arrastrado al doctor Zängerle a esta farsa.

—¿De veras? —Sophie sacó su pañuelo y se limpió los ojos—. Ahora que lo pienso, me extraña que no lo hiciera antes.

Luego se dio la vuelta y apretó la cara contra la almohada de Anna para poder gritar sin despertar a toda la casa.

233

ϒ

Más tarde, mientras se calzaba, Anna miró a Sophie, quien se estaba colocando las últimas horquillas en el peinado. Había otro asunto del que quería hablarle, y se sabía incapaz de guardar sus confidencias un día entero.

Cuando levantó la vista de nuevo, su prima estaba observándola.

—¿Qué ocurre? —le preguntó Sophie—. ¿Es Jack?

Anna respiró hondo y asintió.

—¿Tan grave es?

Se encogió de hombros y extendió la palma de la mano.

—Baste decir que debo sincerarme con él antes de dar otro paso.

Sophie había recuperado su temple habitual, cosa de la que Anna se alegraba.

—¿Qué le dirás?

—Todo. He de contárselo todo.

—Harás bien. Habla con él para que no haya ningún malentendido.

Se fueron a trabajar como otro día cualquiera: Anna, al New Amsterdam, donde le esperaban tres operaciones, alumnas con las que reunirse y pacientes a las que ver; Sophie, a tomar el elevado y luego un ómnibus en dirección norte hacia el hospital infantil, donde haría la ronda, examinaría a los nuevos pacientes, firmaría tres certificados de defunción y enseñaría a una estudiante de Enfermería a drenar una incisión quirúrgica. A pesar de que se entregaba a su oficio con devoción, cuando miró el reloj que llevaba en el corpiño, las manecillas parecían haberse detenido. A las tres, después de un caso particularmente difícil, fue a ver al doctor Granqvist, el director.

Pius Granqvist era un pediatra sueco de cincuenta y cinco años, un hombre menudo de aspecto anodino con una maraña de pelo negro en lo alto de la cabeza y cejas pobladas que se retorcían formando sendos cuernecillos en los extremos. Al conocerlo, Sophie se había preguntado si los niños le tendrían miedo, hasta que vio cómo se transformaba su rostro cuando sonreía: la boca se volvía demasiado grande, la nariz demasiado pequeña, y los ojos desaparecían entre un cúmulo de arrugas. Parecía un duende o un elfo, pero trataba a sus pequeños pacientes con la ternura de una madre.

Con sus subordinados no se mostraba tan gentil ni complaciente, sino que gobernaba el hospital con mano de hierro, usurpaba la autoridad que no le correspondía y torcía el gesto si se le llevaba la contraria.

—No puede marcharse —le dijo Granqvist llanamente—. Es usted nuestra mejor médica.

—Le agradezco el cumplido, pero voy a casarme. —Sophie tragó saliva tras pronunciar las palabras en voz alta.

El director hizo un mohín como si hubiera tomado una cucharada de aceite.

—Cualquiera puede casarse, doctora Savard, pero pocas personas pueden hacer lo que usted hace. Su pretendiente puede buscarse otra novia; yo no encontraré una médica igual.

Sophie había redactado una carta de dimisión muy formal anticipándose a su reacción. La colocó encima de la mesa. Él se echó hacia atrás y arrugó la nariz como si le hubiera puesto delante una rata en descomposición.

—Aquí tiene mi carta oficial de dimisión. Dejaré de formar parte del personal dentro de tres días.

Aunque salió del despacho con las manos temblorosas, por lo demás se sintió enormemente aliviada. Se había preguntado si sentiría pesar o incluso resentimiento, pero lo que experimentó fue una alegría embriagadora, como una niña ante las vacaciones de verano. Se tomaba tan pocos descansos del trabajo que había olvidado cómo era abandonar la multitud de obligaciones que tenía, grandes y pequeñas, solo para respirar. Al cabo de un día, o quizá de una hora, comenzaría a arrepentirse de manera inevitable, pero intentaría postergarlo cuanto le fuera posible.

Se sentó en su propio despacho para terminar de pasar sus notas, y luego cogió una hoja de papel para escribir la respuesta que había estado componiendo en su cabeza durante todo el día.

235

Amado mío:

Hoy he informado de mi renuncia en el hospital infantil, y mañana haré lo mismo en el New Amsterdam y en el hospital para negros. Iré a verte el sábado a media mañana para hablar de Suiza.

Con todo mi cariño,

TU SOPHIE

Pretendía dejarlo todo bien atado antes de reunirse con él, de modo que no pudiera echarse atrás en el último momento ni cambiar sus condiciones. Teniendo en cuenta los extremos a los que había llegado para imponerle su voluntad, habría sido una temeridad subestimar la propensión de su prometido al engaño con el objetivo de aprovechar el más mínimo resquicio.

Hizo una parada en el New Amsterdam para ver a una paciente antes de regresar a casa, y acababa de entrar en su despacho cuando oyó un golpecito en la puerta. La estudiante de Enfermería que la abrió se disculpó con un gesto.

—Ha venido a verla una tal señora Campbell. Dice que no tiene cita.

Tardó un instante en ubicar el nombre, hasta que acabó por recordar. La señora Campbell, con cuatro niños y un marido inspector de correos, uno de los secuaces de Comstock. Aunque era paciente del doctor Heath, había ido hasta allí a buscarla.

—Gracias, señora Henshaw. No será más que un examen posparto. Hágala pasar, por favor.

Recientemente había recibido una serie de cartas de personas desconocidas que le pedían consejo médico y anticonceptivos, por lo que se preguntó si aquella visita sería una coincidencia u otro de los trucos de Comstock. No obstante, descartó la idea en cuanto puso la mirada en la señora Campbell; Sophie era ante todo médica, y resultaba evidente que aquella mujer no estaba bien.

Parecía muy pálida, con los párpados tan oscuros que en un primer momento pensó en curarle los moratones, hasta que cayó en la cuenta de que su aspecto era el que se podía esperar de una madre con tres hijos pequeños y un bebé a la que nadie ayudaba en casa. El insomnio iba a ser su caballo de batalla durante algún tiempo; el insomnio, el hastío y quizá la abulia. La señora Campbell era una mujer agotada al borde de una crisis nerviosa.

—¿Puedo hablar con usted, doctora Savard?

Un mes antes se la veía fuerte y lozana, redonda de mofletes, caderas y muslos. Ahora tenía la mandíbula y los pómulos más prominentes y se sostenía con cierta fragilidad.

Sophie señaló una silla.

—Por favor.

Cuantas menos preguntas hiciera en esa etapa, más rápido llegaban los pacientes al *quid* de la cuestión. La señora Campbell comenzó poco a poco, hablando de la criatura y de los tres mayores, con los puños tan apretados sobre el regazo que se le pusieron los nudillos blancos.

—Y usted, ¿cómo está de salud?

La mujer tomó aliento y lo retuvo un instante.

—No lo sé —respondió—. No sé cómo estoy.

—¿Ha visto al doctor Heath desde el parto?

Ella lo negó con bastante vehemencia.

—¿Cómo puedo ayudarla entonces?

De repente, su rostro pálido se iluminó y clavó los ojos en Sophie.

—Me gustaría que me echara un vistazo.

En lugar de interrogarla, Sophie se lavó las manos mientras la señora Campbell se desnudaba detrás de la cortina. La mujer se mantuvo tranquila y colaboró durante el reconocimiento, mirando al techo impasible y sin dejar de apretar los puños.

—Se está curando bien, pero ha perdido peso. Debería tomar cuatro o cinco comidas ligeras a lo largo del día, nada pesado ni demasiado picante. Por ejemplo, un huevo escalfado con un pedazo de pan, o copos de avena con nata. Carne o pescado una vez al día, pero en cantidades pequeñas. Puerro, coles, espinacas, cualquier legumbre que le aporte el hierro que necesita para amamantar.

La mujer frunció sus finos labios y se cubrió los ojos con el brazo.

—Estoy embarazada, ¿verdad?

Sophie se había dado la vuelta para coger un instrumento, pero la miró por encima del hombro, sorprendida.

—¿Cómo dice?

La señora Campbell se incorporó al tiempo que el rubor le teñía las mejillas.

237

—Sé que sí. Siempre lo sé.

—¿Por qué lo cree? ¿Le falta el menstruo?

—Hace cuatro años que no tengo el periodo. Pero no importa, vuelvo a quedarme encinta.

—No he visto ningún indicio de embarazo.

—Pero podría ser —insistió ella—. Mi marido no me deja ni de noche ni de día. Podría ser. Y si no es ahora, será la semana que viene.

Sophie extendió la mano.

—No es probable, señora Campbell, aunque sí posible. De todos modos, no puedo diagnosticar un embarazo en un estadio tan temprano.

—Yo sé lo que me digo. —La pobre tenía lágrimas en los ojos.

Era cierto que muchas mujeres percibían pronto que habían concebido, pero en el caso de la señora Campbell resultaba difícil asegurarlo. Existía la posibilidad de que siguiera sufriendo las secuelas del embarazo y del parto, así como de que la ansiedad y el miedo (pues no cabía duda de que estaba aterrada) la hubieran convencido de cosas que no eran reales.

Aun así, podía estar embarazada. Los niños nacidos con diez meses de diferencia no eran ninguna rareza.

—¿Quiere que ponga por escrito que debe abstenerse de mantener relaciones íntimas por motivos de salud? ¿Hasta nuevo aviso?

—Mi marido no haría caso —replicó con amargura.

Desde luego, no le faltaba razón: el señor Campbell no daría crédito alguno a sus palabras. Era una situación sencilla, habitual y desgarradora, pues Sophie no podía ofrecer una solución. Ni siquiera podía mencionar el folleto que le remitió, ya que todavía no estaba segura de cuáles eran sus verdaderas intenciones.

La mujer habló entre dientes, como si le diera permiso para hacer oídos sordos.

—No puedo, no puedo tener otro bebé tan pronto. Me mataría.

En ese momento podría haberla mandado a casa con una selección de tópicos; habría sido lo más seguro y sensato, pero también una cobardía, y lo que era aún peor: una violación del juramento hipocrático. Por lo menos, debía intentar transmitirle información que pudiera utilizar para ayudarse a sí misma.

Durante un momento recordó a Anthony Comstock en los juzgados, sonriendo con arrogancia, tras lo que miró a su paciente y dejó de lado el resto de las preocupaciones.

—¿Se da cuenta de la importancia de la atención a la higiene personal mientras se está curando?

La expresión de la señora Campbell cambió, mostrando algo de esperanza.

—Algo he oído al respecto, pero no sé por dónde empezar.

—Deje que le explique los métodos más eficaces. Si es que tiene tiempo...

—Sí, para eso tengo tiempo.

Anna llegó al hospital al alba, justo cuando un carruaje se detenía ante el edificio. La portezuela se abrió de golpe y sor Mary Augustin salió disparada de la cabina antes de que el cochero pudiera bajar del pescante. Estaba tan ansiosa por ayudar a la hermana Francis Xavier que no se dio cuenta de que Anna estaba a unos metros de distancia.

Lo que llamó la atención de la joven fue que tanto el cochero como la monja mayor lucían expresiones casi idénticas. La señora Quinlan habría empleado la palabra *crankit*, que significaba «gruñón» en escocés, un término que había aprendido durante su primer matrimonio.

Mientras Mary Augustin atendía a sor Xavier, el cochero dejó sus bolsas en el suelo y se volvió para marcharse. Anna le paró los pies.

—Haga el favor de llevar los bultos dentro y dejárselos al portero —le ordenó.

El hombre la traspasó con la mirada; ella lo interpretó como que le habían pagado el viaje, pero no la propina. «Las monjas no tienen por qué saber lo dura que es la vida del jornalero —parecían decir sus ojos—, pero usted sí.» Tras mostrarle una moneda de veinticinco centavos, recogió los bártulos con un gruñido.

—Doctora Savard.

La voz de sor Xavier sonó ronca e impaciente. Aunque no esperaba cortesía por parte de los enfermos, Anna se alegró de que Mary Augustin hubiera venido en calidad de enfermera particular de la otra mujer.

—Buenos días —las saludó, afablemente—. Vengan, las acompaño a la habitación para que estén a gusto.

—A gusto —refunfuñó sor Xavier—. Yo ya soy vieja para los cuentos de hadas, y usted también.

Mary Augustin hizo lo que pudo para calmar los nervios de su alterada paciente. Sin embargo, cuando sor Xavier se tumbó en la cama, había perdido el color del rostro y su piel tenía la textura de la cera.

Mary Augustin se dijo que estaba muy mal alegrarse tanto en tales circunstancias. Iba a tener que confesarse por hallar placer en una oportunidad que solo se presentaba gracias al dolor ajeno, pero la absolución exigía arrepentimiento, y eso era algo que quedaba fuera de su alcance. Había esperado este momento desde aquel día en Hoboken, cuando descubrió que las mujeres podían ser médicas y cirujanas. Aunque intentó desterrar la idea de su mente —una idea escandalosa e inalcanzable—, no conseguía olvidarla.

Alguien dio un golpecito en la puerta y las cosas empezaron a suceder muy deprisa. Más adelante le costaría reconstruir el orden de los acontecimientos: no dejaron de entrar y salir enfermeras y estudiantes de Medicina, según parecía a veces con el único propósito de importunar a sor Xavier, lo que por otro lado tampoco era difícil. Luego llegó la doctora Savard empujando un carrito lleno de instrumental, con dos ayudantes pisándole los talones.

Si la situación hubiera sido distinta, se habría reído al ver la cara de sor Xavier, pero no fue hasta más tarde cuando pudo sonreír para sí. Por fortuna, la doctora Savard no pareció ofenderse por el tono inquisitivo de las preguntas que se le hicieron, una detrás de otra. Por el contrario, se tomó la molestia de explicar que sus ayudantes eran estudiantes de Medicina y la finalidad de los instrumentos que había en el carrito, como que el estetoscopio servía para oír los latidos del corazón y el torrente sanguíneo. Sor Xavier le dirigió una mirada interrogativa a la que Mary respondió con un gesto.

—¿Y eso? —Señaló un artilugio bastante extraño, compuesto de varios brazos, almohadillas y peras de caucho—. Sé que ahí tiene que haber una aguja en alguna parte.

—Nada de agujas —contestó la doctora con calma—. Eso es un esfigmomanómetro...

—¿Perdone?

—Un esfigmomanómetro. —Cogió el único taburete que había en la habitación y se sentó en él. Mary Augustin habría jurado que aquel simple acto tranquilizó a sor Xavier.

—El corazón late para transportar la sangre a través de las arterias, y oxígeno a las células —explicó sin pedantería—. La fuerza del pulso ejerce presión sobre las paredes de las arterias. Este aparato —lo tocó casi con ternura— se encarga de medir esa presión.

—¿Y por qué le interesa tanto la presión de mi sangre? —Sor Xavier intentó mostrar fastidio sin conseguirlo. La doctora Savard le había despertado la curiosidad; la había desarmado por completo.

—Es una información útil para un cirujano. Influirá en el tipo y la duración de la anestesia que utilicemos.

—¿Anestesia? —La monja se agarró a la palabra—. ¿Anestesia?

En ese momento, la doctora pareció darse cuenta de cuál era el origen de la agitación de su paciente.

—¿Creía que iba a estar despierta durante la intervención? —le preguntó—. Debería habérselo aclarado antes. Le pido perdón. —Se volvió hacia sus ayudantes—. Por favor, traigan un regulador de éter para que le explique a sor Xavier cómo funciona.

13

—*V*aya, vaya —dijo Maroney sentándose en la silla y poniéndose las manos detrás de la cabeza—, veo que has recibido una carta personal.

Jack exhaló un suspiro y arrojó la hoja de papel sobre el escritorio de su compañero.

—Toma. Léela tú mismo.

Era más fácil así, pensó Jack. Si lo hubiera hecho semanas atrás, podría haberse ahorrado muchos problemas.

Oscar empezó a leer en voz alta: «Mezzanotte...», y lo miró enarcando una ceja antes de continuar.

Sor Mary Augustin pasará los próximos días en el hospital acompañando a una monja del convento. El mejor momento para hablar con ella será hoy entre la una y las tres. Solo tienes que decirle mi nombre al portero, y yo me encargaré del resto.

—Y firma como Savard. —Oscar le dio la vuelta al papel, como si hubiera algo allí que pudiera explicar semejante rareza—. Según esto, no parece tenerte en gran aprecio.

—Apreciarme me aprecia —respondió Jack con un tono que no admitía discusión.

Maroney hizo caso omiso de la advertencia.

—¿Ah, sí? ¿Y qué hay de ti?

Jack cogió el periódico y lo abrió bruscamente.

—Yo también me tengo aprecio.

—Payaso —contestó Maroney—. ¿Qué es eso de una monja?

—Seremos mejor recibidos en la Casa de Huérfanos si vamos con una.

Al cabo de un rato, Oscar dijo:

—Extraña manera de cortejar a una mujer, recorriendo la ciudad en busca de unos huérfanos durante… ¿cuánto tiempo hace ya, un mes? No creerás que vais a encontrarlos, ¿no?

Jack lo pensó un instante y bajó el periódico.

—Es poco probable, pero es lo que ella desea.

—Hum. —Oscar levantó su propio periódico y siguió hablando detrás de él—: Cuéntame qué lugares habéis visitado.

Jack sacó sus notas y las deslizó por encima del escritorio. Su compañero había tardado bastante en mostrar algún interés en el asunto.

Una estudiante de Enfermería que no aparentaba más de quince años acompañó a Jack a la tercera planta del Hospital de Caridad New Amsterdam, mirándolo de soslayo cuando creía que no la veía y bajando la vista al suelo después. Él le habría hecho alguna pregunta, pero le dio la sensación de que estaba demasiado nerviosa para responder. No podía saber si se debía a que era policía, un varón o ambas cosas.

La muchacha se detuvo ante una puerta doble y se dirigió a él apartando los ojos.

—La doctora Savard ha dicho que se reunirá con usted lo antes posible. Puede esperarla al fondo del aula.

—Muy bien, gracias.

Ella titubeó un instante y se marchó a toda prisa.

Anna llevaba casi un mes poniéndole pequeñas pruebas, como si quisiera comprobar su valía antes de confiar en él. De haber nacido en una familia italiana, su padre le habría sacado la misma información mediante un tenso interrogatorio de quince minutos. En realidad, Jack no había conocido al padre de Anna, que quizá le habría permitido actuar a su manera, paso a paso y con cautela.

A ella sí la conocía, y sabía cómo discurría su cabeza. Estaba convencida de que tarde o temprano revelaría algo sobre sí misma que acabaría espantándolo, por ser demasiado brusca, demasiado terca, demasiado culta. Anna no se plegaría nunca a su voluntad, salvo en lo referente a la ley, y no tenía ningún interés en convertirse en ama de casa. Además, era dura e inflexible cuando había que serlo. Y aunque no lo había declarado abiertamente, suponía que tampoco le interesaba la religión.

También podía ser gruñona, pero, por lo general, estaba dispuesta a divertirse. A veces, él la besaba sin previo aviso, en mitad de un comentario sarcástico acerca del tráfico o de una noticia del periódico. Ella se sorprendía siempre, pero luego se mostraba complacida y le devolvía el beso. Sin embargo, nunca hablaban de ello, de cómo se entregaba a él con abandono cuando la arrinconaba en un portal hasta dejarla acalorada y rendida en sus abrazos.

Por la noche, mientras oscilaba entre el sueño y la vigilia, Jack barruntaba lo mismo que ella parecía empeñada en descubrir: ¿cuánto tiempo iba a tardar en darse cuenta de que no estaban hechos el uno para el otro? Todavía no había hallado la respuesta.

Entonces entró en el aula y se sentó al fondo para verla dar clase.

244

La sala no era muy grande, con tres filas de sillas colocadas en semicírculo alrededor una mesa central atestada de libros, papeles, matraces, cuencos tapados y tres microscopios. Anna describía lo que veía en el portaobjetos mientras ocho jóvenes se inclinaban hacia delante escuchando sus palabras. Una de ellas era sor Mary Augustin, cuyos hábitos y cuya cofia blanca resaltaban sobre la pizarra negra como si brillara con luz propia.

Anna se enderezó y se volvió hacia la pizarra, donde ya podían leerse los términos «necrosis», «epitelial», y otro en griego. Y luego era ella la que le hacía bromas por hablar italiano.

—Quiero que preparen y analicen las muestras del tumor durante al menos una hora —dijo al tiempo que apuntaba las instrucciones—. Sus dibujos y anotaciones habrán de proporcionar datos concretos, desde la estructura atómica a la celular, y tendrán que basar el diagnóstico en los tejidos encontrados. Mañana deberán entregarme un pronóstico y un plan de tratamiento. Pueden trabajar en parejas si lo desean. ¿Alguna pregunta?

Sor Mary Augustin murmuró algo.

—Usted también puede participar —respondió Anna—. Su paciente seguirá dormida durante varias horas y tendrá a una enfermera a su lado cuando despierte. Y ahora, si me disculpan, he de hablar con el inspector Mezzanotte.

La monja alzó la carita y clavó los ojos en él.

Jack las saludó a ambas con la mirada y salió al pasillo.

—¿Ahora te dedicas a arrebatarle almas a la Iglesia católica? —le preguntó él.

Anna se sorprendió de su propia turbación.

—Si así lo crees —contestó al rato. Estaba sentada al borde de su escritorio, enfrente de Jack, quien se apoyaba en la puerta del despacho—. Yo diría que me dedico a satisfacer la curiosidad intelectual de Mary Augustin. Al fin y al cabo, todavía no ha tomado los votos definitivos.

—¿Cómo lo sabes?

—Porque viste de blanco. La mayoría de las monjas católicas que conozco llevan el hábito negro.

—Viste de blanco porque la han destinado a la Casa de Huérfanos, como todas las monjas que velan por los expósitos.

Anna torció el gesto. Por lo visto, no le gustaba aquella costumbre de las Hermanas de la Caridad.

—Bueno, ¿a qué has venido?

Era evidente que Jack hallaba cierto placer en aturullarla.

—Estoy aquí porque me lo has pedido —dijo él, y luego, antes de que ella se indignara más, añadió—: Eres muy buena profesora. Seria, pero sin llegar a ser distante ni prepotente. Sabes cómo despertar su interés y mantener su atención.

Aquello la desarmó por completo, aunque también le agradó.

—Gracias —musitó. Cuando alzó la cabeza de nuevo, estaba sonriendo—. ¿Vendrás el domingo a la Casa de Huérfanos?

Jack asintió y preguntó:

—¿Cómo te va con sor Mary Augustin?

—Estoy segura de que le ocurre algo, aunque ignoro el qué. Está muy callada. Tendré que preguntarle si está dispuesta a ayudarnos.

Hubo un largo silencio durante el que se limitaron a mirarse.

—Entonces quedamos el domingo a mediodía, si estás de acuerdo —dijo Jack—. Pero esta noche, si aún te apetece... —Ella esperó a que continuara, con los ojos fijos en él y una compostura fruto del esfuerzo—. Podemos subir al puente nuevo. Tendría que ser hoy o mañana, pues el viernes me marcho..., durante una semana o diez días. —Jack escudriñó su rostro, pero solo atisbó un ligero parpadeo.

—Ya veo.

—He pensado que podrías visitar las inclusas católicas con sor Mary Augustin mientras estoy de viaje.

—Cómo no —replicó Anna con bastante frialdad—. Ahora que sé cómo va la cosa, seré capaz de seguir indagando por mi cuenta. De hecho, ya te he robado demasiado tiempo.

Estaba dándose la vuelta para sentarse detrás del escritorio cuando Jack se adelantó y la cogió de la muñeca. Ella se encaró con él y le miró la mano como si estuviera contaminada.

Jack se echó a reír sin poder evitarlo.

—Te ruego que me sueltes, Mezzanotte.

Pero él la atrajo hacia sí sujetándola por los brazos y la hizo girar hasta que quedó de espaldas contra la puerta. Entonces colocó las manos a ambos lados de su cabeza, pero ella bajó la vista, tensos todos sus músculos.

—Mírame.

Anna le clavó los ojos con furia y lo que quizá fuera decepción.

—Ya veo que te divierto —dijo ella—. ¿Te importaría explicarme dónde está la gracia? —Su mirada descendió hasta su boca y se separó de él.

—No me voy porque no quiera ayudarte.

—Eso no es de mi incumbencia...

Jack se inclinó y le cerró la boca en plena mentira. Después de que ella soltara un leve suspiro, la volvió a besar.

—¿Recuerdas lo que te conté de la estafa de los hermanos Deparacio?

De pronto, el semblante de Anna se serenó.

—¿Los billetes de ferrocarril a... Chicago?

—Exacto. Vendieron unos quinientos billetes falsos de Grand Central a Chicago, a diez dólares cada uno.

Ella asintió, esta vez con curiosidad.

—Publicamos un boletín, y hoy hemos recibido un telegrama de la policía de Chicago. Tienen a los hermanos en el calabozo. ¿Sabes cómo los atraparon?

—Hablándoles en italiano.

—Ese es mi truco. No, los muy idiotas estaban en la estación vendiendo billetes falsos a Grand Central.

—Así que vas a Chicago para traerlos. —Se estaba ruborizando—. Sigue sin ser de mi incumbencia, pero te deseo buen viaje.

Jack le lanzó una mirada rápida y, agachándose, le acercó la boca a la oreja.

—Sí que te incumbe, Savard, y puedo probarlo.

—Tengo que conservar mi reputación en este hospital —dijo ella poniéndose rígida.

—Pues deja de mentirme o atente a las consecuencias. —Posó los labios sobre la piel suave de debajo del lóbulo.

—Te prohíbo que te aproveches de mí en este despacho.

Él le rozó el cuello con la lengua y notó cómo se estremecía.

—Si no me permites besarte el cuello, ¿qué te parece si...?

Anna lo cogió de las orejas y apoyó la frente en la suya.

—Tengo que trabajar. Déjame en paz.

—Lo haré en cuanto reconozcas que...

—Sí, de acuerdo. También es de mi incumbencia.

Jack se quedó esperando un buen rato, hasta que ella se relajó contra su cuerpo.

—Ahora he de decirte un par de cosas. Primero, si recibes noticias de Baldy...

—Ned.

—Ned. Si recibes noticias de Ned, no vayas a ninguna parte a solas con él. Espera a que yo vuelva. ¿Me harás caso, o serás terca como una mula?

—Tranquilo —respondió Anna—. No soy tan pánfila.

Además de no ser tan pánfila, estaba acostumbrada a ver los estragos que la mano de los hombres podían causar en las mujeres vulnerables. Y, sin embargo, él había necesitado decirlo.

—Segundo, esta tarea que me han encomendado tiene una ventaja: me darán un par de días libres en verano. Me gustaría que vinieras conmigo a Greenwood en junio.

Anna se quedó en blanco mientras trataba de ubicar el nombre.

—Greenwood es donde me crie. La granja de mi padre está a unas millas al sur del pueblo.

—Quieres que vaya a Greenwood —dijo ella, con un quiebro en la voz que la obligó a tragar saliva antes de proseguir—. ¿Para presentarme a tu familia?

—Yo ya conozco a la tuya, Savard. Es lo más justo.

—¿Por qué? —preguntó mirándolo fijamente.

—¿Que por qué quiero que conozcas a mi familia? —Le dedicó su mejor ceño fruncido—. Esa es una cuestión que requiere una conversación más larga.

Jack se apartó de su lado justo cuando alguien llamó a la puerta, y la observó mientras ordenaba sus ideas y se recordaba a sí misma quién era. Luego abrió la puerta y se encontró con la misma estudiante de Enfermería de antes.

—La doctora Morris y la doctora Sweet necesitan hacerle una consulta sobre una paciente que acaba de llegar —informó la joven, que clavó los ojos en Jack y después los bajó.

Anna lo miró sobre el hombro mientras salía del despacho.

Él dijo:

—Vendré a buscarte mañana a las siete, en cuanto acabe mi turno.

—Márchate de una vez y déjame en paz con mi jaqueca —rezongó sor Xavier.

—Es normal tener jaqueca después de una operación, pero se puede tratar.

Mary Augustin echó dos gotas más de láudano al vaso de agua que había preparado, a sabiendas de que su paciente seguía cada uno de sus movimientos.

—Ya veo cómo eres —replicó la anciana, negándose a beber—. Apocada como un ratón hasta que tienes a alguien más débil a tu merced.

Mary Augustin se permitió esbozar una ligera sonrisa.

—Pues sí, me ha descubierto. Estoy aquí para atormentarla. Puede sufrir en silencio o tomarse la medicina que la aliviará un poco y le dejará dormir. ¿Cuál de las dos opciones cree que prefiero?

—Impertinente —le soltó sor Xavier—. Trae acá ese vaso. —Después de apurarlo, se reclinó en la almohada—. Qué asco.

Mary Augustin le sirvió más agua de la jarra.

—Este también. Es importante que no se le alteren los humores.

Tras conseguir que se bebiera el segundo vaso, Mary Augustin le revisó el vendaje y trató de acomodar a la veterana monja.

—Supongo que presenciaste la operación.

—Así es.

—¿Y bien?

Mary Augustin se sentó en el taburete que había junto a la cama.

—¿Qué quiere saber?

Sor Xavier agitó una mano con gesto impaciente.

—No seas boba. Cuéntame lo que hizo tu querida doctora Savard.

La joven no sabía por dónde empezar, cuántos pormenores relatar, si debía exponer sus conclusiones o negarse a hablar sin más. Sin embargo, pensó que sor Xavier tenía derecho a saberlo.

—La doctora Savard dejó que me pusiera a su lado —comenzó. Aunque cada instante seguía fresco en su memoria, Mary Augustin sospechaba que el recuerdo la acompañaría durante toda la vida, tan vívido como el primer día. El movimiento rápido y firme de las manos de la doctora, sus explicaciones serenas y pedagógicas… Había sido como una revelación. Además, le fue indicando las distintas clases de vasos sanguíneos y tejidos, y el propio tumor, una masa encapsulada del tamaño de un limón.

—¡Un limón! —la interrumpió sor Xavier—. A mí me parecía mucho más grande.

—Se extirpó fácilmente, lo que es buena señal. Los vasos sanguíneos no estaban afectados. —Secó el sudor de la frente de sor Xavier con un paño limpio hasta que esta le apartó la mano.

—¿Dónde está?

—¿Cómo dice?

—¿Dónde está el tumor que me sacaron?

—Lo han laminado y están analizándolo en el microscopio.

249

Mary Augustin esperó que la anciana se contentara con aquella información. Por muy curiosa que fuera, no creía que quisiera saber cómo se había abierto el tumor como un huevo podrido sobre la mesa del laboratorio.

Cuando se volvió para mirarla, las líneas de dolor que arrugaban la frente de la hermana Xavier habían disminuido. Parpadeó y, con un tono de voz casi agradable, dijo:

—Eres buena enfermera. Dios quiera que nunca te arrepientas de haber renunciado a ello.

14

*E*l sábado por la mañana, a las diez, Sophie interrumpió sus pasos antes de torcer hacia Park Place. Llevaba más de un año evitando aquella esquina por temor a cruzarse con Cap, y por temor a no cruzárselo. Entonces hizo una pausa para recuperar el aliento.

La casa conservaba la misma elegancia clásica de siempre, en contrapunto con las nuevas mansiones que iban surgiendo a lo largo de la Quinta Avenida, donde el exceso se había convertido en religión. Allí no había cambiado nada, y, sin embargo, todo era distinto.

Hacía días que se recordaba a sí misma que el Cap al que conocía tan bien había dejado de existir, que el hombre con el que iba a casarse no se parecería en nada al muchacho con quien había crecido. Mientras que su Cap era fuerte, ágil e inquieto, aquel hombre estaría sentado inmóvil, demacrado, enrojecido y febril, y tosería hasta escupir sangre. Aunque no podía hacer mucho por él como médica, al menos le aportaría cierta paz. Lo miraría sin ver la enfermedad, la dejaría a un lado y se centraría en el hombre que la padecía.

La familiaridad del lugar logró darle algún consuelo: el jardín que enmarcaba la fachada, tan bien cuidado y rodeado de una fila de magnolios, cuyas flores se alzaban orgullosas cual cirios sobre las ramas sin hojas; los preciados pensamientos de la señora Harrison, desbordando los maceteros que flanqueaban la puerta, tan anticuados y encantadores como lo era el ama de llaves.

Nada más poner el pie en el sendero, antes de que pudiera llamar, la puerta principal se abrió dándole la primera sorpresa del día. Conrad, el tío de Cap, la recibió sonriente, seguido de

Bram y Baltus Decker, sus primos y grandes amigos. Los gemelos Decker habían sido revoltosos como ponis salvajes cuando eran niños, y apenas habían cambiado con la edad.

—Ya está aquí, tío —dijo Bram tocándole el codo a Conrad. El hombre mayor frunció los labios como le había visto hacer tantas veces.

—Estoy ciego, Bram, pero no sordo —respondió con la dignidad que le caracterizaba—. La oigo perfectamente. —Al punto alargó ambas manos, que ella tomó entre las suyas—. Mi querida Sophie —susurró—. Ya era hora. Y tanto que sí.

—Parece que te sorprendes de vernos —dijo Baltus, dándole un beso en la mejilla—. ¿Creías que íbamos a perdernos la diversión?

—Cap quería que estuviéramos aquí a las siete por si venías a desayunar —añadió su hermano—. Hemos tenido que dar buena cuenta de las tortitas de la señora Mack sin ti.

—Ya ves que estos dos siguen tan maduros y comedidos como siempre —dijo Conrad—. Pero pasa, Cap te está esperando.

—Pega un grito cuando quieras que subamos al fotógrafo, si es que se digna aparecer —dijo Bram.

Sophie se paró en seco.

—¿Un fotógrafo?

—Para el anuncio del compromiso. Cap ha insistido mucho en ello.

Sophie miró a Bram, luego a Baltus y por último a Conrad.

—La familia todavía no lo sabe —le explicó Baltus como si hubiera preguntado—. Pero tú no te preocupes por eso. Y ahora ve con él, que te espera arriba.

En el primer rellano se encontró a la señora Harrison con los ojos enrojecidos y brillantes; se le saltaron las lágrimas al verla.

—Señorita Sophie. Me alegro tanto de que esté aquí que me dan ganas de llorar.

—Ya está llorando, señora Harrison. —Sophie se sacó el pañuelo de la manga y secó sus mejillas—. ¿Cómo está del lumbago?

—Bah, no se preocupe usted por mí —dijo agitando la mano como si espantara una mosca.

Después le ofreció una bandejita de plata que cogió de una mesa cercana, en ella había una mascarilla de malla fina y unos guantes. Ambos objetos desprendían un suave olor a ácido carbólico. Aunque Sophie no se extrañó de que Cap hubiera dispuesto aquel detalle, la señora Harrison parecía apurada.

—Tranquila, si no me molesta.

Era mentira. En realidad, detestaba la idea de que tales útiles fueran necesarios, pero no iba a montar una escena por algo que resultaba inevitable.

—Señorita Sophie... —dijo la señora Harrison con un temblor en la voz.

Sophie pensó en aquella mujer que había criado a Cap. Estaba en la casa antes de que naciera él, después de que murieran sus padres y durante toda la estancia de la tía May. Cuando partiera a Europa, no volvería a verlo más.

—¿Sí?

—Está delicado, pero estable. No puedo decir que esté cómodo, pero se ha tranquilizado mucho desde que..., bueno, ahora que ha venido usted. Se le ve conforme.

Conforme era una palabra que Sophie odiaba con todas sus fuerzas. Estar conforme significaba estar atado de pies y manos sin poder esperar otra cosa. No era eso lo que quería para Cap. Aun así, asintió con la cabeza, le dio las gracias al ama de llaves y siguió subiendo las escaleras que la llevarían hasta él.

253

Sophie entró en la alcoba de Cap sin vacilar, y luego, con gran cuidado, cerró la puerta de nuevo.

Puede que aquello fuera lo más revelador de todo: que tuvieran que verse a solas en una habitación. Dedicó un instante a reflexionar sobre el significado de algo tan sencillo y se volvió hacia las ventanas.

Cap estaba sentado en un sillón de respaldo alto, con una manta doblada cubriéndole las piernas. Sonreía mientras ella le sonreía a él detrás de la mascarilla. Entonces pensó que nunca más podría mostrarle la cara, y se negó en redondo. Se bajó la mascarilla al cuello y echó a andar hacia él, viendo cómo su expresión pasaba de la confusión a la cautela y después a la angustia, sin culminar en la ira porque en ese momento se arrodilló delante del sillón, lo sujetó de los hombros y apoyó la mejilla sobre la suya.

—No, por favor —susurró Cap con un hilo de voz—. No, Sophie. No deberías haber venido si no vas a ser capaz de comportarte.

Sin embargo, se aferró a ella con toda la fuerza de sus débiles brazos, y Sophie se alegró. Se alegró de abrazarlo, por insuficiente que fuera.

Al cabo de unos segundos se levantó y se sentó en la silla que le habían preparado en el otro extremo de la habitación. Cuando logró dominar la voz, alzó el rostro y lo miró.

—Prométeme que no volverás a hacerlo —dijo él.

—No puedo.

Hubo un breve silencio entre los dos. Sophie, impaciente, terminó diciendo:

—¿De veras creías que no iba a imponer mis propias condiciones?

Cap reposó la cabeza en la oreja del sillón sin quitarle los ojos de encima.

—De acuerdo —respondió al cabo de un momento—. Dime qué medidas estás dispuesta a tomar para protegerte.

Sophie sacó una hoja de papel de su bolsa y, tras recorrer la estancia de nuevo, la dejó en la mesa, donde él pudiera alcanzarla. Se dio la vuelta y regresó a la silla.

Cap cogió el papel y lo leyó con gesto huraño y desdeñoso. De hecho, le vio arrugar las comisuras de los labios de esa manera tan suya. Estaba agotando su paciencia, que era precisamente lo que ella pretendía.

—Tengo que rechazar el primer punto —dijo él—. No podemos comer en la misma mesa.

—Por supuesto que sí —le corrigió Sophie—. Pero no del mismo plato ni de la misma fuente.

—En tal caso, te pondrás mascarilla o me la pondré yo.

—Debe de ser difícil comer así.

Cap le lanzó una mirada y volvió a la lista. Mientras leía, le temblaban los labios de fastidio y lo que quizá fuera gustosa resignación, como se atrevió a esperar ella.

—Acepto los puntos del primero al octavo, pero no podemos dormir en los mismos aposentos. Sería correr un riesgo demasiado grande.

Sophie apartó la vista y contempló las cuatro paredes de la que había sido la alcoba de su prometido a lo largo de toda su vida. Cada detalle permanecía inalterable: los libros y los cuadros, los fósiles, moluscos y minerales reunidos durante sus viajes, los grabados y las estatuillas. Entonces tocó la pieza de amazonita que había traído del oeste, porque, según decía, era del mismo color verde azulado que sus ojos.

Sabía que se estaba haciendo de rogar, pero descubrió que prefería ir despacio. Luego se detuvo ante el retrato de su madre a los diecinueve años, en 1854. Recién casada en contra de la voluntad expresa del abuelo, ya con Cap dentro del vientre. Siempre había pensado que Clarinda Belmont tenía un aspecto sombrío e incluso fúnebre en aquella fotografía, como si hubiera sido consciente de que el tiempo que le restaba era escaso; perdería a su marido al poco de nacer su hijo, y terminaría sucumbiendo víctima de la gripe al comenzar la guerra. No era la primera vez que reparaba en que Cap iba a seguir su ejemplo al contraer matrimonio sin la aprobación de la familia, pero en ese momento se preguntó si aquella semejanza le molestaría o le complacería.

255

—Tomaré las precauciones necesarias —replicó Sophie al fin, sentándose de nuevo—. Además, hablo de compartir la alcoba, no el lecho. Piensa bien lo que vas a decir, porque te aseguro que me marcharé. —Acto seguido cruzó las manos sobre el regazo y se quedó mirándolo.

«Me marcharé», se repitió interiormente. Aunque no pretendía dárselas de abogada, se sintió orgullosa de su propia ambigüedad.

—¿Has visto la caja que hay en la mesa? —le preguntó él.

—Sí.

—¿No vas a abrirla?

—Aún no has terminado mi lista. —Sophie notó algo extraño en su manera de ladear la cabeza—. Estás tomando láudano.

Cap hizo una mueca de disgusto que desapareció enseguida.

—No quería toser durante esta… entrevista.

—¿Paregórico o tintura?

—Supuse que querrías saberlo —respondió él con una sonrisa burlona—. Sabe a azafrán y a clavo de olor. De la farmacia del señor Cunningham, quien según me dijiste es un buen boticario.

Así era el Cap que recordaba, afable incluso cuando lo pillaban en un renuncio. Sin embargo, no mentía nunca; lo consideraba una indignidad. En una ocasión, con doce años, le había explicado su propia idiosincrasia a la señora Lee. Un buen abogado, dijo, podía conseguir lo que se proponía sin necesidad de mentir. La señora Lee se echó a reír, pero la tía Quinlan frunció el ceño y se lo llevó aparte para explicarle que la manipulación era una perversión de la verdad.

—A partir de ahora seré yo la que se encargue de supervisar tus medicamentos, sin interferencias de ninguna clase. ¿Estamos de acuerdo?

—Admito la condición de los medicamentos...

—Sabes que no permitiría lo contrario.

Él enarcó una ceja.

—Y acepto compartir el dormitorio, pero la disposición de las camas y la habitación es cosa mía.

—¿Y el resto?

Cap ojeó la lista.

—Apruebo las demás condiciones.

—¿Sin reservas?

—Claro que tengo reservas, pero estoy abierto a negociar.

—Respetarás mis decisiones en lo concerniente a las cuestiones médicas.

—Ya te he dicho que sí.

Sophie se permitió una sonrisa.

—Estás poniendo la misma cara que cuando pierdes a las cartas.

El semblante de Cap mostró ofensa y diversión a partes iguales.

—Se me acaba de ocurrir otra condición —dijo—. Hemos de vernos todos los días hasta que zarpemos rumbo a Europa.

Iba a ser difícil, pero ella asintió.

—Y ahora, ¿vas a abrir la caja?

Sabía bien lo que le estaba ofreciendo. En la salita había un retrato de su madre vestida de novia, con perlas y esmeraldas en las orejas y la garganta, luciendo un anillo de bodas con un diamante de los Belmont. Ese mismo anillo debía de estar en la cajita que él quería que abriera. Cuando llegara el fotógrafo, Cap insistiría en que estuviera bien a la vista, pues aquel anillo mostraba a las claras todo lo que no podían expresar las palabras.

—Estoy muy enfadada contigo.

Él agachó la cabeza sin decir nada.

—¿Cuándo escribiste al doctor Zängerle por primera vez?

Cap agitó una mano como si la pregunta fuera una mosca que pudiera ahuyentar.

—Hace un año.

—Tanto tiempo perdido, cuando cada minuto es oro —dijo ella, procurando dar firmeza su voz.

—¿Habrías aceptado venir conmigo a Suiza como mi mujer hace un año? —Su mirada se volvió más límpida—. Sabes que no. Y ahora, ¿vas a ponerte el dichoso anillo o no?

Sophie abrió la caja y contempló aquella sortija que nunca pensó que sería suya.

—Lo sé —dijo Cap—. Es espantoso. 257

El anillo que habían llevado su madre y su abuela tenía un diamante amarillo en el centro. La piedra estaba engarzada sobre una banda de plata forjada, rodeada de zafiros que la hacían parecer más amarilla aún.

Sophie se mordió el labio y después soltó una carcajada.

—Puedo hacer que lo monten en otra pieza.

—¿De verdad crees que cambiaría algo?

Cap alzó el hombro dándole la razón.

Muchas mujeres habrían aceptado aquel anillo sin dudarlo un instante, declarando que era la más bella obra jamás realizada por el hombre. Sin embargo, mañana sus padres levantarían la vista del periódico y dirían: «Cap Verhoeven va a casarse con esa mulata».

Se deslizó el anillo en el dedo, con esas manos agrietadas y un poco hinchadas, igual que siempre. El efecto resultante, como habría dicho la señora Lee, se parecía a bañar en oro una moneda de madera.

El anillo de Cap le pellizcaba la piel levemente.

ϓ

Cuando Anna entró en el comedor el sábado por la noche, la tía Quinlan ocupaba su lugar presidiendo la mesa, con Margaret y Sophie a cada lado. Las niñas, según la informó Margaret en tono quedo, ya estaban cenadas, bañadas y acostadas. Por lo que parecía, las mujeres se hallaban en plena discusión.

—Ya sabéis lo poco que me gusta llegar a medias, así que os ruego que empecéis otra vez desde el principio. ¿Por qué discutimos?

—No estamos discutiendo —respondió la tía Quinlan con un tono que indicaba lo contrario.

—No será por lo del corsé de Rosa, ¿verdad?

Debía de haber pronunciado las palabras adecuadas, porque tanto la tía Quinlan como Sophie se echaron a reír, sorprendidas. Margaret siguió mirando su plato de sopa con el ceño fruncido.

—No se trata de eso. —Sophie respiró hondo—. Hoy he visto a Cap. Nos vamos a Suiza.

Anna se levantó, se acercó a ella y la abrazó con tanta fuerza que la hizo protestar. Luego le cogió la mano y miró el anillo.

—Tienes que querer mucho a ese hombre para ponerte un anillo tan horroroso.

—Lo sé —contestó Sophie, sonriente.

—¿Hay acuerdo completo?

—Con pequeñas concesiones por parte de los dos. Anna, me vas a romper las costillas.

—¿Lo sabe su familia?

—Se anunciará mañana en los periódicos, pero las tías y los primos de Cap se enterarán antes mediante un mensajero.

—No pareces sorprendida —le dijo Margaret a Anna con una mueca de disgusto.

—Ni muchísimo menos.

Anna volvió a abrazar a Sophie y regresó a su silla, donde se dejó caer de manera muy poco femenina. No podía dejar de sonreír. Sonrió entre los besos, los abrazos y las lágrimas, especialmente cuando la señora Lee entró en el comedor (algo que casi nunca hacía, a pesar de que se lo hubieran pedido tantas veces), tomó la mano de Sophie entre las suyas y le deseó todas las bendiciones del mundo.

—Hay que brindar con vino por la feliz pareja —dijo su tía—. Todas juntas.

—Dudo mucho que haya algo que celebrar —rezongó Margaret.

—Margaret —replicó la tía Quinlan—, dos jóvenes enamorados van a casarse. Sin duda, es un motivo de celebración.

Margaret esperó a que saliera la señora Lee, revolviéndose con inquietud. Anna pensó en insinuarle que llevaba el corsé demasiado apretado, un impulso infantil que estuvo a punto de arrancarle una carcajada.

Antes de que Margaret pudiera empezar con el interrogatorio, Anna le planteó la que consideraba la pregunta crucial:

—¿Por qué te opones, Margaret?

La tía Quinlan respondió por su hijastra:

—Margaret está disgustada porque Sophie es la única católica de la familia, y cree que la Iglesia no permitirá que las niñas se queden con nosotras si se marcha.

—Margaret está disgustada —dijo Margaret— porque no es justo. No deberíamos haber acogido a las niñas si no estábamos dispuestas a cuidar de ellas. La semana pasada le quitaron un bebé a una pareja protestante. Podéis leerlo en el periódico si no me creéis.

—Esa no es toda la historia —apuntó la tía Quinlan—. La madre del niño dejó una carta en la que pedía que lo criaran en el catolicismo.

—Según las monjas —murmuró Margaret.

—¿Estás proponiendo que Sophie mande a Cap a Suiza por su cuenta? —Anna procuró no imprimir un tono de censura a sus palabras, pero Margaret estaba empeñada en ofenderse.

—Cap es un hombre hecho y derecho que puede cuidar de sí mismo —dijo.

Hubo un silencio breve aunque tenso mientras Anna trataba de conciliar lo que había oído con la Margaret que conocía de siempre. Sin ser la madre más cabal y coherente del mundo, resultaba innegable que estaba totalmente entregada a sus dos hijos. Terca, desde luego. Una esclava de las convenciones sociales, pero no deliberadamente cruel. Al final la contempló con atención y se preguntó si estaría aquejada de algún mal.

—Los Lee también viven en esta casa —señaló la tía Quinlan—. Por si no lo recuerdas, son católicos y llevan a las niñas a la iglesia todos los domingos.

259

—Sí, y también son… —Margaret bajó la voz y fue incapaz de continuar.

—Negros —terminó Sophie la frase.

—Pues sí.

—Como yo.

—Tú eres distinta —respondió Margaret, cada vez más aturullada.

La señora Quinlan cerró los ojos durante tres largos segundos. Era raro verla perder la paciencia, pero su hijastra lo había conseguido.

—Margaret —le dijo con engañosa calma—, creo que hoy has recibido una carta de tus hijos.

—Sí, pero…

—Entiendo que han decidido quedarse otro año en Europa, y que los extrañas muchísimo. Quizás haya llegado el momento de que te unas a ellos.

Margaret perdió el color del rostro.

—Pero las niñas…

—No has de preocuparte por las niñas.

—Pero…

—He criado a cinco hijas —dijo la tía Quinlan con mayor encono—. Y a una nieta y dos sobrinas. Creo que estaré a la altura de las circunstancias. —Luego se dirigió a Sophie—: ¿Habéis fijado fecha para la boda?

—Cap tiene que resolver unas cuestiones legales. Esperamos zarpar a finales de mayo y casarnos esa misma mañana. El tío de Cap se ha ofrecido a acompañarme al altar.

Así pues, el tío Conrad aprobaba el enlace, lo que era un alivio. Una parte de la familia proclamaría su oposición a los cuatro vientos, pero no cabía duda de que el apoyo del patriarca podría allanarles el camino en buena medida.

—Será una ceremonia íntima —prosiguió Sophie—. Por mi parte, solo invitaré a la familia y a los Jacobi, si desean asistir.

—Pues claro que sí —dijo Anna—. Siempre te han apreciado.

—Ay, Anna —intervino Margaret, arrastrando la silla hacia atrás—, para ser una persona tan fría y lógica, hay veces que eres una ingenua. Da igual que asistan todos los médicos de la ciudad, como si es el presidente quien la entregue en el altar, el centro de la atención seguirá siendo el color de su piel.

—¿La atención de quién, exactamente? —preguntó la tía Quinlan, en voz muy baja y tranquila—. ¿Qué es lo que te quita el sueño? ¿Temes que te excluyan de la sociedad porque mi sobrina se case con un Belmont?

Margaret hizo un enorme esfuerzo para serenarse, dobló su servilleta y se levantó.

—Mi madre nació aquí, como mi hermano y como yo. Puede que la ley diga que esta casa te pertenece por ser la viuda de mi padre, pero en el fondo sabes que no estaría bien echarme porque insista en decir las verdades que no quieres oír.

—Esto se nos está yendo de las manos —terció Anna—. Margaret, esta será tu casa aunque te marches por un día o por un año. Nadie pretende lo contrario. La tía Quinlan ha hecho una sugerencia... en un mal momento. —Miró a la anciana con el ceño fruncido—. Pero no es más que una sugerencia, que puedes aceptar o no.

Aunque no había perdido la capacidad de hablar, Margaret no dijo nada.

Al cabo de un momento, lo hizo la tía Quinlan:

—He hablado con más dureza de la que debía, Margaret. Te pido disculpas. Puedes hacer con tu vida lo que te plazca, pero no puedes decidir por Sophie. Somos su familia, la apoyaremos en su matrimonio y encontraremos la manera de que las niñas se queden con nosotras sin sacrificar el tratamiento médico de Cap.

El silencio se prolongó durante un buen rato, hasta que Margaret se dio la vuelta y se fue.

Las carreteras que convergían en ambos extremos del puente seguían bloqueadas y las entradas estaban cerradas. Un guardia con cara de vinagre vigilaba la calle desde lo alto de las escaleras como si esperara una invasión, pero Jack no titubeó ni un instante. Lo saludó con la cabeza —como parecían saludarse todos los agentes de la ley—, le abrió la puerta a Anna y pasaron de largo en dirección a la terminal y el sonido de sierras y martillos.

Pese a ser sábado por la tarde, aún había carpinteros y pintores trabajando bajo la luz menguante. Ninguno prestó atención a los dos desconocidos, pero hubo dos policías haciendo la ronda que se acercaron a ellos. Anna supuso que era inevitable; Jack no podía cruzarse con un colega sin mantener al menos una breve conversación. Sin embargo, estaba tan impaciente por subir al puente que se descubrió dando saltitos como una colegiala.

La charla giró en torno al boxeo. Anna intentó poner cara de educado desinterés y se percató de que no lo había logrado cuando Jack le tomó la mano y la metió en el bolsillo de su abrigo, donde la apretó dos veces. El mensaje que quería transmitirle era: «Ten paciencia». Ella lo pellizcó con fuerza.

Uno de los policías, con aspecto de abuelo, un enorme mostacho que caía en cascada y una piel tan curtida que más bien parecía *tweed*, la miró fijamente. No obstante, sonreía con amabilidad.

—¿Tiene ganas de visitar el puente?

Hablaba con acento alemán, lo que encajaba con que Jack lo llamara Franz, aunque en su placa se leía el apellido Hannigan. De cualquier manera, en Nueva York no resultaba extraño que alguien tuviera un progenitor irlandés y otro alemán, ni que ambos procedieran de polos opuestos del mundo.

Anna le devolvió la sonrisa.

—Muchas.

—*Lua* —murmuró su compañero—. *Wie die Grüable kriagt wenns lachat. Was globst, Franz, git's da n Ehering undr a Handshua?* —Después le guiñó el ojo a Jack, quien no hablaba alemán. O mejor dicho, suizo, puesto que, curiosamente, aquel fue el habla que emplearon.

Anna se tranquilizó al ver que Jack la miraba esperando que le tradujera la frase. Antes de que pudiera responder que no llevaba ningún anillo debajo del guante, el agente Hannigan le planteó la cuestión a Jack con mayor sutileza:

—¿Esta joven es pariente tuya?

Jack enarcó una ceja y le lanzó una sonrisa a Anna.

—Todavía no.

Tras un silencio que se hizo eterno, ella se apartó de él.

—*Na ja* —les dijo a los hombres con una voz que no sonaba para nada como la suya—. *Das werden wir mal sehen.*

—Eso ya lo veremos.

Υ

Un tramo corto de escaleras los condujo a un paso peatonal que se extendía ante ellos, atestado de maquinaria, tablones de madera, bobinas de cable y otras cosas que Anna no pudo nombrar. Aunque habían instalado las primeras farolas, resultaba evidente que pasaría un tiempo antes de que el puente estuviera iluminado de noche.

Bajo sus pies, los albañiles seguían trajinando en las vías del tren y del ómnibus, pero en el paseo marítimo se encontraron a solas, rodeados de una catedral de cables alineados con tal precisión que a Anna le recordaron las entrañas de un piano. Al mirar hacia los arcos puntiagudos de la torre más cercana, volvió a pensar en subir a lo más alto. Desde allí se veía la escalera atornillada a la piedra.

—¿Qué te han dicho? —le preguntó Jack.

—¿Quiénes?

Él le hizo una mueca.

—¿Acerca de qué? —eludió la pregunta de nuevo, molesta.

—Dijeron algo de ti en alemán.

—No es cierto. Era alemán suizo.

—Entonces no lo entendiste.

—Elogiaron mis hoyuelos.

Jack emitió un sonido gutural.

—Estoy seguro de que hubo algo más. ¿Y qué les dijiste tú para que se rieran tanto?

Anna se encogió de hombros, pues no podía ni quería tocar esa cuestión. En lugar de responder, se adelantó a paso ligero y se quitó el sombrero para que le diera la brisa en la cara y en el cuello. Además, necesitaba pensar un momento.

«Todavía no», decidió para sus adentros.

Jack era un bromista; formaba parte de su naturaleza. Disfrutaba al verla aturullada, pero jamás se mostraba cruel ni insensible. O nunca lo había hecho. «Todavía no.»

De pronto se detuvo y lo vio acercarse a ella a grandes zancadas. Había dejado su sombrero en la terminal y el viento le agitaba el cabello. Durante un instante pareció más un joven de veinte años que un hombre de treinta y cinco.

—No quiero hablar de eso —dijo Anna—. Antes has de

263

saber algunas cosas que quizá te hagan cambiar de opinión respecto a mí. Y además —añadió con una voz más acelerada—, todavía no sé qué opino yo de ti.

Jack se arrimó tanto a ella que los zapatos de ambos se tocaron, y sonrió.

—Mentirosa.

A pesar de eso, Anna debía insistir, sin que aquella acusación envuelta en una sonrisa le hiciera olvidar lo que había en juego.

El río estaba lleno de botes de remos y transbordadores, buques carboneros, barcas, barcazas, vapores y veleros que se recortaban contra el telón de fondo de los edificios del distrito de Brooklyn. Aunque el lugar nunca se le había antojado particularmente bonito, con su costa jalonada de fábricas, almacenes y muelles, desde allí las tierras altas eran un pequeño remanso de robles, arces y cedros intercalados con cerezos en flor y manzanos silvestres, sobre los que se alzaban campanarios y chimeneas.

—¿Qué es lo que veo ante mis ojos? —preguntó.

Jack se colocó detrás de ella, se agachó para seguir su mirada y la movió un poco sujetándola de los hombros.

—La bahía de Wallabout y el astillero de la Marina. —A medida que iban girando y él recitaba los nombres de los muelles y los demás puntos de referencia, fue bajando una mano hasta su cintura—. Fort Columbus. Gobernors Island. —Señaló y dijo—: Ahí está la isla de Bedloe, donde pondrán esa estatua francesa cuando reúnan suficiente dinero. Se supone que le dará la bienvenida a los inmigrantes que lleguen a la ciudad. —Había hablado el Jack cínico, una faceta de su personalidad que había visto pocas veces.

Un gran vapor pasaba por delante del fuerte con rumbo a Inglaterra o Grecia, o dando la vuelta a la ensenada. Anna titubeó un segundo antes de decir lo que tenía en mente:

—Sophie y Cap se casarán el mes que viene y se irán a Suiza, a la clínica de la que te hablé.

—¿Es lo que ella quiere? —dijo Jack sin mostrar sorpresa.

Anna reflexionó unos momentos:

—Lo que quiere es una cura, pero esto es lo máximo a lo que puede aspirar. —Luego negó con la cabeza, decidida a olvidarse de Margaret, al menos en ese momento; apoyó la mejilla en el hombro de Jack y, pegándose a él, siguió contemplando la costa de Manhattan.

Fue inquietante darse cuenta de que apenas conocía nada más allá de Castle Garden y el chapitel de la iglesia de la Trinidad, como si se hallara frente a una ciudad nueva para ella. A espaldas de los muelles y los almacenes había edificios de todos los tamaños, amontonados como sucios bloques que un niño hubiera sacado de una bolsa sin más motivo que ver cómo caían. A lo largo de la ribera derecha del río, las viviendas del séptimo distrito se apiñaban como dientes podridos, pero incluso allí se empezaban a alzar los postes eléctricos que iban tomando el paisaje urbano, y los cables se entrecruzaban en cada intersección. Las chimeneas eructaban muy por encima de los edificios que coronaban. A lo lejos, las fábricas de gas parecían un conjunto de latas en fila. Aunque había manchas de verde aquí y allá, era una ciudad de ladrillos rojos, hierro fundido y madera deformada, que se mantenía en pie gracias a la mugre y la terquedad.

265

—Se puede ver el Hudson —dijo Anna.

—Pues desde lo alto de la torre…

—¿Sí? —Le asestó un codazo para que continuase.

Él le inmovilizó el brazo con una mano.

—Ya que estamos aquí, ¿todavía quieres subir?

Ella lo pensó un instante alzando la cabeza.

—He escalado un par de montañas —respondió finalmente—. Supongo que no habrá cabras locas al final de esa escalera, ¿verdad?

Tenía la cara de Jack tan cerca que podía contarle las pestañas. Cuando habló, notó su aliento cálido sobre el rostro.

—¿Te molesta que intente protegerte? Me temo que lo llevo en la sangre.

Anna se enderezó y le dio una palmadita en la mejilla.

—Mientras aceptes mis «Sí puedo» en respuesta a tus «No puedes», me parece bien.

Jack se rio entre dientes, cosa que ella interpretó como una rendición.

Se sentaron en un flamante banco, cuyos herrajes relucían aún de lo nuevos que eran, y Anna volvió a clavar la mirada en el horizonte. La luz del atardecer embellecía lo peor de la ciudad, bañándola de un dulce resplandor que engañaba a la vista durante unos instantes. Y, sin embargo, era su hogar, el único que conocía. Lo había abandonado una vez para probarse a sí misma, pero después regresó.

—A veces trabajo doce o trece horas al día —dijo ella—. Me vienen a buscar a casa una media de dos noches a la semana. Y siempre seré médica. Nunca dejaré de ejercer mi oficio.

—Lo sé y lo entiendo.

Anna deseó que no estuviera engañándose a sí mismo.

—Mi tía dice que soy una librepensadora, cuando, en realidad, soy agnóstica. No me importa la fe que tengas, con tal de que te dé consuelo. Pero no voy a convertirme.

Jack asintió como si aquello no fuera nada del otro jueves.

—Continúa.

—No soy… He… —farfulló Anna, exasperada consigo misma. Él hacía gala de su calma habitual, de modo que ella no podía ser menos—. No soy doncella. Tengo pocas experiencias, pero no soy virgen. Puedes preguntarme si quieres.

Jack negó con la cabeza, contrayendo los músculos de la mandíbula con expresión impenetrable.

—¿Algo más?

—Sí. Estoy llegando al final.

Pensó en Sophie, que la había animado a ser sincera, a contárselo todo. Sophie, la que sería viuda de Cap y su esposa solo de nombre. Ella soportaría la pérdida, igual que Anna.

—Infrinjo la ley a menudo y sin remordimientos —prosiguió—. Y seguiré haciéndolo mientras pueda.

—Métodos anticonceptivos.

El tono desapasionado de su réplica le arrancó un pequeño suspiro.

—En efecto. Distribuyo información en circunstancias muy concretas y también ofrezco… recomendaciones cuando es posible. Lo más importante es la intimidad de nuestras…, de mis pacientes, y mi propia seguridad. No puedo ayudar a nadie estando en la cárcel.

Él la observaba atentamente.

—Acabas de confesarme un delito. Debes de confiar mucho en mí.

—Es cierto —dijo Anna con un temblor en la voz. Y luego, tras esperar a que él hiciera algún gesto, añadió—: Confío en ti. ¿He cometido un error?

—No —respondió sin dudar, sin titubeos.

—Por consiguiente, has de saber que siempre emplearé métodos anticonceptivos, contigo o con quien sea. Hasta que...

—Se quedó callada.

—¿Hasta cuándo?

—Hasta que llegue el momento oportuno.

Jack respiró hondo.

—Ya veo. —Al cabo de un instante, añadió—: Es mejor que las alternativas.

—¿Eso crees? —Anna sintió el impulso de tocarle la cara, pero se resistió—. ¿Te refieres a que es mejor que traer al mundo un niño no deseado, o mejor que abortar?

Por fin había logrado turbarlo.

—Mejor que ambas opciones.

Todavía no le había retirado la palabra, lo que le dio el valor para revelarle el resto.

—Estoy de acuerdo con que es preferible, pero, además... —dijo, de pronto con voz ronca—. En determinadas circunstancias, estaría dispuesta a practicar un aborto. Nunca lo he hecho, pero quizá lo haga algún día. No sé si lo sabrás, pero sospecho que en esta ciudad se llevan a cabo unos cien abortos todos los meses. Las mujeres más pobres se apañan como pueden, pero hay médicos y comadronas que realizan el procedimiento de manera segura. Solo se conocen los casos que salen mal.

—¿Ocurre con frecuencia?

—Con mucha frecuencia. Normalmente, cuando una mujer acude al hospital después de un aborto fallido, ya es demasiado tarde. Pero nunca he denunciado a las pocas que sobreviven y nunca lo haré.

—¿Sabes quiénes son las aborteras?

—Aunque pregunto sus nombres, nadie me los ha dado. No estoy segura de qué haría si así fuera. Dependería de las circunstancias.

Jack dirigió la vista a la parte oeste del río. Su respiración sonaba acompasada y no había movido el brazo con el que le rodeaba los hombros. A medida que pasaban los minutos, una profunda tristeza invadió los contornos de lo que Sophie llamaba su corazón. Su vulnerable corazón.

—¿Y tú...? —comenzó a decir él—. ¿Te harías...?

—No me imagino una situación en la que quisiera abortar yo misma —lo interrumpió ella. Le pareció oír a Sophie diciendo «que no haya ningún malentendido» y siguió hablando, intentando dar con las palabras precisas—. Pero ello se debe en parte a que dispongo de métodos fiables y entiendo cómo funcionan.

Anna se quedó inmóvil contra su cuerpo, percibiendo el pulso de su garganta y sus muñecas, el latido de su corazón. Era posible que tuviera que despedirse de Jack para siempre los próximos minutos o que lo hiciera él, pero hasta entonces podía solazarse en su fuerza, su calidez y su rotundidad.

La brisa se enfrió cuando el sol se ocultó tras el confín del mundo. Anna recitó en su mente lo que no dejaba de ser la pura verdad: había dicho lo que tenía que decir, y no pensaba discutir ni tratar de persuadirlo.

«Todavía no.» Jack se había dicho esas palabras. Y aunque eran verdad, no había querido pronunciarlas en voz alta. Todavía no. Ahora, Anna se sentaba a su lado esperando que le diera la razón. Él tenía tías que eran monjas de clausura y un primo hermano en los jesuitas. Era un agente de la policía que juró defender la ley. Los temores de Anna estaban justificados; en circunstancias normales, tales revelaciones le habrían obligado a desearle suerte y desaparecer de su vida. Tocarle la cara por última vez, recorrer el contorno de su frente y de su mandíbula, la curva que dibujaba su mejilla.

Ella lo miraba con total solemnidad. Si la dejaba entonces, no podría volver a cruzar el puente sin recordarla sentada en ese banco, con el pelo despeinado por el viento y los rizos que caían sobre su rostro encendido. Pero no quería marcharse, ni pensaba dejarla.

—Bueno... —Cuando Anna hizo el amago de levantarse, él la detuvo y negó con la cabeza.

—No huyas todavía. Tú también deberías saber algunas

cosas de mí antes de abandonar el barco. —Había logrado arrancarle una sonrisa. Insegura, sin hoyuelos, aunque sonrisa al fin y al cabo. Además, se quedó acurrucada contra su pecho. Después de un rato, dijo—: Qué conversación más seria para un atardecer tan bonito. —Ella respondió con un murmullo afirmativo, pero sin darle el pie que buscaba, así que respiró hondo y continuó—: Supongo que habrás leído lo que dice la prensa sobre la corrupción de la policía. Pues bien, los rumores son ciertos en su mayor parte.

Jack le habló de los comerciantes que sobornaban con dádivas a los agentes de la ley a cambio de favores y atenciones. Él mismo había aceptado comidas, paseos en carruaje, cigarros y botellas de whisky. A veces hacía la vista gorda ante la venta de billetes de lotería y volvía a casa con un fajo de dinero en el bolsillo. En ocasiones era más rudo de lo que debía con los maleantes, y les rompía una costilla o les reventaba la nariz. En algún momento había dejado a alguien un par de días en las Tumbas mientras reunía las pruebas necesarias en su contra antes de presentarlas ante el juez.

Por otro lado, seguía una serie de normas que jamás incumplía. Por ejemplo, no detenía por robo a los niños hambrientos, sino que arreglaba las cosas con el tendero, panadero o tabernero, y mandaba al ladronzuelo a casa con una advertencia. No era violento con las mujeres, los lisiados ni los débiles mentales, aunque había tenido motivos en más de una ocasión.

Jack esperó a que ella lo mirara antes de continuar.

—A menos que se trate de un delito grave o haya menores de por medio, no arresto a quienes venden su cuerpo, sean hombres o mujeres, ni acepto sus sobornos ni los de sus proxenetas. —Hizo una breve pausa—. Hay otros asuntos, en general de poca monta, pero, ahora mismo, lo que debes saber es que he tenido que pagar más de una vez para entrar en el cuerpo de policía y también para ascender.

—Ah… ¿Es porque eres italiano?

—No, todo el mundo paga. Tampoco me vino mal que les hiciera falta otro inspector que hablase italiano, pero así son las cosas. Si hubiera tenido un apellido irlandés, me habría costado menos. La verdad es que, en esta ciudad, nada sucede sin que haya un intercambio de monedas. Hay muchos policías de

269

a pie que serían buenos inspectores, pero seguirán pateando las calles hasta que caigan muertos porque no disponen del dinero o las conexiones adecuadas. Y hay rufianes e individuos peores que jamás han pisado la cárcel ni lo harán. Los taberneros sueltan la mosca todas las semanas. Lo mismo sucede en los salones de baile, los fumaderos de opio y las casas de mala reputación. Quienes salen en los periódicos y acaban en la prisión son los que no pueden o no quieren pagar el precio.

Anna lo observaba con una quietud expectante.

—Y tú, ¿formas parte de ello?

Jack negó con la cabeza.

—Yo no soy un policía de a pie.

—Pero te gusta lo que haces, tu profesión.

—La mayor parte del tiempo, sí.

—En ese caso, puedes dar gracias a la vida.

Y así, sin más ni más, Anna volvió a sorprenderlo.

Jack ayudó a Anna a subir al carruaje que había parado, le dijo la dirección al cochero y trató de ordenar sus pensamientos. Tenía el corazón desbocado y estaba sudando a pesar del frescor de la noche, pero podía esperar. Debía esperar a que ella estuviera preparada para hablar.

—¿Iremos mañana a la Casa de Expósitos? —le preguntó cuando tomaron la calle Prince.

—¿Y por qué no? —respondió Anna con una media sonrisa curiosa.

El carruaje rodeó el parque y se detuvo en la esquina sur de la Quinta Avenida con Washington Square. Jack la ayudó a bajar sin dar ninguna explicación. Deseaba caminar un rato con ella, pues aún le quedaban cosas por decir. La sola idea hacía que se le secara la garganta.

Entonces le ofreció el brazo, que ella aceptó.

—No se te ocurrirá andar por aquí sola y de noche.

No había sido una pregunta, sino una especie de directriz. Pese a negarse a acatar sus órdenes, Anna entendía que Jack se preocupara.

—Las farolas hacen mucho, y no tengo nada que temer de las prostitutas.

—No es de las mujeres de quienes has de cuidarte.

—Ya lo sé —dijo con un suspiro—. No entro sola de noche, pero conozco este parque como la palma de mi mano. Fue nuestro patio de juegos de la infancia, y luego... —No pudo evitar una sonrisa al recordarlo.

Él enarcó una ceja.

—Continúa.

—Ya viste que Margaret es muy adicta a la *Gaceta Policial*. Siempre le ha gustado hablar de hechos delictivos durante la cena. Nunca contaba nada truculento cuando éramos pequeñas, pero a lo mejor decía: «Ayer desvalijaron la casa del coronel Maxwell», y daba su opinión. Por lo general, sospechaba del servicio, siendo más o menos específica en sus cábalas: «Habían contratado a una cocinera irlandesa». La tía Quinlan se indignaba y acababan discutiendo. Y aunque nuestra tía no nos ocultaba nada, con el tiempo empezamos a sentir curiosidad por las secciones de la *Gaceta* que Margaret omitía.

—¿Y Cap?

—Fue quien tuvo la idea de esperar a que terminara de hojear una para cogerla antes de que la echara al fuego. Luego nos las leíamos mutuamente en alguna esquina donde se hubiera producido un atraco o una pelea. Más adelante nos envalentonamos e íbamos a investigar los lugares cercanos. Enseguida nos dimos cuenta de que la policía pasaba mucho tiempo a unas manzanas de nuestra casa.

—La Pequeña Francia.

Anna asintió con la cabeza.

—En esa época no sabíamos cómo se llamaba, solo que había cafeterías y una panadería y que todo el mundo hablaba francés, así que Sophie era nuestra embajadora. Cuando empezamos a devorar la *Gaceta*, nos enteramos de las redadas que se hacían en la Taverne Alsacienne y de que había casas de mala reputación.

El recuerdo de aquellos días la hizo reír.

—No me digas que probasteis la absenta de la Alsacienne.

—No, estaba pensando en una trifulca que tuvimos a causa de una redada en la calle Greene. Al principio, no entendíamos

qué eran las casas de mala reputación, y Sophie se desternilla-
ba imaginando que se llevaban a las señoras que tenían pelusas
debajo de la cama. Cap sí lo sabía, pero no nos lo dijo, así que
fuimos a preguntárselo a la tía Quinlan.

—¿Os lo explicó? —repuso Jack tan atónito como alarmado.

—La tía Quinlan siempre contestaba nuestras preguntas,
por extrañas o difíciles que fueran. —O dolorosas, pensó
Anna—. Me parece recordar que fue una conversación corta.
Se limitó a hablarnos de cómo vivían las mujeres pobres, sin
emitir juicios. Entonces creí que la había entendido, pero aún
era demasiado joven. Ahora sí lo entiendo.

Jack murmuró entre dientes como si cavilara al respecto y
la atrajo hacia sí.

—Me gustaría saber qué te ha hecho pensar en pelusas y en
la *Gaceta Policial* en este momento.

Anna sintió que se ponía roja, enfadada consigo misma y
con él. Había adivinado lo que estaba pensando antes que ella
misma, cosa que la irritó profundamente. Eso era lo que le pasaba por sacar el tema del sexo.

La razón le decía que un hombre sano de treinta y cinco
años no iba a vivir como un monje, y que no tenía derecho a
juzgarlo por ello. Sin embargo, no le hacía ninguna gracia que
Jack Mezzanotte tuviera tratos con prostitutas y no podía fingir lo contrario. Así pues, le preguntó:

—¿Tienes relaciones con alguna mujer?

Él intentó mostrarse muy serio, y Anna pensó que a veces
era de lo más insufrible. Entonces, al pie de una farola, con un
rizo oscuro cayéndole entre las cejas, esbozó una sonrisa deslumbrante y le besó la frente.

Ella lo apartó de un empujón.

—¿A qué viene eso?

Jack le tomó la mano, atrayéndola hasta su pecho, y la besó
de verdad, como había esperado que la besara en el puente, con
uno de esos besos que hacían que el resto del mundo desapareciera. Lento, delicado y profundo, acariciándola con la lengua.

Anna se rindió con un ruidito.

—Vas a hacer que nos detengan —murmuró contra su
boca.

—Te aseguro que no.

Anna maldijo a la farola, pero se entregó a él con evidente placer. Aun así, cuando empezó a tocarle la cadera, insistió:

—Nos acusarán de conducta indecente.

Jack soltó una carcajada.

—Ya te enseñaré yo a ser indecente...

Esta vez logró separarse y se quedaron a unos palmos de distancia, sofocados como si hubieran subido una cuesta a la carrera.

—¿No vas a responder a mi pregunta? —dijo ella.

Jack se pasó la mano por la cara como si acabara de levantarse.

—¿Sobre mis relaciones? No tengo ninguna.

Anna enarcó una ceja y se cruzó de brazos.

—Ahora no. —Contrajo los labios al reprimir una sonrisa—. Mi última... relación acabó en Año Nuevo.

—¿Por qué?

—Ella era viuda y se marchó a Saint Louis para llevar la casa de su cuñado viudo, con la intención de desposarse con él. Fue una separación amistosa. ¿Satisfecha?

—La verdad es que no. Lo que has contado me parece insuficiente para un hombre de tu edad y vitalidad.

—Juego al balonmano. Así me desfogo por un tiempo.

Anna sabía que el balonmano, un deporte rudo para el que solo se necesitaban un balón y cuatro líneas, se practicaba por toda la ciudad. Cuando era adolescente, ver cómo lo jugaban los chicos de su edad la había turbado de una manera que, en su momento, no entendió. Ahora, al imaginarse a Jack sudoroso y flexionando los músculos, se le hizo la boca agua.

Confundiendo su silencio por algo que no era, Jack le tomó la cara entre las manos y la alzó a la luz de la farola.

—No frecuento casas de mala reputación. Aunque sintiera esa tentación, no quiero coger la sífilis.

Ella apoyó la cabeza en su hombro y asintió.

—Es un alivio.

Tras un largo momento, él dijo:

—¿En qué piensas?

—En ti, jugando al balonmano.

Aquello le hizo reír.

—Puedes ir a verme un día, cuando vuelva de Chicago.

—Voy a echarte de menos. Supongo que tú estarás demasiado ocupado para acordarte de nadie.

—No lo creo.

De repente se oyó una carcajada de mujer por el parque, aguda y embriagada, que los sacó a ambos de su mundo.

—Bueno, mañana vamos a la Casa de Expósitos. Piensa qué es lo que quieres mientras esté de viaje. —Jack le cerró la boca con el pulgar antes de que dijera nada—. Yo ya sé lo que quiero, Savard. Estoy esperando a que tú te decidas.

15

$\mathcal{E}$l anuncio del compromiso ocupó un tercio de la página de sociedad del periódico dominical, del cual había diez ejemplares que la señora Lee dejó sobre la mesa antes de que nadie hubiera salido de la cama. De hecho, el desayuno se retrasó media hora mientras leían el texto escrito por Cap. Lia se sentó en el regazo de Margaret, y Rosa, ensimismada y con el rostro transido de preocupación, entre Anna y Sophie. Anna sabía que Margaret tenía razón en una cosa: era importante que las niñas no tuvieran ninguna duda acerca del lugar que ocupaban en la casa.

275

La tía Quinlan y Margaret convinieron en que Cap había hecho un buen trabajo. Margaret estaba más tranquila esa mañana, lo que probablemente se debía, pensó Anna, a la carta que había traído un mensajero a las nueve en punto, por la que se invitaba a la familia a comer y a pasar la tarde en Park Place para celebrar el compromiso. Estaba segura de que Cap habría anticipado las objeciones de su prima, y de que aquella era su manera de contraatacar.

Margaret seguía dándole vueltas al anuncio:

—La redacción es perfecta —dijo—. Aunque no esperaba menos de un letrado de la categoría de Cap.

Peter Belmont Verhoeven, abogado, se complace en anunciar su compromiso de matrimonio con la doctora Sophie Élodie Savard, licenciada por la Escuela Femenina de Medicina del Hospital Materno-Infantil de Nueva York y oriunda de Nueva Orleans. La boda tendrá lugar a finales del mes de mayo. A causa de la delicada salud del señor Verhoeven, los novios ruegan que no se organicen fiestas ni recepciones.

—Eso no detendrá a nadie —apuntó la tía Quinlan—. Esta tarde habrá un goteo constante de personas que vendrán a darnos la enhorabuena, pero nosotras no estaremos aquí para que nos molesten. Muy inteligente por parte de Cap disponerlo de este modo.

—Es demasiado listo para su propio bien —dijo Sophie con una sonrisa lúgubre.

—Parece que vuelve a ser el que era —indicó Anna.

—Y tanto —respondió Sophie—. Ya está haciendo gala del humor ácido que emplea con tan devastadores efectos. Imagino que nos tendrá reservada más de una sorpresa, pero tengo un compromiso ineludible en el New Amsterdam a las once.

Se decidió que Sophie se reuniría primero con el nieto de Sam Reason y luego iría a casa de Cap, mientras que Anna asistiría a la comida antes de marcharse al orfanato con Jack Mezzanotte. Sin embargo, Anna se arrepintió enseguida de haberlo mencionado, pues Rosa se puso nerviosa en el acto.

La niña la interrogó con la mirada con una intensidad irresistible.

—Ojalá tengamos suerte —dijo Anna—, pero, aunque no haya noticias suyas en la Casa de Expósitos, vamos a seguir buscando en muchos sitios.

Anna supo que Margaret fruncía el ceño sin necesidad de levantar la vista. Lia notó el cambio de humor en la mesa y se bajó del regazo de Margaret para ponerse al lado de su hermana.

—Venid conmigo, niñas —intervino la tía Quinlan—. Tenemos que hablar antes de vestiros para la fiesta. Necesito saber si vais a ayudarme con los preparativos de la boda. Y está el tema de la tarta nupcial…

Sophie llamó a la puerta de sor Xavier a las diez en punto, y fue invitada a entrar con un brusco «Ave».

La enfermera le dijo que la anciana se estaba recuperando con rapidez tanto física como mentalmente. El regreso de su carácter taciturno constituía una prueba sólida de su mejoría.

Sor Xavier estaba sentada en la cama rodeada de periódicos, con los anteojos en la punta de la nariz. Los mofletes sonrosados y la blanca cofia amarrada a la barbilla le recordaron a la vieja madre Hubbard, la bondadosa abuela de la rima infantil, hasta que emitió un graznido similar al de un ganso furioso que disipó tal imagen.

Al ver a Sophie con un estetoscopio al cuello, su rostro dejó ver confusión.

—Soy la doctora Sophie Savard. Hoy me encargo de los pacientes de la doctora Anna Savard. ¿Me permite que la examine?

Sor Xavier se ruborizó y sostuvo el periódico de un modo que a Sophie le pareció extraño. Según había oído, no se trataba de una mujer tímida ni apocada.

—¿Es su prima?

—Sí.

—Ella es blanca como la leche —le dijo la monja, como si Sophie no lo supiera—. Y usted es morena.

Aunque Sophie no solía dar explicaciones, hubo algo en su descaro que la desarmó.

—Mi abuela y la madre de Anna eran hermanastras. Tenían el mismo padre y madres distintas. En puridad, creo que somos medio primas. ¿Prefiere que la atienda otra persona?

La voluminosa mandíbula de sor Xavier se tensó durante un instante.

—No lo sé.

Sophie se sentó junto a la cama.

—No parece que tenga fiebre, lo que indica que es poco probable que la incisión se haya infectado. ¿Le duele?

—Noto alguna punzada de vez en cuando, si levanto el brazo. Poca cosa.

Podía estar mintiendo, como muchos pacientes que querían o no querían algo concreto de su médico. De todos modos, de nada habría servido forzarla, salvo para perder el tiempo.

—Como no hay fiebre, podemos esperar a que la otra doctora Savard vuelva mañana.

Se hizo un silencio incómodo mientras sor Xavier bregaba con sus escrúpulos. Finalmente, dijo:

—¿De verdad es usted médica?

—Licenciada y cualificada —le aseguró Sophie—. Con respecto al tumor, parece que era benigno. No creo que se

reproduzca, aunque a veces es difícil saberlo con seguridad.
Yo diría que no.

—¿Entonces qué hago aquí?

—Hasta que la incisión no se cierre del todo, es posible que
se infecte. Bueno... —Se puso en pie y se volvió a sentar al
instante porque sor Xavier le señaló la silla con un simple gesto. Como si aún fuera una estudiante que hubiera tenido la
osadía de levantarse sin permiso.

—Sor Mary Augustin anda por ahí, Dios sabe dónde
—dijo—. Creo que debería usted quedarse conmigo, aunque
sea un poco, para compensar. —Le arrojó una pila de periódicos—. Haga el favor de leer por mí. Mis ojos ya no distin-
guen la letra pequeña ni con las gafas.

Sophie cogió uno de los periódicos.

—¿Qué noticia quiere que le lea?

La monja alzó y bajó la mano.

—La que sea.

—Hay un artículo sobre el alcalde.

—Cualquier cosa menos eso.

Cada una de las sugerencias de Sophie fueron rechazadas
hasta que se dio por vencida.

—Usted no quiere que le lea el periódico.

—Sí que quiero —insistió sor Xavier—. Busque algo interesante.

Sophie dio gracias en silencio porque la monja no estuviera
interesada en las páginas de sociedad. Sí le apeteció escuchar
una historia acerca de una pelea entre irlandeses e italianos,
que se saldó con cuatro ingresados en el hospital. También disfrutó con el relato de un robo, un asesinato en un tren y una
redada en un fumadero de opio.

Un golpe en la puerta puso fin a la lectura.

—Me temo que me reclaman. Si tengo tiempo, volveré luego para leerle acerca de un apuñalamiento en el muelle de la
línea blanca. O esta nota sobre el cadáver de una mujer no
identificada en Battery Park.

—Gracias —dijo sor Xavier aspirando por la nariz—. Me
gustaría.

Sophie seguía sonriendo mientras se dirigía al despacho, cuando vio al nieto de Sam Reason en el pasillo, sentado en una silla. El joven, que se levantó en el acto, era alto y esbelto como un rifle, con la complexión nervuda de quienes trabajaban duramente y eran frugales en sus hábitos. No tendría ni treinta años y no se parecía en nada a sus abuelos.

Por lo que Sophie recordaba de Nueva Orleans, la mayoría de los negros tenían la piel de tonos pardos, desde su propio color de caramelo claro al marrón oscuro de la tierra fértil, y en Nueva York ocurría más o menos lo mismo. Sin embargo, ese Sam Reason era mucho más moreno, de un azabache que resaltaba contra el blanco inmaculado del cuello de su camisa. Durante un instante se preguntó si sería adoptado, hasta que desechó la idea por irrelevante y, sobre todo, porque no era de su incumbencia.

Tenía una sonrisa bonita, si bien algo sombría, y le estrechó la mano sin vacilación, con firmeza, como su padre le había enseñado a ella. La voz se correspondía con la tez: rica en matices y profunda. Hablaba con una leve ronquera que podría atribuirse a un resfriado pertinaz, pero que a Sophie le sonó a antigua lesión de las cuerdas vocales.

—Gracias por recibirme. —La siguió al despacho y ocupó la silla que ella le indicó, con el sombrero en el regazo y las manos sobre las rodillas—. No quisiera interrumpir su trabajo.

—Hoy ni siquiera estoy de guardia, y su tiempo es tan valioso como el mío —dijo Sophie—. Sin embargo, lamento que nos veamos en estas circunstancias. Sentí mucho la muerte de su abuelo. Aunque lo conocí poco, le tenía un gran aprecio.

—El afecto era mutuo, doctora Savard.

—Llámame Sophie, te lo ruego.

—Será un honor, gracias. Yo soy Sam.

Cuando pudo observarlo mejor, Sophie vio que tenía las uñas manchadas de tinta, lo que le hizo recordar el motivo de su visita.

—Supongo que estará al tanto de las tribulaciones que padeció la doctora Garrison.

—Sí, mi abuelo me lo contó. ¿Se han resuelto ya?

—Sí y no. —Sophie le habló de la cruzada de Comstock y de su último intento por encarcelar a la doctora Garrison—.

279

Pero no creo que vaya a darse por vencido. Hará cuanto esté en su mano para hundirla, y ahí es donde entra en juego la imprenta. Los folletos que presentó Comstock como prueba en el juicio eran obra de tu abuelo. De hecho, no lo arrestaron porque no incluyó su nombre ni el del taller en el material que imprimió para nosotras. —Hizo una pausa hasta que él la animó a continuar con un gesto—. Quisiera hacerte dos preguntas, la primera es si prefieres que busquemos a otro impresor.

Él se estudió las manos unos segundos.

—No tienes por qué saberlo, pero heredé el negocio hace muy poco, a mi vuelta de Savannah. Ni siquiera sé cuál fue el encargo que se le hizo a mi abuelo.

Sophie se acercó a su escritorio, abrió un cajón con llave y sacó un montoncito de folletos: «Higiene personal», «Formar una familia con cabeza», «Salud femenina», «El ciclo menstrual femenino».

Tras contemplarlos brevemente, el joven dijo:

—¿Los escribió la doctora Garrison?

—En parte. Varios médicos colaboraron en su redacción, incluida yo. Lo que has de saber es que, si decides imprimir estos folletos, te pondrás en peligro. —Sophie se preguntó si debía ser más explícita en sus palabras.

Él los dejó sobre el escritorio.

—Según los libros de cuentas, la doctora Garrison es una clienta estupenda. Mi abuelo no tuvo ninguna queja de ella ni del trabajo que le daba, por lo que creo que podremos mantener las mismas condiciones. ¿Sería conveniente que fuera a presentarle mis respetos?

—No. Teniendo en cuenta la atención que le presta Comstock, el comité ha decidido relevarla de sus ocupaciones por un tiempo. Pensaba ser yo quien la sustituyera, pero mis circunstancias han cambiado y tendré que marcharme del país durante… —su voz se endureció— al menos un año. —Sophie percibió su curiosidad, pero no deseaba discutir dónde iba a estar ni con quién, así que respiró hondo y prosiguió—: A principios de la semana próxima escogeremos un nuevo intermediario, del cual te informaré en caso de que quieras prolongar la relación comercial. No obstante, considero que es importante que conozcas los riesgos de antemano.

Él inclinó la cabeza en lo que podía describirse como un gesto de acuerdo a regañadientes.

—Comstock ha hecho un arte del espionaje por correo —añadió Sophie—. Escribe cartas a los médicos en las que finge ser una joven soltera y embarazada que pide ayuda.

—¿Firma en nombre de otras personas? —preguntó Sam Reason frunciendo el ceño.

—Se inventa la historia de alguien que no existe y firma en su nombre.

—¿Siempre son mujeres jóvenes?

Sophie hizo una pausa.

—En su mayor parte. A veces, es un marido preocupado. Sabemos que manda tanto a hombres como a mujeres para incriminar a los médicos en sus clínicas. Sean quienes sean, siempre cuentan una historia convincente sobre su necesidad desesperada de obtener anticonceptivos o un aborto. A nosotras nos ha pasado más de una vez.

—¿Nosotras?

—Perdón, no me he explicado bien. Vivo con mi tía y con mi prima Anna, que también es médica. A Comstock parece que ambas le interesamos.

—¿Sois dos? —dijo divertido—. ¿Hay dos mujeres negras que practican la medicina en la ciudad?

—En realidad, somos primas segundas, y ella es blanca. Pero hay otras mujeres de color que son médicas, aquí y en otros lugares. Cada año somos unas pocas más.

Sam iba a decir algo, pero se quedó callado para seguir escuchando, claramente turbado por el relato. Sophie procedió a contarle el caso del doctor Newlight, una historia que a los médicos les quitaba el sueño por las noches. Había recibido una de las cartas trampa de Comstock, a la que respondió con una receta de bismuto y polvo de genciana, un tratamiento suave contra los problemas digestivos.

—Solo por eso, fue juzgado con arreglo a la Ley Comstock y pasó cerca de dos años en prisión.

—¿Lo que hizo ese médico fue ilegal? —preguntó Sam casi de mala gana.

—En absoluto. Sin embargo, el juez dictaminó que había cometido un delito por responder a la falsa misiva. Ni siquiera permitió que el defensor del doctor Newlight presentara testigos de ningún tipo, se limitó a recomendar al jurado que lo declarasen culpable, y eso fue lo que hicieron.

Sophie pudo ver que el joven meditaba al respecto.

—¿Sabes? —dijo él destilando cinismo en la voz—, esas historias son muy comunes cuando es un negro al que juzgan. Supongo que te parecerá injusto porque el doctor Newlight es blanco.

—¿Insinúas que la sentencia fue justa porque el doctor Newlight es un hombre blanco? —respondió ella dando un respingo.

Sam Reason le sostuvo la mirada sin inmutarse.

—Simplemente te recuerdo que, por mucho menos, hay negros a los que encarcelan día tras día..., o les hacen cosas peores todos los días.

La formación académica de Sophie le había quitado la vergüenza, pero se daba cuenta cuando insultaban su inteligencia y su moral. Entonces notó que la invadía una furia incontrolable.

—No necesito que me expliquen lo que es ser negro. Pasé los primeros diez años de mi vida en Nueva Orleans. Cuando aprendí a escribir, también aprendí que no debía firmar nada sin identificarme como mujer libre de color. Aunque no es obligatorio en Nueva York, a veces todavía siento pánico por no haber puesto la abreviatura detrás de mi nombre... Mi padre y mi abuela, ninguno de ellos blancos, eran médicos consagrados al cuidado de los pobres, igual que yo. De modo que sí, soy muy consciente de la situación. Puede que más de lo que lo serás tú. Dudo que hayas tenido que asistir a una embarazada que pierde a su bebé porque su marido borracho le ha dado una paliza, algo que sucede demasiado a menudo a mujeres de todas las edades y colores.

El gesto del joven se mantuvo inalterado, hasta que le hizo una pregunta:

—¿Por qué defiendes al tal doctor Newlight?

—No lo defiendo. Quería que entendieras los peligros de la situación. ¿Qué te molesta tanto? ¿Que me solidarice con un colega, o que me relacione con gente blanca?

—Quieres que entienda que Comstock hará lo que sea para mandar a alguien a la cárcel, sin que la verdad importe en un sentido ni en otro, con tal de que ese individuo obtenga los minutos de gloria que desea.

—Sí —contestó Sophie—. Exacto. No siente respeto alguno por la libertad de expresión, la libertad de prensa ni las libertades civiles más básicas.

—Y crees que por eso quizá no quiera aceptar el trabajo.

—Quería que conocieras el riesgo antes de comprometerte.

—Quieres descargarte de toda responsabilidad de cara al futuro.

De repente, Sophie se puso en pie, arrastrando la silla con tanta fuerza que volcó y cayó al suelo. Sam también se levantó, más despacio.

—Me parece que ya has respondido a mi pregunta —replicó ella con la voz temblorosa de ira—. Buscaré otra imprenta. Agradezco que hayas venido, y te ruego que transmitas mis condolencias y mejores deseos a tu abuela y al resto de la familia.

Acto seguido fue hasta la puerta, la abrió y se apartó para dejarlo pasar. Él se quedó donde estaba, dándole vueltas al sombrero entre las manos.

283

—Te pido disculpas —dijo suavizando su acento, que adquirió una cadencia más sureña—. He sido injusto y maleducado. ¿Empezamos de nuevo?

Sophie cerró la puerta y regresó a la silla que él había recogido, pero tuvo que doblar las manos sobre el regazo para que no le temblaran.

—Admito la disculpa —repuso obligándose a mirarlo—. Sin embargo, no creo que pueda trabajar con alguien que me tiene en tan baja estima.

—No te tengo en baja estima, sino todo lo contrario.

—En tal caso, no entiendo a qué viene tanta animosidad. ¿Te he ofendido de alguna manera? —De pronto ató cabos—. Viste el anuncio del compromiso en el periódico.

Supo la respuesta por la leve contracción de su mandíbula.

—Así es —asintió—. Te felicito.

Sophie no pudo evitarlo y soltó una risita.

—Muy convincente, Sam.

Él apartó la vista un instante.

—Volviendo al principio, entiendo cuáles son los riesgos y me gustaría continuar la relación de negocios.

Sophie clavó los ojos en las volutas del vestido azul oscuro que había escogido para la ocasión, puesto que de allí se marcharía directa a su fiesta de compromiso, y pensó en la familia Reason, en la hora que pasó a su mesa, en la amabilidad y el sincero afecto que se mostraban unos a otros. Por algún motivo, creyó o quiso creer que Delilah Reason y sus hijas no la habrían juzgado con tanta dureza como el hombre que ahora se sentaba delante de ella.

Aunque deseaba concluir la reunión y huir de allí, se recordó que sus propios sentimientos eran menos importantes que el asunto que debía tratarse.

—Si puede ser, quisiera hacerte un nuevo encargo antes de despedirnos.

—Faltaría más.

Estuvieron media hora hablando del papel y de los costes de impresión y encuadernación. Y, durante esos treinta minutos, Sophie pensó que Sam Reason evitaba mirarla a toda costa, como si temiera convertirse en una estatua de sal.

284

La Casa de Expósitos de las Hermanas de la Caridad estaba situada extramuros de la ciudad, de modo que Jack tomó prestado un birlocho. Primero hizo una parada en el hospital para recoger a sor Mary Augustin, quien iba a acompañarlos, y después en Waverly Place, donde le dijeron que Anna había salido. La señora Lee le entregó una nota.

Mezzanotte:

Te ruego que vayas por mí a casa de Cap, en la esquina noroeste de la calle 36 con Park Place. Estaré preparada cuando llegues.

SAVARD

—¿Cap no se encuentra bien? —le preguntó sin rodeos al ama de llaves, quien torció tanto el gesto que las comisuras de su boca tendieron a juntarse sobre su barbilla.

—¿Por qué dice usted eso? Han ido a celebrar el compromiso. —De pronto, ladeó la cabeza y sonrió, saludando a sor Mary Augustin con la mano, quien le devolvió el saludo con alegría. Luego frunció el ceño otra vez al mirarlo a él—. Y ahora váyase, que le estará esperando. Estos jóvenes de ahora no saben ni dónde tienen las narices. —Cerró la puerta riendo para sí.

Cap vivía en Park Place, una gran avenida que surcaba una serie de isletas con plantas y árboles. Casi todos los residentes eran ricos de rancio abolengo y familias de linajes más antiguos que los de los magnates que construyeron sus mansiones en la parte alta de la Quinta Avenida. En cuanto a la casa en sí, resultó ser un formidable bloque de mármol y piedra caliza de líneas elegantes, casi regias, con altos ventanales en sus tres pisos.

Mientras Jack detenía el birlocho, la puerta se abrió y Anna bajó los escalones como una centella, montó casi trepando sin esperar ayuda y se sentó al lado de sor Mary Augustin, aunque había un sitio igual de vacío junto a él.

Jack estaba demasiado ocupado sorteando el tráfico para pedirle explicaciones, y también molesto, porque ella lo sabría y, aun así, le hacía esperar. Tuvo que recorrer cinco manzanas hasta que la carretera se despejó un poco, cuando la miró y vio que Anna también lo observaba, con una sonrisa poco habitual en ella: franca, amplia y relajada.

—¿Qué ocurre?

Anna se encogió de hombros al tiempo que inclinaba la cabeza:

—Cap y Sophie han anunciado su boda, y unos cuantos miembros de la familia de Cap han mandado tarjetas de felicitación.

—¿Y por qué no iban a hacerlo? —quiso saber Mary Augustin.

La expresión de Anna se trocó en otra más habitual, de concentrada preocupación y frío cálculo. Jack volvió a fijar su atención en la caballería, aunque siguió escuchando.

—Es una larga historia —respondió ella—. Y hace un día demasiado bonito para amargarse con pequeñas cuitas.

Jack pensó que las dos mujeres no podían ser más distintas: sor Mary Augustin, con su capota y su hábito blanco, tan pálida que se dibujaba una delicada red de venas sobre sus sienes, y Anna, vestida con sus ropas de trabajo, discretas y austeras. Ese día llevaba falda, chaqueta y sombrero de tonos oscuros, con una blusa blanca de cuello corto que acentuaba la línea de su mandíbula y un camafeo que le adornaba la garganta, aunque no lucía otras joyas. Sin embargo, si cerraba los ojos, aún podía verla tratando de sujetar un chal de seda a la luz de una docena de farolas, con su cuello largo y los brazos desnudos, sonriendo al lacayo. Con una peineta de perlas sobre el cabello recogido.

Jack nunca había prestado atención a la moda hasta que conoció a Anna, más allá de saber que dominaba la vida de muchas mujeres y esclavizaba a otras con la fuerza de pesadas cadenas. Anna cuidaba su aspecto, pero solo era evidente para los hombres que sabían fijarse en los detalles. Él estaba al tanto por sus hermanas, quienes no hablaban de otra cosa, pero no como jovencitas que codiciaran finos atuendos, sino como mujeres que se habían labrado un oficio de crear cosas bellas.

Los guantes de piel de cabritilla de Anna tenían los puños bordados, los botones de la chaqueta eran de nácar y azabache, y cada pliegue del traje se había planchado con esmero. Aquel día había cambiado su toca habitual por un sencillo sombrero de fieltro que se doblaba sobre su oreja. El único ornato era un ramillete de flores de seda, con unas cuantas rosas reventonas de color blanco, una ramita de bayas rojísimas y un toque de hiedra.

Jack trató de imaginarse a una tercera mujer entre ellas, alguna dama de alta cuna ataviada con sus mejores galas, en tonos azules, rosas o amarillos, con profusión de volantes, encajes y puntillas, y un polisón como un melón de grande. Tocar a una mujer así debía de ser como manipular algo inerte, rígido y frío. Todo lo contrario que Anna. Ya había renunciado a borrar de su mente la idea de tocarla, sobre todo por dos motivos que él mismo reconocía: primero porque no quería hacerlo, y segundo porque no lo consideraba necesario después de la conversación que mantuvieron el día anterior. Sentía un vacío en las entrañas cuando pensaba en ella, un estremecimiento de nervios desconocido cuanto más cerca la tenía.

Atravesaron Lexington en dirección norte, donde los adoquines dieron paso a un hollado camino de tierra a la altura de la calle 15. Al oeste empezaban a surgir las mansiones de la Quinta Avenida, cuyas fachadas contemplaban frías y ceñudas la vasta extensión de Central Park.

—Cuánto verde —oyó decir a sor Mary Augustin—. Hay tantos tonos y tan distintos.

—El parque en primavera siempre me recuerda a mi tía Quinlan —repuso Anna—. Es pintora, o lo era hasta que la artritis se lo impidió. Antes trabajaba todas las mañanas en su estudio, y luego bajaba a la cocina para lavarse las manos y me hablaba de los colores que había usado. A mí me encantaban los nombres de los verdes y los amarillos: jade, oliva, esmeralda, musgo, paja, limón y dorado.

Cuando Jack volvió la cabeza para mirarla, ella agachó la suya como si hubiera revelado un vergonzoso secreto.

Pasaron por delante de una casa en ruinas abandonada, entre campos donde pastaban ovejas, corderos y vacas lecheras. En una encrucijada vieron un poste con letreros clavados: venta de leche y huevos, potrillos, cerdos, un arado. Fueron apareciendo grupos de casas, algunas a punto de derrumbarse, otras con tapias encaladas y cristales limpios y relucientes en las ventanas. La ciudad se abría camino hacia el norte, tan imparable como la marea.

Sor Mary Augustin iba ensimismada, absorta en el paisaje. Un hombre que reparaba una valla; una muchacha que trabajaba en el jardín con un capazo apoyado en la cadera; un bosquecillo de manzanos donde los niños se sentaban en las ramas y se arrojaban mutuamente las frutas verdes y duras del tamaño de una nuez.

Anna le hizo una pregunta a sor Mary Augustin que a Jack no se le habría ocurrido hacerle a una monja:

—¿Creció usted en una granja, hermana?

—¿Por qué lo dice?

—Por cómo mira las cosas —contestó encogiéndose de hombros—. ¿Lo echa de menos?

—Cuando me fui de casa pensé que no, pero creo que sí. El olor de la tierra arada en primavera me produce nostalgia. Lo que más me gustaba eran los corderitos y los potrillos. —Tras un instante de silencio, continuó—: Tengo seis hermanos pequeños que se caían de los árboles a todas horas, se cortaban, se magullaban los pies con la pala y se peleaban entre sí. A mí se me daba bien curarlos. Mi madre quería que fuera monja, pero yo quería ser enfermera.

—Me sorprende que la dejara marchar, teniendo tantos niños a su cargo.

Mary Augustin esbozó una sonrisa.

—Tiene dos hermanas, ambas solteras. Llevan la casa entre las tres, mientras que mi padre se ocupa de la granja con mis hermanos.

—Y a usted la mandaron al convento.

—No fue como un castigo. Mi madre decía que deseaba una vida tranquila para mí. Las Hermanas de la Caridad se dedican a atender a los enfermos, así que todos contentos. Pero... —Hizo una pausa y miró a Anna—. Nunca imaginé que acabaría en la ciudad. Estoy aprendiendo muchas cosas y viviendo muchas emociones, pero pensaba que me quedaría en la Casa de Expósitos, aquí, en el campo.

288

—Tal vez puedan trasladarla algún día.

Mary Augustin respondió con un gesto negativo.

—Me han asignado otras tareas. Es poco probable.

—¿Qué otras tareas? —la animó Anna a proseguir.

—Sor Perpetua va a jubilarse y me están preparando para que ocupe su lugar.

Jack percibió la profunda tristeza que destilaron sus palabras. Anna también debió de notarlo, pues su tono cambió:

—No le he dicho nada del trabajo que llevó a cabo en mi clase.

Entonces supo, sin necesidad de verlo, que la joven se inclinaba hacia delante con un ansia que antes no mostraba.

—Hizo un análisis de primera categoría —afirmó Anna—. Es usted observadora y metódica. En lugar de sacar conclusiones precipitadas, planteó cuestiones y sugerencias meditadas. No me cabe duda de que posee un talento innato.

Jack enarcó una ceja con la que decía: «¿Qué estás tramando?». Tal como imaginaba, ella no se dio ni cuenta. Fijaba toda su atención en un problema que debía solucionar.

ɤ

Anna siguió pensando en Mary Augustin, quien le había dado la espalda para contemplar el paisaje, o quizá para ocultar su rostro. En su mente bullían un centenar de preguntas, pero se limitó a una:

—¿La están castigando por algún motivo? ¿Por eso ya no trata a los enfermos?

La joven volvió su carita con rapidez, ruborizada.

—Nada de eso. La madre superiora dice que la orden promueve el talento allá donde surge.

—Entonces ¿por qué la apartan de la enfermería? ¿No va a decir nada al respecto?

—La obediencia gozosa es la lucha de cada día —respondió Mary Augustin con menos seguridad.

Anna se mordió la lengua, pues no era menester agraviar más a la muchacha, aunque tampoco podía olvidar su semblante de honda pena.

—Mis nuevas labores me permitirán buscar mejor a los hermanos Russo —sugirió Mary Augustin, como si quisiera consolarla.

Cuando era niña, a Anna solían decirle que no sabía cuándo retirarse. El tío Quinlan la comparaba con su terrier que se llamaba Toro y que, sin pesar siquiera diez libras, plantaba cara a otros perros tres veces mayores.

«En el fondo es una virtud —le había explicado su tío con esa paciencia que tenía—. Mejor dicho, forma parte de su carácter. Es algo suyo, como la forma de sus orejas. Sin embargo, yo tengo la responsabilidad de hacerle entender que a veces es mejor retirarse y vivir para luchar otro día.»

A pesar de los años transcurridos, Anna seguía rememorando la conversación de aquella soleada mañana de invierno, cuando la sacó de sus casillas un problema matemático. Había tardado bastante tiempo en comprender la lección que pretendía enseñarle su tío, y de la cual echó mano en ese momento: de nada servía insistir en algo que angustiaba a Mary Augustin tan claramente. Tendría que dejarlo para más adelante, pero sin duda volvería a intentarlo.

Así pues, aprovechó que Jack había vuelto la cabeza hacia el tráfico para observarlo con detenimiento. Iba sin el abrigo y llevaba la camisa remangada hasta el codo, lo que le daba una

289

apariencia desenfada chocante en él, si bien de lo más razonable debido al calor. Aunque se burlaba de ella por asistir a las reuniones de la Sociedad del Vestido Racional, Jack era uno de sus miembros tanto si quería reconocerlo como si no.

Por su parte, Anna debía reconocer que le distraía tenerlo delante con los antebrazos desnudos al sol. En realidad, el cuerpo humano no era ningún misterio para ella, ni debía llamarle tanto la atención. Hacía tan solo unos días estuvo varias horas operando a un fornido muchacho de dieciséis años con el brazo lleno de astillas, que hubo de extraerle de músculos y tendones. Conocía bien esa parte de la anatomía masculina, y la de Jack Mezzanotte no tenía nada de particular. Por muy anchas que fueran sus muñecas, se articulaban igual que las suyas.

En cualquier caso, la cuestión era que se sentía atraída por él en todos los sentidos, pero se marchaba a Chicago al día siguiente. Durante una semana o poco más, un corto tiempo. Estaría de regreso antes de que empezara a extrañarlo. Y, sin embargo, detestaba la idea de su ausencia, lo que le hizo percatarse de que Jack Mezzanotte era muy distinto de Karl Levine. O mejor dicho, de que ella había sido una persona con Karl y se estaba convirtiendo en otra con Jack.

De Karl le gustaban y admiraba muchas cosas. Tenía unas maneras suaves y reflexivas que ocultaban un vivo ingenio. La hacía reír. Era amable e independiente. No buscaba una relación duradera porque su interés principal en esta vida se centraba en la medicina, la cual requería de todas sus energías. Además, sabía que ella partiría hacia Viena en breve.

Menos de una semana después de conocerlo, Anna decidió que sería el hombre con el que iba a experimentar el acto que dominaba la existencia de tantas mujeres.

Entonces comprendió que lo que los había unido fue que ambos estaban completamente entregados a su trabajo, por lo que tenían otro rasgo en común: la ignorancia. Eran dos personas que lo sabían todo de la anatomía y la fisiología del cuerpo humano, sobre la procreación y el sexo, salvo cómo hacerlo bien, trascendental. El experimento la había dejado perpleja a ella, y confundidos a ambos, con más preguntas que respuestas. Por el contrario, solo con mirar a Jack le venían a la cabeza ideas sobre esas preguntas sin respuesta.

Llegado el momento, Anna dejó a Karl para irse a Berlín sin que le temblara el pulso. Él pareció recuperarse del golpe con la misma facilidad. Recibió una tarjeta suya en Año Nuevo, escrita con refinada cortesía, y no sintió más que un leve remordimiento por no haber pensado en hacerlo ella.

—¿Doctora Savard? —dijo sor Mary Augustin tocándole el hombro.

Anna vio la Casa de Expósitos y los hospitales circundantes en el horizonte. Era un conjunto imponente, con un gran edificio central de ladrillo de ocho plantas y dos pabellones anexos, entre otros edificios de ladrillo de cuatro plantas.

—A la derecha está San Lucas, el nuevo hospital infantil —le indicó Mary Augustin con la barbilla. Parecía creer que Anna no había estado nunca, pero la joven se alegraba tanto de mostrar sus conocimientos que hubiera sido una crueldad detenerla—. Aquí a la izquierda, el hospital materno de Santa Ana, y en el centro, las oficinas, las aulas y el asilo de huérfanos. El convento y la nueva capilla quedan detrás del edificio principal. Es donde cursé mis estudios.

Anna no había caído en preguntar por sus estudios, pero era evidente que Mary Augustin deseaba hablarle de ellos.

—Dos años completos —prosiguió—. Después me asignaron al orfanato de San Patricio, poco antes de que abrieran el hospital nuevo. No he vuelto desde entonces.

—También hace mucho que no vengo. Tengo ganas de visitar el hospital.

—¿Por dónde empezamos? —dijo Jack desde delante.

Mary Augustin se sorprendió al oír la pregunta.

—Por la Casa de Expósitos, claro. Todo empieza y acaba con sor Mary Irene. Nada se hace sin su aprobación.

Había una cuna en la entrada del edificio principal, de la que Jack había oído hablar, pero que nunca había visto. Aunque parecía una cuna vulgar y corriente, desde que existía la Casa de Expósitos —primero en la calle 12 y luego en aquel rincón apartado—, siempre había habido una cuna así para entregar criaturas por el motivo que fuera: jóvenes solteras, mujeres que no podían alimentar a tantos niños o que no tenían

291

un techo bajo el que guarecerse, maridos y padres angustiados, de cualquier credo o religión. Casi nadie dejaba su nombre, y pocos volvían a reclamar a sus hijos.

Había otros orfanatos para quienes no quisieran que sus hijos se criaran en el catolicismo, aunque Jack suponía que muchos verían el bautismo como un bajo precio que pagar a cambio del bienestar de su descendencia.

Siguieron a sor Mary Augustin a través de varias puertas y un pasillo hasta llegar a una oficina, donde una novicia copiaba un pasaje de un tratado médico sentada ante un escritorio. La conversación entre ambas religiosas fue tan breve y silenciosa que Jack no se enteró de nada, salvo del hecho de que ambas salieron de allí sin dar explicación alguna.

Anna no tardó en inclinarse sobre el libro para echarle un vistazo al título.

—Earlham y Jones —dijo—. *Enfermedades infantiles.*

—No pareces muy convencida.

Ella lo miró con expresión de sorpresa.

292

—En absoluto. Es un texto clásico, aunque la edición se ha quedado algo anticuada. Está abierto por el tema de las lesiones del oído interno y las causas de la sordera. A muchos niños los declaran idiotas porque nadie piensa en comprobarles el oído.

—No me extraña. Mi hermana Bambina, la pequeña, empezó a hablar a los tres años. Todos pensábamos que era sorda; un día que estábamos comiendo me dijo que, si volvía a tocar su plato con mi cuchillo, me lo iba a clavar en la mano. Se expresó tan claramente y con tanta ferocidad que no dudé de sus palabras. Nos quedamos todos con la boca abierta.

Jack supo que a Anna le había gustado la anécdota, por cómo sonrió.

—Creo que Bambina y yo nos llevaríamos bien. Pero el nombre no le pega nada, ¿no? Significa «bebé».

—Niña —la corrigió él—. Es muy común en Italia.

Ella reprimió una mueca.

—No es un nombre adecuado para una mujer resuelta que habla por sí misma.

—Tú le cambiarías el nombre a todo el mundo si pudieras.

—No es verdad. Tu nombre te va bien.

—¿Y el tuyo?

Anna esbozó una sonrisa oblicua.

—Es un nombre vulgar, como otro cualquiera, apropiado para una médica.

Sor Mary Augustin regresó en ese momento, y Jack pudo percibir el entusiasmo de la hermanita, como si hubiera vuelto al hogar después de mucho tiempo, cosa que más o menos se correspondía a la realidad.

—Sor Mary Irene nos recibirá dentro de una hora. Si quieren, puedo enseñarles el lugar hasta entonces.

El declinar la oferta habría borrado la sonrisa de su rostro, por lo que Jack siguió a las dos mujeres hacia la salida.

Anna se detuvo un instante ante la puerta del nuevo hospital infantil para ordenar sus pensamientos. Los sanatorios pequeños como aquel podían dirigirse bien, aunque la mayoría descuidaba un aspecto primordial: la observancia estricta de los procedimientos antisépticos que descubrieran Lister y Pasteur. Las monjas eran pulcras, pero el primer brote de sarampión o difteria demostraría a las claras la diferencia que había entre limpiar el polvo y mantener un entorno esterilizado.

Nada más entrar los recibió el olor del ácido carbólico, el alcohol etílico, el vinagre y el jabón potásico. Jack puso mala cara; para Anna era algo tan familiar como reconfortante.

El vestíbulo era amplio y de techo alto, y los ventanales estaban equipados con mosquiteras. En conjunto, se trataba de una estructura agradable, diáfana y aireada, superior a la de muchos hospitales, incluido el New Amsterdam.

—Hay una sección aislada para los casos contagiosos y dos quirófanos pequeños —explicó sor Mary Augustin—. Voy a llamar a la enfermera de guardia.

Acto seguido se esfumó otra vez, mientras ellos se quedaban esperando. Jack se volvió hacia Anna y le preguntó:

—¿Qué clase de enfermedades se tratan aquí?

Anna enumeró las más comunes: infecciones de oído, ojos y sinusitis, anomalías congénitas como labios leporinos y espina bífida, problemas respiratorios, gripe y enfermedades infecciosas desde el sarampión a la fiebre tifoidea, que acababa con la vida de tantos niños.

293

Jack miró a través de las puertas de cristal de una pequeña sala, en la que Anna contó siete cunas en semicírculo alrededor de una unidad de enfermería.

—Aquí se hacen las cosas como es debido —dijo ella—. Es un consuelo.

—¿No siempre es así?

Anna tensó la mandíbula antes de responder:

—Más de una vez me he visto en aprietos por señalar lo que debería haber sido obvio. Por ejemplo, el doctor…, bueno, llamémoslo Jones, médico de un hospital que no nombraré, me soltó una filípica por haberle dicho que los puños de su camisa iban contaminando todas las camas que visitaba.

—¿Te insultó?

—Se puso hecho una furia, prodigándome los epítetos más imaginativos. Entre otras lindezas, dijo que era una alborotadora que tenía tratos con el diablo.

Anna presumía de tales injurias como si fuesen insignias de honor. En su opinión, aquellas confrontaciones la habían fortalecido, por lo que debía reconocerse el mérito.

—¿Por qué están ahí esos niños?

—Puede que haya que operarlos de una hernia umbilical o algo así. Habrán nacido pequeños y frágiles, con insuficiencias respiratorias, convulsiones o dolencias cardiacas. Y por las infecciones, claro. Muchos morirán porque carecen de inmunidad natural.

Había dicho «muchos morirán» como si nada. Jack supuso que quienes trabajaban con ese tipo de niños debían forjarse una coraza para poder sobrellevarlo.

Anna siguió hablando:

—Sin embargo, de vez en cuando hay alguno que te sorprende luchando como un león.

—¿Eso ocurre más entre los niños o entre las niñas?

Anna miró al infinito como si evaluara los datos antes de contestar.

—Diría que ocurre igual en niños y niñas de todas las razas. Nunca se sabe dónde prenderá la llama. Que alguna vez se salve el que menos esperas es lo que me da fuerzas para continuar.

Jack respondió con cautela:

—Y yo me pregunto: ¿por qué escogiste a los niños enfermos cuando podrías estar tratando a señoras con gota?

Ella se echó a reír.

—¿En serio te lo preguntas? Pensaba que me conocías mejor. Me moriría de aburrimiento, de fastidio… o de las dos cosas.

—Te conozco bastante, pero quería oírlo con tus propias palabras.

Entonces llegó sor Mary Augustin acompañada de un hombre vestido con bata de cirujano, aunque Jack lo habría adivinado solo por sus manos, tan semejantes a las de Anna: ajadas por el lavado frecuente y riguroso.

Mary Augustin les presentó al doctor Reynolds, quien acababa de llevar a cabo una operación urgente.

Jack supuso que era inevitable que se pusieran a hablar de un lactante de seis meses que tenía algo denominado invaginación intestinal. Oyó palabras como ileocólico, tumor, ganglio semilunar y, curiosamente, telescopio. Aunque Anna se había olvidado de él por completo, entendía que quisiera conocer los detalles de un caso interesante. Además, consideraba que los celos eran el peor defecto de sus compatriotas italianos. Tampoco venía mal que Reynolds fuera bajo y calvo, y que tuviera una panza como un melón chino.

Siguieron discutiendo otro caso mientras los tres entraban en la sala, donde una de las monjas se inclinaba sobre una cuna. A juzgar por la potencia de sus pulmones, Jack pensó que el chiquillo en cuestión podía estar enfermo, pero no débil.

Se puso a deambular solo y descubrió otra habitación en la que había un grupito de niños que no paraban quietos. Todos llevaban algún tipo de vendaje —vio varias escayolas y brazos en cabestrillo—, pero, por lo demás, podían haber sido sus propios sobrinos. Una de las monjas se acercó a la puerta y lo invitó a pasar tras hacerle unas preguntas.

—Los correteros siempre agradecen la compañía, pero le advierto que se le subirán encima como pequeños escaladores y le registrarán cada bolsillo.

Correteros era un nombre adecuado para aquellos torbellinos balbuceantes. Y la monja estaba en lo cierto: todos los niños se acercaron a él con la alegría y el afecto indiscriminado de un cachorrito.

295

ϒ

Sor Irene era la clase de mujer con la que podías cruzarte por la calle sin fijarte en ella, a menos que te clavara la mirada, penetrante e indudablemente turbadora. Jack pensó que ningún niño se atrevería jamás a mentirle a la cara. No porque fuera cruel o insensible, sino porque no toleraba semejantes tonterías, motivo por el que le recordó a su madre. Teniendo en cuenta el lugar que dirigía, resultaba una actitud bastante razonable.

Tampoco estaba dispuesta a sentarse a departir con parsimonia. Volvió a ponerse en marcha con ellos a la zaga en cuanto llegaron a su despacho, haciendo y respondiendo preguntas mientras salía del edificio, atravesaba un arriate de césped empapado y rodeaba el extremo norte. Allí se detuvo, donde podían hablar al tiempo que observaba a los albañiles que colocaban las ventanas y tejas de lo que parecía ser una nueva capilla.

Esta vez fue sor Mary Augustin quien contó la historia de los hermanos Russo, con tal concisión que Jack sospechó que la había escrito y memorizado de antemano.

—Si lo he entendido bien, busca a dos niños que se perdieron hará cosa de un mes en el muelle de Hoboken —dijo sor Irene mirando a Anna.

—Así es. Me doy cuenta de que las posibilidades de encontrarlos son escasas, pero hice una promesa.

—Las promesas hechas a los niños no suelen tomarse tan en serio.

—Aun así, pienso insistir.

—¿Hasta cuándo? —preguntó la monja.

—Hasta agotar todas las vías razonables y las menos razonables —respondió Anna llanamente, sin ponerse a la defensiva.

Jack intuyó que respetaba a sor Mary Irene, y que su admiración se fundamentaba, en parte al menos, en las semejanzas que había entre ellas. Reconocían algo la una en la otra, de la misma manera que él había entendido a Oscar desde el primer día.

—Pues en marcha, y ya veremos.

ϒ

Anna estaba tan acostumbrada a la decepción que al principio no entendió las palabras de sor Mary Irene y tuvo que pedirle que las repitiera.

—Creo que el pequeño estuvo aquí —dijo, situándose ante un libro de registro que estaba abierto en un atril—. Lo trajo un policía el lunes de Pascua, sin papeles de ningún tipo. Parecía que lo habían abandonado. Supongo que alguien se lo llevó en la confusión del muelle.

—¿Figura el nombre del policía? —preguntó Jack.

—El agente Markham —respondió mirando la página—. No se menciona la comisaría y no recuerdo haber oído su nombre antes, pero supongo que usted podrá localizarlo.

—¿Es cierto que pasó por aquí? —intervino Mary Augustin.

—Sí. —Sor Mary Irene le dedicó una sonrisa a la joven monja—. Lo tuvimos solo dos días, hasta que fue transferido al cuidado del padre McKinnawae. Ahora me acuerdo del caso. Un niño bonito, muy robusto comparado con los que vemos cada día.

—¿Quién es el padre McKinnawae? —dijo Anna.

—Aparece en la lista que nos dio el hermano Anselm —le refrescó la memoria Jack—. Fundó un hogar para los vendedores de periódicos en Lafayette. Creo que fuimos a mediados de abril.

Entonces lo recordó. La Misión de la Inmaculada Concepción era un edificio nuevo, más grande incluso que la casa de huéspedes de la calle Duane. Las diez plantas estaban llenas de chicos sin familia ni hogar. No habían conocido al padre McKinnawae, sino a uno de sus ayudantes, quien se había mostrado cortés si bien poco servicial. Fue en aquel momento cuando Jack le dijo que iban a tener que posponer la visita a las instituciones católicas hasta que obtuvieran una carta de recomendación que les abriera las puertas adecuadas, cosa que parecían estar haciendo ahora. Justo antes de que él se fuera a Chicago.

—La Misión de la Inmaculada Concepción —dijo Anna—. Sí, fueron de gran ayuda, pero no había ni rastro de los Russo.

Mary Irene contestó:

—Si el padre McKinnawae se hizo responsable del niño,

sería porque tenía una familia *in mente* para adoptarlo. Eso deberá hablarlo con él mismo, aunque he de advertirle que de ser así es poco probable que le preste ayuda.

—¿Estará hoy en la misión de Lafayette?

—Lo dudo. Compró una granja en Staten Island y está construyendo una residencia para los huérfanos. Le sugiero que le escriba primero y le explique su situación. Asegúrese de que entienda que los niños se perdieron durante la confusión en el muelle. Además, debo recordarle que es posible que no sea el niño que busca. Esa semana acogimos a quince niños abandonados, pero hay muchas más instituciones. —Miró a Anna por encima de las gafas—. Me temo que no puedo hacer más por usted, doctora Savard. —A sor Mary Augustin le dijo—: Me alegra saber que le va tan bien en San Patricio, pese a que aún lamentamos su marcha.

Anna vio que Mary Augustin tragaba saliva y asentía, incapaz de responder con palabras.

Pasaron la mayor parte del viaje de vuelta a la ciudad debatiendo la cuestión de si debían hablarle de la nueva pista a Rosa. Jack pensaba que sería mejor esperar hasta obtener la confirmación; Anna fluctuaba entre estar de acuerdo y no estarlo. Como sabía por experiencia propia, muchas veces se ocultaba la verdad a los niños basándose en una percepción equivocada de sus necesidades.

—¿Va a escribir al padre McKinnawae, o irá a verlo directamente? —le preguntó Mary Augustin.

—Escribiré primero.

Anna se percató de que su respuesta había confundido a la monja, y se sintió obligada a explicarse:

—Iré de inmediato si el padre McKinnawae responde a mi carta con información sobre los niños. De lo contrario, tendrá que ser más adelante. Estaré trabajando la mayor parte de esta semana, y el viaje a Staten Island requiere al menos un día completo.

Sintió un curioso alivio al darse cuenta de que todo lo anterior era cierto; a menos que el padre McKinnawae tuviera más noticias que contar que cualquiera de las docenas de personas a las que ya había escrito o visitado, Staten Island tendría que esperar hasta que Jack regresara y pudiera ir con ella.

Tras dejar a Mary Augustin en el New Amsterdam para que volviera con sor Xavier, Jack le hizo un gesto a Anna para que se sentara a su lado en el pescante. Ella titubeó un instante. En otras circunstancias habría entrado a ver cómo estaban sus pacientes, pero era su día libre, y Jack se marchaba al siguiente.

El tráfico seguía siendo intenso pese a ser un domingo por la tarde, y estuvieron en silencio mientras Jack lo sorteaba en dirección sur por Broadway. Aún tenía que devolver el birlocho prestado a los establos de la policía, ¿y luego qué? Anna odiaba sentir aquel revoloteo nervioso en el estómago, mientras se preguntaba qué estaría pensando él. Lo más probable era que la llevase a casa y luego se fuera a la suya para preparar el viaje. Con esa idea en la cabeza, puso la mano en el espacio del banco que había entre ellos y se estremeció cuando él la cubrió con la suya.

A las cinco, libres ya del carruaje, se detuvieron un momento en la tumultuosa esquina entre las calles Mulberry y Prince. Frente a la comisaría se alzaba una línea continua de tabernas, teatros y cabarés, codo con codo con las ostrerías y las cervecerías de tercera. Antes, Anna se preguntaba cómo mantenían sus negocios a flote bajo la atenta mirada de la ley, pero gracias a Jack había aprendido que aquello no tenía nada de particular. La cerveza costaría un penique más, y la suma de esos peniques pasaría a engrosar el bolsillo de algún guardia y de los gerifaltes que habían perfeccionado el arte de hacer la vista gorda, siempre a cambio de la recompensa adecuada.

No era la primera vez que caminaban hasta Waverly Place desde ese mismo lugar, pero entonces Jack llamó a un carruaje. Anna se esforzó por ocultar su asombro; él nunca hacía nada sin un motivo razonable que estaba dispuesto a explicar si le preguntaba. Ahora le daba miedo preguntar porque sospechaba que no se dirigían a Waverly Place.

Jack la ayudó a subir y fue a hablar con el cochero. Durante el transcurso de los diez segundos que tardó en darle indicaciones al hombre, Anna se recordó a sí misma su edad, su educación, su sensatez y su capacidad para tomar decisiones responsables, así como el hecho de que iría con Jack donde él quisiera llevarla. Imaginó que sería a su casa, la cual no había visto nunca, aunque lo había intentado. La primera vez que encontró una excusa para pasar por delante de la floristería de los Hermanos Mezzanotte después de saber que era allí dónde vivía, se dio cuenta de que desde la calle solo se veía la fachada de la tienda. Todo lo demás quedaba oculto tras un alto muro de ladrillos, rodeado de puertas pintadas de un verde vivo y brillante.

Anna temió haber perdido el habla para siempre, hasta que se percató de que Jack estaba igual de callado. Él le tomó la mano durante el trayecto, acariciándole la muñeca con un dedo. Los nervios de la muñeca, se recordó ella. Podía nombrarlos todos, y, sin embargo, no sabía que un simple roce pudiera ser tan sugerente. Seguía pensando en eso cuando Jack le abrió los botones de la manga con una habilidad sorprendente.

Se oyó emitir un ruidito, un resuello desde el fondo de la garganta mientras sus dedos le recorrían la muñeca y el antebrazo con un tacto áspero aunque delicado. Cuando la soltó, Anna respiraba deprisa y el pulso de su cuello retumbaba como un tambor.

—Ya hemos llegado —dijo Jack—. Si no estás segura, puedo pedirle al cochero que nos lleve a Waverly Place.

—Ni se te ocurra. —Su voz sonó un poco chillona, pero logró esbozar una pequeña sonrisa.

Aunque la floristería cerraba los domingos por la tarde, Jack abrió la puerta con una llave y le enseñó los invernaderos, donde se detuvo para decirle los nombres de las plantas y las flores, agachándose para examinar una hoja o mostrarle algún pimpollo. Anna respiró hondo en un intento por calmarse, trató de hacer preguntas inteligentes, y a veces lo consiguió. ¿Cómo podía saberse que una rosa se había originado en Francia en 1820? Él se lo explicó, y ella lo olvidó en el acto.

Jack no tenía prisa. Le tomaba la mano sin dejar de acariciarle la muñeca y la palma, estremeciéndola. Anna se obligó a serenarse y dijo:

—Cuánta paz hay aquí, estando tan cerca de Union Square. Es muy íntimo.

De alguna manera era el comentario adecuado, o quizá no. Jack le escudriñaba el rostro con una expresión poco ambigua.

—Eres tú el que no está seguro —lo acusó ella.

—Yo estoy muy seguro. —Jack le acunó la cara entre las manos y la alzó para besarla.

Entonces solo existieron sus manos y su boca, y fue suficiente. Durante un buen rato se contentaron con aquella exploración suave y cálida, hasta que Jack le tocó la parte baja de la espalda y susurró:

—¿Quieres ver el resto? También podemos ir ya mismo a la casa, si lo deseas.

Salieron de los invernaderos por una puerta trasera que daba a un caminito de baldosas, en medio de una espesa arboleda de follaje oscuro y flores tan blancas, planas y redondas como platos. En otras circunstancias, Anna habría preguntado el nombre para transmitírselo al señor Lee, pero había perdido la capacidad de hablar.

301

Jack iba a decir algo cuando se quedó callado, inclinando la cabeza hacia el extremo más lejano del pasaje y la puerta verde del muro, pequeña y con el dintel redondeado, que se abrió de pronto transportando una conversación hasta ellos. Dos mujeres que charlaban en italiano. Jack cerró los ojos, incrédulo, y meneó la cabeza con fastidio evidente.

Las mujeres se pararon en seco, tan sorprendidas de ver a Jack como lo estaba él.

—Anna, te presento a mis hermanas. Recién llegadas de Nueva Jersey. Sin previo aviso.

16

$\mathcal{A}$nna había oído hablar de las hermanas de Jack lo suficiente para saber quién era Bambina y quién era Celestina. Bambina, la más joven, tenía una mirada sagaz y penetrante, mientras que Celestina se quedó aturdida ante la visión inesperada de su hermano en compañía de una mujer.

Después de una presentación breve y concisa, Jack desapareció con su equipaje y Anna se quedó con ellas, quienes prorrumpieron en suaves exclamaciones de júbilo: «¡Tanto gusto en conocerla! ¿Quiere tomar algo, café, pastel?».

Celestina la acompañó a la salita, se excusó y se fue por el pasillo hacia lo que Anna supuso que sería la cocina, dejándola sola por el momento. Lo más indicado habría sido buscar un asiento y esperar de brazos cruzados, pero sentía demasiada curiosidad. Ahora estaba más tranquila que hacía media hora, cuando creía que la noche iba a terminar de una manera muy distinta. De hecho, estaba disfrutando del momento, siempre que no pensara en lo que podría estar contándole Jack Mezzanotte a sus hermanas. «Es Anna —lo imaginó diciendo—, una descarriada. No sirve para las tareas domésticas y solo cose con un tipo de aguja. Demasiado leída, testaruda, defensora de la vestimenta racional, la educación de las mujeres, el control de la natalidad, los huérfanos y los pobres.»

Finalmente se levantó y se puso a husmear.

Mientras sus hermanas hacían café y cortaban el pastel que habían traído de casa y se lamentaban de no tener nada más sustancioso que ofrecer a la invitada, Jack se esforzaba por poner buena cara y responder a sus preguntas —preguntas de lo más razonables— con certeza y seguridad. Fue Bambina —siempre era Bambina— la que planteó la cuestión que estaba esperando.

—¿Qué intenciones llevas con la señorita Savard?

Jack pensó en ello. Dejaría que fuera Anna quien les dijera que no era una «señorita», pero era él quien debía responder al *quid* de la cuestión. Durante el paseo por el puente nuevo había hablado demasiado, un fallo que no pensaba cometer ahora. Tampoco iba a salir del paso con evasivas ni excusas, sino diciendo la verdad. Lo contrario habría sido una falta de respeto hacia Anna y hacia sus hermanas, y por extensión, hacia sus mismos padres.

Estas habían hecho una pausa en sus labores para escuchar su réplica. Bambina lo observaba como si fuera una puntada suelta, sopesando enfoques alternativos con los que obtener la solución deseada. Mofletuda, de pecho y caderas opulentas, la mayoría de la gente la veía como una figura maternal, lo que suponía una grave equivocación. Muchos tenderos que pensaron que sería demasiado torpe para reparar en una discrepancia en el cambio habían salido rápidamente de su error. Y ahora quería saber acerca de Anna.

Jack abrió la puerta para que sacaran el carrito ya dispuesto al pasillo.

—Voy a casarme con ella. —Aquella fue la contestación más fácil y sincera que se le ocurrió en ese momento.

Anna recorrió el perímetro de la salita, una estancia amplia y cuadrada en la que había una olla esmaltada de azul y blanco en una esquina, junto a lo que parecía ser un bastidor de bordar del tamaño de una cuna. Las paredes estaban revestidas de madera; el anaquel, lleno de fotografías y pequeñas acuarelas, encajes muy antiguos y flores prensadas en cristal, pájaros de porcelana con alas doradas y un trío de perros tallados en marfil amarillento. En mitad de la habitación, sobre una mesa baja coronada con un mantel de encaje, una enorme vasija de barro llena de flores, exuberante y anticuada.

Entonces se fijó en la media docena de rosas blancas con los bordes teñidos de un suave rosicler. La visión de *La Dame Dorée* le causó un sobresalto, pese a que debería haber recordado que se cultivaban allí. En casa tenía un pequeño ramillete entre las páginas de un tratado de anatomía, donde nadie podía encontrarlo. Nadie salvo ella misma. Cada pocos días lo abría, y el persistente aroma le hacía revivir aquellos breves instantes transcurridos en el patio de Alva Vanderbilt.

Anna se obligó a centrarse en la inspección de la salita, donde ni un solo trozo de tela se había librado de la aguja de bordar, ni las cortinas, ni los manteles, ni los cojines ni el mullido sillón al lado del fuego. Margaret podría haberle hablado de los pespuntes, pero para ella no era más que seda entretejida hilo a hilo.

Después oyó a las hermanas pronunciar palabras en un italiano rápido y un tanto agitado, callar para escuchar las respuestas lentas y tranquilas de Jack, e interrumpirlo con más preguntas, todo ello atenuado por el chirriar de las ruedas de un carrito. Anna se sentó rápidamente en un sofá de crin de caballo cubierto de cojines, cada uno bordado con —tuvo que mirar dos veces para asegurarse— la imagen de algún cuadrúpedo. Se llevó al regazo una oveja con un tallo de lavanda en el morro y sintió la necesidad urgente de salir al pasillo y anunciar que sabía cocinar. En realidad, debía reconocer que no tenía ningún interés por la cocina, pero había aprendido porque la tía Quinlan era inflexible en su creencia de que todo el mundo, hombres y mujeres, debía ser capaz de alimentarse cuando fuera necesario.

Celestina entró primero, con Bambina a la zaga, seguida de Jack, que empujaba el carrito con las viandas: un plato de pastel, tazas, platillos, azúcar, nata y una jarra de café.

—Todo traído de casa —le dijo Celestina.

Era un alivio darse cuenta de que las Mezzanotte estaban tan nerviosas como ella.

Se levantó para saludarlas de nuevo, mientras ellas se colocaban como si fueran a iniciar una compleja danza que habían ensayado durante años, esperando la oportunidad de demostrar su grácil maestría con el juego de pies.

Celestina la tomó de los brazos y se inclinó hacia delante para darle dos besos en las mejillas.

—Estamos muy contentas de que vayas a ser nuestra hermana.

304

Y

Jack sabía que habría sido de muy mala educación echarse a reír, pero no pudo evitar una sonrisa. En ese momento, Anna parecía una muchachita, ruborizada y mirando con los ojos bien abiertos primero a Celestina, luego a Bambina y, por último, a él. Entonces vio que suspiraba y recobraba la compostura, haciendo acopio de cuanta dignidad fue capaz de reunir a modo de coraza, tras lo que sonrió a sus hermanas.

—Sí, eso parece —dijo.

Anna se puso a pensar cuál sería la mejor manera de asesinar a Jack, o al menos de hacerle pagar por someterla a aquello sin previo aviso. Mientras que las hermanas la interrogaban sin tregua y ella respondía como podía, trató de convencerse a sí misma de que no tenía motivos para enfadarse. Él debía de saber cómo tratar a su familia, o eso esperaba. Que nunca hubiera pronunciado la palabra «matrimonio» en su presencia era irrelevante; ambos habían discutido la cuestión y habría sido absurdo negarlo.

Tuvo que reconocer que era mucho lo que ignoraba: no tenían fecha específica convenida, no se habían decidido por un tipo de ceremonia y suponía que sería una boda íntima, pero aún estaba por determinar. De hecho, ni siquiera tenía el ajuar preparado, cosa que pareció sorprenderlas e inquietarlas más que nada.

—¿Es una costumbre italiana? —les preguntó.

—Es una costumbre en todas partes —dijo Bambina—. A menudo bordamos para jóvenes casaderas que aún no se han prometido.

Anna logró esbozar una leve sonrisa:

—No sé mucho de bodas, pero mi prima se casa el mes que viene. Será un buen entrenamiento para mí ver los preparativos.

Jack la miró con escepticismo. La conocía demasiado bien para tragarse semejante patraña; Anna nunca abandonaría su trabajo para organizar la boda. Antes de que la pusiera en evidencia —delante de sus hermanas, ni más ni menos—, ella evadió la cuestión:

—Espero contar con vuestra ayuda. Me temo que no soy ducha en estos menesteres, y mi trabajo me ocupa mucho tiempo.

El hecho de que tuviera trabajo fue otra sorpresa para Bambina y Celestina, tan inesperada que incluso Bambina se quedó sin habla cuando Anna les explicó a qué se dedicaba.

—¿Cirujana? —repitió Celestina al cabo—. Qué insólito.

Jack se levantó y dijo:

—Bambina, ¿quieres mostrarle tu ajuar a Anna, ya que no está familiarizada con la costumbre?

Estaba tramando algo, pero Anna no vio otra salida y se dejó arrastrar al piso de arriba. Le lanzó una mirada torva a Jack por el camino, por la que no obtuvo otra cosa a cambio que una sonrisa y un encogimiento de hombros.

Estaban a punto de dar las ocho cuando Anna pudo convencer a las hermanas de Jack de que debía regresar a casa. Celestina logró arrancarle media docena de promesas antes de llegar a la puerta. En cuanto se perdieron de vista, Anna se volvió hacia él.

—No me chilles —le rogó Jack—. No tenía ni idea de que estaban aquí.

Ella dio golpecitos en el suelo con el pie y esperó.

—Lo habría manejado mejor de haberlo sabido —prosiguió—. ¿Estás muy furiosa?

—No tanto —confesó Anna.

—¿De verdad?

Jack le observaba el rostro con atención.

«Qué extraño», pensó ella. Casi parecía sentirse culpable.

—Quizá sí debería enfadarme, porque es evidente que estás tramando algo. Le pediste a Bambina que me enseñara el ajuar para sacarnos de la salita. Confiesa.

En vez de responder, la llevó de la mano hasta una de las puertas encajadas en el muro y se sacó del bolsillo una enorme llave antigua.

—Ah, por eso querías distraerlas —dijo Anna—. Has robado la llave de vuestro propio invernadero.

—Es tan mío como suyo —respondió él abriendo la cerradura a toda prisa—. No he robado nada.

—Entonces, ¿por qué no...?

Jack le tomó la muñeca, tiró de ella y volvió a echar la llave. Después la miró con una sonrisa:

—Les has dicho a mis hermanas que vas a casarte conmigo.

Anna hizo un gran esfuerzo para no sonrojarse.

—Ya lo has oído.

—Creo que tendríamos que hablar de ello.

—Desde luego. Cuando vuelvas de Chicago.

En ese momento se dio cuenta de que se hallaban en una estrecha sala de trabajo rodeada de largas mesas de madera, en las que había útiles de jardinería, bandejas con macetas de barro, cajas y barriles claramente marcados y cubos apilados.

—No puedo esperar tanto —repuso Jack pasando por encima de una manguera enrollada.

Ella lo siguió, dejándose llevar a través del oscuro pasillo mientras se reía de lo absurdo que era todo.

—¿Qué tiene tanta gracia? —le preguntó Jack volviendo la cabeza.

—Resulta que nada más subir al piso de arriba se han puesto a desnudarme.

Él se dio la vuelta para mirarla.

—Querían echarle un vistazo al patrón de mi falda pantalón. ¿Tú sabías que...?

Jack se echó a reír y dijo:

—Lo sospechaba. He pensado mucho en esas faldas tuyas.

Entonces se pararon delante de otra puerta, tan baja que Jack tuvo que agacharse para pasar.

Al otro lado había un cuartito como el que utilizaría un guardés, con un mostrador en una esquina, dos sillas y una mesita en la otra, una estantería abarrotada de legajos, manuales y catálogos, y una cama bien hecha debajo de la única ventana, sobre la que se agitaba una cortina rosa con la brisa vespertina. Las almohadas estaban bordadas y ribeteadas de encaje; sin duda, otra labor de sus hermanas.

—¿De quién es esta habitación?

—Ahora de nadie. Mi primo Umberto vivió aquí antes de casarse.

Anna se paseó por la estancia.

—La casa está justo al lado. ¿Y por qué está la ventana abierta?

307

—Serías una buena detective —replicó Jack secamente—. Olía a cerrado, así que la abrí.

—Lo habías planeado.

—No había planeado que aparecieran mis hermanas. Preparé este cuarto por si te incomodaba estar en la casa.

—Tus hermanas se escandalizarían. Yo debería escandalizarme. —Sin embargo, no era así y no podía ocultarlo.

—No has de preocuparte, sus aposentos están en el otro extremo.

—Hum —murmuró Anna—. ¿Puedo fiarme de ti?

—Puedes fiarte de mí. En todo. —Hizo una pausa—. En casi todo. —La empujó contra la puerta cerrada y se inclinó sobre ella, colocando las manos a ambos lados de su cabeza.

—Pero...

Él la interrumpió:

—¿De verdad quieres hablar de mis hermanas en este momento?

308

Al cabo de unos minutos, después de que la soltara, Anna se percató de que le habían robado algo. Tenía la mente en blanco, despojada de raciocinio y sentido común. Y estaban sentados al borde de la cama.

—Mezzanotte.

—¿*Mmm*? —le murmuró en la oreja, y un estremecimiento corrió por su espalda como una ola gigante.

—Eres... —De pronto se olvidó de lo que iba a decir.

—¿Qué? —Jack se enderezó para mirarla—. ¿Qué soy? ¿Irresistible?

—De ideas fijas. Irresistible también.

Él lanzó una risa breve y la cogió por los antebrazos. Sin duda notaría su pulso acelerado, como ella notó el suyo.

—Y persistente —añadió ella.

—Estoy desesperado —matizó él.

Entonces fue ella quien tuvo que reírse.

—Estás empeñado...

Jack le tapó la boca con la mano y apoyó la frente sobre la suya.

—Estoy enamorado.

Esas palabras florecieron en el centro mismo de su ser, se abrieron paso por su columna vertebral y a lo largo de cada nervio, cerrándole la garganta de tal manera que ni siquiera pudo respirar mientras él seguía mirándola a la cara.

—¿Te has quedado sin palabras?

—No del todo —replicó Anna.

—En ese caso, todavía no he terminado.

Anna recordó que, tan solo la noche antes, sus besos le habían parecido casi demasiado intensos, tan ardientes como el fuego. Ahora le estaba enseñando lo poco que sabía, arrastrándola a un abrazo tan profundo e inconmensurable como el mar. La parte de su mente que todavía era consciente del mundo empezó a hacerse preguntas: sobre las hermanas que con suerte estarían en sus aposentos al otro lado de la casa; sobre el silencioso mutis de su sentido del decoro; sobre el propio Jack. Se maravilló ante la sencilla belleza de su cuerpo, de sus brazos y sus musculados hombros, y de aquel pecho tan duro que parecía ocultar una cota de cuero bajo la ropa. Le sorprendió su fuerza, y que sus manos —anchas, callosas, de nudillos grandes— pudieran ser tan gentiles. Entonces se tumbó en la estrecha cama y tiró de él.

Al momento se incorporó de nuevo y dijo:

—Espera…

Jack se metió la mano en un bolsillo y le mostró un cuadradito de papel marrón del tamaño de un dólar de plata, que rezaba así: «Un profiláctico masculino. De la mejor tripa de oveja. Veinticinco centavos».

—Pareces sorprendida.

—Hum, es que lo estoy. ¿De dónde lo has sacado?

—De la botica de Schmidt en el Bowery, cerca de la calle Canal.

—¿Del farmacéutico? —Le dio vueltas al condón envuelto para estudiarlo desde todos los ángulos y luego se lo devolvió—. Tal y como últimamente se comporta Comstock, al acecho, me extraña que no lo hayan detenido ya.

—No hace publicidad —respondió Jack—. Y tiene una clientela muy reducida que no quiere verlo encerrado.

309

—¿Cuántos farmacéuticos venden esta mercancía?

—¿De este tipo?

—De cualquier tipo.

Él se encogió de hombros.

—Casi todos los farmacéuticos ofrecen algún tipo de condón. Esta marca en particular es más difícil de encontrar.

«Qué conversación tan extraña», se dijo Anna, pero aun así siguió preguntando:

—¿Qué tiene esta marca de especial?

Jack lo pensó un momento.

—Es obra de Jacob Goldfarb. Dirige el negocio familiar desde su apartamento en Forsyth. Usan intestinos de cordero. Antes de que lo preguntes, no crían ovejas en su apartamento de dos habitaciones, y no tengo ni idea de dónde consiguen la materia prima. Supongo que de los carniceros.

—Un negocio familiar de fabricación de condones de tripa de cordero —repitió Anna percibiendo la incredulidad y la irritación en su propia voz, hasta que logró reponerse y dijo—: Bueno, pues me alegro por él, y por ti también, pero no lo necesitamos. Llevo un diafragma.

Entonces fue Jack quien se sorprendió:

—¿Un qué?

—Siéntate y te lo explico.

Él se mostró tan exasperado como era humanamente posible, cosa que Anna entendió, pues ella se sentía igual.

—Será una explicación corta —le prometió tomando una de sus manos entre las suyas, le acarició los dedos largos y fuertes, y comenzó a hablar.

Al cabo de cinco minutos, Jack dijo:

—Veo que no soy el único que ha tomado precauciones, ¿eh?

Anna lo cogió de las orejas y lo besó hasta que dejó de reírse.

Entre tanto, él fue desabotonándola, desatándola y desvelándola capa tras capa, para terminar deteniéndose fascinado ante la mera contemplación de sus clavículas desnudas. Luego apoyó la cabeza en su pecho y aspiró con fruición, como el fumador de opio que se guarda el humo en la garganta hasta que se desvanece. Jack le pasó la mano por la camisa interior, rozándole el esternón con los nudillos mientras abría el primer botón. Cuando llegó al quinto, Anna se sentía indudablemente embriagada.

—Hueles a lavanda. —Frotó la nariz contra la parte interior de su brazo e inhaló—. Y a canela y naranjas.

—Tienes un olfato muy poético —dijo Anna con voz ahogada—. No creo que huela más que a sudor, polvos de talco y jabón. Por otro lado —añadió, revolviéndose—, tú estarás muy cómodo con esa ropa, pero a mí me pica.

—Solo te fijas en lo malo, Savard —repuso él.

Anna sabía reconocer un desafío cuando lo recibía: le estaba pidiendo pruebas de la historia que le había relatado aquel día, sentados en el puente nuevo. Así pues, le recorrió el pecho y el abdomen musculado con la palma de la mano, bajó hasta la entrepierna y trazó su contorno.

—Oh —susurró ella. Y luego—: Supongo que sabrás que he visto muchos penes.

Él la miró con el ceño fruncidísimo.

—Qué término tan técnico.

—Soy médica: solo me interesan los términos técnicos. Imagino que tú lo llamarás verga.

Jack le apoyó la cabeza en el hombro y se echó a reír.

—¿O prefieres bálano? Ah, no, ¿cómo sería en italiano?

Él se sacudió de risa. Anna, molesta a la vez que enternecida, delineó el perfil de su erección con una de sus uñas romas. Jack soltó un jadeo y dejó de reírse.

—Bueno —dijo, recuperando el aliento—, puesto que has visto tantos ejemplos, ¿qué opinas del mío?

—Me temo que nunca lo sabremos, a menos que te quites los pantalones.

Más tarde, cuando se hallaban unidos por el sudor desde las rodillas a la tripa y hasta el pecho, Jack dijo:

—Parece que hubieras estado bajo el sol del desierto.

Entonces cayó en la cuenta de que, por muy inusual que fuera Anna, probablemente no se lo tomaría como un cumplido,

311

aunque lo era. Nunca había visto nada más bello que aquella mujer sonrojada, desmadejada y jadeante, con el pelo alborotado.

Ella tuvo que esforzarse por enfocar su mirada en él.

—¿Qué?

—Nada importante. —Jack se puso de lado, pero sin separar el rostro del suyo, y depositó suaves besos sobre su mandíbula y su garganta hasta que ella se estremeció.

—Bueno, así que a esto venía tanto jaleo —expuso Anna.

Jack asintió con un murmullo, pensando si podría decir algo que no fuera a meterlo en líos. A pesar de que ella había dejado de ser doncella tiempo atrás, su sorpresa parecía genuina. Entonces se le ocurrió lo que podía preguntarle, siempre que no lo planteara como una pregunta:

—No ha sido tu primer orgasmo.

—Pero sí el primero que no me he procurado yo. Vaya, si te estás ruborizando. Deberías saber que hay muchas mujeres que se masturban. Es lo que tiene en pie de guerra a los Comstock de este mundo. Piensan que prescindiremos de los hombres por completo para dejar la reproducción en manos de los indeseables.

Jack hundió el rostro en su pecho mientras asimilaba aquella nueva e intrigante idea, de modo que su voz sonó amortiguada al responder:

—Pero esto ha sido diferente, espero.

—Oh, sí. —Ella se deslizó hacia abajo hasta que volvieron a estar cara a cara—. No hace falta que hablemos de esto si te incomoda.

—Sería una pena —dijo atrayéndola hacia sí—, porque tengo un montón de preguntas que nunca pensé que podría hacer.

Anna le dedicó la sonrisa más amplia y radiante que Jack había visto jamás.

—Yo también tengo unas cuantas. Y... —aunque dudó un instante, prosiguió—: nunca he tenido la oportunidad de estudiar el cuerpo masculino con detenimiento. Mejor dicho, solo he podido estudiar a los muy viejos y a los muy jóvenes. Y a los muertos.

Jack pensó que debía de ser la conversación más extraña que habían tenido dos personas en una situación como aquella. La mayoría de los hombres se habría escandalizado, y muchos habrían salido huyendo. Anna lo sabía, lo que quería decir que confiaba en él. Entonces se tumbó de espaldas con las manos debajo de la cabeza y se estiró cuan largo era, a pesar de la prueba irrefutable que indicaba que el tema no había hecho sino reavivar su interés.

—Tus deseos son órdenes para mí —se ofreció a ella—, hasta que llegue mi turno.

Regresaron a Waverly Place sin hablar apenas. Anna estaba absorta en sus pensamientos, cada vez más lejos de allí. Aunque se sentía culpable, si se lo confesaba a Jack, él habría creído que se debía a lo sucedido entre ellos, cuando no era así en absoluto.

—¿Te arrepientes?

—No, para nada —respondió tomándolo del brazo.

—Pero estás debatiendo contigo misma, casi puedo oírte.

—Supongo que sí.

—¿No me lo vas a contar?

Ella pensó que debía hacerlo. Era otra prueba, y era necesaria. 313

—Sé que hay cosas sobre las que no debería bromear —dijo Anna—, pero no estoy segura de si querrás oírlo. En términos científicos —añadió.

—Me gusta que me hables de tus operaciones, y tengo el estómago fuerte.

—De acuerdo, pues presta atención: hace unos meses recibí a una paciente de quince años con dolor abdominal. La trajo su madre.

Anna hizo una pausa para observarlo. Él no dio muestra alguna de vacilación ni aburrimiento, así que le habló de Kathleen O'Brien, quien le había llevado a su hija adolescente para un reconocimiento. La mujer estaba abochornada aunque decidida, y tras unas preguntas, por fin comprendió lo que le pedía. La niña, muy enferma, necesitaba una operación, pero no tenían dinero para acudir a uno de los grandes hospitales. Sin embargo, lo que preocupaba a la madre no era solo su salud y bienestar, sino la salvación de su alma inmortal, pues había caído en el vicio del onanismo.

Al darse cuenta de la sorpresa de Jack, Anna fue más despacio y buscó las palabras precisas para describir a aquella mujer sincera y religiosa que creía que el problema de su hija podía ser extirpado de raíz. «Usted puede curarla —le había dicho—. Quíteselo todo y así se librará de la tentación.»

Mientras le relataba su encuentro con la señora, vio que la expresión de Jack se tornaba seria y meditabunda.

—Quería que la operases para...

—En efecto, quería que le extirpase los órganos externos femeninos. Los internos no, para que pudiera tener hijos en el futuro, pero sí el resto del área genital.

Jack parecía asombrado.

—¿De dónde sacaría semejante idea? ¿Cómo pudo pensar que algo así es posible?

Anna se alegró, e incluso se sintió aliviada de que le costara asimilar lo que le había contado. No obstante, también percibió la antigua ira que se acumulaba en su pecho y tuvo que obligarse a relatar los hechos sin emoción. Así, le explicó que había médicos que sostenían la teoría de que las mujeres cuya naturaleza tendía a la sensualidad desenfrenada —las que se interesaban por el sexo, y las que recurrían a lo que llamaban el goce solitario—, eran susceptibles de padecer ninfomanía.

—Lo peor es que las convencen de que es culpa suya, de que hay algo malo en su alma que debe ser eliminado.

—Yo mismo he oído decir, en los círculos religiosos, que la masturbación lleva a la degradación de la salud de los muchachos, hasta refiriéndose a mí. Sin embargo, por lo que sé, nadie mutila a los chicos para curarlos de tal inclinación. ¿De verdad hay cirujanos que le hacen eso a las mujeres? ¿Cirujanos reputados?

—Si quieres, puedo dejarte las revistas médicas en las que se detallan los pormenores del procedimiento.

—Creo que ya he tenido bastante. Pero ¿realmente consiguen lo que se proponen?

—¿Qué crees que se proponen?

Jack se encogió de hombros.

—¿Convertir a las mujeres en esposas dóciles?

—Es mucho más que eso. Quieren mujeres alegres y obedientes que estén en su sitio, sin hacer preguntas ni quejarse nunca, y sobre todo que sean unas damas, lo que al parecer significa no interesarse por el sexo ni disfrutar con él. Puesto

314

que continúan haciéndolo, tal vez crean que obtienen algún resultado. La alternativa es todavía peor: saben que las operaciones son equivalentes a la vivisección —se detuvo para tragar saliva—, y aun así siguen adelante con ellas. Me pregunto cuánta antipatía e incluso odio hacia las mujeres deben de sentir esos hombres que se hacen llamar médicos.

—Supongo que, en general, tendrán miedo de ellas.

—Lo que más me horroriza es que una madre pueda querer eso para su hija. Por eso empecé a leer los artículos de las revistas médicas.

—Dudo que sea una práctica muy extendida —opinó Jack.

—No es común, pero se hace con cierta regularidad. Si lo piensas fríamente, y olvidas que estás tratando con seres humanos, podría parecer razonable. Un médico que desarrolla un nuevo tratamiento o instrumento quirúrgico tiene que hacer pruebas mientras afina su invento. En los pabellones de caridad de los grandes hospitales privados suelen encontrarse mujeres que forman parte de algún ensayo experimental. Una vez que el cirujano ha perfeccionado el procedimiento, lo presenta a otros especialistas en reuniones o lo describe en una revista, y comienza a ofrecer los mismos servicios a las esposas de los hombres ricos, cobrando por ello. Sophie dice que es mi cinismo el que habla, pero creo que la ginecología se ha convertido en una especialidad tan popular porque los hombres ricos tienen esposas, y los médicos tienen anestesia.

Después de un rato, Jack dijo:

—Con cinismo o sin él, encierra algo de lógica. Los hombres de ciencia quieren camisas finas hechas a medida en Inglaterra, y carruajes y ponis caros para sus hijos. Así que entiendo que pueda suceder, aunque desearía que no fuera así.

Anna sintió que se liberaba de una parte de la tensión que la embargaba.

—Para que quede claro —indicó—, solo un pequeño número de cirujanos hace este tipo de cosas.

—Pues ya son demasiados —respondió Jack—. Y entiendo lo que dices acerca de no bromear sobre el asunto, pero sabes que puedes hablarme de lo que sea. Me gusta que te guste… lo nuestro. No aceptaría lo contrario. Entonces, ¿estamos de acuerdo?

315

—Sí —contestó ella, sonriendo al fin—. En ese sentido, sí. Pero aún no sé de dónde has salido. Si hay más hombres como tú en el mundo, ignoro dónde se esconden.

—Provengo de una familia poco convencional, y todavía no sabes ni la mitad. Tenemos eso en común. Es algo…

—Impagable —murmuró Anna.

—Sí, impagable.

Recorrieron el resto del camino en silencio.

17

Cuando llegó el miércoles, Anna se había convencido de que habría sido prematuro darle la noticia a su familia. No podía pronunciar las palabras «Voy a casarme con Jack» porque carecía de fundamento sobre el que basar aquella afirmación. Por mucho que lo intentara, no recordaba que Jack le hubiera pedido la mano. Sus hermanas actuaron como si tal, pero quizá lo habían malinterpretado.

El viernes, aún sin noticias suyas, estaba segura de que aquella idea del matrimonio había nacido de su imaginación. Salvo la parte del sexo. Sabía que eso no se lo había imaginado. Lo recordaba con tanto detalle que se sonrojaba cada vez que le venía a la cabeza, algo que parecía suceder a menudo, a pesar de sus mejores intenciones. La conversación posterior permanecía grabada en su mente casi con la misma claridad.

Hasta entonces no se había percatado de cuánto necesitaba hablar con un hombre acerca de la señora O'Brien y su hija. Lo desesperada que estaba por asegurarse de que había varones en el mundo que se opondrían con fiereza a semejantes ideas.

Casi una semana después de que Jack se hubiera marchado, Anna volvió a casa del hospital y se encontró con sus hermanas en el salón. Por lo visto había llegado una carta suya por la mañana, a la que la tía Quinlan respondió con una invitación para la tarde. Pero ¿por qué, quiso saber ella, no le había mandado su tía un aviso al hospital?

Al susurrarle la pregunta mientras le daba un beso, obtuvo la respuesta que esperaba:

—Habrías encontrado una excusa para no venir.

317

Anna no creía que fuera cierto, aunque lo habría sido un mes antes. Saludó a Bambina y Celestina con abrazos y besos, y se disculpó por su silencio de una semana, mientras pensaba: «Si Jack puede desaparecer de la faz de la Tierra, yo también». Habría estado más tranquila si Sophie hubiera estado allí, pero había salido a hacer una visita, de modo que sacó fuerzas de flaqueza. Era capaz de pasar por aquel trago sin ella, y si no, es que no estaba hecha para el matrimonio. Así pues, se dejó llevar hasta una silla, aceptó una taza de té dulzón con leche y las oyó hablar a todas a la vez en un intento por transmitir lo que había sucedido durante su ausencia.

Rosa se sentó entre Bambina y Celestina con un pequeño estuche de cuero en el regazo: un juego completo de costura, con tijeras, un dedal de marfil, un papelillo de alfileres y otro de agujas, una cinta de medir y todo un arcoíris de hilos de algodón y lana fina.

—Voy a aprender a coser —dijo la niña con una enorme sonrisa, algo inaudito en ella.

De alguna manera, las hermanas Mezzanotte se las habían arreglado para sacarla de su estado de ánimo cada vez más oscuro, cosa por la que Anna les estaba infinitamente agradecida.

Hubo regalos para todas, una cantidad obscena de obsequios: Lia tenía otro costurero, aunque le interesaba mucho más una muñeca que al parecer se había hecho con lana hervida; la señora Lee estaba ocupada arreglando un ramo doble de rosas —las mismas rosas carísimas de las que Anna les había hablado tanto—, peonías y lilas en tres de los jarrones más grandes; en la mesa, asomando por debajo de un maremágnum de papel de seda, se podían distinguir pañuelos bordados a mano, un precioso chal de lana, varias brazadas de encaje de punto y media docena de bagatelas más.

—También traemos obsequios para ti —dijo Bambina—, pero creo que te interesará más esto.

Al instante le colocó una carta en las manos, un sobre marrón que no tenía nada de especial, pero en el que se adivinaba el contorno de una cajita de apenas una pulgada cuadrada.

—Llegó esta mañana con instrucciones para que te lo entregáramos hoy —explicó Celestina.

Anna fue incapaz de apartar la vista de la carta, donde aparecía su nombre escrito con la vigorosa caligrafía de Jack. De hecho, no sabía si tendría paciencia para esperar a que acabara la visita para leerla. Cuando quiso darse cuenta, todo el mundo la estaba mirando.

La tía Quinlan le dedicó una sonrisa tierna y tal vez un tanto melancólica.

—Anna, supongo que querrás cambiarte antes de la cena, y me gustaría mostrarles el jardín a nuestras invitadas. Nos sentaremos un rato bajo la pérgola para disfrutar del buen tiempo.

Aunque le costó, Anna logró salir del salón sin dar saltos de alegría. Luego fue directa a su cuarto y cerró la puerta.

Cuando Sophie llegó a casa, la señora Lee la mandó a la planta de arriba tras anunciarle la visita de las hermanas del inspector Mezzanotte, con una carta de Chicago para Anna. Las mujeres se hallaban tomando el té en la pérgola, pero Sophie tenía un trabajo que hacer: debía enterarse del contenido de aquella carta antes de que ambas muriesen de curiosidad.

Se encontró a Anna sentada ante su escritorio, con la carta abierta en el regazo. En la mano llevaba un paquete más pequeño que una caja de cerillas, atado con un lazo de seda del color de la mantequilla. Su prima la recibió con una sonrisa triste que indicaba que el presentimiento de la señora Lee no era infundado.

—Cuánto me alegro de verte —le dijo Anna—. Casi me da miedo abrirlo.

—¿Un anillo?

—Eso creo.

—Supongo que lo esperabas.

Anna musitó algo, un sonido que Sophie interpretó como un ruego de entendimiento.

—¿Por qué no me lo dijiste?

—Pensé que era mejor esperar a que regresara de Chicago —respondió encogiéndose de hombros—. Por si cambiaban las cosas.

Sophie se sentó con un suspiro.

—Ese cinismo tuyo te juega malas pasadas a veces. Ánimo, mujer. Tu anillo no puede ser peor que el mío. —Extendió la mano como prueba—. ¿O es que no quieres aceptarlo?

Ambas contemplaron el anillo de Sophie durante un instante, los diamantes color tabaco que sobresalían como la proa de un barco.

—Podrías dejar tuerto a alguien con eso —observó Anna—. ¿En qué estaría pensando la madre de Cap?

—Era de su suegra —explicó Sophie—. Cap se ha disculpado en varias ocasiones, pero si no me lo pongo...

Anna miró al techo y dijo:

—Con lo retorcido que es, parece mentira que sea tan tradicional.

—Haz el favor de abrir esa caja ya —le rogó Sophie.

—No sé por qué tengo que llevar ningún anillo —refunfuñó Anna mientras deshacía el lazo—. Los hombres no llevan anillos de compromiso. Además, tendré que quitármelo casi todo el día en el hospital. —Retiró el papel con gesto doliente y exasperado—. Bueno —repuso al momento—, por lo menos no es tan horrible como me temía.

Después de que se marcharan las hermanas Mezzanotte, y de que las demás se acostaran, Sophie llamó a la puerta del salón y entró sin esperar respuesta. La tía Quinlan dormía muy poco —afirmaba que era una de las escasas desventajas de la edad—, y ella solía ir a buscarla en momentos así, cuando la casa estaba desierta. Entonces se sentó a su lado y disfrutó unos instantes de la grata sensación.

Sophie recordaba bien sus primeros días en Waverly Place. Al principio, aquel rincón era el único en el que se sentía realmente a gusto. Abrumada por la nostalgia y el luto por su familia, para ella fue una sorpresa y un alivio darse cuenta de que la tía Quinlan entendía que lo que de verdad hacía falta a veces era el silencio.

Aunque Anna y Cap la conquistaron al cabo de unas semanas, Sophie seguía visitando a la tía Quinlan para escuchar sus historias, que también eran suyas, sobre la abuela Hannah, su hermanastra y otras tías y abuelas de Nueva York a Nueva

Orleans. Había una idea subyacente en ellas: las abuelas de Sophie fueron grandes sanadoras, mujeres fuertes que se enfrentaron a las peores pruebas del destino sin perder la alegría.

Las mujeres que la precedieron, las de piel oscura, habían vivido en la misma frontera del mundo blanco, en tiempos y lugares donde la supervivencia era incierta, incluso para las mujeres de piel más clara. Sophie necesitaba las historias de la tía Quinlan para sobrevivir en aquella ciudad que cada día le recordaba que no era blanca. Como se lo recordó Sam Reason, quien no la consideraba lo bastante negra, y como lo hicieron las hermanas de Jack Mezzanotte, para quienes lo era demasiado.

La tía Quinlan se balanceaba suavemente en la mecedora, esperando que Sophie hallara las palabras que buscaba.

—Todo está cambiando de golpe —dijo al fin.

Su tía asintió con un murmullo.

—Y estoy preocupada por Anna.

—¿No apruebas su decisión?

—El problema son las hermanas.

321

—En realidad, no es así, a menos que tú lo permitas.

Sin embargo, Sophie no iba a olvidar nunca la cara que puso Bambina Mezzanotte al darse cuenta de que la negra que le habían presentado era la prima de Anna.

—¿Crees que Anna lo vio?

La tía Quinlan parecía no saberlo. Anna no era de las que se quedaban de brazos cruzados ante el maltrato, pero, tanto si había advertido el gesto como si no, el problema persistía.

—Si las hermanas se oponen, sus padres…

La anciana la sujetó del hombro con firmeza, haciéndola callar.

—Si Jack Mezzanotte es el hombre que creo que es, no se dejará convencer tan fácilmente. ¿Quieres comentarlo con ella?

Sophie trató de imaginarse la conversación, pero fue incapaz de expresar con palabras lo que necesitaba decir y negó con la cabeza.

—Será mejor esperar —convino la tía Quinlan—. Quizá no llegue a darse la ocasión. Y ahora háblame de los primos de Cap.

En realidad, no se trataba tanto de los primos como de las tías que actuaban en su nombre. Cuando se hizo evidente que Cap no viviría para tener descendencia, se estableció un tira y afloja por la posesión de sus bienes materiales.

Cap pensaba que el objetivo principal sería la casa de Park Place, heredada de su madre después de que esta muriera sin hijas. Había otras propiedades, más valiosas incluso, pero aquella tenía un significado especial para la familia.

«Pues que se la queden», había dicho Sophie mientras repasaban con Conrad las complicadas provisiones del testamento, algo para lo que no tenía fuerzas ni paciencia, pero Cap había insistido. Según él, debía saber cuáles eran las batallas a las que tendría que enfrentarse en el futuro.

«No quiero la casa si he de luchar por ella», respondió. Era un tema delicado, la casa que él tanto amaba y que quería que Sophie amara también. Si hubiera sido por Cap, se habrían casado y formado una familia allí, y al diablo con la desaprobación de los demás. Las cosas que daba por hecho, lo que le hacía feliz en la vida, todo terminaría por desaparecer, y ni siquiera dejaría hijos que pudieran disfrutar de ello.

La tía Quinlan quiso saber si se había resuelto la cuestión.

—Cap piensa que puedo convertir la casa en una escuela o un hospital. En cualquier caso, se niega a modificar el testamento. Todo será mío cuando nos casemos, junto con el resto de su patrimonio y las acciones de bolsa. Jamás imaginé que sería tantísimo.

Entonces su tía dijo algo que la dejó de piedra:

—Pues aprovéchate. Acepta lo que te ofrece y vuelve a empezar. Puedes ir donde te plazca, incluso a Nueva Orleans, y reabrir el hospital de tu padre.

La expresión de Sophie debió de ser transparente, porque la tía Quinlan le apretó el hombro con suavidad.

—No es que te anime a marcharte, ni mucho menos. Me gustaría tenerte cerca el mayor tiempo posible, pero deberías pensar en lo que te queda de vida, Sophie. Ahora tienes el mundo a tus pies.

—Después de Suiza —repuso Sophie con un temblor en la voz.

—Es un precio terrible que pagar —musitó su tía—. Lo sé.

✒ CARTAS ✒

HOTEL SHERMAN HOUSE
CALLE RANDOLF CON CLARK
CHICAGO (ILLINOIS)

2 de mayo de 1883

Queridísima Anna:

Aquí me tienes, medio dormido en la habitación del hotel, pero te extraño demasiado para irme a la cama. Aunque no estés conmigo, te las arreglas para seguirme a todas partes. Algún día tendrás que decirme cómo lo haces.

En primer lugar, las malas noticias (como te conozco, te advierto que no tienen nada que ver contigo, conmigo ni con nosotros, así que no te preocupes). Debíamos marcharnos el sábado a más tardar, pero me temo que no podremos huir de las garras del Departamento de Policía de Chicago hasta dentro de una semana o diez días. Resulta que dos de los tres hermanos Deparacio, a los que veníamos a extraditar, están en el hospital recuperándose de varios huesos rotos y otras heridas. El inspector jefe le echó la culpa a una desafortunada caída por las escaleras y se lamentó de que tuviéramos que prolongar nuestra estancia. Por su parte, Oscar se preguntó en voz alta si el incidente pudo tener algo que ver con el hecho de que en la ciudad hay un número considerable de inmigrantes italianos, pero ningún inspector que hable italiano. La sonrisa sarcástica de Bjick fue respuesta suficiente. Lo que haría yo sería dejarlo media horita en una habitación a solas con los Deparacio.

Oscar te manda recuerdos y me pide que te diga que estoy de un humor de perros, pero que está disfrutando de la ciudad y que la orilla del lago en primavera casi compensa el hedor de los corrales.

Echo de menos tu radiante rostro, tu mente privilegiada y tu piel, pero sobre todo me inquieta que hayas decidido que no puedes confiar en mí. Piensas que no nos conocemos lo bastante, cuando lo cierto es que nos conocimos de inmediato. Al menos admite que esa mañana de marzo me miraste en el transbordador de Hoboken y viste cómo era, igual que yo te vi a ti.

Así que te conozco, y me jugaría lo que fuera a que ni siquiera le has dicho a Sophie que vas a casarte conmigo. Necesitas una señal que te lo recuerde, de modo que aquí la tienes, de un joyero milanés en Wabash que hablaba por los codos, aunque luego me vendió el que decía que era el anillo más bonito que había hecho nunca. Y creo que tenía razón.

Estás condenada a quedarte conmigo para siempre, Savard. Y yo contigo, por lo que me considero un hombre afortunado.

Tuyo sin ningún género de duda,

JACK

DRA. L. M. SAVARD
WAVERLY PLACE 18
NUEVA YORK

Sábado 6 de mayo por la tarde

Mezzanotte:

Comenzaré con una extraña confesión. No puedo dirigirme a ti usando la palabra «queridísimo». Pero, aunque no la haya escrito, imagina que está antepuesta a tu nombre, pues es lo indicado: eres una persona muy querida por mí y tu carta es una obra de arte estratégica que me ha hecho percatarme de varias cosas.

En primer lugar, de que me entiendes muy bien; en segundo, de que me aprecias por (y no a pesar de) mis defectos; en tercero, de que sabes cuándo apelar a la razón, y cuándo es inútil intentarlo. Y lo más importante, eres capaz de expresar con palabras lo que a mí me cuesta tanto decir y escribir.

El anillo es precioso, sencillo y elegante. Sophie me pide que te felicite por tu buen gusto, y la tía Quinlan dice que has acertado. Hoy no lo he llevado al hospital, aunque entenderás que ha sido por una cuestión puramente pragmática. Sin embargo, reconozco que he vacilado antes de ponérmelo cuando he vuelto a casa. La gente hace preguntas de lo más indiscreto por el mero hecho de ver un anillo, y aún no sé si seré capaz de responder con cortesía. Por cierto, lamento mucho que se retrase tu vuelta, pero puedo ser paciente, sobre todo teniendo en cuenta lo atareada que voy a estar, tanto en el hospital como con los preparativos de la boda de Sophie.

Ayer vinieron tus hermanas con un cargamento de miel y flores, encajes y bordados y regalos para las niñas. Rosa hizo muy buenas migas con Celestina, quien ha prometido enseñarle a coser. Seguiré hablándote de su visita en mi próxima carta.

Por otro lado, hace unos días escribí al padre McKinnawae, quien va a pasar el verano en Staten Island supervisando la construcción de un nuevo orfanato, y le pregunté por el pequeño de los Russo, pero aún no he recibido noticias suyas. Tampoco sé nada de Ned, a quien le mandaré una nota cuando tenga un momento. Esperaba visitar algún orfanato católico con Mary Augustin mientras estabas fuera, pero no ha respondido a ninguna de mis misivas, cosa bastante extraña. Mucho me temo que no me atrevo a enfrentarme a las monjas sin ella.

Pasando a otras cuestiones más dichosas, recordarás que la ceremonia de inauguración del puente nuevo está prevista para el 24 de mayo e incluirá un gran despliegue de fuegos artificiales. La tía Q siempre ha sentido un amor desmesurado, excesivo incluso, por los fuegos artificiales, desde que era niña, por lo que ha convencido a su nieto Simon (que es capitán de marina) para que alquile un pequeño transbordador tripulado durante todo el día. También ha estado escribiendo a familiares hasta en Albany, y muchos han prometido unirse a la celebración pasando la tarde y la noche con nosotras. La señora Lee está en su elemento, planeando un pícnic con comida suficiente para abastecer a un ejército.

A estas emociones se suma el hecho de que, al día siguiente, el mismo viernes por la mañana, Sophie y Cap se casarán y zarparán rumbo a Europa. La familia que asista a la inauguración del puente y los fuegos artificiales se quedará para la boda y el convite posterior. Doy por sentado que estarás de guardia el jueves y el viernes, pero espero que puedas pasarte al menos unas horas por las tardes. Además, habrá que organizar incursiones futuras a Staten Island y a Greenwood.

En lo que va de semana he tenido que tratar un elevado número de huesos rotos y media docena de fístulas y desgarros. Corregí una obstrucción intestinal y dos hernias, amputé una mano, una pierna hasta la rodilla y los dedos de un niño que metió el pie debajo de un carro por una apuesta. Hemos sufrido una cantidad insólita de pérdidas en la sala de pediatría. Pese a que no me considero una mujer supersticiosa, desde que te fuiste me he encontrado con más casos difíciles que de costumbre, y he firmado más certificados de defunción de los que quiero recordar, ciertamente más de lo habitual para esta época del año. Por el bien de las nobles gentes de Nueva York, pero sobre todo porque te extraño, deberías regresar lo antes posible.

TU ANNA

Postdata: quise dejar pasar un día para pensar antes de contarte todo lo que ocurrió durante la visita de tus hermanas. Todavía no he hablado con Sophie ni con la tía Quinlan, ni lo haré hasta que me digas cuál es, en tu opinión, la mejor manera de proceder.

Como supongo que sabrás, recibimos a tus hermanas con gran alegría. Afables, cordiales y muy educadas, le cayeron bien a todo el mundo, igual que a mí. Me gustaría decir que sigo pensando lo mismo sin reservas, pero aquí es donde empiezan los problemas. Sophie volvió tarde a casa, una hora después que yo. Pues bien, en ese momento yo me encontraba fuera del salón cuando la tía Quinlan la presentó como la doctora Sophie Savard, mi prima, tras lo que hubo un breve silencio de sorpresa. Bambina, especialmente, no pudo ocultar su pasmo y consternación. Se retiró tartamudeando, con la excusa de ir a buscar su ridículo. Celestina se mostró más tranquila y compuesta, pero estuvo muy callada.

Supongo que olvidaste comentarles que no todos los miembros de la familia Savard son blancos, y que esta noticia no será bien recibida por la tuya. Admito que entonces pensé que podía llevar a tus hermanas aparte y explicarles que Sophie es mi medio prima, pero enseguida me arrepentí de haber sentido tal impulso. Jamás renegaré de ella, ni me justificaré frente a la intolerancia silenciosa de nadie. Si es que fue intolerancia lo que vi, pues, aunque dudo que pudiera haber otro motivo, estaría agradecida y aliviada si así fuera.

Nunca he observado en ti el más mínimo prejuicio; tratas a Sophie y a los Lee con respeto y amabilidad, y quiero creer que no permitirás que nadie los trate de otro modo. Jack, no pretendo asustarte, pero tampoco puedo fingir que esto no ha sucedido, ni dejar de cuestionarme si el resto de tu familia reaccionará como Bambina o peor.

Ahora te ruego que me digas qué debo hacer. Yo trataría la cuestión directamente con tus hermanas, pero seguiré tu consejo si consideras que al hacerlo causaría más mal que bien. También te pido que no intentes amenazarlas ni amedrentarlas, en caso de que lo hayas pensado. Sospecho que no serviría de nada. Simplemente aprenderían a ocultar su parecer por miedo a enfadarte. Y ambos sabemos por nuestra profesión qué es lo que ocurre cuando se reprime la furia por mucho tiempo.

ANNA

HOTEL SHERMAN HOUSE
CALLE RANDOLF CON CLARK
CHICAGO (ILLINOIS)

9 de mayo de 1883

Queridísima Anna:

El corazón me ha dado un vuelco cuando el recepcionista me ha entregado tu carta. Oscar se ha reído de la cara que he puesto, pero no me he avergonzado ni me avergüenzo. De hecho, he respondido a sus burlas más hirientes enarcando una ceja. Aunque cuando se lo propone es capaz de sacar de quicio a cualquiera, he de decir que hoy ha fracasado conmigo. Creo que se ha quedado de piedra.

Es un gran alivio que te guste el anillo. No me di cuenta de que te ponía en un aprieto hasta después de haberlo echado al correo, así que seré claro: no debes fingir nunca conmigo. Si cometo un error, quiero que me lo digas, igual que lo haré yo. Una de las cosas que más aprecio de ti es que hables con sinceridad cuando otras personas callarían por miedo, por cortesía o por costumbre.

Suponiendo por un momento que de verdad te ha complacido el anillo y que nos aceptas a ambos, me alegra saber que cuenta con la aprobación de Sophie y de tu tía. También me alegro de que aprueben al hombre.

Está previsto que testifiquemos ante el Tribunal Superior en la mañana del día 17, tras lo que emprenderemos el camino a casa. Aunque tenga que tirar yo mismo del tren, llegaré a la estación Grand Central el sábado 19 por la tarde, e iré a verte en cuanto nos deshagamos de nuestros prisioneros.

Tienes razón con respecto a mis hermanas: no se me ocurrió describirles a Sophie, como es evidente que debí hacer. Siento mucho que Bambina se portara tan mal. Te pido mil disculpas y te prometo que no volverán a tratar a nadie sin el debido respeto. El comportamiento de Bambina ha sido imperdonable, por lo que no

327

intentaré excusarla ni aun para calmar tus temores, si bien creo saber cuál es el origen de su actitud.

Bambina se considera fea y poco atractiva, hasta tal punto que dudo que ni siquiera una propuesta de matrimonio de un hombre de su agrado la haría cambiar de parecer. Por el contrario, Sophie es hermosa, distinguida y luce un anillo que al menos para Bambina no tiene nada de feo. Así pues, deduzco que el color de su piel no hace sino aumentar el agravio. Solo puedo decir que espero y deseo que posea la lucidez suficiente para reconocer sus faltas y enmendarse, por mucho que le cueste.

Ahora seré yo el que te sorprenda: opino que deberías hacerle una visita a mi hermana. Cuando sea el momento adecuado, pregúntale por qué se marchó de Italia. Se trata de algo que quería comentar contigo, pero quizá te sirva para entablar una conversación con ella.

En cuanto al resto de mi familia, el lunes por la mañana, antes de partir de Nueva York, les mandé una carta a mis padres en la que les hablé de ti. De ese modo, mi madre tendrá tiempo para asimilarlo y adorarte desde el instante en que te conozca.

Espero verte con el anillo en el dedo a mi regreso. Preferiría que no llevaras nada más, aunque imagino que es pedir demasiado.

Tuyo y solo tuyo,

JACK

P. D.: ¿Recuerdas que me prometieron un permiso en compensación por lo que iba a ser un viaje corto? Ahora tengo motivos para solicitar un par de días más, así que me encargaré de presentarme al escrutinio de tu familia el 24 y el 25, a bordo de un barco, en un convite de boda o donde quiera que te encuentres. Estoy a tus órdenes.

11 de mayo de 1883

Apreciada doctora Anna:

Le escribo para decirle que he hablado con unos amigos míos que viven en un distrito que no conocerá, uno al que los polizontes llaman el Tenderloin. Nadie parece saber nada de un *guinea* pequeño de ojos azules, aunque puede ser que alguien sí sepa algo y esté esperando a que le ofrezcan un aliciente para abrir la boca.

El día que firmamos el contrato tendría que haberle advertido que esa clase de información suele tener un precio. Así pues, le pido que me avise si está dispuesta a poner alguna recompensa sobre la mesa, ya que eso podría cambiarlo todo.

Por otro lado, he oído por ahí que va usted a casarse con el inspector Mezzanotte, pero yo no me lo creo. ¿Por qué iba a querer una mujer como la doctora Anna, que tiene dinero y posición y todo lo que necesita, un marido policía? Ahora bien, si el rumor fuera cierto, le desearía la mejor de las suertes y le haría la siguiente observación: incluso los presos abrigan la esperanza de liberarse algún día del peso de la ley, mientras que usted no tendrá ese consuelo. Estará condenada a cadena perpetua sin libertad condicional.

Quedo a la espera de sus instrucciones.

Atentamente,

NED

DRA. SAVARD
HOSPITAL DE CARIDAD NEW AMSTERDAM
NUEVA YORK

11 de mayo de 1883

Querida doctora Savard:

Me llamo Ambrose Leach. Me dedico a la sastrería y tengo un pequeño taller en Broadway. Soy un cristiano respetable y temeroso de Dios, nacido y criado en esta ciudad. Mi esposa es una buena mujer que se afana por hacer de nuestro hogar un lugar cómodo. Tenemos seis hijos, el mayor de doce años y el menor de seis meses. El médico nos ha dicho que otro niño pondría en riesgo la salud de mi esposa y que incluso podría matarla, lo cual me dejaría con seis niños pequeños a mi cargo al tiempo que llevo mi negocio. Esa es la razón por la que le escribo hoy. Necesito saber qué debo hacer para que no aumente el tamaño de mi familia, y sin demora. Por favor, doctora Savard, ¿podemos reunirnos para tal propósito? Adjunto un billete de cinco dólares como muestra de mi sinceridad y espero tener noticias suyas lo antes posible.

AMBROSE LEACH
Apartado de correos 1567
Nueva York

CONRAD BELMONT, ABOGADO
DESPACHO DE BELMONT Y VERHOEVEN
Sr. Anthony Comstock
Secretario de la Sociedad para la Supresión del Vicio
Calle Nassau 150
Nueva York

13 de mayo de 1883

Estimado señor Comstock:

Le escribo en nombre de las doctoras Liliane y Sophie Savard en relación con la reproducción adjunta de una carta dirigida a estas en su lugar de trabajo, el Hospital de Caridad New Amsterdam, y firmada por el señor Ambrose Leach. Esta carta, en la que se solicita información fiable sobre la anticoncepción, así como la compra de los implementos necesarios para dicho fin, fue enviada por correo a la «Dra. Savard» y llegó el 11 de mayo, con cinco (5) dólares americanos adjuntos en pago por la consulta.

Según el directorio de la ciudad, no hay ningún sastre llamado Leach en Broadway ni en otra parte de la ciudad, y en la oficina del asesor fiscal no consta registro alguno de tal persona o negocio. Por lo tanto, me veo obligado a concluir que la carta constituye un intento por su parte de incriminar a mis clientes en virtud de la Ley Comstock, como ha reconocido públicamente haber hecho con otros médicos en el pasado reciente.

Me permito recordarle que un juez federal de distrito ya desestimó una acusación similar alegando que las autoridades incriminaron al acusado (<u>Los Estados Unidos contra Whittier</u>, C. F.: 28-591-1878). No obstante, si tan deseoso está de que tales prácticas sean condenadas con mayor dureza por un tribunal de ideas más afines a las suyas, le animo a seguir adelante con su empresa.

Las señoras Savard son miembros de pleno derecho de la Sociedad de Médicos y Cirujanos de Nueva York, la Asociación Médica Estadounidense, la Sociedad Obstétrica de Nueva York y la Asociación para el Avance de la Educación Médica de la Mujer. La información detallada sobre este incidente se hará llegar a estas y otras organizaciones similares, y a los abogados que representan sus intereses.

En el improbable caso de que me equivoque en cuanto a la procedencia de esta carta, le ruego que acepte mis más humildes disculpas.

Saludos cordiales,

CONRAD BELMONT

Se han remitido copias del presente documento a: Peter Verhoeven, abogado; John Mayo, fiscal del distrito.

MONTE LORETTO
STATEN ISLAND (NUEVA YORK)

15 de mayo de 1883

Apreciada doctora Savard:

En respuesta a su consulta sobre un niño de unos tres meses, con ojos azules y cabello negro, le comunico que no tenemos escasez de huérfanos necesitados de una buena familia católica que los adopte. En caso de que deseara seguir tratando este asunto, puede encontrarme en el Monte Loretto de Staten Island.

Suyo afectísimo en Cristo y María,

PADRE JOHN MCKINNAWAE

CASA DE EXPÓSITOS
HERMANAS DE LA CARIDAD
CALLE 68-175 ESTE
NUEVA YORK

15 de mayo de 1883

Estimada Doctora Savard:

Acuso recibo de su carta, en la que solicitaba la asistencia de la hermana Mary Augustin durante su próxima visita al padre McKinnawae en la Misión de la Inmaculada Concepción.

Sor Mary Augustin ha sido trasladada a la Casa Madre, donde se consagrará a la contemplación religiosa y a la renuncia del ego. Aunque no podrá acompañarla, le aseguro que rezamos por usted y pedimos al Señor que guíe su corazón y su mano en la búsqueda de los hermanos Russo.

Diriget Deus,

SOR MARY IRENE

DEPARTAMENTO DE POLICÍA DE LA CIUDAD DE CHICAGO
DISTRITO SIETE
CALLE MAXWELL 943 OESTE
CHICAGO (ILLINOIS)

Miércoles 16 de mayo de 1883

Queridísima Anna:

Tomaremos el tren de vuelta mañana a mediodía para escoltar a los hermanos Deparacio. Ven a verme el sábado por la tarde. Te prometo que seré cortés durante una hora, pero después te querré solo para mí, así que estate preparada para que nos marchemos pronto.

En respuesta a tu última carta, me parece que ~~Baldy~~ Ned lleva razón. Es posible que una recompensa ayude, pero hay que saber cuánto ofrecer, pues una cifra demasiado alta podría inducir a confusión y crear más problemas. ¿Hace falta que te diga que tu intuición es certera, o es otra cosa la que te inquieta?

Con respecto a su opinión acerca de lo nuestro, veo que sigue tan pícaro como siempre, pero en el fondo no se equivoca. Es una cadena perpetua para ambos.

El asunto de Comstock me sorprende bastante. No hemos hablado mucho de ello, y deberíamos hacerlo cuando regrese. Sin embargo, ahora que el asunto ha pasado a manos de Conrad Belmont, yo no me preocuparía tanto. Ese hombre tiene una reputación que espantará incluso al autoproclamado «Jardinero de Dios». Además, es sabido que Comstock evita como la peste a los hombres poderosos a los que no puede convertir a su causa.

Por último, me pregunto si ya visitaste a Bambina y no quieres contármelo, o si todavía estás reuniendo fuerzas para ello.

Me duermo cada noche recordando la última vez que nos vimos. Antes pensaba que no se podían recordar los olores, pero el aroma de tu nuca es tan real para mí como la textura de tus cabellos y la forma de tus manos, tus preciosas y hábiles manos que aún siento sobre mi rostro.

Tuyo para siempre,

JACK

18

*S*entada ante la carta de Jack, Anna volvió a calcular el tiempo y la distancia solo para confirmar sus conclusiones: llegaría a la ciudad entre la tarde y la noche del día siguiente. Sin embargo, pese a ser una noticia estupenda, también tenía su lado malo, pues era cierto que había estado posponiendo la visita a sus hermanas, y ya no le quedaba más remedio que hacerlo esa misma tarde.

El día había sido particularmente largo: dos operaciones propias, otra como ayudante, una paciente difícil que venía todas las semanas porque incumplía las instrucciones para curarse un afta en la cara interna del carrillo y no consentía que la atendiera otro médico, una junta con la directiva del hospital para tratar los acostumbrados apuros económicos y los planes para recaudar fondos. De todas sus obligaciones profesionales, la recaudación de fondos era la que más odiaba con diferencia. 333

Para colmo, después del trabajo se celebraba la reunión quincenal de la Sociedad del Vestido Racional, un compromiso adquirido tiempo atrás. Aunque había pensado en abandonarlo, las recientes discusiones sobre el uso del corsé en la mesa del desayuno habían renovado su interés y dedicación.

Tras pasar por todo aquello, Anna se vio en la salita de los Mezzanotte, mientras Celestina depositaba con cuidado unas tazas de porcelana fina como el papel. Los bordes y las asas estaban decorados con ribetes verdes y dorados, uno de esos detalles en los que Anna no se fijaba nunca, pero la vajilla era tan hermosa y delicada que llamaba la atención con la misma rotundidad que un solo cuadro sobre una pared blanca y desolada.

Aún pensaba en ello cuando entró Bambina con un plato de galletas alargadas cubiertas de azúcar cristalizado. Como no tardó en descubrir al intentar morder una, también estaban más duras que una piedra, de modo que siguió el ejemplo de Bambina mojándola en la taza. Entonces ocurrió algo casi mágico: la masa se fundió en su boca en una cremosa mezcla de café dulce, vainilla y anís.

—Qué ricas —dijo con completa sinceridad—. Solo he tenido la suerte de probar la comida italiana en una ocasión, pero creo que va a ser mi favorita.

—¿Ah, sí? —repuso Celestina sonriente, animándola a que continuara, pero sin forzarla.

—Jack compartió conmigo un bocadillo de cerdo asado. Puede que fuera el manjar más exquisito que he degustado nunca. Todavía me acuerdo de vez en cuando, aunque siempre me olvido de preguntarle quién lo preparó.

Ambas hermanas se deshicieron en sonrisas.

—Sería de la tía Philomena —contestó Celestina—. Es una magnífica cocinera. Jack come con ellos uno o dos días a la semana cuando nosotras no estamos en casa. Bueno, supongo que, a partir de ahora… —Se interrumpió muy apurada.

Aunque Anna no se consideraba una persona insensible, no fue hasta entonces que se dio cuenta de un aspecto crucial de sus planes de matrimonio, uno que explicaba gran parte de la tensión nerviosa que se percibía en la estancia en ese momento. Cuando Jack se desposara con ella, las hermanas iban a perder a su protector. Las habían educado para ocuparse de los menesteres del hogar, cuidar de los demás y crear cosas bellas con las manos; jamás se verían a sí mismas como seres independientes, pese a que sus labores de costura les proporcionaban ingresos suficientes. A menos que Anna se fuera a vivir con los tres, Celestina y Bambina se enfrentaban a un futuro incierto.

Sin embargo, no podía prometerles nada. Todavía no, y quizá nunca. Alguien iba a tener que mudarse, y cualquier mudanza perturbaría aquella casa de manera inimaginable.

—Hum —susurró, sin palabras por una vez en la vida—. Me temo que tendré que estudiar el árbol genealógico de los Mezzanotte para saber quién es quién. Ni siquiera he conocido al tío Massimo.

Celestina sonrió como si acabaran de darle un regalo y se levantó en el acto.

334

—¿En qué estaría pensando? Voy a por él ahora mismo, que aún seguirá en la tienda. Tampoco has conocido a los primos…

—Espera —dijo Bambina, pero su hermana ya había cruzado la puerta.

Bambina parecía presa del pánico, por lo que Anna se preguntó si Jack le habría escrito para censurar su comportamiento, e intentó dar con un tema de conversación que fuera agradable para ambas.

—Qué vajilla tan bonita.

—¿Verdad que sí? Perteneció a mi abuela materna.

—¿La trajiste de Italia?

—Yo nací aquí —respondió Bambina—. La trajeron mis padres. Mi madre la heredó cuando mi abuela murió. Era su única hija.

Aquel era el momento adecuado que le había dicho Jack. No obstante, después de un día largo y agotador, tenía pocas ganas de iniciar una conversación que sin duda resultaría incómoda. Si no hubiera recordado la expresión de Sophie, la quietud que la invadió cuando ella le habló de las hermanas, podría haberlo dejado pasar. Pero lo recordaba.

—¿Por qué se marcharon de Italia vuestros padres?

Bambina respiró hondo.

—¿No te lo ha contado Jack?

—En realidad, me sugirió que te lo preguntara a ti.

Los dedos de Bambina pasaron por el estampado de cabrios de la manga de su chaqueta. Anna pensó que no iba a contestar, hasta que asintió para sí y dijo:

—Las dos familias se oponían a su matrimonio. Los hermanos de mi padre y la abuela Bassini fueron los únicos que no los repudiaron. Cuando ella murió, mis padres decidieron empezar de nuevo en Estados Unidos. El tío Massimo y el tío Alfonso ya estaban aquí, de modo que aquí vinieron.

—Pero ¿por qué se oponía la familia? —insistió Anna con curiosidad.

—Tú no eres católica romana —repuso Bambina cambiando de tema—. Mi madre tampoco. Ella es de Livorno, la nieta de Reb Yaron Bassani, uno de los rabinos más respetados de la ciudad. —Entonces se quedó callada, clavando los ojos en la pared.

335

—Tu madre es judía —dijo Anna con tono sereno, sin necesidad de fingir.

Bambina esperaba que se escandalizara por la revelación, como tanta gente que despreciaba a los judíos por principio. Anna no era así, por motivos que no iba a enumerar porque habrían sonado a adulación.

Sin embargo, aquello explicaba tantas cosas acerca de Jack y la clase de hombre que era; la última pieza del rompecabezas.

—¿Se convirtió tu madre al casarse con tu padre?

Bambina contrajo los labios.

—No. Y la familia de mi padre se disgustó mucho.

—Debió de ser muy duro para ella. ¿Tú te consideras católica o judía?

—Ni una cosa ni la otra —dijo con la mirada fija y torva—. ¿Acaso importa?

—No creo que sea raro. De hecho, supongo que será habitual que los hijos de las parejas mixtas eviten o rechacen ambos credos.

336

Bambina frunció el ceño, arqueando las cejas como puntas de flecha.

—¿Dirías que la unión entre un católico y una judía es un matrimonio mixto?

—Muchas personas lo creerían así —respondió Anna—. Pero mi familia ha estado desobedeciendo las expectativas y las tradiciones desde hace cien años. La primera esposa de mi abuelo Bonner era mohawk, y la hija de ese matrimonio, mi tía Hannah, se casó con un hombre de Nueva Orleans que tenía abuelos africanos, seminolas y franceses. Somos una familia complicada y colorida. Evitamos las etiquetas.

La joven acunó la taza entre las manos como si buscara su calor y bebió con parsimonia. Anna aprovechó la oportunidad para observarla. Aunque Bambina no era especialmente bonita, tampoco era fea. Tenía la cara redonda, las mejillas carnosas y la nariz grande, pero también unos ojos preciosos con largas pestañas y una boca bien dibujada. Además, era inteligente. En ese momento, la expresión de su rostro se parecía bastante a la de Jack cuando resolvía un problema.

—Debes saber —prosiguió Anna más despacio— que, después de la guerra, Nueva York se llenó de personas como tus padres, que abandonaron un lugar para empezar de nuevo en otro. Sophie tenía diez años cuando perdió su casa y a su familia y lo dejó todo para venir aquí. Desde entonces hemos estado tan unidas como hermanas.

—Mi madre es judía —replicó Bambina—. No es de color. No se puede comparar. —Su tono era beligerante y también resentido; le sorprendía que Anna planteara la cuestión.

Anna la miró a los ojos y buscó las palabras justas.

—Los descendientes de los esclavos africanos y de las tribus indias tienen algunas cosas en común con los judíos. Los tres pueblos han sobrevivido a pesar de la abierta hostilidad, la violencia e incluso el destierro que sufrieron. Los judíos fueron expulsados de Italia en un momento dado, ¿no es así?

—¿Cómo lo sabes?

—Recibí una educación amplia y liberal, y además tenemos amigos de la familia que son judíos. Tengo alumnos y colegas que son judíos. La mentora de Sophie es judía.

—Todavía no entiendo la comparación. —Su expresión era fría.

337

—¿Alguna vez has visto a tu madre ser rechazada o insultada abiertamente por su religión?

—No. ¿Debería haberlo visto?

—Por eso se marcharon vuestros padres de Italia, para que no tuvierais que ver cómo se rechaza e insulta a un ser querido —dijo Anna—. Supongo que podrás imaginar lo que se siente, aunque no lo hayas vivido en primera persona.

Hubo un silencio tenso, y luego entró Celestina en la salita, resollando.

—Todos están deseando conocerte, pero no quieren entrar en casa con la ropa de trabajo. La tía Philomena dice que vayamos a la suya, al final de la manzana.

Anna se puso en pie y se alisó las faldas.

—Muy bien. —Sonrió a Bambina—. ¿Vienes con nosotras?

Pero Bambina desapareció por el pasillo hacia la cocina, sin decir palabra.

$\mathcal{A}$l día siguiente, Anna le resumió la historia a Sophie en pocas palabras. La hija de una prominente familia judía y el hijo del mayor terrateniente de Livorno se enamoraron, desafiaron a sus padres y se casaron.

—Bambina se marchó pretextando una excusa, pero Celestina me contó el resto. La cuestión es que Rachel Bassani se convirtió en Rachel Mezzanotte y fue repudiada por su padre, pero no por su madre, quien fue su única aliada. La familia de Ercole reaccionó mejor: los cinco hermanos apoyaron el matrimonio. Los dos mayores ya estaban aquí y los otros tres los siguieron. Desde entonces, los Mezzanotte han estado ocupados poblando Nueva York y Nueva Jersey.

—¿Y cómo surgió el tema? —quiso saber Sophie. Su expresión indicaba que tenía alguna idea, pero quería que Anna se la confirmara.

—Jack pensó que debía hablar con ella.

—Ah. ¿Crees que sirvió de algo?

—Le di algo en que pensar.

—Y ella a ti —observó Sophie.

—Tiene cierta lógica —dijo Anna—. Si Jack hubiera crecido en una familia italiana tradicional, con fuertes lazos con la Iglesia católica…

—No estaríamos aquí sentadas hablando de él.

Había otros temas pendientes, sin voz, sin respuesta, pero Sophie estaba bostezando, y aún tenía que ir a ver a Cap, aunque había pasado la mayor parte de la noche anterior tratando a un niño de siete años con meningitis. Salió un poco de su amodorramiento cuando Anna le preguntó sobre ello, como si necesitara comentarlo con alguien.

—Fue en el Bend —dijo. Mulberry Bend era el peor de los barrios pobres: cientos de habitaciones sin ventilación, sin luz, del tamaño de armarios, plagadas de insectos, en las que dormían por turnos familias enteras; el lugar donde los más desesperados y violentos se daban calor unos a otros—. Siete niños en el mismo cuarto. Lo más difícil fue convencer a los padres de que había que aislar al niño para que no contagiara a los demás. Al final pedí una ambulancia que lo llevó al Materno-Infantil. Jenny Fairclough accedió a ponerlo en su lista de pacientes, aunque supongo que ya habrá muerto.

Anna estuvo a punto de preguntarle por qué seguía atendiendo a los enfermos. Precisamente había dimitido de los hospitales y sanatorios para dedicar todo su tiempo a preparar la boda y el largo viaje. Y a estar con Cap, que no quería perderla de vista ahora que se había salido con la suya.

—Has hecho mucho, Sophie. No debes sentirte culpable.

Sophie respondió con un murmullo que indicaba a las claras que no estaba de acuerdo y que no deseaba volver a discutir aquel asunto.

De pronto se oyó a Lia subiendo las escaleras, tarareando al son de los cabezazos de su muñeca contra cada escalón. Entonces asomó la carita por la puerta entornada, con los ojos muy abiertos.

Anna se levantó.

—¿Ya es hora de irse, Lia?

—Nos vamos a Lilliput —le explicó a Sophie—. Para comer helado.

—Los recados primero —replicó Anna—. Y luego, si no estás demasiado cansada, Lilliput. Y el helado. —Se acercó a la niña, que se escabulló riendo.

—Cap me ha mandado un carruaje —dijo Sophie—. Aunque vaya a llegar tarde, puedo llevaros hasta Madison Square.

En el último momento, Margaret decidió que no podía dejar la compra de enaguas, calzado y sombreros en manos de Anna, de modo que fueron tres mujeres y dos niñas las que subieron al elegante carruaje de Cap con la ayuda del taciturno señor Vale y partieron rumbo al norte hacia Madison Square. Anna pensó brevemente en retirarse para que Margaret se encargara de todo, dado que a ella sí le gustaba ir de tiendas, pero las niñas parecían tan entusiasmadas... Entonces se percató con cierto remordimiento de que rara vez había salido de casa con ellas.

Y claro, en casa, en la tranquilidad de una casa casi vacía, no tendría nada que la distrajera de pensar en Jack, quien viajaba en un tren con destino a Nueva York. Por lo tanto, en lugar de quedarse mirando el reloj, pasaría un tiempo con Rosa y con Lia en el Emporio Infantil de Lilliput.

Nuevas dudas asaltaron a Anna cuando se despidió de Sophie y el carruaje continuó hacia Park Place, de camino para pasar la tarde con Cap y con cualquier visita que hubiera venido, rebosante de curiosidad y, en algunos casos, de malicia. Incluso si no había nadie, Cap siempre estaba dispuesto a discutir cada detalle de los próximos acontecimientos.

«Como no puede tocarme, se conforma con hacerme rabiar», le había dicho Sophie.

Según pensó Anna, era muy posible que la alegría de estar cerca de Sophie se viera eclipsada por la realidad de no estar lo bastante cerca. Ni siquiera la enfermedad podía desterrar por completo el deseo sexual, si bien dudaba que Cap tuviera fuerzas, aunque se le presentara la posibilidad. Así pues, la ira debía salir por algún lado. A pesar de lo terrible que había sido verlos tan infelices a ambos durante el largo año de separación impuesto por Cap, de alguna manera, aquella solución de estar juntos sin estarlo resultaba igual de dura.

Tras hacerse público el compromiso, Cap se encargó de los arreglos necesarios ante la previsible afluencia de visitas: los curiosos, los amantes de los chismes, los parientes descontentos. Los Astor, los De Peyster y el resto de las antiguas familias neoyorquinas no pasarían por allí; Cap se había alejado demasiado de su concepción del mundo y ya ni lo saludarían por la calle. Sophie estaba segura de que a él no le importaba. Ella misma prefería ahorrarse la visita formal de la viuda del comodoro, aunque le dolía que rechazaran a Cap, que se iba para no volver.

El salón se había transformado desde que se había anunciado la boda. La mayoría de los muebles habían desaparecido, y habían dejado solo dos zonas de asientos: una para Cap en el extremo opuesto entre dos ventanas, y la otra a unos metros de distancia. Las pesadas cortinas se habían esfumado con los muebles, y todas las ventanas estaban abiertas, de modo que la suave luz de la primavera llenaba la estancia y corría una agradable brisa. El resultado era poco ortodoxo, inquietante y absolutamente delicioso para Sophie, sobre todo porque le recordaba Nueva Orleans, donde se construía para recibir el aire fresco en lugar de para cortarlo. Entonces pensó en las valiosas telas y en las hermanas de Jack Mezzanotte, quienes sabrían hacer un buen uso de ellas, y se preguntó qué dirían las lenguas viperinas si regalara la seda y los brocados de la señora Verhoeven a unas costureras italianas.

—Así tendrán algo en lo que fijarse, aparte de tu linda cara —respondió Cap cuando le preguntó por los muebles y los cortinajes ausentes.

—Querrás decir algo más por lo que indignarse.

—No prives a la tía Undine de su única fuente de entretenimiento.

Lo dijo con una sonrisa, pero Sophie sabía que estaba preocupado por las hermanas de su madre, o al menos, por dos de ellas. La menos culpable era Eugenie, quien creía que, porque se había casado con un primo hermano y conservaba el apellido, su hijo Andrew debía ser el heredero de Cap. Undine era más recalcitrante: se oponía a todo, aparentemente por una cuestión de principios, y nunca cedía ni un ápice.

Sophie podía haber prohibido las visitas aduciendo el argumento del reposo, pero escogía con cuidado sus batallas.

«Además, cuesta tanto regañarlo ahora que está tan contento», había señalado Anna, expresando la misma idea que ella no había querido contemplar. La verdad era que Cap estaba rebosante de energías renovadas, al menos en parte por el exceso de láudano. Al echárselo en cara, él le aseguró que todo iría bien una vez formalizado el matrimonio, cuando se pondría al cuidado de su esposa y cumpliría todas sus órdenes.

Ella se rio y él le respondió con un gesto irónico.

Y así, sentados aparte, recibían a las visitas: los tíos y algunos primos de la rama Belmont, muchos de ellos de edad suficiente para ser sus padres. A excepción de Bram, Baltus y Conrad, casi todos se mostraban incómodos, suspicaces o ambas cosas. Ninguno tuvo el valor de decir lo que pensaba, o incluso por qué había venido. No hubo felicitaciones para Cap, aunque la mayoría se las arregló para saludar a Sophie con cortesía.

Undine no había venido todavía, aunque Conrad predijo que había llegado el día y le sugirió a Sophie que se buscara otra cosa que hacer. Undine no dudaba en decir lo que creía que debía decirse, sin reparar en los sentimientos de nadie. Cuando su prometido cayó en la batalla de Spotsylvania unos veinte años antes, Undine Belmont se vistió de luto y aún no lo había dejado. Se aferraba a sus recuerdos, a sus centavos y a cualquier ofensa, real o imaginaria, con feroz intensidad. A sus espaldas, los gemelos la llamaban la tía Tacaña.

El carruaje de Undine se detuvo ante la puerta principal al tiempo que Sophie se asomaba por la mirilla. Por lo visto, Conrad había acertado. Entonces le guiñó el ojo a la señora Harrison y se fue directa al salón, donde Cap se había instalado para pasar la tarde.

—Está en la puerta.

—Estupendo —dijo Bram—. Temía que fuéramos a perdernos la diversión.

—Media hora más y no tendrás que volver a tratar con Undine Belmont —le aseguró Cap.

Cuando Undine entró en el salón, Bram y Baltus se pusieron en pie de un salto y le ofrecieron todas las comodidades con modales exagerados y buen humor, cosa que la hizo retorcerse de disgusto. Entonces dirigió su mirada primero a Cap y luego a Sophie, a quien consideraba una serpiente enroscada en una almohada de seda, un insulto calculado, peligroso y extraño. Lo cierto era que le habría puesto pegas incluso de haber tenido la piel blanca, por ser demasiado culta, demasiado contestataria e indigna de su linaje en general.

Los gemelos terminaron por retirarse a la mesa de cartas del rincón y Conrad se situó frente al sofá donde se había sentado su hermana. Undine mantuvo una fría compostura en su presencia, incluso cuando él se empeñaba en provocarla. Sophie estaba segura de que se le daba tan bien hacerlo, en parte al menos, porque se había quedado ciego durante la guerra y no dudaba en aprovecharse de ello. Además, aquellos dos habían crecido juntos y conocían los secretos del otro.

—Sophie —la llamó Conrad extendiendo la mano para que se sentara a su lado—. Undine, la tía de Cap, ha venido a darte la bienvenida a la familia.

Para Sophie era evidente que Undine temía a su hermano mayor y estaba resentida con él, así como que le disgustaban los gemelos, desaprobaba a Cap y le horrorizaba ella misma. Se preguntó si alguien contaría con el beneplácito de la mujer mayor, y pensó que no. Por triste que fuera, no lo era tanto como para bajar la guardia.

—Conrad, este es un asunto serio —le dijo su hermana.

—Así es —repuso Cap con un hilo de voz desde el otro lado del salón, aunque mostrando su sonrisa más sombría—. Estamos a punto de viajar alrededor del mundo.

—Undine no ha estado nunca en Europa —soltó Conrad como si nada, cortando a su hermana antes de que pudiera responder al malentendido intencionado de Cap.

—Yo tampoco —intervino Sophie, harta de que la ningunearan—. Pero lo estoy deseando. —En realidad, lo que más deseaba era el fin del altercado que los acompañaría hasta el altar.

—Conrad, tú eres el responsable de esta debacle —dijo Undine.

Sophie miró a Cap enarcando una ceja, sorprendida. Él le indicó con un gesto que era mejor mantenerse al margen de la discusión.

—Si hubieras cumplido con tu deber, casándote y teniendo un hijo, no estaríamos aquí sentados, a punto de caer en desgracia ante la sociedad. Como cabeza de la familia que eres, deberías saberlo sin que yo te lo dijera.

Conrad frunció los labios en ademán pensativo.

343

—Cap es el único hijo de mi añorada hermana, el primero de su generación, y lo quiero como si fuera hijo mío. En mi opinión, que es la única que importa, ha elegido bien a su futura esposa.

—No te incumbe solo a ti. —La voz de la anciana tembló de ira y su lengua fue a lamer su fino labio superior—. Es cosa de toda la familia. Es la vergüenza de esta familia.

—Undine —dijo Conrad con una gelidez más propia de un juzgado—, si no vas a ser capaz de comportarte como una dama, te rogaría que te marcharas.

—Soy la única dama que hay en esta habitación y no he terminado —replicó ella, airada—. Aún tengo más que decir.

—Con permiso... —Sophie se puso en pie—. Voy a ver qué ocurre con el té.

Mientras cerraba la puerta del salón, pudo oír lo que decía Undine Belmont:

—Vaya par de abogados que estáis hechos. ¿Acaso no conocéis las leyes de segregación? Cito textualmente: «Toda persona blanca que se case con una negra será culpable de un delito grave y castigada con la reclusión en la penitenciaría».

—Enhorabuena —la interrumpió Cap—. Sabes leer, pero deberías empezar siempre por el título. Esa es la legislación de Virginia, creo. Nosotros nos hallamos en el estado de Nueva York. ¿No estarás perdiendo la cabeza, tía Undine?

Sophie sabía muy bien lo que se avecinaba; Cap metería a la anciana en un aprieto tras otro, poniendo a prueba sus conocimientos de historia, geografía, derecho, ética y medicina hasta que se levantara para marcharse.

Aquello no era ninguna novedad, de modo que se tomó su tiempo para visitar a Cook, ir a hablar con el jardinero sobre la salud de sus rosales y luego ir a la habitación que habían preparado para ella.

Entonces se lavó la cara y se miró en el espejo. Allí se podía leer su historia familiar, en sus huesos, su piel y su cabello, en los ojos verdeazulados que la identificaban como zamba en el sur, un término que algunos consideraban tan ofensivo como cualquier insulto que pudiera ocurrírsele a Undine Belmont. Sin embargo, a Cap no le importaba nada de eso, y Cap era lo único que importaba.

Sophie regresó con calma, y aun así se las arregló para cruzarse con Undine cuando esta salía al pasillo colocándose el velo.

La mujer se detuvo y se volvió hacia ella.

—Señorita Savard.

Sophie inclinó la cabeza, dándose por enterada tanto del saludo como de la negación de su título de médica.

—Señorita Belmont.

—Ha sido muy hábil —dijo Undine.

Sophie esbozó una sonrisa, luciendo sus mejores modales.

—Sí —respondió solemnemente—. Cap se encuentra bastante bien.

Después esquivó a Undine y entró en el salón, donde Conrad se reía en silencio, retorciendo de placer su cuerpo, largo y delgado. Cap sonreía con más calma, pero la miró con un amor profundo y sincero. Y eso bastaba para hacerle olvidar a todas las Undine del mundo.

Anna había emprendido la expedición decidida a conservar el sentido del humor y la paciencia, cosas que le resultaron más fáciles de lo que esperaba. Fueron las niñas quienes lo lograron, en parte porque se maravillaban por todo, en parte porque los comerciantes parecían revolotear a su alrededor, y en igual medida porque su presencia impedía que Margaret iniciara conversaciones que seguramente causarían desacuerdos.

Escogieron encajes, sombreros y medias de verano, visitaron a la costurera para que les arreglara unas faldas y mandiles, y recogieron los encargos de la señora Quinlan en la joyería. A las cuatro llegaron al Emporio Infantil de Lilliput, donde las niñas podían mirar los juguetes y las muñecas siempre y cuando no los tocaran. Terminaron en la sección de calzado, donde ambas se probaron unos botines de cuero de color beis, adecuados tanto para las salidas veraniegas como para una boda íntima.

Lia estaba fuera de sí de gozo; Rosa, triste aún, dio las gracias y volvió a refugiarse en el silencio. Anna luchó contra el impulso de hablarle de su próximo viaje a Staten Island para quizás encontrar a su hermano pequeño, deseando pintar algo de esperanza en esa carita tan seria. Sin embargo,

Jack, Sophie y la tía Quinlan tenían la creencia de que sería peor alimentar sus esperanzas solo para tirarlas por tierra una vez más, así que tuvo que contentarse con pequeños gestos, en lugar de frágiles promesas.

La última parada fue en la confitería que quedaba dos puertas más abajo, un lugar que olía a caramelo, levadura y canela, bollos franceses rellenos de crema y espolvoreados con chocolate, tartas de varias capas, tortas y pastelillos coronados con frutas tan relucientes como gemas. Las acompañaron a una mesa mientras Lia expresaba sus deseos en términos muy concretos, agitando el menú a modo de estandarte.

—Helado de chocolate. Con barquillo, cerezas y nata montada.

—Seguido de algo más sustancioso —dijo Anna—. Sándwiches y una jarra de té de menta, creo.

Lia mostró un atisbo de rebeldía en el rostro, pero la mirada fulminante de su hermana fue suficiente para cortar de raíz la insurrección.

—Os van a gustar estos sándwiches —les prometió Margaret.

Y les gustaron. Un plato de triangulitos de pan blanco y tostado, sin corteza y relleno de delicadas rodajas de pepino, crema de queso y lonchas de jamón rosado. Las niñas dudaron al principio, pero luego se lo comieron todo bajo la atenta mirada de Margaret y sus constantes indicaciones.

Anna empezaba a anhelar el hogar cuando vio que el rostro de Rosa se transformaba, borrando sus cuitas para revelar a una niña cuyo deseo más preciado acababa de ser concedido. Antes de volverse para seguir su mirada, Anna tuvo el presentimiento de que Jack se dirigía hacia ellas, gallardo, oscuro y fuerte en aquel lugar de tonos pastel diseñado para las damiselas y los niños. Entonces lo vio, y supo que no podía ocultar sus sentimientos ante él ni ante nadie.

Sus dedos le rozaron el hombro al pasar en dirección al otro lado de la mesa, donde se situó detrás de Rosa, quien le hablaba en italiano. Él puso las manos sobre los hombros de la niña y se inclinó para susurrarle unas palabras en italiano, logrando que dejara de llorar, asintiera, sonriera y tragara saliva. Lia se había cogido a su antebrazo y exigía su parte de atención.

Anna observó la escena notando un nudo en la garganta, de modo que, cuando Jack se acercó a ella y se agachó para besarle la mejilla, no pudo articular ni una palabra.

El camarero trajo otra silla y transcurrieron unos cinco minutos mientras se colocaban y pedían más sándwiches y helados. Hasta que terminaron Anna no tuvo nada que decir. Al final, Jack se volvió hacia ella frotando el hombro con el suyo, le cogió la mano por debajo de la mesa y la posó sobre la larga extensión de su muslo para tocarle el anillo. Anna se estremeció, y él la apretó con fuerza.

—Te he dejado muda.

Anna asintió, y las niñas se rieron, tan encantadas que rebotaban sobre los cojines de cuero rojo de sus sillas. Incluso Margaret se sonrojó de emoción, y quiso saber cómo las había encontrado.

—Pasé por Waverly Place —explicó él—. La señora Lee me dijo dónde estabais, y aquí estáis. Sin embargo, parece ser que Anna no quiere hablar conmigo. —Jack recordó la forma de sus manos, la textura de su piel y el olor de su nuca—. Tal vez haya cambiado de opinión acerca de casarse conmigo. ¿Es así, Anna? ¿Has cambiado de opinión?

Lia canturreó:

—*Allora io ti sposerò.*

—Ah —dijo Jack, inclinándose sobre la mesa para acariciar la mejilla de la niña—. Es un alivio. Lia se casará conmigo si cambias de opinión, Anna.

—Es una oferta muy amable, Lia —respondió Anna—, pero tendrás que buscarte a otro. El inspector Mezzanotte está comprometido.

Jack recorrió la palma de su mano con el dedo, solo para sentirla temblar. No era así cómo había imaginado el reencuentro, pero la situación presentaba algunas ventajas; por ejemplo, nunca había visto a Anna tan nerviosa y reticente. Vibraba con la necesidad de que la besaran, y él no deseaba más que complacerla.

Entonces llegaron la comida y el helado, y hubo un momento de silencio mientras fijaban su atención en los platos y tazones, todos excepto Margaret, quien deseaba saber de los presos que Jack había traído de Chicago y dónde estaban.

—No lo sé —contestó él, lo que no era del todo verdad, pero se acercaba lo suficiente—. Un par de guardias se hicieron cargo de ellos en la comisaría. Pero no debes temer nada. Aunque estuvieran en la calle, son muy educados, unos auténticos caballeros. A menos que quieras tomar un tren, en cuyo caso te quitarán el dinero, a cambio te darán un papelito sin valor y se despedirán haciendo reverencias.

—Falsificadores —musitó Margaret, casi con decepción—. Ni siquiera de dinero, sino de billetes de tren.

—Oh, billetes de tren —coreó Lia—. Me encantan los billetes de tren. Tengo uno en casa.

—No sabrías lo que es un billete de tren ni aunque te mordiera en la nariz —replicó su hermana.

Lia hizo caso omiso de la acusación, demasiado ocupada llenándose la boca de helado.

—Lia —dijo Jack—, tu inglés es casi tan bueno como el de tu hermana. ¿Es que te has tragado un diccionario?

La niña agitó la cuchara como una reina con un cetro.

—Oh, un diccionario —repitió amablemente—. Me encantan los diccionarios.

—Tiene uno en casa —terminó Rosa por ella, y Jack no pudo evitarlo: se puso a reír a carcajadas.

De momento se contentaba con sentarse al lado de Anna y hablar con las chiquillas e incluso con Margaret, que tenía madera de policía, si tal cosa fuera posible, o de monja, si hubiera sido católica.

—Anna, las niñas deben volver a casa —dijo leyéndole la mente—. ¿Me marcho con ellas?

Se las arregló para ofrecer ayuda y mostrar desaprobación con unas pocas palabras, una habilidad que Jack había observado antes en mujeres maduras que estaban consumidas hasta los huesos por la soledad y la pérdida.

—Iremos todos —anunció él—. Me gustaría saludar a la tía Quinlan, y luego Anna y yo tenemos que acudir a una cita.

Consiguieron parar dos carruajes tras una angustiosa lucha, solo para ser retenidos por las pequeñas, que querían ir con Jack. La larga tarde empezaba a pesarles, y las lágrimas y los ánimos estaban a punto de estallar. Al final, Jack se llevó a las niñas en un carruaje, y dejó a Anna y Margaret en el otro.

Anna estaba sudando y el corazón le tronaba en los oídos, pero se esforzó por mantener una expresión plácida que no le diera a Margaret nada a lo que agarrarse.

—Me alegra verte feliz —dijo su prima de pronto.

Anna, sorprendida, tuvo que ordenar sus pensamientos antes de responder:

—Nunca he sido infeliz. —Al oír el tono defensivo de su propia voz, se preguntó qué intentaba proteger: ¿la concepción que tenía de sí misma, o la de Margaret? Lo cierto era que había estado satisfecha de su vida antes de Jack. Tenía un trabajo gratificante y una familia a quien querer. Todos los días había cosas nuevas por descubrir. Y esa era la clave, se dijo Anna. Margaret pensaba en su vida como algo pasado, sin esperar nada más allá de lo vivido—. Puedes volver a empezar —la animó—. Buscarte una nueva vida a tu medida. No eres tan vieja como te crees.

Margaret esbozó una sonrisa.

—Me educaron para ser esposa y madre. Nunca quise otra ocupación ni la quiero. Lo que quiero…

—Continúa.

—Lo que quiero es una casa propia. Con mi propia familia, que me ponga en primer lugar y no en el último.

Anna pensó en Bambina y Celestina Mezzanotte, y en todas las mujeres que se consideraban menos mujeres por no tener un hogar, un marido o niños a los que cuidar. Y pensó en Jack, un tipo de hombre que nunca se había atrevido a imaginar. Entonces dijo:

—Si tuvieras un hueso roto o un pulmón perforado, podría ayudarte. Ojalá pudiera hacer más por ti.

Ambas se quedaron en silencio, meciéndose juntas con los vaivenes del carruaje que sorteaba el tráfico en torno a Union Square en un sentido y luego en otro antes de torcer hacia Waverly Place.

Cuando Anna y Margaret llegaron a casa, Sophie aún seguía con Cap, pero los demás estaban reunidos en el jardín, incluso Jack y las niñas. Después hubo mucha charla, risas y una animada discusión durante la cena. Jack iba a llevar a Anna a una cita —ella todavía no tenía claro qué quería decir exactamente con esa palabra, pero tenía sus sospechas— y prometió volver para la cena del domingo al día siguiente. A fin de cuentas, había mucho que discutir.

Cuando Jack se inclinó para besar la mejilla de la señora Quinlan, esta le tomó la cara entre las manos y lo miró a los ojos por largo rato.

—Esfuérzate por merecerla —dijo.

—Es lo que le dijo su padre a su primer marido cuando se casaron —le explicó Anna mientras salían por la casa—. Luego, su marido se lo dijo a todos los maridos de sus hijas.

Jack la cogió de la muñeca y la acorraló contra la pared del vestíbulo fresco y umbrío. Tras darle un beso, menos apasionado de lo que ella esperaba, aunque con ternura, oprimió la mejilla contra la suya.

—¿También se lo dijo a Cap?

—Seguramente, más de una vez.

Jack volvió a besarla, ahora con toda su alma.

—Espera... —Fue la única palabra que logró decir Anna entre besos.

Él respondió con una sonrisa sobre su piel.

Anna se separó y dijo:

—No puedes sonreír y besarme al mismo tiempo.

—Ya ves que sí.

—¿Dónde es esa cita misteriosa?

Entonces la soltó, asintiendo.

—Pronto lo sabrás. Vamos allá.

Cruzaban el parque de Washington Square siguiendo una línea transversal, cuando Jack refrenó el paso al darse cuenta de que Anna casi debía correr para alcanzarle. Aunque la expresión de su rostro era indescifrable, el tono de su voz delató su irritación:

—¿Adónde vamos exactamente?

Él señaló la entrada sur del parque con la barbilla.

—Al hotel Mazzini.

Anna se detuvo en seco, igual que lo hizo Jack.

—¿A un hotel?

—Sí, al Mazzini.

Anna frunció el ceño.

—¿Con qué intención?

Entonces lo entendió. No había sido claro y ella se había hecho una idea equivocada. Interesante, pero equivocada. Estaba de pie frente a él bajo el sol de la tarde, enmarcada por los cerezos silvestres, los manzanos en flor y el rubor creciente de sus mejillas. Aunque era la mujer más liberada que había conocido, tenía poca experiencia y encima se sentía apurada, desconcertada e intrigada.

Jack no pudo resistirse y dijo:

—¿Que cuáles son mis intenciones?

Anna se cruzó de brazos, torció el gesto y se alejó de él. Jack fue avanzando con lentitud mientras ella retrocedía zancada a zancada.

—¿Qué intenciones crees que tengo?

De pronto chocó de espaldas contra un cerezo y le cayó una nube de pétalos en el pelo y los hombros. Estaba bellísima, irritada y perpleja.

—¿Pensabas que quería seducirte en la habitación de un hotel? —Apoyó el brazo en el tronco del árbol por encima de su cabeza y se inclinó para olerle el pelo—. ¿Has imaginado la escena?

Ella le dio un empujón, medio riendo.

—Déjame en paz y lárgate.

—Pero si acabo de volver. —Jack le acarició la sien con la nariz mientras ella intentaba apartarlo golpeándole en el pecho, hasta que de repente distendió el cuerpo, lo abrazó por la cintura y levantó el rostro para mirarlo.

—¿De veras creías que iba a llevarte a una habitación de hotel?

Anna se mordisqueó la cara interna de la mejilla.

—Si me hubieras dicho…

—Creías que te llevaba a una habitación de hotel.

Ella se agachó para huir, pero él la atrapó de nuevo. Había gente por los senderos, gente que podía verlos, pero en ese momento no le importaba, y tampoco quería que le importara a Anna. Así que la besó hasta que se olvidó del árbol que tenía a su espalda, del parque que la rodeaba, de la gente del parque y de todo lo demás, menos de ellos dos.

Entonces la tomó de la mano y echó a correr con ella, sin aliento y poseído de un rubor juvenil que creía haber perdido mucho tiempo atrás.

Había una pizarra ante la entrada del hotel, entre una bandera de Estados Unidos y otra de Italia. En ella se podía leer un anuncio cuidadosamente escrito en ambos idiomas: «Reunión mensual de la Sociedad Italiana de Beneficencia. Hoy a las 6 de la tarde».

—Espera —dijo Jack reteniéndola un momento—. Debo confesar que esta reunión se va a celebrar en las dependencias de un hotel.

Anna le pegó un pellizco con sus dedos de cirujana, quedando satisfecha con el aullido que provocó. Entonces entraron en el vestíbulo y se vieron rodeados de una multitud de hombres que se acercaban a Jack como si fuera el hijo pródigo y daban un respingo casi cómico al fijarse en ella. Jack le rodeó la cintura con un gesto abiertamente posesivo que debería haberla ofendido, pero no podía enfadarse por su deseo de exponerla en público, ni culparse a sí misma por permitirlo, pues Jack la había llevado a su casa para exhibirla. Anna era lo bastante vanidosa para sentirse halagada, así como avergonzada.

Eran tenderos, carpinteros, mesoneros, cigarreros, jornaleros, albañiles, caballerizos, mozos de cuadra, fabricantes de pianos y pipas y cepillos. Y todos tenían a Jack en alta estima, por lo que a ella también.

La reunión se celebró con una cena, en la que todo el mundo habló en italiano. Anna reconoció algunas palabras gracias a las hermanas Russo y a Jack: huérfanos, familia, dinero, escuela. Mientras revolvía su plato —unos cuadraditos de pasta rellenos de carne condimentada con una salsa de queso cremoso y tomates—, a Jack le hicieron una pregunta que él respondió en un italiano atropellado que le hizo darse cuenta de lo lento que había hablado hasta entonces.

Más tarde, cuando sacaron el licor y los puros, Jack le tomó la mano y le señaló la puerta con la barbilla. Anna se sintió como una colegiala al salir de clase, pero resistió el impulso de apresurarse. Era una mujer madura y educada que no tenía por qué ceder a cada capricho. Sin embargo, las ganas de saltar la acompañaron durante todo el trayecto a casa.

Por el camino se dedicaron a hablar, sobre Chicago y el taciturno inspector jefe de la ciudad, sobre los casos de Anna de la última semana, sobre Bambina y Sophie y la boda. Jack no se detuvo a besarla ni una sola vez. Ella se preguntó por qué, y luego se lo explicó a sí misma de seis maneras razonables. Estaba exhausto después de un viaje largo y difícil; sus hermanas lo esperaban en casa y empezarían a preocuparse; todavía tenía que ir a la comisaría para redactar un informe, y así sucesivamente hasta que llegaron a Waverly Place y ya no pudo ocultar su decepción.

—¿Me vas a dejar aquí?

Él enarcó una ceja.

—¿No dijiste que tenías una operación por la mañana temprano?

Anna lo miró, bajó la vista y volvió a alzarla, sintiéndose insegura de pronto.

—Yo también estaré ocupado —le decía Jack—. Es posible que termine de trabajar bastante tarde. ¿Quieres que pase por aquí después?

—Sí. —Su voz sonó un poco ronca—. Me alegraría verte. —Ella le tiró de la mano y él la miró—. Me alegra verte ahora, Mezzanotte.

Sin embargo, lo único que obtuvo fue un casto beso en la puerta y una promesa para el día siguiente. Debía de estar muy cansado, o quizá pretendía demostrarle que podía ser paciente, cosa que Anna no le había pedido, pues era una virtud de la que ella carecía.

Anna vio a Jack a menudo durante los días siguientes, pero nunca más de media hora y siempre en medio de un grupo de gente que quería verlo casi tanto como ella.

Aunque no poder disfrutar de él a solas la ponía de mal

353

humor, la situación era complicada. El cuarto de su primo Umberto en el invernadero había sido reclamado por un primo enfermo cuya casa había ardido en un incendio, como le dijo Bambina con un tono demasiado complacido cuando se reunieron el lunes para cenar.

Anna se lo contó a Jack en un momento en que sus hermanas no los oían.

—Creo que sabe... Ya sabes.

Él enarcó una ceja fingiendo confusión.

—¿Qué sabe?

El muy canalla.

—Lo que ocurrió la noche antes de que te fueras a Chicago.

Como seguía fingiendo ignorancia, ella lo golpeó tan fuerte que él la sujetó para defenderse, intentando no reír.

—No saben nada. ¿Y qué más da si sospechan algo?

En realidad, debía darle igual, pero no era eso lo que sentía, cosa que la irritaba muchísimo.

—¿Es que te sientes necesitada? —le susurró Jack al oído—. Porque... —la estrechó un poco más— yo sí.

Por algún motivo, aquella frase la tranquilizó, y Anna volvió a la mesa de la cena seguida de Jack, tan cerca que podía percibir el calor de su cuerpo sobre la espalda.

Celestina, siempre tan conciliadora, preguntó por la búsqueda de los hermanos Russo, un tema que hizo que ambas niñas dejaran de lado sus regalos y se volvieran hacia ella.

—Me temo que no hay mucho que contar. Hemos escrito a cuarenta y seis...

—Cincuenta y uno —la corrigió Rosa. —Desde anoche, cincuenta y uno.

Anna le sonrió y siguió diciendo:

—Cincuenta y un orfanatos e instituciones benéficas que podrían tener alguna información. Incluso contraté a un joven que vendía periódicos, muy bien relacionado para indagar por ahí, pero no ha habido suerte.

—Dieciséis cartas no recibieron respuesta —musitó Rosa.

—Rosa lleva un registro de la correspondencia —explicó Anna.

—¿Sabes leer en inglés? —le preguntó Celestina.

Rosa se puso muy tiesa.

—Lo hago todos los días. La tía Margaret dice que estoy mejorando rápidamente.

—Así es —repuso Anna.

Lia se apoderó de la conversación contándoles los cuentos que le contaban a ella a la hora de dormir, y bajó de la silla para representar el de Pedro y el lobo, tan encantada de poder hacerlo que tuvieron que reír con ella.

La niña logró algo que a Anna le parecía imposible: la tensión que irradiaba Bambina se desvaneció. También había otra cosa por la que le estaba muy agradecida: la función improvisada desplazaba cualquier pregunta que pudieran hacerle sobre la futura boda.

Más tarde, cuando la acompañó a casa, Jack dijo:

—Están tratando de ser pacientes, pero les cuesta morderse la lengua. Mi madre es otra que tal; me escribe cartas casi todos los días.

Anna siempre había estado ocupada. Podía pasar el día entero en el hospital y nunca se le acababan las cosas que hacer, pero ahora tenía a dos niñas pequeñas, dos hermanos desaparecidos, la boda de Sophie, la despedida de Cap, a todo el clan Mezzanotte y la idea de su propia boda. Y a Jack.

—¿Perteneces a muchas asociaciones como la Sociedad Italiana de Beneficencia?

Él se encogió de hombros.

—A dos o tres. Suelen llamarme cuando hay que tratar asuntos legales. No hay muchos abogados que hablen italiano en la ciudad.

Anna pensó un momento en sus palabras. La pregunta que le vino a la cabeza era evidente: ¿quería él ser ese abogado? Al fin y al cabo, no era demasiado mayor para terminar sus estudios de Derecho. Sin embargo, por muy avanzado que fuera Jack Mezzanotte, a ningún hombre le gustaba que se cuestionaran sus opciones profesionales. Así pues, dijo:

—Debería aprender italiano.

—Sin duda, nos sería muy útil.

—Ojalá tuviera el tiempo necesario.

—Tienes un tutor dispuesto a ayudarte.

—Nunca tendremos un momento de tranquilidad.

Jack le apretó la mano.

—Las lecciones de italiano pueden ocurrir en cualquier momento. De improviso.

Anna se alegró de que la brisa nocturna le refrescara las mejillas.

—¿Siempre que yo quiera?

—Si hay una habitación disponible, desde luego. O un hotel adecuado.

Y allí estaba otra vez el problema original. Anna ya se había preguntado antes qué harían las parejas que no disponían de un lugar para estar juntos a solas. La tasa de natalidad era una prueba de que tales cosas se resolvían constantemente y en todas partes, y no solo entre los matrimonios que compartían el lecho.

—¿En qué estás pensando? —preguntó él.

Anna salió al fin de su ensimismamiento.

—En la intimidad —respondió—. Y en la razón por la que la gente se apresura a casarse.

20

*T*res días después, Jack le dijo:

—Quiero contarte una cosa.

Anna levantó la vista de la revista médica que leía. Estaban sentados en el jardín mientras las niñas jugaban al escondite, y por una vez no había otros adultos cerca.

—Te escucho.

—¿Dónde está tu tía?

La sorpresa dibujó una uve en el ceño de Anna.

—¿Por qué?

—Porque también quiero contárselo a ella.

—¿Staten Island?

—No —respondió, vagamente irritado.

—¿No vamos a ir?

—Iremos, pero no es de eso de lo que quiero hablar.

—¿Y cuándo iremos a Staten Island?

Se dio cuenta de que se estaba burlando de él, y soltó lo que esperaba que sonara como un suspiro lastimoso.

—El sábado, si quieres.

—Es un viaje largo. Por lo menos medio día, si los transbordadores son puntuales. —Se detuvo a contemplar la encuadernación de su agenda—. Dudo que podamos volver a una hora razonable. ¿Hay hoteles en Staten Island?

Jack se rio un poco.

—A sor Mary Augustin le daría un síncope.

La cara de Anna reflejó estupefacción.

—¿Qué ocurre? —le preguntó él.

—Olvidé hablarte de la carta que recibí de Mary Irene —dijo irguiéndose de pronto, y la resumió lo mejor que pudo—. Había una frase un tanto extraña, algo así como que la habían trasladado a la Casa Madre, donde se consagraría a la contemplación religiosa y a la renuncia del ego. ¿Sabes qué significa? ¿La están castigando por algo?

—No creo que lo vean de esa manera —dijo Jack—. Estarán intentando protegerla.

—Ah. —Anna se reclinó en la silla—. La protegen de su propia curiosidad y de su talento, porque tiene talento, Jack. Posee un don natural para la medicina.

Él esperó a que llegara a alguna conclusión, deseando que no se decidiera a rescatar a Mary Augustin. Sin embargo, podía imaginársela haciendo justamente eso, y pidiéndole su ayuda.

—No lo entiendo, pero tampoco sé qué puedo hacer —prosiguió ella—. Si quiere cambiar de vida, tendrá que lograrlo por su cuenta. —Entonces lo miró frunciendo aún más el ceño—. Qué desperdicio de inteligencia.

—Estoy de acuerdo.

—¿De verdad, o solo tratas de apaciguarme?

—Escúchame bien, Savard —dijo Jack—. No soy uno de esos hombres que dicen cualquier cosa para evitar una discusión. De hecho, me gusta discutir contigo. En este caso, estoy de acuerdo.

—¿Crees que está desperdiciando su talento?

Jack se revolvió inquieto en el asiento.

—Sí, creo que está en un lugar donde no se aprovechan sus dones.

—¿Y si le escribo una carta?

—¿Con qué objeto?

Ella se encogió de hombros.

—Podría ofrecerle un puesto de enfermera; tendría alojamiento, comida y un pequeño salario. Y podría solicitar una plaza en la escuela de Medicina y una beca, si es lo que quiere. ¿Puedo escribirle?

—Lo creas o no, nunca he estado dentro de un convento y no tengo ni idea de lo que está permitido y lo que no. Ya sabes que no me criaron en el catolicismo.

—Debe de haber una manera de hacerle llegar una carta. Al fin y al cabo, no está presa, ¿verdad?

—No —contestó Jack—. O mejor dicho, no la retienen. Pero hay otras maneras de atar a las personas.

Muchas mujeres se derretían al recibir un halago, pero Anna se extasiaba cuando le enseñaba una nueva perspectiva de las cosas. La sonrisa que se pintó en su cara le indicó que aquel era uno de esos momentos.

—Tendrá que esperar hasta después de la boda —dijo ella—. Pero este fin de semana…

—Tendrá que esperar hasta el lunes —replicó Jack con firmeza—. Este fin de semana… —Enarcó una ceja.

—¿Staten Island?

—¿Has estado alguna vez?

—Ni se me había pasado por la cabeza.

—Es un lugar precioso, sobre todo las playas. ¿Tienes traje de baño?

Anna respondió que no.

—Habrá que ponerle remedio. Me gustaría verte con el pelo suelto brillando al sol. —Ella apartó el rostro, pero él continuó—: ¿Acaso no sabes que eres preciosa?

Anna se levantó al instante, demasiado avergonzada para quedarse quieta, rechazando sus requiebros.

—Voy a seguir diciéndote cosas que no te gustan —exclamó él—. Hasta que te las creas.

Ella levantó las manos azorada y se metió en la casa.

359

Anna se desplomó en el sofá frente a su tía, que contemplaba un retal de muaré, del suave color verdeazulado de los ojos de Sophie.

—¿Fue bien la prueba?

—Será una novia bellísima. —La tía Quinlan sonrió con cierta tristeza—. Me alegro de que estés aquí, o me habría puesto sentimental. ¿Dónde está Jack?

—En el jardín, haciendo planes. Vamos a cenar con sus hermanas esta noche, para resolver algunos asuntos prácticos.

Los ojos de la anciana brillaban vidriosos y húmedos.

—¿Estás bien, tita?

—Estaba pensando que la casa se quedará muy vacía cuando te vayas. Y me pregunto si querrás llevarte a las niñas contigo.

Anna respiró hondo y con desazón.

—No quisiera perturbar a las niñas ahora que están instaladas, pero tampoco puedo dejártelo todo a ti. Especialmente, si conseguimos dar con los hermanos.

—Pero ¿por qué estás tan segura de que el más pequeño se encuentra en Staten Island?

—Sabemos que el padre McKinnawae se lo llevó de la Casa de Expósitos; de hecho, es la única pista sólida que tenemos. Por eso debemos trazar un plan en caso de que lo traigamos a casa. Sé que a la señora Lee, a Margaret y a ti os gusta que haya niños, pero es demasiado pedir. Quizás habría que contratar a una niñera y a una criada.

Su tía asintió con la cabeza.

—Entonces has decidido mudarte con las hermanas.

Anna sofocó una carcajada.

—Dios mío, nada de eso. En realidad, no quiero irme de aquí. No puedo imaginarme viviendo en otro lugar.

—Pues quédate —la invitó la anciana—. Sabes que Jack es bienvenido.

Anna esbozó una sonrisa triste.

—Aquí sería como un elefante en una cacharrería, tita.

La tía Quinlan miró detrás de ella, hacia la puerta del salón.

—Pasa, Jack —dijo—. Estábamos hablando de tus planes.

Él se sentó al lado de Anna, sin llegar a tocarla, y preguntó:

—¿Un elefante en una cacharrería?

Un escalofrío recorrió la columna vertebral de Anna y todos sus nervios. ¿Acaso la voz de Jack iba a provocarle siempre una reacción así?

—¿Ahora te dedicas a escuchar detrás de las puertas, Mezzanotte?

Él le sonrió, pero se dirigió a la señora Quinlan.

—Entré para ver si queríais dar un paseo corto conmigo.

La tía Quinlan cogió su bastón antes de que las últimas palabras salieran de la boca de Jack. Anna también se levantó.

—¿Era eso lo que querías decirme? ¿Adónde vamos?

—A casa de la señora Greber. —Viendo que no reaccionaban, añadió—: Vuestra vecina.

La tía Quinlan se sentó de nuevo.

—¿Katharina Greber?

La señora Greber era una de las pocas personas que no le

caían nada bien a la tía Quinlan, como delataba su tono. Anna se alegró de que Jack lo notara.

—Me parece que me he perdido algo —dijo él—. ¿No erais íntimas amigas?

Anna intentó darle la explicación más breve posible.

—La tía Quinlan cree que se llevó...

—Que robó...

—Cree que la señora Greber es responsable de la desaparición de uno de los preciados rosales del señor Lee. Con raíces y todo. Había una abertura en el muro entre su jardín y el nuestro...

—Anna, sabes perfectamente que fue ella.

—Supongo que no la echaréis de menos, ahora que se ha ido —respondió Jack.

La tía Quinlan suavizó la severidad de su rostro y esbozó una enorme sonrisa de satisfacción.

—¿Se ha mudado?

—A vivir con un hijo, creo.

—¿Y la casa está vacía?

Jack clavó los ojos en Anna.

—De momento. Estaba pensando que quizá nos interesaría comprarla.

—Anna —dijo la tía Quinlan—, como no beses a ese hombre ahora mismo, tendré que hacerlo yo.

La casa era mucho más pequeña que la residencia de los Quinlan, aunque de estilo similar y bien construida, probablemente por el mismo arquitecto. Con paredes de piedra caliza de color beis y un techo de tejas, las habitaciones no eran demasiado grandes, pero sí lo suficiente. El interior necesitaba una renovación urgente, pero Jack supo de inmediato que aquel era el lugar. El semblante de Anna le indicó que tenía razón.

Ella fue de habitación en habitación y luego al jardín, casi tan grande como el de su tía, pero lleno de maleza. La simetría dejaba claro que la propiedad debió de pertenecer a la parcela de los Quinlan en el pasado, y según Jack, los planos lo confirmaban. Ambos edificios los erigió en 1840 Jonathan Quinlan, el abuelo de Harrison Quinlan. Lily Bonner Ballentyne se casó en segundas nupcias con un marido que tenía una próspera compañía de transportes y, lo que era más raro aún, un gran aprecio por la belleza.

—El señor Lee necesitará ayuda para arreglar este jardín —murmuró la tía de Anna.

—Tengo primos y sobrinos que pueden echarle una mano —le dijo Jack, aunque sin dejar de mirar a Anna—. El señor Lee podrá elegir entre un ejército de jardineros.

Anna se apartó para adentrarse en la alta hierba, escudriñó el muro de ladrillos y señaló con el brazo.

—Ahí es donde estaba la puerta que tapiaron con ladrillos. ¿Crees que podríamos abrirla de nuevo?

—Naturalmente —respondió Jack—. Yo es lo que haría primero, para que puedas ir y venir cuando quieras. También será más seguro para las chiquillas.

Ella se volvió para mirarlo, con los ojos tan brillantes que por un momento pensó que iba a deshacerse en lágrimas.

—¿Cuándo podría estar a punto?

—Hablaré con el abogado mañana. Podemos empezar las obras la semana que viene, después de hacer planes y fijar un presupuesto. Si es lo que deseas.

Anna se acercó a él.

—Por supuesto que sí. Es justo lo que deseo. Tú eres justo lo que deseo.

Jack oyó los pasos de la tía Quinlan alejándose y la puerta cerrándose mientras Anna se lanzaba entre sus brazos.

—Lo primero que hay que hacer es acondicionar una habitación donde se pueda dormir la siesta —dijo ella antes de estornudar tres veces seguidas.

—Buena idea —dijo Jack—. A menos que queramos cortar estas malas hierbas antes.

Anna estornudó de nuevo, con una serie de rápidos espasmos que la hicieron reír a carcajadas.

Por la tarde, durante el trayecto hacia el centro de la ciudad, Anna hizo la pregunta que no podía callar por más tiempo:

—¿Cuánto tiempo has tenido esa casa en la manga?

Jack se encogió de hombros.

362

—Solo desde ayer. Vi un carro de mudanzas en la puerta e hice algunas averiguaciones. Esta mañana hablé con el abogado y presenté una oferta. ¿Qué pasa?

—¿Antes de consultarlo conmigo?

—Se habría vendido a otra persona ese mismo día. ¿Hice mal?

—No —dijo ella con toda sinceridad—. Hiciste muy bien. —Y después añadió—: Esto será difícil para tus hermanas.

Jack le puso la mano en la espalda mientras sorteaban un grupo de niñas que jugaban a la comba.

—Tal vez haya una manera de suavizar el golpe.

Ella le echó una mirada.

—Hoy estás lleno de sorpresas. ¿En qué estás pensando?

—Podrías pedirles ayuda. A menos que quieras encargarte de los muebles y la decoración tú misma, por supuesto.

Aquello la hizo reír a carcajadas.

—¿Crees que se distraerán tan fácilmente?

—Plantéaselo y veremos. Pero estate preparada, lo primero que te preguntarán...

—Será por la fecha de la boda —dijo ella con un suspiro.

—Cuánto entusiasmo —repuso Jack secamente.

Ella le apretó el brazo.

—Si la casa puede estar lista, yo diría que a finales del verano. ¿Te parece bien?

—No, me parece demasiado tiempo —murmuró Jack—. Pero qué remedio.

363

21

*E*l jueves, Anna se despertó al amanecer, pletórica de energía, y salió de casa sin ni siquiera desayunar, ya que entrar en la cocina habría supuesto verse envuelta en los frenéticos preparativos para la fiesta en el río o para la boda. Durante todo el camino hacia el New Amsterdam, no dejó de darle vueltas a la idea de que Sophie y Cap se iban a casar al día siguiente.

364 Aunque no quería imaginar cómo sería la vida sin su prima durante meses o incluso años, no podía pensar en otra cosa. Iban a tener que mandarse muchas cartas, pero al menos había disfrutado de su correspondencia con Jack, por lo que se dijo que escribir a Sophie y Cap podía ser algo positivo, una manera de sobrellevar los cambios.

Luego se recordó que tenía pacientes que atender y se le ocurrió que era la primera vez que iba al trabajo a regañadientes. Entonces se preguntó qué decía de ella el hecho de que, a sus casi veintiocho años, nunca se hubiera planteado tomarse un descanso. En realidad, ahora había cosas más interesantes en su vida, e incluso más importantes.

Estaba Cap, quien tomaría un barco para no volver. Anna lo imaginó envuelto en mantas, contemplando un mundo invernal de blancos y azules, rodeado del aire puro y del silencio majestuoso de los Alpes.

En ese momento la asaltó el deseo apremiante de pasar el día con Cap y con Sophie, pero no tuvo más remedio que reprimirlo. No, iría a ver a sus pacientes y después al río. Sería una fiesta divertida, todo el mundo hablaría y reiría, y el ruido de las celebraciones ahogaría lo demás. Sophie no estaría allí, pero Jack sí.

Jack la recogería a la una para unirse al resto de la familia en el embarcadero, y luego, algo inaudito: tres días y medio de vacaciones para ella. No estaría de servicio ni de guardia hasta el lunes. Después de la boda, podría hacer lo que quisiera con su tiempo. Como pasarlo durmiendo en el jardín o, más probablemente, en la nueva casa, respondiendo preguntas sobre cortinas y armarios de ropa blanca, mientras Jack y sus primos acometían las obras más importantes y sus hermanas se ponían con la máquina de coser, que debía ser instalada antes que nada.

Cuando llegó al New Amsterdam, había logrado sosegarse y pudo fijar su atención en las rondas con los estudiantes, en la operación que tenía programada, en una reunión y en tres pacientes que estaban empeorando.

Dejó el caso más difícil para el final, para ir sin prisas. La paciente era una mujer de cincuenta y nueve años, soltera y sin familia, que iba a morir en las próximas horas por haber hecho caso omiso de un corte en la planta del pie durante demasiado tiempo. Anna había amputado el miembro a sabiendas de que nada podía hacerse ya. Rachel Branson había llevado una vida tranquila, pacífica incluso, pero su muerte no lo sería.

Encontró a la señorita Branson incorporada en su cama al fondo de la sala, lo que le concedía algo de intimidad y una vista al exterior. Miraba por la ventana, con las manos enlazadas sobre el periódico en el regazo.

La mujer tenía fiebre, y la frente y la garganta húmedas de sudor. El dolor se había instalado en su rostro, hundiendo sus mejillas y el contorno de su boca. Anna buscó la tabla que colgaba a los pies de la cama y se fijó en el aumento de la dosis de calmante. Esperó a que la pobre mujer cayera en coma antes de que el dolor fuera más fuerte que cualquier medicamento y se sentó en la silla, apretando la tabla contra su pecho.

—Estaba admirando lo que se ve del puente nuevo —dijo la señorita Branson—. Es tan emocionante y hay tanto movimiento. El periódico dice que el presidente va a asistir a la ceremonia de inauguración. Es algo extraordinario. —Alzó la cara para mirar a Anna—. ¿Usted irá?

—Sí, esta tarde.

—¿Con amigos?

Desde que empezó a ejercer, Anna había aprendido a esquivar las preguntas personales sin ofender a nadie, pero entonces se dio cuenta de que le apetecía conversar con la señorita Branson.

—Con mi familia. Llevamos unos días de mucho ajetreo. Mi prima se casa mañana, y embarcará para Europa con su nuevo marido de inmediato.

—¡Oh, qué alegría! Fuegos artificiales y una boda en primavera. Yo no cabría en mí de gozo.

—En verdad que sí.

Tras un momento de silencio, la mujer dijo:

—Me hubiera gustado ver los fuegos artificiales.

—Hay una buena vista del cielo desde la ventana —respondió Anna—. Creo que podrá verlos.

La señorita Branson se quedó pensativa.

—Quizá —dijo al fin, como obligándose a despertar del letargo—. Tengo un caudalillo ahorrado. He dejado instrucciones en el banco para que se pague mi estancia en el hospital y… lo que venga.

Algunas personas necesitaban hablar de las cuestiones prácticas, sin querer ni poder dejar de lado los detalles. La señorita Branson le resumió las disposiciones que había tomado con respecto a su pequeño apartamento y el resto de sus posesiones, mientras Anna la escuchaba con atención.

—Lo que quería decirle es que tengo unos sombreros preciosos —concluyó—. ¿Le gustaría quedárselos?

Anna, sorprendida, trató de reaccionar, pero la señorita Branson alzó una mano anticipándose a su respuesta.

—Los hice yo misma. Son mi mejor obra. Entré a trabajar en una sombrerería con solo ocho años. Seis días a la semana, de siete de la mañana a siete de la tarde. Al principio barría los suelos, y a los treinta era la diseñadora. Aprendí con el anciano señor Malcolm, continué con su hijo y después con su nieto. Cincuenta años en la misma tienda de la misma calle. Toda una vida.

—Es mucho tiempo.

—Todavía está vivo. —Aunque su mirada parecía estar

muy lejos, se expresaba con claridad—. El primer señor Malcolm. Noventa y cuatro años, pero con la cabeza en su sitio, uno de esos ancianos caballeros tan duros como los guijarros. —Miró a Anna, quien asintió con un gesto—. Eso sí, un verdadero desastre para todo menos para los negocios. Cuando lo conocí, no se acordaba de su propio cumpleaños, ni de los aniversarios e invitaciones, y mezclaba el nombre de todos sus hijos, repasándolos hasta dar con el correcto: Jacob-Hans-Jeb o Amity-Ruth-Josie, así de simple. Ellos se reían, pero creo que a veces los molestaba, sobre todo cuando eran pequeños. Al principio no lo veía, pero, a medida que fui envejeciendo, me di cuenta de que en realidad no tenía ninguna gracia. Fueron tantas las pequeñas cosas de la vida que se perdió. —La mujer volvió la cabeza y contempló el puente durante un instante antes de retomar el hilo—. Un patrón estricto, pero nunca mezquino. Brusco, mas de buen corazón. Así es como lo recuerdo. Mi padre murió joven y sentí mucho su falta, de modo que a veces me figuraba que lo era el señor Malcolm. Creo que se me ocurrió la idea porque siempre acertaba con mi nombre, ya ve usted. No distinguía entre sus propias hijas, pero a mí sí. Y eso me hizo pensar que yo era un poco especial. —Anna estaba bastante segura de que la señorita Branson no había recibido ninguna visita, pese a haber ingresado el sábado anterior—. El lunes por la mañana mandé un mensaje para informar de que me hallaba aquí sin poder moverme, pero no me respondieron. Después, cuando usted me explicó cuál era mi situación, pensé en escribir otra vez, o no, no lo sé. Quizás hayan cerrado el taller durante las celebraciones. Puede que sea eso.

Anna respiró hondo. Aquella era una historia de lo más corriente, que, sin embargo, le encogió el corazón. Un médico debía mantener cierta distancia con sus pacientes, pero, de vez en cuando, la más corriente de las historias la cogía desprevenida, deslizándose como una aguja a través de la grieta de un dedal para incrustarse profunda y sin avisar en la carne tierna.

La señorita Branson la miraba con expresión indescifrable. No era de dolor, de pena ni de arrepentimiento, y mucho menos de ira. Anna no podía arremeter contra un patrón in-

367

sensible y cruel ante tan plácida aceptación. En todo caso, no podía perturbar el pacífico estado mental de la mujer, ni ahora ni nunca.

—Las cosas nunca son como una se las imagina, ¿verdad? —musitó la señorita Branson en tono casi divertido—. Hay que vivir el momento antes de que desaparezca. En fin, ¿querrá usted aceptar mis sombreros? Me gusta pagar mis deudas, y usted me ha tratado muy bien.

Anna se puso el vestido veraniego que había traído, se cepilló el pelo y lo volvió a recoger en un moño suelto, se cambió los zapatos y se puso el sombrero de paja que la protegería del sol en el río. Luego se miró en el espejo. A Margaret le gustaba señalar que Jack había hecho maravillas con su cutis, lo que era más una sutil acusación que un cumplido. Anna vio que era cierto: tenía un color sonrosado y la piel tersa. Entonces se preguntó si la frustración sexual podía ser tan vigorizante como el sexo en sí, y qué habría respondido Margaret al respecto. La idea le arrancó una sonrisa. No había estado a solas con Jack desde hacía mucho tiempo, pero eso iba a cambiar pronto.

Ya había dado la una, y él estaría abajo esperándola. De repente se apoderó de ella el deseo de verlo y tuvo que recordarse que la imagen de una doctora trotando por los pasillos no habría inspirado mucha confianza a los pacientes ni al personal. Pensó un momento en Maura Kingsolver, la cirujana del próximo turno. Por suerte no había operaciones pendientes de las que tuviera que informarle. Según parecía, iba a salir del hospital a tiempo.

Jack estaba hablando con el señor Abernathy en el vestíbulo, apoyándose en los talones, con las manos en los bolsillos y la barbilla sobre el pecho. Un hombre hercúleo y seguro de sí mismo, que escuchaba con atención las batallitas de un anciano. Se notaba que se había criado en una casa en la que se valoraban las historias y quienes las contaban. Era uno de los motivos que le hacían ser bueno en su trabajo.

Llevaba un traje de corte impecable que le caía como un guante, de fina lana de un beis profundo, con la chaqueta abierta, un chaleco de cuadros sobre una suave camisa blanca y una corbata floja de seda cobriza bajo un cuello alto. Aquello se debía sin duda a la influencia de sus hermanas, y era algo con lo que Anna no podía competir. Nunca había prestado gran atención a la moda y se conformaba con dejar que su tía y su prima eligieran por ella. Como lo habían hecho hoy, puesto que jamás se le habría ocurrido que la ropa del hospital no fuera la más adecuada para pasar la tarde en el río, o lo habría hecho demasiado tarde.

Jack alzó los ojos, la vio y se le iluminó la cara con una sonrisa. Anna seguía maravillándose de tal prodigio cuando las grandes puertas de la entrada se abrieron de golpe, y el conductor de una ambulancia entró de espaldas, sosteniendo el extremo de una camilla con cuidado. Jack y el señor Abernathy se abalanzaron antes de que pudiera reaccionar, tapándole la vista mientras llevaban la camilla a la sala de reconocimiento.

Una joven envuelta en sábanas ensangrentadas se retorcía a la vez que el médico de la ambulancia intentaba tomarle el pulso presionando tres dedos sobre su garganta.

El conductor se quedó atrás, con los brazos cruzados y expresión de tedio. A Anna le dijo:

—La tipa ha preguntado por la doctora Savard.

Los conductores de ambulancias eran famosos por su imperturbabilidad y por su grosería, pero no tenía tiempo de enseñarle buenos modales.

—Está usted en medio —replicó ella—. Salga de aquí.

Los médicos de las ambulancias, jóvenes bisoños en su mayoría, eran empleados del departamento de policía. Jack los conocía al menos de vista, pero a aquel no lo había visto nunca.

—Neill Graham, residente del hospital Bellevue. ¿Es usted la doctora Savard?

—Soy una de las dos doctoras Savard, pero no sé quién es esta mujer. Debe de ser paciente de mi prima.

—Tendrá que atenderla usted —dijo Graham—. No puede esperar.

La expresión de Anna se serenó de pronto, transformando sus dudas y confusión en una profunda calma. Entonces miró al señor Abernathy:

—¿Está disponible la doctora Kingsolver?

—Ya está operando. La sala dos está libre.

Los camilleros entraron por una puerta lateral.

A Neill Graham le dijo:

—Es el primer quirófano de la derecha. Quédese un momento con ella, por favor. Yo iré enseguida. —Luego se volvió hacia Jack—. Lo siento.

Él asintió con un leve encogimiento de hombros. Sabía bien que lo sentía, pero también que solo lo haría hasta que tuviera delante a su paciente. El estado de la mujer desterraría todo lo demás de su mente.

—Me voy al embarcadero a explicar lo sucedido. Y, por cierto, yo también lo siento por ti.

Anna ya se estaba marchando, pero giró sobre los talones, corrió hacia él, se puso de puntillas y le dio un beso en los labios, tan breve que podría haberlo imaginado de no haber sido por el olor de su piel. Después echó a correr hacia los quirófanos.

Jack estaba a punto de subir al carruaje cuando apareció otro, del que bajó un hombre de un salto antes de que se detuvieran los caballos. Llevaba un traje de lana negra a pesar del calor y un bombín a juego sobre una mata de cabellos rojos y rebeldes.

—¡Espere! —exclamó el cochero—. Oiga, ¿qué hay de mi dinero?

El hombre respondió volviendo la cara:

—Archer Campbell, inspector de correos. Recibirá su dinero.

—Le cobraré el doble si tengo que perseguirlo —gruñó el cochero mientras el otro entraba en el hospital—. ¡O le echaré encima a la policía, por muy inspector de correos que sea!

Cuando llegó Anna, ya había tres enfermeras preparando el quirófano y a la paciente, quien seguía debatiéndose a pesar de las manos firmes y las palabras tranquilizadoras. Las jóvenes le hablaban con tono atento y calmado, tal como les habían enseñado. Como aprendió la propia Anna cuando estudiaba Medicina y era nueva en ese ambiente profesional.

La informaron de las constantes vitales sin que tuviera que preguntar: pulso filiforme de ciento cincuenta y cuarenta grados de temperatura. Aún trataba de recordar qué le había contado Sophie acerca de la señora Campbell cuando la mujer gritó:

—¡Doctora Savard! —Y otra vez—: ¡Por favor, que venga la doctora Savard!

El tiempo era oro, pero no se podía hacer nada con una paciente aterrorizada.

—Soy la doctora Anna Savard —dijo acercándose a la mesa de operaciones—. Creo que es paciente de mi prima Sophie. Haré todo lo posible por usted, señora Campbell. ¿Puede hablarme de su estado? ¿Qué ha pasado exactamente? —Puso una mano en el abdomen de la mujer, que se estremeció aullando de dolor.

—¿Dónde está la doctora Savard? —murmuró.

—Se ha despedido del hospital y se va a Europa. ¿Puede decirme qué ha hecho?

La mujer sacudió la cabeza con fiereza y apartó la cara.

—Señora Campbell, ha de saber que su situación es grave. Haré cuanto esté a mi alcance para ayudarla, pero debe estar preparada. ¿Hay algún mensaje que quiera que transmita?

Otra vez el movimiento brusco de la cabeza. Su voz sonaba rota y ronca, pero Anna la oyó perfectamente:

—Solo quiero acabar con todo esto.

—Enfermera Mitchard, haga el favor de anestesiar a la paciente lo antes posible. No podemos perder ni un instante.

No se podía perder ni un instante, pero tampoco podía descuidarse la higiene. Anna se frotó las manos y los antebrazos escrupulosamente en el lavabo, contando los segundos en silencio. A su lado, el médico de la ambulancia dejaba que corriera el agua sobre sus manos y las mangas de su camisa mientras veía cómo corría la sangre.

Se había presentado como Neill Graham, interno del Bellevue.

—¿Qué puede contarme? —le preguntó ella.

—La paciente no suelta prenda. Hemorragia profunda, descompresión dolorosa, delirio intermitente. No pude reconocerla bien en la ambulancia, pero por el olor diría que hay septicemia.

—¿Y el marido?

—Fue a avisarle una vecina, supongo que estará de camino.

—Doctora Savard —dijo una de las enfermeras, con un temblor de pánico en la voz—, el cordón umbilical se ha prolapsado.

Anna se dirigió a Neill Graham:

—¿Algo más?

—Solo que quería ver a la doctora Savard.

—Gracias. Yo me encargo del resto.

—¿Le importa que me quede?

Anna hizo una pausa. Graham era joven, pero su comportamiento era profesional y su interés parecía sincero.

—Quizá me venga bien otro par de manos, pero tendrá que quitarse esa camisa y lavarse bien, sobre todo las uñas. No escatime en carbólico. La enfermera Walker está haciendo la ronda y podrá traerle una bata.

Cuando Anna se situó ante la mesa de operaciones, con las manos todavía húmedas e irritadas por el ácido carbólico, la señora Campbell ya se había calmado, gracias al éter. Estaba atada a los estribos en posición ginecológica, con las rodillas flexionadas hacia fuera y las piernas y el torso cubiertos. Los instrumentos recién salidos del autoclave habían sido dispuestos en bandejas esterilizadas. Las enfermeras esperaban a que comenzara la intervención.

Helen Mitchard controlaba la anestesia junto al cabecero. Ya había empezado a inyectar solución salina por medio de una cánula, lo que quizá sirviera de algo.

—¿Estado?

La joven negó con la cabeza, confirmando lo que Anna sabía: iba a hacer falta un milagro.

Anna retiró la sábana para ver los vendajes empapados de sangre y secreciones. El hedor la obligó a apartar la cara. La septicemia tenía un olor inconfundible, pero también había un fuerte olor a heces. Quien hubiera operado a esa mujer le había perforado el intestino.

Anna miró a la enfermera que estaba a su lado.

—Enfermera...

—Hawkins —respondió la joven.

—Voy a necesitar tres galones de solución salina para irrigar. Y después me gustaría tener una charla con usted sobre sus conocimientos de anatomía. —Levantó una sonda uterina para que se hiciera una idea de la gravedad de los daños—. Esto no es un cordón umbilical, enfermera Hawkins. Es un asa del intestino delgado.

Jack se acercó a la casa de los Verhoeven para decirles a Sophie y a Cap que la familia había tomado el transbordador como estaba previsto, pero sin Anna.

—Y sin ti —observó Sophie—. Hay unos cuantos primos que se van a llevar un buen chasco.

Lo invitaron a almorzar mientras comentaban los cambios que habían trastocado los planes del día.

—Tráela cuando termine —dijo Cap—. Habíamos pensado cenar en la terraza. Hay una buena vista del puente nuevo.

Más tarde, Sophie acompañó a Jack a la puerta, le tocó el brazo y bajó la voz:

—Cap ha estado esforzándose demasiado, pero me gustaría que trajeras a Anna y cenáramos juntos. Nosotros nos retiraremos bastante temprano, dado que...

—Mañana es el día.

Ella asintió, un tanto agitada.

—Así que tendréis la terraza para los dos solos. —Su expresión era de completa inocencia, pero Jack había empezado a conocerla, y distinguió cierto brillo en sus ojos. Cuando se inclinó para besarle la mejilla, notó que daba un respingo y luego se relajaba—. Me alegro de que Anna y tú os hayáis encontrado —añadió—. No me habría gustado dejarla aquí sola si no te tuviera a ti.

Eran las tres pasadas cuando Jack volvió al New Amsterdam, donde encontró a Anna esperándolo en su despacho. En respuesta a su ceja levemente enarcada, ella dijo:

—Había perdido mucha sangre y la infección estaba demasiado avanzada. Empezó a tener convulsiones y murió. Algún día, cuando las transfusiones sean seguras, los casos como este tendrán mejor pronóstico.

Jack se sentó, apoyó el codo en el brazo de la silla y la barbilla en la palma de su mano y la observó. Anna mostraba una actitud resignada, como la que supuso que debía adoptar cualquiera que ejerciera la medicina.

—Me crucé con su marido al salir.

Ella cerró los ojos.

—Sí, lo sé.

—¿Estaba muy angustiado?

—Más bien enfadado, diría yo. Beligerante. Cuando le dije que su mujer había preguntado por la doctora Savard, me miró como si me hubiera cogido en un embuste. Cito sus palabras textuales: «Tiene un médico de verdad en el Hospital Femenino, no necesita venir a un lugar como este». Como si el New Amsterdam fuera un burdel. Me alegré de que no me preguntara la causa de la muerte. No creo que le hubiera gustado oír que fue por un aborto.

—¿Se ha avisado al forense?

Anna se puso en pie y se estiró cuanto pudo.

—Sí, el señor Abernathy se encargó de hacerlo. Habrá una autopsia y una investigación, y tendré que testificar. Pero no será hasta el lunes. ¿Nos vamos?

Al final, Anna se alegró de haberse perdido la reunión familiar en el río. Al día siguiente podría pasar la tarde en el jardín con las visitas, después de que Cap y Sophie tomaran el barco; ahora le apetecía sentarse en la terraza de Park Place bajo el sol de la tarde con las personas que más quería en el mundo.

La sorprendió la actitud de Sophie. Tan pronto como empezó a describir la operación de urgencia que había ocasionado el cambio de planes, su prima se quedó muy quieta.

—¿No te acuerdas, Anna? Ya te hablé de la señora Campbell. Fue el día que fuiste a Hoboken en mi lugar. —Jack se inclinó hacia delante, súbitamente interesado. Sophie decía—: Era su cuarto hijo, el mayor de apenas cinco años, y tenía mucho miedo de embarazarse otra vez.

Anna lo recordó.

—La mujer del inspector de correos.

—Ah —dijo Jack—. Me crucé con el marido cuando llegó al New Amsterdam.

Hubo un corto y tenso silencio durante el que Anna y Sophie pensaron lo mismo: la señora Campbell le había pedido anticonceptivos, y Sophie le había mandado un folleto en una carta anónima.

—¿Cómo se portó contigo? —preguntó Sophie.

A Anna le hubiera gustado olvidar a Archer Campbell, quien la trató como si hubiese sido el mozo de cuadra responsable de la pérdida de una valiosa yegua. Ella había refrenado su propia ira y logró morderse la lengua, pero sobre todo había reprimido su dolor ante la pérdida de una paciente. Campbell se mostró condescendiente e insultante, aunque también estaba de luto, y ella debía tener paciencia y compasión. Sin embargo, ninguna de sus respuestas lo dejó satisfecho, y terminó yendo a buscar al forense.

—No sabía que estuviera embarazada —respondió al fin. Sophie ladeó la cabeza como si fuera a decir algo, pero cambió de parecer y emitió un murmullo, un sonido grave y ronco—. Nunca aceptará el hecho de que se sometiera a un aborto. No puedo imaginarme lo que le estará diciendo al forense.

Jack le acarició el hombro.

—Harán una autopsia, ¿verdad?

Anna hizo ese mismo sonido, ni sí ni no.

—Ve acostumbrándote a ese sonido —le dijo Cap a Jack.

Estaba sentado algo lejos de ellos, cubierto de mantas a pesar del calor del sol. Anna pensó que parecía contento a la vez que agitado, como si acabara de regresar de una larga y agotadora caminata y estuviera decidido a emprender otra en poco tiempo.

—¿A cuál? —quiso saber Jack.

—Ese murmullo gutural. Lo hacen las dos. Si les preguntas algo sobre medicina que esté relacionado con una persona concreta, sus voces descienden una octava y lo único que sueltan es ese carraspeo evasivo. Creo que se lo enseñan en la Facultad de Medicina, como una especie de apretón de manos secreto.

375

Sophie le dedicó una sonrisa oblicua.

—Oh, Dios. ¿Quién te ha contado lo del apretón de manos secreto?

Cap se volvió hacia Anna:

—¿Cuántas vértebras tiene la columna vertebral?

Ella se planteó no responder, pero acabó cediendo:

—Cinco soldadas que forman el sacro, los cuatro huesos coccígeos de la rabadilla, siete cervicales, doce torácicas y cinco lumbares.

—Gracias —repuso Cap—. Sacaré mi ábaco para sumarlo todo más tarde. Ahora me gustaría comentar que llevo todo el día con un pinchazo en el costado. ¿Qué podría ser?

Anna y Sophie ladearon la cabeza en el mismo ángulo y murmuraron con idéntico tono. Luego intercambiaron una mirada y se rieron.

—Nos has descubierto —dijo Sophie—. Ahora tendré que enseñarte el apretón de manos secreto.

—Entonces es cierto —respondió Jack—. Murmuráis cuando os hacen una pregunta de medicina.

—Supongo que sí. —Anna se frotó el entrecejo con el nudillo—. Es una manera de animar al paciente a hablar sin interrumpirlo ni revelar nada.

—¿Y el paciente prefiere no saber lo que estás pensando?

—Por supuesto. Pero es una verdad como un templo que los pacientes mienten sin rubor, y todo lo que digas no hace sino aumentar la confusión.

—Los pacientes suelen mentir sin motivo aparente —añadió Sophie—. La mayoría ni siquiera se da cuenta de que lo hace.

—Hay un truco, y es que siempre te cuentan lo que les duele —prosiguió Anna—. Entonces tienes que discernir qué es verdad, qué es suposición, qué es fantasía y qué son simples evasivas. Como ves, no puedes revelar tus pensamientos.

—Supongo que se parece bastante al trabajo policial —dijo Cap.

Sophie asintió sorprendida.

—En cierto modo. Muchos enfermos se sienten culpables por el trabajo que dejan de hacer o por la gente que los necesita. Es una de las cosas que se interponen en el camino de la verdad.

—Hay cierta similitud —convino Jack—. Algunos confiesan cualquier crimen solo por el miedo que les produce la policía.

Anna volvió a pensar en el marido de su paciente.

—Si Archer Campbell hubiera podido leerme la mente, me habría asesinado en el acto.

Jack frunció el ceño.

—¿De qué lo acusabas en tu mente?

—Un hombre tiene que estar muy ciego y ser muy cruel para no ver que la persona con la que duerme cada noche vive aterrorizada —replicó Sophie con cierta vehemencia.

—Esa es una palabra bastante dura —dijo Cap.

—Pues se queda corta. Mira a lo que la llevó su desesperación.

Anna dio una palmada:

—Qué tema tan macabro para esta preciosa tarde de verano. Yo he venido por la tarta de barquillo de la señora Harrison y para disfrutar de vuestra compañía.

Sophie se levantó.

—Le diré que estamos listos. —Antes de llegar a la puerta vidriera que daba paso a la casa, giró sobre los talones y dijo—: Cap, si tuvieras un pinchazo en el costado, me lo dirías, ¿verdad?

Luego, cuando los demás se rieron, sonrió avergonzada.

377

Jugaron a las cartas y hablaron de la casa de los Greber y del deleite de la tía Quinlan ante el giro de los acontecimientos que instalaría a Anna y Jack, si bien no bajo el mismo techo, lo bastante cerca para poder verlos todos los días.

—Le hace falta mucho trabajo —dijo Jack—. Hay que cambiar las tuberías del agua y del gas, y los apliques, y los dormitorios están que se caen. Sospecho que debió de haber un incendio hace tiempo.

—Es una casa grande —contestó Sophie, con una sonrisa en la comisura de los labios—. Tardaréis un tiempo en llenarla.

Anna arrugó la nariz.

—No empieces.

—He pensado que tal vez querrías convertir una parte en clínica privada —le propuso Jack.

Anna supo que se había quedado con la boca abierta y la cerró con un chasquido, tratando de encontrar algo sensato que decir entre el torbellino de cosas que le pasaron por la mente a toda velocidad.

Jack enarcó una ceja.

—¿No te parece buena idea?

—No lo sé. Tendré que pensarlo.

—Estás haciendo una mueca —señaló Cap.

—¿De veras? —Anna movió la cabeza para ordenar sus pensamientos—. Supongo que sí. Hay que tomar tantas decisiones. Las hermanas de Jack ya han estado interrogándome sobre las cortinas y la ropa blanca.

—Pobre Anna —se burló Cap—. Obligada a elegir entre bígaro y prímula, seda, brocado y lino.

—Es todavía peor. Tengo que hablar de precios.

—Hete aquí el mayor secreto de nuestra Anna —le dijo Cap a Jack—: los comerciantes pueden sacarle el dinero que quieran. Creo que le saldría un sarpullido antes de regatear.

—Tendré que empezar a fijarme —replicó Anna—, o nos llevaré a la ruina mientras desplumo también a tus hermanas. Dicen que no me dejarán pagarles ni los materiales.

—Sería una ofensa para ellas —admitió Jack—. Pero, tranquila, no vas a desplumarlas. Mi madre se encarga de todo.

—Ya ves —dijo Anna—. Estoy condenada.

—Pero te gusta la casa, ¿no? —preguntó Sophie.

—Huy, me encanta la casa, y sobre todo el jardín. Con sus malas hierbas y demás.

—Entonces todo irá bien. —Sophie se inclinó para besar a su prima en la mejilla—. Debes decírtelo a ti misma cada mañana y cada noche. Y Jack debe recordártelo cuando lo olvides.

Contaron historias, Jack sobre su familia y su estancia en Italia; Cap, Sophie y Anna sobre sus desventuras de la infancia, la mayoría de las cuales estaban protagonizadas por Anna en un papel nada angelical. Mientras se ponía el sol, tomaron una cena ligera de cordero, patatas nuevas y guisantes cocidos en crema y aderezados con menta. Eran los platos favoritos de Cap, lo que le recordó a Anna que también sería la última vez que probaría la cocina de la señora Harrison. De pronto perdió el apetito y le costó horrores acabarse la mitad de lo que le habían servido.

Cuando Jack fue a sentarse más cerca de Cap para hablar del viaje, Sophie volvió a pensar en Janine Campbell.

—Vino a verme hace semanas, haciendo preguntas que no pude responder por temor a que Comstock anduviera detrás. Parecía afligida, pero no creí que estuviera tan desesperada como para arriesgarse así. ¿Crees que se provocó el aborto ella misma?

—Por el ángulo de las heridas, quizá —dijo Anna—. Sin embargo, nunca lo sabremos a ciencia cierta, a menos que confiese el culpable, y eso no va a suceder. El forense tendrá su propia opinión. —Tomó la mano de su prima—. Es una tragedia, Sophie, pero tienes que olvidarlo. No ha sido culpa tuya.

—No me siento culpable —musitó Sophie—. Estoy muy triste, por ella y por sus hijos. No obstante, reconozco que me hierve la sangre al recordar que no hice nada cuando tuve la oportunidad.

379

Acababan de dar las siete cuando Cap se excusó. Todavía faltaba una hora para los fuegos artificiales, pero estaba pálido, con el pelo y la cara húmedos de sudor. Todos sabían lo que significaba aquello, pero de nada servía señalar lo evidente. Y, aun así, a Anna le costó mantenerse indiferente ante su sufrimiento. Si por algún milagro él viviera otros treinta años con tuberculosis, ella nunca sería capaz de aceptar la necesidad de guardar la distancia adecuada.

Entonces se oyó decir:

—¿Os acordáis de cuando éramos pequeños y nos echábamos la siesta en la hamaca del tío Quinlan entre los albaricoqueros?

—Recuerdo la vez que te diste la vuelta tan rápido que me tiraste al suelo.

Cap sonrió con una mirada triste y lejana, pero Anna se alegró de rememorar aquel momento, la imagen de ellos mismos como niños sin preocupaciones en una tarde de verano, durmiendo a la sombra de los árboles cargados de fruta solo porque sí. A Jack le dijo:

—Vas a tener que cuidar bien de ella. Es una durmiente turbulenta.

—Me sentiré muy honrado de cuidarla —respondió Jack—. Siempre.

Una vez solos, disfrutaron del plácido silencio durante un rato.

—Sophie siempre ha sabido mantener la calma en medio en la tempestad —dijo Anna—. Sin embargo, cuando está con sus pacientes, se vuelve audaz y hasta es capaz de ir en contra de sus propios intereses. Me alegro de que, a partir de mañana, su tendencia natural a proteger a Cap estará avalada por la ley.

380 —Te va a resultar difícil dejarlo marchar, decirle adiós —observó Jack.

Asintió con la cabeza, no muy segura de poder hablar. Después de reponerse, contestó:

—A menudo me pregunto si lo que Sophie vivió en Nueva Orleans durante la guerra le quitó el miedo para siempre.

—Imagino que lo pasaría muy mal.

Anna sonrió con amargura.

—En realidad, no lo sé. Nunca nos lo ha contado. Estoy segura de que Cap lo sabe, pero no quiero atosigarla con preguntas. Tal vez me hable de ello algún día. Esta semana no he podido cumplir con nadie, pero sobre todo siento no haber pasado más tiempo con ella. —Jack se inclinó hacia delante, la cogió de la muñeca y la sentó en su regazo—. Mañana a estas horas ya se habrán ido. —Ella se apoyó en su hombro—. Sé que es verdad, pero todavía no parece real.

Jack no pudo resistirse y le deslizó la mano por la cintura hasta más allá de la cadera.

—A mí me pareces muy real.

Ella se estremeció y volvió la cara para esconder una sonrisa.

—Me sacas los colores como a una niña.

—No creo que seas ninguna niña, Savard.

Anna dio un bostezo que logró cortar a la mitad.

—Mañana te espera otro día ajetreado —dijo Jack—. ¿Qué tal si prescindimos de los fuegos artificiales para que puedas descansar?

Hubo una larga pausa.

—No habrá nadie en casa hasta dentro de unas horas —respondió en voz baja y algo ronca—. No me acuerdo de cuándo fue la última vez que estuve sola en casa.

La brisa les trajo los ecos de la banda de música, demasiado lejana para distinguir la melodía que tocaban los tambores, las trompetas y las cornetas.

—Hace una tarde de verano espléndida —dijo Jack rozándole el pelo con los labios—. Sería una lástima que la pasaras sola.

Regresaron a Waverly Place a paso lento, cogidos de la mano y hablando muy poco. Las calles de la ciudad estaban mucho más vacías que de costumbre, ya que los habitantes de Manhattan habían emigrado a los tejados. Al parecer, los que no estaban en el puente nuevo habían encontrado una atalaya desde la que contemplarlo, y sus voces bajaban hasta ellos de vez en cuando. Niños inquietos, jóvenes entusiasmados por la novedad y las celebraciones del día. Se oían cantos de gallo de un lado a otro, seguidos de risas.

—¿A qué viene eso? —se preguntó Anna.

—La señora Roebling, la esposa del ingeniero jefe del puente, tuvo el honor de ser la primera en cruzarlo, después de que su marido cayera enfermo y ella se encargara de llevar las riendas del proyecto —le explicó Jack—. Según parece, lo hizo acompañada de un gallo para atraer la buena fortuna.

La buena fortuna. Anna nunca había buscado consuelo en tales supersticiones, aunque en ese momento deseó creer en ellas. Si existía la buena fortuna, Sophie y Cap se merecían toda la del mundo.

—¿Dónde te habías ido?

La voz de Jack, grave y un tanto ronca, despertó algo en ella, un cosquilleo que corrió por su espalda en todas direc-

381

ciones. Ella le estrechó la mano y se apoyó en su brazo, como si quisiera empujarlo a la acera. A Jack Mezzanotte, tan sólido como una pared.

—Estoy exactamente donde quiero estar. Pero hay un detalle que me escama. He andado por este camino infinidad de veces, pero tengo la sensación de que es el doble de largo.

—Estás impaciente. —La atrajo más hacia sí—. Y eso me encanta. —La besó en la boca, embelesado, tomándole la cara entre las manos. Luego dijo—: Haces unos ruiditos fascinantes. Son unos gemiditos intercalados de un sonido gutural, como si me estuvieras devorando.

—¿Eso ha sido un halago o un dardo envenenado? —dijo Anna, risueña—. Si es que puede considerarse un halago. —Trató de apartarse, pero él se lo impidió rodeándole la espalda con los brazos.

—Llévame a tu cama, Savard, y te cubriré de halagos que te sacarán los colores durante varios días.

Entonces echaron a correr, sofocados, sin parar de reír.

En lugar de entrar por la puerta principal, tomaron el sendero que llevaba a la cochera, pasando ante el pequeño establo y los cobertizos, el gallinero cerrado y el depósito de hielo. El aire olía a hierba y heno recién cortados, a abono y a arbustos de lilas en flor, más altos incluso que Jack, que dividían los parterres del resto del jardín.

Anna le hizo un gesto para que esperara y se adelantó. Él se quedó dando vueltas bajo la luz de la luna y las farolas. Aún le sorprendía la existencia de aquel remanso de paz entre los muros de ladrillo. Había árboles frutales y ornamentales, macizos de flores a los que ni siquiera su padre habría podido poner una pega, una pérgola cubierta de rosales trepadores cargados de pimpollos y ordenados plantíos de hortalizas.

La pérgola le recordaba a la casa de sus padres, donde la familia comía al aire libre durante los meses cálidos, sentados a una larga mesa debajo de una parra. Sin duda, alguien familiarizado con las costumbres de Italia y el sur de Francia había diseñado el jardín de Waverly Place para dar primacía a la intimidad y el asueto. Jack se sentó en un diván de terciopelo oscuro cubierto de cojines. Las sombras se agitaban con la brisa que hacía bailar cada tallo, cada hoja, cada brote.

«Vaya, hasta poeta me estoy volviendo», se dijo.

En ese momento se dio cuenta de que Anna no iba a llevarlo a su cama después de todo, sino a reunirse allí con él. Se recostarían juntos en el cenador de lilas, esperarían a que los fuegos artificiales surcaran el cielo, y allí sería donde volvería a poseerla. Ya había pasado mucho tiempo y no estaba dispuesto a esperar ni una hora más.

Aunque nada había resultado como esperaban ese día, Jack pensó que una médica podía ser la mujer indicada para él, pues sabría entender las exigencias y las servidumbres de su trabajo. Conocía a unos cuantos inspectores con esposas infelices y opiniones contrarias al matrimonio, cosa que lo había desalentado hasta que Anna llegó a su vida.

Entonces apareció ella por la esquina, llevando un viejo quinqué que emitía una luz brillante como el sol en la nueva oscuridad, enmarcando su rostro por encima de la noche. Jack se quedó sin aliento. Se había puesto un vaporoso vestido blanco de alguna tela fina y la brisa mecía su cabello suelto, envolviéndola como un ondulante chal de negro encaje.

Las palabras que acudieron a su mente fueron las que no debía pronunciar. Decirle a Anna Savard que parecía un ángel habría sido una vergüenza para ambos. Decirle que era la cosa más hermosa que había visto en su vida no haría justicia a la veracidad de sus sentimientos. Así pues, se levantó, fue hacia ella y le quitó el quinqué de las manos. La pérgola pareció cobrar vida cuando lo dejó en la mesa: el jarrón de barro lleno de lilas blancas y las rosas de Rescht de un rojo oscuro que le mandó del invernadero; el libro encuadernado en cuero azul que alguien había olvidado allí; el revoltijo de cojines amarillos, verdes y rosas que cubrían la desgastada tapicería de terciopelo del diván, suave como la piel de una mujer.

Anna volvía la cabeza hacia el jardín umbrío, sin atreverse a mirarlo. Él la cogió de la muñeca y la acarició con sus dedos largos y fuertes, insistentes aunque delicados, recordando que era una fémina, frágil en determinados aspectos que ella no admitiría nunca ante nadie.

—Mira, Jack, las primeras luciérnagas —dijo un poco ronca cuando la estrechó entre sus brazos.

Él se tomó su tiempo, dedicándose a explorar la nívea piel que nunca tocaba la luz del sol: las corvas, el suave pliegue entre el muslo y la nalga, el final de la espalda. Luego hundió el rostro en su vientre y fue ascendiendo hasta que atrapó uno de sus pechos con labios húmedos y hambrientos. Anna exhaló un gemido e intentó zafarse, pero Jack no iba a permitirlo y la sujetó para coger lo que ella quería darle, encontrándose con una nueva sorpresa: a ella le gustaba estar a su merced.

Una pequeña parte de la mente de Anna advirtió que habían comenzado los fuegos artificiales, una lluvia de colores que atravesaba la oscuridad susurrante.

22

NEW YORK SUN
Viernes, 25 de mayo de 1883

EL HEREDERO DE LOS BELMONT
SE DESPOSA CON UNA CRIOLLA

Hay gran expectación entre la alta sociedad ante la boda que tendrá lugar esta mañana en la iglesia de la Trinidad. El novio es Peter Verhoeven, abogado, hijo de Anton Verhoeven, un prominente arquitecto belga ya fallecido, y Clarinda Belmont de la ciudad de Nueva York, también fallecida. El señor Verhoeven heredó una buena parte de la fortuna de los Belmont a través de su madre, además de una mansión en Park Place. La novia es Sophie Élodie Savard, una bella mulata de personalidad y costumbres cultas y refinadas. La pareja se conoce desde la infancia.

Según el secretario municipal, ya se ha expedido una licencia de matrimonio. A la luz de tales hechos, los miembros de la familia Belmont han amenazado con repudiar al señor Verhoeven en caso de que siga adelante con la que consideran una unión escandalosa y antinatural.

La feliz pareja se ha negado a conceder entrevistas, pero hemos sabido que pretenden viajar a Europa después de la ceremonia y el banquete. El destino elegido es Suiza, donde el señor Verhoeven será ingresado en un sanatorio privado para el tratamiento de la tisis. Su flamante esposa, que es médica titulada, estará a su lado para atenderlo.

Υ

NEW YORK SUN
Viernes, 25 de mayo de 1883

Trágica muerte de una madre
DEJA CUATRO HUÉRFANOS
SOSPECHAS DE NEGLIGENCIA MÉDICA

La señora Janine Lavoie Campbell, de veintiséis años y residente en el número 19 de la calle Charles, falleció ayer por la tarde en el Hospital de Caridad New Amsterdam como resultado de una posible negligencia.

Originaria de Maine, la señora Campbell fue empleada de la oficina de correos de Bangor hasta su matrimonio con el señor Archer Campbell de esta ciudad. Del fructífero matrimonio nacieron cuatro niños en cinco años.

Ayer por la mañana, una vecina visitó a la señora Campbell y la encontró muy enferma. Tras llamar a una ambulancia, el doctor Neill Graham reconoció a la señora Campbell y la declaró en peligro de muerte.

De acuerdo con sus deseos, la señora Campbell fue trasladada al Hospital de Caridad New Amsterdam para ser atendida por la doctora Sophie Savard, quien no se hallaba presente en ese momento. En su lugar, la señora Campbell fue operada por la doctora Anna Savard, con fatal desenlace.

El hospital notificó el deceso al forense, tras lo que se practicó una autopsia con gran celeridad. Todavía no se ha hecho público el informe emitido ayer por la tarde.

La confusión del caso se debe a que hubo dos facultativas de apellido Savard involucradas en el tratamiento de la señora Campbell. La doctora Anna Savard y la doctora Sophie Savard son primas lejanas que estudiaron juntas en la Escuela Femenina de Medicina. La doctora Sophie Savard es mulata. Cómo llegó a tener como paciente a una dama blanca de buena familia es un asunto que aún se está investigando.

El señor Archer Campbell, inspector de correos y viudo de la finada, ordenó que trasladaran el cadáver de su esposa a su casa. Según todos los indicios, esta madre de cuatro hijos era una mujer de virtud intachable.

Jack se detuvo frente a la iglesia de la Trinidad y contempló a las dos docenas de personas que se saludaban en la puerta: los Bonner y los Ballentyne, los Scott, los Quinlan y los Savard. Había grupitos que iban y venían, pero nadie se alejaba mucho de la señora Quinlan. La anciana estaba de pie con las hermanas Russo de la mano, demasiado entusiasmadas ambas para hacer otra cosa que no fuera dar botes, mientras ella hablaba con hijas y nietas, primas y sobrinas.

Había conocido a la mayoría la noche anterior, antes de marcharse de Waverly Place, cuando regresaron de la excursión por el río. Él se disculpó en nombre de Anna, quien se había escabullido a la planta de arriba para recomponerse. Jack se preguntó qué habría tenido que hacer para quitarse el rubor del cuello y la cara, y sonrió.

Todos se habían mostrado cordiales, pero Martha Bonner, de siete años, se había erigido en su acompañante e inquisidora. Había venido a la ciudad desde Albany con su abuelo. Adam Bonner, como se presentó el anciano, era esbelto y gallardo, con el cabello blanco como la nieve cortado al rape en contra de la moda del momento, lo que resaltaba su tez broncínea y sus ojos de un tono inusual que podía describirse como dorado. Jack recordó el fulgor de la piel de Sophie y pensó que debía de estar relacionado con la rama de la familia de Nueva Orleans, pero no se le ocurrió una manera de preguntarlo sin parecer grosero. Quizá lo habría hecho de no ser por Martha, quien exigía toda su atención.

Como su abuelo, la niña tenía una tez que parecía atraer la luz del sol. Sus ojos eran de un castaño más suave y profundo, en marcado contraste con la energía que emanaba por cada uno de sus poros. La pequeña Martha quiso saber su nombre completo, si tenía hermanos y hermanas, cuánto medía (demasiado, anunció después de decírselo), si le gustaban los huevos y si tenía perros. Por lo visto, había tocado una cuestión de gran importancia cuando Jack se dio cuenta de que había perdido el hilo.

—No me estás escuchando —le recriminó ella con un deje de impaciencia.

—Te pido perdón —respondió Jack—. Me he distraído, pero ya estoy contigo. ¿Qué decías?

—¿Quién es la damita del cestillo de flores? —Viendo su

gesto de confusión, añadió—: Una novia necesita una damita. ¿Quién es la damita de Sophie?

Jack pensó en el caos que reinaba en la casa de Waverly Place cuando pasó por allí una hora antes.

—Creo que no tiene.

—Debe tenerla —dijo Martha Bonner—. ¿Estás seguro?

—Bastante seguro, sí.

—Bueno —repuso ella, alzando sus estrechos hombros—, pues yo soy su prima segunda, y su bisabuelo Nathaniel es mi tatarabuelo. Sophie no tiene damita del cestillo de flores, y no es así como se hacen las cosas.

Para su propia sorpresa, Jack entendió el razonamiento.

—Deben de estar muy distraídas para haber olvidado algo tan importante.

Ella asintió con una sonrisa, mostrando el hueco por donde le estaban saliendo los incisivos.

—Anna dice que tienes montones de flores en tu casa.

—Es cierto, pero mi casa está muy lejos de aquí.

—Podrías tomar un carruaje —sugirió—. Si quieres, te ayudo a buscarlo.

—Martha —la llamó su abuelo, quien se acercó a escuchar la conversación—. ¿Qué estás tramando ahora? —La anciana que iba de su brazo le hizo un gesto a la chiquilla.

—Martha, niña, ven aquí conmigo. Nadie me ha presentado a este joven, así que tendrás que hacerlo tú.

Ella no vaciló ni un instante.

—Esta es mi tía Martha Bonner, como yo, pero en vieja. Él es el inspector Mezza... —Se quedó callada.

—Mezzanotte, Jack Mezzanotte —dijo, y estrechó suavemente la mano de la anciana, con cuidado de no lastimar sus hinchadas articulaciones.

No se parecía en nada al resto de la familia; aún conservaba un toque de rojo en el pelo, y su piel era tan clara que se veía una tracería de venas por debajo.

—Tía Martha, espero que nos disculpes, pero tu tocaya y yo debemos partir en busca de flores. —Adam le guiñó un ojo—. Así podréis hablar tranquilamente.

Υ

—Tengo entendido que pretendes casarte con nuestra Anna —dijo Martha Bonner, directa al grano.

—En cuanto ella se deje —respondió Jack—. Sin embargo, me temo que aún no conozco todos los nombres y las caras de su familia. Especialmente, los nombres. ¿Cuántas Marthas Bonner hay?

—Cuatro en total, pero hoy solo estamos dos. Somos una familia complicada —explicó ella, tomándolo del brazo—. Presta atención. —A continuación le hizo un rápido repaso de la descendencia que tuvo Nathaniel Bonner con tres mujeres diferentes, producto de un desliz de juventud y dos matrimonios—. Pero no al mismo tiempo —aclaró—. Digamos que hay tres líneas femeninas: Somerville, Wolf y Middleton.

—¿Y usted es?

—Me casé con un Middleton. Mi marido era el mellizo de Lily. Su hermana pequeña, Birdie, la madre de Anna, era mi favorita.

—Lily es…

—Hoy en día la llaman tía Quinlan, pero tendrás que preguntarle a Anna por qué. Birdie era la más joven de los Middleton, veinte años menor que los mellizos. Adam… —lo buscó con la mirada, pero había desaparecido con la pequeña Martha— es uno de los Somerville.

—¿Y Sophie?

—Sophie es nieta de Hannah, por parte de los Wolf. Haría falta papel y lápiz para anotarlo todo, pero tendrá que ser en otro momento. Ya ha llegado la novia. —La anciana contempló a Sophie con una especie de dolorosa quietud mientras bajaba del carruaje seguida de Anna—. No se parece en nada a su abuela Hannah, pero posee su mismo espíritu y su inteligencia. Me da pena que vaya a alejarse de la familia ahora, cuando más la va a necesitar.

Al cabo de un momento, Jack dijo:

—He llegado a conocer a Sophie bastante bien. No creo que nada pueda hacerla cambiar de opinión.

—Es nieta de Hannah —repitió ella—. Y tataranieta de Curiosity Freeman. Mujeres fuertes de vivo ingenio, con corazones tiernos, leales hasta la muerte. Lo lleva en la sangre.

389

Υ

Conrad y Cap habían planeado la ceremonia con dos cosas *in mente*: el novio no podía estar mucho tiempo en público y debía guardar las distancias con todos los presentes, incluida la mujer con la que iba a casarse. De alguna manera, Conrad había convencido al párroco y al vicario para que aceptaran estos requisitos.

Anna no estuvo tan de acuerdo con la decisión de permitir la entrada de un pequeño grupo de reporteros al fondo de la iglesia, pero estaba segura de que obedecía a un motivo concreto. Si bien no se podía silenciar a la prensa, era posible manipularla por medio de favores. Los periodistas de los diarios menos prestigiosos esperaban ansiosos tras el muro que rodeaba la iglesia. Aquellos plumillas, poco interesados en los hechos, escribían las historias que más ejemplares vendían. Ni siquiera Conrad Belmont podía luchar contra todo.

Así pues, se comentaría la ausencia de las cinco tías del novio, se hablaría de sus finanzas y de la infancia de Sophie, y peor aún, se le recordaría al pueblo que Cap Verhoeven estaba enfermo de muerte. Otro detalle jugoso que añadir al batiburrillo de insinuaciones, rumores y medias verdades que se transformarían en titulares que Anna no podía dejar de imaginar por más que lo intentaba:

MÉDICA MULATA CAZA HEREDERO MORIBUNDO
LA PAREJA ABANDONA EL PAÍS TRAS LA IGNOMINIOSA BODA
EL ESCÁNDALO DE PARK PLACE SACUDE A LA VIEJA GUARDIA

Con la excepción de Conrad, Bram, Baltus y una parte del servicio, el lado del novio estaba vacío hasta que Adam se dio cuenta y se cambió de sitio, llevando consigo a su nieta y a un banco lleno de miembros de los Bonner y los Ballentyne. Anna se alegró de que su familia, gente sensata, amable y considerada, hubiera recibido a Cap con los brazos abiertos y sin vacilar. Ella sabía que tendrían sus dudas, pero no las expresarían a menos que Sophie les preguntara directamente.

Anna quería oír a Sophie recitar los votos, pero le resultaba casi imposible. Su mirada vagaba por la iglesia, banco por banco, tomando nota de los parientes que no había visto desde hacía mucho tiempo, para acabar posándose siempre en Jack.

Él también la miraba y le dedicó una de sus sonrisas más sinceras y reconfortantes, lo que le recordó varias cosas: independientemente de lo que imprimieran los periódicos, del escándalo que se desatara en la ciudad porque un blanco acaudalado fuera a casarse con una médica criolla, Cap y Sophie no tendrían que enfrentarse a nada de ello, y Anna no tendría que hacerlo sola.

Tan pronto como el vicario los declaró marido y mujer, la pareja empezó a recorrer el pasillo hacia la salida, él apoyándose en dos bastones pese a que podría haberse arreglado sin ninguno. Los llevaba a modo de excusa y explicación frente a los curiosos que sin duda notarían que los novios no se tocaban al salir de la iglesia. Con todo, ella sonreía, y no había nada de fingido ni de artificial en la inmensa alegría que iluminaba el rostro de Cap ahora que Sophie lucía su anillo en el dedo.

El banquete fue tan perfecto como Anna esperaba, ya que lo habían preparado la señora Lee y la señora Harrison. La comitiva se reunió en el gran comedor, en torno a una mesa dispuesta para dos docenas de personas, con la que fuera la vajilla, la cristalería y la platería de Clarinda Belmont. Los criados aguardaban la señal junto a un aparador. El estómago de Anna emitió un rugido, algo bastante razonable teniendo en cuenta que no había desayunado, tal como recordó entonces.

Sintió que parte de la tensión la abandonaba cuando se sentó al lado de Jack, sin nada que hacer ni desconocidos de los que preocuparse. Mientras los camareros servían un primer plato de caldo, Bram y Baltus los entretenían a todos con sus irreverentes opiniones, divertidas charlas, vergonzosos juegos de palabras y horribles poesías. La mayoría de sus observaciones tenían que ver con Cap, y todas terminaban con la conclusión de que había tenido mucha suerte casándose con Sophie antes de que alguien se le adelantara. No se habló de enfermedad ni de las próximas despedidas.

A pesar de que Cap se esforzaba, Anna sospechó que se encontraba mal. Lo vio sofocar la tos, cosa que indicaba que el láudano que había tomado antes de la ceremonia estaba dejando de hacer efecto.

Durante ese primer plato y los dos siguientes, Anna se dedicó a conversar con Jack y el trío de niñas —Martha había unido fuerzas con Lia y Rosa—, quienes no paraban de idear diabluras. Luego miró a Cap, consolándose al pensar que al cabo de pocas horas zarparía del puerto para la que esperaba que fuese una plácida travesía por el Atlántico.

Sin embargo, saber que el tiempo era tan corto la entristeció terriblemente, así que dejó a Jack con sus intrigados familiares y las niñas pequeñas, y se dirigió a la cabecera de la mesa, donde se agachó junto a Sophie. Su prima se inclinó para apoyar la mejilla en la suya, pero no dijo nada, aunque no había perdido el habla.

—Hola, señora Verhoeven. —Anna le palmeó el hombro con suavidad.

Sophie sonrió con gesto cansado, pero con profunda emoción.

392

—Te voy a echar muchísimo de menos.

—Pues claro —replicó Anna antes de quedar en silencio, pues cualquier cosa que dijera les habría hecho perder la compostura a los tres.

En lugar de eso, rodeó a Sophie para llegar hasta Cap, que intentó detenerla levantando la mano. Ella se echó a reír, violando el perímetro que él había establecido a su alrededor, y abrazó a esa versión más huesuda y ligera del niño y del hombre al que consideraba un hermano.

—Tan rebelde como siempre —refunfuñó Cap.

Anna hizo una mueca.

—No puedes negarme un abrazo el día de tu boda. Y aún querré otro, ya que te vas mañana que cumplo años.

Él se volvió para toser en el pañuelo. Tras recuperar el aliento, respondió:

—Espero que hagas algo mejor por tu cumpleaños que sentarte a mirar a un enfermo, tanto si soy yo como si no.

Sophie la miró negando con la cabeza. Cap estaba agotado e irritado consigo mismo.

—Mirad —dijo Sophie—. Adam va a proponer un brindis. Está a punto.

Las grandes puertas del fondo se abrieron solo lo suficiente para dejar pasar a la señora Harrison, quien se quedó allí de pie, apretando un puño sobre el pecho con semblante angustiado. Con un dedo de la otra mano llamó a Jack, que se mostró sorprendido, pero poco preocupado.

Se encogió de hombros y se levantó discretamente a la vez que Adam comenzaba su discurso relatando una anécdota acerca de Sophie y Cap. Cuando abrió la puerta, Anna vio a Oscar Maroney en el vestíbulo con otro hombre que no conocía.

—Esta es la historia de una broma pesada que se convirtió en historia de amor —dijo Adam.

Más adelante, Anna no pudo recordar ni una sola frase más.

—Oscar. Capitán Baker.

El capitán había aparecido en el banquete de bodas de Sophie Savard por alguna razón misteriosa, hasta que el hombre alzó un inconfundible rollo de papel. Jack miró alarmado a Oscar, que cerró los ojos brevemente y levantó la mano como si le dijera «espera», pero él fue incapaz.

—¿Qué es eso?

—Maldito juez —rezongó Baker—. Pedazo de alcornoque. Es una citación, como bien sabes.

Se le veía arrepentido e incluso avergonzado. Aquello era algo nuevo para Jack, y mucho más inquietante que las rabietas de su superior.

—¿Por qué motivo?

Oscar se aclaró la garganta:

—Una tal señora Campbell, fallecida ayer. La autopsia llegó esta mañana: apunta a una posible negligencia médica. Hawthorn, el juez de instrucción, quiere interrogar a las dos doctoras hoy mismo —añadió—. Por lo que parece, ambas la trataron.

Si no hubiera estado tan distraído, pensó Jack, podría haber anticipado que la operación de urgencia del día anterior no iba a tardar en traer consecuencias.

—¿Se da cuenta el juez de que Sophie Savard..., de que los señores Verhoeven deben tomar un barco a Europa esta tarde?

El capitán Baker también se aclaró la garganta.

—Lo sabe, sí.

Oscar negó con la cabeza en señal de advertencia. De momento sería mejor que Jack se abstuviera de hacer comentarios. Ahora tenían al capitán de su parte, y era importante que siguiera siendo así.

—Cinco minutos —dijo él, y volvió a entrar en el comedor sin esperar respuesta.

Adam estaba llegando al final de su brindis, cautivando la atención de los presentes. De todos, salvo de Anna, quien miraba a Jack con intensidad. Él le dedicó una sonrisa sombría —su objetivo era retrasar todo lo posible cualquier alteración— y, volviéndose hacia el fondo de la sala, le hizo un gesto a uno de los criados, un hombre de unos cuarenta años o más, inexpresivo, probablemente discreto.

—Necesito que le entregue un mensaje a Conrad Belmont.

Hacer llegar un mensaje a un ciego en medio de una bulliciosa fiesta sin que nadie se percatara no sería tarea fácil, pero el sirviente asintió y alargó la mano, expectante.

Cuando Conrad salió del salón, Jack le presentó a los visitantes inesperados, explicó la situación en pocas palabras y leyó la citación en voz alta. El anciano ladeó la cabeza mientras escuchaba.

La doctora Anna Savard y la doctora Sophie Savard son citadas a comparecer ante Lorenzo Hawthorn, juez de instrucción de la ciudad de Nueva York, el 28 de mayo de 1883 a las dos en punto en su despacho, para responder a las preguntas pertinentes sobre el deceso de la señora Janine Campbell.

—¿Conoce al tal Hawthorn? —preguntó Jack.

—He oído su nombre, pero no lo he tratado —respondió Conrad—. De cualquier modo, no pienso interrumpir el banquete por nada del mundo. Hawthorn tendrá que esperar. ¿Alguno de ustedes va a hablar con él? ¿Capitán Baker? Dígale que llegaremos a las cuatro. —A Oscar le pidió—: ¿Sería tan amable de mandar un telegrama a la compañía Cunard para avisar de que los Verhoeven no zarparán hoy? La señora Harrison tendrá que reclamar el equipaje que ya se haya enviado.

Y así, sin más, Belmont se deshizo de los dos hombres. Luego se volvió hacia Jack, exhaló un profundo suspiro y se oprimió la frente con tres dedos como si tuviera jaqueca.

—Entiendo que no está de servicio.

—No —repuso Jack—. En este asunto estoy del lado de Anna, Sophie y Cap.

—Bien. Bien. —Guardó un largo silencio. Jack casi podía oír los engranajes de su mente, ordenando cientos de preguntas y opciones. Jack tenía las propias, pero no era el momento de plantearlas—. Haga el favor de regresar al comedor y diga que ha surgido un asunto de negocios que no puede esperar. Tendrá que convencer a Anna de que se quede donde está, y reunirse conmigo en el despacho de Cap. Hay mucho que hacer antes de las cuatro.

Conrad Belmont era un litigante de primera categoría y un abogado brillante, pero no conocía bien a las Savard. Parecía creer que aceptarían quedarse a la sombra mientras los hombres actuaban en su nombre.

—Será mejor que Anna nos acompañe. No creo que le haga ninguna gracia que la excluyamos. Igual que Sophie, si las circunstancias fueran distintas.

—Mi intención es protegerlas —replicó Belmont, claramente sorprendido.

—No se lo agradecerán.

El anciano levantó la mano en señal de rendición.

—Dígale a Anna que vaya al despacho, pero quiero mantener a Sophie y a Cap al margen de esto el mayor tiempo posible.

A Sophie, sentada junto a Cap en la cabecera de la mesa mientras hablaba su tío Adam, no se le escapó aquel ir y venir. Primero Jack, luego Conrad y finalmente Anna, habían desaparecido por el pasillo. Aunque vigiló la puerta, ninguno de ellos regresó.

Cap no parecía haberse dado cuenta, otra prueba de lo que sabía desde hacía una hora: el pobre no aguantaba más. Ella misma estaba tan cansada que no era capaz de formular ni el más vago plan para poner fin a la celebración con delicadeza.

En ese momento, la tía Quinlan se levantó y dijo:

—En nombre de mi querida sobrina Sophie y de su nuevo marido, os doy las gracias a todos por vuestra grata compañía. Es hora de que los recién casados se retiren, pues necesitan prepararse para la aventura que les espera. Los demás quedan invitados a la fiesta que se celebrará más tarde en nuestro jardín de Waverly Place.

La tía Quinlan había visto, entendido y actuado. Sophie se obligó a sí misma a no llorar de alivio y agradecimiento.

Cuando la sala quedó vacía, e incluso los sirvientes se habían marchado para conceder un momento de intimidad a los recién casados, él dejó escapar un largo y ronco suspiro. Cap trataba de sonreír, y Sophie intentaba no llorar. Formaban una excelente pareja.

396

La única vez que la había tocado fue al ponerle el anillo en el dedo, pero entonces, al levantarse de la mesa, la sujetó del codo con más fuerza de la que ella esperaba.

—Mi cuerpo me está fallando, pero mi mente sigue siendo la misma de siempre. Dime qué sacó a Conrad, Jack y Anna del banquete.

Sophie hizo una mueca.

—No lo sé. De verdad, lo ignoro.

—Así pues, nos enfrentamos a un misterio. Sugiero que empecemos por mi despacho.

Anna se sentó ante el largo escritorio del despacho de Cap y pasó las manos sobre el roble pulido. En el pasado, toda la superficie había estado cubierta con un montón de legajos, plumas y libros; ahora solo reposaba una hoja de papel en el medio. Una citación, con su propio nombre escrito en ella.

Los hombres que la acompañaban no mostraban ni un ápice de preocupación o inquietud, tan relajados que parecían haberse instalado allí para tomarse un brandy y jugar al póquer. Anna no se sentía muy cómoda, ya que, como le había confiado a Jack la tarde anterior, esa aura de calma absoluta era una especie de camuflaje que también empleaban los médicos para no alarmar a sus pacientes y empeorar las cosas. Entonces descubrió lo que se sentía al ansiar respuestas para no obtener a cambio más que un agradable gesto inexpresivo.

El juez de instrucción quería verlas a ella y a Sophie. La idea seguía surgiendo en su cabeza como un corcho en un mar tormentoso. Evidentemente, el informe de la autopsia había suscitado preguntas, y el juez no estaba satisfecho con la causa de la muerte. La señora Campbell había fallecido en su mesa de operaciones, pero Anna sabía sin el menor género de duda que no había sido por culpa suya. Cualquier médico competente que realizara la autopsia lo vería también. Tratándose de un magistrado, la cosa cambiaba.

En Albany, Boston y en todas las ciudades de cualquier tamaño, los jueces de instrucción eran fuente de innumerables historias. Anna había escuchado muchas a lo largo de los años, algunas preocupantes, otras divertidas, pero la mayoría de las veces irritantes por el grado de incompetencia demostrado. De hecho, opinó algo al respecto en voz alta.

—Es lo que ocurre —señaló Jack— cuando le pides a un hombre que fabrica calderas o dirige una fábrica de seda que reúna a doce de sus amigos para interpretar pruebas médicas.

—Nada de lo que dicen o hacen es vinculante por ley —le recordó Conrad.

—Pero, aun así, tenemos que comparecer cuando se nos convoca —repuso Anna secamente.

En ese momento se abrió la puerta y Sophie entró seguida por Cap.

—Tío Conrad —dijo él—, espero que no te importe que nos unamos a la fiesta. Dime, ¿qué es ese papel de aspecto oficial que hay sobre la mesa?

Cap se había puesto una mascarilla de gasa y se sentó lejos del escritorio, escuchando atentamente mientras Jack leía la citación en voz alta. Aunque Anna lo observaba, fuera incapaz de saber lo que estaba pensando.

Sophie dijo:

—Me había imaginado una docena de cosas que podían estropear este día, desde ancianas que entraban furiosas por la puerta de la iglesia hasta —dudó— emergencias médicas. Nunca imaginé una citación. Y todavía no sé de qué se nos acusa. ¿Negligencia?

—No hay motivos para llegar a esa conclusión —respondió Conrad—. La investigación es una molestia y un inconveniente, pero nada más.

—Comstock está detrás de esto, lo sé —manifestó Cap.

—Puede ser —admitió Conrad—. No obstante, según mi experiencia, lo más probable es que sea la familia de la difunta.

—Están buscando a alguien a quien culpar —dijo Anna.

Conrad asintió en señal de acuerdo.

Aquel se suponía que iba a ser un día feliz para Sophie y Cap, pero cuando Anna los miró, no vio otra cosa que agotamiento, cansancio y preocupación en sus rostros. La abrumó una ira incontenible, se inclinó y apretó la mano de su prima.

—Esto no es más que un retraso. ¿Me oyes, Sophie? Un retraso.

Sophie esbozó una sonrisa forzada.

—Repito: ¿cuáles son los cargos de los que se nos acusa?

—Todavía no se ha acusado a nadie de nada —respondió Jack—. El juez de instrucción solo puede mandar el caso al gran jurado si encuentra causa suficiente para sospechar algo más que causas naturales. Entonces se podrían emitir acusaciones por cualquier motivo, desde…

—No llegará tan lejos —interrumpió Cap.

—No —coreó su tío—. Pero hasta que no sepamos lo que dice la autopsia, es difícil saber cómo abordar el asunto. —Se volvió hacia Anna—. Tenemos que empezar por algún sitio. ¿Puedes hablarme del caso?

Era una pregunta que Jack habría hecho hacía rato, si hubiera tenido la oportunidad de hablar con Anna a solas. Ella parecía esperarlo, porque se enderezó en la silla y enlazó las manos sobre el regazo.

—Llegó al New Amsterdam en ambulancia, moribunda. La mandé al quirófano directamente, pero enseguida supe que no había nada que hacer. Si me preguntas por la causa exacta de la muerte, lamento decir que no es un asunto sencillo. La piemia criptogénica fue sin duda la causa inmediata, como resultado de las lesiones en el útero y los intestinos.

Conrad se estremeció visiblemente. Anna se dio cuenta de que no sabía nada de lo sucedido. La posible acusación no le había evocado lo que a todo médico en ejercicio: un aborto.

—¿La señora Campbell murió por complicaciones de una operación ilegal...?

Así pues, estaba familiarizado con los eufemismos.

—Sí —confirmó Anna—. Un intento de aborto. Según la ley, se consideraría un delito.

—Si es que estaba embarazada —apuntó Sophie.

—Cierto —dijo Anna—. Por lo tanto, para ser más exactos, murió de una infección generalizada después de un intento de aborto. Se introdujo algún tipo de sonda o instrumento a través de la vagina que perforó el cuello uterino, el útero y los órganos internos adyacentes, sobre todo el colon descendente. Algo con una cabeza curvada u ovalada, con un borde agudo, pero no muy afilado. Siento hablar con tanta crudeza, Conrad, pero no hay una manera delicada de describir estas cosas.

Jack vio a Conrad Belmont revolverse en su asiento y comprendió la turbación de aquel hombre. En la intimidad del lecho, él podía escuchar a Anna hablar de cualquier cosa, pero, estando en compañía, también le chocaba aquella terminología que solo ella y Sophie considerarían técnica y usual.

—¿Una cureta? —preguntó Sophie.

—Quizá —dijo Anna—. O una espátula de metal de mango largo o una cuchara de algún tipo.

—¿Debo entender que la señora Campbell pudo haberse sometido a una operación para interrumpir un embarazo inexistente? ¿Por su propia mano?

—Pudiera ser, pero no lo sé con certeza. La atendí con toda la premura que me fue posible. Los médicos que hicieron la autopsia tendrán más datos que añadir al respecto.

—¿Estaba tan desequilibrada como para haber hecho algo así? —inquirió Conrad.

—Desesperada, sin duda —replicó Anna—. Que estuviera desequilibrada es otro cantar.

Conrad cruzó las manos sobre la mesa y se quedó en silencio mientras ordenaba sus pensamientos.

—Voy a dar por hecho que nunca antes os ha interrogado un juez de instrucción —comenzó—. En primer lugar, no estaréis bajo juramento ni tendréis por qué responder a ninguna pregunta que se os haga. Yo me encargaré de intervenir cuando debáis callar. La otra cuestión que hay que recordar, y es algo que la mayoría de la gente ignora, es que el propio juez y los abogados que os interroguen tampoco estarán bajo juramento, ni durante esta audiencia ni en el juicio.

Una sonrisa sombría se dibujó en el rostro de Jack, de la que Anna tomó nota. Tendría que hacerle unas cuantas preguntas más tarde, cuando pudieran hablar libremente.

$\mathcal{D}$e camino a la oficina del juez de instrucción, a solas en un carruaje con Anna, Jack pensó que parecía más calmada, o que al menos había dominado su furia.

Sophie se cambió de ropa antes de salir, pero Anna no tuvo tiempo para regresar a casa, así que seguía llevando el bonito vestido que se había puesto esa mañana para la boda. Era de color amarillo pálido, con un dibujo en relieve entretejido que tenía un nombre que Jack no recordaba. Por otro lado, no sabía por qué se preocupaba por la moda en ese momento. En realidad, no era así, claro. Lo que le preocupaba era algo muy distinto.

Tomó la mano de Anna entre las suyas, notando lo fría que la tenía, incluso a través del guante.

—¿Estás preocupado?

Él se sorprendió de que se lo preguntara.

—Ojalá ya estuviéramos casados.

Ella le sonrió.

—¿Querrías tener alguna base legal para estar a mi lado?

—Casados o no, lo único que me apartaría de donde estoy ahora mismo sería una bala.

Anna tomó aliento, agitada, y apoyó la frente sobre su hombro. La había dejado sin palabras, haciendo que se olvidara de la pregunta, como era su intención. En realidad, no estaba seguro de poder mentir con convicción, y se alegró de no tener que reconocer que estaba muy preocupado.

Para Sophie, la primera sorpresa llegó antes de bajar del carruaje, frente a la oficina del juez de instrucción. Los reporteros de los periódicos, demasiados para contarlos, se disputaban el puesto como muchachos en un partido de béisbol. Empezaron a gritar antes de que los caballos se detuvieran, en un clamor de voces, lanzando palabras al azar: «doctora Savard», «Cap Verhoeven», «autopsia», «negligencia», «matrimonio». Se preguntó si los escándalos del día justificarían la publicación de una edición extra.

—No digas nada —le advirtió Cap.

—Intenta mostrarte neutral —añadió Conrad, sentado ante ella con el sombrero en el regazo—. No respondas ni las preguntas más sencillas. No frunzas el ceño, pero tampoco sonrías.

Sophie tragó saliva para que no le fallara la voz.

—Lo haré lo mejor que pueda.

Cap se arrellanaba en el extremo del asiento de cuero, aún con la mascarilla puesta. Sophie vio que ahora estaba manchada de finas gotas de sangre.

—Deberías estar en casa. Vuelve ahora mismo con el carruaje.

—Tonterías. —La mascarilla de gasa se arrugó cuando sonrió—. Estoy muy cómodo. Nos alejaremos un poco para esperaros en la esquina, mientras me echo una siesta. Anna y Jack están aquí. Será mejor que entréis lo antes posible.

La segunda sorpresa se la dio el secretario del juez de instrucción, quien se mostró educado e incluso deferente. El señor Horner los saludó con una voz profunda y cascada, y se inclinó ante ellas con solemnidad, sin rastro de condescendencia ni burla. Era un hombre alto, cadavéricamente delgado, vestido con un antiguo traje negro, bien planchado y cepillado. La ancha corbata de lino anudada a su cuello no cubría del todo una cicatriz sinuosa, tan gruesa y pálida como una babosa, que iba de una oreja casi hasta la otra. Un veterano de la guerra de Secesión, como la mayoría de los hombres de su edad.

Anna también observaba al señor Horner, y Sophie supo que intentaba averiguar qué herida habría sufrido el secretario, qué hizo el cirujano y si podría haberse hecho mejor, dejando menos cicatriz. Aquella pequeña prueba de que, como siempre, su prima estaba más interesada en practicar la medicina que en hablar de ella le dio otra cosa en la que pensar. El asunto al que habían de enfrentarse era de naturaleza médica, y la medicina era su campo.

Los condujeron a una sala de reuniones que apestaba a tabaco rancio y sudor: paredes húmedas, pintura descascarillada, ventanas sucias de hollín, las tablas del suelo deformadas. El ayuntamiento siempre parecía estar pudriéndose por dentro.

El secretario legal de Conrad ya estaba en su sitio, arreglando papeles y cuadernos, tinteros y plumas.

El señor Horner se retiró, cerrando la puerta tras de sí, y el pequeño grupo se sentó alrededor del diligente señor York, quien había conseguido reunir una gran cantidad de información en muy poco tiempo.

—El informe de la autopsia —dijo, colocando una hoja de papel llena de texto en el centro de la mesa—. Será mejor que lo lea una de las médicas en voz alta, señor.

Fue Anna quien lo cogió, para gran alivio de Sophie. Pensó que a ella le temblaría la voz, y no quería dejar entrever su miedo, ni siquiera a los suyos.

Mientras Anna leía el informe, primero para sí, el señor York se dedicó a tomar notas agachando la cabeza.

—Está fechado a las siete de la mañana —indicó ella—. Pone que se observan signos normales de embarazos múltiples y de un nacimiento reciente. Debo advertir que se trata de un documento muy técnico y crudo.

—Léelo —dijo Conrad—. Ninguno de los que estamos aquí se va a ofender.

Anna se aclaró la garganta e hizo lo que se le pidió.

El abdomen muestra una incisión laparoscópica bien cerrada que yo reabro. Encuentro una herida punzante que rasgó el cuello uterino de cuerno a cuerno con un instrumento similar a una cureta o sonda. Tras seccionar y extirpar los órganos genitales, son visibles las lesiones intestinales y mesentéricas correspondientes a la perforación uterina. Una parte del íleon de cuatro pulgadas está separada del mesenterio. El peritoneo visceral y parietal aparece lleno de exudado amarillo, materia fecal, suero sanguíneo, albúmina y aproximadamente dos cuartos de galón de pus. Un asa intestinal desplazada está cubierta de una costra fibrinopurulenta. Los demás órganos abdominales no presentan irregularidades y no se examina

ningún otro, encontrándose lesiones suficientes en el aparato repro-
ductor para llegar a una conclusión.

Causa de la defunción: choque, peritonitis septicémica y pérdida
de sangre debido a una operación ilegal, negligente e incompetente
realizada por una persona o personas desconocidas entre veinticuatro y cuarenta y ocho horas antes de la muerte.

—Lo firma el doctor Donald Manderston —concluyó
Anna—. No sé quién es. ¿Sophie?

Ella negó con la cabeza.

—El nombre me resulta familiar, pero no.

—Al menos ya sabemos por qué estamos aquí —dijo Conrad—. El problema radica en la persona o personas desconocidas. Dicho de otro modo, las heridas de la señora Campbell no
fueron causadas por ella misma. Están buscando a su abortista.

—Solo si aceptamos la premisa del forense —replicó Sophie, sin poder contener su ira—. ¿Vendrá el tal Manderston
para responder de su informe?

—Oh, sí. Ahora viene. Pero, Sophie, querida, deja que sea
yo quien haga las preguntas.

Oscar fue el último en cruzar la puerta, sofocado y tempestuoso, un rostro amigo, a pesar de su mal humor. De alguna
manera había logrado meterse en el asunto, lo que fue un golpe
de suerte. Cualquier otro inspector no habría sido tan comuni-
cativo como él cuando Jack le hiciera unas cuantas preguntas
difíciles.

En primer lugar, quería saber por qué había un ayudante del
fiscal de distrito sentado al lado del juez de instrucción. Su presencia indicaba que no era una simple reunión para aclarar unas
dudas; significaba sangre en el agua. En compañía de policías y
fiscales, las palabras «persona o personas desconocidas» eran
como un trapo rojo para un toro. La actitud que tuviera el juez,
que de momento era un enigma, sería determinante.

Jack observó a aquel hombre, de aspecto bastante anodino
salvo por la melena canosa y la barba rebelde que escondían
casi cada centímetro de piel, mientras que los quevedos encaja-

dos entre sus cejas gachas reflejaban el sol e impedían verle los ojos. Durante un instante imaginó a un barbero lanzándose tijeras en ristre sobre aquella maraña de pelo.

Hawthorn presentó a los asistentes, comenzando por dos hombres corpulentos y ricamente vestidos: el doctor Manderston, quien practicara la autopsia, y un tal Frank Heath, que, por lo visto, había sido el médico de la señora Campbell antes que Sophie. Manderston parecía medio dormido, aunque Heath estaba agitado y nervioso. Había saludado a Anna y Sophie con reticencia y muy poca cortesía profesional.

—También se ha unido a nosotros el señor Mayo, fiscal de distrito —dijo Hawthorn señalando a su izquierda.

Conrad Belmont se enderezó:

—Según tenía entendido, se trata de una simple investigación. ¿Por qué está aquí la Fiscalía, si se puede saber?

—Le pedí que nos acompañara —se apresuró a responder Hawthorn—. Y ahora, si no le importa, me gustaría empezar. Estamos ante un asunto triste, que bien merece un estudio detenido. Vamos a ir repasando los acontecimientos. La doctora Anna Savard fue la última persona que asistió a la fallecida. ¿Puede darnos alguna información sobre sus antecedentes y formación?

Al comenzar el interrogatorio, Anna pareció perder el nerviosismo incontrolable que la había atenazado unos segundos antes. Se limitó a referir qué, dónde y con quién había estudiado, sus títulos y calificaciones, los hospitales y clínicas donde había ejercido, su experiencia como cirujana, las organizaciones a las que pertenecía y, por último, comentó sus estancias en Viena, Berlín y Birmingham.

Jack estaba al tanto de todo, así que se centró en las caras de los hombres en torno a la mesa. El semblante del juez de instrucción resultaba impenetrable detrás de su barba. Los secretarios, tres, tomaban notas con gesto inexpresivo. John Mayo no revelaba mucho más, pero los sentimientos de Heath y Manderston eran evidentes. Cuando Anna contó que había trabajado en Inglaterra con un tal Tait, Manderston se irguió señalándola.

—Su nombre me era familiar, y ahora me doy cuenta de por qué. Quiso robarme a una paciente, la señora Drexel. Intentó que dejara de estar bajo mi cuidado.

405

Jack vio que Anna arrugaba la frente sin comprender, hasta que ató cabos.

—Se equivoca —dijo tranquilamente, pese a que florecieron sendos rosetones en sus mejillas—. El doctor Tait me remitió al señor Drexel, quien me escribió para consultarme acerca de su esposa. Le respondí, pero no supe nada más ni me acerqué nunca a ellos. De hecho, sospeché que la carta era una de las trampas del señor Comstock para atrapar a los médicos.

Jack se preguntó si Anna y Sophie se sentirían aliviadas al saber que aquello no había sido un truco de Comstock, sino la reticencia de un hombre a permitir que una médica se ocupara de su mujer.

Manderston se echó hacia atrás cruzando los brazos sobre el pecho:

—Eso dice usted.

Hawthorn golpeó la mesa con el puño:

—Doctor Manderston, le ruego que recuerde por qué estamos aquí. Cualquier asunto que tenga que discutir con la doctora Savard deberá esperar. Y ahora, ¿puede hablarnos de usted, doctora Savard Verhoeven?

El relato sobre la formación y la experiencia de Sophie recibió aún menos aprobación por parte de Manderston y Heath, que empezaron a revolverse en la silla. Una pregunta de Hawthorne lo cambió todo:

—Doctor Heath, usted fue el médico de la señora Campbell hasta hace poco. ¿Cuánto tiempo llevaba tratándola?

—Era mi paciente desde que se casó, cuando llegó a esta ciudad. La vi por última vez en febrero, a punto de dar a luz.

—Pero usted no la asistió en ese parto.

—No —dijo Heath—. Tuve que salir de la ciudad. La señorita Savard, la señora Verhoeven, aceptó ir en mi lugar.

—La doctora Verhoeven —corrigió Conrad secamente.

—La doctora Verhoeven —repitió Heath torciendo la boca con acritud—. La doctora Verhoeven la asistió. Eso iba a ser todo. No pensé que tuviera el descaro de robarme a la paciente.

Belmont dijo:

—A menos que tenga pruebas de que la señora Campbell fuera obligada de algún modo, el doctor Heath está haciendo acusaciones sin fundamento.

Heath frunció el ceño, pero no tenía nada que decir.

—Tal como suponía. Si me permite la pregunta, doctor Heath, ¿cómo se encontraba la señora Campbell la última vez que la vio?

—Estaba sana, sin signos físicos de enfermedades —respondió en el acto, como si hubiese estado esperando la pregunta.

—¿Y su estado mental?

Entonces pareció sorprenderse, como si nunca hubiera oído esa pregunta.

—¿Y qué tiene que ver eso?

—Es una pregunta razonable —dijo Hawthorn.

—Pues igual que siempre. Nada extraordinario.

Jack se reclinó y cruzó las manos sobre la cintura, preparándose para presenciar lo que prometía ser uno de los famosos interrogatorios de Belmont, diseñado para extraer información por medio de ingeniosos circunloquios. Al cabo de media hora, Heath terminó por farfullar que no sabía nada sobre el estado mental de la señora porque no le había preguntado, y no le había preguntado porque..., bueno, ¿qué importancia tenía eso?

Después de un breve silencio, Hawthorn se dirigió a Sophie:

—Doctora Verhoeven, según tengo entendido, usted ayudó a traer al mundo al hijo de la señora Campbell el pasado mes de marzo.

Sophie confirmó que lo había hecho.

—¿La vio después del parto?

—Sí, la visité a los dos días para asegurarme de que se estaba recuperando, y luego fue a verme a mi consulta hace unas semanas.

Todas las cabezas se volvieron de repente hacia ella.

—Creo que no tenía ese dato —dijo Hawthorn—. ¿Por qué razón fue a verla a su consulta?

—Me pidió que le hiciera una revisión.

—Ajá. ¿Y cuáles fueron sus hallazgos?

—Era una joven saludable. Es decir, estaba físicamente sana, pero muy melancólica e incluso desesperada.

—Como es común después de cualquier parto —intervino Heath.

—No hasta tal punto —le contradijo Sophie.

Heath hizo un gesto despectivo con la mano.

—¿Le explicó el motivo de su estado mental? —preguntó el juez de instrucción.

Sophie no dudó:

—La aterraba la idea de estar embarazada.

—¿Fueron esas sus palabras exactas?

—No. Dijo: «No puedo tener otro bebé tan pronto. Me mataría».

Jack no vio sorpresa ni preocupación de ningún tipo en las caras que rodeaban la mesa, y por primera vez entendió a qué se referían Anna y Sophie cuando hablaban de la ceguera deliberada de los hombres.

—Así pues, la señora Campbell estaba embarazada. —El juez de instrucción quiso confirmar el dato, pero ella no se dejó pillar los dedos.

—Quizá, pero era demasiado pronto para comprobarlo mediante un reconocimiento.

—Esa mujer tenía una imaginación exaltada —atajó Heath, haciendo caso omiso de la mirada torva que le lanzó Sophie, mientras que Hawthorn pareció no darse cuenta.

—¿Operó usted a la señora Campbell, doctora Savard?

Conrad se aclaró la garganta.

—Perdone. Doctora Verhoeven.

—No lo hice.

—¿Le pidió el nombre de individuos que practicaran abortos?

—No.

—¿Le ofreció usted los nombres de esas personas?

—Esa pregunta es capciosa, señor Hawthorn —dijo Conrad—. Le ruego que la reformule o me veré obligado a recomendarle a mi cliente que guarde silencio.

—La retiro por el momento. Doctora Savard, usted sí operó a la señora Campbell.

—Sí, ayer, en el New Amsterdam —respondió Anna.

—¿Y antes de eso?

—No la había visto nunca.

—Ha leído el informe del doctor Manderston. ¿Está de acuerdo con su opinión sobre la causa de la muerte?

Jack se alegró de que por fin llegaran al meollo de la cuestión. Anna también pareció alegrarse, porque empleó el mismo tono tranquilo y natural que le había oído en el aula.

—Las observaciones del doctor Manderston son similares a las mías, pero discrepo de su conclusión de que fuera una operación realizada por una persona o personas desconocidas.

El fiscal del distrito Mayo se echó hacia delante, arrugando su larga nariz como si olisqueara un rastro prometedor:

—¿Insinúa que fue una operación legal?

—No respondas hasta que el fiscal aclare a qué se refiere con la palabra operación —le advirtió Belmont.

Mayo inclinó la cabeza:

—¿Diría que la señora Campbell se sometió a un aborto?

—No puedo afirmarlo con certeza —dijo Anna—. Ni siquiera estoy segura de que estuviera embarazada.

—¿No se apreciaría el embarazo en esta etapa temprana al abrir los órganos reproductores?

—Si el útero hubiera estado intacto, ciertamente. Pero había daños graves desde al menos un día antes.

—Entonces digámoslo así: ¿se sometió a un intento de aborto?

Anna miró al hombre a los ojos:

—En mi opinión profesional, el procedimiento en cuestión estaba destinado a interrumpir un embarazo, en caso de que existiera. Como bien sabe, tales operaciones están prohibidas por la ley.

Mayo pasó un dedo por la mesa como si hubiera algún grabado en la madera que debía descifrar. Jack supuso que era un gesto planeado para distraer y desorientar a los testigos, pero se equivocaba al pensar que Anna se alteraría tan fácilmente.

—¿Ha practicado usted esa operación? —preguntó Mayo.

—No respondas a eso —replicó Belmont—. No es relevante.

—Estoy de acuerdo —dijo Hawthorn—. Doctora Savard, ¿en qué no está de acuerdo con las conclusiones del doctor Manderston?

—Discrepo en que la operación la llevara a cabo una persona o unas personas desconocidas.

Mayo abrió los ojos con fingido disgusto:

409

—¿Sabe quién operó a la señora Campbell? Podría haberlo dicho desde el principio, y no estaríamos aquí.

Anna miró a Manderston durante largo rato antes de responder:

—En mi opinión, las heridas de la señora Campbell fueron autoinfligidas.

Heath se echó a reír, atónito.

—Eso es ridículo.

—Yo diría que es completamente imposible —objetó Manderston.

Hawthorn lo miró enarcando una ceja.

—Según tengo entendido, muchas mujeres se realizan estas operaciones a sí mismas, y a menudo con éxito.

—No en este caso —dijo Manderston—. No fue un simple raspado que salió mal. El daño fue considerable y el dolor la habría detenido.

El juez de instrucción miró a Anna.

—¿Doctora Savard?

—El dolor habría detenido a un hombre —convino Anna.

—Las mujeres desesperadas son capaces de cosas peores —respondió Sophie.

Heath resopló abiertamente:

—Supongo que lo sabrá por su amplia experiencia.

—Pues sí. Pero yo trato sobre todo a mujeres pobres, para quienes la desesperación no es la excepción, sino la regla. —Sophie miró primero a Manderston, luego a Heath, y viceversa—. Ustedes tendrán menos experiencias de ese tipo en sus hospitales.

—Yo ya ejercía la medicina cuando usted nació —declaró Heath frunciendo los labios.

—Evidentemente, pero en las residencias de los ricos o en su propia consulta.

—La señora Campbell era mi paciente, si me permite recordarlo.

—Y ella dejó sus cuidados.

—Porque sabía que jamás le practicaría la operación que buscaba.

—Porque estaba aterrorizada y sabía que a usted le daba igual.

—Señor Hawthorn —gruñó Heath—, no permitiré que me hable así una… —Tosió y balbuceó levantándose de la silla.

—Siéntese, doctor Heath —le ordenó Hawthorn—. Ya casi hemos terminado. No veo otra opción que convocar a un jurado forense para que decida si fue un suicidio accidental o una muerte por negligencia.

—O ambas cosas —murmuró Manderston, lo bastante alto para que lo oyera toda la sala.

—Volveremos a reuniremos el lunes —continuó Hawthorn sin hacerle caso.

Sophie se puso en pie de inmediato y se inclinó sobre Anna, posando una mano en el hombro de Jack para incluirlo en la conversación:

—Debo ir con Cap para llevarlo a casa y acostarlo. ¿Nos vemos más tarde?

—Esta noche no —dijo Anna—. Tú también necesitas un descanso, Sophie. Dejemos que Conrad haga su trabajo, y ya hablaremos el fin de semana. Tenemos hasta el lunes para elaborar una estrategia.

Miraron al frente de la sala, donde departían los abogados, los secretarios y el juez de instrucción.

—¿De qué creéis que hablan? —preguntó Anna.

Jack contestó:

—Belmont insistirá en que se practique una segunda autopsia, y sin duda le pondrá pegas al jurado. En otros casos parecidos, ha convocado a tantos médicos como ha podido…

—Pero no en nuestro caso —terminó Anna por él—. Será mejor que no sean médicos hombres quienes nos juzguen.

—¿Entonces quién? —dijo Sophie—. ¿Podemos proponer nombres?

—Deberíais hacerlo —opinó Jack—. Decídselos a Conrad lo antes posible, y él se encargará de todo.

—Eso haremos. —Anna miró a Sophie—. Ahora ve con Cap, dale mucho amor y dile que Conrad tiene las cosas bajo control.

—De acuerdo —respondió Sophie—. Aunque ni yo misma lo creo.

411

24

NEW YORK TIMES
Viernes, 25 de mayo de 1883
EDICIÓN DE LA TARDE

UN JURADO PROCESARÁ A DOS MÉDICAS
EN RELACIÓN CON LA MUERTE DE JANINE CAMPBELL

Ayer, mientras el resto de la ciudad disfrutaba de los fuegos artificiales que cerraron las ceremonias del puente nuevo sobre el East River, se realizó una autopsia en el hospital de caridad New Amsterdam. La señora Janine Campbell, una respetable ama de casa y madre de cuatro niños pequeños, había fallecido unas horas antes. El examen *post mortem* reveló indicios de negligencia.

Las médicas citadas para el interrogatorio en relación con este caso fueron la doctora Sophie Verhoeven, quien asistió a la señora Campbell en el nacimiento de su cuarto hijo en marzo, y la doctora Anna Savard, la cirujana que estaba de guardia cuando la señora Campbell llegó ayer al New Amsterdam.

Las dos médicas son primas lejanas que crecieron juntas en Waverly Place. Sophie Savard Verhoeven, mestiza, nació en Nueva Orleans y llegó a Nueva York tras quedar huérfana en 1865. Ambas mujeres se licenciaron en la Escuela Femenina de Medicina y están registradas en la Dirección de Sanidad.

Las doctoras Savard y Verhoeven se han reunido esta tarde con el juez de instrucción Lorenzo Hawthorn en sus oficinas, acompañadas por su abogado Conrad Belmont, para responder a las preguntas que surgieron a raíz de la autopsia realizada por el doctor Donald Manderston del Hospital Femenino. Después de dicha reunión, Hawthorn anunció que convocaría un jurado forense que decidirá si la muerte de la señora Campbell puede atribuirse a una

412

negligencia criminal por parte de una de las facultativas que la trataron. Si así fuera, las investigadas pasarían a ser encausadas por un gran jurado.

NEW YORK WORLD
Viernes, 25 de mayo de 1883
EDICIÓN DE LA TARDE

LA NOVIA MULATA SE ENFRENTARÁ A UN JURADO

Como se informó en la edición de la mañana del *Post*, Sophie E. Savard, casada esta mañana con Peter Verhoeven, abogado, el rico heredero de una de las familias más nobles de la ciudad, ha sido llamada para comparecer ante un jurado el próximo lunes. La fallecida es la señora Janine Campbell, una joven que estaba bajo el cuidado de la doctora Savard Verhoeven en el momento de su muerte por negligencia. También se está interrogando a la doctora Anna Savard, la última médica que trató a la víctima el día de su muerte.

Por consiguiente, el señor y la señora Verhoeven han retrasado su viaje a Marsella.

El sábado por la mañana, temprano, Anna tomó un carruaje para el embarcadero de Staten Island al pie de la calle Whitehall, donde la esperaba Jack. Él la besó en la mejilla, cogió su bolso y su maletín, compró los billetes y encontró asiento rápidamente y sin alboroto. Anna, mareada y desanimada después de una mala noche, se sintió ofendida por ello. Era como si los acontecimientos del día anterior no le hubieran afectado en ningún sentido, ni bueno ni malo. Le daba una rabia espantosa.

Tras acomodarse para el viaje, pensó que Jack sacaría el tema de la vista y se sintió aliviada e irritada cuando no lo hizo. En su lugar le habló de una carta de su madre, de una antigua rivalidad entre dos cuñadas por culpa de lo que él llamaba salsa de tomate, de las quejas del tío Alfonso por la total falta de lógica de la ortografía inglesa y de la perra de la casera de Os-

413

car, que había parido seis cachorros durante la noche sin hacer el menor ruido. Aunque también podía ser, según sugirió Jack, que el consumo de cerveza de Oscar hubiera tenido algo que ver con su sueño ininterrumpido. Conversaciones fáciles y reconfortantes que no guardaban relación alguna con la muerte, las autopsias o la ley Comstock. No hablaron de Sophie ni de Cap, y en el fondo, como se recordó a sí misma, ¿acaso no deseaba pasar el día a solas con él?

Cuando hizo una pausa en su narración, Anna señaló algo:

—Estás tratando de quitarme el mal humor.

Jack estiró las piernas, cruzó los tobillos, puso las manos detrás de la cabeza e inclinó el rostro hacia la brisa salada. Sonrió sin mirarla.

—¿Cómo lo estoy haciendo?

Anna reprimió su propia sonrisa, pero admitió la derrota; aquella era una mañana de verano demasiado bonita para preocuparse por cosas inevitables e incluso imprevisibles. Todo debía dejarse en manos de Conrad Belmont, al menos por el momento.

—Sorprendentemente bien.

—Qué alivio. Da mala suerte fruncir el ceño en tu cumpleaños.

Anna cerró los ojos y echó la cabeza hacia atrás.

—Sophie ha estado contándote cuentos.

—¿No es tu cumpleaños?

Anna murmuró en respuesta.

—Me dijo que no quieres regalos. Que no te gustan los cumpleaños.

—Es cierto.

—A mí sí me gustan los regalos.

—¿Es tu cumpleaños?

—Pues no, pero si no vas a aprovechar los tuyos...

Anna se volvió hacia él.

—¿Y qué es lo que quieres por tu no cumpleaños?

—Ya pensaré en algo.

Luego sacó un paquete envuelto de su maleta mientras le contaba los avances en la reparación de la antigua casa de los Greber. Con la salvedad de que no la llamó así, ni «mi nueva casa» o «nuestra nueva casa», sino Hierbajos.

Las hermanas Russo le habían dado ese extraño nombre para distinguirla de la casa de la tía Quinlan, ahora rebautizada como Rosas. Por ejemplo, decían: «Nos vamos a jugar a Hierbajos», o «En Rosas se estarán preguntando dónde estamos». Los demás habían adoptado los nuevos nombres sin comentarios ni discusiones. Anna temía que se mantuvieran incluso después de que el señor Lee hubiera transformado el descuidado jardín en una obra de arte. Seguramente, al cabo de cincuenta años, muy poca gente recordaría el porqué.

Jack le entregó el paquete envuelto en papel marrón.

—No es un regalo de cumpleaños, sino muestras de papel pintado. Mis hermanas quieren saber cuál te gusta.

Anna desdobló las muestras y las extendió en su regazo. Girasoles enormes ante un fondo marrón y granate, agapantos en verde oliva y gris, rosas de mayo que se amontonan sobre un enrejado salpicado aquí y allá de manchas azules que se suponía que eran pájaros cantores. Luego volvió a doblarlas y guardó el paquete mientras lo pensaba.

—¿Es necesario que tengamos papel pintado? —dijo al fin. 415

Jack dejó escapar un suspiro de alivio.

—Quizá podamos convencerlas entre los dos. Me daría dolor de cabeza verlo todos los días.

—Diles que… Déjalo, no hace falta que hables por mí. Se las enseñaré a una amiga que admiro. Tal vez baste con eso.

—¿Una amiga?

Ella le lanzó una mirada.

—Pareces sorprendido.

—En absoluto, aunque recuerdo que una vez me dijiste que no tenías muchos amigos.

—Es muy grosero de tu parte recordar todo lo que digo. —Intentó sonar severa, pero solo logró soltar un débil bufido—. Tengo unas cuantas amistades. Esta se llama Lisped; fuimos con su hija a la Cooper Union. Annika se casó con un sueco y se marchó a su país, pero su madre sigue aquí.

—Espera, ¿Sophie y tú fuisteis a la Cooper Union? Pensaba que solo daban clases para adultos.

—El instituto tiene un aula para los hijos de los profesores. La tía Quinlan enseñaba dibujo y pintura, el tío Vantroyen de Cap, ingeniería, y el padre de Annika, matemáticas. Así es como conocí a Cap, mientras los adultos asistían a una conferencia, antes incluso de que empezáramos a ir a la escuela.

—Nunca me habías contado nada de eso.

—¿No? Pues no sé, tampoco creo que fuera nada extraordinario, aunque supongo que nos mimaron bastante en lo referente a la educación. Siempre fomentaron nuestra curiosidad, y todo era un juego, desde las matemáticas hasta el latín. Aprovechábamos cada oportunidad para salir a explorar por nuestra cuenta. A veces nos acompañaban Annika y su hermano Nils… Lo que quería decir es que me gustaba mucho la casa de su madre. Siento una gran admiración por Lisped. Si hubiera tiempo para ir a visitarla, es posible que tus hermanas se llevaran una sorpresa.

—También podrían dártela ellas a ti.

«Eso estaría bien», pensó Anna.

Después se quedaron largo rato en silencio, disfrutando del aire marino y del sol en el agua, así como de la promesa de lo que podía ser un día perfecto. Anna se dio cuenta de que el mal humor la iba abandonando poco a poco hasta desaparecer sin dejar rastro. Soltó el aliento que no sabía que estaba reteniendo, apoyó la cabeza en el hombro de Jack y se quedó dormida. Cayó en un sueño tan profundo que se despertó desorientada una hora más tarde, cuando él le susurró en la oreja y un escalofrío le recorrió la espalda:

—Arriba, Savard. Estamos en Vanderbilt's Landing.

—¿Sabes?, podrías empezar a llamarme Anna —le dijo ella mientras caminaban del embarcadero a la estación de tren de Stapleton, contemplando la costa y todas las mansiones que se alzaban ante el estrecho, las residencias de hombres que viajaban cada mañana y cada tarde a Brooklyn o Manhattan en el transbordador.

—Tú casi siempre me llamas Mezzanotte.

—Porque me gusta cómo suena. Si tu apellido fuera Düsediekerbäumer, Gooch o Quisenberry… —Se encogió de hombros.

—¿No me habrías dirigido la palabra?

—Bueno —respondió haciéndose a un lado—. Claro que

habría hablado contigo, pero no podría casarme con un hombre apellidado Düsediekerbäumer. De hecho, ya es raro que vaya a casarme. Jamás creí que fuera a hacerlo.

Estaba de un humor más liviano, juguetón incluso, aunque en el fondo seguía exhausta. De pie junto a él en el andén, casi se balanceaba con la brisa, parpadeando como un búho bajo el sol brillante.

—Qué hay de Anna Mezzanotte, ¿te gusta cómo suena?

Anna se sacudió la modorra de pronto.

—Hum…

Jack se había preguntado si aquello supondría un problema, si ella se resistiría a tomar su apellido. Esperaba no tener que convencerla, porque era un asunto al que sus padres, especialmente su padre, se opondrían.

—Tengo una sugerencia —dijo antes de que Anna pensara una respuesta—. Pero esperemos hasta encontrar los asientos.

En cuanto el tren salió de la estación, ella retomó el tema:

—¿Qué es lo que sugieres?

—Entiendo que, como médica, querrás seguir siendo la doctora Savard. Pero en casa, y cuando vengan los niños…

—Llevarán tu apellido, por supuesto. —Su semblante se inundó de alivio—. Pensaba que te molestaría que conserve mi… nombre profesional.

Jack negó con la cabeza, al tiempo que pensaba: «Hay que saber elegir las batallas».

—En casa eres una mujer, y en el hospital, otra.

Anna se desplomó sobre el respaldo del asiento y volvió a bostezar.

—Se me cierran los ojos.

—Pues duerme —respondió él ofreciéndole el hombro—. Te despertaré si pasa algo emocionante.

Ella se rio, y frotó la mejilla contra su chaqueta como para encontrar el lugar perfecto.

—A saber qué se considera emocionante en Staten Island. ¿Un ciervo en las vías?

Tenía otras preguntas sobre la ruta, si la línea pasaba cerca de la bahía de Raritan, si habría tiempo de pasear por las playas más tarde, pero se volvió a dormir sin esperar comentarios ni respuestas.

417

Él la rodeó con el brazo para sostenerla frente al vaivén del tren y alzó la vista para darse cuenta de que eran observados por dos ancianas, esposas de agricultores casi con seguridad, a juzgar por sus descoloridos parasoles y delantales. Viendo dormir a Anna como si asistieran a una función de teatro sobre un escenario. El sueño la despojaba de la feroz inteligencia de su rostro y la convertía nada más y nada menos que en una mujer reposando en la plenitud de su juventud, inocente, casi de otro mundo. Entonces las ancianas se volvieron para mirar por la ventana, y el momento pasó.

Jack sopesó la idea de sacar el *Times* de la maleta, hasta que recordó el artículo del margen inferior de la primera página, donde figuraba el nombre de Anna de manera prominente. Quizá no lo hubiera visto todavía. Esperaba que no. Es más, esperaba que no hubiera visto el *Post* ni ninguno de los periodicuchos en los que se divertían tanto diseccionando a las Savard. Mañana sería otro día, o incluso pasado mañana. Pero hoy eran libres de todo y de todos.

Atravesaron la bahía de Raritan a una marcha lenta que permitía contemplar largos tramos de dunas que revelaban la orilla donde los ostreros arrastraban sus rastrillos. En el horizonte se veían barcos como manchas de pintura que brillaban al sol.

Según el horario del tren, el viaje duraría una hora, pero Jack no tardó en darse cuenta de que aquello era más una suposición caprichosa que un hecho. Los pasajeros subían y bajaban ociosos, como si nunca hubieran oído la palabra horario. En una parada, el conductor se sentó en una cómoda pila de equipajes y se entregó a lo que parecía ser una profunda conversación con el jefe de estación, interrumpiéndose solo para encender su pipa. Tan cerca de Manhattan, y un mundo completamente diferente, distinto también de Greenwood, de maneras que no podía precisar salvo porque ese era su hogar.

Stapleton era una ciudad propiamente dicha, pero el resto del interior de Staten Island lo formaban granjas, bosques y tierras salvajes. La siguiente parada fue en un pueblo que se extendía alrededor de la estación de tren como un delantal: bonito, ligeramente destartalado y muy tranquilo salvo por el silbido de la locomotora. Un grupo de tulipanes proyectaba sombras sobre el camino, donde una joven de piernas largas con zuecos de madera pastoreaba un par de cabras. La criatura que colgaba de su cintura cerraba el puño sobre la manga de su vestido.

Al otro lado de las vías surgían huertos, albaricoqueros, ciruelos y cerezos en flor, franjas de blanco, rosa y rojo hasta donde alcanzaba la vista.

Las paradas se hacían cada diez o veinte minutos, jalonadas de largos intervalos sin motivo aparente. Cada estación era más pequeña y sencilla que la anterior, con menos edificios circundantes. Los trechos de bosque se alargaban, con manzanos esparcidos entre los cedros y los eucaliptos, cuyos pétalos flotaban en la brisa. Los pasajeros iban y venían, se saludaban y hablaban como si conocieran a sus padres y abuelos, sus secretos y debilidades. Anna durmió durante todo el trayecto, sin percatarse de nada.

Le habían dicho que Pleasant Plains era la parada más cercana al nuevo orfanato Monte Loretto, pero Jack compró billetes para Tottenville, dos estaciones después, en un pueblo más importante y la última parada de tren de la ribera sur con servicio de transbordador, cuyo destino era Perth Amboy, en Jersey. En Tottenville esperaba encontrar una fonda, indicaciones, un establo donde alquilar un carruaje, y luego, finalmente, una habitación de hotel, si los hados eran propicios.

Cuando el revisor pasó gritando «¡Tottenville, fin de la línea, Tottenville!», Jack obtuvo la información básica que necesitaba: el nombre de un restaurante donde podrían tomar un buen almuerzo, y, tras mencionar que iban al Monte Loretto, la noticia de que el padre McKinnawae había partido a la ciudad esa misma mañana, tomando el tren y el transbordador del norte. No volvería hasta dentro de un par de días, por algún suceso relacionado con su Misión de la Inmaculada Concepción, aunque siempre era así con aquellos golfillos. Papista o no, McKinnawae era un santo, y nadie lograría convencer a Tom Bottoms de lo contrario.

—¿No hay nadie en el Monte Loretto? —preguntó Jack.

—Yo no he dicho eso. Aquello está lleno de monjes, ya sabe usted, con túnicas marrones y calvas. —Se quitó el sombrero para mostrar su propia coronilla, brillante de sudor—. Siempre trabajando como abejas obreras, hasta caer rendidos.

419

Υ

Mientras se dirigían a la posada, Anna se preguntó por qué no estaba más molesta. Menuda caminata sin una buena razón. Aunque irían al Monte Loretto para indagar, la posibilidad de obtener un verdadero progreso parecía remota. Podían darse la vuelta y volver a la ciudad, pero ninguno de los dos lo propuso, y Anna se alegró. La sola idea le daba dolor de cabeza.

El restaurante era más bien una cafetería, con unas pocas mesas y una barra donde los ancianos se encorvaban sobre sus tazas y trozos de pastel. Consiguieron la última mesa libre, una que daba a la terminal del transbordador. A través de las ventanas relucientes, Anna vio gaviotas volando que se llamaban unas a otras con voces que siempre le habían parecido desoladoras, incluso con aquel tiempo tan espléndido.

—Podemos ir al Monte Loretto esta tarde —dijo Jack—. Y buscar una playa por la que pasear después. Echar una siesta en algún lugar a la sombra. Quizá debería escribirle una nota de agradecimiento a McKinnawae por no estar aquí.

Anna pensó en decir lo que le pasó por la mente: tal vez era hora de rendirse. Los hermanos Russo se habían esfumado, y ya solo podían esperar que hubieran dado con buenas familias. Pero, en lugar de eso, la camarera vino y pidieron estofado de ostras —las más frescas de la isla, según les dijo—, mezcladas con patatas y zanahorias en un suave caldo, servido sobre un delicado hojaldre mantecoso.

—No puedo comer tanto —dijo Anna, aunque luego demostró estar equivocada.

Se detuvo justo antes de la última cucharada, de la que Jack dio buena cuenta. Y, por cómo miraba los pasteles bajo las campanas de cristal, resultaba evidente que seguía hambriento. Entonces pidió un trozo de merengue de limón que le dio a probar con su tenedor, suave, ácido y dulce a la vez.

Qué cosa tan extrañamente íntima, comer del mismo tenedor. Anna dejó que el pastel reposara en su lengua, disfrutando de los sabores y las texturas, y disfrutando también de cómo los ojos de Jack se fijaron en su boca y luego en su garganta mientras tragaba. Aunque no había ni rastro de transpiración en su piel, pensó que detectaba su olor, uno que tal vez solo ella percibía. Era consciente del latido de su propio pulso en sus muñecas, en la base de su garganta y en lo más profundo de su ser.

Casi habían terminado cuando un niño malhumorado, sentado con sus padres en la mesa de al lado, soltó un grito impaciente y se lanzó de la silla, tan rápido que ni la madre ni el padre pudieron atraparlo. Se golpeó la barbilla con el suelo y se puso en pie como la pelota de goma de tres años que era.

Durante un segundo se hizo el silencio, hasta que se dio cuenta de que le caía sangre de la barbilla y empezó a berrear. Para Anna estaba claro que no lloraba de dolor, sino de fastidio e indignación. Sus padres, por el contrario, parecían al borde del desmayo.

—¿Puedo echarle un vistazo? —preguntó Anna levantándose. Y ante sus expresiones perplejas—: Soy médica.

Al principio pensó que iban a mandarla a paseo, irritados ante tan evidente mentira, pero finalmente se impuso el sentido común y el joven padre, con un rostro casi tan lampiño como el de su hijo, lo dejó en sus brazos. Ella se sentó con el pequeño en el regazo, inclinado para que sangrara sobre sus ropas ya manchadas, en lugar de sobre las de Anna.

421

—Se llama Ernst —dijo la madre, juntando las manos como si tuviera que luchar contra las ganas de cogerlo en brazos y llevárselo.

Jack ya había traído su maletín y lo había abierto, agachándose a la espera de que le pidiera lo que necesitase.

—Hala —le dijo Anna a Ernst, señalando un punto invisible en las tablas del suelo—. Fíjate en el agujero que has hecho. Debes de tener la cabeza muy dura. —El niño, sorprendido, dejó de llorar y miró el suelo. Mientras Anna le limpiaba la sangre con una gasa, le habló con voz tranquila, haciendo que olvidara lo insultado que se suponía que estaba—. Vengan —les hizo un gesto a los padres para que se acercaran—. Tiene un corte, pero es pequeño. No hace falta darle puntos. Solo hay que desinfectar la herida y ponerle una venda para que no se ensucie.

Anna levantó la vista y descubrió a Jack observándola con expresión franca, sincera e inconfundible: la amaba de verdad. Ella había querido creerlo, se había propuesto creerlo, pero ahora lo veía con tanta claridad como la cara del niño en sus brazos, con los mofletes redondos y los ojos verde mar todavía llenos de lágrimas.

Ernst la miró solemnemente y dijo:

—¿Yo he roto el suelo?

Fue la camarera quien les advirtió que el señor Malone, el de los establos, gustaba de dormir la siesta a primera hora de la tarde, y nunca en el mismo lugar:

—Ni se molesten en llamarlo por su nombre. Los días buenos está casi sordo, y hace más de un año que no tiene un día bueno.

—Oye, Nell, no cuentes cuentos —dijo alguien desde el otro lado de la sala—. Tu padre siempre aparece con la campana de las dos.

Ella se echó a reír.

—Mi padre no oye las campanas, pero es verdad que no tardará mucho —reconoció con cierto afecto, pensó Jack.

El señor Malone llegó poco tiempo después, con briznas de paja entre sus escasas canas. Hablando a gritos, se las arreglaron bastante bien para alquilar un caballo y un carruaje ligero de dos ruedas, pero para entonces ya eran las dos y media, y aún no sabían exactamente adónde iban.

—Tendremos que ir a otro lugar para pedir indicaciones —dijo Jack.

Sin embargo, Anna pensó otra cosa, sacó un lápiz y un papel, y los puso en la barra delante del viejo. Entonces escribió con letra clara: «Por favor, dibuje un mapa del Monte Loretto».

Por lo mucho que se alegró de ayudarlos, cualquiera habría dicho que le habían dado un billete de cien dólares. Al cabo de cinco minutos tenían un mapa decente, con los caminos marcados. Anna le dio al hombre cincuenta centavos, y él le guiñó un ojo.

—Empezaba a pensar que esta empresa estaba condenada —dijo Anna cuando se pusieron en marcha.

Jack le dio un golpecito con el hombro.

—Hay que tener fe, Savard.

Durante unos minutos, el joven alazán exigió toda su atención con sus juegos, feliz de trotar al sol, y cuando pudo mirar a Anna, ella estaba absorta en el paisaje. «¿Qué me he perdido?», se preguntó él, pues parecía estar mordiéndose la lengua por algo, pero no quiso importunarla en una tarde tan buena. Pasaron por una pequeña granja rodeada de cornejos y laurel de montaña, cuyas primeras flores se abrían temblorosas. Los gansos se dedicaban a buscar gusanos y babosas en un parterre recién cavado, de un blanco intenso sobre la tierra oscura.

Jack le señaló un grupo de caquis cubiertos de satinadas flores blancas, unas azaleas *pinxter*, violas y violetas.

—Yo solo puedo nombrar unas tres plantas de los cientos que hay —dijo Anna—. Pero, para ti, cada una tiene su personalidad.

—Supongo que sí. Mi madre habla de las plantas como si tuvieran mente propia.

—¿Crees que me dará su aprobación? —Hizo la pregunta a la ligera, pero estaba nerviosa, como lo habría estado Jack si el padre de Anna aún viviera.

—Sí, lo creo.

—¿Incluso si soy la causa de que tus hermanas vuelvan a casa?

—Te querrá más por eso. Le gustaría tenerlas en casa.

Anna respondió con un murmullo.

Jack la miró y advirtió dudas y suspicacia en su semblante.

—¿Y si tus hermanas no quieren volver a Greenwood?

—Las jóvenes solteras no viven solas. Es una ley no escrita, pero sagrada, entre las familias italianas. Si a alguna le pasara algo, sería una vergüenza para los hombres de la familia.

Tras una pausa larga y casi tensa, Anna dijo:

—Tenemos espacio para ellas en la casa nueva.

Jack se oyó soltar el aliento.

—No hablarás en serio.

—No, pero al menos deberíamos discutir la posibilidad.

—Te volverían loca.

—Tal vez. Pero trabajo todo el día, y no tengo tiempo para cocinar y limpiar. Si estuvieran dispuestas a ocuparse de la casa…

—No quiero compartirte con mis hermanas. Y podemos contratar a un ama de llaves.

423

Habían mantenido una conversación realista sobre el dinero: ganancias, ahorros y propiedades. A cambio de renunciar a su parte de la granja familiar, Jack tenía una participación en la floristería de la ciudad, lo que reforzaba el modesto salario que recibía como inspector. El padre de Anna había liquidado sus propiedades en Nueva Orleans mucho antes de la guerra. Si no hubiera sido por el pánico de 1873 y la depresión posterior, serían moderadamente ricos; tal como iban las cosas, estaban en una posición mucho mejor que la mayoría de su generación. No podrían construir mansiones en la Quinta Avenida, pues para eso habrían necesitado las fortunas conjuntas de los Astor y los Vanderbilt. Podían contratar a un ama de llaves, y sin duda la iban a necesitar.

Ella asintió a regañadientes.

—La cuestión es que si se ven obligadas a volver a Greenwood por mi culpa, nunca podré ganármelas. ¿Qué? Pareces sorprendido.

424

—Pensaba que no te importaba lo que pensaran los demás.

—Por supuesto que me importa —dijo Anna. Y luego, cuando él le sostuvo la mirada por un momento—: Bueno, está bien. Puede que me dé igual lo que piense una tendera de mis botas o el fiscal de distrito de mi educación, pero estamos hablando de tu familia, sobre todo de tu madre. Me gustaría que se alegrara por ti. Lo que me recuerda... —Jack se puso tenso—. Supongo que hace tiempo que te presionan para que te cases. ¿Te eligieron una esposa?

—Pues, en realidad...

Entonces fue Anna quien se puso tensa.

—No será verdad...

—Digamos que me han presentado a varias jóvenes que le gustaron a mi madre. Todas italianas, claro.

—¿Y judías?

Jack agachó la cabeza, pensativo.

—Dos de ellas, si mal no recuerdo.

—¿Y tú te negaste?

—Pues claro que me negué. ¿O pensabas que tenía una mujer escondida en algún sitio?

—¿No te gustaba ninguna?

—Me gustaban bastante.

—¿Eran bonitas?

—Oh, no. No vamos a entrar ahí.

—Ja —dijo Anna—. Has abierto una puerta y no voy a dejar que la cierres tan rápido. Así que tu madre...

—No solo mi madre. Mis tías y mis primas también.

—Ya veo. Así que te buscaron a una buena italiana, una muchachita linda criada para llevar la casa y tener hijos. ¿En serio crees que les voy a gustar?

—Sí, porque son mi familia —respondió Jack—. Porque quieren que sea feliz, y tú me haces feliz. Es así de simple.

No quería sonreír, pero no pudo evitarlo. A Anna se le pasó por la cabeza la idea de preguntarse por qué sacaba un tema tan espinoso precisamente aquel día. Cuando era niña, solía exasperar incluso a las personas más pacientes. La tía Quinlan había logrado frenar ese impulso a lo largo de los años, de modo que de adulta era capaz de resistirse, en la mayoría de los casos.

—Estoy siendo quisquillosa y ni siquiera sé por qué —le dijo—. Siento haberte pinchado.

Jack reaccionó con su expresión de calma habitual.

—Es normal que estés nerviosa por el pequeño de los Russo. Si estuviera aquí, podríamos llevárnoslo a la ciudad.

—Quizá, pero el que no está es el padre McKinnawae. —Aunque en el fondo se alegraba, aquello se lo guardó para sí misma.

Subieron por una cuesta desde la que se podía ver el orfanato Monte Loretto, o lo que pronto sería el orfanato. Media docena de edificios, algunos apenas comenzados, otros casi terminados, alrededor de una gran plaza en la que se alzaban unos cimientos de ladrillo, seguramente una iglesia, por su forma y tamaño. Había un grupo de hombres trabajando, ataviados con toscas túnicas marrones. Al otro lado del conjunto principal se afanaban más hombres en un granero, mientras que otros conducían bueyes por el prado. Grandes pilas de madera, ladrillos y tejas separaban el claro del resto del bosque.

—Monjes —dijo Jack antes de que ella preguntara—. Franciscanos, creo. Hay un monasterio cerca. Mira, está justo en la bahía.

Anna vio el brillo del sol sobre el agua a través de los árboles.

—Es una obra imponente, abrumadora.

425

—La Iglesia católica —asintió Jack—. Mueven montañas cuando les conviene. ¿Les pedimos que nos enseñen esto?

—Ya que hemos llegado hasta aquí...

Los mandaron a un edificio casi terminado, en el que había una oficina improvisada en la planta baja. Una pared de estanterías ya estaba llena de voluminosos archivadores, todos bien etiquetados. Bajo la única ventana, un escritorio rebosante de carpetas y cajas de correspondencia. Un grueso fajo de albaranes, manifiestos de embarque y pedidos había sido ensartado en un largo clavo que atravesaba un bloque de madera. Una jarrita contenía cabos de lápiz y algunas estilográficas, cuyos plumines parecían faltos de atención.

En el centro de la estancia, un monje se inclinaba sobre una mesa en la que había varios planos arquitectónicos sujetos con ladrillos. Tomaba notas a lápiz con la nariz pegada al papel.

Alzó la cabeza al oír el golpe de Jack en la puerta, con gesto amistoso y acogedor. Anna dejó que él se encargara de las presentaciones, puesto que nunca estaba segura de cuál era el protocolo adecuado en tales circunstancias, pero le constaba que era importante para empezar con buen pie.

—Hoy no son los primeros que se llevan una decepción —le dijo a Jack—. Lamento que hayan venido en balde desde tan lejos.

El hermano Jeremy le pareció un hombre sensato y bondadoso, por lo que se inclinó a creerle. Tenía más de cincuenta años, el pelo corto grisáceo y la nariz quemada por el sol, con unas manazas cuadradas que estaban manchadas de tinta y pintura. De pronto se dio cuenta de que le recordaba al tío Quinlan, aunque no supo por qué.

Jack se sacó el único as que tenía en la manga:

—Sor Irene, de la Casa de Huérfanos, nos aconsejó que habláramos con el padre McKinnawae.

—Ah, sor Irene —dijo el monje—. Veo que no han dejado piedra sin remover. Mucho me temo que solo puedo desearles mejor suerte en su próxima visita. Y, ahora, ¿quieren hacer un pequeño recorrido por los terrenos?

A pesar de que se lo esperaba, Anna se sintió decepcionada

mientras paseaban con el hermano Jeremy. Vieron edificios que servirían como dormitorios, aulas, talleres, baños y despachos. Había una cocina muy grande donde cabían diez personas codo con codo, y un comedor anexo. También una enfermería, que ahora no era más que unas paredes con cañerías instaladas.

Anna supuso que cualquier chico que hubiera vivido en las calles, sin saber si tendría algo que echarse a la boca al día siguiente, se alegraría de vivir allí. Por lo menos estaría caliente y alimentado, y aprendería a leer y escribir, y también un oficio, como les aseguró el hermano Jeremy:

—Carpintería, forja, manufactura de velámenes, agricultura. Los muchachos que dan muestras de vocación se mandan al seminario cuando alcanzan la edad suficiente. —Anna oyó aquello sin hacer comentarios y sintió que Jack se relajaba a su lado—. Tal vez les apetezca caminar por la bahía, ya que están aquí. Podemos abrevar su caballo y echarle forraje mientras tanto.

Jack le ofreció el brazo a Anna y entraron en un bosquecillo lleno de cantos de pájaros y árboles de hojas nuevas. Entonces le pareció atisbar una mancha amarilla; ¿la habría visto él también? Una curruca, pensó por el trino. En lo alto de un árbol había un búho blanco como la nieve, y no muy lejos, un pájaro carpintero picoteando con ganas.

Estaban en silencio, y Anna se preguntó si se iban a poner tímidos ahora que no había nadie más. Seguía dándole vueltas a la idea cuando salieron por un estrecho sendero que serpenteaba entre arbustos y matorrales. Pensó que parecía la ilustración de un libro de aventuras para niños y aceleró el paso.

Jack soltó una risita que le indicó que se hallaba tan intrigado como ella. Juntos siguieron el camino hasta una charca sobre la que habían tendido un tablón a modo de puente, y más allá de ese punto los prados empezaban a desaparecer para dar paso a las dunas de arena que ocultaban la costa.

Había pájaros por todas partes, pero Jack conocía casi tan pocos nombres como Anna. Aves de patas largas y articulaciones nudosas, con picos finos y arqueados como cimitarras, que chapoteaban en las aguas pantanosas donde los patos de diferentes familias y colores nadaban entre los juncos. El sonido de unas grandes alas batiendo el aire hizo que mirara hacia arriba para ver un pájaro tan grande como un hombre (o eso creyó ella), que se alejaba de la bahía con un pez en sus garras. ¿Un halcón? ¿Un águila? No tenía ni la menor idea, y se sintió ignorante por ello. Podía nombrar cada hueso y músculo del cuerpo humano, pero no a los pajarillos pardos de vientre blanco que se pavoneaban como ancianitos.

Ascendieron por un promontorio de arena y contemplaron el océano que se extendía a sus pies. El agua era de un azul profundo y estaba agitada, con olas blancas que atrapaban la luz del sol al caer, tan brillante que brotaron lágrimas de los ojos de Anna, aun con su sombrero de paja de ala ancha. Había botes en el horizonte, demasiado pequeños para distinguirlos, y un poco más abajo, en la playa, un grupo de personas reunidas alrededor de una cesta de pícnic.

—Por ahí. —Jack señaló con la cabeza un lugar protegido bajo unos árboles.

Se pusieron cómodos, a pesar de que ambos estaban vestidos para visitar a un sacerdote. Jack colgó su chaqueta de un arbusto, pero Anna no podía quitarse nada. Llevaba su vestido favorito para caminar en verano, con una camisa de batista fina, plisada desde los hombros y bordada a lo largo del escote, y lo más importante, totalmente pasada de moda porque las mangas eran amplias para darle libertad de movimientos. Así pues, se sentó sobre sus faldas extendidas, con las capas de seda *charmeuse* y *dimity* que agitaba la brisa revelando sus prácticos botines de cuero de cabra, que Rosa había insistido en atar con cintas de color verde pálido, a juego con las medias.

—Cuando éramos pequeñas, la tía Quinlan nos llevaba a visitar a un amigo de Long Island y corríamos medio desnudas por la playa todo el día. Era el paraíso.

Jack volvió el rostro hacia la familia de la cesta de pícnic.

—Eso me gustaría verlo.

—Va a ser difícil, a menos que encuentres una playa como la de Robinson Crusoe.

—Así que fuiste feliz aquí, de niña.

Anna lo pensó un instante.

—Tras la muerte de mis padres, la tía Quinlan se dedicó a cuidar de mí, y luego de Sophie. Estaba empeñada en que fuéramos felices… Cuéntame cosas de tu infancia. ¿Nadabas?

Greenwood, le dijo, era un buen lugar para criar a los niños. Había mucho trabajo duro en los campos, los invernaderos y las colmenas, pero eran libres de vagabundear cuando terminaban sus tareas. Durante el verano nadaban en un arroyo rodeado de árboles y en un pequeño lago.

Mientras él hablaba, observaban a la pequeña familia, y en particular las travesuras de una niña que correteaba a su alrededor. El sonido de su voz les llegaba en oleadas con el viento, alto y risueño.

De repente la niña dejó escapar un chillido de alegría y se dirigió al agua, perseguida por un hombre —su padre, supuso Anna— que tampoco paraba de reír. Ambos llevaban trajes de baño de tela roja brillante, y se destacaban contra la arena como las llamas de una vela. Él la atrapó y la sostuvo sobre su cabeza, con los brazos extendidos, e hizo como que la tiraba. Ella se retorció y, finalmente, fue arrojada a la orilla, tras lo que corrió en dirección a su madre a por una toalla.

—Es una buena lección para una niña de su edad —dijo Anna—: nadie recoge sino lo que siembra. Siempre detesté a las chicas que gritaban «no» cuando en realidad querían decir «sí».

Pero Jack parecía no oírla. Seguía observando a la pequeña familia, con una expresión algo extraña en el rostro.

—¿Qué pasa? —preguntó ella—. ¿Los conoces?

—No, no lo creo. —Se levantó, recuperó su abrigo y se lo colgó al hombro sostenido con un dedo—. Deberíamos volver al pueblo. El último tren sale a las cuatro. Si no, tendremos que tomar una habitación de hotel.

Aquella decisión llevaba días o incluso semanas rondando por su cabeza, y ya no podía posponerse más. Podía hacer lo más sencillo y convencional, y volver a la ciudad para dormir en su propia cama. O podían quedarse allí, juntos. En una sola habitación de hotel, sin nadie que los interrumpiera o distrajera.

Anna se creía libre de la mayoría de las restricciones que la sociedad imponía a las mujeres jóvenes. Se acercaba el momento de la verdadera prueba.

—¿Nos registraríamos como marido y mujer?

—Si queremos una habitación, sí. De lo contrario, es probable que nos rechacen. ¿Qué es lo que te incomoda?

—Debería poder alquilar una habitación de hotel sin tener que mentir —replicó Anna—. Mi estado civil no le incumbe a nadie más que a mí.

—Ah, vaya —dijo Jack—. Las buenas gentes de Nueva York no están de acuerdo contigo. Hay toda clase de leyes para controlar lo que ocurre a puerta cerrada.

—¿Y tú las haces cumplir?

—No si puedo evitarlo, a menos que alguien esté en peligro.

—Me gustaría quedarme aquí. Si lo consideras necesario, nos presentaremos como un matrimonio. En caso de que quieras.

—Me encantaría —respondió él con una media sonrisa.

—Entonces, ¿a qué viene esa cara tan seria?

Él dudó un instante y luego negó con la cabeza:

—He tenido una idea extraña, pero no quiero hablar de eso ahora mismo. —Anna se estaba sacudiendo la arena de las faldas cuando notó que Jack había vuelto a despistarse—. Vamos por aquí —dijo alargando la mano.

430

Cuando Anna y Jack se acercaron, el padre y la hija habían regresado con los demás y se secaban con toallas. Era una familia como cualquier otra: el padre, la madre, una anciana que sería la abuela, la niña y una criatura envuelta en capas de lino y algodón, con un gorro de encaje blanco en la cabeza.

—¡Buenas tardes! —los saludó el padre por encima del ruido de las olas y las gaviotas.

Anna le devolvió el saludo y se detuvo. La niña estaba agachada delante de su madre, besando la mejilla del bebé con emoción infantil. Le recordó a Lia, aunque aquella era rubia y de piel clara.

Debió de sentir su mirada, porque alzó la cabeza y corrió hacia ellos dando botes.

—Soy Theresa Ann Mullen y tengo un hermanito —dijo, esforzándose por pronunciar cada palabra correctamente—. Se llama Timothy Seamus Mullen. ¿Queréis verlo?

Por alguna razón, Anna lo supo antes incluso de que la joven madre le mostrara al pequeño. Sabía lo que iba a ver: un niño de unos cinco meses, con el pelo negro y rizado, y los ojos del color del cielo sin nubes.

Por un momento se quedó muda, y cuando habló al fin, su voz sonó ronca:

—Hola. Tiene unos hijos preciosos, señora Mullen.

La joven sonrió con timidez y le dio las gracias con un murmullo.

—¿Les gustaría sentarse a tomar algo? —preguntó su marido. Tenía una voz profunda, casi melodiosa, con el acento más irlandés que Anna había oído nunca.

—Es usted muy amable. —Jack la tomó del codo—. Pero hemos de volver al pueblo.

Echaron a andar hacia el Monte Loretto trazando un arco. Al coronar las dunas de arena bajas, se hizo visible una cabaña rodeada de árboles y un prado donde pastaban las vacas y algunos caballos.

—¿Crees que viven por aquí? —preguntó Anna.

—Es lo más probable —respondió Jack—. No pueden haber venido de muy lejos con todo lo que llevaban encima.

No volvieron a hablar hasta que regresaron a la obra, reclamaron el caballo y el carruaje, y se pusieron en marcha en dirección al pueblo.

—No estaba seguro porque lo vi de lejos. ¿Crees que es él?

—Sí. —Lo había reconocido casi en el acto. Cuando vio a Vittorio por primera vez en Hoboken, Rosa lo acunaba entre sus brazos. Un niño fuerte, que levantaba la cabeza y se volvía hacia el sonido de la voz de su hermana, pataleaba vigorosamente y esbozaba una sonrisa amplia y desdentada, todos signos de un buen crecimiento—. Dos meses son una eternidad en la vida de un bebé. Vittorio Russo tiene casi el doble de la edad que tenía cuando lo examiné en Hoboken. Pero sí, creo que es él. Coincide con la descripción, y es difícil pasar por alto el hecho de que la familia vive tan cerca del Monte Loretto.

—El padre tenía los ojos azules —indicó Jack.

—¿Sí?

—Y era rubio. Todos lo eran.

—Entonces es poco probable que tuvieran un hijo moreno.

—¿Hay alguna manera de averiguarlo con seguridad, aparte de preguntarle al padre McKinnawae?

431

Se quedaron unos minutos en silencio mientras el caballo aceleraba el paso. El señor Lee le había dicho una vez que los caballos deseaban volver a casa tanto como las personas.

—Podríamos hablar con los padres —propuso Anna al fin.

—No, no podemos —dijo Jack llanamente.

Era cierto: debían evitar acercarse a la familia a toda costa, ya que se sentirían ofendidos o amenazados, o las dos cosas, y con razón.

—Me pregunto quién se encarga de entregar a los niños, si hay una partera o un médico.

—Creo que Nell es nuestra mejor opción.

—¿Nell? —Y entonces se acordó: la camarera del café—. Creo que tienes razón. Pasa todo el día viendo a la gente ir y venir, pero el café no abre por la noche.

Si se quedaban a dormir, podrían hablar con Nell durante el desayuno. Anna se dio cuenta de que no tenía el valor para hacer tal sugerencia.

Devolvieron caballo y carruaje al alegre James Malone, al que se había unido un tal Michael Malone, la viva imagen de su padre y mucho más hablador.

Mientras los hombres discutían sobre caballos y el tiempo, Anna pensó que Jack preparaba el terreno para preguntar por un hotel, y se alejó para leer los anuncios clavados en la pared del establo. Ganado en venta, alguien que quería comprar un arado de segunda mano, un perro perdido, un contramaestre en busca de ocupación, una señora respetable que lavaba la ropa a un precio razonable. Había avisos de los servicios religiosos en Perth Amboy: de la Primera Iglesia Presbiteriana, de los Metodistas Unidos, de la Episcopal de San Pedro, de la Segunda Bautista y de la Católica de Santa María. Se preguntó si la iglesia del Monte Loretto estaría abierta a la comunidad. Parecía haber una población irlandesa considerable. También había algún nombre alemán, pero abundaban los Ryan, McCarthy, O'Neill, Daly, Duffy y O'Shea.

Jack se acercó por detrás de ella.

—Vamos a dar un paseo.

Tottenville era más una aldea que un pueblo, pero en expansión y bien cuidada, con las aceras barridas, los canalones limpios y los escaparates relucientes. Pasaron por una tienda de alimentos secos, una de ultramarinos y una barbería, todos muy concurridos durante la tarde del sábado.

—Mira, aquí está el médico, como querías saber.

Jack señaló una tablilla que colgaba de la puerta de una casa de buen tamaño. El doctor Nelson Drake era el responsable de la salud y el bienestar de aquel bonito pueblo en el punto más meridional del estado de Nueva York, y parecía estar prosperando. Justo enfrente se hallaban el ayuntamiento y la oficina de correos, todavía abierta, y más allá de ahí, el hotel Tottenville.

En la manzana siguiente vieron una herrería en la que había un letrero clavado en la pared:

EAMON MULLEN

FORJA, HERRADURAS, ARADOS Y CARPINTERÍA

Las gruesas puertas y la ventana estaban cerradas, sin señales de vida en ninguna parte. Llegaron al final de la callejuela, donde encontraron un banco que daba a un descampado y después al mar.

—Ni siquiera sabemos si es el mismo Mullen —dijo Anna.

Jack le tomó la mano.

—Ahora es más difícil, ¿verdad? Al verlo con una familia. Parecía estar sano.

—Sí —convino Anna—. Parecía sano y bien cuidado. Y la hermana mayor también. No les faltan alimentos ni atenciones.

—¿Por qué lo habrán adoptado?

Anna pensó en las mujeres que había tratado, las que estaban desesperadas por tener hijos, y aquellas a las que les aterraba la idea. Casi todas las que conocía tenían una madre, una hermana o una tía que había muerto al dar a luz o poco después, o que había perdido un hijo tras otro. Había mujeres que se forjaban una coraza que les permitía sobrevivir a tales pérdidas, y otras que se quebraban bajo su peso.

—Tal vez perdieran un hijo —dijo—. O puede que ella sea estéril. No sería raro.

—¿Crees que la niña también es adoptada?

Anna se sorprendió por la pregunta, que no se le había ocurrido.

—Supongo que podría serlo, pero no hay manera de saberlo, y si lo fuera, es probable que no se lo hayan dicho y nunca se lo digan. Es lo que hace la mayoría de las personas que adoptan.

Jack alargó las piernas y las cruzó por el tobillo.

—Los italianos no piensan así. Nos pasamos los niños como si fueran fichas de un tablero de ajedrez.

Anna se rio a carcajadas.

—¿Qué significa eso?

Él se encogió de hombros.

—Si una familia tiene demasiados niños y la cuñada no tiene ninguno, se comparte la riqueza, por así decirlo, mandando unos cuantos al otro hogar. Pero no se guarda en secreto. En los pequeños pueblos sería imposible, y tampoco creo que se hiciera en una gran ciudad.

434

—¿Tus padres pensaron en mandaros a Italia para que os criara una tía o un tío?

Anna recordó demasiado tarde la razón por la que los Mezzanotte abandonaron Italia, pero Jack no pareció molestarse.

—Lo cierto es que me mandaron, aunque esperaron hasta que fui lo bastante mayor para defenderme.

Anna se volvió para mirarlo directamente.

—¿Te refieres a la religión, por cómo reaccionó la familia al matrimonio de tus padres?

—En parte. Cuando me fui a Italia, ambos me advirtieron que no me dejara manipular por los mayores.

—¿Eso hicieron? ¿Intentaron llevarte a un bando y al otro?

Él le dedicó una mirada solemne.

—No te puedes imaginar las cosas por las que compiten las mujeres italianas. Pero dejé clara mi posición desde el principio, y después de eso, como que se desanimaron. Supongo que le quité la diversión a la batalla por mi alma.

—¿Sabes? —dijo Anna—. Nunca me has dicho cuál es tu postura. ¿Te consideras judío?

—El judaísmo es matrilineal, así que la familia de mi madre me considera judío, piense yo lo que piense. Esto fue lo que sucedió cuando era niño: nuestros padres nos sentaron, nos contaron toda la historia y luego nos dijeron que debíamos decidir por nosotros mismos. Dos de mis hermanos se casaron con mujeres judías, y los demás, con católicas romanas. Algunos respetan el *sabbat*, otros van a la iglesia. Nunca me acuerdo de quién hace qué.

—Sigues eludiendo la pregunta —lo acusó ella.

—Creía que estaba claro. No he tomado partido, y no pienso hacerlo. Me complace nadar en aguas inexploradas. Soy el raro de la familia, más listo de lo que me conviene, no estoy hecho para la granja, así que me enviaron a Italia a estudiar derecho.

—Puede que necesitemos un abogado antes de que esto se resuelva —dijo Anna tras un largo rato—. ¿Qué crees que debemos hacer con el pequeño?

—¿Querrías reclamarlo?

Anna intentó ordenar sus pensamientos, pero ellos se negaban. En realidad, no pensaba en el niño, sino en su madre, la mujer que se había convertido en su madre, sosteniéndolo para que el mundo lo admirara. Había mostrado una expresión serena y tranquila, como si no tuviera otro propósito en la vida que cuidar de aquellos chiquillos.

—No han hecho nada malo —dijo Jack.

Anna lo miró fijamente.

—Jamás he insinuado tal cosa. Si es él, acogieron a un huérfano para criarlo como si fuera suyo.

—Tampoco harían mal si se negaran a entregarlo. Ha estado con esa familia durante dos meses. ¿Le quedará algún recuerdo de su verdadera madre, de Rosa, Lia o Tonino?

—No. O, al menos, no tengo constancia de que eso sea posible. Está bien atendido por gente amable y cariñosa, y ese es su universo, la única vida que conoce. ¿Hablamos primero con el padre McKinnawae?

—Creo que será lo mejor, si queremos ir por ese camino.

—Entonces no podrá ser este fin de semana.

—No.

—Podemos tomarnos unos días para pensarlo bien y hablar con la tía Quinlan. Pero no con las niñas.

—Es un plan sensato.

435

—Sin contárselo a las niñas —insistió Anna.

Jack le puso la mano en la nuca e hizo oscilar su cabeza suavemente de un lado a otro. Se quedaron así sentados largo rato, hasta que él se aclaró la garganta.

Era un sonido que Anna conocía bien. Jack tenía una sugerencia que a ella podría no gustarle. Algo importante. Intentó recordar la última vez que lo oyó y pensó en la tarde que le dio la noticia de que había comprado la vieja casa de los Greber, cuando de pronto le cogió la mano.

—Creo que deberíamos casarnos.

Anna lo miró sorprendida.

—¿No habíamos acordado hacerlo ya?

Él negó con la cabeza.

—Creo que deberíamos casarnos hoy. Ahora mismo. Ante el juez de paz del ayuntamiento que acabamos de pasar.

—¿Esto es por la habitación del hotel? —preguntó ella—. Porque no me importa que nos registremos como...

—No —la interrumpió Jack—. No se trata de eso. ¿Quieres una gran boda?

Anna tuvo que aclararse la garganta.

—No, la verdad es que no.

—Bueno —dijo él, sonriendo—, es una manera de celebrar tu cumpleaños. ¿Por qué no?

Ella observó su expresión.

—¿Es por el pequeño de los Russo, para hablar con el padre McKinnawae?

Aquello le hizo reír. Entonces le tomó la cara con ambas manos y le dio un beso casto.

—Te aseguro que no estoy pensando en el padre McKinnawae. Ni en Sophie ni en Cap, ni en la investigación, ni en nada que no sea yo mismo, que quiero casarme contigo. Hoy. Estoy harto de esperar. Quiero acostarme y despertarme contigo cada día.

—No es tan fácil, Jack. ¿Dónde viviríamos? No puedo marcharme de casa justo cuando Sophie se va; sería un duro golpe para las niñas y para la tía Quinlan, para todas.

—Lo entiendo, pero podría irme yo con vosotras hasta que Hierbajos esté a punto.

Anna sabía que se había quedado con la boca abierta, y vio

que Jack parecía contento. ¿Tal vez porque no se había negado de plano? ¿Porque se lo estaba planteando?

Porque se lo estaba planteando. Entonces se le ocurrió una cosa.

—¿Y tus hermanas? ¿Y tu madre? ¿No se ofenderían por dejarlas de lado?

—Mi madre no. Es una mujer práctica. De verdad, piénsalo, Anna. Sería lo mejor. En lo que respecta a mis hermanas, están tan ocupadas transformando Hierbajos que no les importaría mucho. Mientras sigan así, se negarán a volver a Greenwood, y mi madre dejará que terminen. Quizá, cuando Hierbajos esté lista, todos se habrán hecho a la idea de que se queden en la ciudad. —Anna se tapó la boca con la mano para evitar reírse a carcajadas—. ¿Tienes algo que objetar?

Ella negó con la cabeza lentamente.

Jack le quitó la mano de la cara, le besó la palma y no la soltó.

—Savard, si no estás preparada, solo tienes que decir tres palabras: «No estoy preparada».

—¿Qué hay de...? —Se le quebró la voz—. ¿Del lunes, de la vista? ¿Complicará las cosas?

—Todo lo contrario —replicó Jack—. Nadie podrá separarme de tu lado.

—En teoría, podría terminar en prisión —dijo Anna—. Si Comstock se sale con la suya, eso es justo lo que pasará.

Jack contempló sus manos enlazadas por un momento, y luego le dedicó una mirada calculadora.

—Ahora mismo hay gente trabajando para limpiar tu nombre.

—Qué frase tan trascendental. Confío en Conrad, pero...

—Oscar también se está esforzando.

Aquello la hizo detenerse.

—¿Oscar?

—Si encierran a alguien, que sea a la persona que le hizo daño a Janine Campbell.

—Jack, agradezco la colaboración de Oscar, pero es muy posible que la mujer actuara por su cuenta, sin ayuda de nadie.

—Puede ser —dijo Jack—, pero Oscar está siguiendo sus pasos durante los días anteriores a su muerte. Si no vio a nadie fuera de lo normal, y si nadie fuera de lo habitual fue a verla, si Oscar puede dar cuenta de todo su tiempo en la última semana, será el fin del asunto. En lo que a ti respecta, me refiero. —Anna tomó aire. Aquel plan podía fracasar de seis maneras distintas, pero también podía tener éxito—. Así que, ¿puedes dejar de preocuparte el resto del fin de semana?

—Supongo que sí. —Se puso en pie, pero él se quedó donde estaba, mirándola—. ¿No vienes?

—Puede que el ayuntamiento esté cerrado por hoy, pero ¿y mañana?

De hecho, el juez de paz estaba en la puerta a punto de irse cuando lo encontraron, con un anticuado sombrero de copa alta en la pelona cabeza. Los miró por encima de sus anteojos con lo que solo podía calificarse como sospecha.

Jack no había dicho ni cinco palabras cuando el hombre les dio la espalda y volvió a entrar, dejando la puerta abierta.

Anna pasó primero, seguida de cerca por él.

Según el cartel que había tras su escritorio, el nombre del juez era Theodore Baugh. Señaló dos sillas con un gesto, y ellos se sentaron. Anna se preguntó si iba a abrir la boca en algún momento, y si debía preocuparse por cómo la estudiaba. Antes de que a ella se le ocurriera algo que decir que no fuera una tontería, Baugh puso ambas manos sobre el escritorio y se inclinó un poco hacia delante.

—¿Testigos?

—Iré a pedírselo al secretario del pasillo —dijo Jack.

—El secretario del pasillo. Ya veo que tienen prisa. —No preguntó por qué, y Jack no dio ninguna explicación. Anna estaba empezando a disfrutar de la situación.

El juez Baugh frunció los labios pensativo y señaló algo en la pared detrás de ellos. Al volverse, Anna y Jack vieron un proverbio escrito con buena caligrafía en un sencillo marco negro: «Cásate a toda prisa, arrepiéntete cuando quieras».

Pasaron un minuto entero sentados en silencio, mientras él los observaba con detenimiento. Anna pensó en sus exámenes orales frente a una fila de profesores hoscos, aburridos o alentadores, pero estaba dispuesta a dejarlo todo en manos de Jack. Por algún motivo, sabía que él no sería el primero en hablar, que había entendido al juez de paz y había aceptado su desafío. Sentía mucha curiosidad por descubrir cómo iba a salir del punto muerto.

Pasó otro minuto. Con un suspiro, el juez Baugh se levantó de la silla, fue del escritorio hasta la puerta y la abrió. Su voz retumbó por el pasillo:

—Macklin, Reynolds, necesito que bajen de inmediato.

Anna le susurró a Jack:

—¿Crees que va a hacer que nos detengan?

Una imperceptible sonrisa surgió en la comisura de sus labios.

Al regresar, Baugh se acercó una hoja de papel, abrió el tintero y cogió una pluma. Entonces miró a Jack:

—¿Nombre?

Tras tomar el nombre de Jack, su profesión, edad, lugar de nacimiento y residencia, y los nombres y lugares de nacimiento de sus padres, dos jóvenes entraron en el despacho. Baugh se volvió hacia Anna sin prestarles atención.

—Me llamo Liliane Mathilde Savard. Soy médica y cirujana, y hoy cumplo veintiocho años. Nací en Paradise, en el condado de Hamilton del estado de Nueva York, y resido en el número 18 de Waverly Place de la capital. Mi padre era el doctor Henry de Guise Savard, nacido en Nueva Orleans. Mi madre también era médica, Curiosity Bonner Savard, nacida en Paradise, en el condado de Hamilton del estado de Nueva York.

El juez Baugh enarcó las cejas, pero no la interrumpió. Anna decidió que le caía bien.

—¿Alguno de ustedes tiene algún impedimento legal para contraer este matrimonio?

Tras asegurarle que no, garabateó algo en el papel y sin levantar la vista dijo:

—Cinco dólares por la licencia. Cinco por la ceremonia civil.

Jack parecía haberse anticipado a la cuestión, porque puso el dinero en el escritorio sin buscar su cartera. Los billetes desaparecieron en el cajón a una velocidad pasmosa.

Luego los miró por encima de sus anteojos una vez más, y su rostro se iluminó con una sonrisa.

439

Υ

Salieron del despacho del juez Baugh quince minutos después. Jack tenía en la mano la licencia y el certificado de matrimonio, cuya tinta apenas se había secado, y los miraba como si no hubiera visto un papel en su vida.

—Trae —dijo Anna señalándolos—. Llevo una carpeta en el maletín.

Le temblaron un poco las manos mientras guardaba los documentos, pero la visión de su propia firma, fuerte y clara, le devolvió la compostura. Si bien se habían casado apresuradamente, también lo hicieron porque eran compatibles y se querían, aunque ella no hubiera pronunciado todavía esas palabras.

—Pues aquí estamos —sonrió Jack—. Recién casados.

—Eso parece. ¿Y ahora qué?

—Ahora nos registramos en el hotel y cenamos.

Entonces empezaron a caer las primeras gotas de lluvia, corrieron el resto del camino y se detuvieron bajo el pórtico justo cuando el cielo se abrió en serio. El olor de la lluvia sobre la tierra y los adoquines calentados por el sol se elevó a su alrededor, el más dulce de los perfumes.

Jack abrió la puerta y la miró con curiosidad.

—¿En qué estás pensando?

—Espero que llueva toda la noche. Me encanta la lluvia de verano. Te qui... —Ella tragó saliva—. Te quiero dar las gracias por todo.

Él se agachó, le dio un beso en la comisura del labio y le susurró a la oreja:

—Yo también te quiero, Anna Savard.

Tomaron una cena temprana en el restaurante del hotel: una sopa espesa de fideos gruesos, cordero asado con puré de nabos tiernos, los primeros brotes verdes de la temporada y setas marinadas. Entre un plato y otro hablaron de los asuntos prácticos que tan cuidadosamente habían evitado antes de entrar al despacho del juez Baugh.

—Debería mandar un telegrama a la tía Quinlan, y otro a Cap y Sophie. ¿Quieres que mande otro a tus hermanas?

Jack contrajo las comisuras de los labios.

—Mi madre sí se ofendería si se enterara de la noticia después que mis hermanas.

—¿Y si vamos mañana a Greenwood? Podríamos ir en transbordador a Perth Amboy y encontrar transporte desde allí, ¿no? Sería mejor que un telegrama.

Anna se arrepintió tan pronto como las palabras salieron de su boca. La idea del viaje a Greenwood le parecía correcta, pero también la llenaba de temor. Jack se dio cuenta de todo solo con mirarla, aunque entonces le perdonó su irritante capacidad para leerle la mente.

—Anna, tenemos un día de luna de miel. Que me aspen si lo pasamos en otro lugar que no sea la cama.

Él se rio del rubor que le subió por la garganta y las mejillas, pero ella pensó que también podía perdonarlo por eso.

Anna se dedicó a observar a Jack mientras redactaba los telegramas para su familia, deteniendo su mano habitualmente segura antes de cada palabra. En ese momento se alegró de no hablar italiano, pese a que más adelante querría saber qué había escrito. Nunca le había oído hablar con sus padres, de modo que ignoraba si se mostraría deferente o afectuoso. Por lo que sabía, los italianos podían ser harto ceremoniosos en determinadas situaciones.

También había un telegrama para Oscar, pero estaba escondido debajo de los otros, y Anna pensó que más valía dejarlo y no curiosear. Así pues, se acercó a la ventana para mirar la tormenta. La lluvia azotaba la bahía con tremendos latigazos que resplandecían en la penumbra. Aunque se estremeció un poco, no se molestó en sacar el chal de la maleta. Aquel escalofrío no se debía a la temperatura, sino a sus nervios.

La habitación estaba bien cuidada y era acogedora, con una cómoda, un diván, un escritorio y una amplia cama bajo un pesado edredón que se agradecería durante el frescor salado de la noche. El mismo dueño fue a llevarles una jarra de agua fresca para el lavabo y a encender el fuego, tras señalar la ventana con la cabeza. Cuando se marchó, Jack siguió agachado sobre el formulario del telegrama en el escritorio, y Anna se descubrió bostezando. Entonces se recostó en el diván, dejándose arrullar por la lluvia que caía, y se quedó dormida. Se despertó sobresaltada más tarde, después de que un rayo cruzara el cielo. Tenía encima una manta, ligera y reconfortante.

La única luz que alumbraba la estancia era el fogonazo del rayo y la lumbre del hogar. Jack se había ido, seguramente a arreglar que mandaran los telegramas a primera hora de la mañana. Tal vez se lo hubiera dicho creyéndola despierta, pues había soñado que estaba sentada frente al juez de instrucción con un telegrama en la mano. Cuando lo leyó en voz alta, solo eran seis palabras: «Janine Campbell Janine Campbell Janine Campbell».

Se había prohibido a sí misma pensar en la vista del lunes, pero la idea había logrado introducirse en su mente de todos modos. El pequeño de los Russo también apareció en el sueño, durmiendo en los brazos de una mujer sin rostro.

Se levantó, usó el retrete y el lavabo, y en poco tiempo vació su maleta y colocó las pocas cosas que necesitaba. El día había sido demasiado largo y azaroso, y estaba exhausta. ¿Y dónde se había metido Jack?

Luego se cepilló los dientes y se soltó el pelo, renunciando a su trenza habitual porque a él le gustaba más así. Tras cambiarse de ropa y meterse en la cama, cogió la revista médica que había traído por si tenía tiempo para leer y se puso cómoda.

Jack pretendía estar poco tiempo fuera, pero el recepcionista del hotel no tenía ninguna prisa; por el contrario, contó y volvió a contar cada palabra de los cinco formularios de la Western Union frunciendo el ceño.

—Lo siento, pero no hablo este idioma, sea cual sea —dijo el joven.

—Es italiano, y no hace falta que lo hable. Solo ha de contar las palabras como si estuvieran en inglés. Lo he escrito con mucho esmero. El telegrafista no tendrá ningún problema.

—Aubrey tampoco habla italiano.

—Ni falta que hace —repitió Jack—. Cualquier telegrafista competente sería capaz de transcribirlo. ¿Está Aubrey por aquí? Quizá debería hablar con él.

Aubrey no estaba disponible, pero Jack podía volver a buscarlo dentro de una hora si quería...

Jack no quiso.

El concienzudo y desesperante recepcionista siguió dándole vueltas a los telegramas y los señaló con un lápiz:

—Si quitara estas palabras y estas otras, se ahorraría...

—Quiero mandarlos tal y como están.

El joven murmuró para sí mientras calculaba tres veces la corta suma y Jack echaba chispas en silencio. Luego resultó que no había bastante cambio en la caja registradora, pero si el señor inspector quisiera esperar...

Jack no quiso. Tras asegurarle que no le importaba recoger el cambio al día siguiente, se marchó antes de que el recepcionista se pusiera a contar otra cosa.

De vez en cuando se encontraba con personas así, que se empeñaban en demostrarle la seriedad con la que se tomaban la ley como si él buscara una excusa para arrestar a alguien. Subió las escaleras de dos en dos, se detuvo para dar las buenas noches a una sorprendida pareja mayor y a su hija adolescente, y llegó a la puerta de la habitación un cuarto de hora más tarde de lo que esperaba. «Mezzanotte —se dijo a sí mismo—, te estás comportando como si tuvieras dieciséis años. Tranquilízate».

443

Entonces abrió la puerta respirando hondo.

El resplandor del fuego iluminaba su silueta en la cama, un pequeño bulto bajo el edredón. Estaba dormida, con una revista abierta en las manos, y el rubor teñía sus mejillas, ya fuera por el agua caliente, el ejercicio del día o la brisa que entraba por el resquicio de la ventana. Un rostro en forma de corazón, con marcadas cejas oscuras, ojos profundos y una boca generosa del color de las frambuesas que acababan de madurar.

Se fijó en todo eso y más, pero debía guardárselo para sí mismo. Ella rechazaría sus elogios y, como siempre, encontraría un motivo para apartarse o cambiar de tema.

Jack se detuvo a pensar por un momento. Tenía un pijama en el fondo de la maleta, junto con un paño para lavarse la cara y un cepillo de dientes. Sin embargo, no quería despertarla todavía, así que tomó una decisión táctica.

ϒ

Anna se despertó cuando Jack se metió en la cama, un metro noventa de macho desnudo irradiando calor como una enorme y áspera bolsa de agua caliente. Él apoyó la cabeza en una mano y se inclinó encima de ella para mirar la página abierta de la revista.

—¿Sabes?, estoy seguro de que las observaciones clínicas acerca del uso de cánulas traqueales por boca frente a la...

—Traqueotomía —apuntó ella.

—Traqueotomía —repitió Jack, quitándole la revista que arrojó hacia atrás y cayó al suelo—. Este tema tan interesante puede esperar...

—Hasta el fin de los tiempos —concluyó Anna, con una sonrisa tan grande que le empezaron a doler las mejillas, y se puso de lado para verlo mejor.

—¿Dónde has estado?

—¿Pensaste que me había subido a un barco?

Ella posó la frente debajo de su barbilla y contra su garganta, negando con la cabeza porque sabía que le iba a temblar la voz. Pero ¿cómo iba a formar una sola frase mientras sus dedos le acariciaban la pierna levantándole el camisón? Él tiró, y Anna se incorporó, doblándose y temblando a la vez que la tela discurría por su piel centímetro a centímetro, hasta que se detuvo de pronto.

—Tienes un botón enganchado en el pelo. No te muevas.

Jack le rodeó la cabeza con los brazos para hundir los dedos en su cabello y separó los mechones suavemente, haciendo que un escalofrío le recorriera la espalda. Anna notó su aliento cálido sobre el cuero cabelludo, y no pudo dejar de temblar.

—No tienes frío. —Su tono era casi acusatorio.

—No tengo frío —admitió ella.

Entonces la despojó del camisón y lo lanzó a sus espaldas junto a la revista médica del suelo.

—Bueno, y ahora que por fin estamos aquí —le enlazó el talle, atrayéndola hacia sí—, ¿qué podemos hacer?

Se tumbaron cara a cara bajo la oscura cueva de sábanas blancas, con la piel húmeda, gozando del calor mutuo. En silencio pero despiertos los dos. Anna creyó oír los latidos del corazón de Jack, del mismo modo que percibía el pulso palpitante en su garganta y sus sienes. Entonces se inclinó hacia delante para aspirar su aroma en ese punto concreto, enterrando la nariz en su cabello.

—Me cautiva tu olor —dijo.

Cuando ella se apartó, él alzó una mano para tocarle la cara. Tenía los dedos largos, gruesos y fuertes, los nudillos grandes, las puntas romas y cuadradas, y las uñas limpias cortadas al ras. Anna nunca había imaginado que las manos de un hombre pudieran despertarle tantos sentimientos, pero se le erizaban los nervios de la columna por el mero hecho de verlo sostener un periódico o un tenedor, portar una maleta, o desabrochar una camisa.

Jack enredó los dedos de la otra mano entre su pelo y la acercó a su boca, deteniéndose un instante antes de besarla. Anna notó que su respiración se había vuelto más profunda, como si no le llegara el aire a los pulmones, y acortó la distancia que los separaba entregándose a un beso del que emergió extasiada, plácida, abierta y acogedora. Unidos desde la rodilla hasta el ombligo y desde el pecho hasta los labios, él le acarició la lengua con la suya, esperando que respondiera con murmullos y jadeos.

A partir de ese momento, Jack se puso al mando. Anna se vio de espaldas bajo el peso de su cuerpo, sintiendo cada uno de sus músculos, la dureza de sus muslos y de su abdomen, y la prueba de su deseo entre ambos. Él la buscaba a ciegas con su erección, turgente, arqueado, impúdico, deslizándose sobre su vientre.

—Ven —dijo ella—. Ven conmigo.

Jack soltó una risilla mitad burlona, mitad de orgullo masculino.

—Qué impaciente. —Se desplazó hacia abajo para apoyar el rostro sobre la curva de su pecho—. Tenemos toda la noche —murmuró contra su piel—. ¿Por qué tanta prisa?

Anna negó con la cabeza riéndose y se rindió, a la vez que se retorcía y le pasaba el talón por el muslo áspero, cuando Jack le atrapó un pezón entre los labios lamiéndolo con avidez.

Aquello la distrajo lo suficiente para que no se diera cuenta de que se estaban moviendo hasta que quedaron sentados: ella

445

con las piernas abiertas sobre sus caderas; él, de rodillas, hundiendo los dedos en los cabellos que le caían en cascada por la espalda, sosteniéndola mientras seguía aferrado a su pecho. Anna gimió estirándose, voluptuosa y lúbrica.

Intentó tocarlo, pero él le cogió una mano y luego la otra para juntarlas detrás de su espalda con la eficacia de unas esposas. Jack sabía que ella lucharía y se resistiría, como sabía que se detendría al situarse ante su entrada con la mano libre.

Anna bajó la cabeza para ver cómo sucedía. Quiso recibirlo con las caderas, arrastrarlo y después retirarse para que la siguiera, pero él se lo impidió, sujetándola y moviéndola exactamente como quería, penetrándola con severa intensidad: de mente, corazón y cuerpo, insistiendo en que cediera y aceptara todo lo que tenía que darle. Cuando ella pensó que no podía someterse más, Jack continuó canturreando: «Ven, ven, ven conmigo». Le soltó las muñecas y le alzó las nalgas con las manos en el ángulo perfecto.

446

Entonces le recorrió el mentón con los labios, succionó el lóbulo de su oreja y susurró:

—Eres mía.

Ella se estremeció tensándose contra su cuerpo, tomó su boca y el beso que ansiaba mientras él se mecía cada vez más dentro, y sucumbió al éxtasis que le provocaba su mera presencia, unidos por siempre jamás.

25

WESTERN UNION

TOTTENVILLE S. I. N. Y. OFICINA DE TELÉGRAFOS XUS23 S902JD
DOMINGO 27 DE MAYO DE 1883, 7 A. M.
SRA. LILY QUINLAN, SRA. MARGARET COOPER, SRES. LEE, ROSA Y
LIA RUSSO
WAVERLY PLACE 18 NY

FAMILIA: NOS CASAMOS EL SÁBADO POR LA TARDE EN TOTTENVILLE. 447
HA SIDO UNA LOCURA, PERO ESTAMOS MUY CONTENTOS. ESPERAMOS
TENER SITIO EN ROSAS HASTA QUE HIERBAJOS ESTÉ LISTA. VOLVE-
REMOS A LAS SEIS DESPUÉS DE VER A SOPHIE, CAP Y LAS HERMANAS
DE JACK. POR FAVOR, NADA DE FIESTAS HASTA QUE SE RESUELVA
LA INVESTIGACIÓN. CON AMOR, ANNA Y JACK

WESTERN UNION

TOTTENVILLE S.I. N. Y. OFICINA DE TELÉGRAFOS XUS23 S902JD
DOMINGO 27 DE MAYO DE 1883, 7:10 A. M.
SR. PETER VERHOEVEN Y DRA. SOPHIE SAVARD VERHOEVEN
PARK PLACE 40 NY

QUERIDOS SOPHIE Y CAP: TRATAMOS DE RESISTIR EL IMPULSO PERO
FINALMENTE NOS UNIMOS A LA REVOLUCIÓN CASÁNDONOS AQUÍ EN
TOTTENVILLE. TOMAREMOS EL TRANSBORDADOR DE LAS TRES EN PUN-
TO PARA VISITAROS EN PARK PLACE. CON AMOR, ANNA Y JACK

WESTERN UNION

TOTTENVILLE S.I. N. Y. OFICINA DE TELÉGRAFOS XUS23 S902JD
DOMINGO 27 DE MAYO DE 1883, 7:15 A. M.
INSPECTOR OSCAR MARONEY
GROVE 86 NY

REGRESO ESTA NOCHE. IRÉ A LA COMISARÍA MAÑANA A PRIMERA
HORA. EN CASO DE URGENCIA, DEJA RECADO EN WAVERLY, DONDE
VIVIRÉ POR UN TIEMPO, YA QUE FINALMENTE CONVENCÍ A ANNA PARA
QUE SE CASARA CONMIGO. JACK

NEW YORK POST
Domingo, 27 de mayo de 1883
EDICIÓN DE LA MAÑANA

¿DÓNDE ESTÁN LOS HIJOS DE ARCHER CAMPBELL?
LOS CUATRO NIÑOS DESAPARECIERON EL DÍA
ANTES DE LA TRÁGICA MUERTE DE SU MADRE
EL DEPARTAMENTO DE POLICÍA SOLICITA
LA COLABORACIÓN DEL PÚBLICO
SOSPECHAS DE SECUESTRO

Los lectores que siguieran la triste historia de la señora Janine Campbell, publicada el pasado jueves, se sorprenderán al saber que sus cuatro hijos pequeños están desaparecidos. Archer Campbell, esposo de la fallecida, inspector de correos y agente de la Sociedad para la Supresión del Vicio de Nueva York, vio por última vez a sus hijos (Archer júnior, 5 años, Steven, 4 años, Gregory, 2 años, y Michael, 2 meses) en la mañana antes de la muerte de su madre.

En su declaración a la policía, el señor Campbell relató los siguientes hechos: el pasado martes por la noche, su esposa anunció que se llevaba a los niños a pasar una semana en la granja de su cuñado Harold Campbell en Connecticut, un acontecimiento normal que no levantó ninguna sospecha. Sin embargo, cuando el señor Campbell llegó a casa el miércoles, descubrió a su esposa postrada en la cama, quien le dijo que se encontraría mejor después de una noche de sueño reparador, para lo que tomó láudano. Cuando se levantó a la mañana siguiente, su mujer no respondía, lo que atribuyó a los efectos del sedante.

La señora Campbell expiró a la una de la tarde, víctima de una supuesta negligencia y un aborto fallido e ilegal. El señor Campbell pasó la tarde del jueves y todo el viernes ocupado con la investigación y los preparativos del entierro. El viernes por la noche mandó un telegrama a su hermano Harold en Connecticut para comunicarle la infausta noticia y pedirle que llevara a sus hijos al funeral que tendría lugar la tarde siguiente.

La mañana del sábado recibió un telegrama urgente de su hermano, en el que le informaba de que sus hijos no estaban en Connecticut. Habían pasado muchos meses desde la última vez que Janine Campbell o sus hijos visitaran la granja de Connecticut, y aún más desde que recibieran una carta suya. Harold Campbell desconocía cuál era el paradero de sus sobrinos.

El señor Campbell se personó inmediatamente en la comisaría para denunciar la desaparición de sus hijos. Los telegramas a familiares en lugares tan lejanos como Maine no han proporcionado ninguna información. Lo único que se sabe con certeza es que la señora Campbell tomó un tren con ellos el pasado miércoles por la mañana y regresó sola el mismo día. Las investigaciones de la policía comenzaron el sábado, y continuarán hasta que los pequeños sean encontrados y devueltos a su afligido padre. El alcalde ha ordenado que no se escatimen esfuerzos para localizarlos. A su vez, la policía y la familia ruegan a quien sepa algo sobre ellos o sobre los movimientos de la señora Campbell en los días anteriores a su muerte que se presente sin demora. Cualquier información que conduzca al regreso de los niños sanos y salvos será ampliamente recompensada.

449

NEW YORK TIMES
Domingo, 27 de mayo de 1883

EL JUEZ DE INSTRUCCIÓN REÚNE UN JURADO PARA INVESTIGAR LA MUERTE DE LA SRA. JANINE CAMPBELL
SE CONTARÁ CON LA PRESENCIA DE DISTINGUIDOS MÉDICOS

El juez de instrucción Hawthorn ha convocado a algunos de los médicos más respetados de esta ciudad para escuchar los testimonios y examinar las pruebas en el caso de Janine Campbell.

La autopsia reveló que la muerte se debió a una infección y envenenamiento de la sangre como consecuencia de una operación ilegal. El jurado forense se reunirá para determinar si una o varias personas desconocidas realizaron el procedimiento o si la señora Campbell se operó a sí misma. De ser así, se investigará quién le proporcionó las instrucciones y los instrumentos utilizados.

Las dos últimas médicas que trataron a la señora Campbell, la doctora Anna Savard y la doctora Sophie Savard, estarán presentes en la vista con su abogado, Conrad Belmont, y deberán estar preparadas para declarar ante un jurado de seis expertos veteranos, así como un agente de la Sociedad para la Supresión del Vicio de Nueva York.

En un nuevo giro de los acontecimientos, el señor Belmont, abogado de las investigadas, solicitó al juez de instrucción que el jurado incluyera al menos a dos mujeres médicas, quienes por su sexo, experiencia y formación serían las más aptas para entender y juzgar las pruebas. Tal petición fue denegada por razones de ley, costumbre y decoro, pero se permitirá su presencia en la sala del juez Benedict, donde tendrá lugar la vista mañana a la una de la tarde. Como es costumbre, cualquiera que sea admitido en la galería puede interrogar a los testigos.

No está claro si la desaparición de los cuatro hijos de Campbell se abordará durante la vista, aunque los expertos creen que será necesario tener en cuenta todos los hechos del caso.

450

Llegaron a la estación de ferrocarril de Tottenville en el último momento. Jack saltó a bordo con ambas maletas y ayudó a Anna a subir con su maletín justo cuando el tren se ponía en marcha.

El vagón estaba abarrotado, sobrecalentado y lleno de humo de tabaco. Anna se desplomó en el asiento con un suspiro y se apartó el pelo del cuello sudoroso. Cuando Jack volvió de colocar el equipaje, ella tosía tapándose la boca con el pañuelo.

Así pues, decidieron salir al vestíbulo cubierto donde había una ventana abierta, aunque tuvieran que pasar una hora de pie y hacer frente a los continuos vaivenes del tren, pero merecía la pena con tal de sentir el frescor de la corriente.

—No hemos sido los únicos listos. —Jack inclinó la cabeza hacia las dos mujeres que entraron por la puerta del vestíbulo en busca de aire puro. Se apretujaron para dejarles sitio.

Eran madre e hija; nada podía ser más evidente, y la más joven estaba próxima a dar a luz. La señora Stillwater y la señora Reynolds, como se presentaron, iban de camino a visitar a unos amigos. La señora Reynolds, quien se acariciaba el abultado vientre con una mano, no pudo contener su curiosidad y dijo:

—Creo que son ustedes los recién casados. —El rostro de su madre se iluminó con interés—. Mi marido es Joe Reynolds, funcionario de justicia. Fue uno de sus testigos.

Anna no se acordaba de los testigos que había llamado el juez de paz a su despacho, pero asintió con la cabeza.

—Joe me lo contó —continuó la señora Reynolds—. Usted no lo sabrá, pero el juez Baugh se niega a casar a casi todo el mundo. Dice que no quiere ser cómplice de un desastre.

—Por lo visto, lo dejó usted impresionado —añadió la madre—. Es un buen augurio para su futuro. ¿De verdad es usted médica?

Anna confirmó que lo era, en efecto. Sabía hacia dónde se dirigía la conversación, así que se adelantó:

—Parece que le queda poco.

La joven se encogió de hombros.

—En realidad, no estoy tan incómoda como dicen la mayoría de las mujeres. Menos por la noche, cuando no puedo dormir por las patadas.

—Es una buena época para tener un niño —dijo Anna, porque era cierto—. ¿Se va a quedar aquí, en la isla?

Notó que Jack la miraba fijamente al darse cuenta de lo que estaba haciendo. Anna le dio un suave codazo para que no interviniera y le oyó resoplar con resignación. En su experiencia, las madres y las hijas acostumbraban a contar historias sobre la maternidad, de modo que solo era cuestión de tiempo.

La madre, nacida y criada en Staten Island, había parido a sus hijos en casa con la ayuda de Meg Quinn, la comadrona que trajo al mundo a casi todos los habitantes de la punta sur de Staten Island.

—En treinta años, no ha perdido más que a dos niños y una madre —anunció la hija.

—Es un historial excelente —dijo Anna, percatándose de que ambas se relajaban un poco—. Hemos visto bastantes bebés este fin de semana. Unas gemelas, de unos tres meses...

451

—Las de los Dorsey —apuntó la madre.

—Yo no querría tener gemelos —respondió la hija, aunque su sonrisa nerviosa decía que no estaba tan segura. A la mayoría de las jóvenes de su edad les atraía la idea de los gemelos, pero la realidad resultaba más dura de lo que imaginaban y deseaban.

—Esta mañana oí llorar a una criatura en una casa de la calle principal...

—La primera de la señora Caruthers, la pobrecita tiene unos cólicos malísimos.

—Ah, y ayer... —Se detuvo para mirar a Jack.

—¿Sí? —la animó la madre, volviéndose también hacia Jack y sonriendo de una manera que la hizo parecer más de la edad de su hija.

—Estábamos en la playa, muy cerca del Monte Loretto, cuando conocimos a una niña adorable que nos presentó a sus padres, a su abuela y a su nuevo hermanito.

452 —Esos serían Eamon y Helen Mullen, ¿no crees, Allie? Helen es una buena amiga de mis dos hijas. Se casó la misma semana que mi Jess, la mayor.

—Parecían muy felices.

—Y tanto —dijo Allie Reynolds, volviendo a acariciar su vientre en suaves círculos—. Aunque lo han pasado muy mal. —Bajó la voz—. Helen perdió a su pequeño por la fiebre cuando tenía tres mesecitos. Se fue tan rápido que no les dio tiempo ni a llamar al médico. —Madre e hija reconstruyeron la muerte del hijo de los Mullen durante un rato—. Luego no pudo volver a quedarse embarazada —concluyó—. Tres años lo intentaron. Fue horrible verla tan infeliz.

—Ahora parece muy satisfecha —indicó Anna.

—La verdad es que ese niño fue una bendición. Lo adoptaron, ¿sabe usted? Por lo visto, hay muchos huerfanitos irlandeses en la ciudad, así que el nuevo sacerdote se encargó de conseguirles uno, y los Mullen tan contentos. Se podría decir que les ha devuelto la vida.

Bajaron del tren al mismo tiempo que los pasajeros del transbordador salían de la estación, una pequeña multitud que se dirigía a Tottenville. La última persona con la que se cruzaron fue un sacerdote cincuentón con alzacuellos, corpulento, de mejillas bermejas y ojos azules. Jack supuso que sería el esquivo padre McKinnawae, pero no había tiempo para presentaciones. Además, aquella era una conversación que requería de una cuidadosa planificación.

—Quizá deba escribirle de nuevo —dijo Anna cuando el transbordador comenzó su travesía rumbo al norte por la bahía de Raritan.

—Será mejor que me encargue yo después de la vista —sugirió Jack—. Por lo menos sabemos que el niño está sano y en buenas manos.

—Sí, es una cosa menos de la que preocuparse. No me importa reconocer que la cabeza me da vueltas.

—Lo tomaré como un cumplido —replicó él pasándole el brazo por los hombros.

Ella lo miró con media sonrisa.

—Va a ser una luna de miel bastante *sui generis*. Tengo una operación mañana por la mañana, y por la tarde…

Su rostro se tornaba inexpresivo cuando pensaba en la comparecencia ante el jurado. Por una cuestión de supervivencia, se dijo Jack. Se distanciaba de cualquier manera posible para poder ver, entender y analizar mejor.

—Habrá que echarle imaginación —le susurró al oído, y ella sonrió con un leve escalofrío.

Entonces vio que dirigía su atención al asiento vacío de al lado, en el que había un periódico agitándose con la brisa. Anna se inclinó para cogerlo cuando Jack leyó el titular. Y cada palabra fue como un puñal:

DESAPARECIDOS LOS CUATRO HIJOS DE CAMPBELL
MAÑANA COMIENZA LA INVESTIGACIÓN
POR LA MUERTE DE LA MADRE

—Ya te sabrás ese telegrama de memoria —le dijo Cap—. ¿Cuántas veces lo has leído?

—Seguiré leyéndolo hasta que aparezcan en la puerta y sepa que es cierto.

En realidad, Sophie no dudaba en absoluto de la noticia, pero contemplar el telegrama le permitía pensar en otras cosas por unos instantes sin ser observada de cerca. Un engaño necesario, como se dijo a sí misma. Cap aún se estaba recuperando del viernes, y ella se había esforzado para que no se le presentara nada nuevo durante el tiempo que fuera humanamente posible. Si se invirtieran los papeles, ella no le agradecería tal interferencia, pero era su médica además de su esposa, y como tal, tenía esa responsabilidad. Además, no podía sacar el tema de los niños de Campbell; apenas si soportaba pensar en ellos.

Y, sin embargo, nunca olvidaba la imagen de Janine Campbell como la había visto por última vez. La gente de la ciudad estaba convencida de que había matado a sus hijos, pero Sophie no advirtió indicio alguno de psicosis en ella cuando la recibió unas semanas antes. Depresión sí. Ira y desesperación también. Pero llevarse a los chicos para matarlos y volver a casa sola requería una fría premeditación o un alejamiento completo de la realidad, nada de lo cual creía posible en ella.

Cuando sonó el timbre de la puerta, Cap dijo:

—Vamos, sé que estás impaciente.

Ella salió corriendo y le sonrió desde la puerta mientras se quitaba la mascarilla.

—Los haré subir enseguida.

Anna se veía casi bronceada, como si la hubieran azotado fuertes vientos o un mar frío, y luego hubiera sido besada por la luz del sol. Y estaba sonriendo, con una sonrisa sincera y sin artificios. Sophie la abrazó con todas sus fuerzas.

—Ay. —Anna se rio, apartándose—. Nunca eres consciente de tu propia fuerza.

Sophie se volvió hacia Jack y lo abrazó también, sin recibir ninguna queja.

—Vaya dos —dijo Sophie—. Menudos sinvergüenzas.

Tenía lágrimas en los ojos, pero no le importaba y, por una vez, a Anna no parecía importarle nada. Su expresión serena, resuelta y generalmente impenetrable había desaparecido. Al menos por hoy.

—¿Cómo está Cap? —quiso saber Jack.

—Bastante calmado. Recuperándose. —Aquello se acercaba bastante a la verdad—. Esta tarde se reunió con Conrad durante dos horas y luego puse fin al encuentro. Pero podemos hablar de eso más tarde.

Empezaron a subir las escaleras cuando Sophie se fijó en el periódico que Jack llevaba bajo el brazo.

Él la miró y asintió con la cabeza.

—Dejemos de lado ese lamentable asunto, ¿de acuerdo? —dijo ella—. Aún no ha visto el periódico.

Anna enarcó una ceja, sorprendida.

—Cap sin leer los periódicos del domingo…

—Te aseguro que no fue fácil —reconoció Sophie—. Y ahora voy a insistir en que olvidemos todo lo demás para celebrar…

—La capitulación de Anna —dijo Jack.

Anna se detuvo en la escalera para mirarlo por encima del hombro con la frente muy alta.

—Tú y yo tendremos una discusión acerca de esa palabra más tarde.

—Lo espero con ansia.

Sophie se alegró de verlos bromear con tanta complicidad. Deseaba poder decir lo mismo de sí misma y de Cap, pero él estaba distante, preocupado y dolorido, y ella solo pensaba en subirlo al próximo barco que saliera del puerto de Nueva York. Anna supo todo esto sin necesidad de que se lo dijera. Sin duda habría hablado con Jack sobre ello. No obstante, en ese momento, la atención de su prima se enfocaba en una dirección diferente.

—¿Has tenido noticias de Rosas? —preguntó.

Desde su habitación, Cap exclamó:

—Una avalancha. Una nota tras otra.

Anna se paró en la puerta para mirarlo.

—Espero que no estén planeando una fiesta.

Sophie la empujó a la habitación, tiró del brazo de Jack para que entrara también y cerró la puerta tras ellos.

—Por supuesto —dijo Cap—. No creerías en serio que lograrías convencerlas, ¿no?

—Cap, tienes mejor aspecto que la última vez que te vi —observó Jack—. El matrimonio te sienta bien.

Cap esbozó una breve sonrisa torcida.

—Y tú tienes ojeras, así que supongo que a ti también.

Sophie soltó una risita escandalizada. Anna se limitó a fruncir el ceño.

—El matrimonio no ha mejorado tus modales, pero, aun así, me alegro de verte.

—Entonces ¿debemos esperar una fiesta sorpresa cuando lleguemos a Rosas? —dijo Jack.

Sophie miró a Cap con mala cara, pero debería haber sabido que no sería capaz de guardarse la noticia para sí mismo.

—Ya que estamos, podríais decírnoslo —respondió Anna—. ¿Qué está tramando la tía?

—No te preocupes por la tía ahora —dijo Sophie—. Vamos a sentarnos. Quiero saberlo todo de vuestro repentino matrimonio. Cada detalle. Desde el principio.

La conversación se extendió de un lado a otro de la habitación, donde Cap se sentó en estricto aislamiento. Sophie pensó que algún día se acostumbraría a estar cerca y lejos a la vez. Si el destino era amable con ellos, quizá tendría la oportunidad.

—No hacía falta ir a Staten Island para casaros a toda prisa —dijo Cap—. Podríais haberlo hecho en este ayuntamiento sin tanto alboroto.

—No fuimos a Staten Island pensando en casarnos —contestó Jack—. Fue cosa de una coincidencia afortunada y de mi buena suerte.

—Fueron a hablar con el sacerdote sobre el pequeño de los Russo —le recordó Sophie a Cap antes de dirigirse a Anna—. ¿Sin éxito?

—No encontramos al padre McKinnawae. —Anna vaciló un instante, con el rostro vuelto hacia la puerta cerrada—. ¿Qué son esas voces que oigo abajo?

Sophie se encogió de hombros a modo de disculpa.

—Sabías que la tía no iba a poder evitarlo.

—¿Todos? ¿Están todos aquí?

—Tu gente también —le dijo Cap a Jack—. Nunca mencionaste que tu padre era un gigante.

La expresión de Jack había sido tranquila, casi somnolienta, pensó Sophie, pero entonces sacudió la cabeza y en su cara apareció un gesto de pasmo.

—¿Mi gente?

—Tus hermanas y tus padres —explicó Sophie—. Tías, tíos, un par de hermanos. No entendí todos los nombres.

Anna se echó a reír.

—Y nosotros que nos creíamos tan listos. Así aprenderemos.

Jack le puso una mano en la nuca y le besó la frente.

—Entre mis hermanas y tu tía, era inevitable. Ninguna puede controlarse ante la posibilidad de una fiesta.

—Os quieren —dijo Sophie—. Os queremos. Y nos alegramos mucho por vosotros.

—Será mejor que bajéis antes de que asalten el castillo —indicó Cap—, pero primero contadnos lo que ocurrió en Staten Island. No encontrasteis a vuestro padre McKinnawae, pero algo pasó, lo sé por la cara de Anna.

—No podemos hablar de eso con las Russo en casa —respondió ella—. Ni una palabra sobre el padre McKinnawae o Staten Island. Hoy no. Tal vez nunca.

—Lo encontraste —repuso Sophie—. ¿Encontraste a Vittorio?

Anna asintió con la cabeza y Jack se miró los zapatos. Otra serie de complicaciones que Sophie no había previsto.

—Tienes razón —convino Cap—. Esa es una conversación para otro día. Venga, bajad, que hay una fiesta en el jardín, y volved cuando podáis. Entonces podremos hablar de la vista y de los hijos de Campbell.

Sophie se quedó inmóvil.

Anna la miró desde la puerta:

—Claro que ha leído los periódicos. Ya sabes cómo es…

—Hizo lo que pudo para alejarlos de mí —dijo Cap—. Pero solo contaba con la ayuda de la señora Harrison, mientras que yo tenía al señor Vine de mi lado, y el señor Vine tiene un pasado muy accidentado, aunque muy útil en lo referente al contrabando.

Ya en el pasillo, tras salir de la habitación de Cap, Sophie dijo:

—Traté de ocultarle la noticia. O quizás intentaba ocultármela a mí misma. No soporto pensar en esos niños.

Anna le pasó el brazo por los hombros y le dio un beso en la mejilla.

—Sophie, no quiero ser insensible, de verdad. Estoy muy preocupada por los Campbell, pero te pido que dejes todo eso a un lado por un tiempo. Estoy a punto de conocer a mis suegros y la cabeza no me da para más.

—Vamos, pues —dijo Jack con una sonrisa resignada—. Pasemos el trago.

—Ni siquiera me ha dado tiempo a cambiarme de ropa —rezongó ella, pero se dejó llevar abajo.

—Nos han vencido —reconoció Jack, apretándole la mano—. Rindámonos con dignidad.

Lo primero que Anna vio cuando llegaron al jardín fue a Rosa y Lia, saltando de emoción con los brazos llenos de flores. Corrieron hacia ella, que se agachó con los brazos abiertos para recibirlas. «Siento no poder deciros que vuestro hermano está sano y salvo», pensó. En lugar de eso, las abrazó y besó sus mejillas y recogió los ramos que le lanzaron, opulentas peonías rosas y blancas tan fragantes que la hicieron estornudar, cosa que provocó la hilaridad de todo el mundo.

Cuando levantó la vista, la tía Quinlan estaba allí, apoyada en su bastón. Anna se acercó a ella, a esa mujer pequeña y frágil como una barra de hierro, inquebrantable e inmutable en su amor y devoción. Juntó su rostro al de su tía y respiró profundamente. No había nada que decir, porque no podía expresar con palabras lo que sentía.

—Venga, deja que vea a tu marido y nos sentemos con tu nueva familia.

Desde las ventanas de la entrada, Sophie y Cap contemplaron el momento en el que Anna se unió al círculo de la familia de Jack, con la madre en el centro junto al padre, alto y sólido como un tronco de árbol. Jack era alto, pero su padre le sacaba al menos media cabeza. La señora Mezzanotte también era recta y fuerte, una mujer segura de sí misma, con una mirada no del todo severa que, sin embargo, no se perdía ningún detalle.

Muy parecida a la propia Anna. Con ellos estaban sus dos hijas, la tranquila y gentil Celestina y la joven Bambina, de corazón más duro, así como dos tías. Las mujeres se acercaron a ella mientras los hombres de la familia la miraban.

—Por lo menos no tiene que conocerlos a todos a la vez —dijo Sophie.

La mayor parte de la nueva familia política de Anna se había quedado en Greenwood. La señora Mezzanotte le había explicado por qué en un inglés excelente, casi como si se disculpara por no haber traído consigo a todos los Mezzanotte del continente: «Están muy disgustados conmigo. Querían estar aquí para darle la bienvenida a Anna, pero mis nueras son un torbellino y he tenido que negarme. Esta tarde la quiero para mí sola».

Las presentaciones fueron incómodas para Sophie, porque Bambina estaba de pie junto a su madre, y ya había tenido bastante de Bambina. Sin embargo, la benjamina de los Mezzanotte le sonrió y habló con ella con perfecta educación. O bien había cambiado de parecer, o bien la habían amenazado con graves consecuencias. Sophie sabía que lo último era cierto, pero la sonrisa amable de la señora Mezzanotte le dio motivos para creer que todo podría salir bien.

En el jardín, el padre de Jack cogió a Anna por los hombros, entornó los ojos como si inspeccionara un espécimen botánico y le dio dos besos en las mejillas, con una sonrisa tan parecida a la de Jack que Sophie se descubrió riendo.

—Nunca había visto a Anna tan nerviosa —dijo, todavía en la ventana—. Y sin ningún motivo, porque la adoran.

—Se supone que los italianos deben gritarse todo el tiempo —repuso Cap—. Pensé que al menos saltarían unas chispas.

Anna, su prima Anna, quien se sentía incómoda ante los desconocidos y nunca se mostraba demasiado efusiva ni con los que más quería, fue pasada de unas manos a otras como un tesoro precioso pero irrompible. Le dieron vueltas para mirarla por todos lados, le tocaron la cara, le pasaron las manos por el pelo. Y ella sonreía, respondía a las preguntas y también las hacía, unas veces mirando a Jack y otras no.

—Ese hombre está enamorado —dijo Cap—. Y tiene mucha suerte. —Su voz tembló un poco, como Sophie sabía que temblaría la suya.

—Vamos a sentarnos —le pidió—. Juntos. ¿Podemos, aunque solo sea un rato?

Él le puso la mano en el hombro, con mucha suavidad. Su rostro reflejaba mucha tristeza y resignación. Sophie lo siguió, oyendo los sonidos de la fiesta que llegaban del jardín, como era justo y necesario, sin ellos.

Anna pretextó agotamiento y que debía madrugar el lunes, prometió largas visitas, cenas y charlas, recorridos por Rosas, Hierbajos y el New Amsterdam, y finalmente, con la ayuda de Jack, pudo huir de entre la multitud de italianos que ocupaban el jardín de Cap. Se corrigió a sí misma: el jardín de Cap y Sophie.

A pesar de las apasionadas súplicas de Rosa y Lia para volver con ellos a Waverly Place, se distrajeron fácilmente con la señora Mezzanotte. Tras una discusión muy seria en italiano, Anna recordó lo que le había dicho Jack sobre el consuelo de oír el idioma propio en tierra extranjera.

Terminaron subiendo solos a un carruaje. No habían logrado hablar con Sophie y Cap sobre la vista ni sobre los hijos de los Campbell. Como tantas otras cosas, aquello tendría que esperar.

Jack la rodeó con el brazo, y ella se inclinó hacia él y murmuró:

—Me gustan tus padres.

—Tenía esa esperanza. No era como había planeado que sucediera, pero lo espontáneo tiene sus ventajas.

—Ha sido la tía Quinlan —dijo Anna—. Ella se encargó de encandilarlos primero y allanó el camino. Lo hace a menudo. Habría sido una estupenda embajadora.

—¿Te fijaste en Lia? No se separaba de mi padre. Y a Margaret no parecía importarle, estaba en una esquina hablando con la tía Philomena.

—Se han portado todos muy bien —respondió Anna—, pero todavía me siento como si me hubiera atropellado un ómnibus.

Y

El señor Lee los esperaba en casa. En cuanto le tomó las manos, Anna perdió la digna compostura que había mantenido con tanto esfuerzo durante toda la tarde.

—Señorita Anna, les deseo lo mejor a usted y a su flamante marido.

—Gracias, señor Lee —respondió con la voz repentinamente ronca—. Casi había conseguido pasar el día sin llorar.

—Se le ha echado de menos en la fiesta —dijo Jack, estrechándole la mano.

—Prefería quedarme para ser el primero en darles la bienvenida a casa. — Apretó el antebrazo de Jack con su mano libre, un gesto paternal que no se le escapó a Anna—. Supongo que habrá sido un largo día y querrán descansar. —Antes de que Jack se diera la vuelta, el señor Lee le entregó una carta—. Llegó hace una hora para usted.

Anna enarcó una ceja.

—Es de Oscar, pero tendrá que esperar —explicó Jack.

461

Jack no había visto nunca la alcoba de Anna, aunque lo había insinuado, y alguna vez lo había pedido directamente, pero ella siempre le daba largas con una sonrisa.

Era una habitación grande, con ventanas que daban al jardín, donde seguía brillando el sol a pesar de que eran más de las siete. Con un papel pintado demasiado descolorido para distinguir el dibujo sobre el revestimiento blanco, un reluciente suelo de madera cubierto con alfombras, una estantería sobre un escritorio atestado de libros, carpetas y papeles.

Anna se quedó parada en la puerta, con gesto de perplejidad.

—¿Pasa algo malo?

—La cama es nueva. Y la cómoda también, el doble de alta que la antigua.

—Es mi cómoda —dijo Jack—. Habrán llamado a un carro de mudanza.

—Es increíble que lo hayan hecho en tan poco tiempo. —Cruzó la estancia para abrir la puerta del armario—. Está todo aquí. Tus trajes, camisas y zapatos, todo ordenado. Deben de haberse puesto en marcha nada más recibir los telegramas esta mañana.

Había dos sillas ante la pequeña chimenea, con una mesita entre ellas. Un jarrón de rosas reposaba sobre un tapete bordado que Jack reconoció como obra de una de sus hermanas. Era una cosa discreta, pero aun así parecía demasiado lujosa.

—¿Te molesta el cambio?

Ella se volvió de repente.

—Estoy sorprendida, pero no disgustada. Me alegra que estés aquí conmigo. Te lo prometo.

Sin embargo, se fue al otro lado de la habitación, al otro lado de la cama, y juntó las manos sobre la cintura.

—Ven y cuéntame cosas de los cuadros —dijo Jack.

Tener algo que hacer pareció calmarla. Se acercó a él, aunque no mucho, y fijó su atención en las fotografías, pinturas y dibujos bien enmarcados que vestían la pared del tocador. Estaban ordenados cronológicamente, el más antiguo y simple cerca de la puerta: el dibujo de una pareja de unos cincuenta años, sentados juntos en un porche. Debajo ponía «Uphill House, 1823», y luego una firma, L. Ballentyne. Jack estuvo unos minutos contemplando las imágenes una tras otra, todos aquellos rostros pertenecientes a la familia de Anna y también a la de Sophie, pues había una acuarela de una mujer india, de pie junto un hombre corpulento de rasgos indios y africanos. Volvía a ser obra de L. Ballentyne: «Hannah y Ben, Downhill House, 1840».

Anna se aproximó a la pared para tocar un marco tallado de vides y flores, con un sencillo retrato al carboncillo de otra pareja, muy joven y llena de vida, sentada entre un niño de unos dos años. Jack adivinó que eran los padres y el hermano de los que nunca hablaba antes de leer los nombres.

—Tu tía pintó todo esto.

Ella asintió y se aclaró la garganta.

—El primer marido de la tía Quinlan era un Ballentyne. —Inclinó la cabeza hacia un cuadrito del tamaño de una mano, en el que aparecía un hombre al que solo le faltaba hablar para ser real. Luego señaló a sus padres y hermano—. Hay otros cuadros de ellos, pero este es mi favorito. Parecen tan vivos que a veces me cuesta mirarlos.

—Te pareces a tu madre, pero creo que esta —indicó el primer cuadro con la cabeza— tiene que ser tu abuela, porque eres su viva imagen.

—Eso me dicen. Era maestra de escuela, y aun así vivió grandes aventuras. No la conocí.

Jack pensó que quizá debería haber dejado los retratos para más adelante. Le había pedido que le hablara de la familia que había perdido cuando la acuciaban tantas otras tribulaciones.

—Tengo una idea —dijo ella—. Todas las noches, antes de dormir, puedo contarte cosas de una de estas personas, y tú puedes contarme una de tus historias. Creo que así me resultará más fácil. Pero ahora tengo que acostarme, debo salir de aquí a las cinco y media para ir al hospital.

—¿Te incomoda que...?

—Deseo que estés aquí —le interrumpió—. De verdad.

Y por lo visto era cierto. Se mostró más como ella misma mientras deshacía la maleta y preparaba la ropa del día siguiente, hablando de todo y de nada. Cuando fue a darse un baño, Jack se sacó la carta de Oscar del bolsillo.

463

Jack:

Desde el viernes:

1. Nos las arreglamos para averiguar los movimientos de Janine Campbell desde el domingo hasta que llegó al New Amsterdam, y tanto Anna como Sophie tienen coartadas sólidas y testigos que pueden dar fe de su paradero. Si hubo otras personas implicadas en la operación aparte de la fallecida, no fueron las doctoras Savard.

2. De momento no tengo mucho que decir de los hijos de Campbell, y lo que hay te lo diré en persona.

3. Los hombres de Comstock registraron la casa de los Campbell antes de que yo llegara y salieron con unos folletos por los que Comstock puso el grito en el cielo ante el fiscal. Aún no sé qué encontraron exactamente, pero estoy en ello.

4. He estado siguiendo a Campbell desde las tres de la tarde del viernes, sin nada de lo que informar.

5. Belmont cree que si nos libramos de Comstock y de los dichosos folletos podría acabar con todo el follón el martes para que los Verhoeven tomen el siguiente barco.

6. Comstock es uno de los jurados. Belmont ha hecho todo lo posible para que lo echaran, pero hasta ahora no ha habido suerte. Sabré más cosas antes de la vista del lunes.

O. M.

Cuando le tocó el turno, Jack se tomó su tiempo en el baño, pensando en la carta de Oscar, tratando de entrever en las palabras lo que habría leído en la cara de su compañero. Finalmente se dio por vencido al darse cuenta de que la mañana traería un día largo y difícil, y de que ambos necesitaban descansar. Y, aun así, la idea de que Anna lo esperase en la cama le hizo desearla.

Jack se alegró de que hubiera una cerradura en la puerta del dormitorio, porque pretendía dormir desnudo, como siempre había hecho. Se quitó la ropa mientras ella lo miraba, estirada de lado, tratando de mantenerse despierta.

Cuando se metió bajo las mantas, Anna le sonrió somnolienta y extendió los brazos para que le diera un beso, por casto que fuera. Cuando logró ponerse cómodo, la oscuridad había invadido la habitación y ella ya estaba dormida.

Se quedó en vela mucho tiempo, pensando en los niños de los Campbell y en la carta de Oscar. Por la mañana acompañaría a Anna al New Amsterdam, y hablarían. Con esa idea en la cabeza se durmió y soñó con los veleros de la bahía de Raritan, cada vez más lejanos.

26

NEW YORK SUN
Lunes, 28 de mayo de 1883

SIN PISTAS DE LOS NIÑOS DESAPARECIDOS
¿SUFRIÓ JANINE CAMPBELL DE DELIRIO PUERPERAL?

El martes de la semana pasada, la señora Janine Campbell mintió tranquilamente a su marido sobre sus planes para el día siguiente, diciendo que iba a llevar a sus cuatro hijos a pasar una semana con sus primos en el campo.

465

La señora de Harold Campbell, cuñada de la difunta, relató al *Sun*: «A los chicos les encantaba estar aquí, con el aire fresco, la buena comida y la libertad para jugar. Nunca querían volver a casa. Se me rompe el corazón al pensar que andan perdidos por el mundo, preguntándose dónde estará su madre y por qué los abandonó. Janine no pudo haber estado en su sano juicio».

La autopsia determinó que la señora Campbell se sometió a una operación ilegal el martes o el miércoles, un hecho que su marido se niega a aceptar.

Sin embargo, los médicos están de acuerdo en que sí hubo un aborto. No se sabe con certeza cómo se las arregló para salir de la ciudad. «Debía de tener fiebre y unos dolores terribles. Sospecho que se administró opio», dijo el doctor Hannibal Morgan del hospital Bellevue.

Hasta ahora, la policía no ha podido localizar a nadie que viera a Janine Campbell con los niños ese miércoles, pero se sigue investigando.

Según todos los indicios, la señora Campbell era una mujer virtuosa que mantenía una casa impecable y adoraba a sus hijos. Ninguno de sus vecinos tiene una mala palabra que decir sobre ella.

«Había dado a luz tres meses antes», señaló el doctor Morgan. «Todo apunta a un arranque de delirio puerperal. En los casos más extremos, ni siquiera puede descartarse el asesinato».

NEW YORK TIMES
Lunes, 28 de mayo de 1883

LA VISTA COMIENZA HOY
JURADO DE MÉDICOS EMINENTES
INVESTIGA LA MUERTE DE CAMPBELL

El juez de instrucción Lorenzo Hawthorn ha dado a conocer los nombres de los jurados que examinarán las pruebas en relación con la muerte de la señora Janine Campbell. Son el doctor Morgan Hancock del Hospital Femenino; el doctor Manuel Thalberg, médico jefe del Dispensario Alemán; el doctor Nicholas Lambert, especialista forense en Bellevue; el doctor Abraham Jacobi del Hospital Infantil y presidente de la Asociación Médica de Nueva York; el doctor Josiah Stanton del Hospital Femenino y el doctor Benjamin Quinn del hospital universitario de Bellevue y de la Escuela Femenina de Medicina. Además, Anthony Comstock formará parte del jurado como representante de la Sociedad para la Supresión del Vicio de Nueva York.

466

*E*l juez de instrucción ordenó a su secretario que llamara al orden en la sala, tras lo que remitieron los murmullos. Sophie echó un último vistazo a las notas que tenía delante, las puso en un montón y enlazó las manos sobre el regazo. Anna ya estaba garabateando a su lado, fijando su atención en la primera de las muchas páginas en blanco que llenaría antes del final del día. El jurado la consideraría desmesuradamente concienzuda, pero Sophie había ido a la escuela con ella y sabía que no era así. Su prima garabateaba mientras escuchaba, escribiendo palabras extrañas que tomadas en conjunto tenían poco sentido; cuando llegaba a casa, le entregaba las páginas escritas a la señora Lee para que las usara como yesca para el fuego.

Anna retenía lo que era importante sin necesidad de escribirlo; tomaba notas por otra razón. Cuando era niña, no le gustaba que le hicieran hablar en clase y descubrió que la mayoría de los profesores la dejaban en paz si parecía ocupada. No era que no pudiera responder a las preguntas, sino que quería decidir a cuáles responder. Algunos profesores le permitían aquella pequeña vanidad y otros no, pero nada le impedía garabatear.

Cap solía robarle el cuaderno para leer aquellas palabras en voz alta, como un actor en un escenario. Pero ya no eran niños, y Cap la estaría esperando en casa luchando por respirar.

Sophie se obligó a concentrarse en el procedimiento.

El juez Benedict había prestado su sala para la vista, dado el número de testigos, el tamaño del jurado y el abrumador interés del público. Sophie esperaba que el propio Benedict estuviera ausente, y se sintió aliviada al ver que así era. La presencia conjunta de Benedict y Comstock auguraba un desastre para cualquier mujer que llamara su atención.

Como se trataba de una investigación y no de un juicio, Hawthorn tuvo cierta libertad en la manera de dirigir las cosas. Escogió a los periodistas, solo tres, que se sentarían al fondo de la sala y pasó parte de la mañana considerando a los que solicitaron permiso para sentarse en la galería. Los que rechazó eran los que buscaban un escándalo y, en particular, noticias de los hermanos Campbell desaparecidos. La ciudad entera bullía de rumores y suposiciones acerca de ellos. Rara vez lograba Sophie desterrarlos de su mente.

—Nos hallamos aquí reunidos para investigar la muerte de la señora Janine Campbell, ni más ni menos —decía el juez de instrucción—. Debemos decidir si se produjo como resultado de un aborto ilegal y negligente, en cuyo caso, será la policía quien se encargue de dar con los responsables y llevarlos ante un tribunal para que sean juzgados. Asimismo, el jurado podría determinar que la señora Campbell falleció a causa de lesiones autoinfligidas, lo que equivaldría a un suicidio. Dada la complejidad del caso, he pedido a una serie de médicos que escuchen las pruebas. Son libres de hacer preguntas en cualquier momento. Las personas admitidas en la galería también pueden formular preguntas, pero deberán dirigirse a mí primero.

467

Había distintos tipos de pruebas, continuó explicando. Tendrían en cuenta la autopsia y los objetos físicos encontrados en la casa de los Campbell, y discutirían el estado mental de la difunta.

—Esta no es una investigación sobre el paradero y el destino de los hijos de los Campbell. El tema saldrá a relucir, pero se mantendrá dentro de unos límites. También quiero recordar tanto al jurado como a los que están sentados en la galería que la cuestión del embarazo es irrelevante. Según la ley, no importa si la difunta estaba embarazada o no. La operación en sí es ilegal, de un modo u otro. Para concluir, debo señalar que el jefe de policía ha presentado los resultados de una investigación preliminar, sobre cuya base tanto la doctora Savard como la doctora Savard Verhoeven han sido absueltas de cualquier implicación directa en la operación ilegal. Se encuentran hoy aquí porque fueron las últimas personas que trataron a la difunta y su testimonio será relevante. Sin embargo, se me ha comunicado que una o ambas podrían ser culpables de un delito diferente pero relacionado con él, el de proporcionar información e instrumentos a la difunta que le permitieran operarse a sí misma.

Sophie no miró a la tribuna del jurado. Se había prometido a sí misma que no lo haría, porque con eso no iba a ganar nada. Sabía perfectamente quién le había recordado al juez de instrucción que dar consejos médicos de cierto tipo era ilegal, y estaba sentado a cierta distancia.

Comstock era un voto entre siete. De los seis médicos, tres podían contarse como aliados: Abraham Jacobi del Hospital Infantil, Manuel Thalberg del Dispensario Alemán, y el doctor Quinn, un cirujano de Bellevue que también enseñaba cirugía en el Hospital Femenino y que había sido una especie de malhumorado aunque efectivo mentor de Anna. A los otros médicos solo los conocía por su nombre y reputación. A Stanton, porque había publicado un artículo tras otro atacando a las mujeres médicas y a las del New Amsterdam en particular, y a Hancock porque era uno de los cirujanos del Hospital Femenino, donde las médicas no eran bienvenidas ni tan siquiera toleradas. Del último, el doctor Lambert, sabía que era un reputado especialista en medicina forense.

468

Con la excepción de Thalberg, que trabajaba exclusivamente con inmigrantes alemanes pobres, todos se dedicaban al lucrativo ejercicio privado. Algunos de ellos —sobre todo, Jacobi— ejercían también por caridad, pero todos vivían bien. Comstock parecía fuera de lugar entre aquel grupo. Los médicos iban impecablemente vestidos con ropas caras, mientras que Comstock, cargante y pomposo, lucía un traje de lana negra mal cortado y su habitual expresión sombría. Quitando los bigotes de morsa, a Sophie siempre le recordaba a un niño demasiado grande, con sus mofletes redondos, la piel tersa y esos colores sobre los pómulos ocultos bajo una capa de grasa. Y aunque no quería fijarse en él, resultaba imposible pasar por alto su hábito de chasquear la lengua contra los dientes.

Sophie y Anna se sentaron en la primera fila de la galería, tras la mesa en la que se habría situado la defensa en un juicio real. Detrás de ellas, en la segunda fila, estaban Conrad y su secretario, y más allá, unas dos docenas de rostros dispersos en una sala donde habrían cabido muchos más. Hawthorn podía ser un hombre de negocios con pocos conocimientos de medicina, pero, en opinión de Sophie, había hecho una buena labor organizando la investigación.

Sonrió a cinco compañeras de clase de la Escuela Femenina, y luego se levantó para saludar a las tres profesoras que habían acudido en un poderoso gesto de apoyo: Mary Putnam Jacobi, Clara Garrison y Maude Clarke. A Sophie le sorprendió la presencia de la doctora Garrison, otro de los objetivos favoritos de Comstock, que tan recientemente había sido juzgada. Se alegró mucho de ver a Mary Putnam, poseedora de una mente más brillante que cualquiera de los hombres de la sala, incluido su marido, Abraham Jacobi, miembro del jurado.

—Tranquila —le dijo Mary, y todo lo demás quedó en el aire.

Cuando Sophie regresó a su asiento, el juez de instrucción pidió al jurado que planteara sus preguntas.

—Me gustaría hacer una aclaración.

—Doctor Hancock, adelante, por favor.

—Se ha mencionado la posibilidad de que la difunta se operase a sí misma en un estado mental que la empujó al suicidio. Si bien estoy de acuerdo en que debe tenerse en cuenta, si vamos a considerar el suicidio, estaríamos hablando de una mujer que sufría una grave enfermedad mental, una discusión que nos llevará indefectiblemente a los hijos de Campbell y lo que haya sido de ellos.

Anna dejó de garabatear y fijó la vista en la mesa del jurado. Luego escribió algo y le enseñó el cuaderno a Sophie. Los trazos agudos y rectos habían atravesado varias páginas. En el bolso llevaría otra docena de lápices afilados para reemplazar el que tenía en la mano cuando se volviera demasiado romo. Se podía leer: «¿Morgan Hancock, del Hospital Femenino?».

Sophie asintió.

«¿Estudió con Czerny?».

Asintió de nuevo.

—No voy a prohibir el tema —decía el juez—, pero me gustaría recordarles que nuestro propósito principal es otro muy distinto. Empezaremos con el doctor Graham, del servicio de ambulancias.

470

Anna sabía que Jack estaba al fondo de la sala. Se quedó allí con Oscar Maroney y otro inspector, con los brazos cruzados y la barbilla sobre el pecho mientras escuchaba a Neill Graham relatar los sucesos del jueves anterior.

Graham fue un buen testigo, claro y conciso. Los jurados formularon preguntas, algunas bastante insidiosas, pero Neill Graham no se puso nervioso.

—¿Cuántas cirugías abdominales ha presenciado? —El tono de Abraham Jacobi no era ni amable ni polémico.

—El caso de la señora Campbell fue el número treinta y tres.

—¿Cuáles son sus impresiones sobre la labor de la doctora Savard?

El joven vaciló y miró a Anna. Ella se concentró en su cuaderno, donde escribió «treinta y tres» y «sus impresiones». Abraham Jacobi estaba haciendo preguntas cuyas respuestas sabía, con el objeto de restablecer sus credenciales. Era un apoyo sutil, como siempre, y por lo tanto muy efectivo.

—No le pido una crítica detallada —dijo Jacobi—. Simplemente, su impresión.

Graham no dudó más:

—Estaba tranquila. Actuó con seguridad, pero sin precipitarse. Me explicó lo que estaba haciendo y lo que veía. Aprendí mucho en poco tiempo.

Benjamin Quinn se aclaró la garganta:

—¿Qué fue lo que aprendió?

—Pensé que mis suposiciones eran correctas, pero que aún me queda un largo camino por delante.

Anna escribió: «un largo camino por delante».

Conrad Belmont se inclinó hacia delante, le puso la mano en el hombro y susurró:

—No dijo nada que contradijera tu testimonio.

—Por supuesto que no —susurró Anna, irritada.

Conrad le dio una palmadita como si necesitara consuelo, y ella tuvo que resistir el impulso de apartarse.

471

NEW YORK POST
Lunes, 28 de mayo de 1883

ARRANCA LA INVESTIGACIÓN DEL CASO CAMPBELL
EL DOLOR DE UNA VECINA POR LOS NIÑOS PERDIDOS
PRIMERA MENCIÓN DE SUICIDIO
EL MARIDO DE LA FALLECIDA TESTIFICARÁ MAÑANA

El juez de instrucción Lorenzo Hawthorn comenzó la investigación por la muerte de la señora Janine Campbell presentando a los siete eminentes miembros del jurado, tras lo que refirió una larga lista de advertencias sobre sus responsabilidades. Aunque se discutió brevemente la posibilidad del suicidio y la locura, y la relevancia de la desaparición de los hijos de la señora Campbell, la cuestión quedó sin resolver, si bien fue el propio juez de instrucción quien planteó el tema por primera vez al interrogar a uno de los testigos.

El primer testigo fue el doctor Neill Graham, un interno de Bellevue que trabaja a tiempo parcial para el servicio de ambulancias de la policía. A pesar de las preguntas del jurado, el doctor Graham solo tuvo elogiosas palabras para la doctora Anna Savard, la cirujana que intentó salvar la vida de la señora Campbell.

El segundo testigo del día proporcionó un conmovedor relato sobre la vida y la muerte de la señora Campbell. Lo ofrecemos aquí en cumplimiento de nuestra promesa de trasladar todos los hechos de este inquietante caso a nuestros lectores.

Testimonio de la testigo

La señora Mabel Stone, ama de casa, residente en el número 24 de la calle Charles, comparece ante el jurado del juez de instrucción Hawthorn y hace la siguiente declaración.

JUEZ DE INSTRUCCIÓN: Por favor, empiece explicando de qué conocía a la difunta.

SRA. STONE: Los Campbell son nuestros vecinos desde que se casaron, este verano se habrían cumplido siete años.

JUEZ DE INSTRUCCIÓN: ¿La consideraba una amiga?

SRA. STONE: Sí. Janine Campbell era una persona sensata, como yo misma. Nos entendíamos.

JUEZ DE INSTRUCCIÓN: ¿La veía a menudo?

SRA. STONE: Janine se pasaba todo el santo día ocupada entre los niños y la casa. Yo no tengo hijos, pero siempre lo he echado en falta, así que la ayudaba en lo que podía. La veía casi todos los días, menos los domingos.

JUEZ DE INSTRUCCIÓN: Y ahora, si pudiera hablarnos de la semana pasada.

SRA. STONE: Resulta que el miércoles tomé un tren muy temprano para visitar a mi hermana, en Albany. Cuando volví el jueves por la mañana, me di cuenta de lo silenciosa que estaba la casa de los Campbell y fui a saludarla. Nadie respondió a la puerta, de modo que fui por detrás para ver si estaba colgando la ropa, pero no. Entonces miré por la ventana de la cocina.

JUEZ DE INSTRUCCIÓN: ¿Es esa una costumbre habitual en el vecindario?

SRA. STONE: Es bastante habitual entre las familias que se llevan bien. Como estaba diciendo, miré por la ventana de la cocina, y allí la vi caída.

JUEZ DE INSTRUCCIÓN: Entiendo que es duro, señora Stone, pero le ruego que sea concreta. ¿Qué vio exactamente?

SRA. STONE: Vi a la señora Janine Campbell, tendida en un charco de sangre en el suelo.

JUEZ DE INSTRUCCIÓN: ¿Y luego?

SRA. STONE: Pues entré, claro, como habría hecho todo el mundo. Al principio pensé que estaba muerta, de tan pálida, pero cuando le levanté la cabeza abrió los ojos. Entonces le dije: «Tranquila, que voy a llamar a un médico», pero ella dijo que no, que no quería un médico.

JUEZ DE INSTRUCCIÓN: ¿Le dolía?

SRA. STONE: Sí, señor, unos dolores terribles, doblada con las rodillas sobre el pecho. Apenas podía hablar, pero no quería un médico y así lo dijo. Me pidió que la ayudara a meterse en la cama para que pudiera dormir. Y le dije: «Janine, estás sangrando una barbaridad. Estás teniendo un aborto y necesitas un médico».

JUEZ DE INSTRUCCIÓN: ¿Cómo sabía que estaba teniendo un aborto?

SRA. STONE: Solo un hombre haría esa pregunta. No se llega a mi edad sin ver unos cuantos abortos y cosas peores. Ya había visto a Janine abortar dos veces. Casi se desangró la segunda vez, pero el señor Campbell estaba en casa. Hizo que viniera el médico, y al día siguiente ya estaba fuera de la cama y de vuelta al trabajo. No tenía más remedio.

JUEZ DE INSTRUCCIÓN: ¿Usted misma presenció tales hechos?

SRA. STONE: Sí. Y vi venir al doctor. Ese caballero de ahí.

JUEZ DE INSTRUCCIÓN: Que conste en acta que la testigo señala al doctor Heath en la galería. Continúe, señora Stone.

SRA. STONE: Como he dicho, ya había visto a la señora Campbell en ese estado y sabía por qué estaba sangrando. Pero esta vez era mucho peor, así que le repetí: «Tengo que llamar a una ambulancia». Y ella dijo: «No, déjame aquí. Archer me encontrará cuando llegue a casa».

JUEZ DE INSTRUCCIÓN: ¿Esas fueron sus palabras exactas?

SRA. STONE: Tal cual. Pero yo salí corriendo y vi al chico del panadero y le dije que fuera lo más rápido posible a la comisaría de Jefferson Market, que está a tres manzanas, y les dijera que necesitábamos una ambulancia. Y eso hizo.

JUEZ DE INSTRUCCIÓN: ¿Dónde estaban los niños de los Campbell mientras sucedía todo esto?

SRA. STONE: No lo sé. De verdad que no. En ese momento apenas me di cuenta de que faltaban, aunque recuerdo que pensé: «Gracias a Dios que no tienen que ver a su madre en este estado». Pero no le pregunté. Ese fue mi error.

JUEZ DE INSTRUCCIÓN: ¿No era extraño que los chicos estuvieran fuera de casa?

Sra. Stone: Los mandaban con unos parientes unas tres veces al año, normalmente con el hermano del señor Campbell, el de la granja de Connecticut, y alguna vez con otro hermano en New Haven. Solía ser durante la limpieza de primavera, porque eran demasiado pequeños para ayudar y la retrasaban. Lo que nunca le sobraba era el tiempo.

Juez de instrucción: ¿La señora Campbell no mencionó a sus hijos mientras esperaban la ambulancia?

Sra. Stone: Ni una palabra. Se desmayó y no volvió a despertarse hasta que vino el médico joven, el doctor Graham, el que ha hablado antes que yo, un cuarto de hora después de haber mandado al chico del panadero. Me hizo salir mientras la reconocía, pero la oí gritar, gritar fuerte, y luego decir que no quería una ambulancia. Pero él llamó a los camilleros de todos modos, como tenía que ser. Cuando la sacaron de la casa, Janine me tomó la mano y me dijo: «Mabel, manda un mensaje al señor Campbell, ¿quieres? Dile que me encontrará en el New Amsterdam». Y esas fueron las últimas palabras que le oí. La metieron en la ambulancia, y adiós. Me quedé con tal angustia que no sabía ni qué hacer. Entonces limpié el suelo, porque había una cantidad tremenda de sangre, ¿sabe usted?, y me llevé la ropa de cama para ponerla en remojo. Luego llamó el señor Campbell a mi puerta, y me dijo que su mujer había muerto.

Empleado: Hay una pregunta de la galería.

Juez de instrucción: Ya veo. El doctor Heath fue médico de la señora Campbell. Adelante, doctor.

Dr. Heath: Soy el doctor Heath. ¿La señora Campbell le habló de mí alguna vez?

Sra. Stone: No.

Dr. Heath: ¿Nunca dijo que había ido a ver al doctor Heath al Hospital Femenino?

Sra. Stone: Pues no.

Dr. Heath: ¿Mencionó a algún otro médico, enfermera o partera?

Sra. Stone: No.

Dr. Heath: ¿Nunca dijo nada de su salud?

Sra. Stone: Esa es otra pregunta. Hablábamos de esas cosas de vez en cuando, como todas las mujeres.

Dr. Heath: ¿Y nunca mencionó el nombre de un médico durante esas conversaciones?

Sra. Stone: Doctor, perdone que sea tan brusca, pero dudo que la señora Campbell haya pensado en usted alguna vez. La pobre se tiraba el día trajinando, desde el amanecer hasta bien entrada la noche. Cuando tenía diez minutos para descansar y se tomaba una taza de té con la vecina, usted era lo último que le pasaba por la cabeza.

JUEZ DE INSTRUCCIÓN: Nos estamos desviando de la cuestión. Señora Stone, solo dos preguntas más. Cuando hablamos con el doctor Graham del servicio de ambulancias, nos dijo que la señora Campbell pidió específicamente que la atendiera la doctora Savard en el New Amsterdam. ¿Le mencionó a la doctora Savard antes de que llegara la ambulancia?

SRA. STONE: No.

JUEZ DE INSTRUCCIÓN: Para terminar, ¿la señora Campbell le habló alguna vez sobre el aborto?

SRA. STONE: Janine Campbell era una buena cristiana, señor. El señor Campbell no era un marido fácil, pero ella aguantó como debe hacerlo una mujer. Obedecía, cuidaba la casa y criaba a los niños para que fueran educados y serviciales. Se aseguraba de que la cena no se retrasara ni un minuto y de que el café de su marido estuviera justo como a él le gustaba, y cuando le fallaba la salud, también se aguantaba. No se quejaba. Nunca pasó un día en la cama, menos cuando estaba recién parida.

JUEZ DE INSTRUCCIÓN: Tenemos otra pregunta de la galería. La doctora Garrison, ¿verdad?

DRA. CLARA GARRISON: Señora Stone, soy médica y profesora de la Escuela Femenina de Medicina. ¿Puedo preguntarle si alguna vez notó algún signo de inestabilidad en la señora Campbell? Algunas de las dudas que se le plantean al jurado forense están relacionadas con su estado mental y su cordura. Según tengo entendido, usted la veía casi todos los días. ¿Cuál es su opinión al respecto?

SRA. STONE: Mi madre decía que el trabajo duro no mataba a nadie, aunque yo creo que puede hacer polvo a una mujer. Janine estaba cansada y afligida, pero nunca la oí decir locuras ni hacer otra cosa que lo que hacía siempre: las tareas domésticas y cuidar a los niños. Además era una buena madre, y los pequeños la adoraban. Algunas mujeres se desquitan con sus hijos, pero Janine se ocupaba de ellos de otra manera. Podía conseguir lo que quería con una palabra suave. Y así era ella, una joven hacendosa que se desvivía por esos niños…

JUEZ DE INSTRUCCIÓN: Sé que es difícil, señora Stone. Tómese un momento para calmarse.

SRA. STONE: Una vez me dijo que su propio padre le tenía mucha querencia a la vara, y que ella quería otra cosa para sus hijos. No tuvo una vida fácil y pasó más penalidades de las que merecía, pero no estaba más loca que usted o que yo, doctora Garrison.

JUEZ DE INSTRUCCIÓN: Gracias, señora Stone; puede retirarse.

El lunes por la noche, durante el trayecto a casa desde la vista, Anna repasó la larga lista de cosas que debía hacer, todas las cuales incluían a otras personas. La tía Quinlan y la señora Lee querrían saber sobre Staten Island y sobre la investigación, los padres de Jack esperaban que los visitaran después de la cena, y una vez allí, sus hermanas plantearían el tema de la nueva casa. Anna admitía que la madre de Jack le producía curiosidad. Resultaba extraño esperar y temer algo al mismo tiempo, pero lo más extraño era pensar en sí misma como nuera de unos padres políticos, después de haber sido huérfana durante tantos años. Entonces se dio cuenta de que siempre había supuesto que jamás se casaría, sobre todo porque le costaba imaginarse teniendo una familia con padres, hermanos y hermanas. Y ahora la tenía.

Sin embargo, lo que quería hacer era deslizarse entre sábanas frescas y dormirse con la brisa de la ventana abierta. Quería dormir durante días y despertar cuando todo el asunto de la investigación y los niños desaparecidos se hubiera resuelto. Quería dormir para quitarse de la cabeza el testimonio de la señora Stone, y al mismo tiempo quería unir todas sus palabras en un garrote y golpear con él la cabeza de todos los hombres de la sala. Porque no habían entendido la historia que había detrás de la historia, ni lo que la señora Stone había tratado de decirles sobre la vida de Janine Campbell. La señora Stone se había descrito a sí misma como brusca, pero había formulado cada una de sus observaciones con el lenguaje de las mujeres bien educadas, de tal modo que ninguno de los hombres se hizo una idea de la ira y la frustración que impulsaron a Janine Campbell.

Anna quería dormir, y quería que Jack durmiera a su lado. En vez de eso, tuvo que resignarse a una noche de charla que comenzó durante la cena. Entonces Sophie se unió a ellos, y se sintió mucho mejor. Había venido más que nada para enterarse de lo sucedido con Vittorio Russo, algo que los padres de Jack hicieron posible llevándose a las niñas a su casa, para que la tía Philomena les diera de comer y fueran mimadas por todos los Mezzanotte.

«Y para hablar italiano —había explicado la señora Mezzanotte—. Echan de menos el idioma.»

Por una vez, a Margaret no le importó dejarlas marchar sin ella, pues también deseaba saber del pequeño de los Russo.

Jack relató los hechos de una manera muy ordenada y completa que a Anna le pareció chocante en él, hasta que se dio cuenta de que así presentaba los casos a sus superiores, los hombres que juzgaban su valía y tomaban decisiones sobre su carrera. No era así como se contaban las historias en la mesa de la tía Quinlan, pero aquel era un tema serio.

—Es un niño precioso —dijo Anna cuando terminó—. Muy querido. La viva imagen de la insultante buena salud.

La tía Quinlan se rio al ver la cara de sorpresa de Jack.

—Es una expresión familiar —le explicó—. La bisabuela de Sophie la usaba para referirse a los niños hermosos y felices.

—Entonces le va como anillo al dedo —contestó Jack. Se volvió hacia Margaret, que había permanecido en silencio—. Tú has pasado más tiempo con las niñas que nadie. ¿Tienes idea de cómo proceder?

Ella se secó los labios con la servilleta y se aclaró la garganta. Margaret apreciaba los buenos modales y los gestos respetuosos, y Jack le había ofrecido ambas cosas. A cambio, su prima respondió con más franqueza de la que Anna esperaba.

—Tengo una opinión, pero me temo que ofenderá tu sensibilidad católica.

—No soy católico —dijo él—. No estoy bautizado, pero es una larga historia…, para otra ocasión. Continúa y di lo que estás pensando.

Margaret lo observó por un momento. Anna pudo leer su expresión fácilmente: luchaba contra el impulso de pedirle detalles. Margaret necesitaba ponerlo en una caja marcada como luterano, protestante o bautista; nunca se le ocurriría que podría ser algo distinto a un cristiano. No obstante, Jack respetaba su opinión en el asunto de los hermanos Russo, y por eso reprimió su curiosidad.

477

—Por lo que he leído acerca de la Iglesia de Roma, dudo mucho que permitan que un niño sea sacado de un buen hogar católico para ser criado por una familia tan poco convencional como esta. Tardaríamos meses o incluso años en llegar ante un tribunal, sin muchas esperanzas de éxito. Lo peor de todo es que las niñas tendrían que vivirlo todo. Están empezando a recuperarse, y eso las retrasaría. Además, creo que Rosa no soportaría saber que su hermano se encuentra cerca pero separado de ellas.

—También hay que pensar en el propio niño, y en la familia adoptiva —indicó Sophie—. Teniendo en cuenta la situación, podríamos hacer más mal que bien.

Esa mañana, mientras se arreglaba en un lado de la habitación y Jack se vestía en el otro, Anna tuvo la esperanza de que la vuelta al trabajo lograra apartar de su mente a Vittorio, pero la imagen del pequeño en los brazos de su madre adoptiva la acompañó en todo momento, atendiendo a sus pacientes, reuniéndose con sus ayudantes y respondiendo al correo.

478

Incluso en la sala del juez Benedict, sus pensamientos habían seguido vagando hacia Staten Island. Y no pensaba en las cosas buenas —maravillosas— que habían sucedido allí, sino en el niño que ya no estaba perdido, ni tampoco encontrado.

—Le prometí a Rosa que lo intentaría.

—Lo has intentado —respondió su tía—. ¿Te sientes culpable?

Anna sintió la mirada de Jack sobre ella, esperando paciente.

—No exactamente, pero para sentirme mejor tendría que causar una gran angustia a muchas personas, y no soy tan egocéntrica.

La tía Quinlan asintió complacida.

—Iré a hablar con el padre McKinnawae —anunció Jack—. Solo para asegurarnos de que lo que creemos saber es cierto. Y mientras tanto... —Hizo una pausa, y Anna casi pudo ver la pregunta flotando en el aire: ¿qué harías con el niño si te lo entregaran?

—Yo no estaré aquí cuando tomes la decisión —dijo Sophie, como si Jack lo hubiera preguntado en voz alta—, pero volveré y haré lo que haga falta. Con mucho gusto me encargaría de los tres niños, si fuera necesario.

—¿Dejarías tu profesión? —preguntó Margaret, más que dudando de eso.

—No lo sé —replicó Sophie—. Pero es una posibilidad.

A Anna no le gustaba la idea, pero entendía que Sophie quisiera tener algo por lo que regresar a casa cuando Cap no estuviera. En realidad, no sabía si su prima sería consciente de ello.

Cuando Jack anunció que acompañaría a Sophie a casa y que después pasaría un rato con sus padres, Anna se alegró tanto de poder irse a la cama que apenas pudo contenerse. Le dio un beso de despedida en el vestíbulo y trató de pensar en algo que decir: «No tardes. Ten cuidado. Vuelve pronto. ¿De verdad tienes que irte?». Sin embargo, ninguna de esas palabras salió de su boca.

—No hace ni dos días que nos casamos y ya estás ansiosa por deshacerte de mí —le dijo él. Ella se sintió aliviada y sorprendida al ver su sonrisa—. No me voy a ofender porque necesites un poco de tiempo para ti, Savard. Intentaré no despertarte al entrar.

Anna se fue a la cama y se durmió.

Cuando se subieron al carruaje de Cap, o mejor dicho, al carruaje de Sophie, como Jack se recordó a sí mismo, un mensajero de la policía se acercó corriendo y le entregó un sobre. Él se lo guardó en el bolsillo sin mirarlo, aunque ella se dio perfecta cuenta.

—Es de Oscar —explicó—. Puede esperar. —No era del todo cierto, pero actuó como si lo fuera.

Sophie parecía distraída, y él estaba bastante seguro de que sabía por qué. Aun así, esperó a que fuera ella quien preguntara.

—¿Sabes algo de los hijos de Campbell que no haya salido en los periódicos?

Jack negó con la cabeza, y supo que no le creía, pero ¿por qué iba a hacerlo? Los hombres mentían a las mujeres todo el tiempo, y lo llamaban protección o preocupación por su sensibilidad, cuando en realidad lo que querían era acabar con el interrogatorio.

479

—Me gustaría oír la verdad, sea cual sea.

—Me parece bien, pero la verdad es que no tengo más información en este momento. Si me entero de algo, te lo haré saber, por angustioso que sea.

Sophie se sentó satisfecha y dijo:

—¿Qué crees que debería hacerse con Vittorio?

Aquella era una pregunta que Jack podía responder sin dudar.

—Creo que debería quedarse donde está.

—¿Sabe Anna que piensas así?

—No, pero no me lo ha preguntado directamente. Si lo hace, no le mentiré.

—Ella misma no está segura de qué sería lo mejor.

—Sí lo está, pero aún no está lista para reconocerlo.

—Tú la entiendes —dijo Sophie—. Me alegro.

—No me felicites todavía —replicó Jack—. Estoy seguro de que me estrellaré tarde o temprano.

—Pero volverás a levantarte. Deja que te cuente un secreto sobre Anna: no es rencorosa, al menos con la gente a la que quiere.

En casa, en su antigua casa, Jack pasó media hora siendo acosado a preguntas: algunas las respondió, muchas otras las dejó sin responder. Siempre era así con su madre; él se negaba a contestar una pregunta, ella se retiraba y volvía a intentarlo desde otro ángulo.

—Me gusta —dijo su madre—. Sabes que me gusta.

—Sé que no dudarías en decírmelo si no te gustara, casados o no.

Su padre lanzó una risa breve y volvió a su periódico. En la cocina se hizo un silencio repentino, porque sus hermanas estaban escuchando, lo que significaba que las niñas también escuchaban, algo que su madre sabía muy bien.

—Pero estamos casados —continuó—. Para bien o para mal. —El rostro de su madre se relajó un poco—. Mamá —dijo entonces—, Anna nunca será un ama de casa. Ni siquiera cuando tengamos una familia.

Eso la hizo sonreír.

—Pero quiere una familia.

—Sí, aunque no sé por qué te importa tanto. Ya tienes demasiados nietos.

—Nunca se tienen demasiados nietos —dijo su padre desde detrás de las páginas de *Il Giornale*.

—Nunca —repitió su madre.

Jack se puso en pie.

—Me marcho.

—Todavía tenemos cosas que discutir —replicó su madre—, pero vuelve con tu novia.

En lugar de eso, fue a la comisaría y pasó por el mostrador de guardia para escribir una nota y pedir que se la entregaran a Anna en casa: «He ido a la comisaría. Puede que regrese muy tarde, pero estaré allí para acompañarte al trabajo por la mañana. Siempre tuyo, JM».

En la planta de arriba, Oscar estaba recostado en su silla, con los pies cruzados por el tobillo y un tacón apoyado en el borde del escritorio. Así era como pensaba mejor, pero también como dormía la siesta. A veces costaba ver la diferencia. En cualquier caso, a Jack no le pareció necesario molestarlo inmediatamente, así que se sentó ante la pila de papeles que había aparecido en su propio escritorio. 481

Informes de detenciones, la mayoría. Había estado leyendo durante unos minutos cuando Oscar dijo:

—Te vas tres días y me toca encargarme de dos homicidios, de tres agresiones y de sacarle las castañas del fuego a Baldy, una vez más.

—Anna lo ha rebautizado como Ned —indicó Jack—. Supongo que estará en las Tumbas.

—Dejaré que salga mañana. No tenemos pruebas, pero pensé que no le vendría mal pasar una noche para aclararse las ideas.

—Tu nota decía que sacó un cuchillo.

—Que desapareció.

Jack silbó en voz baja.

—¿Dónde ocurrió?

—Fuera del Black and Tan. Fue a buscar a uno de los chicos más jóvenes y lo encontró donde no quería encontrarlo. La cosa se puso fea.

—Como siempre.

Oscar asintió con la cabeza y se caló el sombrero hasta las cejas.

Su compañero era un inspector excelente, pero las minucias de la ley no obstaculizaban su camino. Jack se preguntó si debía contarle a Anna la nueva situación de Baldy, y decidió que el asunto podía esperar. Necesitaba hablar con Oscar sobre los hijos de Campbell, pero antes se centró en el papeleo y esperó a que su compañero se despertara para la siguiente conversación.

Si presentaba los informes de detención tal y como estaban, todo el montón acabaría de nuevo aquí, en su escritorio, porque nadie más podía entender la letra de Maroney. Cogió una pluma y abrió el tintero.

Oscar golpeó el suelo con los pies.

—¿Y qué pasó con McKinnawae?

482

Jack volvió a cerrar el tintero y le habló del orfanato Monte Loretto y de Vittorio Russo. La expresión de Oscar pasó del cansancio al asombro.

—¡Atiza! —exclamó—. Encontrasteis al chiquillo.

—Me sorprende tanto como a ti. Pero el asunto no se ha solucionado todavía, y sigue faltando el mayor. ¿Qué me cuentas del caso Campbell?

—Tengo hambre.

Oscar se levantó y salió del despacho poniéndose el sombrero. Jack lo siguió y se despidió con la mano de un par de inspectores agachados sobre el papeleo al otro lado de la habitación. No sabía si su matrimonio era *vox populi*, pero de momento prefería no averiguarlo.

Cuando bajó las escaleras, Oscar ya había desaparecido por el pasillo que llevaba a la salida trasera. Jack encontró a su compañero en la mesa de la esquina de MacNeil's, delante de una taza de café.

La única puerta del restaurante estaba en el callejón detrás de la comisaría, por lo que todos los parroquianos llevaban una placa o la llevaron en el pasado. MacNeil había sido policía unos cien años antes, pero perdió una pierna en Spotsylvania.

Ahora se paseaba por la cocina gritando a todo el mundo, de buen o mal humor. Trabajaba solo en el turno de noche; sus hijos lo hacían en el de día.

Jack se detuvo en la barra para coger la taza de café que le sirvió el viejo, dedicó un par de minutos a escuchar sus diatribas en contra del matrimonio y fue a sentarse frente a Oscar.

—¿Ha habido suerte rastreando los movimientos de la señora Campbell?

MacNeil dejó unos huevos con tocino sobre la mesa con un golpe, así que Jack esperó a que Oscar comiera, pero él se limpió la boca cuando iba por la mitad y empezó a hablar.

—Ya sabes cómo es Grand Central. Hablé con todos los vendedores de billetes, floristas, limpiabotas y mozos de cuerda que pude encontrar que trabajaron ese día en la estación. Unos cuantos creen que la vieron con los niños, pero nadie está seguro. Ahora creo que tomaron otro camino.

—¿Un barco de vapor?

—Lo he investigado. Parece poco probable para alguien que debía mirar por el dinero.

Se quedaron callados mientras Oscar terminaba su plato. Comía de manera delicada para ser un hombretón de su apetito, algo que Jack no había descubierto hasta seis meses después de conocerlo: Maroney era vanidoso con su bigote y vivía con miedo de que se le manchara de comida.

Acabó con el tocino, cruzó el cuchillo y el tenedor sobre el plato y se retrepó en el asiento, tratando de parecer natural mientras se pasaba un nudillo sobre los pelos de su labio superior.

Jack escondió la cara tras la taza de café hasta que logró borrar su sonrisa.

—¿Qué estás pensando? —le preguntó al fin.

—Bueno, no creo que los haya ahogado. Ese es el rumor, ya sabes. Que se fue a la orilla del río y los lanzó al agua. —Jack no se había puesto aún al día con los chismes, aunque era lógico que la gente sospechara lo peor. Un rumor era como un ejército en marcha, imparable—. Pero la cronología no cuadra —prosiguió Oscar—. Estaba en casa cuando Campbell llegó del trabajo el miércoles. No veo cómo se puede ahogar a cuatro niños y quedarse uno como si nada. Y luego está lo que dijo la vecina, lo de que su marido la encontraría cuando llegara a casa.

—Hawthorn no pareció caer en eso.

—Porque es el dueño de unos aserraderos y no sabe lo que hace. Interroga a alguien en el estrado y no se entera de la misa la media. Boston ya se deshizo del sistema de los jueces de instrucción, nosotros podríamos hacer lo mismo.

Jack había pensado justamente eso mientras Hawthorn interrogaba a la señora Stone. Quizá tuviera buenas intenciones y fuera considerado, pero también estaba desinformado y carecía de formación. Si Janine Campbell había dicho «Archer me encontrará cuando llegue a casa», sus palabras equivalían a una confesión: sabía que se estaba muriendo, y quería que su marido la encontrara muerta. Un abogado se habría centrado en eso y le habría hecho una docena de preguntas más a la señora Stone, para aclarar el estado mental de la fallecida.

—Supongo que pensó que era más fácil matarse a sí misma que matarlo a él —dijo Oscar—. Si tan resentida estaba, tal vez halló la manera de matar también a los niños.

—No lo creo. Ella sabía que se estaba muriendo, eso está claro. Lo que no quería era dejar a los chicos bajo los tiernos cuidados de su padre. A mí me parece un hombre difícil.

Oscar asintió con la cabeza.

—Peor aún, un hombre difícil que usa los puños a puerta cerrada. Aunque la autopsia no menciona que tuviera moratones.

—No sería la primera vez que aparece un cadáver sin signos de violencia.

Oscar apuró su taza de café.

—¿Piensas que se llevó a los niños a algún sitio?

Jack se encogió de hombros.

—A estas alturas podrían estar en cualquier parte. Me viene a la mente Canadá.

—Ella era de Maine.

—Supongo que podríamos contactar con la policía de Bangor, pero es un estado grande.

—Bueno. —Oscar cogió su sombrero—. Mañana será otro día, como dicen los sabios. Y hay otras cosas en las que pensar.

Lo primero y más importante es que tienes que volver a las seis y media para empezar tu turno, y has dejado a tu nueva novia sola, tres días después de casaros.

—Dos días —dijo Jack—. Y cinco horas. —Rara vez se sonrojaba, pero entonces le subió el rubor desde la garganta hasta la cara.

Oscar se rio y le dio una palmada en la espalda.

Se metió en la cama en silencio, atraído por el nido de limpias sábanas de lino que olían a sol, a lavanda y a Anna. Su Anna, con las mejillas arreboladas por el sueño, tumbada sobre el costado de modo que pudo contemplar su rostro a la vaga y suave luz de la lámpara antes de apagarla.

Por un lado quiso despertarla, pero se había ganado su descanso. Habría más noches y mañanas y también mediodías, cuando tendrían intimidad y tiempo suficiente. Él se aseguraría de ello.

485

27

*P*or la temperatura, aquel martes por la mañana de finales de mayo podía haber sido de julio. Más avanzado el verano, Anna tendría otra muda en su despacho, pero hoy se enfrentaba a una difícil decisión. Podía dedicar la hora de la comida para tratar de ponerse al día con el papeleo, en cuyo caso aparecería en la audiencia desaliñada y sudorosa, o podía ir a casa y cambiarse.

Se fue a casa y encontró a la tía Quinlan sola en el salón, sonriendo como si su llegada fuera lo único que deseaba en el mundo. Anna estuvo a punto de echarse a llorar. Las cosas habían sucedido muy rápido, y ella se había dejado llevar por la corriente sin reservar un momento para su tía.

—Cámbiate rápido —dijo la anciana—. Yo me ocupo de lo demás aquí abajo.

Cuando volvió, la señora Lee había sacado un plato de sándwiches y una tetera antes de desaparecer de nuevo hacia la cocina. Anna se sentó al lado de su tía y tomó una de sus manos con suavidad. Eran muy delicadas, como si los huesos se hubieran quedado huecos como los de un pájaro. Tenía la piel suave y brillante, moteada de manchas de la edad.

—Has estado dándote baños de cera para las articulaciones —observó Anna—. Espero que te ayuden con el dolor.

—Así es. El calor es maravilloso. Y las infusiones también ayudan.

Pero no lo suficiente, pensó Anna. Aquella mujer que había pasado toda su vida haciendo cosas con las manos tendría que quedarse sentada durante el tiempo que le quedara, tal como estaba entonces.

—Me acuerdo de cuando pintabas —dijo Anna—. Manejabas el pincel como yo el bisturí. Aún era pequeña, pero me acuerdo.

—Tenías siete años cuando lo dejé.

Anna asintió con la cabeza.

—Me imaginaba que estabas pintando una ventana por la que podría pasar si lo intentaba.

Su tía sonrió.

—Una idea muy fantasiosa para una joven tan seria. Te quedabas calladita, sentada inmóvil en un rincón. A menudo olvidaba que estabas allí. Por supuesto, eso fue antes de que llegara Sophie.

Anna recordó lo que había sentido al estar sola.

—Adoro a Sophie y a Cap y quisiera que nunca cambiara nada, pero a veces me gusta tenerte para mí sola.

—Pues aquí estamos, las dos solas. Y tú te has casado con Jack Mezzanotte.

Anna se rio.

—Pues sí, aunque a veces no me lo creo. ¿Fue así cuando te casaste?

Su tía se quedó pensativa. Al momento dijo:

—Sabes que el pueblo de tu tía Hannah cree que los muertos nunca están lejos. En una ocasión, antes de conocer a Ben, me dijo que su primer marido y su hijo venían a veces del país de las sombras para hablar con ella. A algunos les desagrada la idea, porque les asusta, pero cuando murió Simon, yo esperé y esperé. Quería que volviera para hablar conmigo, aunque fuera en sueños. Quería regañarlo por haber sido tan imprudente ese día en el hielo. Y al final vino, pero entonces ya no estaba enfadada con él. Solo lo echaba de menos... Todavía viene, con el aspecto que tenía cuando éramos jóvenes. A veces trae con él a nuestras tres pequeñas, a las que perdimos tan pronto.

—¿Y Nathaniel?

La tía Quinlan hablaba a veces de su hijo, el último de seis y el único varón. Nathaniel Ballentyne había muerto en la batalla de Shiloh, en su vigésimo quinto cumpleaños, soltero, sin descendencia.

—Nathaniel más que nadie. Sabía lo enfadada que estaba porque se fuera a la guerra. Ha estado tratando de compensarme desde entonces. Hay momentos en los que es tan real para mí como lo eres tú, ahí sentada. —Se removió un poco—. Pero basta de hablar de eso. Tenía algo que decir y me has dejado divagar.

Anna trató de prepararse, aunque las historias de la tía Quinlan nunca eran predecibles.

—De muy pequeña, aprendiste lo que es perder a un ser querido. Eso te volvió tímida. Luego llegó la guerra, perdimos a Paul y a Harrison, y fue diez veces peor. Cuando Cap y tú os hicisteis amigos, pensé que quizá te ayudaría, y en efecto lo hizo. Te devolvió el valor para enfrentarte al mundo. Sophie te llevó aún más lejos. Pero la necesidad de esconderte sigue estando en ti ahora.

Anna lo había oído antes y sabía que era cierto, al menos en parte.

—¿Estás diciendo que Jack va a cambiar mi visión de las cosas?

La tía Quinlan la miró con enorme sorpresa.

—Eso sería una tontería, Anna. Sabes tan bien como yo que las personas casi nunca cambian a partir de cierta edad. Lo que digo es que tu alma mira hacia dentro para sobrellevar las pruebas de la vida. Te escondes.

—¿Crees que Jack no se da cuenta de eso?

—Puede que lo sepa en teoría, pero no sabe cómo se sentirá. Estoy dando muchas vueltas para llegar a lo que quiero decir, así que allá voy. En la vida ocurren desgracias; siempre ha sido así y siempre lo será. Por consiguiente, cuando llegue ese momento, tienes que volverte hacia Jack y no alejarte de él, pero tu naturaleza es distinta. Sé que quieres a ese hombre, y no te molestes en sonrojarte, porque lo sé aunque seas incapaz de pronunciar las palabras en tu propia mente, pero tu primer instinto volverá a ser el de dejarlo fuera. Por eso te pido que seas consciente y hagas lo que puedas para contenerlo.

Anna trató de sonreír. Era lógico que su tía se preocupara por esas cosas, pues ella misma había sufrido muchas pérdidas. Como la de Nathaniel, pero también la de tres hijas pequeñas, otra en el parto y a su penúltima por un cáncer de mama con cincuenta años. Solo le quedaba la mayor. Tenía nietos y bisnietos; tenía a su hermano Gabriel, pese a que no lo había visto desde hacía mucho tiempo, por la sencilla razón de que ella no regresaría jamás a la casa del pueblo donde nació, y él no la abandonaría nunca. Se llevaba mejor con su cuñada Marta, que le escribía todas las semanas y a veces venía a la ciudad. Y estaban los sobrinos, las sobrinas y sus familias. Pero ella seguía de duelo, y ¿cómo no iba a estarlo?

—Tía, yo estaba aquí contigo cuando llegaron las peores noticias. Me gustaría pensar que he aprendido algo de ti. Que tengo algo de tu fuerza.

—Ahí está. Esa es la parte más difícil: tener la fuerza necesaria para aceptar el dolor, hacerle frente y dejar que disminuya con el tiempo, que lo hará.

—Te entiendo, y al menos puedo hacerte una promesa. Pensaré en ti y en esta conversación cuando las cosas se pongan difíciles, y trataré de no rehuirlas.

—No te pido más. Y ahora come, come antes de ir al juzgado, o la señora Lee me regañará sin piedad.

—Todavía me queda un rato. —Anna mordió un sándwich, pensativa. Después de tragar, dijo—: ¿Has leído las noticias sobre Janine Campbell en el periódico?

—Así es.

—Corre el rumor de que mató a sus hijos.

La tía Quinlan hacía un gesto particular cuando estaba a punto de perder la paciencia, y entonces lo hizo.

—¡Qué bobada!

Anna dio otro bocado.

—¿Qué crees que les pasó?

—Lo ignoro, pero sé que nadie está haciendo la pregunta más importante: *ubi est morbus?*

Anna se rio a carcajadas al oír a su tía citar al gran médico Morgagni: ¿dónde está la enfermedad?

—¿De dónde has sacado ese latinajo?

—Esta familia está llena de médicos. Ya sabes que tus padres vivieron un tiempo con nosotros cuando se hicieron cargo del consultorio de Hannah. Y les encantaba hablar de medicina. Lo hacían en cada comida. A veces también estaba tu tía Hannah y discutían, sacaban libros para probarse mutuamente que estaban equivocados o que tenían razón. Sin ninguna mezquindad, claro. Se reían la mitad del tiempo. Y cuando no llegaban a ninguna conclusión con un caso, uno de ellos planteaba esa pregunta: *ubi*

489

est morbus?, y volvían a mirar las pruebas desde el principio. La mayoría de las veces averiguaban lo que estaba pasando, y, sobre todo, por qué habían estado buscando donde no era.

—¿Te refieres a qué enfermedad tenía la señora Campbell?

—No, digo que hay que fijarse en el síntoma, no en la enfermedad. Si ella es el síntoma, la pregunta es: ¿dónde está la enfermedad?

Anna supo dos cosas: que su tía tenía razón, y que no iba a dejar de pensar en ello hasta que lo hablara con Jack.

La sala del tribunal estaba abarrotada, hacía calor, y Sophie deseaba estar en otra parte, en un lugar donde no tuviera que sentarse a escuchar a unos hombres hablar de Janine Campbell, una mujer a la que no habían conocido y a la que nunca entenderían, aunque se les apareciera su fantasma para responder a sus preguntas.

Cuando el juez de instrucción anunció que Archer Campbell se retrasaba, se oyó un gran suspiro procedente de los reporteros del fondo. Luego llamó a Anna al estrado, y Sophie pensó que tendrían bastante que escribir una vez que empezara a testificar.

Anna se sentó frente al jurado de hombres que supuestamente eran sus iguales. A excepción de Comstock, todos ellos iban vestidos con colores oscuros y costosos trajes. Varios estaban leyendo revistas o periódicos, pero, al acercarse ella, Abraham Jacobi y Manuel Thalberg buscaron su mirada y asintieron con la cabeza, como se saludaban los colegas de un lado de la habitación a otro. El doctor Lambert incluso levantó la mano, lo que fue una pequeña sorpresa. No recordaba haber hablado con aquel hombre, pero, por lo visto, él la conocía.

El juez de instrucción dejó la mayoría de las preguntas a los médicos, y aunque fueron muchas, Anna era una buena profesora, y eso se reflejó en su testimonio. Hasta mantuvo la calma cuando Josiah Stanton le hizo la misma pregunta tres veces, como un estudiante especialmente zoquete. Describió su educación, habló de la Escuela de Medicina y de su trabajo en los dispensarios y clínicas, de su tesis doctoral y de los profesores con los que había estudiado en Nueva York y en el extranjero.

Stanton se mostró sorprendido de que una mujer tuviera tales credenciales. Por un momento, Sophie creyó que iba a retarla, pero luego lo pensó mejor, y bien que hizo.

El juez de instrucción solo tenía una pregunta para ella:

—Doctora Savard, en su opinión profesional, ¿cómo murió la señora Campbell?

Sophie agradeció la claridad y la falta de dramatismo de aquel hombre, como lo agradeció Anna, que respondió de la misma manera.

—En algún momento del martes o del miércoles, la señora Campbell intentó inducirse un aborto con un instrumento de aproximadamente diez pulgadas de largo, con un borde afilado. Durante el procedimiento se perforó el útero y causó daños a otros órganos abdominales. La infección se estableció de inmediato; una vez sucedido esto, su muerte fue inevitable.

—¿Por qué supone tal cosa? —preguntó Hawthorn.

Anna lo miró parpadeando. En realidad, aquella era una pregunta que no necesitaba respuesta, y sin embargo dijo:

—Los descubrimientos de Lister y Pasteur sobre la antisepsia han sido aceptados por todos los médicos y cirujanos del mundo... —Anna se detuvo a mirar al jurado, casi invitando a que alguno lo negara. Morgan Hancock, del Hospital Femenino, la miró fijamente, dibujando en sus labios una línea recta. Si pretendía refutar la idea misma de la bacteriología, iban a estar ahí durante mucho tiempo. Hubo una pausa, y el médico apartó la vista—. Es un hecho aceptado que las bacterias, organismos demasiado pequeños para ser observados por el ojo humano, son la causa de la infección. Algunas bacterias son inofensivas e incluso beneficiosas, pero también hay bacterias patógenas que producen infección y enfermedades. Las bacterias están en todas partes, pero una infección comienza, o puede comenzar, cuando las bacterias patógenas entran en el cuerpo a través de una herida. Seguramente es usted consciente de cómo murió el presidente Garfield. —Se detuvo, porque la muerte de James Garfield seguía siendo un tema muy controvertido entre los médicos. Si el juez de instrucción pedía una aclaración, podría surgir un extenso debate. Pero no lo hizo, y ella siguió adelante—. En el caso de la señora Campbell, se usó un instrumento que no fue esterilizado, mientras que en un

491

quirófano bien preparado se esteriliza cada objeto que entra en contacto con el paciente, eliminando las bacterias mediante el calor. La señora Campbell introdujo sin saberlo bacterias patógenas de muchos tipos diferentes en las heridas punzantes del útero y los intestinos. Si hubiera estado en un buen hospital, quizá podría haberse salvado desalojando toda la materia séptica, pero es muy poco probable. ¿Alguno de los miembros del jurado no está de acuerdo conmigo? ¿Doctor Hancock?

—No —dijo Hancock, con la voz ronca.

Anna se permitió una pequeña sonrisa.

—En su caso, digamos que la infección se desató de manera descontrolada. Había tantos daños y tantos tipos de bacterias diferentes que las defensas naturales del cuerpo se vieron abrumadas, simplemente. El resultado fue una infección generalizada y la gran cantidad de pus y materia purulenta encontrada en el abdomen. Cuando la llevaron al New Amsterdam, estaba a punto de morir a causa de una piemia criptogénica, la pérdida de sangre y el choque septicémico.

—Pero usted la operó de todas formas.

—No supe cuál era el alcance de las lesiones hasta que la tuve en la mesa de operaciones. Murió cinco minutos después de que le hiciera la primera incisión.

—Para que quede claro, ¿está de acuerdo con la causa de la muerte según el informe de la autopsia?

—Estoy de acuerdo con la causa, pero no con el responsable. La autopsia indica que la operación fue realizada por una persona o personas desconocidas. Yo estoy convencida de que la señora Campbell se lo hizo a sí misma.

—¿Por qué está tan segura? —preguntó Stanton—. Yo no opino así.

Anna se enderezó y lo miró directamente.

—He tratado a muchas mujeres que vinieron al New Amsterdam después de un aborto mal practicado. Algunas insinuaron que buscaron la ayuda de alguien. Ninguna me ha dicho nunca el nombre del médico…

—Del abortista —la interrumpió Anthony Comstock.

—Como usted quiera —replicó Anna sin mirarlo—. Puede condenar a quienes llevan a cabo estas operaciones, pero, en general, son hábiles en cuanto a la técnica. Algunos son menos escrupulosos con la higiene, que es la causa de la mayoría de las complicaciones. La operación realizada a la señora Campbell no tuvo nada de hábil. Fue torpe, incluso violenta.

Siguió respondiendo preguntas muy específicas sobre la operación y el estado de la señora Campbell durante diez minutos. Cuando los jurados empezaron a discutir entre ellos acerca de las definiciones, Hawthorn intervino:

—Doctora Savard, en su opinión, la señora Campbell se operó de manera tan violenta que se causó una herida mortal. ¿Cree que pudo haber hecho algo así a pesar de ser una mujer frágil?

—Señor Hawthorn, la señora Campbell llevaba una casa, fregaba, limpiaba y lavaba la ropa. ¿Ha levantado alguna vez una tina de ropa húmeda? No tenía una vida regalada. Dio a luz cuatro veces y abortó dos. No era frágil. Los pensamientos o las emociones que la motivaron a cometer un acto tan extremo serían las que fueran, pero Janine Campbell era resuelta y capaz, y resistió a pesar del dolor. Como hacen las mujeres todos los días. Por el contrario, lo que me gustaría saber a mí es qué la llevó a no ver otra opción más que este drástico procedimiento que se practicó a sí misma.

—Yo tengo otra pregunta. —La voz de Comstock se elevó sobre el murmullo constante de la galería, y miró en derredor, pensó Sophie, para asegurarse de que contaba con la atención de todo el mundo—. ¿Cómo iba a saber una mujer sencilla y sin educación lo que tenía que hacer? ¿De dónde sacó el conocimiento y los instrumentos quirúrgicos que utilizó? ¿Tenía algún texto o instrucciones que seguir? Tal vez algo parecido al folleto que se encontró en el cajón de su cómoda, *Salud e higiene femenina.* ¿Está familiarizado con él?

—Estoy dispuesta a responder sus preguntas, señor Comstock, pero una por una. ¿Puede empezar de nuevo?

—Soy el inspector Comstock —dijo envarado—. Y comenzaré de nuevo, pero desde el final. ¿Conoce el folleto que se encontró en el cajón de su cómoda?

—Nunca estuve en su casa y no sé qué contenía su cajón.

—Vamos, doctora Savard. ¿Está familiarizada con el folleto que encontramos o no?

—No reconozco el título —dijo Anna.

—¿No? Bueno, si el juez de instrucción me permite enseñárselo...

Anna no esperó a la opinión del juez de instrucción. Extendió una mano, mirando a Comstock directamente a los ojos; el tipo hizo un gesto de placer que no trató de ocultar, y se puso en pie para acercarse a ella, pero el secretario lo detuvo.

—Yo lo cogeré, señor.

Anna no podía permitirse sonreír a Comstock, así que le sonrió al secretario y le dio las gracias. Entonces pasó las páginas del folleto con parsimonia antes de devolvérselo.

—He visto más folletos sobre higiene, por supuesto. Este en concreto no, pero sí otros similares.

—¿No es cierto que las medidas higiénicas descritas en ese folleto también se usan para provocar el aborto?

—Si en ese folleto se habla del aborto, yo no lo he visto.

—No ha respondido a mi pregunta.

Anna decidió darle la información que tan claramente buscaba:

494

—He tratado a mujeres que se introdujeron jabón de sosa, ácido carbólico, alcohol, ginebra, quinina, lejía... La lista es larga y los resultados suelen ser feos. Las mujeres con algo de dinero emplean medicamentos. La mayoría toma infusiones; otras se envenenan con arsénico. Muchas lo intentan tres o cuatro veces, y luego buscan ayuda en otra parte. Las más pobres se ocupan de sí mismas. Usan pajitas, alambres y cañas, casi cualquier tipo de cuchara o instrumento largo y delgado. Tubos de goma, sondas de metal, ballenas de viejos corsés. Su folleto no aborda ninguna de estas cuestiones, y por lo que he podido ver, no daba instrucciones sobre cómo provocar un aborto. ¿Responde eso a su pregunta?

Comstock le devolvió la mirada con abierta animosidad.

—De momento, no tengo más preguntas.

—Entonces, sigamos adelante —dijo el juez de instrucción.

Anna se volvió hacia él.

—¿Puedo proponer una solución al asunto que nos ocupa? El doctor Lambert podría hablarnos de la capacidad de las mujeres para hacerse daño. ¿Doctor Lambert?

Lambert puso cara de sorpresa, pero se dirigió a Anna al contestar:

—Creo que este punto no podrá determinarse sin practicar una segunda autopsia. ¿Dónde se hallan los restos?

—En el depósito de Bellevue —dijo el secretario.

Anna regresó a su asiento, claramente satisfecha de haber logrado el resultado que deseaba. El juez de instrucción se mostró menos satisfecho, pero no intentó objetar. El jurado iría a la morgue y la investigación se reanudaría a las cuatro.

Conrad se inclinó hacia delante y tocó el hombro de Sophie.

—Debes ir con ellos —le aconsejó—. Tu testimonio se verá comprometido si no lo haces.

Sophie respiró hondo. La idea de una segunda autopsia en las húmedas entrañas del depósito de cadáveres de Bellevue no le hacía ninguna gracia. No eran tanto los olores de la putrefacción y el moho, ni el agua del río que se filtraba por las paredes; esas cosas nunca resultaban agradables, pero se podían afrontar. Era la idea de los hombres del jurado reunidos alrededor de Janine Campbell, pinchándola y manoseándola después de haber pasado por tanto. Sin embargo, tenía que estar allí. En presencia de una mujer, los demás médicos se comportarían como profesionales y se centrarían en el procedimiento. Solo deseaba poder pedirle a Anna que viniera, pero era una exigencia demasiado grande.

Entonces le llegó la ayuda de otro lado. Mary Putnam le indicó que se acercara, le tomó la mano y la estrechó con firmeza. Pequeña y enjuta, una mujer sencilla que podía transformarse en mucho más cuando había que debatir una cuestión médica. Mary Putnam también había sido su profesora en la Escuela de Medicina. Su experiencia como médica y científica resultaba incuestionable, incluso entre los médicos más conservadores. Sin duda, era la instructora más exigente que Sophie había conocido. En compañía de su marido, formaban un equipo formidable. Y ambos estaban aquí.

Sophie se recordó a sí misma que podía revelar todas las facetas del caso Campbell a Abraham y Mary Putnam Jacobi sin dudas ni temores, porque sabía que le habría dado el mejor tratamiento posible.

—Yo también voy —dijo Mary Putnam—. Cuantas más médicas estén presentes, mejor.

—¿Será posible mantener a Comstock fuera de la sala? —preguntó Sophie.

—Me encargaré de ello.

Sophie y Mary Putnam se fueron a Bellevue con los jurados y el juez de instrucción, mientras que Anna se quedó donde estaba. Se despidió de Conrad y de su secretario y habló con los amigos que habían venido a prestarle apoyo, mas no se movió de su asiento.

Los reporteros terminaron por acercarse a ella, pero los ahuyentó con un gesto. No tenía respuestas que darles, aunque sí una pregunta propia, una que no había abandonado su mente desde que su tía la pusiera allí: *ubi est morbus?*

Era la pregunta que debía hacerse el jurado, y ella había estado a punto de formularla. Entonces la interrumpió Comstock con su indignación por el dichoso folleto que decía haber encontrado en el tocador de la señora Campbell. Nada de lo que dijo Comstock la sorprendió, pero sí lo hizo el folleto, puesto que era la primera vez que lo veía.

496

De ahí surgían dos nuevas preguntas: ¿qué fue del folleto que Sophie le mandó a la señora Campbell, y de dónde salió el que mostró Comstock? Aquello le hizo plantearse en qué otras cosas se había equivocado desde el principio. Tendría que haber imaginado que la señora Campbell habría visitado a otros médicos y parteras con la esperanza de que le proporcionaran la ayuda que le negó Sophie.

Contrariamente a lo que Comstock y los médicos del jurado parecían creer, las mujeres en apuros lograban encontrar el modo de acabar con un embarazo no deseado, siempre que pudieran pagarlo. Por cada caso que salía a la luz pública porque terminaba mal, había un centenar o más que se mantenían en secreto. Aunque no se lo había dicho a Jack, Anna sabía de tres parteras y dos médicos varones que realizaban el procedimiento de manera habitual, sin haber perdido nunca a una paciente. Conocía muy bien a otra, ya retirada: su propia prima Amelie, quien había cuidado de las mujeres de la ciudad durante cuarenta años.

Entonces se le ocurrió que no sabía quién había asistido a la señora Campbell en sus tres primeros partos. Además, como admitió ante sí misma, era posible que Janine Campbell, en su desesperación, se hubiera puesto en manos de algún charlatán, uno de los hombres y mujeres que operaban en los rincones más oscuros de los peores barrios. Alguien que aceptó su dinero y le prometió resultados, pero que no tenía el más mínimo conocimiento ni otro interés aparte del económico.

Ubi est morbus?

La posición social y los ingresos de Janine Campbell hacían improbable que se hubiera aventurado por los bajos fondos en busca de la ayuda que necesitaba. Y así, Anna se encontró de nuevo en el punto de partida. El reloj de la sala indicaba que faltaba una hora y media para que se reanudara la investigación. Se podía hacer mucho en ese tiempo, de modo que se escabulló a la calle por una entrada lateral, donde tomó un carruaje de vuelta al New Amsterdam. Cuando pensaba lo suficiente en una pregunta difícil, a menudo se le presentaba la respuesta.

497

Cuando Jack llegó por fin al New Amsterdam, se dio cuenta de que Anna se había marchado de allí un cuarto de hora antes, de regreso a las Tumbas, donde estaba a punto de reanudarse la investigación.

Oscar consiguió un carruaje y llegaron a la sala del Juez Benedict al mismo tiempo que el jurado tomaba asiento. Por sus expresiones, Jack pensó que no habían alcanzado ningún tipo de acuerdo, lo que podría sumar otra hora a las deliberaciones del día.

Anna se sentaba en su lugar habitual junto a Sophie, conversando con otra mujer que Jack no conocía. Conrad escuchaba atentamente mientras su secretario tomaba notas.

Jack siguió a Oscar al fondo para ponerse contra la pared, donde se situaban los policías que tenían interés en algún juicio o investigación. Observó a Hawthorn, que estaba de pie detrás del banco, con los pulgares metidos en los bolsillos de su chaleco, mirando al suelo. Su tez se había vuelto del color del queso viejo, y la transpiración de su frente era visible incluso desde lejos. Jack supuso que no le apetecería presenciar otra autopsia en un futuro cercano.

Hawthorn se aclaró la garganta varias veces antes de que le prestaran atención.

—Voy a plantear una sola pregunta antes de proceder. Señores del jurado, a partir de las pruebas que acaban de ver, ¿están de acuerdo con el testimonio de la doctora Savard, por el que considera que fue la propia señora Campbell quien se provocó el aborto?

Hubo un largo silencio que rompió Abraham Jacobi con un tono modulado y profesional. Aunque no era corpulento, poseía una voz profunda y ronca, como sucedía a veces con los hombres que fumaban demasiado. Y pese a hablar con un fuerte acento alemán, no había nada de inarticulado en su manera de expresarse:

—Estoy de acuerdo con la doctora Savard en que la operación se llevó a cabo con violencia desaforada, y me cuesta creer que un médico pudiera haber hecho tanto daño, por joven o inexperto que fuera. Así pues, concuerdo con el dictamen que identifica a la señora Campbell como la causante de su propia muerte.

498

Tres de los médicos opinaron igual, pero el resto del jurado, encabezado por Comstock, no lo hizo. Querían oír los testimonios que faltaban, especialmente el del señor Campbell.

—Teniendo en cuenta la desaparición de los niños —dijo Stanton—, lo más sensato sería entrevistar al padre.

—Muy bien —consintió Hawthorn—. Como el señor Campbell sigue fuera de la ciudad buscando a sus hijos, proseguiremos con la doctora Sophie Savard Verhoeven.

Toda la sala pareció inclinarse hacia delante cuando Sophie dejó su asiento y se acercó al estrado. Incluso después de ocupar su lugar, reinó un silencio expectante. Jack pensó que se iban a llevar una decepción, si lo que esperaban era un escándalo. Sophie estaba muy tranquila, con expresión serena. Llevaba un vestido de color verde hoja, una especie de brocado estampado, con un corte amplio que sus hermanas llamaban racional por algún motivo que nunca había entendido. La única joya que lucía era un broche en la garganta y quizás un anillo o dos, pero, como Anna, ocultaba sus manos con guantes.

Respondió a las preguntas con modales educados y profesionales. Fueron muchas más que las que Anna había recibido de los jurados, y más personales, sobre su infancia, sus experiencias durante la guerra y las razones por las que vino a Nueva York.

Abraham Jacobi cambió de tercio y le hizo preguntas concretas sobre su formación como médica, a las que ella respondió con más calidez.

—Se dedica al ejercicio privado —afirmó Stanton.

—Estoy adscrita al New Amsterdam y al hospital para negros, así como a varias clínicas y dispensarios —le corrigió—. En ocasiones me llegan consultas sobre casos difíciles.

Stanton le lanzó una mirada dudosa.

—¿De veras? ¿Y quién le consulta por su… «experiencia»?

Un destello de ira recorrió el rostro de Sophie, pero el médico que dirigía el Dispensario Alemán tomó la palabra antes de que pudiera responder:

—Yo le he pedido ayuda en diversas ocasiones, siempre con excelentes resultados. —Stanton emitió un murmullo de incredulidad, y Thalberg aprovechó la oportunidad para añadir otra cosa—: La doctora Savard Verhoeven es especialmente hábil a la hora de asistir en partos complicados. La he visto salvar situaciones que creía imposibles. También tiene un gran talento al hacer diagnósticos y es profesional en todos sus tratamientos.

Hawthorn puso fin a esa conversación:

—Siendo así, me gustaría oír el diagnóstico de la doctora Savard Verhoeven sobre el estado de la señora Campbell.

La sala se quedó en silencio mientras Sophie meditaba, con la mirada clavada en sus propias manos, enlazadas. Entonces se dirigió a Hawthorn:

—Dio a luz a un niño sano el Lunes de Pascua. El parto fue largo, pero sin dificultades. Era su cuarto alumbramiento y lo llevó bastante bien. No obstante, la palabra diagnóstico se emplea cuando hay algún tipo de enfermedad o lesión. Una mujer que está embarazada y da a luz sin problemas no está enferma ni herida. Sin embargo, sí puedo decir que noté síntomas de melancolía extrema e incluso depresión en la señora Campbell tras el nacimiento de su hijo.

—¿Y eso es raro?

—No *per se* —respondió Sophie—. Cada mujer reacciona

de manera distinta, pero la señora Campbell fue muy franca sobre lo que sentía.

—Le comunicó que era infeliz.

—Así es.

—¿En qué sentido?

Sophie hizo una pausa.

—Habló de la insistencia de su marido en tener seis hijos. La idea la asustaba, porque creía que... —se aclaró la garganta— que no cejaría en su empeño hasta alcanzar esa meta. Dijo que era una competición que tenía con sus hermanos.

—¿Qué hermanos? —preguntó Comstock, como si quisiera cogerla en un renuncio.

—No lo especificó. Solo mencionó a unos hermanos.

—¿Le dijo que estaba asustada? —preguntó otro miembro del jurado, el de la barba de color tabaco.

—Dijo que tener otro bebé demasiado pronto la mataría, y que no podría soportarlo.

—Le estaba pidiendo anticonceptivos —anunció Comstock a la sala.

—Pues sí —admitió Sophie—. Así fue.

—¿Y usted le dio...?

—Nada —musitó ella—. Debido a las leyes que me prohíben prestarle la ayuda que necesitaba, no le di nada y ahora está muerta.

—Está muerta porque violó las leyes de Dios y de los hombres —le espetó Comstock—. Cosechó el amargo fruto de sus pecados. Pero alguien la ayudó, al menos proporcionándole información. ¿Fue usted?

Conrad se puso en pie para hablar, proyectando la voz:

—Mi cliente tiene sus derechos, los cuales ampara la ley, y yo aquí estoy para protegerlos.

—Señor Belmont —dijo Hawthorn—, le aseguro que estamos de acuerdo en ese sentido. Ahora bien, señor Comstock, la doctora Savard Verhoeven no ha sido acusada de ningún delito, ni hay pruebas que indiquen que tal acusación vaya a producirse. Le recomiendo que cuide usted sus palabras.

—Cuido de la palabra de Dios, nuestro señor —bramó Comstock—. Cuido de las leyes de este gran país. Usted, caballero, está muy por debajo de esas autoridades.

—Sin embargo, he sido nombrado juez de instrucción, y esta es mi investigación —dijo Hawthorn en tono apacible—. Si no desiste de su comportamiento, le prometo por Dios que lo depondré del jurado.

Comstock se retorció de rabia. Por un momento, Jack tuvo la esperanza de que hiciera gala de su infame temperamento y fuera expulsado, pero al final se sentó y cruzó los brazos sobre el pecho.

—Me alegra responder a la pregunta —dijo Sophie—. No le proporcioné a la señora Campbell ningún tipo de anticonceptivo, ni información sobre cómo provocar un aborto. Le recordé que la ley no lo permite.

—¿Y hace un mes, cuando fue a su consultorio? —preguntó Abraham Jacobi.

—La paciente estaba convencida de que volvía a estar encinta. Quizá fuera cierto, pero era demasiado pronto para poder observar cualquier signo clínico.

El médico de Bellevue se inclinó hacia delante:

—¿Le hizo usted una exploración completa? ¿Cuáles fueron sus hallazgos?

—No advertí cambios en el cuello uterino ni en el útero. Puesto que seguía amamantando, resultaba difícil apreciar los cambios en los senos. No obstante, había claros indicios de actividad sexual reciente, en consonancia con las declaraciones que me hizo.

Hawthorn le pidió que aclarara aquella cuestión, lo que puso nerviosos a todos los médicos del jurado. Sophie no pareció darse cuenta.

—La señora Campbell me dijo que su marido reanudó la actividad sexual casi de inmediato después del último parto. Usó la frase «ni de noche ni de día» para explicar que no cejaba en sus atenciones.

—¡Señor Hawthorn! —Un hombre del público se puso en pie trabajosamente con la ayuda de un bastón.

—Hay una pregunta de la galería —anunció el secretario—. ¿Su nombre, señor?

—Soy médico jubilado, Cameron, James McGrath Cameron, y tengo algo que decir. En mi opinión, es un ultraje que se permita que una mujer airee asuntos de índole tan privada

501

ante un tribunal. Lo que hace un hombre con su esposa en la intimidad de su hogar no le incumbe a nadie, y desde luego no ha de discutirse aquí, nada menos que por una mujer. Debería darle a usted vergüenza, señor. —Golpeó el suelo tres veces con el bastón y se sentó de nuevo.

Hawthorne se aclaró la garganta.

—Doctor Cameron, la testigo es una médica cualificada que ha respondido a la pregunta de otro médico. Estamos aquí para evaluar las pruebas en su totalidad, motivo por el cual no se ha permitido la entrada del público general. Si tanto le ofende, le insto a que abandone la sala en este momento.

Cameron volvió a levantarse y se abrió camino hacia la salida, dando un bastonazo a cada paso.

—¡Eso voy a hacer! —exclamó—. Pero quiero que conste en acta que protesto. Estas temas no se comentan en público. Me voy a mi casa a cenar.

—Pues buenas noches. —La puerta se cerró detrás del doctor Cameron antes de que Hawthorn terminara la frase; dejó escapar un profundo suspiro—. Doctora Savard Verhoeven, supongo que está familiarizada con el concepto del delirio puerperal.

Sophie asintió.

—¿Ha visto algún caso en su consultorio?

—He visto a mujeres perder el contacto con ellas mismas y con el mundo después de un parto difícil. Algunas exhiben comportamientos que podrían atribuirse a la locura. Durante mis estudios conocí a una paciente que fue ingresada en el manicomio tras el nacimiento de su tercer hijo, porque imaginaba que Dios le hablaba tan fuerte que no la dejaba dormir.

—¿Qué fue de esa paciente? —preguntó Hawthorn.

—Sigue en el manicomio privado, que yo sepa.

—Y ahora díganos, ¿vio algún síntoma de ese tipo en la señora Campbell? Por favor, si es necesario, tómese su tiempo para responder.

—No necesito tiempo para pensarlo —dijo Sophie—. Puedo asegurarles que la señora Campbell se hallaba muy angustiada, infeliz y consumida por la ira, pero estaba en su sano juicio.

—¿Consumida por la ira? —repitió Stanton con una extraña sonrisa—. ¿Consumida por la ira contra quién? ¿Contra su marido? ¿El padre de sus hijos?

—Sí —contestó Sophie llanamente—. La señora Campbell estaba muy enfadada con su marido. No vi ninguna prueba de que fuera un peligro para sí misma o para sus hijos, pero no me habría sorprendido que le hubiera hecho daño a su marido. Para ella, él era la fuente de todos sus problemas. Y si he de ser sincera, doctor Stanton, su visión de las cosas me resulta bastante lógica.

—Qué joven tan testaruda —replicó Stanton—. Resulta extraordinario para alguien de su sexo, posición y origen.

—Estoy de acuerdo —dijo Comstock—. Debería alegrarse de que este jurado no la esté juzgando, señora Verhoeven. Está bien, Hawthorn, está bien: doctora Verhoeven. Ahora, tengo una última pregunta.

—Como vuelva a insultarla, le voy a hacer tragar sus dientes de rata —masculló Oscar.

503

—Yo lo haré antes —dijo Jack—. Mira, ya está otra vez con ese maldito folleto. Es como un perro con un hueso.

Sophie levantó la vista del folleto que le entregó el secretario.

—No, no lo había visto nunca.

—Pero ¿sí otros del mismo tipo?

Sophie observó a Comstock con aire pensativo.

—Por supuesto —respondió al fin—. Puedo mostrarle un ejemplo, si quiere. Este folleto… —Sacó unas páginas dobladas de su retículo—. Este folleto trata concretamente sobre los métodos para inhibir la concepción. —Comstock se quedó con la boca abierta, y Sophie se volvió hacia Hawthorn—. ¿Continúo?

—Hum —dijo Hawthorn—. Adelante.

—Hágalo, por favor —pidió Jacobi—. Me gustaría oírlo.

Sophie esbozó una amplia sonrisa, y aunque Jack no podía ver la cara de Anna, el movimiento de su cabeza le hizo pensar que también sonrió, como lo hicieron varias mujeres de la galería.

—Es un trabajo muy profesional, como pueden ver. De

doce páginas, con ilustraciones. El tipo de folleto que el señor Comstock se esfuerza tanto por mantener fuera de las manos de los inocentes. Comienza proclamando que «más vale prevenir que curar», y sigue así: «La vaselina mezclada con cuatro o cinco granos de ácido salicílico destruye los espermatozoides sin dañar el útero ni la vagina». —Miró a Comstock con gesto sombrío—. Creo que este folleto lleva unos años en circulación. ¿Ha averiguado usted quién lo publica? —Examinó la portada como si buscara algo escondido—. Sí, aquí lo pone. Colgate es la compañía que fabrica la vaselina e imprimió este folleto sobre la anticoncepción. ¿Ha llevado a Samuel Colgate a los tribunales y lo ha acusado de violar sus leyes? Pero espere, ¿no es Samuel Colgate el presidente de su Sociedad para la Supresión del Vicio? Mucho me temo que eso debe de colocarlo en una situación difícil, señor Comstock.

Los reporteros escribían tan rápido como podían mientras el murmullo de voces de la galería se hacía más fuerte. En la mesa del jurado, los médicos esperaban la respuesta de Comstock con las cejas enarcadas. Sin embargo, no hubo respuesta alguna; por una vez, Anthony Comstock se había quedado mudo, completamente quieto salvo por el tic que fruncía la comisura de sus labios.

—¿Señor Comstock? —dijo Hawthorn. Y luego, tras un largo momento—: Si esta línea de investigación ha concluido, he de hacer un anuncio. El alguacil me ha hecho llegar el aviso de que el señor Campbell ha regresado a la ciudad y podrá testificar mañana por la tarde. Espero que su testimonio baste para que el jurado llegue a una conclusión. Y ahora, como ya son las seis, se levanta la sesión.

Jack perdió de vista a Comstock cuando la gente empezó a salir de la sala.

—No puedo creer que haya tenido tanto valor —dijo Oscar—. Me gustaría invitarla a un trago. Se ha sentado ahí con la cara tan seria y le ha preguntado a Comstock si iba a detener a uno de los hombres más ricos de la ciudad. Samuel Colgate en el juzgado de la mano de Comstock, ¿te lo imaginas? Tiene agallas. —Se sacó un pañuelo para enjugarse los ojos.

—Sí que las tiene —convino Jack—, pero es que ahora mismo no tiene nada que perder.

Υ

Anna tomó a Sophie del codo y le dio un abrazo, un acto nada propio de ella que la dejó tan sorprendida como complacida.

—Pensé que ibas a echarte atrás, pero escogiste el momento perfecto.

—Fue más difícil de lo que esperaba, al tenerlo ahí delante, mirándome, pero era necesario —dijo Sophie—. Tal vez traiga algo bueno, si los periódicos se atreven a publicarlo.

Al alzar la vista, vio a Oscar Maroney sonriendo, acompañado de Jack.

—Bien hecho —la felicitó el inspector Maroney—. Pensaba que le iba a dar una apoplejía a Comstock, delante de Dios y de los hombres. Bien hecho.

Jack también sonreía, aunque con menos entusiasmo.

Anna lo pinchó:

—¿No te parece bien?

—Desde luego que sí —respondió él, agarrándole el dedo y enlazando su mano—. Tan solo espero que lo deje pasar y no trame nada para vengarse.

—Por eso no permití que Anna lo hiciera —dijo Sophie—. Comstock ya no puede hacer mucho en mi contra.

Anna echó una ojeada a la sala.

—Por una vez que me gustaría hablar con un periodista, se han marchado todos.

—A escribir una historia sobre Samuel Colgate, el vendedor de anticonceptivos —dijo Oscar—. Dios mío, estoy deseando verlo.

A Sophie la esperaba el carruaje de la casa Verhoeven; Jack quiso tomar otro, pero Anna prefería caminar. Tras despedirse de su prima, se fijó en la expresión triste de su marido.

—¿Tan cansado estás que no puedes ni andar media hora? —se burló ella.

Él la miró entornando los ojos.

—¿Y si no estuviera yo? ¿Habrías vuelto sola a casa?

Anna observó la calle. Hacía por lo menos una semana que

505

había un caballo muerto en la cuneta. Un grupo de niños le arrancaba las costillas para usarlas como espadas. Uno que ya tenía la suya aprovechó la ventaja para golpear a un compañero en el vientre. Al instante cayeron los dos junto al caballo, luchando a puñetazo limpio. Anna pensó que no tendrían más de ocho años.

—Podría mentirte —dijo ella. Jack mostró su disconformidad enarcando una ceja—. A primera hora de la noche, cuando aún hay luz, Broadway es bastante seguro. Podría haber ido sola.

Él le cogió el bolso y le ofreció el brazo libre.

—Tienes suerte de seguir con vida.

Caminaron unos instantes en silencio. Anna no perdió de vista la pelea, que había sacado a todos los niños de sus escondites, y se apaleaban salvajemente unos a otros, se desplomaban sobre el cadáver del caballo y volvían a levantarse.

—¿No te ofreces voluntaria para limpiarles las heridas de guerra?

—No, hacerlo sería un grave error. Aprendí la lección al poco de licenciarme: no te metas en discusiones ajenas.

Él deseó saber más, y a ella no le importaba contar historias que la dejaban en mal lugar, siempre que fuera a la familia o a los amigos. Y Jack, como se recordó a sí misma, era ambas cosas.

—Llegó una chica de unos diecisiete años al New Amsterdam con la nariz y varias costillas rotas y los ojos amoratados. Supuse que habría sido el padre o el marido, y estaba pensando cómo preguntárselo cuando… —Jack emitió un murmullo—. Cuando entró su hermana corriendo, casi igual de magullada, con arañazos en la cara. —Anna levantó una mano en forma de garra—. También le faltaba un mechón encima de la oreja izquierda. ¿Sabes la fuerza que hay que hacer para arrancar el pelo de esa manera?

—Nunca lo he intentado —respondió Jack con tono seco—. Pero lo he visto hacer.

—Entonces se puso a gritar, chorreando sangre del labio partido por todos lados. La de la camilla estuvo a punto de levitar y fue a abalanzarse sobre la hermana, pero yo la sujeté por los hombros. —Jack la escuchaba con atención, aunque con gesto impenetrable—. Pensé que podía clavarse una costilla en el pulmón, y por eso actué. A la que había entrado le dije: «Deje de hacer tonterías inmediatamente». Pues resulta que la cosa no salió cómo esperaba.

—¿Qué pasó?

Anna se encogió de hombros.

—Empezaron a gritarme las dos. La de la camilla por ser grosera con su hermana, y la otra por tratarla con rudeza. Si no hubiera llegado un celador en ese momento, creo que habrían unido fuerzas para darme una lección. —Dejó escapar una risilla—. Y así aprendí a no meterme en peleas. En lugar de eso, llamo a los celadores.

—Es lo más sensato —dijo Jack—. ¿Sabes por qué se peleaban?

—Por dinero. Casi siempre es por dinero, a menos que el paciente llegue borracho. Entonces puede ser por cualquier cosa. El color del cielo, el nombre del presidente, el mes del año… —Broadway estaba lleno de vendedores ambulantes y carros de reparto, periodistas y oficinistas de vuelta a casa. Una anciana con la espalda encorvada ladeaba la cabeza mientras regateaba por unas judías secas. Su voz era alegre y sonreía al hombre que la miraba con el ceño fruncido, porque, como advirtió Anna, estaba a punto de aprovecharse de él. El día estaba acabando, y seguramente no quería cargar con la mercancía sin vender—. Pero casi siempre es por dinero —repitió—. Incluso cuando parece que no lo es. —Jack escudriñaba la calle como si esperara un ataque desde cualquier flanco—. Tú tienes que tratar con lo peor de la humanidad, día tras día. Te hace dudar de todo el mundo.

—No dudo de ti. Supe que eras buena persona desde que te vi por primera vez.

—¿Porque estaba atendiendo a niños huérfanos?

—Porque te enfrentaste a esa monja, sor…

—Ignacia. Me sacó de mis casillas.

—Eso era evidente.

—Fue por los niños que no estaban vacunados. La vacunación es gratuita en los dispensarios de toda la ciudad, pero ella tomó una decisión basada en sus propios miedos y supersticiones, y puso a los niños en peligro. No hay excusa para tal ignorancia.

507

—Yo pensé lo mismo.

Anna respiró hondo hasta que se le calmó el pulso.

—Entonces te sentiste atraído por mí porque le planté cara a una monja.

—Me impresionaste. La atracción se debió a otras cosas. —Anna esperó a que continuara, sin saber qué esperaba oír. Él dijo—: Es difícil no fijarse en tu pelo. Con ese color profundo y la manera en que se riza incluso cuando te lo recoges en la nuca. Siempre está luchando por ser libre. Mientras te inclinabas sobre uno de los niños, vi un rizo que se escapó de las horquillas y cayó detrás de tu oreja a lo largo de la nuca. Tienes un cuello precioso, Anna. Y sentí el impulso casi incontrolable de volver a poner ese rizo en su lugar.

—Cuando bajé del transbordador, pensé que no volvería a verte —confesó ella, avergonzada.

—¿En serio? Yo ya estaba intentando averiguar cómo asegurarme de que lo hicieras.

—No es cierto.

—Sí lo es. Y de repente apareciste doce horas después, entrando en la monstruosa mansión de Alva Vanderbilt. Me quedé prendado. —Un escalofrío le corrió por la espalda. Tenía miedo de levantar la cabeza para mirarlo—. Esta maldita ciudad. Un hombre no puede besar a su mujer sin que haya una audiencia.

—Jack Mezzanotte —respondió Anna con la voz entrecortada—, nunca te tomé por un cobarde.

—Tal vez no fuera tan buena idea —dijo Anna tras caminar otra manzana—. Me tiemblan las rodillas. Y tengo el pulso acelerado.

Le temblaba un poco la mano, igual que a él. Jack le frotó la muñeca con el pulgar, arrancando un susurro del guante de seda.

—Quítatelo —le pidió.

—No. —Ella apartó la mano.

—¿Quién es la cobarde ahora?

Frunció el ceño irritada, pero se quitó el guante, se miró la mano y luego a él, como si nunca hubiera visto a una criatura semejante.

Él se abrió la chaqueta.

—Y ahora aquí dentro, en el bolsillo interior.

Jack no sabía por qué sentía la necesidad de provocarla precisamente en South Broadway. Sin embargo, ella se mostró decidida y no pudo echarse atrás. Acercándose mucho, Anna le metió el guante en el bolsillo del pecho, encima del corazón.

Lo miró a los ojos al retroceder y dejó que su mano bajara por su chaleco. Como si lo acariciara con una brizna de hierba. Siguió descendiendo hasta que él la cogió de la muñeca para detenerla.

—Muy graciosa.

Ambos hoyuelos salieron a la luz.

—Eso pensaba.

—Tú espera —dijo Jack—. Ya verás cuando lleguemos a casa.

Anna se sentía acalorada a pesar de la brisa fresca. Cuando la casa surgió ante la vista, el corazón le latía tan fuerte que le retumbaba en los tímpanos. Pensó en sus seres queridos, que querrían hablar con ella, darle de comer y saber cómo le había ido el día, y se preguntó si podría ser sincera. Decir algo así como: «Jack y yo volveremos dentro de una hora. No nos esperéis para la cena». Sin embargo, la sola idea hizo que se le secara la garganta de vergüenza, porque por supuesto sabrían el porqué, el qué e incluso el cómo. Pero era algo inevitable, así que se dirigió al jardín, donde estarían todos reunidos en una hermosa tarde como aquella. Entonces Jack la detuvo atrayéndola hacia sí y señaló la dirección opuesta con la barbilla.

—¿Qué?

—Quiero enseñarte una cosa.

—¿Ahora?

—Ahora mismo.

Subieron los escalones de la nueva casa —«Hierbajos, todos la llaman Hierbajos», se recordó—, y esperó a que él sacara la llave del bolsillo y abriera la puerta. Jack dejó el maletín de médico en el pasillo mientras Anna miraba a su alrededor, con una extraña timidez que le impedía lanzarse a explorar.

509

Ya desde la entrada se podía apreciar que se había trabajado duro. Todo, desde el techo hasta el suelo, estaba limpio como los chorros del oro, el viejo papel pintado había desaparecido de las paredes, y el parqué relucía lijado y pulido. El aire olía a lejía, jabón, cera y otro aroma familiar.

—¿Qué es ese…?

—Limón —respondió Jack—. Mi madre es una fervorosa creyente en el poder limpiador del limón. —Tiró de ella hacia las escaleras.

—Nos estarán esperando para cenar —dijo Anna, resistiéndose.

—Pueden esperar un poco más.

—Jack.

Él enarcó una ceja.

—No tengo mi…

Con un suspiro, Jack la tomó en brazos y subió los escalones de dos en dos. Fue directamente al cuarto más grande, el que sería su dormitorio cuando por fin entraran a vivir, y abrió la puerta con el hombro.

—Ah —musitó Anna.

Las paredes habían sido limpiadas y pintadas, los suelos estaban lustrados y colgaban cortinas nuevas en las ventanas, de lino color crema bajo paneles de encaje blanco. Había una anchísima cama con dosel, primorosamente preparada con almohadas mullidas y un precioso edredón blanco sobre blanco, dos cómodas y una mesa. El único adorno era un jarrón de barro lleno de rosas blancas y lilas en la repisa de la pequeña chimenea, frente a dos sillas orientadas la una hacia la otra. Todo muy sencillo, pero agradable.

Jack la dejó en la cama.

—¿Cuándo has hecho todo esto?

—No era eso lo que querías decir. —Arrojó su chaqueta al suelo y empezó a desabrocharse el chaleco—. Querías decir: «Ah, bien hecho».

Anna se incorporó y lo atrajo hacia sí cogiendo uno de sus tirantes.

—Bien hecho —murmuró contra su boca—. Pero sigo necesitando mi diafragma.

Él la besó tan apasionadamente que perdió el hilo de sus

pensamientos. Jack se lo recordó inclinándose para abrir un cajón de la mesita de noche, del que sacó una caja que había visto antes.

—Qué previsor —dijo ella—. Sí, sí, muy ingenioso. Y ahora, ¿sabes qué hacer con eso?

—Y además aprendes rápido —dijo al cabo de diez minutos, cuando él se tendió encima de ella. Ya estaba sonrojada, sudorosa y un poco avergonzada, pensó Jack.

Se arqueó contra su cuerpo, sofocada. Él se inclinó para chupar la curva de su garganta, que sabía a jabón, a sal y a Anna. Ella se retorció, moviéndose a su alrededor, sometida a su voluntad, húmeda, caliente y tan prieta que Jack pensó que iba a volverse loco si no la penetraba de inmediato, pero se mantuvo firme.

Entonces, Anna le dio un golpe encima de la oreja con la palma abierta y él se rio, satisfecho consigo mismo y con ella.

—Jack —le rogó, frotándose con él—. Jack.

—Qué impaciente. —Su boca ascendió del cuello a la oreja y a la carne de debajo, cálida y palpitante. Cuando puso la lengua en ese punto, ella tensó todo el cuerpo y le pegó un puñetazo.

—¿A qué esperas?

Estaba enfadada con él, y él descubrió que eso le gustaba. Le besó la boca, suave, mojada y ansiosa.

—¿No te gusta esto?

—Canalla.

Anna deslizó los pies sobre sus piernas, apretando los muslos, y le clavó los talones en la parte baja de la espalda, adoptando el ángulo exacto que él esperaba, el que lo situó justo donde quería.

—¿Es demasiado? —Ella echó la cabeza hacia atrás y gimió, con un sonido ronco que le erizó la espalda—. Anna, ¿es demasiado?

—Jack, no me trates con delicadeza.

Todavía era capaz de sorprenderlo, seduciéndolo como solo ella podía hacerlo. Así pues, se aprestó a poner a prueba su determinación, y sus propios límites.

511

Υ

Los padres de Jack estaban a la mesa, y Anna entre ellos, atrapada en la red de su curiosidad y su simpatía. Anhelaba cambiarse de camisa al menos, pero habían llegado tarde y habría sido una grosería hacerles esperar más. Si al menos pudiera asegurarse de no oler demasiado a, bueno, a lo que debía oler.

Tenía poco apetito, pero llenar su plato era algo que hacer mientras hablaba con la señora Mezzanotte, quien quería saber de Hierbajos, donde había estado a primera hora de la tarde. Anna no miró a Jack, aunque sabía que estaba sonriendo.

—Es una buena casa —dijo la madre de él—. Y quedará preciosa cuando esté terminada. —Tenía unos muebles que podrían venirles bien, y que mandaría a la ciudad la próxima vez que hubiera una entrega del invernadero—. Nada pomposo —aclaró. Por su tono, Anna supuso que Celestina y Bambina le habían explicado a su madre que la flamante esposa de Jack tenía gustos austeros. Ella pensó en las cortinas de lino revoloteando con la brisa y esperó que su rubor no fuera demasiado evidente—. Tendrás que venir a Greenwood dentro de poco, si no quieres que tus nuevas cuñadas te den caza.

Anna soltó una risa incómoda, un poco perpleja.

—Qué miedo.

—Son mujeres decididas —dijo el señor Mezzanotte—. Yo me casé con una, y también lo hicieron nuestros hijos. A veces montan unos escándalos... —bajó el tenedor y se tapó los oídos para mover la cabeza de un lado a otro— sonados. —Entonces les guiñó el ojo a las niñas y dijo—: *Come di cento scimmie.*

—Calla —lo reprendió la señora Mezzanotte—. No son como los monos.

—Sí lo son —respondió Jack—. Pero las queremos igualmente. Menos a Benedetta.

—¡Jack! —exclamó su madre.

—Es una mandona —dijo Jack—. Claro que Mariangela también lo es. No sé quién saldría ganadora en un concurso de vacas mandonas.

—Primero monos y ahora vacas. Dejadlo ya. —Sin embargo, la señora Mezzanotte sonreía.

—Ese concurso no lo ganaría ninguna de las dos —contestó el padre—. El premio sería para Susanna.

La señora Mezzanotte se quedó con la boca abierta unos instantes y se encogió de hombros, claudicando.

—Ganaría Susanna —admitió—. Sin duda alguna. —Se volvió hacia Anna—. Te vamos a asustar.

La tía Quinlan se rio:

—Nuestra Anna no se asusta con nada. Está hecha de una pasta muy dura. Y le gustan las mujeres decididas.

—Porque me crie entre ellas —convino Anna.

Mientras la señora Mezzanotte seguía hablando de sus nueras, a las que claramente amaba y respetaba, Anna puso la oreja para escuchar la historia que le contaba Lia a Jack, agitando el tenedor en el aire como un bastón, hasta que de pronto se le escapó el italiano.

Rosa le cogió el tenedor con gesto de desaprobación.

—*Non parla si inglese al tavolo, è maleducato.*

Lia parpadeó, solemne.

513

—¿Cómo se dice *maleducato*?

—Grosero —dijo la tía Quinlan—. La palabra es grosero.

Lia arrancó el tenedor de la mano de su hermana y lo golpeó en la mesa, a punto de deshacerse en lágrimas.

—No es grosero. El italiano no es grosero. ¡Todo el mundo debería hablar italiano! ¡Si yo tengo que hablar italiano e inglés, todos deberían hablar inglés e italiano!

La pequeña sacó el labio inferior en un evidente gesto de rebelión y lanzó una mirada acusadora alrededor de la mesa, desafiando a quien no estuviera de acuerdo.

Antes de que Rosa dejara de balbucear, Anna dijo:

—¿Sabes qué, Lia? Tienes razón. Tía Quinlan habla italiano, tú hablas italiano, y todos los que están aquí hablan italiano, excepto Margaret y yo.

—Margaret está aprendiendo —murmuró Rosa.

—Entonces será mejor que me ponga al día —respondió Anna, obteniendo una de las raras sonrisas radiantes de Margaret—. Mientras tanto, no quiero que te guardes una historia si solo sabes contarla en italiano, así que adelante.

La tía Quinlan se inclinó para ponerle suavemente la mano a Lia en la cabeza.

—Y ahora escúchame bien, gallinita. La próxima vez que tengas algo que decir, puedes hacerlo sin gritar y la gente seguirá escuchándote.

Lia arrugó la nariz como si dudara de aquel consejo, pero asintió. Aceptación a regañadientes, pensó Anna. Se preguntó cuánto tiempo duraría.

—Parece que voy a necesitar clases de italiano —dijo.

Ambas niñas levantaron la mano, como lo hizo Jack, a quien le soltó un buen codazo.

—Esperaba que os ofrecierais voluntarias, pero aún voy a necesitar más ayuda. Tengo a alguien *in mente*. Lo traeré para que le deis vuestra aprobación.

Jack la miró con abierto escepticismo, y Anna reprimió una sonrisa.

Esa noche, cuando se fueron a la cama, Anna le contó a Jack la historia de cómo se conocieron sus padres.

—Mi madre se fue a Nueva Orleans a estudiar Medicina con los hermanos del tío Ben, quienes dirigían una clínica en la que aceptaban estudiantes. Eso fue mucho antes de que la doctora Blackwell, la fundadora de la Escuela Femenina de Medicina, lograra ser la primera mujer admitida en la universidad. En aquel tiempo, las mujeres que querían aprender medicina tenían que colocarse de aprendizas en clínicas.

—¿Me has hablado de tu tío Ben?

Anna señaló uno de los retratos.

—Ben Savard. Conoció a la tía Hannah cuando estaba en Nueva Orleans durante la guerra de 1812, y se establecieron en Paradise. El medio hermano de Ben, Paul, era el director de la clínica, y mi madre estudió con él. La tía Hannah pensó que sería el mejor profesor para ella porque no toleraría sus tonterías, pero tampoco se ofendería porque resultara ser más inteligente que los demás.

—¿Lo era?

—Más inteligente que la mayoría, ya lo creo. El hermano de Ben, Paul, tenía un hijo que se fue a Francia a estudiar Medicina: Henry Savard, mi padre. Mi madre llevaba dos años estudiando en Nueva Orleans cuando Henry regresó de París, licenciado en Medicina y Cirugía. No le gustó saber que la que sería mi madre había ocupado su lugar y se había ganado a todo el mundo. Mi madre también se opuso a él. Al principio.

—Y luego se enamoraron y se casaron —dijo Jack.

—Fue un romance tempestuoso, o eso dice la historia. Pero sí, se enamoraron y se casaron. Entonces mi tía Hannah dijo que había más enfermos en Paradise de los que podía atender, así que mis padres decidieron mudarse al norte y practicar la medicina con ella, y así lo hicieron.

Las ranas cantaban en los árboles al otro lado de la ventana. Se quedaron escuchándolas durante un rato, hasta que Anna se despertó de nuevo.

—¿Qué hay de tus padres? —le preguntó.

Él ahogó un bostezo.

—Cuentan la historia todos los años en su aniversario. Creo que deberías esperar a oírla de ellos.

—¿Es una costumbre italiana?

—Una costumbre familiar, diría yo. Deberías pensar en la historia que contarás tú cuando llegue el momento.

Y luego se durmió, como si no le hubiera dado una tarea de la que preocuparse durante los próximos once meses.

515

28

NEW YORK POST
Miércoles, 30 de mayo de 1883

ARCHER CAMPBELL VUELVE SIN SUS HIJOS
EL TESTIMONIO DURA DOS HORAS

El señor Archer Campbell, cuya esposa murió en misteriosas circunstancias la semana pasada, ha regresado a casa tras la infructuosa búsqueda de sus cuatro hijos desaparecidos, cuyas edades van de los dos meses a los cinco años. La última vez que se vio a los niños fue el día anterior a la muerte de su madre, cuando ella se los llevó de la ciudad a un lugar desconocido.

La inexplicable desaparición de los cuatro infantes ha provocado una considerable especulación por parte de todos. La posibilidad de que la señora Campbell pudiera haber perjudicado a sus hijos fue abordada durante la sesión del pasado martes.

La doctora Sophie Savard Verhoeven, la última médica que trató a la señora Campbell, sostiene que su paciente no sufría de delirio puerperal. Los médicos del jurado no se mostraron de acuerdo con esta opinión.

El doctor Stanton expresó así sus dudas al *Post*: «Las mujeres decentes que se convierten en buenas esposas no rompen con los hábitos de toda una vida sin motivo. La señora Campbell tenía un marido estupendo y un buen hogar. Era una madre cariñosa y atenta. Es posible que sus médicos no advirtieran a tiempo los indicios de delirio puerperal, o que alguien influyera en ella de manera indebida, cosa que aún está por descubrir».

ϒ

NEW YORK TRIBUNE
Miércoles, 30 de mayo de 1883
CARTAS AL EDITOR

Señores:

La investigación que se está llevando a cabo sobre la muerte de la señora Janine Campbell revela la verdadera naturaleza de quienes hacen campaña por los «derechos de la mujer», y se puede resumir en unas pocas palabras: creen saber más que nadie. Durante la investigación han declarado dos médicas, quienes emplearon términos vulgares para hablar de temas lascivos y poco femeninos, contradiciendo a sus superiores por el mero hecho de que son mujeres y se consideran más sabias. La naturaleza ha decretado un determinado reparto de las tareas entre ambos sexos, pero ellas se niegan a aceptarlo. Los fundadores de esta gran nación establecieron derechos y responsabilidades para sus ciudadanos, pero estas mujeres nos dicen que se equivocaron. Lo cierto es que las damas dignas y gentiles criadas en hogares cristianos ya tienen sus derechos. Las buenas mujeres tienen derecho a influir en la raza desde las guarderías, las escuelas y la familia, como se ha hecho toda la vida. Tienen derecho a ser respetadas y mantenidas por los hombres. Tienen derecho a ser amadas tiernamente por aquellos merecedores de su amor. Tienen derecho a ser protegidas y cuidadas. Las mujeres cuerdas y temerosas de Dios disfrutan de los derechos que les otorga el Altísimo. Si alguien duda aún de los peligros de los derechos de la mujer, solo tiene que fijarse en cómo se comportaron aquellas médicas al prestar testimonio. Es un escándalo y una tragedia, para ellas y para la nación.

UN MÉDICO PREOCUPADO

—Desde luego que debes tomar el barco, Sophie. Si el fiscal del distrito dice que eres libre de irte… —dijo Anna.

—Espera. —Sophie recorrió el despacho de Anna—. Había algo en el periódico de esta mañana que me preocupa. ¿Viste la carta de Clara?

—Últimamente no he tenido mucho tiempo para leer el periódico. —Tomó el recorte que Sophie le dio y lo miró. Otra carta al editor.

Señores:

Parece ser que Anthony Comstock, el presidente de la Sociedad para la Supresión del Vicio, no ceja nunca en su incansable empeño por librar a la ciudad y al estado de los materiales que él personalmente considera desagradables. Hemos visto que en dos días ha detenido a cuatro personas por la venta de literatura obscena, así como a un impresor del que sospecha que imprime tales materiales, ha allanado la morada de un distinguido marchante de arte y ha confiscado las obras de uno de los más grandes artistas vivos de nuestro tiempo (de nuevo porque, en su opinión superior, son inapropiadas e inmorales). Además de todo esto, forma parte de un jurado forense en el trágico caso de la muerte prematura de una joven, durante el que ha aprovechado la oportunidad para insultar y tratar de intimidar a dos médicas (nótese que digo tratar).

Nos resulta indignante que Anthony Comstock pueda abusar así del sistema de justicia para acosar a personas que se dedican a negocios lícitos y, peor aún, para juzgar cómo tratan los médicos cualificados a los pacientes en crisis. Nótese también que Comstock mira discretamente hacia otro lado cuando uno de sus colegas de la Sociedad para la Supresión del Vicio fabrica, publicita y vende los anticonceptivos que él y su sociedad consideran tan repugnantes desde su personal punto de vista moral. Ya es hora de que se ponga fin a las payasadas del señor Comstock, tanto dentro como fuera de los tribunales.

DRA. C. E. GARRISON
Secretaria de la Asociación para el Avance de la Educación
Médica de la Mujer

Anna miró el recorte del diario, a Sophie y otra vez el recorte.

—Me preguntaba si los periódicos permitirían que se imprimiera el nombre de Samuel Colgate. La vaselina es una pequeña parte de lo que fabrican, y los editores no querrán perder los ingresos por publicidad. Me doy cuenta de que es decepcionante...

—No es eso —dijo Sophie—. Comstock ha arrestado a un impresor sospechoso de suministrar materiales inmorales.

—Ah. Ya veo.

—Fui a ver a Clara para averiguar si tenía más información, pero había preguntado en las Tumbas y no logró conseguir un nombre. ¿Crees que Jack podría averiguarlo?

—Supongo que sí.

—No puedo irme dejando a los Reason a merced de Anthony Comstock —dijo con voz trémula, cuando normalmente evaluaba los eventos catastróficos con exquisita calma.

Después de pensarlo un momento, Anna se aclaró la garganta.

—Pero nos confiarías el asunto a nosotros, espero. Con Jack y Oscar, creo que podemos llegar al fondo de esto.

—Y si el detenido es Sam Reason, le pediré a Conrad que lo represente. A toda la familia.

—Los Reason podrían tener su propio abogado —indicó Anna.

—Pero no tienen por qué cargar con los costes.

Anna se sentó y señaló la otra silla. Después de un momento, Sophie tomó asiento, respiró hondo y soltó el aliento con un suspiro.

—Fue terriblemente grosero conmigo —dijo Sophie—. Pero también fue dolorosamente sincero.

—¿El nieto de Sam Reason?

Ella asintió con la cabeza.

—Soy consciente de que no se puede hacer mucho, quién sabe qué pruebas tendrá Comstock. O qué pruebas creerá que tiene. Pero quiero asegurarme de que Sam Reason cuente con la mejor defensa. Y, Anna, esto es importante. —Anna esperó mientras Sophie intentaba ordenar sus pensamientos—: es un hombre orgulloso, no quiero que piense que lo tratamos con condescendencia.

—Lo entiendo —respondió Anna, aunque no era del todo cierto.

—Esto es lo que voy a hacer: dejaré un cheque bancario para los gastos, uno sustancioso. Úsalo todo, y si necesitas más, mándame un telegrama y lo arreglaré. —Se levantó de repente, mirando el reloj sujeto a su corpiño—. Debo volver a casa con Cap antes de la sesión.

—No tienes por qué volver a las Tumbas —dijo Anna—. Mañana a esta hora estarás subiendo al Cosimo, y hay cosas más urgentes que hacer.

519

—De ninguna manera. Se lo debo a Janine Campbell. Presenciaré la investigación hasta el final.

Anna se puso en pie y abrazó a su prima.

—Y yo también.

Jack escuchó la historia con atención, sin revelar lo que pensaba. Cuanto más lo veía Anna en su aspecto profesional, más se daba cuenta de lo mucho que se parecía a un médico en su comportamiento. No dejaba traslucir nada, tal y como ella no daría ninguna indicación de sus hallazgos si tuviera que reconocer a su madre o a sus hermanas.

Estaban de pie en los escalones de las Tumbas. A su alrededor, los reporteros trataban de llamar la atención de Anna, pero la postura de Jack, su gesto protector, impedía que se acercaran. Aquel día, los curiosos eran muy numerosos, sin duda porque Archer Campbell estaba allí —Anna había visto su cabeza roja entrando en el edificio— para prestar testimonio.

El retraso que había mantenido la puerta cerrada se resolvió de pronto, y Jack la condujo al vestíbulo. Los guardias lo saludaron con la cabeza y se descubrieron ante ella. Reconoció a uno de los hombres de su visita al puente de Brooklyn, y se alegró de no poder detenerse, porque sabía que le harían preguntas, y lo que tendría que responder. Así que se dejó guiar por los pasillos y las escaleras hasta la sala del tribunal.

Jack se inclinó para susurrarle:

—Voy a averiguar lo que pueda sobre el impresor. Puede que me lleve un tiempo, pero volveré lo antes posible. —La besó en la oreja y, dándose la vuelta, desapareció entre la multitud.

Ya se estaba llamando al orden en la sala cuando Anna tomó asiento junto a Sophie. Sacó su tablero para escribir, folios y un lápiz mientras el forense hablaba del propósito de la investigación, y le pasó una nota a Sophie: «¿Y Cap?».

Sophie tomó el lápiz: «Deseando partir mañana».

Anna podía imaginárselo perfectamente. Cap estaría ansioso por marcharse, no tanto por su propia salud, sino por el bienestar de Sophie.

Sophie escribió: «¿Y el impresor? ¿Sam Reason?».

Anna pensó un momento y le acercó el papel: «Jack ha ido a averiguarlo».

Sophie sonrió aliviada.

Archer Campbell se sentó en la silla de los testigos. Estaba demacrado, con las mejillas hundidas y unas ojeras oscuras como moratones. Su expresión era lúgubre e iracunda.

—Señor Campbell —comenzó el juez de instrucción—, mis más sinceras condolencias por la triste pérdida de su esposa. Supongo que no ha habido fortuna en la búsqueda de sus hijos.

—Así es —dijo Campbell.

—Lamento oírlo.

—Si eso fuera cierto, pondría fin a esta farsa y me dejaría retomar la búsqueda.

Hawthorn parecía casi sorprendido. Anna creyó que iba a responder al insulto apenas encubierto de Campbell, pero se lo pensó mejor.

—Entonces vayamos al grano. Háblenos, por favor, de su esposa y de cómo contrajeron matrimonio.

Con evidente disgusto, Campbell resumió la historia en pocas palabras: estando en Bangor por un asunto de correos, le presentaron a una joven que trabajaba en la oficina postal. Sus antecedentes familiares no eran ideales, pero estaba sana, era buena cristiana y muy trabajadora. Después de dos semanas de noviazgo, cuando tuvo que volver a Nueva York, decidió casarse con ella.

—¿Se desposó con la bendición de su familia?

Campbell esbozó la sombra de una sonrisa torva.

—Con cinco hijas solteras, se alegraron de librarse de ella.

—Ya veo. Señor Campbell, ¿puede arrojar alguna luz sobre los acontecimientos que condujeron a la muerte de su esposa?

Campbell apretó la mandíbula por un momento.

—No conozco los detalles.

—¿Se dio cuenta de que estaba embarazada?

—No.

—¿No le habló de ello?

—Ella no hablaba de esas cosas. No era procedente.

—¿Cuándo notó que algo iba mal?

Campbell pareció relajarse un poco. Tal vez había estado esperando acusaciones, y se dio cuenta de que no las habría.

—La casa —dijo—. Estaba desordenada cuando volví del trabajo el martes por la noche. —Campbell se removió en la silla.

—¿No era lo habitual?

—Cuando nos casamos, ella no sabía nada de las tareas domésticas, aunque, por lo que he visto, los francocanadienses no dan mucho valor a la limpieza. Tuve que enseñarle a llevar la casa como lo hacía mi madre. Un lugar para cada cosa, y cada cosa en su lugar. Sin huellas en las ventanas ni en ningún sitio. Los suelos pulidos, los fogones negros, la ropa limpia, planchada y remendada, buena comida en la mesa cuando el marido entra en casa. Sin caprichos ni desperdicios. Niños que saben cuál es el lugar que les corresponde y no hablan si no se les pregunta. Pero ese día supe que había problemas nada más llegar. Los niños estaban sentados a la mesa de la cocina como unos benditos. Con los ojos muy abiertos, como si supieran que debían esconderse. Mi hijo mayor tomaba al pequeño en brazos, tratando de mantenerlo en silencio.

—Si no le importa continuar —dijo el juez de instrucción—. Cuente la historia como se le ocurra.

Campbell frunció el ceño.

—No hay mucho que contar. Dijo que había perdido la noción del tiempo. Tenía dolor de cabeza. Le pasaba de vez en cuando, pero yo creo que uno ha de trabajar con dolores o sin ellos. No permitir que te afecten. Pero ella lo hizo, ese martes por la noche lo hizo. Sacó embutido y pan, algo que no toleraría normalmente. Un hombre necesita una comida caliente. Pero me las arreglé. Limpió la cocina, cuidó a los niños y se sentó a remendar.

—¿Dijo algo sobre los arreglos para el día siguiente?

—Preguntó si podía llevar a los niños a la granja de mi hermano. —El rubor tiñó las mejillas de Campbell—. Para poder limpiar la casa adecuadamente. Casi le digo que no y, por Dios, ojalá lo hubiera hecho.

Anna percibió la inquietud que se extendía por la galería. La mayoría de los espectadores estaban dispuestos a sentir simpatía por Campbell, pero su brusquedad lo dificultaba. Incluso Comstock parecía nervioso.

—¿Se mostró indispuesta ese martes por la noche?

—Ya he dicho que sí.

—Pero no llamó a un médico.

—La gente rica llama al médico por cualquier tontería —dijo—. El resto de los mortales nos apañamos como podemos. Dijo que estaría mejor por la mañana, yo la creí y así fue. Ahora pienso que no le pasaba nada en absoluto. Fue una manera de despistarme, para que no le preguntara por el desorden.

Hawthorn soltó un murmullo de duda.

—Háblenos de ese miércoles por la mañana.

Campbell no trató de ocultar su impaciencia.

—Se dedicó a sus asuntos, como siempre: hacer el desayuno, ocuparse de los niños y demás. Prepararlos para el viaje.

—¿La acompañó a la estación Grand Central?

—Mire —dijo Campbell—, aquello no tenía nada de anómalo. Yo me fui a trabajar; ella se llevó a sí misma y a los chicos a Grand Central en el ómnibus. No soy partidario de las extravagancias. Mi madre crio a seis buenos hombres, y lo hizo con la Biblia en una mano y una vara de nogal en la otra.

—Muy bien —respondió Hawthorn, en tono bajo—. Ahora nos gustaría saber qué ocurrió el miércoles por la noche cuando regresó a casa.

—La encontré en la cama, vomitando en una palangana, acurrucada bajo las sábanas. Tuve que procurarme la cena, embutido otra vez, y leí el periódico como siempre hago. La oí moverse un poco, así que fui a ver y estaba tratando de abrir una botella de láudano. Se la abrí, volví a mi periódico y luego a la cama. Serían eso de las nueve.

—¿La señora Campbell se despertó durante la noche?

—Yo dormí en el cuarto de los niños. Fue idea suya, para no contagiarme de lo que la tenía tan enferma.

En la mesa del jurado, el doctor Stanton se aclaró la garganta:

—¿Entiendo que no vio la sangre? Habría mucha.

Campbell se mostró claramente incómodo.

—Me dijo que tenía el menstruo, y lo dejé ahí.

Abraham Jacobi preguntó:

—¿Le decepcionó saber que la señora Campbell había empezado a menstruar?

Campbell pareció sorprenderse por primera vez.

—No le entiendo.

—Oímos testimonios de que esperaba aumentar el tamaño de su familia lo antes posible. Algo sobre una apuesta con sus hermanos. Así pues, la noticia de que su esposa no estaba embarazada… ¿supuso una decepción?

Sophie se quedó muy quieta al lado de Anna mientras el cuello y la cara de Campbell cambiaban de color.

—Eso es un asunto privado. ¿Quién le dijo eso? ¿El testimonio de quién?

—Señor Campbell, responda a la pregunta, por favor —intervino Hawthorn.

Campbell negó con la cabeza mientras escudriñaba la galería, observando cada cara. Sophie se mantuvo tranquila, serena, sin dejar que Campbell leyera su rostro una vez que la encontró.

—Señor Campbell.

524 Él se volvió hacia el juez de instrucción de mala gana.

—Yo quería una gran familia —dijo—. Ella lo sabía antes de casarse conmigo. Y deseaba lo mismo.

El doctor Thalberg preguntó:

—¿Nunca expresó dudas?

—¿Dudas? —Campbell pronunció la palabra con desdén—. ¿Qué tienen que ver las dudas con todo esto? El hombre propone, Dios dispone, así es el dicho. Una mujer educada como Dios manda lo sabe y lo acepta como su deber.

—Pero las pruebas indican que la señora Campbell se provocó un aborto —dijo Hawthorn.

—Si es así —repuso Campbell lentamente—, entonces me mintió a la cara y estará ardiendo en el infierno, como le corresponde.

Hubo un momento de atónito silencio en la sala.

—¿Dónde cree que están sus hijos? —preguntó Jacobi—. ¿Tiene alguna idea de lo que ha sido de ellos?

A Campbell se le congestionó el semblante.

—Si lo que dicen de mi esposa es verdad, no descartaría que se los llevara y los matara también, solo para fastidiarme.

Anna se sintió sofocada por el calor. La realidad de la vida hogareña de Janine había sido mucho peor que lo imaginado.

La crueldad por costumbre y la fría indiferencia podían destruir a una mujer con la misma fuerza que los puños.

—Entonces déjeme hacer una pregunta más —decía Abraham Jacobi—. Suponiendo por un momento que no recupere a sus hijos, ¿no sabía usted que su mujer le detestaba tanto, que estaba tan enfadada como para hacer cosas tan indescriptibles?

Campbell se levantó de repente, igual que Comstock.

—No hemos venido a juzgar a este hombre —protestó Comstock—. Se están lanzando graves acusaciones sin la más mínima prueba.

—Sus propias tácticas, Comstock. Donde las dan las toman —señaló el doctor Thalberg.

—¡Oiga! —exclamó Comstock—. ¡Cómo se atreve!

—Siéntese, señor Comstock, y recuerde la seriedad del asunto —dijo Hawthorn—. Señor Campbell, siéntese usted también, inmediatamente. —Se detuvo para respirar hondo—. La pregunta del doctor Jacobi le parecerá insultante, señor Campbell, pero es una pregunta razonable. Si su esposa era tan profundamente infeliz y estaba tan perturbada como para hacer las cosas de las que hablamos, ¿cómo se originaron esos sentimientos?

Por fin, pensó Anna. Por fin.

El debate prosiguió durante un buen rato, según le pareció a Anna, pero nadie en la galería movió un músculo. Era un espectáculo tan emocionante como una producción teatral con un excelente director. Su opinión sobre el señor Hawthorn mejoró de manera considerable al verle enfrentar a los jurados entre sí y contra Campbell, interviniendo solo cuando las cosas empezaban a desmadrarse, agitando el avispero cuando se calmaban demasiado.

En su libreta escribió: «sin antecedentes reconocidos de enfermedad mental», «francocanadiense» y «sacar la vara».

Al parecer, la señora Campbell no había sido partidaria de los castigos físicos severos. Su marido lo consideró una prueba de su carácter engañoso, ya que, según él, una mujer capaz de hacerle tanto daño no tenía nada de amable.

Anna ya estaba harta de Archer Campbell cuando el juez de

instrucción puso fin al interrogatorio y despejó la sala de todos menos del jurado. El pasillo, lleno ya de periodistas, duplicó su ocupación. Ella no se separó de Sophie entre el tumulto, con el maletín golpeándole la pierna mientras la gente rodeaba los grupos de reporteros que escribían furiosamente en papeles sostenidos sobre la palma de la mano. Le sudaban la nuca y la espalda, y nunca en su vida había ansiado tanto ver una ventana abierta como en ese momento.

—Sophie Verhoeven. —Un reportero se abrió paso a empujones y bajó el rostro de manera que el ala de su sombrero habría tocado la frente de Sophie si ella no lo hubiera apartado—. ¿No quiere que la gente sepa...?

—Lo que quiero —dijo Sophie— es que se retire inmediatamente. Inmediatamente.

Anna la tomó por el brazo y tiró de ella.

—Ahí está Jack.

Era fácil verlo entre la multitud, una cabeza más alto que el hombre más alto. Anna se lanzó en su dirección seguida de Sophie.

—Vamos.

Jack usó su cuerpo para crear un muro protector, un pasadizo que se movía con ellas. Abrió una puerta y les hizo señas para que entraran en otro pasillo, que estaba vacío, oscuro y fresco.

Anna se apoyó un momento en la pared para recuperar el aliento. Sophie se quedó muy quieta, apretó los labios y se le formaron unas arrugas en las mejillas que tenían un único origen posible.

—Ay, Sophie.

Anna puso una mano sobre el codo de su prima, y Sophie se volvió hacia ella, se apoyó en su hombro y lloró como si fuera el fin del mundo. Jack tuvo la delicadeza de darse la vuelta y dejarlas tranquilas. Anna le sonrió débilmente por encima de la cabeza de Sophie.

—Debería haberlo matado —dijo Sophie al fin—. Y salvarse a sí misma.

Anna se sacó a tientas un pañuelo de la manga y limpió la húmeda cara de Sophie.

—Si el mundo fuera justo, sí.

Se le iban a saltar las lágrimas cuando se fijó en la expresión de Jack.

—¿Qué?

—Sophie —dijo él—, Sam Reason y su abuela te están esperando en una habitación al final del pasillo para hablar contigo.

Sophie se puso tensa.

—¿Lo han detenido?

Jack asintió con la cabeza:

—Pero no lo van a acusar. Puede irse a casa.

—¿Qué? ¿Cómo?

—Comstock se excedió en su celo. Y no es el único que tiene contactos en la oficina del fiscal del distrito. Aunque, Sophie, te advierto que Reason es…

—Un grosero. Lo sé. Pero no le faltan motivos.

Delilah Reason estaba más delgada que antes, con los pómulos más prominentes y las mangas de la camisa menos llenas. Pero su sonrisa era genuina, y Sophie se alegró tanto de ver esa pequeña señal de bienvenida que le temblaron las manos.

—Me alegro mucho de verla, aunque ojalá fuera en otras circunstancias.

—Parece que no has dormido mucho —dijo la señora Reason—. ¿Te estás cuidando?

—La doctora Verhoeven tiene personal que cuida de ella —replicó Sam Reason. Estaba de pie cerca de la puerta, alto, muy recto y tan tenso que parecía vibrar.

—Sam, no te eduqué para que fueras descortés —lo reprendió la señora Reason—. Doctora Savard…

—Sophie. Por favor, llámeme Sophie. Sam tiene una buena razón para estar enfadado conmigo. —Ambos la miraron como si de repente hubiera empezado a hablar en griego—. Supongo que Comstock asaltó la imprenta en busca de nuestros folletos, que los rastreó de alguna manera. ¿No fue eso lo que pasó?

—Al revés —dijo Sam Reason—. Él o, mejor dicho, uno de sus hombres me trajo uno de nuestros folletos y me preguntó cuánto costaría reimprimirlo.

—Pero ¿por qué te arrestaron?

—Me cogieron con la guardia baja e hice lo primero que se me ocurrió. Le entregué nuestra hoja de precios. La que utilizo para calcular presupuestos, el número de páginas y las existencias de papel, esas cosas. Eso fue todo. Después vino Comstock a detenerme en persona.

—Porque no rechazó el trabajo de plano —explicó la señora Reason.

—Pero ¿era uno de los folletos que te mostré?

Sam asintió.

—No me cabe duda de que era obra de mi abuelo.

—Pero no es culpa suya —le dijo la anciana a Sophie.

—Me temo que sí lo es. Ayer puse a Comstock en evidencia ante el tribunal. No puedo evitar pensar que hay una relación entre ambas cosas.

—Quizá sí. —Sam Reason le daba vueltas al sombrero entre las manos—. Pero ya se ha acabado. Dele las gracias al inspector por interceder por mí. De no ser por él, me tocaría pasar otra noche en esa celda.

—Le he pedido que vigile a Comstock, por si acaso. Pero hay que tener mucho cuidado de ahora en adelante. A ese hombre no le gusta perder.

Por primera vez vio el atisbo de una sonrisa en la cara de Sam Reason.

—A nadie le gusta perder.

La señora Reason cogió su retículo, y, tras tomarse un momento para ordenar sus pensamientos, se lanzó a lo que Sophie pensó que debía de ser un discurso ensayado.

—Vi en el periódico que se casó hace unos días, y me gustaría desearles a usted y al señor Verhoeven toda la felicidad del mundo.

—Gracias. —Sophie resistió el impulso de darse la vuelta—. Debería explicar…

—No le debes explicaciones a nadie —dijo Sam—. Con quien te cases solo te incumbe a ti.

Sophie asintió.

—Aun así, he de decir que quería volver a visitarla, pero han surgido tantas complicaciones… Nos vamos mañana a Europa. Cap, mi marido, va a recibir un tratamiento en un sanatorio para la tuberculosis. No sé cuándo regresaré.

—Cuando sea, ambos serán muy bienvenidos en mi casa. En cualquier momento. Espero que la salud del señor Verhoeven mejore pronto.

—Es muy improbable —dijo Sophie, y al ver la cara de la señora Reason, se dio cuenta de lo despiadada que habría sonado—. Está muy enfermo —empezó de nuevo—. Es cuestión de meses, como mucho.

Sam se puso en marcha de repente.

—Esperaré fuera —dijo, y se fue sin más.

—Hablar de enfermedades le hace sentir incómodo. Les tiene un profundo miedo.

—Como la mayoría de la gente —señaló Sophie.

—Sam más que la mayoría. No sé si lo sabe, pero perdió a su esposa por un cáncer. Cuando nos visitó ese domingo, fue a Savannah a decírselo en persona a su familia. Ha estado muy encerrado desde su muerte, aunque imagino que, siendo médica, usted ya estará familiarizada con estas cosas.

—Pensé que desaprobaba mi matrimonio.

La señora Reason alzó un hombro, desechando la idea.

—Pues yo no, y será bienvenida en Brooklyn cuando vuelva. ¿Volverá?

—Sí, desde luego que lo haré —dijo Sophie—. Este es mi hogar.

NEW YORK TRIBUNE
Miércoles, 30 de mayo de 1883
EDICIÓN DE LA NOCHE

CONCLUYE LA INVESTIGACIÓN
SOBRE LA MUERTE DE JANINE CAMPBELL
VEREDICTO DEL JURADO

Tras un aplazamiento, el jurado encargado de investigar el fallecimiento de la señora Janine Campbell se reunió esta tarde a las cinco en la sala del juez Benedict en las Tumbas.

El juez de instrucción Hawthorn informó de que Archer Campbell, esposo de la difunta, sería el último testigo convocado. Después instruyó al jurado para que considerara el asunto cuidadosamente y emitiera un veredicto sin importar las consecuencias o la opinión pública. El jurado se retiró y dos horas más tarde emitió el siguiente veredicto:

«Nosotros, el jurado encargado de investigar en nombre del Estado y la Ciudad de Nueva York cómo y de qué manera encontró la muerte Janine Campbell, declaramos que la interfecta falleció por peritonitis septicémica y pérdida de sangre debido a un aborto ilegal y negligente llevado a cabo la tarde del martes 22 de mayo o la madrugada del miércoles 23. Basándonos en las pruebas disponibles y los testimonios prestados, no podemos llegar a una conclusión sobre el estado mental o la cordura de la finada en el momento de la operación.

Además, exculpamos por completo a la doctora Sophie Savard Verhoeven y a la doctora Anna Savard de toda falta y responsabilidad.

Tras un riguroso examen de las pruebas, consideramos que el aborto que condujo a la muerte de la señora Campbell pudo haber sido provocado por la propia fallecida, y que por lo demás fue obra de una persona o personas desconocidas. Remitimos este asunto al departamento de policía para una mejor investigación.

Dr. Morgan Hancock, Hospital Femenino

Dr. Manuel Thalberg, Dispensario Alemán

Dr. Nicholas Lambert, Bellevue

Dr. Abraham Jacobi, Hospital Infantil

Dr. Josiah Stanton, Hospital Femenino

Dr. Benjamin Quinn, Bellevue y la Escuela Femenina de Medicina

Sr. Anthony Comstock, Sociedad para la Supresión del Vicio de Nueva York.»

NEW YORK TRIBUNE
Jueves, 31 de mayo de 1883
CARTAS AL EDITOR

Señores:

Ayer llegó a su fin la investigación sobre la muerte de la señora Janine Campbell, pero no antes de que los observadores y reporteros presenciaran el vergonzoso e innecesario interrogatorio al que fue sometido el esposo de la difunta, Archer Campbell.

Además de perder a su esposa por una operación ilegal, el señor Campbell ha perdido también a sus cuatro hijos pequeños, cuyo destino es incierto. En lugar de abandonarse a la desesperación, los ha buscado día y noche, y solo cejó en sus esfuerzos para comparecer ayer ante el jurado. Durante casi dos horas se sometió al señor Campbell a un linchamiento público, ¿y con qué fin? Nunca fue sospechoso de nada. No fue él quien llevó a cabo la operación que acabó con la vida de su esposa; ni tampoco se llevó a sus hijos de casa y los dejó en algún lugar sin cuidado ni protección paterna.

Dio respuestas sinceras a preguntas a menudo impertinentes, hechas, al parecer, para excitar al jurado y a la galería. El señor Campbell es un hombre de carácter recto y moral cristiana, un hombre que se tomó sus responsabilidades para con su esposa e hijos con toda seriedad y les proporcionó un excelente hogar. Un padre amoroso, aunque estricto, y sin embargo el juez de instrucción Hawthorn y los miembros del jurado parecían decididos a pintarlo como un marido cruel e indiferente, un hombre de escasa sensibilidad, como si eso bastara para excusar los terribles crímenes cometidos contra él y sus hijos, por una esposa que no era digna de su confianza, una esposa que lo engañó y que debe de estar, como expresó él mismo tan candorosamente, ardiendo en el infierno por sus pecados.

Puede que nunca sepamos los detalles de la operación que llevó a la señora Campbell a la muerte, pero es seguro que ella buscó y se sometió a un vil procedimiento que viola las leyes de Dios y de los hombres. Ella fue la única culpable, por lo que ha pagado el precio y lo seguirá pagando por toda la eternidad. El señor Campbell está libre de toda culpa; de hecho, Hawthorn y los jurados son más dignos de desprecio y castigo que este buen hombre que tanto ha sufrido.

DR. JAMES MCGRATH CAMERON

NEW YORK TRIBUNE
Jueves, 31 de mayo de 1883

CONTINÚA LA BÚSQUEDA DE LOS HIJOS DE CAMPBELL

Aunque no hay noticias sobre el destino de los cuatro hijos de Archer Campbell, los departamentos de policía de Filadelfia a Boston han declarado su firme intención de proseguir con la investigación y la búsqueda. La familia Campbell ofrece una sustanciosa recompensa a cambio de cualquier información que conduzca a la recuperación de los niños.

En otro orden de cosas, la señora Janine Campbell recibirá sepultura mañana en una ceremonia privada en un lugar no revelado.

$\mathcal{A}$ Anna no le gustaba pensar que era una persona cobarde, pero la idea de tener que despedirse de Cap y Sophie por segunda vez era más de lo que podía soportar. En lugar de eso, fue al New Amsterdam y se pasó el día siendo cortante con sus estudiantes, sus ayudantes y el resto del personal, sin quitar ojo de la puerta. Si las cosas volvían a salir mal, tarde o temprano aparecería Jack para decírselo.

Dedicó la hora del almuerzo al papeleo, y exactamente a la una se presentó Kathleen Hawkins en su puerta, como se le había indicado, para discutir sobre su formación y su aptitud para la enfermería. Anna no obtenía ninguna satisfacción de aquello, pero tampoco lo evitó. Supuso que Hawkins habría estado encantada de posponer la entrevista indefinidamente.

Era una muchacha muy joven, se recordó Anna, de apenas veinte años. Más entrenamiento, trabajo duro y supervisión terminarían por convertirla en una buena enfermera. La cuestión era si Hawkins estaba dispuesta a hacer lo necesario.

La chica, muy erguida, no despegó los ojos de sus propias manos enlazadas mientras esperaba a que Anna comenzara.

—¿Sabe por qué está aquí, enfermera Hawkins?

—Por mi torpe comportamiento durante la operación de la señora Campbell.

Sin excusas ni justificaciones; eso le dio a Anna algún motivo de esperanza.

—Hay dos opciones —dijo ella—: puede repetir voluntariamente su último semestre de formación con un curso adicional de anatomía, o puede dejar el New Amsterdam y buscar empleo en otro lugar, pero sin carta de recomendación ni referencias.

La muchacha hundió los hombros. Por un momento pareció estar al borde de las lágrimas, pero se mantuvo firme.

—Si me permite…

—No se lo permito —la interrumpió Anna—. Su actuación durante el que era un procedimiento quirúrgico de urgencia no tiene disculpa posible.

La chica la miró fijamente, incrédula.

—Pero la…

—Sí, fue una situación terrible —dijo Anna, procurando no dejar traslucir la emoción en su voz—. Lo suficiente para hacer palidecer a un cirujano experimentado, pero el paciente es lo primero. No importa cuán grave sea la situación, hay que superar las debilidades y conservar la calma, cosa que usted no hizo.

—Me desorienté con los olores—musitó Hawkins—. Yo sé anatomía.

Excusas y justificaciones. Anna no toleraba ninguna de las dos cosas, pero hizo un esfuerzo por suavizar el tono.

—Por muy bien que crea que sabe anatomía, ese conocimiento la abandonó en un momento crucial. Su misión era ayudarme, no obstaculizarme. ¿Cree que cumplió con esa obligación básica?

Hawkins negó con la cabeza.

—Entonces, ¿qué va a hacer?

—Quiere que decida entre renunciar a la enfermería y repetir un semestre de formación, pero yo no puedo hacer eso, doctora Savard. No podría pagar el alquiler.

—Por supuesto que no —dijo Anna—. Deberá volver a la residencia de estudiantes. —La cara pálida de la muchacha se puso roja—. Tiene hasta mañana para tomar una decisión. Si quiere continuar en el New Amsterdam, gestionaré su matrícula el lunes. Eso le dará tiempo para ocuparse de los asuntos prácticos. Me doy cuenta de que es difícil para usted, pero espero que entienda por qué lo considero necesario.

Vio a la chica marcharse y se preguntó si la volvería a ver. También se preguntó si debería haber dicho algo más alentador. «Espero que decida quedarse», por ejemplo. Pero la verdad era que no estaba segura de que fuera bueno para nadie si lo hacía.

Se oyó un murmullo procedente del pasillo, nada inesperado. Las amigas de Hawkins habrían venido con ella para darle
apoyo, y ahora estarían expresando su indignación. Una pro-
pondría escribir una carta de protesta firmada por todas, mientras que otras argumentarían que solo llamarían más la atención
y complicarían las cosas. Anna esperaba que prevaleciera la sensatez, pero se encargaría de manejar lo que fuera.

Durante la hora siguiente no paró de entrar y salir gente de
su despacho. Oficinistas con preguntas y cartas que firmar, estudiantes con dudas sobre sus tareas, ayudantes con noticias sobre
el estado de los pacientes que se les asignaron. A las cuatro, uno
de los chicos que hacía los recados para la comisaría de la calle
Mulberry se acercó a su escritorio, le dejó una nota y se retiró
como si ella fuera la reina regente y él un plebeyo.

—Jimmy —lo llamó. Él enarcó una ceja—. ¿Has almor-
zado?

La otra ceja se unió a la primera mientras consideraba la
pregunta. Si le decía que sí, que había comido, nunca sabría lo
que iba a ofrecerle. Si decía que no, podría causarle problemas
en la comisaría, donde se suponía que recibía sus comidas como
único pago por sus servicios.

—No importa. —Anna se agachó para sacar algo de su bolso—. Tengo medio bocadillo que se va a echar a perder. ¿Sabes
de alguien que lo quiera? Es de carne asada.

Jimmy se marchó con el bocadillo bien sujeto en una sucia
mano. Anna pensó que debía hablar con la matrona de la calle
Mulberry sobre la provisión de agua y jabón de los mensaje-
ros.

La nota estaba escrita con la vigorosa caligrafía de Jack:

Han partido de buen humor y en calma.
Pasaré a recogerte a las seis.

Anna soltó el aliento que había estado conteniendo durante
lo que parecieron horas. Ya estaba hecho. Cap se había ido, y
ella no volvería a verlo nunca. Resultaba tan extraño saber que
alguien tan necesario en tu vida se había marchado para siempre. De todas las personas que había perdido, Cap sería el primero desde que llegó a la edad adulta. Se recordó a sí misma

535

que habría cartas, pero entonces se le ocurrió que sería casi como comunicarse con alguien del más allá.

Cómo se reiría Cap al saber que había pensado como los espiritistas, cuyos golpes y susurros ella aborrecía tanto. Podía oírlo en su mente. Prometería con afectada solemnidad que su primer proyecto tras su muerte sería aprender el código Morse para poder comunicarse de verdad, nada de esa tontería de un toque para el sí, dos para el no. Así les proporcionaría una suerte de diario de viaje desde el otro lado.

Lo iba a echar de menos durante el resto de su vida.

Esa noche le escribiría una carta, una que lo estaría esperando cuando llegaran a Suiza si la enviaba por correo exprés. El precio valdría la pena a cambio de imaginar a Sophie leyéndola en voz alta mientras se sentaban en un mirador con vistas a las montañas cubiertas de nieves perpetuas. Esa era la imagen a la que se aferraba.

Otro golpe en la puerta la sacó de sus pensamientos, este casi tímido. Irritada, se levantó y fue a abrir, dispuesta a decir claramente lo que pensaba. La joven que estaba allí era una extraña: llevaba una maleta en cada mano, una falda y una chaqueta anticuada, muy remendada en los dobladillos y demasiado grande. Anna le daba poca importancia a la moda, pero incluso ella sabía que una verdadera pelirroja —como aquella, con su cabello corto y trasquilado— no debía ponerse nunca un vestido verde y marrón. Lo único que la salvaba de parecer un tomate madurando en la vid eran los ángulos rectos de los pómulos y la mandíbula.

La expresión de la joven, llana y esperanzada, dio paso a algo parecido a la tristeza.

—No me reconoce.

La voz fue la clave. Anna dio un paso atrás, perpleja.

—¿Sor Mary Augustin?

—Elise Mercier —dijo la joven, que, aparentemente, ya no era monja—. ¿Puedo pasar?

Anna trató de no mirarla fijamente y fracasó.

—Decir que estoy desconcertada sería quedarse corta. Pensé que te habías ido para siempre. —Decidió tutearla.

Una sonrisa sincera reemplazó la incertidumbre de su rostro.

—¿Preguntó por mí?

—Pues sí. ¿Hice mal? ¿Te causó algún perjuicio mi carta?

—Oh, no —dijo Elise Mercier—. Me alegro de saberlo. Pensé que quizá me rechazaría.

—Tienes que empezar desde el principio y contarme cómo se ha producido este cambio en tus circunstancias.

—No es muy complicado —comenzó.

Y parecía que tenía razón. Después de todo, Elise Mercier seguía siendo la joven que Anna había apreciado por su gran capacidad de expresión, por su inteligencia y su curiosidad. Le explicó sin aspavientos que había llegado a cuestionarse su vocación religiosa, más que nada porque no lograba acallar el gusanillo de estudiar medicina. Acudió a sus superiores con estas dudas, y ellas la mandaron de vuelta a la Casa Madre para que pudiera dedicarse a la contemplación en soledad. Pero no fue un castigo, aclaró al punto. Todo lo contrario; las hermanas la habían animado a considerar todas las consecuencias de su elección. Podía ser una sierva de Dios, monja o laica.

—Decidí abandonar la orden —concluyó. Después de un momento añadió—: Fue la decisión correcta, lo supe inmediatamente. Como si de repente dejara una carga. Las hermanas me dieron su bendición, y estas ropas… —Se miró a sí misma e hizo una mueca.

Anna reprimió una sonrisa.

—Lo sé, son horribles. Pero no había otras opciones.

—Si no tienes ropa, ¿qué llevas en las maletas?

Elise parpadeó.

—Algunos libros y mis apuntes.

—¿De tus estudios?

—He llevado un diario, o más bien un registro, desde que empecé mi formación como enfermera. No tenía a nadie con quien hablar de los detalles de los casos que veía, pero me parecía importante anotar mis observaciones y las preguntas para las que no tenía respuesta. Estoy segura de que fue una tontería por mi parte.

—Todo lo contrario —dijo Anna—. Es un buen augurio para tu educación. Entonces, ¿las hermanas te dijeron adiós sin más?

537

—Me dieron el billete de tren y dispusieron el viaje a la estación. Me avergüenza decir que pensaron que me iba a ir a casa con mi familia, y no las saqué de su error. Tomé el primer tren a la ciudad. Acababa de llegar cuando se me ocurrió que debería haber escrito para preguntar primero. Podría haber cambiado de opinión.

—¿Sobre qué?

Elise enarcó una ceja, sorprendida.

—Bueno, me gustaría estudiar Medicina. Después de haber servido como enfermera durante el tiempo que sea necesario, por supuesto. Pero quiero ser médica, si cumplo los requisitos y me aceptan en la Escuela Femenina de Medicina, con una beca… —Se mordió el labio—. Decirlo así en voz alta me hace parecer muy engreída o poco inteligente…, o ambas cosas. No espero que sea fácil, pero si lo dijo en serio, y está dispuesta a ayudarme a empezar… ¿O he supuesto demasiado?

—No en lo que a mí respecta —dijo Anna—, aunque yo no soy una observadora objetiva. ¿Crees que te arrepentirás de tu decisión?

La pregunta no la sorprendió.

—A veces me arrepiento de las cosas a las que renuncié. Pero ¿no es siempre así? Todo el mundo toma decisiones, y la mayoría de la gente duda de sí misma en un momento u otro. Puede que eche de menos la soledad del convento, pero ahora sé que no era mi lugar.

—Tu familia se opondrá.

—Creo que mi madre lo entenderá. Lo que ella quería para mí era una vida sin las fatigas de un hogar y una familia.

Y aquel, pensó Anna, era el momento de decir que ella había cambiado su propia opinión sobre el tema, del mismo modo que sor Mary Augustin —Elise Mercier, se corrigió—, que Elise había dado un giro radical a su vida. Pero no sabía ni cómo empezar.

—Si te esfuerzas y trabajas duro —dijo finalmente—, no me cabe ninguna duda de que serás una médica excelente. Ahora podemos ir a hablar con la enfermera jefe, y ver la mejor manera de ponerte a trabajar. ¿De acuerdo?

Eran tantas las tribulaciones que habían acuciado a Anna, tantos los cambios en tan poco tiempo, que no se había dado cuenta de lo inquieta que se sentía. Sin embargo, la posibilidad de ayudar a esa joven honrada, de poner algo importante a su alcance, fue como un bálsamo para ella. Una victoria a la que aferrarse en un mundo en el que los hombres jóvenes y buenos se marchaban para no volver.

539

30

*E*n los años transcurridos desde que Anna llegó al New Amsterdam, había oído la alarma en tres ocasiones: la primera por un incendio en el edificio contiguo; la segunda cuando se derrumbó una escalera, arrojando a docenas de huérfanos a un patio empedrado; y la última cuando un ómnibus y un vagón de reparto chocaron justo frente a la puerta. Estaba presentando a Elise a la enfermera jefe cuando sonó de nuevo, con un tañido áspero y fuerte procedente de la mesa del portero en el vestíbulo.

540

Había reglas sobre cómo debían comportarse; ante todo, no inquietar a los pacientes más de lo debido. Las enfermeras y los celadores permanecían en las salas hasta que recibían instrucciones, y mantenían los pasillos y las escaleras despejados. Los médicos y enfermeras que no estaban ocupados caminaban tan rápido como podían sin lanzarse a la carrera.

Anna le explicó esto a Elise mientras bajaban las escaleras y las voces de la gente se alzaban a su alrededor preguntando qué había pasado.

En el vestíbulo se encontraron ante una escena aparentemente pacífica: media docena de niños rodeados de personal. Anna se habría dado la vuelta para quitarse de en medio, ya que no parecía hacer falta un cirujano de momento, hasta que vio a Jack con la cara ensangrentada y las ropas estropeadas. Una enfermera tomaba a un niño de unos cinco años de su brazo. Con el otro sujetaba por la camisa a un crío de unos doce años con los ojos desorbitados.

Observó que no estaba herido de gravedad, pero fue hacia él de todos modos. La enfermera jefe apartó a Elise y se la llevó a recibir su bautismo de fuego.

—Un ataque de histeria colectiva en el puente nuevo —explicó Jack—. Alguien tropezó en la escalera, otro gritó y comenzó una estampida. Lo vi desde el andén del tren. Todo terminó en media hora, pero qué desastre. *Marron, che macello.* Puede que haya habido veinte muertos, y niños separados de sus padres. Detuve un carro y subí a estos seis. Tienen unos cuantos huesos rotos, aunque nada mortal, creo. —Mientras hablaba, ella le bajó la cabeza para mirarle las pupilas y examinar el cuero cabelludo en busca de laceraciones—. La sangre no es mía. Había de sobra, pero no es mía.

Jack respiró hondo y pareció darse cuenta al fin de que asía con fuerza a un chiquillo que reunía todas las características de un golfillo callejero, desde los pies descalzos, las ropas andrajosas y las mejillas hundidas hasta una expresión tan torva y dura como la de un perro asustado. Sin embargo, no presentaba ningún signo de lesiones, excepto un moratón en el pómulo derecho.

—¿Y este quién es?

—Ah. Este es Jem O'Malley, también conocido como Pezuña, nieto de Jem O'Malley, también conocido como Cochino, de la pandilla Boodle. Cochino planeó el secuestro de un cerdo de doscientas libras de peso de una carnicería… —Sacudió al chico—. ¿Cuándo fue, Pezuña?

Pezuña abrió una boca llena de dientes podridos en algo parecido a una sonrisa.

—El primero de septiembre de 1862. Lo celebramos todos los años.

Jack hizo una mueca.

—Los laboriosos jóvenes de la pandilla Boodle decidieron aprovecharse de los cientos de personas aplastadas y muertas para despojarlas de carteras, relojes y similares. Pezuña no corrió lo bastante rápido, así que se va a las Tumbas.

—Por mí está bien —dijo el chico—. Me vendría bien un descanso.

La expresión de Jack no era difícil de leer: una mezcla de repugnancia y exasperación. Echó un vistazo por el vestíbulo.

—Voy a decir a los guardias que se lleven a estos dos con los suyos. Volveré dentro de una hora para acompañarte a casa.

Y entonces se marchó antes de que Anna pudiera decir una palabra.

Anna esperaba que Jack volviera de un humor de perros, pero no fue así ni de lejos; aparte de la ropa rasgada, podría haber sido un día normal. Además, reconoció a sor Mary Augustin de inmediato, cosa que le molestó un poco. Su poder de observación era superior al suyo en varios aspectos muy concretos que estaban relacionados con su profesión: tenía una memoria fotográfica para los rostros, algo que a ella nunca se le había dado bien por razones que la tía Quinlan atribuiría a su naturaleza introvertida.

Jack les dio las últimas noticias sobre el incidente del puente nuevo:

—Pánico —explicó—. Una persona se cae, otra grita: «¡El puente se derrumba!», y salen todos corriendo como búfalos por la pradera. —Se confirmaron doce muertos y el doble de heridos, muchos de ellos ingresados en hospitales, desde San Vicente a Bellevue. A Elise le dijo—: Ha sido un día emocionante para llegar a la ciudad, aunque estoy seguro de que podría haber prescindido de tanta emoción. Me pregunto qué habrá hecho la señora Lee para cenar; me muero de hambre.

Anna le contó a Jack los planes de Elise, incluyéndola en la conversación todo lo que pudo.

—La habitación de Sophie está disponible —le dijo—. Puedes usarla hasta que te instales. Quizá prefieras vivir en la residencia de enfermeras por comodidad. Sin embargo, estoy bastante segura de que mi tía te pedirá que te quedes. —Hizo una pausa—. Luego está la cuestión de la ropa. Necesitarás...

—De todo —respondió Elise—. Este vestido es feo, lo sé. Pero mis fondos son escasos.

—Cubriremos tus gastos hasta que recibas tu primer sueldo —dijo Jack—. Será un placer.

Elise bajó los ojos y miró hacia otro lado, aparentemente avergonzada por la oferta de Jack. Anna estaba tratando de averiguar la razón, pero Jack lo hizo primero.

—Claro, tú no lo sabes, pero la invitación no tiene nada de

impropio. El sábado pasado me las arreglé para convencer a Anna de que se casara conmigo. Como ves, no eres la única con noticias sorprendentes.

—Ah —musitó Elise, nerviosa—. Entonces hay que... ¿Les deseo que sean muy felices?

—Gracias —dijo Anna, casi tan avergonzada como Elise.

—Es muy amable de tu parte desearle felicidad a Anna —respondió Jack con una sonrisa—, pero a mí se supone que debes felicitarme. Por lo visto es una grosería hacerlo al revés, o eso dicen mis hermanas.

—Ya está bastante confundida —dijo Anna—. Ten piedad.

—No, está bien. Tengo que aprender. Entonces le felicito, inspector Mezzanotte, y le deseo a la doctora Savard toda la felicidad del mundo.

Elise Mercier era inteligente y práctica, tenía sed de conocimiento, y Anna percibió en ella una firme decisión. Las mujeres que ejercían la medicina debían ser testarudas, pero sobre todo necesitaban coraje para mantener sus convicciones. Creyó que Elise lo tenía. Esperaba no equivocarse.

543

—Le agradecería mucho que me ayudara a comprar algún vestido y un par de zapatos... —decía. Se miró los pies con una expresión ligeramente aturdida—. Por supuesto, le devolveré todos los gastos, incluido el alojamiento y la comida. Si de verdad está segura.

—Estoy muy segura —contestó Anna—, y sé que tía Quinlan y la señora Lee estarán encantadas de recibirte. Los Lee son católicos, así que estarás como en casa.

La chica palideció un poco.

—No lo aprobarán.

—Lo aprobarán —dijo Anna—. Te lo garantizo. Lo que no puedo prometer es que la tía Quinlan vaya a aceptar tu dinero, por mucho tiempo que te quedes. Si hay algo que lograría ponerla de mal humor, sería que insistieras en pagarle. Se negaría en redondo.

Elise miró a Jack en busca de confirmación. Él asintió, ante la evidente incomodidad de la joven.

Fueran cuales fueran las tribulaciones que inquietaban a Elise, se disiparon frente a la incapacidad de la tía Quinlan de mostrarse sorprendida o molesta por la llegada de un huésped inesperado. Por supuesto que Elise era bienvenida, y con mucho gusto. La señora Lee fue inmediatamente a asegurarse de que la antigua habitación de Sophie estaba lista, el señor Lee subió sus maletas, y las hermanas Russo dieron volteretas de alegría al verla de nuevo. La noticia de que no se marcharía por un tiempo les hizo tramar toda clase de planes. Esperaron con impaciencia hasta la improvisada reunión familiar durante el té, cuando los adultos empezaron a discutir los aspectos prácticos, y luego se abalanzaron sobre ella. Debían enseñarle la casa a Elise sin demora.

—No atosiguéis a la señorita —las reprendió la señora Lee—. Ha tenido un día muy ajetreado.

Pero Anna estaba menos preocupada. Le pareció que Rosa y Lia serían la introducción perfecta a una casa normal.

Elise no puso objeciones a ser arrastrada por las hermanas Russo. La llevaron a un desván lleno de cajas, cajones y baúles, cada uno lleno de tesoros, según le aseguró Lia, y fueron avanzando desde allí. Fue firme en su negativa a que le mostraran otras alcobas, aparte de la que compartían. Ellas querían que admirara el bonito edredón de la cama, la vista por la ventana, los cojines en el asiento ante el alféizar, el ordenado armario rebosante de ropa infantil. Elogió las muñecas de Lia y los primeros bordados de Rosa. Luego fueron a ver los baños y las maravillosas cañerías —todavía no comprendían el milagro de que el agua corriera, caliente o fría, al abrir el grifo, y el retrete era para ellas un invento mágico—. Elise admitió que aquello le resultaba casi igual de extraño, lo que le valió una amplia sonrisa de Rosa. Sin darse cuenta, había superado una especie de prueba.

Abajo le enseñaron la salita, el comedor, el salón principal, la cocina y la despensa. Habrían bajado al sótano, pero la señora Lee se lo prohibió. En el jardín admiró las cuidadas hileras de judías, las plantaciones de coles, zanahorias y nabos, los manzanos y perales, el jardín de flores lleno de colorido y las abejas. Estaban especialmente orgullosas del porche cerrado que llamaban pérgola, con su diván reclinable, sus sillas y su mesa.

No perdonaron el establo ni la casita donde vivían el señor y la señora Lee, ni siquiera el gallinero, donde le enseñaron ocho gallinas ponedoras y un gallo que, según le dijeron, exigía respeto y distancia. Elise podría haber explicado que había crecido en una granja y conocía muy bien los gallos, pero se alegraban tanto de instruirla que guardó silencio salvo para emitir algún murmullo alentador.

Hubo un breve debate sobre si debían ir a un lugar que llamaban Hierbajos. Antes de que Elise pudiera pedir una aclaración, la condujeron a toda prisa a través de una puerta de madera situada en el muro que separaba un jardín de otro; era yermo, excepto por unas antiguas vides sobre un enrejado que se derrumbaba, un pequeño invernadero cubierto de hiedra y unos cuantos manzanos y acebos. La tierra había sido removida recientemente, y en el aire flotaba un fuerte olor a abono y estiércol. Las chicas la empujaron hacia otra casa que se estaba reformando para la doctora Savard y el inspector, casi vacía como lo estaba el jardín. Recorrieron todas las habitaciones, haciendo animados comentarios sobre cuántos niños cabrían en los dormitorios, sobre la nueva bañera, grande como un estanque, los encajes de las ventanas y las pilas de sábanas y toallas que se guardaban en el armario de la ropa blanca.

Cuando volvieron a Rosas, Elise ya había captado los nombres de ambas casas, la cena estaba servida y su estómago soltó un audible retortijón que hizo que las niñas se asustaran primero y luego rieran divertidas. Estaban llenas de vida, charlatanas y contando historias, muy diferentes a como las había conocido en Hoboken y en el orfanato. No se las regañaba por su locuacidad, pensó Elise, porque su silencio era inevitable, asegurado por la combinación de buen apetito y buena comida sobre la mesa.

Había una sopa espesa de albóndigas y un asado de cerdo, col roja en escabeche y patatas trituradas con mantequilla y leche, que se les indicó que disfrutaran porque, según la señora Lee, no habría más hasta que llegara la nueva cosecha de patatas a finales del verano. El jardín fue el tema de conversación durante un buen rato, y Elise tomó parte, aunque supo que todos se contenían, esperando a que ella recuperara el aliento y contara lo que no se atrevían a preguntar. La mujer de mediana edad que Anna había presentado como su prima Margaret le lanzaba miradas cada vez que daba un bocado, y eso era prueba suficiente.

Dejó su servilleta y dijo:

—Son todos muy amables, pero supongo que tendrán muchas preguntas.

—Bueno —canturreó Lia—. Yo me preguntaba por tu vestido y tus zapatos, y si perdiste el sombrero, ese blanco que te hacía los ojos tan azules.

—Unas preguntas muy interesantes —dijo la señora Quinlan—. Pero creo que deberíamos turnarnos y dejar que Elise responda a lo que quiera. No queremos agotar todas sus historias de inmediato.

—No pasa nada, señora Quinlan —respondió Elise.

—Oh, no —dijo Lia, como si Elise hubiera cometido una terrible falta de etiqueta—. Tienes que llamarla tía Quinlan. Todo el mundo lo hace. Pero no se te castiga si lo olvidas —le aseguró.

Las niñas no la consideraban una adulta, ni siquiera una mujer, sino una criatura fuera de su elemento, alguien que era tan nuevo en aquel mundo como ellas. Y en eso no estaban del todo equivocadas.

—Esa regla no es para todos —explicó Anna—. Apuesto a que Elise tiene sus propias tías.

—Así es. Tengo dos tías que siempre están haciendo de las suyas. Las historias que podría contar... —Hizo una pausa dramática—. Y las contaré, si les place.

—¿Dónde creciste, Elise? —preguntó Margaret.

Elise vio por el rabillo del ojo un destello de irritación en la cara de Anna, pero sonrió a Margaret.

—En Vermont, en la frontera con Quebec. Mi padre tiene una granja a las afueras de Canaan, con ovejas, cabras, vacas y algunos cultivos. Sobre todo hacen queso para venderlo.

Había pasado tanto tiempo desde que le habían pedido, o incluso permitido, que hablara de sí misma, que le costó un poco recordar las cosas que podían y debían decirse.

—He estado por la zona —dijo la señora Quinlan—. Montando en trineo en pleno invierno.

Anna sonrió a su tía abuela.

—¿Durante la guerra?

—Oh, la guerra… —comenzó Lia, pero Jack alargó la mano y la puso sobre su coronilla.

—No es la guerra de la que has oído hablar —le dijo—. Esta fue una guerra que ocurrió hace mucho tiempo. Estoy en lo cierto, ¿tía Quinlan?

—Era 1812, y yo era muy joven —confirmó ella—. Y estaba muy enamorada de mi primer marido, aunque no se lo reconocía a nadie, ni siquiera a mí misma. Elise, por favor, háblanos de tu familia.

Les habló de sus hermanos menores, de sus padres, de sus dos tías solteras que solo sabían francés, pero que en ocasiones lo intentaban con el inglés, para diversión de todos: los «¡*Guepámpanos!*» de la tía Bijou cuando se asustaba, y la tía Nini diciendo «*Aguiba* los corazones» cuando alguien ponía una cara triste.

Para su sorpresa, Elise descubrió que seguía siendo una buena narradora. Incluso la cautelosa y reservada Margaret sonreía.

Sentía como si hubiera superado una prueba, una que se había impuesto a sí misma. Antes de abandonar el convento, le había asegurado a la madre superiora y a todas las demás que volvería a encajar en el mundo, pero en cierto modo había dudado. Ahora sabía que le llevaría algún tiempo conseguirlo, pero que podría ser Elise Mercier, y que la extrañeza iría desapareciendo poco a poco.

Jack se había mostrado amistoso y locuaz en el camino a casa, pero estuvo inusualmente tranquilo durante la cena. Sonreía en los momentos adecuados y respondía cuando alguien le hablaba, y, aun así, una parte de su mente estaba en otra parte. Tal vez pensara en el desastre del puente, o en algún otro caso, o en su madre, o en cómo decir que no le gustaba la col roja. Anna decidió no indagar por simple cortesía. Siempre le había disgustado que la incitaran a revelar sus pensamientos. Ya hablaría cuando estuviera preparado. Aunque ¿y si él esperaba que ella preguntase?

Ya es suficiente, se dijo a sí misma, y fijó su atención en Elise, quien respondía a las preguntas personales que le lanzaban con modestia y encanto. Cuando hablaba de su familia, parecía como si estuviera sacudiendo el polvo de los pedazos de sí misma que había escondido, pequeños tesoros que debían ser estudiados y pulidos antes de enseñarlos, incluso ante aquellas personas que la habían acogido tan calurosamente.

Elise tenía el aspecto de necesitar una buena noche de sueño, pero había una energía en ella que ni siquiera el cansancio podía dominar. Sin ser bella, era tan vivaracha, curiosa y generosa que poca gente se habría dado cuenta.

Mientras las niñas ayudaban a la señora Lee a limpiar la mesa y a fregar los platos, la tía Quinlan llamó al señor Lee y le pidió que bajara unas cajas del desván. Jack fue a ayudar, lo que dejó a las cuatro mujeres solas en el salón, con las ventanas abiertas a la brisa de la tarde. Margaret retomó su costura enseguida, pero la tía Quinlan se sentó a contemplar a Elise abiertamente, como lo habría hecho con un cuadro interesante.

548

—Has tenido un día muy largo —dijo la anciana—, pero espero que otra hora no sea mucho pedir. Creo que algunas de las ropas que tengo guardadas te quedarán bien. Necesitarán un buen cepillado y algunos ajustes, pero con suerte te valdrán hasta que podamos hacer otra cosa.

Elise respondió con una sonrisa nerviosa:

—Es muy amable, pero no quiero ser una carga.

—Elise —dijo Anna—, a la tía no le gusta que le lleven la contraria en estos asuntos. Ella obtiene una gran satisfacción al imponer su buena voluntad, y nosotros le seguimos la corriente.

—Pero ¿qué...? —comenzó la tía Quinlan, y luego se rio.

Todas lo hicieron, incluso Elise.

A las nueve, Elise no podía mantener los ojos abiertos por más tiempo. La señora Quinlan la mandó a la cama con un montón de ropa de noche prestada que olía a virutas de cedro y lavanda.

—He puesto algunas cosas para que no tengas que salir,

jabón y demás —anunció la señora Lee—. Pero no me des las gracias, si no me las has dado cinco veces, lo has hecho cincuenta. Vete a dormir, chica.

—Entonces le daré las buenas noches. —Sin embargo, se quedó ahí en la puerta, como si algo importante flotara en el aire, esperando a realizarse.

La señora Lee siguió clasificando la ropa del desván, dejando a un lado la que lavaría y plancharía para Elise. Ella sintió un fuerte impulso de protestar, aunque supuso que al ama de llaves no le haría gracia.

—De verdad —dijo la señora Quinlan amablemente—, si vas a empezar mañana en el hospital, necesitarás descansar.

La puerta de la habitación de Elise estaba medio abierta. Entonces dudó, preguntándose por qué aquel momento en particular le resultaba tan difícil, y por qué parecía más definitivo que subirse al tren de la ciudad. La señora Quinlan le había dicho que la habitación era suya mientras ella quisiera quedarse. ¿Cómo podía responder una persona ante tal generosidad?

Para empezar, podía apreciar las cosas bellas que la rodeaban.

Había un escritorio donde trabajar y estudiar, debajo de una ventana que daba al jardín. Al lado, una pequeña estantería donde colocaría sus libros de química y anatomía, farmacología y terapéutica. Y, por si fuera poco, un buen sillón tapizado para leer.

La cama estaba cubierta con una colcha roja y blanca. Cuatro mullidas almohadas sobre un alto cabecero que parecía muy viejo, la madera oscura tallada en una cenefa de hojas en rama y pájaros. Tomó nota del armario y del tocador con una jarra de agua y un lavabo de porcelana con flores azules. La señora Lee había sacado una pastilla de jabón aún envuelta en papel, un cepillo de dientes y una lata con una elaborada etiqueta: «Dentífrico alcanforado del doctor Martin para unos dientes limpios y sanos».

Toda la casa estaba llena de fotografías, y esa habitación también tenía las suyas. A Elise le gustaban especialmente los retratos de niños pequeños, la mayoría muy sencillos, con un leve toque de color. Allí había tres: dos chicas jóvenes con tirabuzones rubios platino, un bebé aún sin cabello con los mofletes gordos y colorados sentado en una carretilla, y cuatro chiquillos en fila tratando de parecer muy fieros. El único retrato de un adulto colgaba frente a la cama. Una mujer negra con ojos marrones como la miel bajo un pañuelo de muselina. Parecía estar vigilando la misma cama, con expresión paciente. Tenía un rostro muy anciano, quizá más que la hermana Theresa, que había cumplido los noventa años.

Entonces se le ocurrió que nunca más volvería a ver a sor Theresa, y, con ello, las lágrimas que había esperado desde que se fuera del convento brotaron al fin.

Abrió las maletas con escasa resolución y sacó los pocos artículos personales que había traído: ropa interior, libros y cuadernos, una caja de plumas maltratada, su misal y su rosario, un peine. Por un momento pensó en el paquetito de cartas de casa, lo primero que empaquetó.

No había muchas cartas —una al año desde que comenzó el noviciado—, pero todas tenían muchas páginas y estaban muy bien escritas. Cada Pascua, su madre y sus tías la redactaban juntas, leyendo pasajes en voz alta para hacer comentarios y solicitar contribuciones. Aquellas cartas eran casi como un espejo mágico que permitía a Elise verlas mientras, sentadas alrededor de la mesa de la cocina, discutiendo sobre cuándo había muerto la vieja mula, sobre el rayo que había derribado dos árboles a la vez en el extremo de la propiedad, o sobre la visita anual del carnicero Aldonce, quien llegaba con grandes esperanzas y se marchaba con el rabo entre las piernas porque la tía Bijou había vuelto a rechazarlo, como siempre. En cuanto se perdía de vista, Bijou empezaba a planear la excusa del año siguiente, pues apreciaba mucho a Aldonce y no sentía ningún deseo de hacerle daño.

Elise debía escribir su propia carta, pero tendría que esperar hasta después de dormir. Lo que tenía que decir requería una cuidadosa composición.

Se desnudó y colgó el horrible vestido en una percha del armario. Los zapatos los dejó debajo, bien alineados. Se lavó y finalmente se metió el camisón de muselina suave por la cabeza y lo dejó caer, de modo que el dobladillo susurró sobre sus pies desnudos.

Ahora solo quedaba la cama por conquistar. Fue la palabra que le vino a la mente, como si se hallara ante una montaña.

Aquella peculiar cama, con sus curiosas tallas, era lo bastante ancha para tres adultos o seis niños, o incluso más, si estaban de lado. Pudo imaginarse a sus hermanos como los había visto por última vez, apretados cual sardinas en lata. Y se habrían sentido como si estuvieran en el cielo, con un colchón tan grueso bajo las múltiples capas de sábanas y colchas.

Entonces se subió. Las sábanas eran caseras, lo que la sorprendió al tiempo que la complació. No sabía lo que esperaba, pero el tacto sobre su mejilla le produjo una sensación familiar y reconfortante. Las habían lavado tantas veces que ya eran suaves como la seda, y olían a aire fresco con un rastro de carbólico, porque aquel era un hogar en el que se cumplían las prácticas antibacterianas de Lister. Sin embargo, las fundas de la almohada olían a lilas.

Nunca en su vida había dormido con una almohada, y ahora se enfrentaba a cuatro. Era como compartir el lecho con una manada de gatos gordos e indolentes. Elise se durmió con uno de ellos agarrado a su pecho, como una muñeca.

Anna terminó la carta a Cap y Sophie, y se tendió en la cama, donde Jack estaba leyendo la *Gaceta Policial* con expresión severa y el ceño fruncido. Sin levantar la vista, pasó el periódico doblado a su mano derecha y levantó el otro brazo. Anna se acercó para apoyar la cabeza en su hombro y el brazo volvió a su lugar, tan sólido como un poste.

—¿Sigues pensando en el puente?

Él dudó por un momento, puso el periódico en la mesilla de noche y se volvió hacia ella. La oscura sombra de su barba le hacía parecer un rufián de primera categoría. De alguna manera, aquel enorme ser tan masculino se había abierto paso hasta su vida y su cama en un par de meses. No sabía cuál de los dos estaba más sorprendido, ni más complacido.

—¿De qué te ríes?

Anna frotó la mejilla contra su hombro.

—De nada en particular. ¿Por qué fruncías el ceño?

—¿Eso hacía? Estaba leyendo la *Gaceta*. Supongo que Margaret lo disfruta más que yo.

—Jack.

Él respiró hondo y soltó el aire lentamente.

—A veces es difícil dejar el trabajo en Mulberry.

—Me gusta oírte hablar de tu trabajo.

Jack contrajo los labios.

—Puede que ni siquiera tú tengas estómago para ciertas cosas.

Eso le recordó a Hawkins, quien no había podido soportar lo que le ocurrió a Janine Campbell. A partir de ahí, sus pensamientos se dirigieron a los niños desaparecidos. La investigación sobre la muerte de su madre había terminado hacía unos días, y ella ya se había olvidado de ellos, lo que la hizo sentirse enfadada, triste e infeliz. Iba a decirle lo mismo a Jack cuando tuviera la oportunidad.

—Hubo una pelea en una de las viviendas de la calle Elizabeth. ¿Has estado alguna vez allí?

—Cuando estaba de prácticas.

Pasillos oscuros en los que apenas cabía un hombre de tamaño normal, paredes húmedas, olores a moho, ratas, cocina y desechos humanos. Y el ruido. El ruido era lo que más recordaba.

—Arrestamos a un estibador por matar a su hijo —dijo Jack—. Le rompió la cabeza al chico porque trató de proteger a su madre.

Se quedó callado. Anna esperó, preguntándose si necesitaba contar toda la historia para sacar las imágenes de su mente. Ella podía imaginarse una docena de situaciones con el mismo final, porque las había visto. Era otra cosa que tenían en común.

—¿Y la madre?

—La mandarán al hospicio. Tal vez pueda quedarse con la hija mayor, pero las otras tres irán a uno de los orfanatos católicos. Lo único que sé con seguridad es esto: en cuanto salgan de ese cuchitril, el miserable del casero ya tendrá otra familia ahí dentro.

Estuvieron otro rato en silencio. La noche era clara y fresca, y entraba una brisa agradable por la ventana. Anna cogió la mano de Jack y le acarició los dedos.

—Y, para colmo —continuó él—, nos llamaron de Bellevue para identificar a una muerta.

Eso la sorprendió.

—Deben de tener unos veinte cadáveres anónimos cada día. ¿Siempre llaman a un inspector?

—Esta mujer era joven, vestida con sedas y brocados. Por el aspecto de sus manos, no trabajó ni solo día de su vida.

—Entonces, ¿de dónde salió?

—La dejó un carruaje, pero se fue antes de que nadie pensara en preguntar. Llevaba un bolso, casi vacío. No había heridas visibles ni marcas en la garganta. Harán una autopsia.

Anna le recorrió los nudillos con el pulgar.

—Qué raro. No sé por qué iba a pedir una mujer rica que la llevaran a Bellevue.

—Alguien irá a buscarla y la autopsia explicará el resto. Si quieres, puedo darte el informe cuando lo tengamos.

553

—Por extraño que parezca, creo que sí quiero —dijo Anna—. Una joven que cae muerta sin razón aparente no es algo habitual.

Jack se puso de lado y le levantó la mano para besarle la palma, y luego le mordisqueó la yema del pulgar. Ella reconoció la mirada que brilló en sus ojos, una que le causó un escalofrío en la espalda, en los pechos y en todo su cuerpo, en cada parte de ella que conocía su tacto.

—Basta de charla.

Anna sonrió, y pensó que debería estar horrorizada por distraerse tan fácilmente de una historia tan triste. Pero no lo estaba. No mientras Jack la miraba así.

—¿Tenías algo en mente? —dijo ella.

—A ti —respondió él, tomándola entre sus brazos—. Te tenía en mente a ti.

—Pensaba que hoy ibas a jugar al balonmano.

Jack se detuvo.

—Y he jugado. ¿Por qué?

—Una vez me dijiste que jugabas cuando necesitabas desfogarte. ¿No lo recuerdas?

Jack escondió la cara en el cuello de ella y se rio.

—Anna —dijo al fin—. Tenerte delante así como estás ahora me despertaría de un coma. Solo el olor de tu cabello podría levantar a Lázaro. Aunque jugara al balonmano doce horas sin descanso, seguiría deseándote después. Aunque me temo que apestaría bastante.

Anna sabía que se estaba sonrojando, no por vergüenza, sino por placer. Porque él la deseaba, porque le gustaba. Por muy torpe e inexperta que fuera.

—Me alegro —contestó ella—. Porque, de repente, el sueño es lo último que tengo *in mente*.

31

Antes de empezar el turno, Jack se encontró con Oscar en MacNeil's, con un puro entre los dientes y el periódico pegado a la cara y los ojos entornados.

—Si ya has terminado de analizar las noticias del mundo, deberíamos ponernos en marcha.

—Mezzanotte —dijo Oscar solemnemente—, te van a sangrar los oídos como sigas esforzándote tanto por ser ingenioso. Tú no eres así, hombre. Sobre todo últimamente. ¿Cuánto tiempo llevas casado?

—El sábado hará una semana.

—Nueve días de casado y ya estás más blando que la cera. ¿Y cómo está la novia?

Dejaron la cafetería y tomaron un atajo por el callejón a los establos de la policía, donde pidieron un vehículo para el día. Jack tomó las riendas y dirigió el caballo hacia el norte, debatiendo consigo mismo sobre la ruta más directa. Siempre le surgía el mismo debate, y nunca parecía acertar. No importaba qué camino tomara, la mejor ruta era otra.

—Me estabas hablando de Anna —dijo Oscar.

Jack sonrió.

—No es cierto, pero voy a hacerlo. Tiene más energía que un rayo. Trabajó las noches del viernes y el sábado, y ayer, cuando debería haber estado durmiendo, apareció el carro de mudanza de Greenwood con un montón de muebles, mis dos hermanas y una sobrina.

—¿Cuál de ellas?

—Chiara. Va a ayudar a Margaret con las niñas. Así que llegó un carro lleno que envió mi madre. Fue una suerte que hubiera media docena de hombres del vivero trabajando en el jardín, o Anna habría llevado cada silla, mesa y poste de la cama a la casa por su cuenta. O al menos lo habría intentado.

Un ómnibus les cortó el paso, motivo por el que era Jack quien tiraba de las riendas. Oscar habría ido tras el conductor y podrían haber terminado en una pelea a puñetazos, pero hacía falta algo más que el tráfico para desatar el temperamento de Jack. Por un momento pensó que Oscar iba a ir tras él de todos modos, pero luego se calmó, refunfuñando.

—Parece que has montado un circo. ¿Cómo está la monjita?

—Ahora se hace llamar Elise. O señorita Mercier, para ti. Se está adaptando.

—Tienes la casa llena.

Jack se preguntó si podía decir lo que pensaba, y decidió que podía confiar en que Oscar le escucharía sin juzgarlo.

—Alfonso y Massimo envían entre ocho y doce hombres cada día para trabajar en la casa o en el jardín, y por supuesto todos necesitan comida y bebida. La señora Lee no podía seguirles el ritmo, así que Celestina y Bambina se pasan el día cocinando y arreglando cosas. Entonces los Lee trajeron a su nieta Laura para ayudar con la lavandería y la limpieza. Así que tenemos a media docena de hombres y a Chiara, Celestina, Bambina, Margaret, Elise, Laura Lee, Rosa y Lia durante la mayor parte del día.

—Rodeado de mujeres, pobre diablo. —Oscar bostezó. Jack se rio mientras azuzaba al caballo para que se aventurara entre el tráfico de Broadway. Cuando alcanzaron una velocidad decente, dijo—: ¿Has visto el anuncio en los periódicos sobre la mujer no identificada de Bellevue?

Jack lo había visto. De hecho, fue Margaret quien se lo indicó.

—¿No se ha presentado la familia todavía?

—Ha salido en cuatro periódicos distintos desde el viernes, y nadie ha dicho nada.

Eso era poco habitual. Los pobres acababan a menudo en tumbas anónimas, pero una joven de una familia acomodada, eso era un asunto serio.

—¿Dónde pusieron el aviso?

—De Filadelfia a Boston.

—¿Y la autopsia?

—Mañana temprano.

—Puede que su familia no se haya dado cuenta de que ha desaparecido —dijo Jack—. Tal vez vino de algún pueblecito para quedarse con unos amigos y no se la espera por un tiempo. —Oscar alzó el hombro, como si no le gustara demasiado esa teoría, pero no quiso discutir. De momento—. Entonces, ¿en qué estabas pensando?

—Pensaba que podríamos pasar por un par de hoteles de lujo, para ver si les falta alguien.

Jack lo pensó mientras se abría camino alrededor de Madison Square y luego hacia el oeste por el Tenderloin. Cada ciudad tenía un barrio como ese, pero Jack había visitado unos cuantos y no había punto de comparación. Cada noche de la semana, todo el perímetro, unas treinta manzanas, era tan ruidoso y estridente como un carnaval. La música que salía de puertas y ventanas, el rugido del gentío que veía las peleas de gallos, los bailes o los musicales, las peleas callejeras donde las botellas rotas eran el arma más frecuente, el flujo constante de hombres que entraban y salían de los salones de juego, las tabernas y las casas de mala reputación, y las mujeres que caminaban por la calle o se asomaban a las ventanas medio desnudas, atrayendo a los posibles clientes. Ese lunes por la mañana estaba igual que cualquier otro: como si se hubiera librado una batalla y se hubiera perdido.

Las calles llenas de basura, las alcantarillas obstruidas con escombros. Adultos y niños por igual escudriñaban la porquería y el fango en busca de cualquier cosa que pudieran vender: un gemelo, trozos de papel, botellas vacías, trapos. Las colillas de puro eran especialmente apreciadas porque podían venderlas a las tabacaleras: una moneda de cinco centavos por dos docenas.

Tenían que hacer una visita a la comisaría, donde toda la plantilla de guardias y policías estaría ocupada registrando las secuelas de la debacle. Docenas de habituales dormían en la celda de los borrachos; las demás estaban abarrotadas de tahúres y timadores que no estaban sobrios o no corrieron lo suficiente, ladrones, carteristas y prostitutas.

557

Un hombre mugriento salió tambaleándose de una puerta, se agachó y vomitó en la cuneta.

—Sublime —dijo Oscar, y se metió un puro nuevo, entero e intacto, en la boca.

A primera hora de la tarde fueron al Avalon, el hotel más lujoso y caro de la Quinta Avenida. Jack pensó que podrían estar exagerando —la difunta tampoco iba cubierta de joyas—, pero a Oscar le gustaba el Avalon casi tanto como le disgustaba su director, y aprovechaba cualquier oportunidad para visitar el primero e irritar al segundo.

La única explicación que se le ocurría a Jack era que Oscar creció en el mismo edificio cochambroso del Lower East Side que Thomas Roth, quien claramente se había abierto camino en la vida. El alojamiento de Oscar era una prueba de que no le daba mucho valor a las posesiones materiales, pero al mismo tiempo estaba resentido con Thomas Roth por tenerlas. Entonces se llevó al conserje a un lado, le mostró su placa e insistió en que debían reunirse con el señor Roth de inmediato. Estarían esperando en el vestíbulo.

Las alfombras bajo sus pies eran persas; las sillas y los sofás, de la más suave piel; había mesas de caoba con incrustaciones de palisandro y perla, escupideras de cobre batido con bases de mármol tallado, jarrones de porcelana de tres pies de altura y espejos biselados en marcos tallados y dorados. Como regalo de Navidad, Jack había llevado allí a sus hermanas a tomar el té una tarde de diciembre especialmente desapacible. Nunca las había visto más encantadas que con el comedor del Avalon: cafeteras de plata, porcelana decorada a mano, manteles impolutos, sándwiches y pastelillos perfectos, y camareros tan rectos e intimidantes como soldados.

Oscar se sentó en un ancho sillón de cuero y suspiró satisfecho.

Jack no tenía paciencia para esperar.

—Voy a comunicar nuestra posición —dijo.

De no ser por el perfecto anillo de humo que flotaba hacia el techo, habría pensado que Oscar se había quedado dormido. Entonces salió a la calle y fue al locutorio de la esquina.

Volvió diez minutos después, justo a tiempo para ver a Thomas Roth, el director, acercándose a ellos como un hombre en una misión suicida.

Jack aceleró el paso para detener la inevitable confrontación y exclamó:

—¡Oscar! Dicen en comisaría que se ha esfumado una mujer del Gilsey House que podría ser nuestra desconocida. Jimmy Breslin nos está esperando.

Oscar sacudió el brazo en el aire mientras se alejaba.

—Nada, Roth. Ya volveré otro día para ocuparme de ti.

El director del Gilsey House era un viejo amigo, el hermano del primer compañero de Jack cuando pateaba las calles.

—Jimmy —lo saludó Jack con sincera alegría—. La última vez que te vi fue en la cancha de balonmano, hace ¿cuánto?, ¿seis meses? Me diste una buena paliza, si mal no recuerdo.

—Claro que sí —dijo Breslin—. Justo después de que me ganaras dos veces seguidas. Volveré algún día para probar suerte otra vez.

—Hemos oído que has perdido a una huésped —dijo Oscar.

Por una fracción de segundo, Jack pensó que Jimmy iba a ofenderse, lo que significaba que estaba nervioso, cosa que implicaba que realmente había algo de lo que hablar y, de hecho, no se anduvo por las ramas.

—El martes pasado se registró una señora a la que vemos de vez en cuando con su marido, pero esta vez iba sola. Dijo que esperaba a su hermana, pero no apareció.

Jack sacó su cuaderno y dejó que Oscar empezara con las preguntas. De vez en cuando miraba hacia arriba para evaluar la mirada de Breslin, y no veía nada más que el comportamiento profesional del director de uno de los hoteles más exclusivos de Manhattan. La mujer, a quien identificó como Abigail Liljeström, esposa de un industrial de Buffalo, salió temprano el miércoles y pidió que nadie entrara en su habitación hasta nueva orden. No se la había visto en el comedor ni en ninguna otra parte del hotel desde entonces.

—Así que son cinco días sin que nadie la haya visto —aclaró Oscar.

Jimmy asintió.

—Esta mañana vino la gobernanta a mencionármelo, con una copia del artículo del periódico... —Lo sacó de su bolsillo para enseñárselo—. Fue entonces cuando di el aviso.

—¿La gobernanta reconoció a Abigail Liljeström por la descripción del artículo?

—Correcto. Por eso subí a su habitación. No hay señales de lucha, pero lleva varios días sin aparecer.

Jack pensó un momento.

—Tenemos que hablar con la gobernanta y con las camareras que trataron con la señora Liljeström. Con los recepcionistas también. Queremos que uno o dos vengan a la morgue para identificar el cadáver.

—¿Debo enviar un telegrama a su familia?

—Lo haremos nosotros —dijo Jack—. Pero no hasta que estemos seguros de que es ella.

560

Jack se quedó para revisar la habitación mientras Oscar llevaba a dos camareras y a la gobernanta al depósito de cadáveres. Aunque no le gustaba mucho hacer registros, tenía un don para el trabajo, una manera de conectar las cosas que a menudo no entendía ni él mismo.

Inspeccionó la ropa colgada en el armario: vestidos de diario, de viaje y de paseo, una bata, un camisón, una peluca, todo en sedas, terciopelos y lanas finas. Comprobó los bolsillos y encontró un sobre sin dirección, algunas monedas y un pañuelo, pero sin identificación. La ropa era muy elegante, aunque fueron los zapatos los que le hicieron detenerse. Estaban hechos a medida para alguien con los pies muy pequeños, de cuero teñido de púrpura, verde o rojo, algunos con hebillas de nácar, otros con flores de seda. Había tres sombrereras y un baúl con cajones para pañuelos, medias, ligas, cintas y ropa interior. Se le ocurrió que una de las camareras debió de ayudarla a atarse el corsé, pero ninguna de las tres entrevistadas mencionó ese servicio en particular.

Había unos cuantos libros en la mesilla de noche junto con fotografías enmarcadas: una pareja anciana, un hombre calvo de treinta y cinco o cuarenta años que probablemente era el marido industrial, y dos hijos, un niño y una niña. Bien alimentados, vestidos con sus mejores galas, mirando solemnemente a la cámara.

No encontró nada en los cajones del escritorio ni en la cómoda, y terminó enseguida, pasó de largo ante el ascensor y bajó los seis pisos para hablar con el recepcionista. Pensó para sí que el industrial se había equivocado en algo para haber dejado que la situación llegara a ese punto.

561

32

*L*as Hermanas de la Caridad no toleraban la pereza. Pensando en ello, Elise no recordaba haber disfrutado nunca de un momento de ociosidad; en el convento, las novicias fregaban los suelos, pelaban las patatas, acarreaban los cubos de basura; más tarde tuvo trabajo en la enfermería, aprendiendo a limpiar y vendar heridas, dispensar medicamentos, tratar a niños enfermos. Si no hubiera mostrado afinidad hacia la enfermería, podría haber terminado en la lavandería, almidonando y planchando hábitos. La sola idea seguía haciéndola temblar.

Nunca había sabido lo que era estar ociosa, pero, ahora, en su tercer día completo como la enfermera Mercier del New Amsterdam, realmente entendió lo que significaba estar ocupada. En el orfanato, los niños les llegaban con resfriados, cortes infectados, dolor de oídos, piojos, raquitismo, malestar estomacal. A los que tenían escarlatina, huesos rotos o precisaban una operación los mandaban a San Vicente, donde se encargaban los médicos. Rara vez se enteraba de lo que era de ellos, y estaba mal visto preguntar.

En el New Amsterdam ya había asistido en la recolocación de un tobillo roto; había limpiado y vendado laceraciones y quemaduras, tomado temperaturas y pulsaciones, esterilizado una variedad asombrosa de instrumentos quirúrgicos. Aplicaba inyecciones y enemas, y vaciaba su parte de cuñas. Aprendió los nombres de los instrumentos: tenótomos, tenáculos, bisturís curvos y rectos, pinzas, cánulas y sondas. Dos veces ya se le había permitido ayudar a la auxiliar de enfermería durante sendas operaciones: una para corregir una hernia umbilical, y otra para extirpar un tumor de mama. Lo que por supuesto le recordó a sor Xavier, quien fuera su primera paciente en el New Amsterdam.

Se preguntó si alguna vez extrañaría a sor Xavier como extrañaba a algunas de las otras hermanas, y decidió que era poco probable. De hecho, cada vez que hacía una pregunta (y aprovechaba cualquier oportunidad para hacerlas), pensaba en el ceño fruncido de la anciana y tenía que reprimir una sonrisa.

La libertad de hacer preguntas era lo mejor de todo, mejor que la amable generosidad de Waverly Place, mejor que la cama llena de almohadas, mejor que el sencillo uniforme que le permitía moverse sin restricciones y que la ausencia de la toca que nunca le había gustado. Tenía cuidado de no atosigar a la gente; dosificaba las preguntas, buscando signos de irritación o distracción, y se retiraba.

Por supuesto, también esterilizaba cuñas, doblaba sábanas y toallas, hacía los recados, le llevaba las medicinas al farmacéutico en su pequeña madriguera, se ocupaba de las historias clínicas y archivaba cantidades interminables de papel, pero ninguna de esas cosas le molestaba. Quería ser de ayuda; quería ser indispensable, para que nadie pensara en deshacerse de ella.

Cuando su turno terminara, a las tres, iría a pie a la Escuela Femenina de Medicina y se presentaría para solicitar una plaza. En el bolsillo llevaba la carta de referencia lacrada de la doctora Savard (Anna, como se suponía que debía llamarla fuera del hospital). Luego volvería a Waverly Place y se cambiaría el uniforme mientras Lia, Rosa y Chiara —de catorce años, pero tan impetuosa y llena de energía como las pequeñas— la interrogaban sobre su día, mitad en inglés y mitad en italiano. Ayudaba donde se la necesitaba hasta la hora de la cena, y después se sentaba a la mesa con aquella buena gente que la había acogido como si fuera una sobrina querida, en lugar de una extraña que llegó a su puerta sin avisar.

Se preguntó cuándo empezarían a torcerse las cosas.

En la mesa de la tía Quinlan, las cenas nunca habían sido tranquilas; disfrutaba de la discusión y el debate, de los chismes y las noticias del mundo, y sobre todo, le gustaban las historias. A veces contaba las propias. Si la discusión era particularmente ruidosa, la tía Quinlan podía provocar un mágico silencio levantando un solo dedo, con el que indicaba su voluntad de hablar de su infancia, de los años que vivió en el extranjero o de sus propios hijos.

Sin embargo, esa noche estaban todos ensimismados. Anna observó los rostros alrededor de la mesa uno por uno, hasta que fijó su atención en Elise. La chica había estado sometiéndose a un ritmo inhumano desde que llegó, por lo que pensó que ya habría agotado sus energías, algo que se arreglaría con una noche de sueño reparador. En ese momento, Elise levantó la vista, vio a Anna mirándola y volvió a bajarla, como si la hubieran pillado haciendo algo prohibido.

—Bueno, Elise —dijo Jack de repente. Parecía que él también la había estado observando—. ¿Qué es lo que pasa?

—Estoy perfectamente bien. —Esbozó una sonrisa forzada.

—No es verdad —dijo Lia—. No está bien, pero no quiere decirme por qué.

—La gente tiene derecho a su intimidad —respondió la tía Quinlan—. Y no acosamos a quienes queremos en la mesa.

—No la estoy acosando. —Lia aspiró por la nariz—. Estoy preocupada.

Elise cerró los ojos un instante y luego, abriéndolos, miró directamente a Anna.

—Hoy he hablado con la doctora Montgomery de la Escuela Femenina de Medicina.

Anna respiró orofundamente.

—Bueno, eso explica muchas cosas. Le dijo que nunca llegaría a ser médica y que dejara de lado las fantasías.

Elise se quedó boquiabierta.

—¿Cómo lo sabe?

—Porque —respondió la tía Quinlan por Anna— la doctora Montgomery le dice lo mismo a cada joven que intenta matricularse.

—A mí me dijo que estaba demasiado encantada con el poco intelecto que tenía. —Anna podía sonreír al recordarlo, después de tantos años—. Y eso solo fue el principio.

Elise se mostró tan ofendida como aliviada.

—Pero ¿por qué te dijo algo así?

—Porque estaba demasiado encantada con mi inteligencia —contestó Anna—. Mucha o poca.

—No puede ser —dijo Jack.

Ella le dio un codazo y las niñas se rieron.

—Elise, si te sirve de consuelo, cuanto más insultante es, más espera que perseveres y más desea que te vaya bien. Pero es supersticiosa.

Chiara abrió mucho los ojos y susurró:

—*Maloch, zio Jack.*

—No permitimos el mal de ojo en esta mesa —le dijo la tía Quinlan—. Pero si te hace sentir mejor... —Le echó un poco de sal en el hombro—. La doctora Montgomery es protectora —continuó, hablando con Elise—. Si consigue asustarte, pensará que ese no es tu sitio.

—Oh —musitó Rosa—. Como en el cuento de las tres cabritas.

—Así de simple —dijo la anciana—. Te está retando a cruzar el puente, Elise. ¿Vas a retroceder?

Sus mejillas recuperaron un poco de color.

—No. He llegado demasiado lejos como para rendirme ahora.

565

Oscar Maroney apareció cuando las chicas estaban lavando los últimos platos del postre, y aceptó con gusto un trozo de pastel. Por alguna razón, Jack siempre se sorprendía de la facilidad que tenía Oscar para ganarse a las mujeres de todas las edades. Todos los rostros alrededor de la mesa se iluminaron al verlo.

Su compañero entendía a las mujeres; sabía cuándo burlarse y cuándo hacer un elogio, y cuándo no era buena idea ninguna de las dos cosas, y entonces escuchaba y les prestaba toda su atención. Jack lo vio tejer su magia habitual, preguntándose en otra parte de su mente qué problemas lo habrían llevado a su puerta. Porque era costumbre de Oscar dedicar los lunes por la noche a jugar a las cartas, y solo algo muy importante le haría perder la oportunidad de desplumar a sus cuñados.

Jack esperó hasta que terminó con el pastel y la cerveza; luego le propuso salir al jardín a fumar.

—¿Por qué no me enseñas esa maravilla de casa que compraste para tu nueva novia? —dijo Oscar—. Que venga ella también. Me gustaría conocer su opinión acerca de un asunto.

Así que lo que había traído a Oscar a la puerta era algo que no se podía discutir delante de las mujeres y de los niños. Se preguntó si Anna entendería el elogio que le hacía al excluirla de ese colectivo.

En opinión de Anna, los muebles que enviaron los padres de Jack desde Greenwood hacían la casa habitable, y se habría mudado de inmediato si la idea no hubiera escandalizado a todas las demás mujeres en un radio de diez millas.

—No hasta que haya cortinas en las ventanas —dijo la señora Lee.

Bambina y Celestina asintieron con la cabeza detrás de ella.

—Hay cortinas en el dormitorio —respondió Anna—. No pensaba retozar por el resto de la casa en estado de desnudez.

Bambina hizo un mohín.

—Puede que no.

Eso la dejó atónita y le hizo abandonar la cuestión hasta que pudiera hacerle unas preguntas a Jack.

Entonces se sentó a la mesa de la cocina con Jack y Oscar, y trató de quedarse quieta. Para su propia sorpresa, le costó no levantarse y empezar a clasificar cajas de platos. Tendría que escribir a Sophie para contarle su inesperado arranque de domesticidad. Cap lloraría de risa ante la idea de la repentina necesidad de Anna Savard de explorar las complejidades de la ropa de cama y los servicios de té.

Jack decía:

—Anna, Oscar te ha hecho una pregunta.

—Perdón. —Se obligó a centrarse en Oscar, quien desplegó una hoja de papel y la alisó sobre la mesa—. ¿Qué es eso?

—¿Recuerdas a la mujer no identificada de finales de la semana pasada? —dijo Jack—. Resulta que es de Buffalo y que vino unos días a la ciudad.

Al mirar al otro lado de la mesa, Anna se dio cuenta de que sabía de qué tipo de documento se trataba.

—¿Es el informe de la autopsia?

Oscar lo deslizó hacia ella.

—Si no te importa echarle un vistazo, nos gustaría saber qué piensas.

—¿Qué ha pasado? —preguntó Anna.

—Léelo primero —dijo Jack—. Y luego nos lo cuentas.

Jack vio cómo sus ojos recorrían las palabras hacia delante y hacia atrás, con expresión serena y las manos extendidas sobre la mesa a ambos lados del informe, hasta que alzó la vista.

—¿Qué es lo que queréis saber?

—Lo que te parezca importante.

A ella no le gustaban las peticiones vagas, pero Jack notó que hacía un esfuerzo. Con un movimiento de los hombros volvió a leer el informe.

—La autopsia la practicó Nicholas Lambert, uno de los miembros del jurado de Campbell, ¿recordáis? ¿Con colorete, pelo negro y barba? Es especialista forense, y muy bueno en su trabajo. Este informe está mucho mejor redactado que el de Janine Campbell. —Su mirada pasó de Jack a Oscar y viceversa—. ¿Hay alguna relación entre las dos mujeres?

—Eso es lo que nos preguntamos —dijo Oscar—. ¿Podrías repasar el informe con nosotros y empezar desde el principio?

—Es muy sencillo. Mujer sana de unos veinticinco años, sin señales externas de violencia. Indicios de un parto al menos..., y probablemente más.

—¿Dónde pone eso? —Jack se inclinó y ella señaló la parte relevante de la escritura.

—*Striae gravidarum* significa «estrías», en latín. —El gesto de Oscar dejaba claro que no estaba familiarizado con el concepto, y Jack supuso que su propio rostro indicaba lo mismo—. Durante el embarazo, la piel del abdomen se estira más allá de la elasticidad normal —explicó—, así que aparecen arrugas que son púrpuras al principio, y luego se vuelven blancas. El abdomen de esta mujer mostraba estrías de dos tonos distintos, algunos casi blancos, otros aún rosados. —Anna esperó a que ambos asintieran antes de continuar—. Además de las estrías, hay cicatrices en el perineo. Espera —dijo, en respuesta a la ceja enarcada de Jack—. Te lo explicaré. Si el nacimiento es difícil,

567

por ejemplo si el niño es grande y la madre está débil después de muchas horas, el médico suele hacer una incisión desde la vagina hacia el ano para aumentar la circunferencia de la vía del parto. La idea es evitar el desgarro, que puede ser difícil de suturar. Cerrar una incisión es más fácil que suturar un desgarro; al menos ese es el razonamiento que se da.

Anna casi podía oír a Oscar sonrojarse, y Jack, pensó, no estaba mucho mejor, a pesar de las francas discusiones que habían mantenido recientemente. Volvió a leer el informe durante un rato. Cuando creyó que habían tenido tiempo suficiente para recomponerse, prosiguió:

—El procedimiento quirúrgico se llama episiotomía. En mi opinión se practica con demasiada frecuencia, generalmente por médicos que tienen prisa. En el caso de la señora Liljeström, la persona que la operó hizo una incisión demasiado grande que no se curó bien. Tenía granulomas a lo largo de la línea de sutura, nódulos de tejido cicatrizado que indican que los puntos no fueron retirados con mucho cuidado. Incluso los restos de sutura más pequeños pueden causar irritación e infección, y el cuerpo reacciona aislando el fragmento y emparedándolo, por así decirlo.

Oscar se aclaró la garganta.

—Sin embargo, todo eso fue en el pasado.

—Sí —dijo Anna—, pero una autopsia completa no excluye ningún dato.

—¿Los granulomas no son relevantes para la causa de la muerte? —preguntó Jack.

Anna lo pensó un momento.

—Eso sería una conjetura de mi parte.

—Pues conjetura, mujer —la animó Oscar a continuar—. No te vamos a delatar.

Ella le dedicó una media sonrisa.

—La cicatriz indica que tuvo al menos un parto muy difícil. Algunas mujeres sufren experiencias tan malas que no pueden enfrentarse de nuevo a la perspectiva. Esta mujer se sometió a un aborto, eso es innegable, pero no sabemos si lo hizo impulsada por el miedo. De lo que no hay duda es de que lo pasó mal.

—Y en cuanto a la operación en sí —dijo Oscar—, ¿hay algo que te parezca poco frecuente?

568

—Es algo que ocurre a veces, especialmente con los médicos menos experimentados. Se aplicó demasiada presión con el instrumento en el lugar equivocado, cortando la pared del útero y seccionando la arteria ovárica. La pérdida de sangre sería catastrófica, y muy rápida.

—¿Como cortar una garganta? —preguntó Jack.

—Algo así.

—Entonces no hay similitudes con el caso de Janine Campbell —dijo Oscar.

—El resultado fue el mismo, por supuesto. Pero en el caso de la señora Campbell no se dañaron los vasos sanguíneos principales, por lo que tuvo una muerte larga y dolorosa. Sangró, sí, pero fue la infección lo que la mató. Este segundo caso es diferente. La señora Liljeström sufrió poco, aparte de la dilatación del cuello uterino para introducir el instrumento. Fue una muerte relativamente misericordiosa. O, al menos, bastante rápida.

—Llegó a Bellevue en un carruaje —le recordó Oscar—. Todavía estaba viva, pero apenas.

—Eso es extraño. Y otra cosa… El doctor Lambert observa que estaba completamente vestida cuando murió, y que tenía el corsé muy apretado.

—Parece extraño que no se desnudase para la operación —dijo Jack—. Y si se desnudó, ¿quién la vistió después y le ajustó el corsé?

—Exacto —respondió Anna—. No podría haberlo hecho por su cuenta. No estoy segura de cómo pudo suceder nada de esto.

—Ese es nuestro trabajo —dijo Oscar—. Averiguar el cómo y el porqué.

Más tarde, solos en su habitación, Anna se quedó pensativa.

—Lo más inusual de la señora Liljeström es su riqueza. Las mujeres con dinero pueden obtener una excelente atención cuando quieren abortar, sin tener que buscar muy lejos. Sin embargo, quienquiera que la operase tenía muy poca habilidad.

«O mucha», pensó Jack, aunque no lo dijo.

—Cada día se producen muertes más raras en esta ciudad, y un buen número queda sin resolver. —Ella levantó la vista, deseando escuchar el resto de la historia, pero sin estar segura de si debía pedirla—. Hace unos años, una mañana de enero, encontramos a un hombre de unos setenta años, vestido con el uniforme de oficial confederado, sentado en un banco de Union Square Park.

Él pudo verla tratando de imaginarlo.

—¿Murió por hipotermia?

Jack negó con la cabeza.

—Estrangulado. Nunca lo identificamos, aunque se pusieron avisos en los periódicos de todo el sur. No hubo ni un solo sospechoso viable.

—Pero este no debería ser uno de esos casos. Cuando las mujeres ricas como la señora Liljeström necesitan esta clase de ayuda, hablan con otras mujeres como ellas. Imagino que no quería correr el riesgo de ser reconocida en Buffalo, así que vino aquí dispuesta a pagar por el anonimato y unos buenos cuidados. La señora Campbell no tenía los mismos recursos.

—No sabes qué recursos tenía —señaló Jack.

—Campbell no mencionó el dinero en su testimonio.

—¿Crees que lo habría admitido si ella hubiera vaciado sus ahorros?

—Por lo general, las mujeres no pueden ir al banco y retirar los fondos que están a nombre del marido —dijo ella. Él se encogió de hombros, como si no quisiera seguir con el tema. Anna detuvo su lento paseo por la habitación y fue a sentarse en el borde de la cama—. Sigues pensando que hay una conexión entre los dos casos, pero yo no la veo. Cada año mueren cientos de mujeres por las complicaciones de un aborto mal hecho.

—Mujeres pobres —dijo Jack—. O muy jóvenes. ¿Has leído alguna vez un artículo de periódico sobre una mujer casada con dinero que muriera como resultado de una operación ilegal?

—Estás diciendo que estos dos casos tienen algo en común que los distingue de otros abortos fallidos. —La idea pareció intrigarla—. No lo descarto de plano. ¿Puedes explicar qué es lo que ves que yo no veo?

Jack caviló un instante.

—Con claridad no.

—¿Tu hipótesis es que la misma persona operó a ambas mujeres?

—Creo que es posible. Las dos se parecen mucho. Janine Campbell y Abigail Liljeström tenían ambas veintitantos años, eran delgadas, con melenas oscuras y ojos marrones. Más o menos, la misma altura. Sé que hay cientos de mujeres en la ciudad que encajan en esa descripción, pero piensa un momento en esto. Ambas tenían hijos y hogares. Ambas tenían maridos con muy buenos trabajos, y acceso a dinero. Ambas tenían razones para temer el parto. Ambas estaban desesperadas.

Anna respiró hondo y exhaló el aire lentamente.

—Estás suponiendo mucho sobre la señora Liljeström.

—Es una hipótesis preliminar —dijo Jack—. Mañana voy a hablar con su marido, que viene de Buffalo. Ella tenía una hermana con la que también quiero hablar.

—Me pregunto por qué no la acompañó su hermana a la cita.

—Porque la hermana ya vive aquí. Y esa es otra pregunta que no se ha contestado. ¿Por qué vino a Nueva York y se alojó en un hotel cuando podría haberse quedado con su hermana?

—Porque no quería que lo supiera —respondió Anna—. ¿De verdad crees que la hermana estará dispuesta a hablar contigo sobre esto?

Jack se encogió de hombros.

—Haré lo que pueda para convencerla. A menos que quieras acompañarnos.

Ella se rio, claramente complacida a la vez que avergonzada.

—No sabría por dónde empezar.

—Yo creo que sí.

—Sí, bueno, mañana tengo una operación por la mañana, y una cita al mediodía con el padre McKinnawae en Lafayette Place, en su misión. ¿A que te he sorprendido?

—Tal vez esperaba que lo dejaras pasar.

Ella se echó hacia atrás para observar su expresión.

—¿En serio? ¿Realmente crees que deberíamos olvidar a Vittorio Russo?

Jack se tendió en la cama con los pies en el suelo.

—Supongo que no quiero verte implicada en esa situación. No será agradable.

—Ya me siento implicada. Y si solo hiciera cosas agradables...

—No serías tú. Bueno, ¿y cuándo concertaste la cita?

—Mandé la petición con el correo de la mañana y recibí una respuesta por la tarde. Iba a contártelo, pero entonces llegó Oscar y se me olvidó.

—Iría contigo si pudiera.

—No voy a ir sola. Me llevo a Elise conmigo. Puede que ya no sea monja, pero aún sabe cómo hablar con los curas, o eso espero.

Jack emitió un sonido gutural que esperó que ella lo tomara como un leve desacuerdo.

Anna bostezó y se reclinó sobre él, apoyando la cabeza en el hueco de su hombro. Luego dijo:

—Si crees que ambas muertes son obra de una mente enferma, ¿cómo explicas la diferencia en la manera en que fueron tratadas las víctimas? La muerte de la señora Campbell fue terrible, y la de la señora Liljeström fue rápida y relativamente indolora.

A Jack se le ocurrieron cien respuestas distintas, pero todas se reducían a lo mismo.

—La pregunta es: ¿se quedó más satisfecho con el primer intento, o con el segundo?

Anna dio un respingo, y Jack le frotó la espalda durante un buen rato hasta que percibió que la abandonaban las imágenes que había evocado en su cabeza. Pensó que se estaba quedando dormida y se preguntó cómo despertarla para que se metiera bajo las sábanas. Entonces ella volvió a hablar:

—¿Por qué supones que fue un hombre?

33

*R*esultó que Elise tenía aún menos ganas de ir a ver al padre McKinnawae que Jack. Cuando Anna le pidió que la acompañara, el rubor tiñó sus mejillas casi como si la hubieran abofeteado.

—No tienes por qué contarle tu propia historia. Vamos a preguntar sobre Vittorio Russo.

Elise parecía dubitativa.

—Pero es un sacerdote. Él lo sabrá.

—¿Por qué iba a saberlo? ¿Mandan un aviso a todos los sacerdotes de la ciudad cuando alguien sale de un convento?

—Por supuesto que no.

—Entonces, ¿de qué tienes miedo? ¿De que te lea la mente?

—Se sabe que los sacerdotes hacen precisamente eso.

—Tonterías —dijo Anna—. Le atribuyes demasiado poder a ese hombre.

—Quizá tú le atribuyes demasiado poco.

Aquello le arrancó una sonrisa.

—No puede arrastrarte al convento por el pelo.

Elise negó con la cabeza.

—Tiene la reputación… de decir lo que piensa.

—Y yo también —respondió Anna—. ¿Nos vamos ya?

El padre McKinnawae había recaudado fondos para construir el orfanato que abarcaba toda una manzana en Lafayette, lo que daba fe de su determinación y empuje, cosas que Anna no subestimaba. Era un hombre que se preocupaba por el destino de los niños que acogía, por lo que esperaba que estuviera dispuesto a hablar sobre el caso de los Russo.

El edificio era más grande que el New Amsterdam, racionalista en diseño y materiales, y mientras Anna imaginaba que todas las camas estarían ya llenas, tenía un aire desértico. Se preguntó si la mayoría de los chicos estarían en la calle vendiendo periódicos y lustrando zapatos, o si tenían otro lugar donde estar.

Elise dijo muy poco. Caminaba con la barbilla sobre el pecho y los brazos cruzados sobre el abdomen.

—Si se da cuenta de que has sido monja, será por tu postura y por la manera en que miras al suelo —dijo Anna—. Mira a la gente cuando te hablen. Sé que cuesta después de tantos años de esconderse, pero es una habilidad crucial que hay que aprender.

—Lo he intentado —replicó Elise secamente—. Es un hábito difícil de romper.

Anna sintió una gran vergüenza.

—Discúlpame. Por ser tan condescendiente contigo.

Elise se detuvo, sorprendida.

574

—No tienes nada de qué disculparte. Te lo debo todo.

—No es cierto —respondió ella con firmeza—. Me limito a echar una mano a una estudiante prometedora. Todo el mérito es tuyo. Y si te doy un sermón sobre tus hábitos, también debería hacer lo mismo conmigo misma. —Elise hizo un gesto parecido a una media sonrisa que Anna interpretó como que estaba de acuerdo, aunque a regañadientes—. Enfrentémonos juntas al león —dijo, y abrió la puerta para que Elise pasara primero.

—Soy la doctora Anna Savard, y esta es la enfermera Elise Mercier. Tenemos una cita con el padre McKinnawae.

El joven que estaba sentado en la recepción clasificando papeles les echó un vistazo de arriba abajo. Anna se sintió juzgada, pero él disimuló bien cualquier conclusión a la que hubiera llegado.

—El despacho del padre McKinnawae está al final del pasillo. —El chico tendría unos veinte años y hablaba con un acento que podía ser alemán o danés. Por sus ropas, no era ni sacerdote ni monje. Hizo un gesto con la cabeza para señalarles la dirección correcta—. Está indicado claramente—. Antes de que se dieran la vuelta, se dirigió a Elise—: ¿La conozco?

—No lo sé —dijo Elise—. ¿Me conoce?

—Soy bueno con las caras.

—Pues yo no. Lo siento, no le recuerdo.

Sin embargo, él continuó observándola, anteponiendo su curiosidad a los buenos modales.

—Soy Elmo Tschirner. De Holanda.

Un leve rubor coloreó las mejillas de Elise.

—Lo siento, no reconozco su cara ni su nombre.

—¿Es irlandesa? Con ese pelo rojo…

—No lo soy —replicó Elise—. Disculpe, pero tenemos que irnos.

—¿He dicho algo malo? —preguntó él desde atrás, y Anna advirtió un destello de sorpresa y placer en la cara de la muchacha.

Los pasillos resonaban con las voces de los niños que reci- 575 taban las lecciones. Tablas de multiplicar, principalmente. Desde más lejos se oía un débil eco de martillos y sierras. Todavía flotaba en el aire el olor de la madera fresca, y debajo de este, el de la lejía.

—Qué sensación tan familiar —dijo Elise—. Como cualquiera de los orfanatos que he visto. Es bueno que reciban educación, ¿no crees?

Anna estuvo de acuerdo. Los niños sin hogar necesitaban comida, refugio y alguien que se preocupara por su bienestar y su futuro. El padre McKinnawae se tomaba muy en serio esas necesidades, lo que era razón suficiente para respetar a aquel hombre, incluso sin conocerlo y a pesar de la evidente preocupación de Elise.

La primera puerta con la que se encontraron tenía las palabras «Padre John McKinnawae» escritas en negro sobre la madera pintada de un verde apagado. Estaba entornada, pero Anna llamó de todas formas, haciendo que se abriera.

El hombre que estaba de pie ante la ventana se volvió hacia ellas, con las cejas grisáceas fruncidas sobre una brillante frente sonrosada.

—¿Ya es la hora? —Miró el reloj que colgaba sobre la puerta—. Ya es. Adelante. Pasen. ¿Han encontrado el camino bien?

—El señor Tschirner fue de gran ayuda —dijo Anna.

—Sí, es un buen muchacho, de finísimos modales. Tuve suerte de encontrarlo. Y ahora, ¿quién de ustedes es la doctora Savard?

Las presentaciones les llevaron un momento, y luego Anna y Elise se sentaron delante de un escritorio tan amplio como un barco. Estaba cubierto de papeles, carpetas y libros, pero todo parecía estar cuidadosamente ordenado.

—Bueno, ¿en qué puedo servirles?

Anna respiró hondo y relató la historia de los hermanos Russo, empezando por el sótano de la iglesia de Hoboken. Había decidido no decir nada de Staten Island con la esperanza de que lo mencionara él. Mientras hablaba, lo miró a la cara, ancha, anodina e inescrutable.

576

—Se han tomado muchas molestias por esos niños —dijo él cuando ella terminó.

—Hemos hecho lo que hemos podido. Nos gustaría hacer más.

—¿Por qué? ¿Por qué esos cuatro niños? ¿Por qué no otros?

Anna vaciló un instante.

—No tengo una buena respuesta, salvo el hecho de que Rosa me impresionó.

—Se compadeció de ella.

Anna se preguntó si intentaba provocarla.

—Sentí compasión por todos los niños, pero su situación me pareció particularmente difícil. ¿Puedo preguntar qué relevancia tiene esto?

Él unió las yemas de sus dedos bajo la barbilla.

—Los niños a mi cargo son vulnerables. —Volvió la mirada hacia Elise—. Señorita Mercier, ¿qué interés tiene usted en el destino de estos niños?

Al principio, Anna pensó que Elise no iba a responder, pero luego se aclaró la garganta.

—Yo estaba allí cuando los dos niños desaparecieron. Me gustaría ayudar en lo que pueda.

—¿Se siente responsable?

Ella asintió.

—Sí, me siento responsable.

—Padre McKinnawae —dijo Anna—, nos gustaría preguntarle por el más joven de los niños, Vittorio Russo. Creemos que fue llevado a la Casa de Huérfanos el 26 de marzo, que usted lo encontró allí y se lo llevó al día siguiente.

Él parpadeó con lo que ella pensó que era una leve sorpresa.

—¿Por qué creen eso?

—Fuimos a la Casa de Huérfanos y miramos los registros. Sor Mary Irene se acordaba del chico por su aspecto. Nos fue muy útil.

—Más útil de lo que puedo serles yo. Me temo que no tengo información para ustedes. —Su expresión era pétrea, incluso hostil.

—Quizá no recuerde que hace unas semanas respondió a una carta mía y me sugirió que fuera a verle al Monte Loretto, en Staten Island. Mi marido y yo fuimos a Staten Island el 26 de mayo, pero usted tuvo que marcharse por una emergencia. —La miraba con gesto educado, pero inexpresivo, como si estuviera complaciendo su necesidad de contar una historia—. El hermano Jerome nos hizo un recorrido, y luego fuimos a dar un paseo por la playa. Fue entonces cuando vimos a Vittorio con su familia adoptiva. Lo presentaron como Timothy Mullen. No nos entrometimos ni hicimos preguntas, pero estoy segura de que ese niño llamado Timothy es en realidad Vittorio.

La neutralidad dio paso a la irritación.

—¿Ese niño que usted cree que es Vittorio Russo parece estar sufriendo de alguna manera? ¿Desnutrido? ¿Maltratado? ¿Descuidado?

—No —dijo Anna—. Parecía muy contento, y está claro que es muy querido. ¿Lo entregó usted a esa familia, padre McKinnawae?

—No sé nada de un niño llamado Vittorio Russo —replicó el sacerdote—. Permítame aclararle algo, doctora Savard: las adopciones son privadas y anónimas. No se discuten con nadie, por ningún motivo. Una vez que un niño es adoptado por una familia, no hay vuelta atrás. Sería terrible tanto para el niño

577

como para los padres adoptivos. Estoy seguro de que estará de acuerdo en que un niño en la situación que ha descrito ya ha pasado por suficientes penalidades, y no debería ser apartado de una familia estable y cariñosa.

—Así que está diciendo que Timothy Mullen no es en realidad Vittorio Russo.

Se formó una arruga entre sus cejas, como si fuera una estudiante pesada dándole dolor de cabeza.

—Como he dicho, no puedo ayudarla.

—A ver si lo entiendo —dijo Anna—. Si un niño fuera separado de sus padres durante una emergencia, por ejemplo, un incendio, y ellos acudieran a usted con la esperanza de recuperar a su hijo desaparecido, un niño al que usted había acogido, les mentiría.

—Esa no es la situación.

—Pero si el niño ya tiene una familia...

—¿El niño por el que pregunta tiene padres?

Anna se quedó callada un instante.

—Ambos han fallecido. Pero tiene hermanas que lo quieren y lo extrañan.

—Doctora Savard —dijo el sacerdote con gran solemnidad—, intentaré explicárselo otra vez. Nuestro objetivo es encontrar buenas familias católicas para que adopten a niños huérfanos, y luego damos un paso atrás y les concedemos intimidad. No puedo hablarle de ningún caso, ni siquiera en términos hipotéticos. ¿Nos entendemos ahora?

—Entiendo que tengo que decirles a dos niñas que lo han perdido todo que también han perdido a su hermano, porque la Iglesia no permite que se reúnan.

Los tersos labios rosados del padre McKinnawae hicieron un gesto de desagrado.

—Está acostumbrada a salirse con la suya, doctora Savard. Pero esta vez no lo hará.

—Las chicas son católicas —dijo Anna—. ¿Estaría dispuesto a explicarles su postura como sacerdote?

Él esbozó una sonrisa.

—Por supuesto. Puede traerlas cuando quiera. Ahora dígame: ¿quién tiene la custodia legal de esas dos niñas católicas? ¿Están siendo criadas en la religión?

Anna le dedicó la misma sonrisa falsa cuando se puso en pie.

—Ese tema no se discute con nadie, por ningún motivo. Quiero que sepa que tal vez decida hablar con la familia Mullen sin su permiso.

El hombre se había comportado con cierta condescendencia hasta ese momento, pero entonces esa actitud desapareció por completo.

—No me ponga a prueba, doctora Savard.

—Pero se lo está pasando muy bien poniéndome a prueba a mí, padre McKinnawae. Y lo que es justo es justo, incluso para los católicos.

—Me lo temía —dijo Elise—. Lo siento mucho.

—Todavía no he terminado.

Dieron la vuelta desde la calle Great Jones hacia la Cuarta Avenida, caminando a paso ligero. Elise se preguntó si debía dejar el tema hasta que la doctora Savard se calmara, pero entonces decidió que era mejor no dudar.

—Hará lo que pueda para impedírtelo.

—¿Cómo qué? ¿Crees que intentará que me arresten?

Elise esbozó una sonrisa amarga.

—¿De verdad te acercarías a la familia?

La doctora Savard se detuvo y la miró.

—Quizá. ¿Alguna objeción?

—Me preocupa. —Elise no apartó la vista.

—Sí, no hay escasez de preocupaciones.

Su postura se relajó de repente.

—No te preocupes, no voy a ir a Staten Island a enfrentarme con la familia Mullen. No tengo interés en hacerles daño. Hablaremos de ello en casa, cuando las niñas estén dormidas, y decidiremos cómo proceder. ¿Te quedas más tranquila así?

—No lo sé.

—Normal —dijo la doctora Savard—. Yo tampoco.

Volvieron al New Amsterdam en silencio.

A los inspectores les gustaba pensar que eran la perspicacia personificada, capaces de distinguir a un hombre honrado de uno que fingía serlo. En opinión de Jack, esto era cierto la mayor parte de las veces, pero solo porque la primera lección que se aprendía en su trabajo era la de no confiar en nadie. Algo parecido al trabajo de Anna, quien debía suponer que todos sus pacientes mentían, lo hicieran o no.

Harry Liljeström no mentía. La muerte de su esposa lo había partido en dos; en el depósito de cadáveres se quedó mirando sus restos con lágrimas en la cara. Jack se apartó para dejarle intimidad, y luego lo llevó a la Casa Gilsey, donde tenía asuntos que arreglar y una cuenta que saldar.

—Tengo que hacerle unas preguntas —dijo Jack—. Pero si prefiere esperar hasta mañana…

Liljeström estaba ceniciento, casi como si estuviera a punto de desmayarse.

—Debo regresar a casa. Haga sus preguntas ahora.

Se sentaron en un rincón tranquilo del vestíbulo principal del hotel. Liljeström se aclaró la garganta, se limpió la cara con un pañuelo empapado, enderezó los hombros y miró a Jack a los ojos.

580

Este decidió que lo mejor sería un acercamiento directo.

—Se ha realizado una autopsia —dijo—. Su esposa murió por pérdida de sangre después de una operación.

Esperó a que hablara, contemplando la expresión de Liljeström. Era un hombre como había otros mil en la ciudad, alguien con el que Jack podría haberse cruzado todos los días sin darse cuenta. Pero tenía dignidad, y se expresó con claridad y sin justificarse:

—Tenemos dos hijos, sanos y hermosos. Un niño y una niña. Pero el primer parto fue duro, y el segundo aún peor. Nuestro médico dijo que era poco probable que sobreviviera a un tercer embarazo.

—Así que estaba al tanto de la operación…

El hombre tenía los ojos de un azul muy pálido, casi incoloros.

—Sí. Tuvo dos faltas, y decidimos juntos que lo mejor sería acudir a un médico. Yo quería acompañarla, pero ella se negó. No era la primera vez, y pensó que no tenía nada que temer.

—¿Se había sometido el procedimiento anteriormente? —dijo Jack—. ¿Con el mismo médico?

—Se lo hizo una vez, pero el médico murió, y no quiso pedírselo a ninguno cerca de casa. Habíamos oído hablar de mujeres que son chantajeadas, ¿sabe usted?

Jack se reclinó en el sillón.

—Pues no, no estaba al tanto. ¿Sucede a menudo?

—No lo sé —contestó Liljeström—. Solo sé de un caso, el de una señora que va a nuestra iglesia. Su hija tuvo problemas y por eso fueron a un médico. Después, la enfermera amenazó a la señora con contarle a todo el mundo la deshonra de su hija si no le daba dinero.

—¿Cómo lo sabe? —preguntó Jack.

—Porque la señora era una amiga íntima de mi esposa. —Sus ojos se llenaron de lágrimas.

Jack clavó la vista en su cuaderno, y luego dijo con tono pausado:

—¿Conoce el nombre del médico que vio a su esposa? ¿Sabe algo de él?

—Solo sé que ella estaba segura de sus calificaciones, y que tenía el consultorio aquí, en la ciudad, en un buen barrio.

581

—Para que quede claro, creemos que lo que le ocurrió a su esposa fue premeditado. Cualquier información de la que disponga podría resultarnos útil para que el responsable rinda cuentas —dijo Jack.

El rubor inundó el rostro del hombre, subiendo desde su cuello como el mercurio de un termómetro.

—¿Quiere decir que no se debió a un simple error del cirujano?

—Tenemos razones para creer que pudo haber mala intención. Todavía estamos investigando. Supongo que entenderá por qué es importante que nos cuente todo lo que sepa.

—Se lo diría si lo supiera. Lo único que sé con certeza es que le cobró doscientos cincuenta dólares, y se suponía que iba a proporcionarle cuidados durante tres días, o hasta que estuviera lista para volver a casa. —Dejó escapar una carcajada, y luego se puso el pañuelo sobre los ojos—. La metió en un carruaje y la mandó a un hospital. Sé que lo mataría con mis propias manos si lo tuviera aquí delante, aunque significara ir a la horca.

—¿Cree que su cuñada podrá decirnos algo más?

Liljeström negó rápidamente con la cabeza.

—No. Ella ignoraba que Abigail estuviera aquí. No lo habría aprobado.

—Entonces no fue su hermana quien le dio el nombre del médico. ¿Tenía la señora Liljeström otros amigos íntimos en la ciudad?

—No. La verdad es que no sé cómo lo encontró. Créame, si supiera quién es el responsable, no me lo guardaría para mí. ¿Hemos terminado ya? Tengo cosas que hacer. Quiero llevarla a casa. Los niños y los padres de Abigail... —Cerró los ojos un instante y exhaló un largo suspiro.

—Solo una pregunta más —dijo Jack—. Le entregaron sus efectos personales en el depósito, y ha pasado por su habitación del hotel. ¿Falta alguna cosa? ¿Joyas, algo de valor?

—No viajaba con joyas —respondió Liljeström—. Aún están en la caja fuerte de casa. Su anillo de bodas estaba en la mesilla de noche de la habitación. —Se puso en pie de pronto—. Si tiene más preguntas, ya conoce mi dirección.

Jack estrechó la mano de Liljeström.

—Mi más sentido pésame. Cuando encontremos al responsable, ¿le gustaría que se lo notificáramos?

—Quiero saber que ha muerto —dijo Harry Liljeström—. Quiero saber que arde en el infierno.

A veces, Anna se despertaba en plena noche con el corazón martilleando, segura de haber olvidado y dejado sin hacer algo crucial. Por lo general, Jack seguía durmiendo. Ella se preguntó si debía indignarla que fuera tan impermeable a su insomnio, y decidió que no. Habría sido injusto y, además, esos cortos episodios le brindaban la rara oportunidad de contemplar su rostro sin avergonzarse ninguno de los dos. Él se burlaba de su incapacidad para aceptar los elogios, pero no le gustaba ser examinado y la distraía por todos los medios posibles —en ocasiones, extremos— cuando lo intentaba.

En la penumbra vio que sus ojos se movían tras los párpados cerrados. Vigilante incluso en sueños.

Había pasado casi una semana sin que hubiera ningún avance en el caso de la señora Liljeström. Aún no había indicios de dónde estuvo la mañana en que murió, ni cómo había encontrado a la persona que la operó. Al parecer, los casos de ese tipo se volvían más difíciles de resolver con cada día que pasaba.

Oscar y Jack estaban convencidos de que existía un vínculo entre Janine Campbell y Abigail Liljeström, algo que habían pasado por alto. Anna habría deseado, como lo deseaba todos los días, que Sophie estuviera allí para hablarlo con ella. Su prima siempre había sido brillante haciendo diagnósticos, saltando con destreza de un hecho a otro, entretejiéndolos hasta hilar una respuesta.

Entonces Jack se puso de lado y le dio la espalda, ancha y dura como una pared. Como si hubiera escuchado sus pensamientos y le molestara su incapacidad de ver algo tan obvio. Ella se acercó a su nuca para aspirar su olor, a jabón, crema de afeitar y algo picante, la esencia misma de Jack Mezzanotte. Luego se volvió a dormir, justo en esa posición.

Se despertó con las primeras luces del día. Jack estaba hablando, pero no con ella. A veces soltaba largas parrafadas mientras dormía, siempre en italiano. Otra tarea pendiente de su lista: las lecciones de italiano. Por lo menos para aprender palabras que pudiera emplear en una conversación normal. Todo lo que le había enseñado Jack era de naturaleza íntima. Se sonrojaba al pensarlo, y luego se irritaba consigo misma por sonrojarse. Pese a ser una médica cualificada y familiarizada con cada aspecto de la anatomía y fisiología humana, él podía hacerla sonrojar. Y le encantaba hacerlo.

Aprendería italiano, aunque solo fuera para regañarlo por decir obscenidades. Sacaría el tiempo de alguna manera, una tarea difícil pero no imposible entre una larga lista, en la que se hallaban a la cabeza Vittorio Russo y el padre McKinnawae. Por el bien de las niñas, pero también por el suyo, debía trazar un plan, llegar a algún tipo de resolución.

El problema era que ella no sabía lo que quería realmente, lo que sería mejor para Vittorio, Rosa y Lia, los Mullen y todos los demás. El tema no abandonaba nunca su mente. Unos días antes, Jack hizo una observación que se le clavó en el alma, aunque él no pareció darse cuenta.

Había dicho que, para Rosa, perder a un hermano era como perder una parte de sí misma. Ella pensaba que le había fallado, y nunca se lo perdonaría.

583

No era frecuente que Anna se permitiera pensar en su propio hermano. A pesar del tiempo transcurrido, el dolor seguía siendo casi insoportable. Algún día tendría que hablar de Paul, reunir los pocos recuerdos que guardaba, y contárselo todo a Jack. Rosa era la última persona a la que le había hablado de él, en el sótano de una iglesia de Hoboken, mientras acunaba a su hermano pequeño contra su pecho.

$\mathcal{D}$urante la cena del sábado, las niñas se mostraron más entusiasmadas de lo normal. La larga tarde de verano a la intemperie, corriendo entre Rosas y Hierbajos, no las había agotado en absoluto. Se movían, reían y susurraban, esperando impacientes que Jack se sentara a la mesa. Él llegó tarde, casi veinticuatro horas después de que lo hubieran llamado por un robo.

Recorrió la mesa besando las mejillas de todas, algo que hizo una noche sin percatarse de que iniciaba una rutina que nunca se le permitiría abandonar. Terminó con Anna y ocupó su lugar con un suspiro.

Margaret dijo:

—Adelante, chicas, ya podéis darle la noticia.

—*Il palazzo delle erbacce è finito!* —saltó Lia.

—Ya no hay que llamarla Hierbajos porque ya no queda ni un hierbajo —la corrigió Rosa.

—Demasiado tarde —dijo Jack—. Cuando un nombre se queda, lo hace para siempre. Pregúntale a Anna, ella te lo dirá.

Rosa arrugó la cara, tratando de decidir si discutir o no, hasta que dejó el tema a un lado.

—Está terminada —repitió—. Tus hermanas colgaron las últimas cortinas, y Georgio y... —Entonces dudó.

—Mario. —Chiara le dijo el nombre que le faltaba.

Anna no dejaba de sorprenderse de que Rosa retuviera tantas cosas, con la cantidad de primos de los Mezzanotte que habían entrado y salido durante la obra. Ella misma no recordaba con exactitud dónde encajaban Mario y Georgio en el árbol genealógico.

—Georgio y Mario han puesto la luz de gas y ya está todo a punto —prosiguió Rosa.

Anna se volvió hacia Jack.

—¿En serio? ¿Está lista?

Una ceja enarcada.

—Me sorprende tanto como a ti.

—Justo a tiempo para el pícnic —indicó Chiara.

La expresión de sorpresa de Jack se hizo más genuina.

—¿Es mañana?

—Jack, llevamos toda la semana hablando de eso —respondió Anna, aunque vio que sonreía.

—Vamos a ir todos —señaló Margaret.

—A menos que tengas que ir a perseguir ladrones otra vez —le dijo Rosa a Jack.

—O que la tía Anna deba coser a alguien —añadió Lia. Su pequeño rostro adoptó una expresión muy seria, como si imaginara esa posibilidad para sí misma.

Anna trató de no sonreír mientras las niñas relataban los planes del día siguiente con una teatralidad digna de los mejores escenarios. Tal como lo entendía Lia, todos los italianos de Estados Unidos iban a reunirse en su propio parque, el del final de la calle, para comer, cantar, bailar y escuchar la música de la Banda del Séptimo Regimiento. Bajo la dirección del tío Cappa, añadió Chiara con considerable orgullo.

Margaret se enderezó y le lanzó una mirada incrédula a Jack.

—¿Carlo Cappa es tu tío?

—No exactamente —dijo Jack—. Su hija Susanna está casada con mi hermano Matteo. Sería mi..., no lo sé. ¿Cómo se le llama al padre de tu cuñada?

—Tío —respondió Lia con decisión.

—Tú llamas tío o tía a todo el mundo —la acusó Rosa.

Lia se mostró furiosa y terriblemente ofendida.

—A mí me encanta que me llames tía —dijo Anna—. O tío, si lo prefieres.

Las niñas se quedaron boquiabiertas, y luego todas, incluida Elise, se echaron a reír.

Jack levantó una mano como si dirigiera el tráfico, y la risa se cortó.

—Jamás lo permitiré —protestó con su tono más grave—. Nada de tío Anna, a menos que yo pueda ser la tía Jack.

La tía Quinlan sonreía, pero tenía los ojos empañados.

—Sí —afirmó ella—. Esa es la regla de la casa. Todos somos tías y tíos, abuelas y abuelos. Para cualquiera que lo necesite, en cualquier momento.

Jack quiso salir a dar un paseo después de la cena. Anna sospechó que era para contarle algo que no debían escuchar las demás. Se dirigieron hacia Washington Square, cruzándose con un grupo de jóvenes que salían de la universidad de muy buen humor, con limpiadoras de camino a casa y con el señor Pettigrew, un vecino. El hombre se plantó delante de ellos, casi exigiendo una presentación que, en honor a la verdad, se había retrasado demasiado tiempo. Como recién casados, deberían haber ido a saludar a los vecinos, pero, como todo había sido tan poco convencional, no se molestaron en cumplir con las visitas.

Jack fue atento y amable con Maynard Pettigrew, pero su sonrisa era un tanto forzada. Cuando se lo quitaron de encima y cruzaron la calle para entrar en el parque, tomó la mano de Anna y le enlazó el brazo para caminar lo más cerca posible sin tropezar con los pies del otro.

—Cuéntame cómo te ha ido el día —dijo.

—No ha sido muy bueno.

—Cuéntamelo de todas formas.

Ella lo pensó unos instantes y le habló de la niña de catorce años con sífilis, con la boca llena de úlceras supurantes y con ascitis.

—La ascitis es una enfermedad en la que se acumula líquido en el abdomen, lo que provoca una gran hinchazón. Puede ser muy incómodo.

—¿Y qué es lo que causa eso?

—Nada bueno. Puede que un cáncer, más probablemente fallo hepático, ya que pasa la mayor parte del tiempo en el Teatro del Gran Duque, subsistiendo a base de cerveza rancia. ¿Por qué la policía sigue cerrando ese lugar para volver a abrirlo a los pocos días?

Con la mano libre, Jack se frotó el pulgar contra el índice haciendo el gesto universal del dinero.

Anna negó con la cabeza, sin sorprenderse.

—Le extraje medio galón de líquido para aliviarla un poco, pero me temo que volverá pronto. Si dejara de beber inmediatamente, su hígado podría recuperarse. Mandé solicitudes a algunas de las misiones, por si alguna tuviera sitio para ella. Si es que vuelve, claro.

—Tienes razón —dijo Jack—. No has tenido un buen día.

—Y solo te he contado lo más destacado. Por la cara que traes, tu día no ha sido mucho mejor. ¿No hay avances en el caso Liljeström?

—Todo lo contrario. Otro asunto muy parecido.

Llegaron al banco donde se habían sentado en cierta ocasión, cuando apenas se conocían. Ella le tiró del brazo, y él se sentó. Corría una agradable brisa nocturna, y no muy lejos se oían risas de niños jugando y ladridos de un perro muy contento. De una ventana abierta salía algo que Anna pensó que debía de ser música, un oboe muy mal tocado, pero quien lo hacía le ponía verdadero entusiasmo.

—Te escucho —dijo.

—Esta mañana encontraron muerta a una mujer llamada Eula Schmitt, en su habitación de hotel.

—¿Otra vez en el Gilsey House?

—En el Windsor. Muchas joyas valiosas y un armario lleno de ropa cara. Más rica que la señora Liljeström.

—¿Qué ha dicho el forense?

—Al principio pensó que era —se detuvo para sacar un cuaderno del bolsillo de su chaqueta— un embarazo ectópico, pero, por la tarde, le hicieron una autopsia en Bellevue.

—Un aborto, pues.

Jack asintió.

—Hace dos días, quizá. Murió de lo mismo que Janine Campbell, peritonitis. ¿He entendido bien la palabra?

Anna asintió.

—Pero solo tenemos su nombre, y puede que sea falso. No hay identificación, ni siquiera un monograma en un pañuelo o una etiqueta en su equipaje. Unos pocos dólares en el bolso, ningún billete de tren o de barco de vapor, nada. Le pregunté al médico que hizo la autopsia, un tal McNamara, si había indicios de embarazos anteriores, y dijo que sí, que había abundantes señales. El personal del hotel no sabe nada de ella, salvo que pagó una semana por adelantado hace cuatro días. No se había alojado allí antes, que nadie recuerde.

Anna cerró los ojos para pensar un momento. Cada vez resultaba más difícil descartar la idea de que los casos estaban relacionados.

—¿Qué piensa tu capitán?

—Nos ha dado un par de días para investigarlo. Oscar ya está revisando los anuncios del periódico; tiene a un par de los nuevos oficiales de patrulla trabajando con él.

—¿Los anuncios del periódico? Habrá cientos de ellos.

—Intenta detenerlo cuando se le mete algo en la cabeza. De todos modos, ese hombre no duerme nunca.

—No puedo entender que haya alguien haciendo esto. No tiene ninguna lógica —dijo Anna.

—No tiene lógica ni para ti ni para mí, pero quienquiera que sea no va a detenerse nunca.

Nunca. La frase le pareció particularmente brutal, pues indicaba que alguien había decidido entregarse de por vida a la tarea de condenar mujeres a una muerte dolorosa.

589

—La situación es terrible —decía Jack—. Es meticuloso. No se apresura.

Seguía dando por hecho que el culpable había sido un hombre, lo que en el fondo era probable. Las mujeres mataban con veneno; los hombres hacían una ciencia de infligir dolor.

—¿Conoces otros casos como este?

Jack le echó un vistazo.

—No es algo de lo que la policía esté orgullosa, pero hay al menos un par más, y no solo aquí. Hay un caso sin resolver en Texas, con cinco muertos en dos años, y un par en Inglaterra; uno de ellos tiene al menos cinco años. Hombres que se aficionan a cierto tipo de crimen muy específico. Los que pueden controlarse y seguir un plan son casi imposibles de atrapar. A menos que sean descuidados, la mayoría de ellos vivirá hasta una edad avanzada y morirá en su cama. Los científicos estudian las huellas dactilares y parecen creer que podrían encontrar una manera de reconocerlas e identificar a los sospechosos, pero nadie sabe cuándo será eso.

Ella frotó la mejilla contra su hombro.

—Así que trabajarás mañana.

Él le leyó la mente, como hacía a menudo, y se inclinó para besar sus labios ligeramente.

—Solo por la mañana. No podía perderme el pícnic de junio. Aunque a ti no te importe, a Oscar sí. ¿Dónde dormimos esta noche, señora Mezzanotte?

—No me importa —dijo Anna—. Pero tenemos que transportar muchas cosas, ropa y todo lo demás.

—Entonces, esta noche no. —La besó otra vez, mordisqueándola suavemente hasta que ella se rio y lo apartó.

—También está el pequeño asunto de la comida. Tenemos que hablar de contratar a un ama de llaves, Jack. No tengo tiempo para cocinar ni nada de eso.

Él se reclinó en el respaldo del banco.

—Le prometí a tu tía que cenaríamos en su casa todas las noches.

Anna no tuvo más remedio que reírse.

590
—Y a mí me hizo prometerle que desayunaríamos con ella todas las mañanas.

—Está decidida —dijo Jack.

—Hum. Se me ocurren otras palabras para describirla. Y, aun así, necesitaremos a alguien que lave la ropa, limpie y todo lo demás. Deberíamos haber pensado en esto desde el principio.

—Anna. —Jack deslizó la mano hasta su nuca, introdujo los dedos en sus cabellos y tiró, haciendo que le corriera un escalofrío por la espalda—. No tardaremos mucho en encontrar una solución, y piensa en lo que obtendremos a cambio. Nuestro propio hogar. Una familia cercana, pero con intimidad real, la que no hemos tenido aún, ni siquiera en Staten Island, con camareras yendo y viniendo y paredes demasiado finas para tu entusiasmo.

—¿Cómo te atreves...?

Él le sujetó las manos para protegerse, la atrajo hacia sí y le rodeó los hombros para mantenerla quieta, mientras se reía como un niño muy satisfecho con su propia broma.

Pasó una pareja mayor, y la señora mostró su desaprobación chasqueando la lengua. En el rostro de Jack surgió una mueca de fastidio, y ella notó que se ponía tenso. Así pues, hizo lo más lógico en esa hermosa tarde de verano: mandar a paseo la desaprobación de una desconocida. Lo besó y, levantándose, tiró de él.

—Vamos a probar qué tal se nos da la intimidad. A ver si cumple con tus expectativas y mi entusiasmo.

—¿Te has fijado en el tamaño de la bañera? —dijo Jack.

591

35

*E*lise tenía el día libre, pese a haber dicho que no necesitaba semejante indulgencia. La enfermera jefe había insistido, y esa mañana se despertó con el sonido de las campanas de la iglesia, pensando en la misa. Debía levantarse y vestirse para ir al servicio con los señores Lee y las hermanas Russo. Había abandonado el convento, pero no la Iglesia.

Se dio la vuelta sobre el estómago y hundió el rostro en una de las mullidas almohadas que ya había empezado a valorar.

Nadie la reprendería si decidía quedarse. No sería necesario, porque ya lo haría ella por los demás. Salió de la cama con un gemido y empezó a prepararse.

Poco a poco, se dijo a sí misma. Un cambio después de otro. Irían a la iglesia, las niñas brincando con sus frescos sombreros bien atados. A ella le gustaba caminar y pasear por la ciudad cuando hacía tan buen tiempo. Le gustaban los señores Lee. Lo que la inquietaba era ver la fila de confesonarios a lo largo de la pared. No había abandonado la fe, pero tampoco se había confesado desde que tomó al tren a la ciudad, y eso era algo que debía expiar.

«Perdóneme, padre, pues he pecado… No echo de menos el convento, ni a ninguna de las hermanas que me enseñaron y cuidaron de mí; amo este mundo y el lugar que ocupo en él, el trabajo que hago y las cosas que aprendo, y me paso el día sin rezar ni pensar en ello.»

Oyó que Rosa y Lia salían de su habitación, y a Margaret recordándoles cómo habían de comportarse. Ellas lo aceptaron todo con alegría, deseosas de ponerse en marcha. Elise las siguió sonriendo para sí.

ϒ

El domingo por la mañana, Anna fue a ver a una paciente que, por desgracia, había fallecido durante la noche. No fue algo inesperado, aunque sí triste. Habló con el marido, un anciano que temblaba de parálisis y dolor, mientras escribía el certificado de defunción, con la ayuda de una enfermera que sabía italiano. Él respondió con voz temblorosa: Anna Maria Vega había nacido el primer día de marzo del año 1810 en Ragusa, Sicilia, hija de Emilio y Anna Theresa Vega. Anna añadió el hecho de que murió en Nueva York en una templada noche de verano, de un aneurisma de la aorta abdominal, fácil de diagnosticar e inoperable.

Antes de salir, la detuvo otra enfermera y escribió tres certificados de defunción más. Luego bajó a la oficina del secretario, donde los firmaba en su presencia para que los archivara con el juez de instrucción.

La puerta estaba abierta, pero no había rastro del secretario. Anna se sentó a esperar. Si regresaba a los pasillos se vería arrastrada a un caso u otro y no llegaría a tiempo para el pícnic. Estaba deseando conocer a los Mezzanotte de los que tanto había oído hablar. Además, aquella situación sería más fácil que cualquier otra; el pícnic y todo lo demás llegaría a su fin, y ella podría escapar. Esa era la palabra que le venía a la cabeza. Se preguntó si Jack se daría cuenta de lo inquieta que estaba ante la perspectiva de conocer a tantos parientes nuevos, todos a la vez. También se preguntó si habría planeado la noche anterior, si sería consciente de que aún le temblaban los músculos, espoleados tras una sola hora en la bañera. Resultaba difícil centrarse en otras cosas cuando su mente seguía volviendo a él, a él enredado con su cuerpo, con el agua caliente, el jabón y la piel resbaladiza.

Se levantó para ir a la ventana y vio un periódico en el escritorio, abierto por la página de clasificados. Lo cogió pensando en Oscar Maroney y empezó a mirar las letras diminutas, una columna tras otra de telegráficos anuncios de cacao, pantalones cortos, pianos, cerveza, vacaciones en la playa, curas milagrosas, sombreros de paja, aceite de Macasar, bolsos de cocodrilo, inhaladores de vapor, musicales, estilográficas, encajes

593

de Bruselas, cigarros, pulidores dentales de fieltro y crecepelos. Cuando llegó al listado de médicos privados, se sentó a leer: direcciones, horarios, áreas de especialización, estudios. Entremezcladas con las ofertas legítimas estaban las cuestionables:

Las mujeres casadas y solteras que necesiten una consulta médica privada y personal pueden dirigirse con confianza al doctor Crane, quien ha recibido la mejor educación médica disponible. Veinte años de ejercicio. Eliminación sencilla de las obstrucciones a los ciclos de la naturaleza. Métodos higiénicos modernos, seguros y discretos. Apartado de correos 29 en Broadway. Se contesta el mismo día.

Las señoras respetables que requieran atención y tratamiento médico experto deben saber que el doctor Weiss, especialista en las necesidades particulares del sexo débil, reconocido por sus métodos amables, profesionales y tradicionales, recibe pacientes en su consultorio del edificio Hughes.

594

Las damas en apuros y sin otro recurso, casadas o solteras, pueden dirigirse al doctor Sanders, médico y profesor de indisposiciones femeninas con muchos años de experiencia. Mande su consulta al apartado de correos 4 de Park Avenue. A vuelta de correo recibirá una descripción de los servicios ofrecidos. Los detalles concretos de su caso harán posible una respuesta desglosando los costes.

Contó treinta anuncios del mismo tipo, y calculó que había el doble de píldoras e infusiones, garantizadas para restaurar la salud y la circulación femenina, un eufemismo que siempre le había puesto los pelos de punta. Como si el ciclo menstrual de una mujer fuera una dolencia que solo pudiera manejar el intelecto superior del hombre. Si se dedicara a revisar las decenas de periódicos que se publicaban al día, encontraría cientos de anuncios dirigidos a las más desesperadas, pero ninguno de ellos podría darles la ayuda que prometían. Los buenos médicos y parteras que provocaban abortos no se publicitaban de ningún modo, y eran, por necesidad, extremadamente cautelosos a la hora de aceptar pacientes.

Siguió leyendo, hojeando los anuncios más personales y en su mayoría indescifrables: «A. Y.: todo está listo. Mañana a las ocho en el lugar acordado. W. G. G». ¿A. Y. y W. G. G. iban a fugarse, a cometer adulterio o a perpetrar un atraco? Entonces entendió que la gente se viera atrapada en el misterio y la intriga de aquellas historias breves, llenas de posibilidades. La señora Lee y la tía Quinlan a veces hablaban de ellas como si los protagonistas fueran viejos conocidos.

Luego se preguntó qué creían Jack y Oscar que iban a sacar en claro de aquello, y si tendrían la intención de investigar a cada uno de los supuestos médicos que lanzaban afirmaciones extravagantes e irresponsables bajo nombres falsos. Al doblar el periódico para dejarlo de nuevo en el escritorio, le llamó la atención otro anuncio. Mientras lo leía, entró el secretario.

Anna asintió con impaciencia a la larga excusa por su ausencia y le mostró el periódico.

—¿Es suyo esto, señor Andrews?

Era un hombre alto y flaco, al borde de la desnutrición, con la piel cubierta de erupciones inflamadas que una persona más afortunada habría superado años atrás. Anna imaginó que nunca miraría su propio reflejo si podía evitarlo. Ahora el sudor empapó su frente porque ella lo había mirado. Volvió a fijar su atención en el periódico.

—No pasa nada —dijo con tono más amable—. Vine con unos certificados de defunción y vi el periódico. ¿Le importa que me lleve esta página de anuncios?

Él levantó ambas manos con las palmas hacia fuera, como si se rindiera ante un poder militar superior.

—Adelante, por favor —respondió.

Jack y Oscar llamaron a la puerta de Archer Campbell a las diez de la mañana, y siguieron llamando hasta que le oyeron maldecir mientras circulaba por la casa. Al abrir, los miró con los ojos inyectados en sangre.

Iba con las mangas subidas hasta los codos, la piel escaldada goteando agua y jabón, los pantalones empapados desde la rodilla hasta el tobillo y los zapatos arañados y cubiertos de tierra.

—¿Qué es lo que quieren?

—Hacerle unas preguntas —dijo Oscar, con un tono menos cortante de lo que anticipaba Jack.

—Yo también tengo unas cuantas —replicó Campbell—, aunque dudo que vayan a darme ninguna respuesta. Son todos unos malditos inútiles, carajo.

Lo siguieron a la casa, a través del pequeño salón comedor a una cocina que había sido vaciada de muebles; las ventanas y la puerta trasera estaban abiertas de par en par. La habitación olía a lejía y carbólico. Pasaron ante un cubo y un cepillo de fregar y salieron al patio, donde le esperaba una tina llena de ropa.

—Al grano —dijo Campbell—. ¿O es que esperaban café y pasteles?

—¿Cuánto dinero se llevó su esposa cuando se fue con los chicos ese miércoles por la mañana? —preguntó Oscar.

Campbell movió la cabeza.

—¿Qué?

—¿Cuánto dinero…?

—Eso no importa. ¿Por qué iba a importar?

—Estamos intentando localizar al médico que la trató —explicó Jack—. El dinero es importante.

—A ella nunca le faltó de nada —dijo Campbell—. Ni a ella ni a los niños.

Oscar miró a Jack, pero guardaron silencio. Campbell echó la cabeza hacia atrás y clavó la vista en el cielo. Al cabo de unos momentos dijo:

—Se lo llevó todo. Mil doscientos veintidós dólares, cada centavo que ahorré desde que empecé a trabajar el día que cumplí once años.

—¿Lo guardaba en casa?

—Muéstrenme a un hombre que deposite su confianza en un banco, y les mostraré a un tonto. Estaba bien escondido, se lo aseguro, pero no lo suficiente. Nunca se me ocurrió que tendría el valor de robar a su propio marido, pero resulta que no la conocía en absoluto, ¿verdad?

—¿Ha renunciado a la búsqueda de sus hijos?

La expresión de Campbell se endureció.

—¿Con qué dinero? Los billetes de tren, los detectives privados y todo lo demás cuestan mucho. —Miró por encima del hombro como si le preocupara ser escuchado—. Lo planeó todo. Me quitó el dinero para pagar al médico, ese que la operó e hizo tan buen trabajo. Y cuando vio cómo estaban las cosas, que se estaba muriendo, le entregó el resto a alguien para que acogiera a los cuatro chicos. Robó mis ahorros y los usó para esconder a mis hijos de mí, me ató las manos para que no fuera a buscarlos. ¡Requetegrandísima zorra! Nunca podré borrar su hedor de esta casa.

Anna salió del New Amsterdam y tomó un carruaje en dirección a la calle Bloomingdale, en la parte alta de la ciudad, a una pequeña granja que había sido uno de sus lugares favoritos cuando era niña. Era un viaje que la tía Quinlan, Sophie y ella solían hacer una vez al mes, pero Anna no había vuelto desde marzo, la semana antes de ir a Hoboken. Amelie no se lo echaría en cara, pero se arrepentía de ello.

Cuando el cochero se negó a ir tan lejos, le prometió un dólar además de su tarifa normal si la esperaba. Al llegar se detuvo frente a la puerta del jardín, llena de enredaderas con flores tan grandes como platillos, de un azul brillante a la luz del sol.

La granja pertenecía a Amelie, su prima, su media prima, en realidad, quien había dejado su oficio de partera a pesar de que solo tenía sesenta y cinco años. En aquellos días no salía nunca de casa; no había asistido a la boda de Sophie, y no habría asistido a la suya, si la hubiera habido. Amelie se había retirado del mundo, era así de simple, y además se guardó sus razones para sí misma.

Anna se quedó un momento echando un vistazo y consolándose con el hecho de que allí nada había cambiado. Un pequeño granero en buen estado, un prado donde pastaban ovejas, un burro y un caballo muy viejo, y la pequeña cabaña rodeada de un jardín donde las gallinas escarbaban la tierra sin cesar. Las hierbas que crecían a lo largo del sendero —menta, consuelda, salvia, tomillo, atanasia, poleo, artemisa, verbena, ruda— se amotinaban al borde de la anarquía, lo que también podía decirse del resto del jardín. La palabra que le venía a la cabeza era abundancia.

—Beauregard —dijo, sorprendida de ver al viejo perro de Amelie durmiendo en su lugar habitual.

Siempre se iba pensando que moriría antes de que ella regresara, pero ahí seguía. Aunque tenía cataratas blanquecinas en los ojos, agitó la cola al oír su voz. Ella se agachó para acariciarle la cabeza, y él se echó de espaldas para mostrarle el vientre.

—No importa la edad que tenga —dijo una voz familiar desde el otro lado del jardín—. Él siempre exige su peaje. Anna Savard, qué alegría verte.

Anna se abrió paso a través de los cultivos —coles, calabazas, zanahorias, pepinos, chirivías, judías, guisantes, nabos— hasta llegar a Amelie, que se levantó de la hierba y abrió los brazos.

—Beauregard no es el único que cobra peaje. Ven aquí y dame lo que me corresponde.

A pesar de la delgadez de sus extremidades, abrazó a Anna con todas sus fuerzas. Luego dio un paso atrás y le cogió las manos para apretarlas. Tenía los ojos avellana empañados de lágrimas, pero lo habría negado si se lo hubieran dicho.

—Cada día te pareces más a Birdie, que en gloria esté. Vamos, estas malas hierbas no se van a ir a ninguna parte. Estarán esperándome cuando regrese, aunque doy por hecho que tienes poco tiempo.

En ese momento, Anna se habría olvidado con gusto de todo y de todos para pasar la tarde trabajando en el jardín con Amelie. Fue ella quien ayudó a traerla al mundo, lejos de aquella bonita granja en la orilla misma del bosque sin fin. Anna se prometió a sí misma que pasaría allí un día entero antes de que acabara el verano, y que traería a Jack. Jack debía escuchar las historias de Amelie de la propia Amelie.

—Sophie y Cap estuvieron aquí antes de zarpar —decía ella por encima del hombro—. Espero que no te moleste que me contaran lo tuyo. Y no empieces a disculparte, sé lo ocupada que estás.

—Debería disculparme.

—Pues no lo hagas. Ven a la cocina, tengo pastel.

Anna siguió el sinuoso camino a la parte de atrás, bordeado de arbustos en flor con abejas y colibríes. De niña pensaba que la casa era como las casitas de los cuentos de hadas, llena de armarios secretos, escaleras ocultas y, sobre todo, historias. Tenía una estructura extraña, sin orden ni concierto, como una anciana artrítica pero feliz. Las puertas de la entrada y de la cocina y todas las ventanas estaban abiertas para que entrara la brisa, porque, por muy vetusta que pareciera la casa y la propia Amelie, le gustaban los nuevos inventos y había instalado mosquiteras en todas partes, compradas a un hombre de Chicago con grandes gastos de envío. Pero valían cada centavo, explicaba cuando le preguntaban; habría estado dispuesta a pagar más a cambio de poder disfrutar del aire fresco sin las moscas y mosquitos que asolaban a hombres y bestias por igual en las granjas.

Mientras Amelie hacía sus cosas, Anna aprovechó para observar a su prima: el río de pelo, plata y negro, en una larga trenza por la espalda, sus ropas vaporosas y anticuadas, desgastadas y desvaídas. En comparación, tenía una tez mucho más joven de la que le correspondía por sus años, tersa y elástica, aún sin arrugas. Era hija y nieta de esclavos y poseedores de esclavos, de mohawks y seminolas, y todos esos linajes se habían unido para darle un color que había fascinado a Anna desde pequeña. Todavía le recordaba al azúcar hirviendo, a caramelo al borde de un tono más profundo. Recordaba vagamente haber lamido la piel del brazo de Amelie y notar un sabor a sal, cuando había esperado azúcar.

Amelie desapareció en la despensa, elevando la voz para hacerse oír por encima del ruido de cestas y cubos.

—Háblame de tu Jack.

—Primero cuéntame tus noticias.

Amelie siempre tenía noticias de su hermana, que vivía en Boston y había criado a una familia de diez hijos, que, a su vez, habían tenido dieciocho hijos propios, y de su hermano Henry, que seguía trabajando como ingeniero de ferrocarriles aunque tenía casi setenta años.

—Es incansable. Se parece a papá. —Asomó la cabeza por la esquina de la despensa—. Ahora deja de perder el tiempo y empieza a hablar.

Así pues, Anna narró la historia de Jack Mezzanotte mientras Amelie reunía sus utensilios, hervía raíz de jengibre, seleccionaba hojas de menta secas y ponía ambas cosas en remojo.

—Mezzanotte, dices. ¿Su familia tiene abejas en algún lugar de Jersey?

—Pues sí —afirmó Anna—. Debí suponer que conocerías el apellido.

599

—Lo conozco. Muy bien, le doy mi aprobación.

Aquello la hizo reír.

—¿Porque sus padres tienen abejas?

—Porque no hacen nada a medias —respondió Amelie—. Y porque tengo claro que se te acercó sigilosamente, lo que significa que bajaste la guardia, y eso me dice todo lo que tengo que saber. Pásame esa lata, ¿quieres?

Colocó las cosas sobre la mesa: una tetera con una tapa que no encajaba, tazones en platillos desportillados, una jarra de leche y un cuenco con terrones de azúcar moreno. Luego abrió la tartera, liberando los aromas de la mantequilla y el cardamomo como al genio de una lámpara.

—¿Tienes algo para mí?

—No —dijo Anna—. Hoy no. Pero me gustaría saber qué opinas acerca de unos casos. —Fue al lavabo a lavarse las manos, y luego se las secó con la toalla que le entregó ella.

Amelie se retrepó en la silla.

—Empieza por el principio. Y no te dejes nada.

600

Cuando Anna terminó de contar todo lo que sabía de Janine Campbell, Abigail Liljeström y Eula Schmitt, Amelie se puso a cortar el pastel. Anna dejó que reinara el silencio, con paciencia, porque solo la paciencia obtendría frutos.

—Leí sobre la investigación de Campbell en el periódico —dijo Amelie al fin—. Dime, ¿por qué no me mandó Sophie a la mujer?

—Ya sabes por qué —contestó Anna—. Decidimos que no te mandaríamos a nadie hasta que Comstock detuviera su campaña. El marido de la señora Campbell trabaja para Comstock. Era demasiado peligroso, y nos importó más tu seguridad.

—Pensasteis que Comstock la seguiría hasta aquí.

—Sabes que hace ese tipo de cosas.

Ella movió la cabeza de un lado a otro, meditabunda.

—Así que crees que la mujer de Campbell acudió a alguien que se anunciaba como médico de renombre, pero no lo era. Sabes que ocurre todos los días.

—Es más que eso —dijo Anna—. Quien operó a Janine Campbell estaba furioso. Fue como una puñalada. No vi los cadáveres, pero leí el informe de la autopsia de Liljeström: las similitudes son innegables. Y ahora este tercer caso, más de lo mismo.

—¿Qué piensa tu Jack?

Anna dedicó un momento a ordenar sus ideas.

—Piensa que hay un hombre, tal vez un médico, tal vez no, que tiene la compulsión de hacer esto a las mujeres. Alguien muy inteligente, que planea sus pasos.

—¿Jack sabe de mí?

Anna había estado esperando esa pregunta, y negó con la cabeza.

—Todavía no.

—No le parecerá bien.

—Creo que no juzgará hasta que te conozca, y entonces estará satisfecho.

Aquello le arrancó una sonrisa.

—Explícame eso.

—Él es distinto, Amelie. Debido a sus antecedentes familiares, no se apresura a condenar y trata de ver bajo la superficie. Es la razón por la que nos sentimos atraídos el uno por el otro, creo.

—El hombre perfecto.

—Para nada —replicó Anna, riéndose—. Y todavía no he conocido a toda su familia, así que aún puede haber problemas. De hecho, sé que los habrá. —No era el momento de hablar de Bambina, aunque le habría gustado hacerlo.

—Si quieres mi opinión, puede que Jack tenga razón en sus sospechas sobre cómo murieron esas tres mujeres —dijo Amelie.

Anna había estado esperando algo menos definitivo.

—¿Puedes explicarme cómo llegas a esa conclusión?

—Me parece extraño, basándome en mis cuarenta años de experiencia.

—¿Tienes alguna sugerencia de por dónde empezar? ¿Algún nombre?

Su prima se quedó mirando la taza de té durante un buen rato.

—Había un médico…, hace unos treinta años. No era joven entonces, así que ya habrá muerto. Pero era brutal con sus pacientes, más empeñado en purificar sus almas que en salvar sus vidas. Me lo imagino dejando morir a una mujer. Seguramente lo hizo, y más de una vez. Pero eso no tiene nada que ver con estos casos suyos. Para algo así hay que ser un monstruo.

Anna sacó el recorte de periódico que había traído, lo puso delante de Amelie y señaló el anuncio que había levantado sus sospechas.

A la refinada pero angustiada dama que salió de la botica de Smithson en Jefferson Market ayer por la mañana: creo que puedo proporcionarle la ayuda que necesita. Escriba al doctor DePaul, Estación A, Union Square.

Cuando Amelie terminó de leer y levantó la vista, Anna le preguntó:

—¿No es Smithson el farmacéutico que toma los mensajes para Sarah?

—Sí, lo es. O lo era. Sarah se mudó a Jersey para vivir con la familia de su hijo.

—¿No está bien?

—Cumplió setenta y ocho años el pasado noviembre.

Anna esbozó una media sonrisa de disculpa.

—No me di cuenta. ¿Alguien se hizo cargo de su consultorio?

—Pensaba que lo había hecho Nan —dijo Amelie—. ¿Recuerdas a Nan Gray?

—Vagamente. ¿Es de las tuyas?

A lo largo de los años, Amelie había entrenado y asesorado a un centenar de parteras, y trataba de seguirles la pista a todas ellas.

—No. Vino de Washington, hará veinte años. Pero quizá no fuera ella quien sustituyó a Sarah. ¿Estás pensando que ese doctor DePaul, quienquiera que sea, vigila a las mujeres que salen de Smithson? Parece un método muy arriesgado de tender una trampa, si es lo que está sucediendo.

—Pero está escrito en términos tan vagos que cualquiera podría pensar que es la destinataria. Con que reciba una respuesta al mes, tendrá bastante. Espero.

Amelie murmuró para sí mientras servía más té.

—El ejercicio de la medicina exige cierto grado de cinismo, pero esto… —Negó con la cabeza—. A ver si lo entiendo bien.

Crees que hay un hombre que busca mujeres en apuros, les ofrece sus servicios y las opera para que no sobrevivan, e incluso para que mueran entre terribles sufrimientos. ¿Con qué propósito? ¿Castigarlas a modo de sentencia ejemplarizante?

—No lo sé —dijo Anna—, pero tengo la sensación de que sería un error descartar la posibilidad.

Amelie se quedó callada y volvió la cabeza como si mirara al jardín, pero Anna sabía que no miraba nada en absoluto. Su prima solía meterse dentro de los problemas y seguir allí hasta que encontraba una salida. Había aprendido de su propia madre, Hannah, la tía de Anna, una médica de gran fama en la frontera de Nueva York. Le parecía que Amelie entendía la mente de los médicos tan bien como la de las mujeres.

—Ya sabes por dónde empezar —respondió tocando el anuncio del periódico.

—Eso pensaba, pero me ha ayudado hablar contigo. Te mandaré un mensaje si descubro algo. Ahora tengo que ir a conocer a unos cincuenta Mezzanottes, así que, por favor, deséame suerte.

—La suerte está muy sobrevalorada —dijo Amelie—. Tu sentido común te vendrá mucho mejor.

603

El pícnic anual de la Sociedad Italiana de Beneficencia y el concierto de la banda era un acontecimiento popular, que incluso podía rebasar los límites de Washington Square Park. Desde la mañana temprano llegaban grupos portando cestas o empujando carritos, a pie, en ómnibus, en tranvía o en su propio coche de caballos. Habían venido familias desde Long Island a la ciudad de Jersey, golfillos callejeros en busca de carteras desatendidas y viandas gratis, y guardias y policías que paseaban a un ritmo pausado, deteniéndose para ver cómo se jugaba a lanzar la herradura.

Elise se sentó con Chiara y Bambina en un banco en la esquina opuesta a la Universidad de Nueva York, donde la familia Mezzanotte se ocupaba de los preparativos. En la acera había una carreta en cuyo lateral se leía en letras pintadas: «Hermanos Mezzanotte, Greenwood, N. J.». Elise la había visto por primera vez a menos de una manzana de allí, detenida ante un cruce. Entonces iba cargada de flores, pero esta vez llevaba bancos, tablones y barriles, cajas de manteles, vajilla y cestas de comida. El porte se realizaba bajo la atenta mirada de una de las tías Mezzanotte, toda de negro, encorvada por la edad; les daba órdenes a los jóvenes con la misma autoridad y delicadeza que sor Xavier.

Las tres jóvenes habían sido eximidas del trabajo físico y les habían asignado la supervisión de las carretas, de todos los niños de los Mezzanotte y de los hijos de sus primos con edad suficiente para caminar, pero menores de cuatro años. Los chiquillos se revolcaban y rodaban por la hierba, y de vez en cuando intentaban evadirse, a menudo sin otra razón que la alegría de ser perseguidos por Chiara o Elise. Bambina se quedaba donde estaba, tejiendo encajes de fino hilo blanco con la rapidez y la uniformidad de una máquina. Sin embargo, la costura no ralentizaba su conversación. Chiara y ella instruían a Elise en los usos y costumbres de los italianos.

Bambina le señaló las distintas familias: el barbero Amadio, un viudo con cuatro hijas casadas que vivían en el mismo edificio y competían por sus afectos dándole de comer varias veces al día; Maria Bella, que ya había enviudado dos veces a los treinta años; el *signore* Coniglio, que enseñaba en la escuela italiana y siempre hablaba de hacerse sacerdote, aunque ya tenía más de cuarenta años; Joe Moretto, que había perdido las dos piernas luchando a las órdenes de Grant, pero igualmente había conseguido tener siete hijos. Elise prestó atención, pero sabía que la mayoría de los nombres y rostros se mezclarían al acabar el día.

Un poco más lejos, bajo la sombra de los árboles, las ancianas se sentaban juntas chismorreando y atendiendo a los más pequeños. También estaban allí la señora Quinlan y Margaret, porque el inspector se había asegurado de encontrarles un sitio junto a su tía Philomena. Por lo visto, había una ley que dictaba el uso de ropa negra para las mujeres italianas de cierta edad, pero la señora Quinlan llevaba un sencillo vestido de algodón, con ramilletes de flores blancas sobre un fondo turquesa, y parecía un pájaro exótico entre cuervos.

Los hombres mayores jugaban un reposado juego que a Elise le recordó al lanzamiento de herraduras, pero con una pelota.

Pese a que parecía interesante, los italianos eran como todos los demás, con ideas estrictas acerca de cuál era el lugar de las mujeres y cuál no. El suyo estaba allí, cuidando de los pequeños.

Aparte de los muy viejos y los muy jóvenes, todos tenían algo que hacer. De vez en cuando, Elise veía a Rosa y Lia en medio de un grupito de chicas a las que les habían dado trapos y montones de platos que lavar. Estaban completamente absortas en su labor, charlando con las otras como si hubieran crecido juntas. Si se les ofrecía la más mínima oportunidad, los niños sobrevivían. Los que podían formar vínculos sobrevivían mejor.

—Mira —dijo Chiara—, Cesare se va a caer de la escalera y se va a abrir la cabeza.

El pabellón de la banda estaba lleno de gente que colocaba sillas y atriles. Unos chicos colgaban banderines rojos, blancos y verdes en la techumbre. Uno de ellos había subido tan alto que parecía que la escalera iba a volcar.

—Siciliano —manifestó Bambina, frunciendo el ceño sobre su labor—. Están hechos de goma. Rebotan.

Su tono no fue elogioso. Elise lo pensó un momento y preguntó:

—¿No te gustan los sicilianos?

El rostro de Bambina adoptó un gesto dolido.

—No tengo nada en contra de ellos, siempre y cuando no se acerquen a mí.

Elise se dijo que sería mejor preguntarle a Jack sobre la cuestión. Bambina también quiso cambiar de tema, porque entonces decidió que Elise debía ser capaz de identificar cada instrumento de la banda que iba saliendo de las cajas. Así, le señaló un sousafón, trompetas, fagots, clarinetes y tres tipos de tambores, con el cobre y los cromados bien bruñidos para reflejar el sol.

En su casa de Vermont, Elise solo había conocido los violines, los silbatos y la flauta de pico que sacaba el señor Esquibel en las fiestas. Cuando entró en el convento, no oyó más que el órgano. Sabía que existían instrumentos de otras clases, pero nunca había pensado mucho en ello. Desde luego, no había imaginado nada semejante a eso, sobre todo cuando la banda se puso a afinar. Los sonidos se solapaban como una colcha mal hecha, ascendiendo y descendiendo antes de asentarse finalmente.

El director de la banda estaba de pie a un lado, dedicando toda su atención a un hombre mayor vestido con elegancia. Aquel, dijo Chiara con un tono casi reverencial, era el señor Moro, el presidente de la Sociedad de Beneficencia.

Entonces Anna apareció de repente, deslizándose entre Bambina y Chiara. Se había cambiado el sencillo traje que llevaba en el hospital por un vestido de verano. Tenía una capa corta de color verde mar pálido, otra con una raya estrecha del mismo color, y un sobrevestido estampado con hiedra y botones florales. El corpiño estaba hecho de tablas que caían formando una falda dividida. La espalda era igual de llamativa, con pliegues que surgían de un elegante canesú curvado sobre los hombros. El diseño era sencillo y, sin embargo, engañoso. Costaba darse cuenta de lo bonito que era a menos que te tomaras el tiempo de mirarlo de cerca, y sin duda algunos no se molestarían porque estaba absolutamente pasado de moda.

La mayoría de las Mezzanotte iban vestidas como campesinas, con cómodos corpiños sin mangas sobre blusas de lino, faldas anchas y delantales. Solo Bambina llevaba algo que podría haber salido en una revista ilustrada, nada extravagante pero muy refinado, con una falda abullonada a los lados que revelaba un polisón.

Elise no pudo evitar preguntarle:

—Doctora Savard, Anna, ¿es ese el vestido que llevabas cuando te casaste?

Chiara alzó los hombros, como un sabueso ante un rastro prometedor. Siempre quería saber más sobre la pequeña y tranquila ceremonia de boda en Staten Island. Por algún motivo, no podía creer que hubiera sido tan sencilla como Anna y Jack afirmaban. Bambina sentía la misma curiosidad, Chiara lo sabía, pero mostró una expresión más desinteresada.

—No —dijo Anna—. Recuérdamelo más tarde y te enseñaré el vestido que llevaba puesto. No era nada del otro mundo, Chiara. No teníamos planes de casarnos ese día.

Chiara hizo un gesto de resignación, pero luego preguntó algo que Elise jamás habría considerado aceptable:

—¿Por qué te vistes así? ¿No te importa la moda?

Por el contrario, Anna no parecía ofenderse con tanta facilidad.

—La mayoría de las veces es por mi trabajo. Lo último que necesitas en el quirófano son corpiños ajustados y faldas estrechas. Tienes que poder moverte libremente. Cuando no estoy trabajando, tampoco le veo la lógica a estar incómoda.

—Anna pertenece a la Sociedad del Vestido Racional —dijo Bambina—, esa que es tan radical. Si gobernaran el mundo, nos tendrían a todas en pantalones.

—Y estaríamos más cómodas —replicó Anna—. En realidad, la Sociedad del Vestido Racional no es tan extrema como crees. Deberías venir conmigo a una reunión, Bambina.

El semblante que puso Bambina fue casi cómico, pero se salvó de responder porque el inspector se acercó a ellas.

Se había quitado la chaqueta y el chaleco, y llevaba unos tirantes verde esmeralda sobre una camisa blanca remangada que dejaba ver sus antebrazos musculosos. Elise tenía poca experiencia con los hombres, aparte de con su padre, sus hermanos y los sacerdotes, pero entendía por qué consideraban a Jack un hombre guapo. No se trataba de sus rasgos, sino de su manera de moverse, su energía y su aplomo. Ahora mismo iba a por Anna, y Elise se preguntó cómo sería eso de que un hombre la mirara a una con tan rendida adoración.

Él se detuvo justo delante de ella y, agachándose, le besó la mejilla. Aquello no tenía nada de particular entre los italianos, según había observado Elise. Se abrazaban y se besaban como si tal cosa, tanto hombres como mujeres. Los hombres besaban a sus hermanos, hijos y sobrinos, cogiéndose por los hombros. Las madres, hermanas, tías y los niños pequeños recibían besos más suaves, a veces con un brazo alrededor del cuello.

Y, aun así, ese beso había sido distinto. Debido a que estaba sentada tan cerca, Elise vio exactamente cómo sucedía, el roce de los labios no en la mejilla, el mentón o incluso la boca, sino en el cuello de Anna, debajo del lóbulo. Un gesto sencillo y devastador que hablaba de pasión y posesión. La joven notó que sus mejillas se teñían de rubor, como las de Anna.

—Vamos, Savard —dijo Jack con una sonrisa, tirando de ella para que lo siguiera. Anna se levantó sin protestar y sin la menor sombra de duda—. Elise, ven a conocer a mi familia —añadió después.

607

—Me necesitan aquí —se oyó tartamudear, sorprendida.
—Adelante, ve —dijo Chiara—. Nos apañaremos.

Puesto que era imposible recordar todos los nombres y las caras, Elise ni siquiera lo intentó, y en realidad no importaba; los parientes del inspector estaban más interesados en Anna, como era de esperar. Lo que la sorprendió fue el talante tranquilo de la doctora. Se mostró serena y amable, centrándose por completo en quien tuviera delante en cada momento, respondiendo preguntas sin la impaciencia que habría exhibido si un celador fuera demasiado lento o una enfermera demasiado imprecisa. Otra sorpresa fue que toda la generación de Jack hablaba inglés sin ningún acento, y que no hablaban italiano entre ellos, al menos cuando Anna y Elise estaban cerca. Si era por cortesía o por costumbre, no sabía decirlo.

La única excepción era Carmela, la esposa del segundo hermano mayor de Jack. Parecía tener problemas con el inglés, que usaba porque era lo que se esperaba de ella, aunque fuera un fastidio ineludible.

Carmela llevaba a una criatura sobre la cadera, una niña llamada Lolo que se aferraba a ella como un mono. Tenía unos ojos enormes y brillantes, y el pelo negro, y sonreía sin dientes a todo el que se paraba a admirarla. Lolo se fijó primero en Elise, con expresión solemne y el ceño fruncido. Después se lanzó hacia delante como si pudiera volar. Elise la cogió con cuidado, mirando a su madre por si se ofendía.

—Supongo que soy la primera pelirroja que ve —dijo. Y luego, tocándose el pelo—: *Sono rossa*.

—Sí. —Carmela sonrió—. Quiere tirarte del pelo.

Elise bajó la cabeza para que la niña lo examinara.

—¿Qué es un pequeño tirón de pelo entre amigas?

Jack había advertido a Anna de la importancia de la comida en la cultura italiana, pero ella la había subestimado. Ya había fuentes y bandejas para alimentar a todo el parque, pero de vez en cuando llegaba un nuevo carruaje del que salían más parientes con ollas humeantes y platos cubiertos.

Los adultos se reunieron alrededor de una larga mesa, mientras los niños se sentaban en otra, lo bastante cerca para ser vigilados, pero no tanto como para ahogar la conversación. Unas cuantas sobrinas mayores se apostaron allí para que los pequeños comieran. Los bebés dormían la siesta sobre unas mantas, con un par de perros guardianes cerca.

—Jude se dedica más que nada a criar ovejas —explicó Jack—. Sus perros trabajan el doble en días como este, siguiendo a los niños y asegurándose de que no se acerquen demasiado a las hogueras.

Había un cordero y un cochinillo asándose en un espetón desde la madrugada. El aroma habría hecho que otros perros peor adiestrados abandonaran sus deberes, pero los animales de Jude estaban muy quietos, y su olfateo era lo único que delataba su interés. Anna tenía menos voluntad y se alegró de que el rugido de su estómago no se oyera entre el guirigay de voces. Pasó su plato y vio cómo lo llenaban, decidida a no protestar por la cantidad de comida que le pusieran. Probó todo lo que le sirvieron, tomando nota de las texturas y los sabores y haciendo preguntas. Sabía que más tarde habría un examen. Sabía que le quedaban muchas pruebas por superar, y no tenía intención de suspender ni una sola de ellas.

Así que comió, habló y volvió a comer entre sorbos de vino tinto; una ensalada de tomates mezclados con queso blando, pan y aceite de oliva, salchicha de jabalí y fideos anchos cocinados con alcachofas y alcaparras, judías blancas y setas marinadas, cerdo untado con ajo, limón y romero. Comieron y hablaron, y siguieron comiendo y hablando. Y comieron más, unos mordisquitos seguidos de largas pausas para hacer preguntas y responder.

—Mira ahí —le indicó Jack—, ¿ves al chico sentado al final de la mesa, junto a Rosa?

Anna dijo que sí.

—No lo reconoces.

No, no lo reconocía, aunque luego lo miró con más detenimiento. Doce años, calculó, delgado pero bien alimentado, rubicundo, la viva imagen de la salud.

—Hoboken. Es el chico que quería trabajar para pagarse un pasaje de vuelta a Italia.

—Tienes razón, Santino Bacigalup. Parece otro, ¿verdad?

La madre de Jack se inclinó hacia ellos.

—Buena comida, sol, un lugar seguro para dormir. Es un trabajador incansable. Escribí a su hermana a Palermo por él, pero aún no hemos recibido respuesta.

—Han pasado dos meses —observó Anna. Aquel día en Hoboken parecía incluso más lejano, aunque, en cierto modo, no tanto.

—No hay por qué preocuparse —dijo su suegra—. La hermana habrá tenido que llevarle la carta a su sacerdote para que se la leyera, y luego decirle lo que tiene que escribir. Así es como se hacen las cosas.

—¿Y si no te contestan?

—Entonces se queda con nosotros —respondió Leo, el hermano de Jack—. Ya es como un hermano para mis hijos, y quiere a Carmela y a Lolo. La pequeña lo sigue con los ojos dondequiera que va.

610 —Es un chico afortunado —dijo Anna—. Todavía no sabemos qué fue de Tonino, el hermano de Rosa y Lia. Podría estar en cualquier parte, o en ninguna. Si lo mandaron al oeste en tren con otros huérfanos, nunca sabremos qué le pasó. —Se le ocurrió una idea—. Jack, ¿le has contado a tu madre lo de Vittorio?

—Lo he mencionado.

—¿Qué opina usted, señora Mezzanotte?

Su suegra bajó el tenedor chasqueando la lengua con tristeza.

—¿Te sientes incómoda llamándome mamá?

Anna sintió que una docena de ojos se clavaban en ella.

—Mamá —empezó Jack, pero Anna le puso una mano en la muñeca.

—Déjame responder. Creo que es más que nada por mi madre. No la recuerdo muy bien, solo la sensación de su cara y su voz, pero me aferro a esas pequeñas cosas, y no querría perderlas.

—Sería una deslealtad llamar así a otra persona.

—No exactamente. Es como… —Intentó hacer que su voz sonara natural—. Sería como admitir que se ha ido, y entonces lo hará. No tiene sentido, lo sé.

—Tiene todo el sentido del mundo —dijo la señora Mezzanotte—. Mi madre murió hace treinta y cinco años, y todavía sueño que me regaña porque no voy a visitarla lo bastante a menudo.

—Sí, algo así.

—Lo comprendo. Pero no puedes llamarme señora Mezzanotte, es demasiado formal. Empezaremos con Rachel.

—Gracias, Rachel —dijo Anna—. Me gustaría saber qué opinión tienes sobre Vittorio Russo.

—Mi opinión es que no hay solución fácil para ese problema. Hay demasiados corazones que podrían romperse, y me falta valor para poner uno por encima de otro.

—Menos mal que no uso corsé —murmuró Anna un poco más tarde—. Estaría a punto de estallar. Aunque puede que estalle de todos modos.

Jack le frotó la espalda.

—Tienes que aprender a decir que no, Savard.

Ella se echó a reír.

—Así es como me hago querer por tu madre y tus tías. En algún momento diré que no, cuando sea necesario, pero hoy no. Ahora me vendría bien un paseo.

Todos los que estaban cerca de ella dejaron de comer y la miraron, con la preocupación escrita en el rostro. Anna se preguntó si la idea de un paseo violaba alguna ley no escrita, pero Jack se levantó del banco y le tendió una mano.

—Me parece estupendo.

La mirada que le dirigió indicaba claramente que sabía que estaba tramando algo, pero que no tenía intención de decepcionarla ni de hacer preguntas que pudieran tomarse como algo que no fuera un apoyo incondicional.

—*Ma chiaramente* —dijo el padre de Jack en voz baja—. *Sono sposini novelli.*

Cuando se alejaron, Anna lo miró expectante.

—Recién casados —explicó Jack—. *Sposini novelli*, eso somos nosotros. Gracias a eso, podemos salirnos con la nuestra en todo lo que queramos.

Anna se descubrió sonriendo.

611

—¿Acaso no te sales con la tuya casi siempre?

—Has estado un tiempo con mi madre —dijo Jack—. ¿Qué te parece?

En la esquina de la Quinta Avenida con Washington Square Park se abrieron paso entre una multitud de niños que contemplaban un espectáculo de marionetas, un organillero cuyo mono pedía monedas con un sombrero viejo y grasiento, los vendedores de periódicos y las carretas que ofrecían latas de tabaco, puros, caramelos, pañuelos, banderitas italianas y estadounidenses, cacahuetes, joyas baratas y medallas religiosas. Cuando dejaron atrás el grueso del gentío, Jack le tomó la mano y caminaron hacia el norte.

—Oscar siempre se pone nervioso en esta parte de la Quinta Avenida —dijo Jack—. Se vio envuelto en los disturbios un par de días después de unirse al cuerpo. ¿Recuerdas algo de esa época?

—Recuerdo el ruido, pero nada más. Éramos una familia de mujeres y niños, y nos encerramos en casa. El tío Quinlan había muerto, el señor Lee estaba en el ejército en algún lugar del sur, y Margaret había venido con sus hijos. No se nos permitía salir durante los disturbios, ni siquiera al jardín. La tía no nos dejó ver los periódicos hasta que todo terminó.

Jack casi pareció aliviado de oírlo.

—Bueno, ¿y adónde vamos exactamente, Savard?

—Paciencia. Un par de minutos más.

Anna le habría planteado el tema del anuncio sospechoso, pero había empezado a dudar de sus sospechas, y ya no veía la relación entre los recortes de periódico y la muerte de las tres mujeres. Solo iba a conseguir ponerse en evidencia, como una niña que acudía al hospital con un rasguño y exigía una escayola.

Por otra parte, Jack no se reiría de ella, aunque le dijera una tontería. La escucharía y hablarían de ello. Entonces seguro que él calmaría sus temores y volverían para oír a la banda y ver jugar a los niños mientras el día se tornaba en noche.

Cuando torcieron hacia el oeste en la calle 9, Jack dijo:

—Oscar y yo hemos hablado con Archer Campbell.

Anna se alegró de la distracción.

—¿Sobre la cuestión del dinero?

—Básicamente. Llevaba más de mil dólares cuando salió con los niños esa mañana, pero no había rastro de ellos en su persona ni en la casa cuando se registró después de su muerte. Campbell cree que pagó a alguien para que se llevara a sus hijos.

Anna lo pensó un momento.

—Así que estabas en lo cierto, tenía suficiente para pagar a un buen médico. Pero ¿dónde iba a encontrar a quien se ocupara de los niños? Mil dólares es mucho dinero, pero como mínimo tendrían que durar quince años.

—No sabemos qué fue del dinero. La casa estuvo un tiempo vacía después de que se la llevara la ambulancia, y luego está el propio viaje en ambulancia. He detenido a varios camilleros con los bolsillos llenos de dinero y joyas ajenas. Hay pocas posibilidades de que podamos averiguar algo, pero vale la pena intentarlo.

Jefferson Market surgió a la vista, con todos los puestos vacíos y cerrados durante la tarde de domingo. Al cabo de unas horas, los pasillos estarían llenos de golfillos callejeros y vagabundos, que lucharían por guarecerse bajo ese techo de hojalata con goteras. Algunos ya estaban cerca, de pie, a la sombra de las vías del tren elevado de la Sexta Avenida. Al ver a Jack se escabulleron por las esquinas.

Detrás del mercado se alzaba la mole de ladrillos rojos del Palacio de Justicia, orgulloso y petulante entre una isla de casitas y viviendas humildes, donde vivían principalmente trabajadores cualificados y propietarios de pequeños negocios.

—Ahora tengo todavía más curiosidad —dijo Jack con buen humor—. No querrás llevarme a dar una vuelta por el juzgado... ¿La comisaría de policía?

—No, mira allí.

Señaló con la cabeza los escaparates que daban al mercado. Un sastre, un zapatero, una verdulería, una lavandería de vapor. Entre el tendero y el zapatero destacaba una tienda, un poco más ancha que las otras, el toldo más nuevo, las ventanas inmaculadas. El letrero desgastado era lo único que delataba la antigüedad del establecimiento; estaba escrito con primorosa caligrafía: «Geo. Smithson, Boticario».

Había docenas de farmacias como aquella en la ciudad, pero la de Smithson era una de las más antiguas y respetadas.

Estaba cerrada por ser domingo, claro, pero Anna había contado con eso.

Jack la observaba, curioso aunque paciente.

Ella sacó los recortes de periódico de su bolso y le dio el primero.

—Esta mañana vi este anuncio por casualidad. Llegué al pícnic un poco más tarde porque me detuve a comprar los últimos periódicos. —Extendió los otros recortes para mostrárselos—. De los cinco que compré, cuatro tenían el mismo anuncio. —Jack los miró brevemente, y luego observó la botica de enfrente—. Lo que quizá no sepas —continuó— es que las parteras casi siempre trabajan con un boticario del vecindario, de quien consiguen los preparados que necesitan. Los boticarios tienen una lista de las parteras de la zona y toman mensajes para ellas. Algunos tratan solo con una o dos parteras en las que confían. Mi prima Amelie, de la que no te he hablado todavía, trabajó con Smithson durante más de treinta años antes de retirarse. Otra partera, Sarah Conroy, ocupó su lugar, pero también se ha retirado. No estoy segura de quién trabaja con Smithson ahora, pero esto… —Tocó el anuncio del periódico—. Esto me hace pensar. —Jack la escuchaba atentamente, guardándose bien de decir nada. Anna sabía que su voz se había vuelto ronca, pero iba a contarlo todo. Tenía que contarlo todo—. Amelie era una excelente comadrona. La gente aún habla de ella. Sarah era igual de buena. Y ambas ayudaban a las mujeres en apuros que acudían a ellas.

Vio que él lo entendía.

Jack observó el recorte de periódico, respiró hondo y exhaló el aire.

—¿Sabes quién ocupó el lugar de Sarah? ¿Quién trabaja con Smithson ahora?

—No con certeza, pero podría averiguarlo.

—Espera —dijo Jack—. A ver si lo he entendido bien: una mujer viene a hablar con Smithson en busca de una comadrona, ya sea para asistirla cuando llegue el momento, ya sea para restaurar el ciclo… —Había usado el eufemismo de los periódicos.

—Para provocar un aborto —aclaró Anna—. Sí.

—¿Y siempre se ha hecho así?

—No es la única manera de encontrar a una partera, pero es una de ellas, sí.

—Y tú crees que el tal doctor DePaul intenta llamar la atención de las mujeres que acuden a Smithson con ese propósito.

—Cuando lo dices con esas palabras, suena muy descabellado…

—No, yo también lo veo así. Pero puede haber otras explicaciones. Primero, podría ser un modo de destacar entre los demás anuncios. Tal vez sea como todos los demás, solo que echando una red más amplia…

Anna esbozó una sonrisa trémula.

—Por supuesto. Debería haberlo pensado.

—Espera, no he terminado. —Le puso la mano en la nuca y la atrajo hacia sí para susurrarle en la oreja—. A veces hay cosas que nos resultan extrañas, como si fallara algo. Quizá sea eso lo que has captado, esa sensación, porque yo también la tengo. Lo hablaremos con Oscar y pondremos nuestra mente a trabajar.

Un tren pasó por encima y se quedaron como estaban hasta que se alejó. Anna se separó de él para mirarlo a los ojos. 615

—¿No me estás siguiendo la corriente?

—Desde luego que no. —Sonrió con expresión sombría—. Tengo mis defectos, pero no soy idiota. Tú no lo soportarías, y yo no querría que lo hicieras.

Estaban cruzando el parque y a punto de regresar con la familia cuando Jack vio a la tía Quinlan de camino a casa, flanqueada por Margaret y Elise.

Solo con eso, la expresión de Anna se transformó en la que Jack había llegado a considerar su máscara profesional. Ambos echaron a correr sin necesidad de discutirlo. Cuando las alcanzaron, Anna había logrado esbozar una sonrisa más tranquila y dijo:

—Eres más sensata que yo, tía. Yo también debería echarme una siesta.

Su tía no se dejó engañar con tanta facilidad.

—No te preocupes, estoy perfectamente. Jack, lleva a esta chica al pícnic, ¿quieres? Va a poner a prueba mi paciencia.

El inusual tono de enfado no pareció alarmar a Anna, pero sí poner fin a sus preocupaciones.

—¿Me avisarás si me necesitas?

—Por supuesto que sí. Dame un beso y sigue adelante. Tú también, Elise. Y no discutas conmigo, no lo permitiré. Un paseo corto me vendrá bien. Mandaré a Margaret de vuelta tan pronto como me instale.

—¿Yo no tengo nada que decir en esto? —preguntó Jack.

Los cuatro rostros se volvieron hacia él. Jack suspiró con fingida decepción, se inclinó y, delicadamente, tomó en brazos a la querida tía de Anna.

—No te quejes —le advirtió—. No lo permitiré. —Y comenzó a bajar la calle a paso ligero.

Por un momento pensó que ella iba a darle de capirotazos en las orejas, pero de repente soltó una risita y se relajó.

—A veces me recuerdas a mi Simon. Tuve una época difícil cuando estaba embarazada, y él me llevaba a todas partes. —Le rodeó el cuello con un brazo y le dio una palmadita en la mejilla—. Estoy tan contenta de saber que cuidarás de mi Anna.

No tardó ni un cuarto de hora en regresar al parque, pero Rosa y Lia estaban al acecho y le saltaron encima. Él miró sus expresiones y se agachó.

—La tía Quinlan está bien —dijo—. No hay de qué preocuparse.

—No estamos preocupadas —respondió Rosa—. Estamos confundidas.

—¿Por qué?

Lia se apoyó en su brazo y señaló.

—¿Ves a ese chico de ahí?

Jack reconoció a Ned por su manera de moverse, un joven pulcro aunque vestido de manera sencilla, con la postura erguida, pero inclinando los hombros hacia Anna mientras esta hablaba, la viva imagen de la solicitud varonil.

—Sí, lo conozco. Se llama Baldy, o Ned. ¿Qué pasa con él?

Aquella energía rebosante las abandonó de golpe, pues esa información solo sirvió para confundirlas aún más. Querían saber por qué tenía dos nombres, y cuál era el correcto. Cuando resultó que Jack no tenía una explicación satisfactoria para tal incongruencia, siguieron adelante con su historia, que tenía que ver con Anna, Bambina y Baldy-Ned. Jack hizo un gesto de incomprensión, pero no las interrumpió para corregirlas porque estaban desmadradas.

Al parecer, Baldy-Ned se había acercado a Anna, le había sonreído, la había llamado doctora Anna y le había preguntado si era cierto que, en contra del sentido común, se había casado con el inspector Guinea; ella se había reído como lo hacían las mujeres cuando les gastaban bromas y les gustaba. Lo más extraño era que Bambina se había enfadado con Baldy-Ned en el acto. No le gustaba lo que decía, ni cómo lo decía, ni la idea de que Baldy-Ned le enseñara italiano a Anna (aunque el hecho de que fuera a aprender era una buena noticia), y entonces Baldy-Ned le había sonreído a Bambina y la había llamado *cara*.

—No le gustó nada eso de que la llamara *cara* —dijo Rosa—. Pero es algo bueno llamar *cara* a alguien.

Lia, dando botes, preguntó por qué Bambina había apretado la mandíbula y se había puesto roja. Y lo más importante, ¿qué quiso decir Anna con lo de que él, Jack, le había presentado a Baldy-Ned con perfecta educación, y que Bambina podía seguir el ejemplo de su hermano?

Todo les resultaba muy confuso, porque pensaban que Baldy-Ned era agradable y les gustaría que fuera a casa para hablar en italiano con Anna y con ellas.

—Así pues, ¿puedes arreglarlo? —dijo Rosa.

Antes de que pudiera llegar hasta Anna, la banda empezó a tocar y Baldy-Ned desapareció. Ya no se podría arreglar nada, ni siquiera hablar por encima de la música, lo que le daría a Jack algo de tiempo para pensar. Se alegró de ello.

Rosa y Lia se sentaron en la manta donde se había instalado Anna, y Jack siguió su ejemplo. Se apoyó en Anna y le golpeó el hombro con el suyo. Ella le sonrió y ambos hoyuelos salieron a la luz, una estupenda imagen que calmó sus preocupaciones. Cualquier problema que Bambina hubiera causado no había logrado empañar el ánimo de Anna.

Se preguntó si debía hablar con su madre sobre su hija más

617

joven y problemática, pero decidió que eso solo empeoraría las cosas. En su lugar, se inclinó hacia Anna y enlazó los dedos con los de ella. A pesar de los instrumentos de viento y los tambores, él mismo estaba medio dormido y habría caído rendido cuando la banda se tomó un descanso y si Oscar no hubiera venido a agacharse a su lado.

—Voy a hablar con Graham, el médico joven de la ambulancia que testificó en el caso Campbell. Te informaré mañana.

Anna se inclinó sobre Jack para sonreír a Oscar.

—¿Trabajando un domingo de junio por la noche?

—Anna, querida —dijo él soltando un aliento que quizá llegaba a los sesenta grados de contenido alcohólico—. Me encanta mi trabajo. ¿Por qué no venís los dos, Jack? A fin de cuentas, ella domina la jerga, y puede que lo encuentre interesante.

—Pues sí —aceptó Anna, dándole un codazo a Jack—. Llévame contigo, Mezzanotte. Me interesa.

Anna se preguntó por qué aquello le resultaba tan apasionante. Se quedaría callada y observaría, se prometió a sí misma, esperando cumplir su palabra.

Neill Graham tenía una habitación en una pensión a menos de cinco minutos de Bellevue, un lugar laberíntico y destartalado, como solían ser los alojamientos que podían permitirse los internos y los estudiantes de Medicina. La alfombra estaba raída, pero no había ni una mancha ni una mota de polvo en ningún sitio.

La casera se presentó como la viuda Jennings y parpadeó mientras Oscar hablaba. Luego se aclaró la garganta y enderezó los hombros.

—Llevo veinte años alquilando habitaciones a jóvenes que estudian para ser médicos —dijo, guiándolos al salón—. Desde el día en que el señor Jennings nos hizo un favor a todos y cayó muerto. Era malvado, un ser mezquino. Entonces me quedé con una casa grande y sin dinero. Él era un borracho, ¿saben ustedes? El señor Jennings bebió hasta la tumba, aunque tardó demasiado en irse. Así que me dije a mí misma:

«Hitty, los jóvenes traerían algo de alegría a este valle de lágrimas», y he tenido todas las habitaciones ocupadas desde entonces. Porque soy justa. No cobro de más y sirvo buena comida, sencilla, pero abundante. Mis huéspedes no pasan hambre y no meto las narices donde no debo, así como lo oyen. Ahora tienen que decirme por qué quieren hablar con el joven Neill Graham. No puedo asegurar que mis chicos no se metan nunca en problemas, pero me sorprende oír que sea Neill a quien buscan. No he conocido a un chico más amable, trabajador y educado. Su abuelo vive en el centro de la ciudad, por lo que se hospeda conmigo. Un joven responsable. Siempre quise un hijo, pero, en vez de eso, solo tuve al señor Jennings, y él no me trajo más que amarguras y cobradores en la puerta. Ah, y ladillas, más de una vez.

Anna se rio un poco, aunque en realidad no tenía nada de divertido. Inesperado, pero no divertido. Fue un pequeño consuelo ver que Oscar también se había sonrojado. A Jack se le daba mejor ocultar sus sentimientos.

—¿Podríamos hablar con él aquí en su salón, señora Jennings? —dijo.

619

—Sí, por supuesto. Pónganse cómodos. Yo iré a buscarle.

Cuando dejaron de oírse sus pisadas por las escaleras, Oscar soltó una carcajada entrecortada, meneó la cabeza y se sacó un pañuelo para limpiarse los ojos. Aún le temblaban los hombros cuando Neill Graham entró por la puerta del salón, con un lado de la cara marcado por la almohada y el pelo revuelto.

—Tiene usted unos horarios extraños, doctor Graham. —El tono de Oscar era vagamente acusador.

Anna sintió el impulso de explicar que los internos aprendían a dormir cuando se les presentaba la oportunidad, pero se abstuvo. Oscar podía estar provocando al joven a propósito.

Neill Graham se rio suavemente.

—Se podría decir que sí. —Se frotó los ojos un momento con el pulgar y el índice, y luego los abrió para mirar a Anna—. Doctora Savard. ¿Se trata del caso Campbell?

—En efecto —afirmó Jack—. Queremos que vuelva a hablarnos de ese día, con todos los detalles que pueda recordar.

La señora Jennings apareció en la puerta con tazas y una tetera en una bandeja.

—Pero primero una taza de té —dijo Anna—. Eso te despertará. Gracias, señora Jennings. Es usted muy amable.

La taza de té surtió efecto. Graham habló durante diez minutos, diciéndoles a qué hora se levantó esa mañana y cuándo se presentó para empezar su turno en el servicio de ambulancias de Bellevue.

—¿Cuándo recibió el primer aviso?

—Tendría que revisar mis notas para estar seguro, pero eran alrededor de las siete y cuarto. Un ómnibus atropelló a un chico en el Bowery, cerca de Clinton. Llegamos allí a la media hora, y estuve con él unos diez minutos antes de subirlo a la ambulancia.

Según la experiencia de Anna, los internos solían tener problemas en situaciones críticas como aquella, pero él había actuado con sensatez. Refirió la muerte del chico en la ambulancia con el mismo tono comedido, con cierto pesar, pero sin culpa. Eso indicaba que era competente y realista, y que podía controlar sus emociones cuando trabajaba. Habló de dos avisos más y del almuerzo que le preparó la señora Jennings para llevar, cuyo precio estaba incluido en lo que pagaba por la habitación.

—¿Y a qué hora llegó el aviso de la señora Campbell?

—Puedo decirle que recibimos una llamada del sargento de la comisaría de Jefferson Market justo antes de la una. Fue un recadero quien avisó a la comisaría, pero solo lo sé porque se lo oí decir a la vecina en el estrado. —Tomó un trago de té frío, dejó la taza con mucho cuidado y puso las manos sobre las rodillas—. La casa de los Campbell está a unas tres manzanas del mercado, así que llegamos rápido. La puerta estaba abierta y había vecinos dando vueltas, como hacen cuando hay problemas. Ya sabrán lo que ocurre siempre. —Miró a Oscar, quien respondió con una ligera inclinación de cabeza.

Oscar no era especialmente severo ni cascarrabias, pero no le dio a Graham muchas indicaciones de cómo lo estaba haciendo. Jack apenas levantaba la vista de su cuaderno de notas. Anna sentía curiosidad por saber qué significaba todo aquello, si los dos hombres intercambiaban información de alguna manera que ella ignoraba.

—Entré con mi maletín, atravesé el salón y un pasillo hasta la cocina —dijo Graham—. La vecina, no recuerdo su nombre...

—La señora Stone —apuntó Oscar.

—La señora Stone estaba de pie en la puerta del dormitorio, retorciéndose las manos. Había un charco de sangre en el suelo de la cocina y un rastro hasta el dormitorio. No se lo pregunté directamente, pero supuse que la señora Stone había ayudado a la señora Campbell a acostarse. Le pedí que se quedara en la cocina y entré a reconocer a la paciente. ¿Tengo que repetir cuál era su estado?

Cuando Oscar dijo que sí, que debía explicar cada detalle, Graham pareció incómodo por primera vez. Su actitud cambió y miró a Anna, como si prefiriera hablar con un médico varón sobre esas cosas. Se debía a su formación, como se vería más tarde.

Después de que Graham hiciera una pausa, Oscar le ordenó:

—Repita tanto sus palabras como las de ella con la mayor exactitud posible.

—Me presenté y le pedí que se acostara boca arriba para poder examinarla. Ella volvió la cabeza y no dijo nada. Le hice muchas preguntas sobre sus dolores y cuándo habían empezado. Le pregunté si se había operado, pero no respondió. El único sonido que emitió fue un grito cuando le palpé el abdomen. Luego abrí la puerta y llamé al conductor para que trajera la camilla, la sacamos de la cama y la subimos a ella. No me dijo ni una palabra.

Oscar volvió el rostro hacia él con brusquedad.

—¿Le dijo algo a otra persona?

Graham parecía nervioso.

—La señora Stone le hablaba como lo hace la gente en estas situaciones. Decía: «Oh, no, oh, no, Janine», «Mi pobre niña», «Era demasiado» y cosas así. Le tocaba la cara y le acariciaba el pelo. Creo que la señora Campbell pudo haber dicho algo entonces, pero no estoy seguro. Intentábamos transportar la camilla por un pasillo estrecho, y el suelo estaba resbaladizo por la sangre. Lo último que recuerdo de la señora Stone es que estaba de pie en la puerta, abrazándose a sí misma... —Hizo el gesto—. Lloraba en silencio, pero a lágrima viva. Luego, en la ambulancia, la señora Campbell me habló por primera vez.

621

Dijo que quería que la llevaran al New Amsterdam. Me sujetó de la manga con fuerza y lo dijo dos veces: la doctora Savard en el New Amsterdam. Y eso fue lo que hicimos.

—¿No le habló de nada más?

—Me sorprendió que pudiera decir tanto, dado su estado. No dijo más.

—¿Y dónde estaba el bolso de la señora Campbell durante todo eso?

Graham parpadeó, confundido.

—¿Su bolso?

—¿Lo llevaba en la camilla?

—No sé…

—La señora Campbell guardaba más de mil dólares en el bolso, un dinero que no ha aparecido. ¿Qué cree que ocurrió con ese dinero?

Neill Graham se quedó con la boca abierta. Anna no recordaba haber visto a nadie perder el control de la mandíbula de esa manera. Entonces palideció, y miró a Oscar, después a Jack y por último a Anna. Ella hizo lo que pudo por mantenerse neutral.

—¿Está preguntando…? —dijo, y se detuvo—. ¿Está diciendo…?

—Creo que he sido claro. Ese día, la señora Campbell llevaba mil dólares con ella, y ese dinero ha volado.

Graham recuperó el color en un instante.

—No cogí nada. No había nada que coger. No llevaba ningún bolso ni cartera. No vi una sola moneda, y desde luego no me llevé nada. ¿Me está acusando de algún delito?

Jack se puso en pie.

—Si nos permite registrar su habitación, podrá demostrar su inocencia. —Negó con la cabeza cuando Graham también se levantó—. Le pediré a la señora Jennings que me muestre su cuarto. Ella puede quedarse de pie y mirar, pero usted debe esperar aquí.

—Te acompaño —dijo Oscar, que miró a Anna con expresión sombría—. ¿Te quedas con el doctor Graham?

—Sí, con mucho gusto.

Cuando salieron del salón, Neill Graham escondió la cabeza entre las manos y se balanceó hacia delante, conmocionado. Al levantar la vista de nuevo, tenía los ojos enrojecidos.

—Va a ser el final de mi carrera —masculló—. Da igual que sea inocente; si se corre la voz, estoy acabado...

Anna pensó en las muchas cosas que podía decirle. En primer lugar, la pura verdad: tenía razón. Pero también era cierto que Jack y Oscar no sospechaban de Neill Graham. Estaban montando una escena para intentar turbar al joven y hacerle recordar con exactitud las palabras que la señora Campbell le dijo a la señora Stone.

Al final optó por servirle más té, un gesto que podía interpretarse como de simpatía o comprensión.

—Doctora Savard... —dijo, pero entonces Jack y Oscar regresaron seguidos de la señora Jennings, cuyas manos revoloteaban cual pájaros.

—Limpio como una patena —anunció Jack.

Miró a Anna e inclinó la cabeza hacia la puerta. Ella observó a Graham, que una vez más había perdido el control de la mandíbula. El joven golpeó la mesita con la rodilla al ponerse en pie, de modo que las tazas y los platillos entrechocaron con estrépito.

—¿No se me acusa de nada?

Oscar cogió su sombrero del perchero y se volvió con una sonrisa, como si la conversación anterior no hubiera tenido lugar.

—No hay nada de lo que acusarle, doctor Graham. Hizo lo que pudo con la pobre señora Campbell. Gracias por su tiempo... Espere. Una cosa más. —Se detuvo con expresión pensativa—. La última vez que vio a la señora Stone, de pie frente a la casa con las manos cruzadas sobre el pecho, ¿qué sostenía?

Graham parpadeó y volvió a parpadear.

—Un bolso —dijo—. Un bolso negro.

—¿Y de dónde salió el bolso?

Negó con la cabeza.

—Juro que no lo sé.

—De acuerdo. Gracias, doctor Graham.

—Vaya a verme al New Amsterdam si quiere presenciar otra operación —dijo Anna —. Creo que podremos arreglarlo.

Ignoraba si el ofrecimiento bastaría para quitarle el mal sabor de boca, y si él sería lo bastante valiente para aceptarlo. Muchos de sus colegas de Bellevue lo verían con malos ojos.

623

ϒ

—¿De verdad era necesario? —preguntó Anna en el carruaje. Los hombres la miraron en silencio—. Está bien, quizá lo fuera, pero no me gustó.

—A mí tampoco, lo creas o no —respondió Oscar.

Anna murmuró entre dientes.

—¿Habéis sacado algo en claro? —preguntó finalmente.

—Un bolso —dijo Jack—. Nadie lo había mencionado antes. Iremos a hablar con la señora Stone. ¿Te dejamos primero en casa?

—Creo que quiere venir —repuso Oscar—. ¿Verdad, Anna?

Era la primera vez que la llamaba por su nombre de pila. Un atrevimiento, pero también un cumplido.

—Tienes razón. Me gustaría ver qué sale de ese asunto del bolso. ¿Estoy en lo cierto al pensar que, en realidad, no sospecháis que nadie se llevara el dinero? Esto es más bien una manera de poner el pie en la puerta.

Oscar le dio un codazo a Jack, quien le devolvió el codazo.

—No hace falta que me digas que tiene cerebro —dijo Jack—. Lo supe desde la primera vez que la vi.

Anna se inclinó para mirar el cielo por la ventanilla. Todavía había luz de sobra a las siete de la tarde. Debería haber estado cansada después de un día tan largo, pero notaba un cosquilleo de expectación ante lo desconocido. Estaba en compañía de dos hombres buenos que veían cosas que ella no veía, y valoraban las que veía ella.

La casa de los Campbell estaba en uno de aquellos caminos serpenteantes que parecían diseñados para confundir a los extraños. Unas cuantas casitas, un par de antiguas haciendas que probablemente se construyeron cuando toda la zona eran prados o tierra de cultivo, y algunas viviendas más nuevas. La de Archer Campbell era una de estas, pero estaba cerrada a cal y canto, sin señales de vida a pesar de los golpes de Oscar en las puertas delanteras y traseras.

Anna se sentó en el borde del porche mientras los hombres resolvían qué hacer. Aquella interrupción repentina de sus planes la alivió un poco, y se preguntó por qué había estado tan ansiosa por venir. Ahora que estaba allí, solo con pensar en ese hombre le costaba mostrarse profesional.

Campbell no iba a ser más importante hoy, mañana ni dentro de diez años de lo que lo fue en el estrado, poseído de una santa indignación, convencido de ser el mejor de los maridos y padres. Sin duda, se casaría de nuevo, y quizá pronto. Ciertamente, no tendría problemas para encontrar esposa; había cientos de mujeres en la ciudad que darían cualquier cosa por tener un hogar propio. Esa modesta casa sería el paraíso para una hija soltera de una familia pobre, como una vez se lo habría parecido a Janine.

Observó un movimiento con el rabillo del ojo y vio a una mujer que se asomaba por detrás de las cortinas al otro lado del camino.

—¿Vive la señora Stone en la casa de enfrente?

Jack giró sobre los talones.

—Sí.

—Lo pregunto porque alguien os está espiando desde las ventanas del salón.

Se levantó para seguir a Jack, con Oscar a la zaga. Le habría venido bien un chal; su bonito vestido de verano no resultaba muy adecuado para una visita como aquella. Después de todo, tal vez debería haberse ido a casa. Al pensarlo se dio cuenta de que estaba temiendo la conversación que estaba por llegar. Lo que recordaba de la señora Stone era su disposición a decir lo que pensaba y lo que parecía ser verdadero dolor por la muerte de Janine Campbell, y no tenían nada nuevo que decirle, ninguna información que pudiera aliviar su sufrimiento.

Después de que Jack llamara, la puerta se abrió y apareció un hombre rechoncho, con la cara rosada como un jamón, una rebelde mata de pelo canoso y unas cejas blancas tan largas que le caían sobre los ojos como cortinas. Sonreía con gesto cordial, pero vacío, un poco confuso pero hospitalario.

Los veteranos de la última guerra eran tan comunes en las calles de la ciudad que sus cicatrices y miembros amputados se habían vuelto casi invisibles, pero las heridas de aquel hombre no se podían pasar por alto. Su brazo izquierdo había sido cercenado cerca del hombro, y tenía deformado el lado izquierdo de la cabeza, con una hendidura redonda sobre la oreja que Anna calculó que medía una pulgada.

—¿Señor Stone? —El tono de Oscar era amistoso, discreto, respetuoso, perfectamente calibrado.

El anciano amplió su sonrisa mostrando unas encías de color rosa brillante sin ningún diente a la izquierda.

—*Guten Abend. Ich bin Heinrich Steinmauer. Wer seid Ihr?*

Entonces llegó la señora Stone, y le puso la mano en el hombro para hacerle entrar de nuevo a la casa. Le murmuró algo en alemán, a lo que él asintió, dedicándole una enorme sonrisa.

—Señora Stone —la saludó Jack—, tenemos algunas preguntas sobre la muerte de Janine Campbell. ¿Le importa atendernos un momento?

Ella miró por encima del hombro, inquieta.

—Está peor por las noches —dijo ella—. Mi marido, Henry. Las noches no son buenas para él.

—Ha sido muy educado con nosotros —contestó Anna.

—Pero su mente divaga. Lo olvida todo. Se imagina que ha vuelto a su casa de Múnich, donde creció. Nos cambiamos el nombre a Stone hace años, pero incluso eso se le olvida.

—¿Prefiere que volvamos mañana? —dijo Oscar.

Anna se sorprendió del tono solícito de Oscar que no le había oído antes.

—No, no. Pasen, por favor. Si nos sentamos tranquilamente en el salón, seguramente estará bien. Pero les advierto que les hablará en alemán.

Anna podía haberle dicho que hablaba alemán, pero no quería llamar la atención aún más. En vez de eso, preguntó:

—¿Resultó herido en la guerra?

—Julio del sesenta y uno, en Bull Run.

—Mi hermano murió en Bull Run —se oyó decir Anna.

Tanto Jack como Oscar se volvieron para mirarla. Tal vez fuera el tono de su voz, o puede que fuera que aún no le había hablado de Paul a su marido.

Jack se inclinó para susurrarle al oído:

—¿Va a ser demasiado para ti?

Anna respondió tomando asiento en un sofá que crujía de viejo. Los antiguos cojines estaban remendados con esmero en las esquinas y cubiertos con un antimacasar de ganchillo.

Mientras Oscar intentaba ponerse cómodo en una silla demasiado pequeña para su tamaño, Anna observaba al señor Stone, sentado en una mecedora junto a la ventana con un perro pequeño en el regazo. Hablaba al animal como si fuera un viejo amigo o un hermano lacónico. Le oyó mencionar un carruaje que iba por la calle tirado por un solo caballo picazo, un vecino que parecía haber olvidado su sombrero, niños persiguiendo luciérnagas al anochecer.

El perro parecía entenderlo todo, mirando obedientemente hacia donde el anciano dirigía su atención; cada vez que pronunciaba un nombre, daba un golpe con la cola, como si opinara.

—Creo que dijo que fue a visitar a su hermana el día antes de la muerte de la señora Campbell —dijo Oscar—. ¿Es así?

—Sí, es cierto. En Albany.

—Es un viaje bastante largo para un solo día. Tuvo que regresar a las pocas horas de llegar. ¿Estuvo en casa el jueves por la mañana?

La mujer empezó a ruborizarse, pero asintió con la cabeza.

—¿Fue a la estación de ferrocarril con la señora Campbell y con sus hijos ese miércoles?

—Sí. —Tenía la voz ronca. Se aclaró la garganta—. Para ayudarla con los niños. ¿Por qué lo pregunta?

—Señora Stone —dijo Oscar—, ¿dónde están los chicos a los que escondió con la señora Campbell?

Se hizo un silencio absoluto, roto solo por el tictac del reloj de la chimenea. Anna, tan sorprendida como la señora Stone, vio que se sonrojaba y luego perdía todo el color. Se puso a toquetearse la falda, estrujando y alisando la tela una y otra vez. Jack y Oscar esperaron pacientes, sin revelar nada en sus rostros, sin juzgar ni mostrar desaprobación. La señora Stone volvió a aclararse la garganta.

—¿Qué quiere decir?

—Me gustaría saber dónde están los hijos de los Campbell. Archer, Steven...

El señor Stone se volvió hacia ellos.

—*Kommen die Buben heut' abend?* —dijo con gran entusiasmo—. *Kommen die Buben endlich?*

—No —respondió su esposa—. *Noch nicht.*

Él bajó los ojos azules, coronados por las cejas peludas; parecía decepcionado.

—*Schade. Montgomery, die Buben kommen immer noch nicht.*

—Mi marido adora a esos niños —dijo la señora Stone, envarada—. Pregunta por ellos todos los días, muchas veces. No puedo explicárselo.

—¿Qué es lo que no puede explicar? —preguntó Oscar.

—Que se han ido. Que no volverán. Se lo digo, pero no me cree.

—Porque espera volver a verlos —sugirió Anna.

Oscar preguntó de nuevo, con bastante suavidad:

—¿Qué pasó con los niños, señora Stone?

La mujer movió la cabeza bruscamente y bajó la barbilla hasta el pecho. Cuando levantó la vista otra vez, dijo:

—¿Cuál de ellos? ¿De cuál quieren que les hable? Empecemos con Steven. Nadie preguntó dónde estaban los chicos mayores cuando el bebé vino al mundo. Si me hubieran preguntado a mí, lo habría dicho. Le habría contado a Dios y a los hombres lo que sucedía con esos pobres chicos. Porque estaban aquí con nosotros, conmigo y con Henry. Junior y Gregory estaban jugando con un rompecabezas en la cocina mientras yo atendía a Steven. Tenía cortes en las piernas y en el trasero, y también en la espalda, y no era la primera vez, ni iba a ser la última. Su padre les pegaba con la hebilla del cinturón. Las cicatrices les durarán toda la vida. Y el pobre Junior... —Se echó hacia atrás, sin aliento, apretando los labios.

—¿Qué pasa con Junior? —insistió Oscar.

—A él no le pegaba tanto como a los otros dos, pero le decía: «Junior, ¿cuál de tus hermanos debería llevar tus galones hoy?», y le obligaba a elegir. Si dudaba, les daba a los dos con el cinturón. Para recordarles quién era el amo de la casa y que la desobediencia tiene consecuencias. Oh, le encantaba enseñar esa lección. Así que déjeme preguntarle, inspector, ¿qué habría hecho usted en mi lugar? —Miró a Oscar con cierto aire de desafío.

—Yo puedo responder a eso —dijo Anna—. Habría ayudado a la señora Campbell a escapar con sus chicos. Bien lejos, donde él no pudiera encontrarla nunca. ¿Fue lo que hizo?

—Sí —respondió la señora Stone, con la voz quebrada—. Pero todo fue en vano, todo para nada. Y le prometí que los llevaría a un lugar seguro.

—¿Dónde? —preguntó Anna.

La señora Stone cogió un cuaderno de la mesa y sacó un recorte del periódico. Lo leyó con voz trémula, pero Anna tuvo la sensación de que podía haberlo recitado de memoria:

Rhode Island. Cómoda casa de campo en venta. Bien amueblada, ocho habitaciones, además de la despensa y el comedor, con gallinero, establo y un pequeño granero, todo en buen estado. Un acre de tierra. Árboles frutales, huerto, plantel de fresas, pasto. Agua pura y un excelente pozo. Sakonnet Harbor. Dos mil dólares. Consultas a J. Barnes, Main St. Little Compton.

Hubo un largo silencio mientras la señora Stone intentaba recuperar la compostura.

—Janine escribió al señor Barnes y yo envié la carta —dijo—. Él respondió a esta dirección. Después de unas cuantas idas y venidas, llegaron a un acuerdo. Compró la finca sin verla y mandó el dinero por correo urgente. Yo le dije: «Janine, te estás arriesgando mucho», pero ella estaba desesperada por llevar a los niños a un lugar seguro. El plan era que viviéramos todos juntos en esa casa. Iba a hacerse llamar Jane Steinmauer, viuda, y nosotros seríamos sus suegros. De todos modos, Henry nunca se ha acostumbrado al nombre de Stone, y los chicos eran lo bastante jóvenes para aceptar los nuevos. Habríamos sido como cualquier otra familia, con gallinas y un jardín. Pero la pobre Janine... nunca llegó a Rhode Island. —Se detuvo para sacarse el pañuelo de la manga y limpiarse las lágrimas de las mejillas—. Yo me adelanté con los muchachos. Janine vino con nosotros a la estación en el ómnibus, y luego llevé a los chicos en carruaje al barco de vapor. Se suponía que ella iría más tarde el mismo día. Yo estaba muy nerviosa. Me preocupaba que la casa de campo resultara ser una choza, o que ni siquiera existiera, pero al final Janine tenía razón. Era justo como se describe aquí. —Tocó el anuncio—. Deberían haber visto a los chicos, no habrían estado más felices ni en el mismo cielo. El puerto, los barcos, el jardín y la casa con una cocina enorme. —Cerró la boca con fuerza, como si se dijera a sí misma que se callara, que ya había hablado demasiado, pero la pregunta salió igualmente de sus labios—: ¿Fue Campbell a la policía diciendo que le habían robado?

Cuando Oscar dijo que no se había presentado ninguna denuncia, ella asintió con la cabeza.

—Janine decía que no lo haría. Que no podía contarle lo del dinero a la policía porque no lo había conseguido honradamente.

—Hay algo que no entiendo, señora Stone —intervino Jack—: Campbell nos dijo que le faltaban poco más de mil doscientos dólares en efectivo. ¿De dónde procedía el dinero para comprar la casa? ¿De usted?

La mujer estuvo a punto de sonreír.

—Lo único que tenemos es la pensión de Henry, lo que gano remendando y cosiendo, y esta casita en la que nací, con termitas y un techo con goteras.

—¿Sabe cómo pagó la casa de Rhode Island? —preguntó Oscar.

La historia fue componiéndose a trompicones. La señora Campbell tenía algo más de mil dólares en efectivo, la mayoría de los cuales le entregó a la señora Stone cuando se fue con los niños, para pagar el viaje y las provisiones, y para instalarse en la nueva casa.

Aquel era el único dinero en efectivo, pero había más.

—Por eso se quedó cuando me fui con los chicos. O, al menos, eso fue lo que dijo. Será más fácil si se lo enseño.

La señora Stone cogió un gran cesto de costura, puso la tapa a un lado y empezó a vaciarlo. Sacó una bandeja de hilos y un alfiletero, tijeras, un rollo de muselina, parches, un huevo de zurcir, agujas de tejer, una camisa de hombre bien doblada y una blusa. Cuando parecía que había terminado, le dio la vuelta y golpeó el fondo con la palma de la mano. Al segundo golpe, el falso fondo se estrelló contra el suelo, seguido de una cartera negra.

Con manos temblorosas, extrajo un grueso fajo de billetes y se lo entregó a Oscar, quien desató la cuerda que lo ataba para extenderlo sobre su regazo.

—Bonos al portador —dijo—. Emitidos por el estado de Massachusetts.

Los bonos estaban grabados e impresos con tres colores. Anna tuvo que mirar dos veces para convencerse de que había leído la cifra correcta.

—¿Son todos de quinientos dólares?

—Y hay cuarenta y seis —respondió la señora Stone—. De los cincuenta originales. Ese jueves por la mañana, cuando me la encontré casi muerta, me dio el bolso con los bonos antes de que llegara la ambulancia. Pero no me lo voy a quedar para mí —añadió, ruborizándose de nuevo—. El dinero es para criar a los niños, para su comida, la ropa, las matrículas escolares...

—Nadie sospecha que pretendiera robar los bonos —dijo Jack.

Anna se preguntó si aquello sería completamente cierto. Podía ver la casa de los Campbell a través de las ventanas, todavía a oscuras. Si Archer Campbell pensaba que la señora Stone tenía los bonos al portador, no dudaba de que buscaría una manera de recuperarlos.

—Bonos al portador. —Oscar se frotó la cara con las manos.

—Solo sé que Janine dijo que él no los había conseguido honradamente —dijo la señora Stone.

—Ahora mismo eso no es importante —contestó Jack—. Pero aún no me queda claro por qué no se fue con usted y los niños ese miércoles por la mañana.

—Tenía cita con el médico, ¿verdad? —dijo Anna.

La señora Stone agachó la cabeza.

—En efecto. No me di cuenta hasta más tarde, pero había ido a un médico que cobraba mucho por arreglar las cosas. —Se revolvió un poco—. Tenía tanto miedo de quedarse encinta otra vez que se le enfermó la cabeza y el corazón. Visitó a ese médico después de despedirse de los niños y de mí. Tenía un billete para el vapor del mediodía, que sigue estando en su bolso. Pero no fue como ella esperaba... Cuando me la encontré el jueves por la mañana, me dijo que supo que algo andaba mal nada más salir del consultorio. Tenía tanto dolor y sangrado que no pudo subirse al barco. Apenas si logró volver aquí. —Un nuevo torrente de lágrimas cayó en cascada por sus mejillas—. Me enfado tanto con ella cuando lo pienso. ¿Qué es otro bebé cuando hay suficientes manos para hacer el trabajo y cuando se dispone de suficiente dinero para poner comida en la mesa? Pero no podía soportar la idea, así que fue a operarse, y no vivió para ver la casa que había comprado, ni a sus hijos tan felices.

—¿Cuándo decidió volver a la ciudad a buscarla? —preguntó Jack.

—El miércoles por la noche. No estaba en el vapor cuando se suponía que debía estar, ni tampoco llegó en el siguiente. Habíamos acordado reunirnos aquí si algo salía mal, y vaya si salió mal. Ni se lo imaginan. Janine tuvo que pasar otra noche con ese hombre, sabiendo que estaba moribunda, pensando que le quedaba un día de vida... Y entonces, ¿qué iba a ser de los niños? Así que volví, y gracias a Dios. Me dio el bolso con los bonos justo antes de que llegara la ambulancia. Me dijo: «Mabel, piensa que sería peor si Archer se hubiera dado cuenta de que le robé. No tendría nada que darte para los chicos. Ahora puedes criarlos bien y estarán a salvo». Luego entró el doctor, que la atendió en el dormitorio. Unos diez minutos después la metieron en la ambulancia; no la volví a ver. Es un pecado y una vergüenza que muriera así, pero se fue más tranquila sabiendo que yo volvería con los chicos. Eso es lo único que quiero, volver con los chicos. Henry y yo, pero no podemos huir. Y no sé cuánto tiempo más la señora Barnes podrá cuidarlos.

Jack se levantó y atravesó el salón.

—¿Cree que Campbell sospecha?

—Sé que sospecha —respondió ella, casi con brusquedad—. Él mismo me lo dijo a la cara: «Mabel Stone, recuerda una cosa. Tendré lo que es mío». Y ahora se sienta ahí a mirarnos, noche y día. Como una araña en su tela. Sé que no respondió cuando llamaron a la puerta, pero ahí está. Se ve la brasa de su cigarro, como un ojo rojo y maligno en la oscuridad. Creo que está esperando que salgamos de la casa para poder entrar y buscar.

Se inclinó hacia delante y cruzó los brazos sobre su pecho, sollozando en silencio. Anna se acercó y le puso una mano en la encorvada espalda. La clase de gesto que podría proporcionar un pequeño consuelo a una madre afligida. Y es que la señora Stone había perdido a una hija con la muerte de Janine Campbell.

Hablaron durante media hora más, haciendo preguntas que la señora Stone intentó responder. No sabía dónde ni cómo había conseguido Archer Campbell unos veinticinco mil dólares en bonos al portador; no sabía dónde había ido Janine Campbell para abortar ni quién la había atendido. Lo único que podía asegurar era que le había pagado trescientos dólares al médico.

—Pensó que era la única manera rápida y segura de hacerlo. Y, a decir verdad, creo que le satisfacía la idea de pagarlo con el dinero de Archer. Trescientos dólares, y por eso masacró a nuestra chica, y ahora esos niños no tienen a nadie. Nadie que los conozca y los quiera. Si vamos a por ellos, Campbell nos seguirá. Por los bonos, más que por sus hijos.

—Señora Stone, ¿hay alguien más que sepa esto, toda la historia? —preguntó Jack.

Ella negó con la cabeza.

—La única persona que sabe algo es una vecina de la calle, la señora Oglethorp. Se quedó con mi Henry mientras yo no estaba. Cree que fui a ver a mi hermana.

—¿Cómo puede estar segura de que Henry no le dijo nada a la señora Oglethorp, dado su estado mental? —preguntó Anna.

—Puedo estar segura porque Mary no habla alemán, y Henry olvidó todo lo que sabía de inglés en el campo de batalla de Bull Run.

Oscar se puso en pie con aire pensativo mientras caminaba hacia la ventana, ante la que el señor Stone estaba sentado en su mecedora. Se agachó y sonrió al hombre y al perro. Le tendió la mano a Montgomery para que la olisqueara y le rascó detrás de una oreja.

—Henry —dijo.

El señor Stone lo miró expectante, con una sonrisa en el rostro que casi podía calificarse de esperanzada.

—Tienes un buen perro, aunque su nombre es más grande que él. ¿Por qué lo llamaste Montgomery?

Un gesto incierto por toda respuesta.

—Henry, ¿dónde están los niños del otro lado de la calle?

La sonrisa se desvaneció. Se giró en el asiento para mirar a su esposa, con las cejas enarcadas.

—*Schon recht* —le dijo ella—. *Macht nichts.* —Luego le preguntó a Jack—: ¿Qué será de los niños y de Henry cuando me lleven?

Anna nunca había visto a un ser humano tan asustado. Ni siquiera el paciente más enfermo que ya solo esperaba la muerte, ni los padres con un niño gravemente enfermo. Mabel Stone no temía por sí misma, sino por las personas que dependían de ella. Estaba a punto de decirles que había que encontrar otra solución cuando Jack tomó la palabra:

—No estamos aquí para detenerla. Ayudó a la señora Campbell y a sus hijos porque se lo pidieron, y cogió el dinero para cuidar de ellos. Entre nosotros, creo que podremos encontrar un modo de que Henry y usted regresen con esos chicos. Seguro.

—Y con los bonos —añadió Oscar—. Campbell los habrá robado de algún sitio, pero eso es algo que investigaremos más adelante, así que no debe preocuparse por ello. Puede que ese hombre no reciba el castigo que merece, pero la idea de que ella se la jugó lo devorará vivo.

634

La señora Stone los miró estudiando sus rostros hasta que pareció satisfecha.

—Con todo lo que he llorado, ya debería haberme quedado sin lágrimas. —Dobló un pañuelo húmedo y se lo llevó a los ojos—. Si lo dicen en serio, que Dios los bendiga.

—Lo decimos en serio —le aseguró Jack.

—¿Puedo hacerle otra pregunta? —dijo Anna.

—Como usted quiera.

—¿Sabe si la señora Campbell trabajó alguna vez en la botica de Smithson, enfrente de Jefferson Market? —La mujer la miró con extrañeza—. No importa, solo era una idea.

—Conozco la botica —contestó la señora Stone—. Es donde compraba mi madre. Yo misma sigo yendo allí. Cuando Janine se mudó aquí desde Maine, también la llevé allí. El señor Smithson no puede haberle hecho daño. Es manso como un cordero e igual de robusto. Además está retirado desde el año pasado.

—No quise insinuar que el señor Smithson tuviera algo que ver con la señora Campbell. Es otra cosa que podría estar relacionada.

—¿Está en apuros?

—Nadie está en apuros —dijo Jack—. Excepto la persona

que operó a la señora Campbell, y aún no sabemos quién fue. Pero si se le ocurre algo que pudiera haberle dicho, por insignificante que sea...

—Iré a verlos. O escribiré, si ya estamos fuera. ¿Cuándo cree que podremos irnos de aquí? Debo regresar con los chicos. Henry los extraña mucho.

—¿Podría ser ya? —preguntó Oscar.

La expresión de la señora Stone se calmó.

—No tenemos mucho equipaje, y está preparado desde hace semanas. ¿Lo dice en serio?

—Sí, lo digo en serio. Puedo llevarlos a los dos y a Montgomery a un lugar seguro esta noche. Mañana me encargaré de que suban al primer barco de vapor rumbo a Sakonnet. Necesitaré media hora, más o menos, así que no se mueva. Jack, será mejor que te quedes aquí.

Anna casi pudo oír la discusión sin palabras que hubo entre ellos. Campbell los habría visto entrar en la casa de los Stone, y ya albergaría sospechas. Anna se alegró de que Jack se quedara.

Oscar sonrió.

—No tardaré mucho —dijo—. Pronto estará libre de las garras de Campbell, señora Stone.

Unos minutos más tarde, cuando la señora Stone fue a revisar su equipaje, Anna dijo:

—¿Se puede saber qué estáis tramando?

Jack se encogió de hombros.

—Con Oscar nunca se sabe. Puede ser muy ingenioso, en ambos lados de la ley. Pero los llevará a Rhode Island sin que Campbell se entere, te lo aseguro.

—Nos propusimos encontrar una respuesta a una pregunta, pero, en su lugar, hemos encontrado la respuesta a una pregunta totalmente diferente.

La señora Stone volvió al salón. Su manera de sentarse reflejaba su emoción; luego se levantó de un salto.

—¿Cree que su marido tendrá problemas para adaptarse? —preguntó Anna—. Han estado en la ciudad durante mucho tiempo.

La mujer volvió a tomar asiento.

635

—Quiere a esos chicos, así que no creo que le importe mucho dónde esté. —Miró a su marido, que se había quedado dormido en su mecedora—. Todos estos años he echado de menos al Henry con el que me casé, pero ahora es casi mejor así. Apenas entiende lo que está pasando, pero deberían haberlo visto de joven. Tenía un don para los números, podía sumar y multiplicar y dividir en su cabeza, incluso cantidades grandes. Y era tan fuerte que daba gusto verlo trabajar. Cuando vino por primera vez de Alemania, fue a ver a mi padre, que también era de Múnich, para pedirle empleo. Fue a la tienda, y yo estaba en el mostrador ayudando a un cliente. Me sonrió, y eso fue todo. De niña odiaba que habláramos en alemán en casa, pero me alegró poder hablarlo con Henry. Fui yo quien le enseñó inglés, y aprendió bien. A veces era más difícil con otras personas. —Sonrió con tanta dulzura que pareció la muchacha que debía de haber sido el día que Heinrich Steinmauer entró en la tienda de su padre hacía tantos años—. Una vez quiso comprar un pescado para la cena… —Se interrumpió—. Es una vieja historia, no querrán oírla.

—Siempre estoy dispuesto a escuchar una buena historia sobre peces —dijo Jack.

—Sí —afirmó Anna—. Si no nos la cuenta, me pasaré los próximos días pensando en ello.

La señora Stone empezó de nuevo.

—Estábamos en el mercado de la calle Fulton porque Henry quería pescado para la cena. Había una trucha enorme que le gustaba, pero el pescadero pedía un dólar por ella, y Henry pensó que era demasiado. Verán, resulta que el pescadero fue grosero porque éramos alemanes; antes era incluso peor que hoy en día. Así que se pusieron a discutir y ambos se empecinaron como mulas. «Un dólar», decía el pescadero. «Un dólar americano.» Ahora bien, cuando Henry perdía los estribos, también perdía el inglés, y entonces gritó con su voz grave y profunda: «¡Es una vergüenza! ¡Una vergüenza!». —Sacó pecho y se lo golpeó con fuerza—. Todo el mundo nos miró a nosotros y al pescadero, pero Henry estaba demasiado enfadado como para darse cuenta. «¡Mira tu pez! —dijo—. ¡Puedo convertirme en un pez yo mismo por un cuarto de dólar, a la vuelta de la esquina!»

Anna se rio, con una sonora carcajada que la habría avergonzado en otra compañía. Jack parecía ligeramente confuso, como un hombre que quiere participar en una broma, pero que no entiende qué sucede. Y, por algún motivo que Anna no pudo explicar, eso la hizo reír aún más.

Esa noche, mientras se preparaban para ir a la cama, Jack esperaba que Anna le hablara, por fin, sobre su hermano. Algún pequeño detalle sería un comienzo, la primera grieta en la presa que contenía todo el dolor que aún la carcomía, después de tantos años.

Era la última noche que dormían bajo el techo de su tía. Mañana se acostarían en su propia casa. Le gustaba la idea de un nuevo comienzo, sacando los peores y más tristes recuerdos a la luz del día.

Sin embargo, ella se puso a hablar de la operación que tenía por la mañana, de la contratación de un ama de llaves y una cocinera, sobre de dónde sacaría el tiempo para las clases de italiano, le preguntó a Jack si iría al juzgado esa semana, si le iba a tocar el turno de noche. No mencionó a la señora Stone ni a Archer Campbell. Así pues, pensó que querría hablar con su tía antes de tratar el tema.

Le encantaba contemplar a Anna cuando ella no se daba cuenta de que lo hacía. Calculaba cada uno de sus movimientos, y se las arreglaba para seguir siendo grácil al doblar la cintura para echar su abundante cabello a un lado, al trenzarlo con dedos ágiles, haciendo cada giro con precisión hasta que le caía una larga trenza sobre la espalda, ordenada como un rosario salvo por los pelillos sueltos que se arremolinaban en la nuca y sobre la frente.

—¿Jack?

Él dio un respingo, volviendo a la realidad.

—Perdona, estaba divagando.

Anna contrajo un lado de la boca de tal manera que solo se le marcó un hoyuelo; se arrodilló al borde de la cama y se inclinó para besarle la mejilla, la sien, la boca.

—Deja que adivine en qué estabas pensando —dijo, y se echó a reír cuando él le sujetó las muñecas y la tumbó de espaldas—. Espera, espera, tengo que hacerte una pregunta.

La besó con ardor hasta que notó que empezaba a olvidar lo que quería decirle. Luego se apartó y se puso a su lado.

Anna odiaba someterse, siempre lo había odiado. A Jack le gustaba pensar que empezaba a comprender que una rendición ocasional tenía sus recompensas. La vio hacer un esfuerzo para normalizar su respiración.

—¿Ya lo has olvidado?

Ella le dio un codazo, bien fuerte. Luego se enderezó, cruzó las piernas y lo miró.

—Es Bambina. A veces tiene un genio que tira de espaldas.

—Eso he oído.

—¿De las chicas?

Él asintió.

—Están muy preocupadas. Les gusta Baldy-Ned.

—Oh, no. —Anna se llevó una mano a la boca para sofocar una risa.

—Es culpa tuya —dijo Jack—. Baldy no era un nombre lo bastante bueno, así que le pusiste otro. Ahora ya está fuera de control. En fin, resulta que temen que Bambina ahuyente a Baldy-Ned, porque les gusta.

—Es muy agradable con las chicas.

—Es agradable con las chicas de todas las edades.

Eso la hizo pensar.

—Bambina no lo había visto hasta hoy.

—Eso da igual. Tiene una manera de mirar a las jóvenes que no pasa desapercibida. En el caso de Bambina, significa que va a pasar al ataque.

—Hay que hacer algo.

Se volvió hacia ella y preguntó:

—¿Qué es lo que temes que suceda si Baldy sigue por ese camino? —Anna frunció el ceño—. No tienes que preocuparte por él. Se ha enfrentado a cosas mucho peores que Bambina a lo largo de su vida.

—De eso se trata —dijo Anna—. Ella es demasiado frágil para sus juegos.

—Bambina, ¿frágil?

Ella negó con la cabeza.

—No importa. Veo que tu mente masculina no es lo bastante ágil para enfrentarse a esta situación.

—¿Y la tuya sí lo es?

—Por supuesto. Espera —dijo Anna cuando él intentó abrazarla—. Olvidé por completo que ayer llegó una carta de Sophie y Cap. En realidad, había distintas cartas para todos, y esta es la nuestra. He esperado para leerla contigo. —Se inclinó para coger un sobre de su mesilla de noche—. ¿Quieres?

Ya estaba abriéndola.

Queridos Anna y Jack:

Hemos llegado razonablemente bien y estamos instalados, creo. O tan establecidos como podemos estar. Sé que Anna querrá conocer todos los detalles sobre la clínica y el plan de tratamiento, pero por el momento solo diré que estoy muy satisfecha. El doctor Zängerle sabe lo que hace y tiene ideas prometedoras.

El viaje agotó a Cap, y durante los dos primeros días temí que venir aquí hubiera sido un error con un desenlace rápido e infausto. Luego, al tercer día, se recuperó, como lo ha hecho tantas veces en el pasado. Ahora está de un humor espantoso, pero qué bueno es tener que escuchar sus quejas sobre la manta en su regazo y el sonido de los cencerros que llegan de los pastos más altos en la noche. Le he dicho que los cencerros me resultan extrañamente reconfortantes, un contrapunto alpino al chirrido de los ómnibus con los que dormía sin problemas en casa. Eso le hizo sonreír. Nadie se deja impresionar por sus rabietas, así que ya se ha rendido.

Esta mañana nos sentamos en un amplio balcón con vistas a las montañas y al valle, respirando aire fresco y disfrutando del cálido sol. Le estaba leyendo un periódico en voz alta cuando me di cuenta de que se había dormido. No parecía tener más de diecisiete años, con un brazo levantado sobre la cabeza y la cara vuelta hacia el otro lado.

Por un momento pensé que se había ido. Que se había escabullido sin una palabra de despedida, y me quedé atónita. Recuerdo que me dije que no debía resentirme porque tuviera un final pacífico a una enfermedad tan terrible y prolongada, pero me enfadé mucho con él por haber partido sin mí. Entonces se movió, y mi corazón comenzó a latir de nuevo.

Ahora, muchas horas después, me doy cuenta de que este viaje es tanto para mí como para él. Estoy aceptando lo que vendrá, y cuando suceda, creo que podré soportarlo.

639

Os envío esta carta para ofreceros la clase de consuelo que me han proporcionado a mí misma los acontecimientos del día. Espero haberlo logrado.

Mañana o pasado mañana os escribiré con más detalles. Mientras tanto, preguntadles a las niñas por su carta. Incluye una historia sobre una vaca en el jardín y un perro muy muy feo que se sienta al lado de Cap en cuanto tiene oportunidad, agitando la cola con la esperanza de que le caiga algún bocado.

Estamos juntos y contentos de aprovechar el tiempo que nos queda en este hermoso lugar.

Con mucho cariño y amor de ambos,

SOPHIE Y CAP

P. D.: Cap me ha pedido que os diga que quiere noticias del caso Campbell, chismes de Waverly Place y un informe sobre lo que opináis del matrimonio. Yo solo quiero saber que sois felices.

36

*E*l viernes por la mañana, en el desayuno, Jack le preguntó a Anna si tenía un caso difícil que le quitaba el sueño. Estaba durmiendo mal, pero había hecho todo lo posible para no mostrar su inquietud.

—No se trata de eso —respondió. Lo pensó un momento y eligió sus palabras cuidadosamente—: La vida está tan llena de cosas que parece una pérdida de tiempo pasarla durmiendo.

—Lo que necesitamos es un sábado lluvioso —respondió él—. Sin posibilidad de que nos llamen por una emergencia. Entonces podrías recordar lo agradable que es estar en la cama. Yo podría recordártelo. —Enarcó ambas cejas.

Ella hizo una mueca.

—No estás hablando de dormir.

—Tal vez no exclusivamente, pero también hablo de dormir... —Se detuvo con una amplia sonrisa—. A medias.

—Entonces, inspector, pida usted un sábado lluvioso, ¿no?

La señora Cabot fue a llenar sus tazas y Anna se acordó de que debía mandarle una nota de agradecimiento a la tía Philomena, por encontrarles un ama de llaves. Había enviado tres; la señora Lee las había entrevistado una por una y había acabado contratando a Eve Cabot, una verdadera yanqui, nacida y criada en Maine, excelente ama de llaves y cocinera. Se mudó al dormitorio junto a la cocina con una maleta, una jarra de violetas que puso en el alféizar de la ventana sobre el fregadero, y Skidder, un simpático Jack Russell terrier que atendía cada palabra que le decía.

A Anna le gustaba la señora Cabot por su humor seco, su incapacidad para sorprenderse por las rarezas de la casa, y la facilidad con la que se relacionaba con las niñas.

—Anna —dijo Jack, y señaló con la cabeza el reloj de bolsillo que había puesto sobre la mesa.

Ella se levantó de un salto, besó la mejilla de Jack, recogió sus cosas y salió corriendo, pero no antes de que Ned apareciera en la puerta de la cocina. Había desayunado bajo la mirada vigilante de la señora Lee, y ahora dejaría que la señora Cabot le diera de comer también. Eso las hacía felices, y él vivía nada más que para complacer a las mujeres que lo alimentaban.

Anna agitó una mano en el aire para saludar y despedirse, e hizo caso omiso de la pregunta que la acompañó hasta la puerta. Casi había llegado a la Cooper Union cuando Ned la alcanzó, quitándose migas de pan de la camisa.

—No tengo tiempo para pararme —le advirtió Anna.

Tras un minuto de silencio se dio cuenta de por qué estaba caminando con ella, y qué estaba esperando.

—Eres un profesor muy entregado —dijo ella—. Y pago tus honorarios con gusto. Pero hay veces que el italiano no es lo primero en mi lista de prioridades.

Se había detenido a su pesar, y ahora se puso en marcha de nuevo.

—¿Qué pasa con Staten Island? —preguntó él.

Eso la hizo detenerse otra vez, aunque solo momentáneamente.

—¿Qué quieres decir? Jack y yo nos casamos en Staten Island.

—Hay algo más —dijo—. Oí que Margaret estaba hablando de ello con la señora Lee.

Anna no tenía intención de contarle nada a Ned sobre la familia Mullen. Ni siquiera habían decidido si decírselo a las niñas, ni cómo hacerlo. La imposibilidad de llegar a un acuerdo estaba empezando a crispar los nervios de todos, y Margaret lo estaba pasando mal.

—¿Tiene algo que ver con los hermanos Russo? —sugirió Ned.

Eso la dejó sin palabras.

—¿Qué es lo que has oído exactamente?

—No mucho. —Sin embargo, miró hacia otro lado.

—Voy a estrangular a Margaret —dijo Anna con calma—. Mientras tanto, debemos evitar que Rosa se entere.

—Así que se trata de sus hermanos.

Pese a que llegaba tarde, Anna dedicó unos instantes a pensar en aquel joven que se estaba introduciendo rápidamente en los dos hogares de Waverly Place con un procedimiento de lo más sencillo: hacerse indispensable. Pasaba las tardes trabajando para los Howell en la casa de huéspedes, pero el resto del día lo dedicaba a congraciarse con los clanes de los Savard y los Mezzanotte. Era el favorito de Margaret, a quien le encantaba tener a un joven con el que ejercer de madre; de la tía Quinlan, a quien le gustaban sus bromas y su rapidez mental; del señor Lee, porque era tan incansable como un caballo de carga y lo ayudaba con lo que fuera; de la señora Lee y la señora Cabot, quienes tanto le daban de comer, como le regañaban, le daban órdenes y le mimaban. Se mostraba educado, aunque más formal con Chiara y Laura Lee cuando trabajaban en la casa, quizá porque era consciente del peligro de mostrar favoritismos, pensó Anna. Jack había tenido más de una conversación privada con Ned para asegurarse de que entendía los límites, pero Anna no había pedido detalles.

Bambina era la única persona a la que no se había ganado. Cuando ella y Ned estaban en la misma habitación, se esforzaba por expresar su disgusto y desaprobación de tal manera que era difícil corregirla o amonestarla. Ni siquiera eso parecía preocupar a Ned. Todo lo contrario. Jack pensó que Bambina estaba celosa porque las niñas estaban prendadísimas de él, y la señora Lee estuvo de acuerdo: «Todo le resulta muy fácil. Solo tiene que chasquear los dedos y las niñas se olvidan de lo demás. Vamos a tener una charla, el señor Baldy-Ned y yo».

Todos hablaban con Ned. Anna estaba todo lo segura que se podía estar de que se comportaría. Parecía que había llegado el momento de confiar más en él.

—¿Me prometes que harás lo que haga falta para mantener a las niñas seguras y tranquilas?

—Por supuesto —asintió.

—Staten Island tiene que ver con uno de los niños, pero es una situación muy delicada. Decírselo a Rosa en este momento complicaría mucho las cosas, aunque necesitamos un plan. Podemos hablar esta noche cuando estén dormidas. Confío en que estarás vigilante hasta entonces.

El muchacho hizo una reverencia con la solemnidad de un soldado.

—Tengo que volver. Bambina viene a colgar unas cortinas, y ya sabes cómo disfruta insultándome.

Anna lo vio echar a correr, se cambió el maletín a la otra mano y aligeró el paso.

Durante la jornada laboral, Elise solía ver poco a Anna. Además, cuando se cruzaban, procuraba volverse invisible. Había empezado a hacerse amiga de las enfermeras y de las estudiantes de Medicina, y no quería llamar la atención sobre el hecho de que la doctora Savard —quien asustaba a casi todo el mundo— la había acogido bajo su propio techo. Probablemente la acusarían de recibir un trato especial, como de hecho sucedía.

Pero había otra verdad, una que ella se recordaba cada día con toda su energía y determinación: no se aprovechaba de la situación. Trabajaba muy duro, no pedía favores, y prestaba ayuda donde podía, tanto en el hospital como en Waverly Place. Y, sin embargo, justo cuando estaba terminando su turno, Anna la mandó buscar. Elise la encontró con sus estudiantes avanzadas, todas ellas preparándose para salir del edificio.

—Pensé que querrías venir con nosotras —dijo Anna—. Para ver una tiroidectomía. Es una operación muy difícil. Yo no he hecho ninguna todavía.

Diez minutos antes, Elise había estado pensando en el jardín de Waverly Place y en poner los pies en alto durante los veinte minutos que se había asignado; ahora sintió como si le hubieran brotado alas y pudiera volar.

Se dirigieron al Hospital de Nueva York a pie, igualando el paso rápido de Anna. Elise sentía curiosidad por la operación, pero guardó silencio y escuchó las conversaciones que le llegaron sobre los exámenes, una visita a casa, un cuaderno perdido, un caso reciente para el que debían escribir un informe y lo estricta que era la doctora Savard al puntuar sus tareas.

Se preguntaba si aquellas jóvenes hablarían de Anna a sus espaldas, y pensó que casi seguro que sí. Sobre sus clases y expectativas, pero también sobre su reciente matrimonio. Una de las enfermeras se le acercó y le preguntó directamente si era cierto que la doctora Savard se había casado con un italiano. Como no podía mostrar irritación, Elise fingió sentirse confusa. Era mejor que la considerasen un poco tonta que cotillear sobre la persona que había hecho posible su nueva vida.

Aunque no trataran un tema prohibido, Elise solía encontrarse perdida al escucharlas conversar entre ellas. Eran trabajadoras, ambiciosas y serias en sus estudios; habían tomado decisiones sabiendo muy bien que sus objetivos las apartarían de las cosas que esperaban casi todas las jóvenes. Según Anna, algunas de ellas se casarían, pero la mayoría no. Y, aun así, admiraban a los hombres, y pensaban en ellos como potenciales compañeros, o al menos como compañeros de cama.

Chiara le había dicho a Elise que los hombres la miraban.

—¿Que me miran? ¿Por qué?

—¿Por qué no? Eres bonita.

—Tengo un aspecto extraño. —Se revolvió el cabello, corto.

—Eres bonita de una manera poco común, y te mueves como una bailarina.

Al preguntarle, resultó que Chiara nunca había visto una bailarina, salvo en un cartel, pero se mantuvo firme en su dictamen.

—Yo soy una bola de grasa en ciernes —insistió Chiara—. Es la maldición de la familia. En cuanto cumpla cincuenta años, voy a explotar. —Hinchó las mejillas para demostrarlo—. Pero tú tienes las piernas largas, un cuello esbelto y una piel como la seda. Los hombres te miran porque eres agradable a la vista.

El tema la incomodaba, pero Chiara había empezado algo que Rosa continuó. Cuando salían juntas en público, mantenían una constante vigilancia y le señalaban a todos sus admiradores, aunque Elise creía que se los inventaban solo para ponerla nerviosa. En el ómnibus, un hombre rubio con una pila de libros en el regazo. Un dependiente de la mercería de Denning con unas grandes orejas. Los mozos de cuadra de Stewart, unos descarados todos. Ellas juraban que había tres jóvenes que vivían en los apartamentos Jansen, justo enfrente, que de pronto habían tomado la costumbre de pasar por delante de la casa al menos dos veces al día, por la mañana y por la noche. Chiara se inventó un nombre y una ocupación para cada uno: Alto era el más alto y trabajaba de subdirector de un banco; Bruno tenía

645

una gran barba marrón oscuro y enseñaba en la Academia de Música; y Bello, con cara de ángel, era marinero en la naviera White Star. Y todos estaban enamorados de Elise.

—Si es verdad lo que decís, ¿por qué ninguno me ha dirigido la palabra? —preguntó.

—Porque eres bonita, pero fría. ¿Cuál es la palabra…?

—Indiferente.

—No es eso. ¡Distante!

Elise se preguntaba si era verdad. ¿Los desconocidos la veían arrogante, presumida? Aquellos eran graves defectos de carácter que se trataban con dureza en el convento. ¿Los habría adquirido en las escasas semanas que pasaron desde que se fue?

Siguió dándole vueltas a la idea hasta que llegaron al hospital, donde atravesaron las puertas como colegialas. El olor del carbólico y la lejía les borró todo rastro de frivolidad juvenil, y las convirtió en el acto en estudiantes de Medicina, templadas, observadoras, solemnes.

646

Era un alivio estar de vuelta en aquel ambiente familiar, donde había cosas que la ocupaban más allá de los misterios de los hombres. De hecho, iba a presenciar un procedimiento delicado y peligroso que consistía en empuñar un escalpelo para extirpar la tiroides, envuelta en venas, incrustada entre el platisma, el esternón y los músculos esternohioideos de la base de la garganta, sin dañar las arterias carótidas, dejando la tráquea y la laringe intactas. Quizá pudiera conseguir una muestra de tejido para estudiarlo en el microscopio.

Anna mandó a sus estudiantes al New Amsterdam y fue a buscar a un cirujano ortopédico que conocía, con la esperanza de que tuviera un momento para discutir un caso. La puerta estaba abierta, y el despacho, vacío, pero pudo oír una conversación más allá del pasillo y se acercó a investigar.

El doctor Mayfair estaba de pie con dos colegas formando un triángulo, con las cabezas muy juntas. Ella comenzó a retroceder, pero David Mayfair alzó los ojos y la vio.

—Doctora Savard. —Le hizo un gesto para que se acercara—. Permita que les presente.

Aunque tenía motivos para seguir su camino, aquella era una rara oportunidad para reunirse con colegas masculinos que no la veían como una advenediza o una amenaza, sino como una igual. Reconocía que la ponía nerviosa, porque deseaba que la aceptaran. En esta clase de interacciones, encontrar el tono adecuado le resultaba mucho más agotador que operar.

—Estábamos hablando de uno de los casos del doctor Harrison —dijo el doctor Mayfair—. Una madre joven, y una terrible pérdida. Usted hace más cirugías ginecológicas que nosotros, por lo que quizá pueda arrojar algo más de luz.

De repente se olvidó de la osteotomía cuneiforme que había querido discutir y se aclaró la garganta:

—¿Qué tipo de caso?

Emil Harrison era un hombre delgado de estatura media con abundante cabellera y el hábito de mordisquearse la barba. Anna no recordaba haber oído su nombre, pero había tantos médicos en la ciudad que no había nada de particular en ello. Harrison pareció dudar. Anna estaba dispuesta a excusarse, pero entonces Albert Wesniewski tomó la palabra:

—Me gustaría conocer su opinión.

—Bien, vamos a echar un vistazo.

Harrison no se mostró demasiado entusiasmado ante la idea.

—Es una pena que sus estudiantes ya se hayan ido, doctora Savard —dijo David Mayfair—. Esta habría sido una excelente experiencia para ellas.

Anna siguió dándole vueltas a aquello de «excelente experiencia» durante bastante tiempo. David Mayfair no pretendía trivializar lo que le había ocurrido a la difunta; de hecho, fue más respetuoso que la mayoría. Pero le molestaba y no podía hacer nada al respecto, sobre todo después de que él se hubiera esforzado por incluirla. Sus jóvenes estudiantes también tendrían que aprender aquella lección en algún momento.

De camino al depósito de cadáveres, Emil Harrison le resumió el historial de su paciente. Había estado tratando a Irina Dmitrievna Svetlova durante cinco años, y la conocía bastante bien: veintiocho años, nacida en San Petersburgo, esposa de un profesor de lengua y literatura rusa en el Columbia College. Con dos hijos, ambos nacidos sin incidentes en Nueva York con la ayuda de una partera alemana. Los niños estaban sanos, y a Irina Svetlova tampoco le pasaba nada, salvo el hecho de que estaba embarazada y no quería estarlo.

El doctor Harrison no provocaba abortos, y no la derivó a otro médico por razones obvias. Sin embargo, el jueves por la mañana le llegó un mensaje a casa.

—La nota solo ponía que no estaba bien —continuó Harrison. Los Svetlov vivían en un elegante piso francés de la Quinta Avenida, donde halló agonizante a la mujer—. Pensé en atenderla allí para que muriera en casa con su familia, pero su marido insistió en una laparotomía.

Anna comprendió algo que le rondaba la mente desde hacía tiempo: solo sabían de las muertes que se ponían en conocimiento de las autoridades. Podía haber muchas más, mujeres que habrían ido a casa a morir y a ser atendidas por los suyos. La idea la distrajo tanto que le resultó difícil prestar atención a otra cosa cuando llegaron al depósito de cadáveres.

Anna se preparó, pero no sirvió de nada. Ningún ser humano podía contemplar tal devastación y permanecer impasible. La autopsia reduciría lo sucedido a frías observaciones: desgarros y heridas punzantes en el cuello uterino, en el útero, el epiplón y el intestino grueso, acompañados de la frenética respuesta del organismo frente a la invasión de bacterias: infección, exudado y pus. Lo que había sido un cuerpo bien formado y sano, echado a perder.

—¿Había visto algún ejemplo de negligencia tan extremo? —le preguntó Mayfair.

—Me temo que sí —respondió Anna—. Prácticamente igual. ¿Sabe quién hizo el procedimiento?

—No —dijo Harrison—. Cuando la vi estaba convulsionando por la fiebre. No recuperó la conciencia.

—¿Y el marido?

—Conmocionado.

—Me gustaría hablar con él, si puede ser.

Υ

Anna encontró al profesor Svetlov sentado en el vestíbulo principal, con el sombrero entre las manos y la cabeza gacha. Cuando oyó su voz, dio un respingo.

—Profesor Svetlov —repitió ella—. ¿Puedo hablar con usted? Soy la doctora Anna Savard.

Anna debía tratar todos los días con maridos, padres, hermanos e hijos en duelo, y aunque se esforzaba por mostrar una serena compasión sin apego emocional, era una batalla que nunca ganaría del todo.

Tras presentarse de nuevo y darle el pésame, se obligó a mirarlo a los ojos y preguntó:

—Profesor, ¿sabe usted a quién acudió para el procedimiento?

Él hizo un pequeño gesto de negación.

—Cualquier información será útil para la policía. ¿No sabe a qué parte de la ciudad fue? ¿Cuánto dinero pagó? ¿Cómo se enteró de sus servicios?

La voz del viudo sonó ronca y amarga:

—No sé nada de eso. Salió por la mañana, volvió por la tarde y se fue directa a la cama. No le abrió la puerta a nadie. Esta mañana, cuando por fin entré a verla… —Se llevó las manos a los ojos y movió la cabeza—. Déjeme en paz, se lo ruego.

Jack estaba trabajando en el turno de noche, pero Anna tenía muchas otras cosas que hacer. Podía pasar la noche leyendo revistas médicas o corrigiendo trabajos, y le debía una larga carta a Sophie. Podía ir a visitar a la tía Quinlan y a Margaret, o estar con las niñas. Lo que no podía hacer era hablar con nadie sobre Irina Svetlova.

Hablar con el marido de la mujer, intentarlo siquiera, había sido un gran error, y ni siquiera le había hecho la pregunta más importante. No parecía probable que una mujer rusa de posibles hubiera tenido ocasión de frecuentar la botica de Smithson, situada bajo las sombras del tren elevado. No obstante, dejaría que fueran los honorables inspectores quienes determinaran tal cosa. Ellos no presumían de saber cirugía, por lo que de ahora en adelante dejaría el trabajo policial en sus manos. A menos, claro, que le pidieran ayuda.

Con esa idea, terminó de cambiarse de ropa y bajó a mirar el correo en la mesa del pasillo. Una carta de su prima Blue, la hija mayor de tía Quinlan, que aún vivía en Paradise, en la casa donde nació Anna, Uphill House. Otra carta de una prima de Nueva Orleans. Ofertas de fabricantes de suministros médicos y editoriales, un boletín de la Sociedad Médica Femenina, y un sobre rugoso escrito con letra desconocida, bastante anticuada y rígida.

Por un momento pensó en no abrirlo. Si era otra de las estratagemas de Comstock, le estropearía el resto de la noche. Sin embargo, lo llevó a una ventana para contemplarlo más de cerca y pudo ver el matasellos, apenas legible. Enviado dos días antes desde Rhode Island.

Abrió el sobre encima del escritorio y encontró dos hojas escritas a mano.

Estimada doctora Savard:

Le escribo porque el inspector Maroney me dio su dirección y me pidió que le informara de cómo nos va.

Henry, Montgomery y yo llegamos en barco de vapor sin ningún problema, con el cielo despejado y el mar en calma, y encontramos a un tal señor Knowles, que nos llevó a nosotros y a nuestro equipaje a la casa con su carreta y no aceptó ni un céntimo por las molestias. Los niños (ahora los llamamos Hannes, Markus, Wiese y Günther, y ellos a nosotros Oma y Opa) estaban sentados a la mesa de la señora Barnes, cuyo marido nos vendió la casa. Se vivió mucha emoción en esa cocina, Henry llorando de alegría, Montgomery saltando en el aire como una pelota de goma, y los chicos abrazándonos como si nunca quisieran soltarnos.

No obstante, se quedaron muy afligidos por lo de su madre, y de ahí que haya tardado tanto en escribir esta carta. Hannes es el más afectado, pero poco a poco está volviendo en sí. Hoy se puso al pequeño en el regazo, jugó con él y le hizo reír. Es bueno para el alma oír la risa de un bebé.

Anoche, Markus y Wiese durmieron toda la noche por primera vez desde que les trajimos las tristes noticias de casa.

Henry está disfrutando del buen tiempo y del mar tanto como los chicos. Recordará que le gusta el pescado, y ya tiene la costumbre de bajar a la bahía cuando arriban los pescadores para comprar algo para la cena. Se lleva un dólar y le gusta traer el cambio.

Me considero muy afortunada. No debemos temer a la enfermedad porque hay un buen médico y un boticario en el pueblo y podemos pagarles. Hannes empezará en la pequeña escuela en otoño, con zapatos nuevos, una cartilla y cualquier otra cosa que necesiten los niños en estos días. Los chicos son mi vida, y tengo la intención de hacerlo bien. Buena comida, aire fresco y un poco de trabajo para todos (excepto para el pequeño, claro). Y un abrazo y un beso a la hora de dormir, como querría su madre.

Si Henry estuviera en su juicio, sé que le escribiría para agradecerle la amabilidad que nos mostraron todos ustedes cuando más la necesitábamos. Parece ser que, después de todo, hay gente buena en el mundo. Rezamos todos los días por nuestra querida niña, a la que nunca olvidaremos.

Atentamente,

MAY STEINMAUER

Anna intentó recordar la última vez que se mencionó a los hijos de los Campbell en los periódicos, pero no pudo. Era como si el público ya hubiera perdido el interés por ellos; no recibirían más atención a menos que se la ganaran. En una ciudad en la que vivían miles de niños en las calles, sería difícil conseguirlo.

En el escritorio tenía el borrador de una carta que quería terminar y enviar desde la infructuosa reunión con el padre McKinnawae. La había revisado varias veces, y aún no la había copiado de manera definitiva en su papel de correspondencia personal.

Eamon Mullen y señora
Tottenville, Staten Island, NY

Estimados señor y señora Mullen:

Soy Anna Savard Mezzanotte, de la ciudad de Nueva York. El 26 de mayo, mi marido y yo conocimos a su familia muy brevemente en la playa, cerca del monte Loretto. Tal vez recuerden que su hija Theresa Ann nos presentó a ustedes y a su hermanito.

Esperamos que estén dispuestos a concedernos un favor. ¿Podemos pasar a visitarles un sábado o domingo por la tarde, cuando les convenga? El motivo se debe a una relación familiar que preferiría no explicar por carta. Sé que suena muy misterioso, pero le aseguro que nuestras intenciones son nobles. La visita les llevaría menos de una hora.

Por supuesto, entiendo que quiera comprobar mis referencias antes de responder a esta carta. Para ello les proporciono la siguiente información: soy médica y cirujana, licenciada por la Escuela Femenina de Medicina de Nueva York, y estoy registrada en la Dirección de Sanidad, como exige la ley. Ejerzo en el Hospital de Caridad New Amsterdam. Mi marido, el inspector Giancarlo Mezzanotte, pertenece a la policía de Nueva York y está destinado en la comisaría de la calle Mulberry. Vivimos en el número 18 de Waverly Place.

Con los mejores deseos para usted y su familia,

DRA. ANNA SAVARD

Sabía que tendría que enseñarles la carta a la tía Quinlan, a Jack y quizás incluso a Conrad Belmont y pedirles consejo antes de enviarla. Anna se preguntó qué le dirían, si desaprobarían la idea.

652

Con mucho esfuerzo, trató de aclarar su mente y leer la carta como lo haría la señora Mullen. ¿Se sentiría temerosa, insultada, o simplemente curiosa? Lo único que sabía con certeza era que debía abordar la situación cuanto antes.

Se quedó un momento contemplando el papel de cartas. Su nombre completo estaba grabado en la parte superior con un elegante tipo de letra: «Doctora Liliane Mathilde Savard». Un regalo de graduación de Margaret. Anna le había dado las gracias y luego guardó la caja, para descubrir más tarde que podía venirle bien. Establecía cierta distancia entre ella y la persona a la que escribía. Un particular solicitando una consulta, un colega pidiéndole que leyera el borrador de un artículo, invitaciones a conferencias y reuniones, una petición de contribución a un fondo educativo: en cada caso tenía que equilibrar el interés y la importancia con las exigencias de su tiempo y sus energías.

La casa estaba oscura, fresca y muy tranquila. Antes de que pudiera cambiar de opinión, sacó tinta, pluma y una hoja nueva, y copió con mano firme la versión final de la carta a los Mullen. Mientras la tinta se secaba, escribió el remitente en un sobre. Dobló la carta con cuidado, alisó los pliegues con el abrecartas, la puso en el sobre y la dejó a un lado.

Luego empezó otra carta mucho más agradable, una que animaría a Sophie y a Cap. Una carta con respuestas en lugar de preguntas; una carta que sí tenía ganas de escribir. Los imaginó sentados en una terraza con vistas a las montañas y los prados, y les narró el resto de la historia de Janine Campbell.

Elise supuso que ella no se habría dado cuenta, pero Anna le había entregado lo que parecían ser las llaves de un vasto reino con una simple frase.

—Hay bastantes libros y revistas en la casa —le dijo—. Puedes llevarte los que quieras a tu habitación. Si empiezas a estudiar ahora, estarás mucho más preparada cuando empiecen las clases.

La idea de ir a la Escuela de Medicina todavía le parecía impensable y abrumadora, pero ya era un hecho. Llevaba la carta de admisión debajo de la carta de la beca, dobladas y guardadas en la cintura de la falda de su uniforme. Como si fuera un pasaje que, una vez perdido, no podría reemplazarse nunca.

653

Empezó a escribir anotaciones más largas en su cuaderno, enumerando las preguntas que se le ocurrían mientras estaba con un paciente u otro. Y ahora tenía los libros que le permitirían aprender.

El lunes a primera hora habían programado una operación que estaba decidida a presenciar. Como enfermera no tenía derecho a un lugar en la galería, pero como nueva estudiante de Medicina podía intentarlo, por lo menos. En este caso, junto con todos los demás médicos y estudiantes de Medicina de la ciudad. La doctora Shifra Rosenmeyer comenzaría con una intubación orotraqueal, y luego procedería a extirpar el tumor retrofaríngeo de Regina Sartore, de seis años. Con la intervención, las posibilidades de supervivencia de la niña eran escasas; sin ella, estaría muerta al cabo de unas semanas... o de unos días. Pero tenía una oportunidad.

Elise reunió una pila de libros y se sentó en el suelo para leer todo lo que había que saber sobre la futura operación.

ϒ

A las nueve se levantó para encender las lámparas y descansar la vista. Las ventanas abiertas dejaban pasar la brisa nocturna y los ruidos de la ciudad. Poco a poco fue aprendiendo a filtrar los más comunes: las ruedas de hierro sobre los rieles, los cascos sobre el pavimento, el pistoneo de las máquinas de vapor, los gritos de los muchachos que jugaban al béisbol o a los dados en un callejón cercano. Al principio se había preguntado cómo las niñas podían dormir, pero Rosa y Lia rara vez se quedaban quietas, y nunca aguantaban mucho por la noche. Cuando pedían que les contaran cuentos para dormir, solía bastar con un par de capítulos. Por lo que Elise sabía, todavía no habían pasado del primer capítulo de *Mujercitas*.

Casi que tenía la casa para ella sola: las niñas dormidas, las ancianas sentadas en la pérgola del jardín mirando las luciérnagas y ahuyentando mosquitos. Chiara había ido a pasar la noche con Celestina para ayudarla con un bordado que le estaba dando guerra, y Laura Lee se iba a su propia casa todos los días después de servir la cena.

Durante el día, siempre había gente haciendo cosas. La excepción era la señora Quinlan, que pasaba buena parte de la mañana en su pequeño estudio. La señora Lee ejercía con gusto el papel de dragón ante el foso; Chiara juraba que hasta el más ligero paso por las inmediaciones de la puerta de la señora Quinlan hacían que la señora Lee apareciera golpeando una cuchara de madera en la palma abierta. No obstante, Chiara amaba las buenas historias, y pensaba que los hechos estaban allí para plegarse a las necesidades del narrador.

Elise decidió que tenía suficiente sed para ir en busca del té de menta frío que la señora Lee preparaba en grandes cantidades. Quizá se sentara un rato en el jardín, si los mosquitos no estaban demasiado sedientos de sangre. Entonces abrió la puerta y salió al pasillo, donde encontró a Rosa lista para huir, con la cara pálida por la sorpresa.

Llevaba un mandil limpio sobre un vestido de muselina, sus zapatos más resistentes y un pañuelo doblado encima del brazo, medio cubriendo una pequeña cesta.

En tal situación, Elise habría esperado excusas nerviosas y una rápida retirada a su habitación, pero Rosa se quedó allí de pie sin pestañear.

—Si me detienes ahora, me iré en otro momento —dijo—. No puedes vigilarme siempre.

Confundida y alarmada, Elise se acercó a ella y se agachó hasta que sus rostros estuvieron al mismo nivel.

—Pero ¿adónde vas?

Una oleada de alivio invadió a la niña, tan visible como una marea tempestuosa que se extingue en la playa.

—A Staten Island —dijo con un punto de impaciencia—. A buscar a mi hermano. ¿Te vienes conmigo?

—Siéntate aquí conmigo un momento.

Elise la llevó a la escalera, donde se sentaron una al lado de la otra, y hablaron en voz baja.

—¿Por qué crees que tu hermano...?

—Vittorio —aclaró Rosa—. El pequeño.

—¿Por qué crees que está en Staten Island?

Rosa sacó una hoja de papel de la cesta. La letra de Anna, con muchos tachones y añadidos. No le había resultado fácil escribir la carta.

En lugar de cogerla, Elise dijo:

—Cuéntame lo que pone.

Rosa se mordió el labio con tanta fuerza que Elise temió que sangrara.

—Tengo que irme antes de que vuelvan del jardín. ¿No quieres venir conmigo?

—Espera.

—No —dijo Rosa, levantándose—. No voy a esperar más.

—Rosa...

—No puedes detenerme. Tú tienes la culpa de que se perdiera, y ahora sabéis dónde está, pero no hacéis nada al respecto. Bueno, pues yo sí voy a hacer algo —añadió, y echó a correr por las escaleras.

—Rosa —la llamó Elise, tratando de mantener la calma—. No hay ningún transbordador a esta hora de la noche. No llegarás a Staten Island hasta la mañana.

Puede que, en realidad, no fuera así, pero no tenía otra idea para intentar disuadirla.

Rosa se detuvo a mirar por encima del hombro. Elise nunca había visto tal expresión en el rostro de una niña, de tristeza, rabia y una firme determinación.

655

—Me esconderé hasta la mañana. Ya lo he hecho antes.

Elise vio que Jack salía al pasillo desde la cocina. Rosa siguió su mirada y se lanzó hacia la puerta. Antes de que pudiera girar el pomo, él estaba allí, cortándole el paso.

Rosa soltó un grito. Un grito que partiría en dos el corazón de un hombre duro, y Jack no era de corazón duro. Tomó en brazos a una pataleante Rosa y la sostuvo contra su pecho mientras ella gritaba y se debatía.

Jack le habló en voz baja. Cuando ella intentó morderlo, ajustó la postura y siguió hablando. Cuando la señora Quinlan y la señora Cooper entraron corriendo al pasillo, siguió hablando. Rosa aullaba, con la boca abierta como un agujero negro. Arrancó los botones del cuello de la camisa de Jack y los tiró, golpeándole la mandíbula, la mejilla y la oreja con el otro puño. Él no se amilanó en ningún momento, ni dejó de murmurarle.

Ahora le gritaba, dirigiendo toda su ira y frustración hacia su rostro en un torrente de palabras en italiano. Por su expresión, estaba claro que Jack la entendía. Una especie de calma se apoderó de él y pareció contagiar a Rosa, que se desplomó sobre su hombro.

Una puerta se abrió detrás de Elise. Lia salió a la luz, desvelada por el alboroto, con el pulgar en la boca y las lágrimas cayéndole por la cara.

—Ay, cariño —dijo Elise—. Ven aquí. —Se acercó a la niña y la levantó, atusándole el pelo—. ¿Vamos a mi habitación y nos metemos en la cama grande? —Lia se agarró la camisa con tanta fuerza que Elise notó el tirón en el cuello—. ¿Vamos?

La pequeña movió la cabeza de un lado a otro: no.

—Todo irá bien —le susurró Elise—. Sé que tienes miedo, pero todo irá bien. Nos sentaremos todos juntos y haremos que Rosa se calme. Ya lo verás, Lia.

Se dio cuenta de que la señora Cooper había subido las escaleras y estaba inmóvil, con las manos en la cintura y los brazos en jarras. Lia parpadeó una vez, sus ojos rebosantes de lágrimas, y luego extendió los brazos. Elise había tenido más de un pensamiento poco caritativo sobre Margaret Cooper, y se avergonzaba de recordar lo rápido que la había juzgado. Toda su persona, en cuerpo y mente, pertenecía a Lia, quien rodeó el cuello y la delgada cintura de la señora Cooper con brazos y piernas. Ella le murmuró algo a la niña: sonidos suaves que podían ser palabras, pero que no estaban destinadas a nadie más en el mundo que a Lia. Cuando la puerta del cuarto se cerró tras ellas, Elise tuvo que apoyar la frente sobre las rodillas y dejarse llevar, justo en ese momento, a casa de su propia madre.

Rosa seguía hablando arrebatadamente. Jack la sostenía entre sus brazos, escuchándola. Entonces se dirigió al salón con pasos suaves.

La señora Quinlan le hizo un gesto a Elise. Tenía que mandar un recado y no quería despertar al señor Lee. ¿Sería Elise tan amable?

—Por supuesto. Dígame qué puedo hacer.

La anciana le puso unos billetes en la mano y le cerró los dedos sobre el dinero.

—Ve a la entrada del hotel New York y dile al señor Manchester que te he enviado yo. Te conseguirá un carruaje. Deja que te consiga un carruaje, ¿me oyes? Luego ve directamente al New Amsterdam y dile a Anna lo que ha pasado. Pídele que vuelva a casa en cuanto pueda.

Se le ocurrieron muchas preguntas, pero solo hizo una:

—¿Y ahora qué?

La señora Quinlan era muy anciana, pero no había nada de frágil en ella. Poseía una tranquila determinación que calmaba los nervios de Elise. Algunas mujeres tenían esa fuerza escondida en su interior, una luz que se prendía cuando todos los demás estaban abrumados.

Le dio una palmadita en la mejilla a Elise y le sonrió, una sonrisa cansada, pero cariñosa.

—Mañana, Anna y Jack llevarán a las niñas a Staten Island para que vean a su hermano Vittorio —dijo—. No se puede hacer otra cosa.

657

37

*L*legó el día lluvioso que Anna había deseado, y que ya no podía eludirse con solo desearlo. Hasta que llegaron al muelle, estuvo temiendo que se suspendiera su partida debido a la turbulencia de las aguas. En el último momento, los vientos se calmaron y pudieron embarcar.

Con las prisas para no perder el transbordador, se había olvidado de varias cosas: no había comprobado si las chicas tenían pañuelos, ni cuánto dinero llevaba en el bolsillo, ni si se había ajustado bien el sombrero. Una ráfaga de viento le hizo pensar en las horquillas, porque casi salió volando. Al mismo tiempo, abrió el único paraguas que había encontrado con las prisas y que emitió un fuerte chasquido.

Sin embargo, subieron al transbordador, que partió tal como estaba previsto, para abrirse camino ruidosamente a través de las aguas.

Anna sostuvo la cabeza de Lia mientras vomitaba, ambas empapadas por la lluvia que caía con tanta fuerza que cada gota rebotaba como un saltamontes en el pasamanos y la cubierta. La piel de Lia adquirió un enfermizo tono verde amarillento.

Lo único razonable y sensato habría sido darse la vuelta y volver a casa, pero una mirada de Rosa dejó claro que se opondría a tal sugerencia con todas sus fuerzas.

Anna llevó a Lia de vuelta a la toldilla y se instaló con ella en un banco de madera frente a Jack, que ya había dejado un pequeño charco a su alrededor. En otro momento, se hubiera echado a reír, e incluso él se habría reído de sí mismo. Pero Rosa, que se sentaba un poco apartada, les daba la espalda. Respondía a Jack con monosílabos cuando le hacía una pregunta, pero ni siquiera miró en dirección a Anna. Ella entendía que estaba conmocionada, y se dijo que cualquier intento de explicarse o justificarse solo empeoraría las cosas.

Intentó pensar qué podía decir: «Un sacerdote encontró a Vittorio en la Casa de Huérfanos y lo entregó a una familia católica para que lo criaran como si fuera suyo. Ahora es Timothy Mullen, y la ley no hará nada para devolverlo a sus hermanas». O podía dejar a la Iglesia fuera de la cuestión: «Es un niño sano y feliz, muy querido. Timothy Mullen se aferra a su madre adoptiva porque no recuerda a ninguna otra».

Rosa no estaba interesada en la lógica, ni en la razón ni en la ley. Todos los intentos de negociar con ella recibían como respuesta una mirada inexpresiva; era tan frágil e inalcanzable como la víctima de un ataque de apoplejía.

La lluvia caía a lo largo de toda la bahía de Raritan y seguía cayendo cuando bajaron del transbordador y caminaron la corta distancia hasta la estación de ferrocarril, donde se apiñaban los viajeros, todos mojados y con frío, indignados ante una situación que consideraban inexcusable. Pero un árbol había caído sobre las vías y pasaría al menos una hora, quizá dos, antes de que nadie pudiera ir a ninguna parte.

Lia era un guiñapo en sus brazos. Necesitaba que la desnudaran y le frotaran la espalda, pero por el momento cualquier pequeña distracción podría ayudar. Anna se abrió paso entre los descontentos pasajeros hasta llegar a una ventana opaca por la condensación. La limpió con una mano enguantada y empezó a señalar cosas: un bote amarillo tirando de las amarras como un perro inquieto, un sombrero perdido que empujaba el viento racheado, un relámpago a lo lejos, una señora en la puerta de la panadería asomándose bajo su paraguas, esperando a alguien que claramente llegaba tarde.

—¿A quién crees que espera? —preguntó Anna.

A Lia le encantaba ese juego: inventar historias, pero entonces no surgió ni la más mínima chispa. Jack y Rosa se acercaron hasta ellas, o más bien fue Jack, que llevó de la mano a Rosa. Hablaba con Rosa, pero Lia estaba escuchando.

Con lo poco que había dormido, Anna se sentía incapaz de entender ni una palabra de italiano, así que esperó mientras Jack respondía a las preguntas de las niñas. Cuando Rosa se encogió de hombros, supo que él le había explicado la situación; el único camino a Tottenville era en tren, los trenes corrían por las vías, las vías a veces se hacían intransitables por el tiempo, y nadie podía controlar el tiempo. Todos estaban mojados y hambrientos, les decía Jack, pero había un hotel justo al final de la calle.

Anna pensó que al menos habían tenido un pequeño golpe de suerte: Stapleton era un pueblo próspero, por lo que las calles estaban pavimentados y con aceras. No tendrían que atravesar el lodo.

El vestíbulo del Stapleton Arms olía a lana húmeda, aceite de carbón y sudor. Anna decidió en un instante que prefería estar mojada afuera que caliente en un vestíbulo lleno de gente.

Jack alquiló dos habitaciones mientras ella hablaba con la gobernanta para pedirle toallas, leche con cacao, tostadas con mantequilla, té y sándwiches. La mujer se puso en marcha a toda prisa, y Anna deseó que el resto del personal fuera igual de eficiente.

660

Cuando entró en una de las habitaciones, decidió que podía perdonar al dueño del hotel por calentar demasiado el vestíbulo. Era una estancia muy agradable con un baño. Anna se preguntó cuánto habría tenido que pagar Jack por el amplio aposento, con una mesita, una silla cómoda y una cama de buen tamaño con sábanas limpias y una bonita colcha. Como primera medida, abrió las dos ventanas para que entrara el aire fresco.

Apenas se había quitado el sombrero cuando la gobernanta y sus doncellas, a las que dirigía como soldados en una batalla, los invadieron. Había pilas de toallas y bandejas cargadas, calcetines secos y mantas. Jack cogió unas cuantas toallas y desapareció por la habitación de al lado mientras que Anna le quitaba la ropa empapada a Lia. La gobernanta hizo lo mismo con Rosa, quien se dejó hacer sin decir nada.

Las doncellas sirvieron la comida en la mesa, agacharon la cabeza y se retiraron. Lia, envuelta en toallas, consiguió esbozar una sonrisa para la gobernanta, quien le trajo una taza de cacao. Rosa también aceptó otra taza, y no tardó en parpadear, somnolienta. Les quedaba una hora de espera, y dormir parecía la mejor manera de aprovecharla.

La gobernanta, la señora Singer, había traído una bata para

Anna, vieja y con el dobladillo deshilachado, pero de fragante olor. Anna se cambió detrás del biombo y le entregó su ropa a la señora Singer.

—Colgaré sus cosas en la cocina, donde hace más calor.

—No creo que puedan secarse en una hora —dijo Anna—, pero gracias por intentarlo.

La señora Singer enarcó una de sus finas cejas.

—Dudo mucho que el próximo tren salga antes de las tres. Siempre tarda más de lo que dicen.

La mujer salió de la habitación cuando Jack volvió.

—¿De dónde has sacado eso? —le preguntó Rosa.

—Es de color rosa —dijo Lia, y se rio.

—Estas niñas se están burlando de mí, Anna. Se burlan de mí.

—Llevas una bata rosa —señaló Lia—. Estás ridículo.

Era cierto, la vieja bata que le había encontrado el dueño era lo bastante grande para él, pero con los años había pasado de lo que quizá fuera un granate oscuro a un delicado rosa.

—Y tú tienes la boca llena de cacao, como un bigote y una perilla. Vamos a limpiarte y te echas una siesta.

661

A Anna le resonaban las tripas, así que se sentó a comer mientras Jack doblaba las mantas. Ambas niñas se quedaron dormidas antes de que terminara de arroparlas. Anna, con el pelo todavía goteando, se sentó en una silla al lado y se dedicó a arreglarse, cuando nada le hubiera gustado más que meterse en la cama con ellas.

Jack se le acercó por detrás con una toalla limpia.

—A ver, déjame a mí —dijo.

Mientras le secaba el agua del pelo, ella cerró los ojos y se hundió más y más en la agradable sensación, hasta que él la arrancó de su delicioso ensueño:

—Ahora quiero que me escuches con atención, sin discusiones.

Anna respiró hondo y soltó el aliento con un largo suspiro. Entonces se levantó de la silla y fue a la ventana, pero él la siguió.

—Nadie en este mundo podría haber hecho más por estas niñas que tú —dijo Jack—. Rosa no se da cuenta todavía, pero lo hará. Tienes que recordarlo y dejar atrás la culpa y el remor-

dimiento, porque, aunque parezca que te da la espalda, está
observando cada movimiento que haces.

Anna asintió, bostezó, apoyó la cabeza en el fuerte hombro
de Jack y se quedó dormida de pie.

El sol salió entre las últimas nubes justo cuando llegaron a
la estación de ferrocarril; Jack pensó que podía ser un buen
presagio. A partir de ahí, todo sucedió con rapidez; compraron
los billetes, y los cuatro se instalaron en el atestado tren mientras un tenue arcoíris aparecía sobre la bahía de Raritan.

Anna se sentó al otro lado del pasillo con Lia, que contemplaba el paisaje con algo de asombro. Después de los pasillos y
bancos de Washington Square, con sus arbustos y árboles bien
cuidados, Staten Island debía de resultar abrumadora.

Alguna vez había oído a la tía Quinlan contar historias de
su infancia en los bosques sin fin y las montañas del norte del
estado de Nueva York, así que no fue una sorpresa cuando Lia
preguntó por los osos y las panteras, los lobos y los alces.

—Aquí no —le dijo Anna—. Los bosques sin fin están muy
lejos. Es un largo viaje.

—¿Y castores? —preguntó Lia, esperanzada—. Tiene que
haber castores.

Anna se encogió de hombros.

—No lo sé. Tal vez nos lo diga el revisor. Mira, viene a
pedirnos los billetes.

Anna trataba a las niñas de manera admirable. En lugar
de intentar convencerlas de que no debían estar tristes, eno-
jadas o decepcionadas por algo, les daba otra cosa en que
pensar. Ya la había visto adoptar esa estrategia decenas de
veces, con el mismo éxito que entonces. Lia tiró de la manga
del revisor para hacerle una pregunta, y se pasó el resto del
viaje esperando su regreso con interés; él se paraba y le contaba cosas de Staten Island en la época en la que era niño,
historias con abundantes castores y ciervos, puercoespines y
zorros.

Rosa estaba escuchando, pero no tomó parte en la conversación. Jack trató de imaginar lo que sentiría, el alivio de saber
que su hermano estaba sano y salvo, el miedo a que no le per-

mitieran verlo. Estaba enfadada con todos y con todo, pero dirigía la mayor parte de esa ira hacia Anna y Elise.

«Es comprensible», le había dicho Anna la noche anterior. «Ella confía en que no voy a rechazarla porque esté enfadada. Si viera este asunto desde fuera, diría que me considera como una madre. Alguien que la aceptará con sus peores defectos, y nunca la abandonará.»

En el umbral entre el sueño y la vigilia, Jack pensó que Anna también había perdido un hermano. Y aquel era el motivo de que entendiera el dolor y la ira de Rosa mejor que él.

No perdieron el tiempo vagando por el pueblo de Tottenville ni buscando comida, sino que acudieron directamente al señor Malone. El rostro del viejo se iluminó con una amplia sonrisa al verlos, pero esta vez no trató de comunicarse. En su lugar tomó una vara corta y golpeó una campana que colgaba sobre su cabeza. Antes de que Jack pudiera entenderlo, el hijo del señor Malone se asomó desde una especie de taller, con las manos llenas de tachuelas.

663

—¡Voy para allá!

Anna miró a Jack con algo parecido a una desconcertada resignación, y tenía razón. Como era su segunda visita, los Malone se sintieron obligados a preguntarles por el viaje, su salud, su estado de recién casados, su opinión sobre el clima en la ciudad y la diferencia con la isla, y luego con gran interés sobre las niñas, que Jack presentó como sus ahijadas.

—Italianas —dijo el joven Malone—. Nunca lo hubiera adivinado.

Jack se tragó las palabras que podría haber dicho: ¡imagine nuestra sorpresa al ver a unas huérfanas italianas que no están sucias y enfermas! Había percibido la confusión en la expresión del hombre, su incapacidad para conciliar la imagen de las niñas que tenía delante con lo que había oído y leído sobre las hordas de inmigrantes italianos que arruinaban el país.

La mano de Anna en su brazo le hizo recomponerse y terminar la conversación con un guiño. Una cosa que los Malone no preguntaron, para alivio de Jack, fue por su destino. Cuando por fin subieron al pequeño carruaje, los cuatro apretados en un asiento, puso a trotar a la plácida y vieja yegua picaza. Anna, ocupada con las niñas, no lo miró hasta que estuvieron en el camino hacia el norte, hacia el Monte Loretto, y él se alegró. No había visto el extraño y pálido rectángulo en el lateral de un edificio en el que habían retirado del cartel, pero Jack lo recordaba bien.

EAMON MULLEN
FORJA, HERRADURAS, ARADOS Y CARPINTERÍA

Tal vez estuvieran repintado el cartel, se dijo a sí mismo. Tal vez Mullen había trasladado su negocio a un espacio más grande, en otro lugar de Tottenville. Y, tal vez, como tuvo que reconocer, aquello que había interpretado como un buen augurio no había sido más que el ojo de la tormenta.

A Jack le pasaba algo, una cosa que iba más allá del involuntario insulto del joven Michael Malone. Anna lo vio en la tensión de su mandíbula, en la línea de su espalda. Las chicas también lo sintieron, porque estaban calladas. Apenas habían salido de la ciudad cuando Lia se subió al regazo de Anna, sin mirar hacia delante, sino hundiendo el rostro en el hombro de Anna.

Jack detuvo el carruaje a un lado del camino bajo un grupo de robles e intentó sonreír.

—Vuelvo enseguida. —Jack aseguró las riendas, bajó de un salto y corrió en la dirección opuesta hasta desaparecer detrás de unos arbustos.

Las niñas parecieron tranquilizarse, suponiendo, como lo habría hecho todo el mundo, que la distracción de Jack y su repentina huida se debían a la llamada de la naturaleza. Sin embargo, Anna sospechaba que era algo totalmente distinto. Se había alejado para ordenar sus pensamientos y reunir valor, porque sabía algo, había oído o visto algo que a ella le había pasado desapercibido.

Tuvo ganas de ir a hablar con él, pero las niñas se morirían de miedo si se quedaban solas (aunque fuera solo un instante) en aquel extraño paisaje de campos, prados y huertos, cuando había algo tan importante a pocos minutos de distancia. Anna se había entrenado durante años para tomar decisiones rápidas en situaciones difíciles. Con un bisturí en la mano, una parte de su mente asumía el control, decidía y actuaba. Pero esto era nuevo para ella: se sentía perdida.

Jack regresó al asiento y tomó las riendas. Se quedó pensativo un momento y luego se volvió hacia las niñas.

—Tengo la sensación de que la familia que estamos yendo a ver no va a estar allí —dijo—. Que se han ido. Quiero que estéis preparadas para tal posibilidad, las dos. Una vez que sepamos si tengo razón, podremos hablar de qué hacer a continuación.

Le costó un gran esfuerzo, pero Anna se guardó sus preguntas. Cuando torcieron por el estrecho camino que los llevaría a la casita cerca de la playa, se le revolvió el estómago y se le hizo un nudo en la garganta. Las niñas parecían aturdidas, como si hubieran pasado del miedo a un letargo protector.

Durante los primeros instantes dio la impresión de que Jack se había equivocado. La casa no estaba desierta; la puerta principal estaba entreabierta, y se oía el sonido de alguien cortando leña en la parte de atrás.

Jack miró a Rosa y luego a Lia, con una expresión no exactamente grave, pero sí solemne.

—Esperad aquí —les dijo—. ¿Me habéis oído? Tenéis que esperarme.

Después apretó la mano de Anna y se fue.

Cuando Jack se unió al departamento de policía, una de las primeras y más duras lecciones que había aprendido, una que aún le costaba aceptar, era también de las más evidentes. Al menos en su caso, la ira le resultaba mucho más difícil de manejar que un arma. Mientras caminaba hacia la casa de campo, se recordó a sí mismo que no estaba allí como policía. No tenía derecho a hacer preguntas, y mucho menos a exigir respuestas. Era un pensamiento que seguía en su mente cuando una mujer salió a la puerta.

Dos hechos quedaron claros de inmediato. Aquella mujer menuda de cabellos oscuros estaba a punto de dar a luz —enlazaba las manos sobre la gran extensión de su vientre— y no era la señora Mullen.

Jack se quitó el sombrero e inclinó la cabeza educadamente.

—Señora. Estamos buscando a la familia Mullen. ¿Es esta la casa?

Era la casa correcta, sin duda, pero la familia Mullen se había mudado. La mujer le explicó con su inglés vacilante que su marido había comprado la vivienda y el negocio al señor Mullen, quien se marchó con su familia la semana pasada.

—No sé adónde fueron —dijo, y parecía estar buscando palabras—. ¿Quieren entrar, usted y su familia? —Dio un paso atrás y abrió la puerta con gesto de bienvenida.

Detrás de él, Jack oyó un ruido y la voz de Rosa, alzándose en señal de protesta. No quería molestar a esa gente, pero no veía otra manera de convencer a Rosa de la verdad.

Cuando la niña llegó a su lado, sin aliento, temblorosa, le dijo:

—Rosa, esta señora nos ha invitado a entrar para hablar unos minutos. —En italiano añadió—: Si no vas a saber comportarte, será mejor que esperes fuera.

A Jack no se le pasó por alto la mirada agresiva en el rostro de la niña.

Magda e Istvan Szabó eran inmigrantes húngaros que habían llegado a Estados Unidos hacía cinco años y que por fin habían ahorrado dinero suficiente para comprar una casa.

Con Lia en el regazo, Anna habló con el señor Szabó, que había entrado con ellos porque su inglés era muy bueno. No dejaba de mirar a Rosa, de pie junto a la puerta con Jack. Resultaba evidente que la situación exigía que contara la verdad y nada más que la verdad.

—Señor Szabó —le dijo—, me doy cuenta de que esto es muy extraño, pero si pudiera explicarlo...

Aprovechando las habilidades que había perfeccionado con los años a la hora de contar historias de pacientes durante las rondas, relató ordenadamente la de los cuatro hermanos Russo, cómo habían llegado a Manhattan y cómo los chicos se habían perdido. El hombre solo levantó la mano para traducir a su esposa lo que aquella mujer les estaba contando.

Anna fijó su mirada en la señora Szabó. Tenía un rostro amable y una expresión empática, mientras que su marido era más reservado.

—Creemos que los Mullen adoptaron a Vittorio —concluyó Anna—. Y sus hermanas tienen tantas ganas de verlo que no pudimos ocultarles la verdad por más tiempo.

Los Szabó se pusieron a hablar entre ellos, una conversación en voz baja imposible de comprender. Anna se quedó tan absorta que Lia se bajó de su regazo antes de que pudiera darse cuenta de lo que estaba pasando. La niña caminó hacia la señora Szabó con los ojos abiertos como dólares de plata.

—¿Puedo ver a mi hermano? Es tan pequeño que —se le escapó un pequeño y agudo hipo— *deve avere molta paura*.

—Dice que tiene que estar muy asustado —tradujo Rosa con la voz tensa.

Se hizo un silencio tal que Anna pudo oír el lejano batir de las olas en la playa. Rosa se acercó a su hermana y le pasó el brazo por encima de los hombros. Se parecían tanto, y eran tan diferentes en su manera de ver el mundo. Se preguntó si Rosa habría sido más como su hermana si las circunstancias no le hubieran exigido lo imposible.

La señora Szabó estaba claramente conmovida por las dos niñas, y parecía al borde de las lágrimas.

—Lo siento mucho, pero no conozco a tu hermano. Lo vi una vez, un pequeño muy hermoso, feliz. Pero se fue con su… —Miró a su marido—. ¿*Az új családja?*

—Su nueva familia.

—Sí, su nueva familia. No sabemos adónde fueron. Siento mucho no poder ayudarles. Pero tal vez… —Rosa alzó la cabeza de pronto—. Tal vez si hablan con el sacerdote…

—¿El padre McKinnawae? —preguntó Jack.

—Sí, el padre McKinnawae. En el Monte Loretto. Tal vez él pueda ayudarles.

Mientras ascendían por la ladera sobre la que se desplegaba la misión, Anna pensó que habían avanzado bastante desde su última visita. El día que se casaron, como recordó, solo parecía estar terminado uno de los edificios, del que salía una larga y oscura voluta de humo por la chimenea. Las dos construcciones más grandes estaban lejos de completarse, pero entonces no había señales de monjes ni albañiles de ningún tipo. Se preguntó si se habrían quedado sin suministros, sin voluntarios o ambas cosas. Pasarían muchos meses antes de que un niño pudiera vivir allí. Y, en realidad, no le importaba. Siempre asociaría aquel lugar con la pérdida de Vittorio. Porque estaba perdido. Fueron a ver al sacerdote porque Rosa debía llegar hasta el final, pero Anna no tenía dudas: Vittorio iba a vivir su vida como Timothy Mullen. Le deseó felicidad y bienestar.

Anna buscó la mirada de Jack por encima de la cabeza de las niñas y supo que había concluido lo mismo que ella. Tendrían tiempo para hablar de ello cuando volvieran a casa. Ahora lo que había que hacer era prepararse para ver al padre McKinnawae.

Tenía que guardarse sus pensamientos, pero las niñas le hacían una pregunta tras otra a Jack. Él respondía de manera sincera: no, no sabía cuándo los huérfanos irían a vivir a ese lugar; pensaba que la mayoría estaría en la misión de la ciudad y que seguramente todos serían varones. ¿Habría un espacio para las niñas? Pues no lo sabía. Estaba seguro de que habría aulas, lecciones y tareas. Y una misa, probablemente todas las mañanas.

¿Podía ser que Vittorio estuviera aquí, con el sacerdote...?

Jack respondió sin dudarlo. Vittorio se había ido con la familia Mullen, que lo quería y cuidaría de él.

Anna se preguntó qué imaginaban las niñas sobre el encuentro con el sacerdote, si alguna vez habían tenido oportunidad de hablar con un cura fuera de los servicios religiosos. Porque ella había hablado con ese sacerdote en particular. Le había hablado de esas niñas, que habían pasado tanto, y él había ido a hablar con los Mullen.

Anna nunca enviaría esa carta que había escrito y reescrito tantas veces. O más bien, había encontrado un objetivo diferente. No había sido capaz de explicarse la serie completa de acontecimientos hasta que Margaret sacó el libro de ejercicios de Rosa, con cada página llena hasta los márgenes de esmeradas letras.

Rosa estaba ansiosa por aprender a leer, y Margaret había trabajado con ella todos los días. Ya había avanzado lo suficiente para manejar frases cortas y simples. Por las mañanas miraba fijamente el periódico como si ocultara secretos que estaba decidida a descubrir. Señalaba las palabras que conocía y preguntaba por las demás. Y cada día hacía los deberes que Margaret le asignaba, y más. Una de las cosas que más le gustaban era escribir su propio nombre, junto con los de toda su familia, padre, madre, hermana y ambos hermanos.

—Es muy diligente —había dicho Margaret—. Mira, llenó este cuaderno en una semana. Le dije que podía usar el papel de los cubos de basura hasta que tuviera tiempo de conseguirle otro. Debí haber sido más cuidadosa, pero nunca se me ocurrió…

—No es culpa tuya, ni tampoco de Rosa —le respondió Anna—. No es la mejor manera de resolver la situación, pero ya está hecho. Tendremos que seguir adelante lo mejor posible.

—Me temo que la mimo demasiado —continuó Margaret, de todos modos.

Jack había negado con la cabeza:

—Es curiosa, quiere aprender. No es cuestión de darle más dulces de los que le convienen. Creo que las chicas son afortunadas de que tengas tanto tiempo para estar con ellas.

Fue una de las cosas más amables que Anna le había oído decir, y la avergonzó haberse comportado de un modo tan despectivo con Margaret.

Y ahora estaban allí, a punto de enfrentarse al padre Mc-Kinnawae. Cuando pensaba en él, Anna podía notar el desagrado y el desdén que sentía por ella. Le había advertido que no lo pusiera a prueba, y no había sido una amenaza vana.

Salió a saludarlos antes de que Jack detuviera el carruaje. La expresión de Anna era sombría, pero el sacerdote esbozó una amplia sonrisa, inflando sus mejillas sonrosadas.

—Doctora Savard —dijo, educado y de buen humor—, me alegro mucho de volver a verla. Pensé que quizá pasaría por aquí.

Por una fracción de segundo, Jack pensó que Anna iba a golpear al sacerdote en la cara, con todas sus fuerzas. La imagen surgió tan vívida en su mente que le puso la mano en la parte superior del brazo, y notó la tensión de todos sus músculos.

Le tendió la otra mano al sacerdote.

—Soy Jack Mezzanotte, el marido de la doctora Savard. Y estas son nuestras ahijadas, Rosa y Lia Russo.

McKinnawae le dio un firme apretón. Apenas miró a las niñas antes de que su mirada se volviera hacia Jack.

—¿Y usted también es médico?

—Es policía.

Rosa habló claramente, sin dudarlo y sin la deferencia que Jack hubiera esperado. Anna parecía haber perdido completamente la voz, pero él sentía su tensión.

—Un policía italiano —dijo McKinnawae.

—Inspector —respondió Jack.

El sacerdote alzó una ceja como si la noticia le sorprendiera.

En general, Jack no tenía nada en contra de los sacerdotes. Según su experiencia, la mayoría de ellos resultaban inofensivos, algunos tenían la intención de hacer cosas buenas, pero hacían todo lo contrario, unos pocos se las arreglaban para ayudar, y·los menos disfrutaban de hacer el mal, por pura maldad, desprecio hacia el mundo y egoísmo.

Habría imaginado que McKinnawae era uno de los mejores, dada la cantidad de trabajo que suponía montar el refugio para huérfanos, pero ahora veía que se había equivocado. McKinnawae trabajaba para los niños más vulnerables, desinteresadamente, sin descanso, pero al mismo tiempo tenía una mentalidad cerrada. Era resentido y protector de lo que consideraba suyo. No le gustaban las mujeres y no quería tener nada que ver con ellas. Que Anna apareciera en su casa le había provocado un sentimiento de rechazo. Quería dejarle claro que había sido una necia al intentar burlarse de él. Por lo que a él respectaba, los hermanos Russo no eran lo importante.

—Me dijo que estaría dispuesto a hablar con las hermanas de Vittorio Russo, y aquí están —replicó Anna.

Un temblor en el labio superior.

—Doctora Savard, ¿no le he dicho que no conozco al Vittorio Russo que está buscando? Siento no poder ser de ninguna ayuda. Niñas, lo mejor que podéis hacer es rezar por el alma de vuestro hermano. Estoy seguro de que fue bautizado, así que ahora mismo estará en el cielo junto con vuestros padres.

Lia tenía la boca abierta, pero Jack dudaba que fuera capaz de decir una sola palabra. Rosa se situó delante de su hermana y dijo:

—Sí, fue bautizado, pero no está en el cielo. Se fue con una familia. —Miró hacia atrás como si pudiera ver la casa donde habían vivido los Mullen—. Y tú sabes dónde está, ¿no?

La sonrisa complaciente de McKinnawae se congeló un momento. No miró a Anna, sino a Jack.

—Por lo que yo sé, los niños italianos son educados y respetuosos con sus sacerdotes. Esperaba algo mejor.

—Muy bien —dijo Jack, haciendo un gran esfuerzo por mantener un tono neutro—. Ya es suficiente. Anna, lleva a las niñas a dar un paseo, por favor. Necesito media hora, y luego nos iremos.

Rosa lo observó aceptando tranquilamente sus palabras, cosa que le resultó más difícil de soportar que las lágrimas.

—No le importa. No va a ayudarnos —dijo en italiano.

Luego se alejó con Anna, sin mirar atrás.

38

*E*lise se durmió esperando a que Anna y Jack volvieran de Staten Island, y se despertó con un día gris y lluvioso. Las niñas estaban en el pasillo hablando con Margaret y la señora Lee.

—No voy a ir a la iglesia —decía Rosa—. No hasta que encuentren a mis hermanos, y quizá ni siquiera entonces. Tonino sigue preguntándome en sueños por qué estamos separados, y yo le hablo del sacerdote que robó a Vittorio. —Elise respiró sorprendida, y contuvo el aliento para escuchar lo que venía después—. Pero Lia puede ir si quiere.

—No —respondió Lia—. Yo no iré también.

—Tú tampoco irás —la corrigió Margaret.

—Eso también. Tampoco.

—Bueno, bueno —dijo la señora Lee, atajando la cuestión—. Eso no es poca cosa, pero ya hablaremos de ello más tarde. El señor Lee y yo vamos a salir. Niñas, quiero que preparéis la mesa antes de que volvamos. Y nada de toquetear el asado, no necesitamos más dedos quemados.

—¿Puedo ir a Hierbajos a jugar con Skidder? —preguntó Lia.

—No hasta que hayas desayunado —dijo Margaret—. Vamos a hacerlo ahora.

Entonces Elise se dio cuenta de la hora que era; se le había hecho tarde y tendría que saltarse el desayuno y la conversación sobre Staten Island. Por lo menos, lo ocurrido ayer no había paralizado a las niñas de ira o de pena. Por el momento, tendría que bastar con eso.

Mientras iba medio trotando, medio caminando hacia el hospital, haciendo malabares con un paraguas abierto, su mochila y el plátano que le había dado la señora Quinlan, en lugar de un desayuno completo, pensó en ella misma cuando tenía la edad de Rosa, y en lo que habría pasado si hubiera anunciado que abandonaba la Iglesia.

Su madre y sus tías se habrían echado a reír. Si hubiera persistido, habría habido consecuencias más serias en las que se habría incluido la vara que colgaba de la pared de la despensa. ¿Y después de eso?

El confesionario, para empezar. Habría tenido que dar explicaciones al padre Lamontagne. La idea era tan peregrina que le arrancó una sonrisa. El padre Lamontagne había sido un dulce anciano que tuvo una vida larga y difícil. Habría escuchado pacientemente, y luego habría intentado que cambiara de opinión con suma amabilidad, pero persistentemente.

En realidad, a ella no se le habría ocurrido abandonar la religión. Le gustaba ir a misa; la iglesia misma parecía una extensión de su hogar.

Y, sin embargo, Rosa había anunciado… ¿qué? ¿Que rechazaba la Iglesia, a Dios, o a ambos? De alguna manera, imaginaba que ni la señora Quinlan ni ninguno de los habitantes de aquella casa de librepensadores se opondrían. Harían preguntas, ciertamente, pero la desaprobación parecía tan improbable como un azote.

Durante el corto trayecto al hospital, Elise pasó por cuatro iglesias antiguas: presbiteriana, bautista, reformada holandesa, episcopal, y justo al lado del New Amsterdam, San Marcos. Sabía dónde había un templo cuáquero, y no lejos de allí, una capilla presbiteriana escocesa, otra luterana y una sinagoga judía. Había al menos quince parroquias católicas en la ciudad, cada una con iglesia y capilla, rectoría, convento, y a menudo también una escuela. Nueva York estaba lleno de lugares de culto, pero en la casa de Waverly Place solo los Lee y Margaret iban a la iglesia regularmente, y ni siquiera a la misma.

Hasta entonces, la mayor sorpresa, aunque esperaba que hubiera más por venir, había sido descubrir que Bambina y Celestina solían ir al templo una vez al mes. Todos los demás italianos que Elise había conocido eran católicos, tan católicos como el papa, pero la mitad de los Mezzanotte eran judíos, mientras que los demás parecían no ser nada.

673

Debería haber temido por su propia alma inmortal en aquel semillero de alegres herejes; un año atrás habría tenido esa reacción. Ahora nada parecía tan sencillo. No tenía derecho a juzgar a los Mezzanotte, y esperaba que ellos pensaran lo mismo de ella.

A las cinco y media, Jack se levantó de la cama, cogió su ropa y se vistió en el pasillo, decidido a dejar que Anna durmiera. Después de aquel largo día, con el viaje, calados hasta los huesos y en compañía de dos niñas angustiadas, había tenido una noche inquieta. No fue hasta las tres cuando finalmente se sumió en un sueño profundo. Lo sabía porque él mismo no había dormido bien, consciente de cada tictac del reloj sobre la chimenea del salón.

John McKinnawae les había robado a ambos una noche de sueño tranquilo, y Jack estaba seguro de que habría más noches así. A las seis de la mañana, un mensajero de la calle Mulberry había llamado a su puerta. El jefe había convocado una reunión a las siete sobre el asunto Campbell y otros casos relacionados. En eso estaba ahora.

674

Cuatro inspectores y dos guardias se reunieron en la oficina del jefe Baker, incluidos Oscar y él mismo. Jack contó cuatro expedientes repartidos sobre la mesa y supo los nombres de las etiquetas sin necesidad de leerlos: Janine Campbell, Abigail Liljeström, Eula Schmitt e Irina Svetlova. Había más carpetas en una pila frente a Oscar, cuya visión llenaba de temor a Jack.

—Tengo cuatro posibilidades más —decía Oscar.

Repasó uno por uno los casos que encajaban con el perfil, sacados de certificados de defunción de los últimos seis meses: Mariella Luna, Esther Fromm, Jenny House y otra mujer sin identificar. Todas habían muerto de peritonitis después de un aborto ilegal, y todas habían sufrido una terrible agonía.

Las tres identificadas estaban casadas con hombres acaudalados; tenían lujosas casas, sirvientes, ropas caras y entre dos y seis hijos sanos y bien cuidados. Todas tenían entre veinticinco y treinta y cinco años. Jenny House había muerto en su casa de Gramercy Park; Esther Fromm y Mariella Luna, ambas de fuera de la ciudad, en habitaciones de los hoteles Astor y Grand Union. La desconocida había muerto al llegar al Hospital Femenino.

—Hay que repetir las autopsias —dijo Baker—. Sainsbury, ponte a trabajar en las exhumaciones. Quiero que las palas empiecen a picar el suelo al mediodía, como muy tarde. Maroney, ¿tienes *in mente* a un especialista forense?

—Nicholas Lambert, del Bellevue, si está dispuesto. Así ganaremos tiempo, ya que hizo la autopsia de Liljeström y no tendremos que traer los restos de Buffalo. Además, es bueno.

—Ve a hablar hoy con él. Tenemos que ponernos en marcha antes de que los periódicos se enteren. Larkin, ¿qué hay de la carta?

Michael Larkin era el inspector más joven de la sala, pero no aparentaba su edad. Tenía los ojos enrojecidos e inyectados en sangre, la piel moteada y pálida. Quizás estaba luchando contra una resaca con el estómago revuelto y dolor de cabeza, pero su voz y sus manos se mantenían firmes. Era casi imposible derribar a un Larkin; y aún más difícil impedir que se levantara.

—Tengo un borrador.

Deslizó un papel sobre la mesa hacia Baker, quien lo tomó y lo sostuvo a distancia para leerlo. Al cabo de diez segundos estaba frunciéndole el ceño al hombre que lo había escrito.

—Por los clavos de Cristo, Larkin, ¿conoces a alguna mujer que hable así? —Se aclaró su garganta y leyó—: «Le escribo desde la desesperación más absoluta, una pobre ingenua engañada por las promesas de un libertino». ¿Has estado leyendo folletines en tu tiempo libre, Larkin?

Oscar le dio otro papel a Baker.

—Tal vez sirva esto.

Esta vez el capitán leyó en voz alta desde el principio:

—«... respecto a su anuncio..., si su consultorio... higiénico, moderno..., dispuesta a pagar una prima..., responda con detalles». —Gruñó—. Eso está mejor. Larkin, lo quiero mañana a primera hora en el buzón de correos correcto. Y organiza una rotación para vigilar el vestíbulo. Quiero que me informes cada dos horas.

ϒ

Tras dirigir el carruaje hacia el norte por la Segunda Avenida, Jack dijo:

—Me habría venido bien tu ayuda con el sacerdote. —Oscar se había criado en el catolicismo y seguía yendo a misa el domingo cuando amanecía lo bastante sobrio. No se hacía ilusiones sobre los sacerdotes y en general era difícil sorprenderlo, pero frunció el ceño cuando Jack le habló de los Mullen y de McKinnawae—. No sé lo que esperaba, pero nunca imaginé que haría desaparecer a toda la familia como por arte de magia.

Oscar contrajo los músculos de la mandíbula, pero respondió con tono sosegado:

—Un embaucador de primera clase, y eso que ni siquiera es jesuita. Lo siento por las niñas, pero es un milagro que se acercaran tanto como lo hicieron. Supongo que Rosa no lo ve así.

Continuaron en silencio durante un rato. Jack miró a su compañero y dijo:

—Lia me llama tío, y llama tía a Anna.

—¿Y Rosa?

—No sé si nos dirigirá la palabra. Ya veremos.

Anna se despertó poco a poco, como si nadara a la deriva hasta que las olas la empujaron a la orilla del mundo consciente.

Le vinieron tres cosas a la cabeza: estaba sola en la cama y en la casa reinaba el silencio, lo que significaba que Jack se había ido a la calle Mulberry sin despertarla, el muy canalla; los vientos que los martirizaron durante todo el sábado habían amainado, pero habían dejado tras de sí una lluvia hipnótica tan suave y cálida como la leche recién ordeñada. Además, estaba resfriada.

Apenas había encontrado el pañuelo de debajo de la almohada cuando estornudó tres veces.

No era sorprendente tras un viaje como el del día anterior, pero sí suponía una especie de catástrofe en términos puramente prácticos. Con esos síntomas, no podría ver a sus pacientes ni poner un pie en el hospital. Un resfriado no era una amenaza seria para una persona sana y bien alimentada, pero podía ser el final de alguien cuya salud ya estaba delicada. Además, odiaba los resfriados, la confusión de la mente y la cabeza, la impertinencia de un cuerpo que no obedecía órdenes sencillas. Cuando estaba resfriada, se le ocurrían los pensamientos más extraños.

Esperaba que las niñas se hubieran salvado. De alguna manera, sabía que no tenía que preocuparse por Jack. Tumbada en la cama que compartían, medio dormida, respirando por la nariz, deseó que estuviera sano y salvo mientras se dedicaba a lo que fuera que hicieran los inspectores de policía un domingo por la mañana.

Ahora tenía que levantarse y hablar con las niñas. De nada serviría fingir que lo del día anterior había sido un mal sueño, pero no iba a ser fácil.

Vestida y armada con tres pañuelos limpios, atravesó el silencio de la casa hasta la cocina y oyó la cadencia del acento oriental de la señora Cabot: aspirando determinados sonidos, omitiendo las erres, mientras estiraba otras palabras hasta el paroxismo. Al parecer había surgido un debate sobre el desayuno de Skidder. 677

—Lia, querida, la miel no es para Skidder.

—¿Por qué? —preguntó Lia con sincera curiosidad, como siempre.

—Porque ya es lo bastante dulce.

Anna sonrió, imaginando la cara de Lia mientras resolvía el problema. Luego fue directa al *quid* de la cuestión.

—¿Y yo?

—Eres muy dulce, pero te vendría bien un poco más de miel. Límpiate la nariz, querida, pero con el pañuelo.

Las niñas estornudaron una tras otra. Anna supuso que era inevitable.

—¿Qué me decías de ese cura de la isla? —dijo la señora Cabot.

—No quiero hablar de él —replicó Rosa.

—Yo sí —dijo Lia, sorbiendo por la nariz—. Tiene la cara roja y el pelo blanco, y sonríe mucho, pero es malo. No le gustamos. No nos dijo dónde escondía a nuestro hermano pequeño.

Anna abrió la puerta y las tres se volvieron hacia ella. La expresión pensativa de Lia delató algo más, consuelo, alivio o una mezcla de ambas cosas. Aunque a Anna se le hizo un nudo en la garganta, se obligó a respirar y a sonreír. El gesto de Rosa era mucho más circunspecto, pero la abierta hostilidad del día anterior había desaparecido.

—Bienvenida a mi enfermería —la saludó la señora Cabot—. Doctora Savard, tiene la nariz tan roja como una langosta.

—¡*Langoshta*! —repitió Lia antes de estornudar otra vez.

—Siéntese, hay tostadas y mi infusión especial para la fiebre con miel y limón.

Tardaron un tiempo en llegar a un acuerdo con respecto al desayuno. Anna renunció a tomar café ante la severa desaprobación de la señora Cabot, pero terminó sentándose frente a las chicas con una taza de alguna infusión en las manos y un plato de tostadas ante ellas. Le hubiera gustado que Jack estuviera presente durante esa conversación, pero, bien pensado, sería mejor así. Era algo que debía hacer por su cuenta, sin preocuparse de que él la escuchara ni de lo que pensara.

—Deberíamos hablar de Vittorio. Y también de Tonino y de vuestros padres. Hemos de contar las historias de los seres queridos que ya no están. Es la mejor manera de aferrarse a ellos. ¿No cree, señora Cabot?

—Ajá —respondió la mujer con una sonrisa tranquila—. No hay manera mejor.

—Tú no hablas de los tuyos —señaló Rosa—. La tía Margaret dice que nunca lo haces.

—Es verdad, pero ahora creo que es un error. Deberíamos contar nuestras historias y luego escribirlas.

—No sé por dónde empezar —dijo Lia.

—Podemos ir por turnos —propuso Anna—. Empezaré yo, por el verano en que tenía tres años, cuando murieron mis padres.

—Si tenías tres años, no te acordarás de nada —dijo Rosa con cierto desdén.

—Sí, era muy pequeña —asintió Anna—. Y no sé qué recuerdo realmente y qué fue lo que me contó la tía Quinlan, pero me acuerdo de cómo me sentí. Eso es lo que importa.

Su voz sonó firme y serena. Lia dejó de jugar con Skidder y se subió a su regazo. Con ella en brazos, Anna regresó al verano que lo cambió todo.

El doctor Lambert estaba en mitad de una autopsia cuando llegaron a Bellevue. Así pues, esperaron fuera, donde disfrutaron de un aire que olía a lluvia y mar.

Jack casi se había acostumbrado a los olores que se pegaban a la ropa de Anna cuando volvía del New Amsterdam: jabón fuerte, carbólico y alcohol desnaturalizado, todo con un trasfondo de sangre y bilis. El tufo del hospital era diez veces más intenso, pues afectaba a todo el que acudía a sus puertas, hombres, mujeres y niños, los más enfermos, los más pobres y los que menos posibilidades tenían de sobrevivir: los indigentes.

Allí, apoyado en una pared calentada por el sol, Jack observó a la gente que entraba y salía por una entrada lateral, la del personal. Vio a una multitud de jóvenes, estudiantes o internos; parecían una compañía de soldados recién llegados del campo de batalla. Entre ellos, vieron, tanto él como Oscar, una cara conocida.

—¡Doctor Graham!

Neill Graham volvió la cabeza hacia ellos, con gesto huraño.

—No nos reconoce —dijo Jack.

—Claro que sí. Mira cómo intenta poner buena cara. Puede que lo consiga antes de llegar.

Jack lo observó y detectó agotamiento e irritación en su rostro. Los estudiantes de Medicina trabajaban largas horas a cambio de un modesto sueldo; supuso que él también se habría comportado como un gruñón si hubiera estado en su piel. Podía tolerar el mal humor, pero había algo agrio en la expresión de Graham.

—Inspectores. —Graham se detuvo frente a ellos, aunque dejó las manos en los bolsillos de su bata mugrienta y se balanceó sobre los talones—. Será mejor que no me den la mano hasta que la haya empapado en carbólico durante un par de horas.

679

—¿Un turno duro? —le preguntó Oscar.

Graham respiró hondo.

—Largo. Cuarenta y ocho horas, y quizá dos horas escasas de sueño. Solo me permitieron asistir a dos operaciones porque, por si no lo sabían, este lugar —señaló el hospital con la barbilla— está hasta arriba de estudiantes que pueden pagar por un trato preferente. Hoy se ha practicado una cesárea, de las que solo hubo tres el año pasado en toda la ciudad, pero a mí me ha tocado enfrentarme a la escoria habitual que pasa por aquí. Gentuza a la que Dios le dio menos sentido que a una hormiga, auténticos desviados.

—Vaya —dijo Oscar—. ¿Ha perdido a algún paciente?

—No. Es un trabajo indigno, pero puedo hacerlo con los ojos cerrados. Algunos de los pacientes estarían mejor muertos, a mi modo de ver. Ustedes ya saben lo que es tratar con putas. —Jack sabía que uno no podía ser policía y ofenderse por el lenguaje soez, al menos si pretendías conseguir algo. Las conversaciones de la comisaría solían ser mucho peores, pero no le gustó el desprecio con el que Graham pronunció la palabra «putas»—. Estoy deseando marcharme de aquí para no volver. —Volvió la cabeza hacia las ventanas del hospital.

—¿Se va a otro sitio? —El tono de Oscar era ligero, amigable, alentador.

—Hay un puesto de cirugía disponible en el Femenino. Comparado con esta cloaca, es como un palacio.

—La competencia ha de ser dura.

Graham torció el gesto.

—Eso no me preocupa. He pasado el doble de horas en el quirófano que cualquiera que se presente. En el Femenino saben lo que valgo. Un miembro del personal, no diré quién, me lo dijo. Auguró que tenía una brillante carrera por delante. El Femenino es mi próxima parada, y después ¿quién sabe? Londres, París, Roma. —Su sonrisa se hizo más amplia, petulante.

—Y en el Femenino no hay pobres —observó Jack.

—Tienen una sala de caridad —respondió Graham, como si lo hubieran insultado—. Pero hay un número limitado de camas, lo que significa que pueden elegir entre los que vienen mendigando y quedarse solo con los casos interesantes. Este lugar... —Echó otro vistazo al hospital—. La escoria de la Tierra.

—Y, sin embargo, se las ha arreglado para recibir una buena formación —dijo Oscar.

Graham le lanzó una mirada suspicaz, pero se relajó cuando no vio más que una leve curiosidad en el semblante de Oscar.

—Hay trabajo, pero odio perder el tiempo con los casos que llegan. A decir verdad, no me gusta mucho examinar a una mujer; cualquier cirujano sincero se lo dirá. Pero, con las putas, es como hurgar en un cubo de basura, meter la mano en el lodo hasta la muñeca. La última que vi hoy parecía tener cuarenta años, pero dudo que llegara a los veinte, el peor caso de gonorrea que he visto nunca, y seguía trabajando, abriendo las piernas a cambio de unas monedas. Imagínese a los degenerados que pagarán por el privilegio.

—Ya veo —dijo Jack—. Corríjame si me equivoco, pero también tratará a mujeres en el Hospital Femenino.

Se encogió de hombros.

—No estarán llenas de piojos y ladillas. Es el mejor centro del país, quizá del mundo, para el tipo de cirugía que me interesa. Lo único que me interesa. Y sobre todo tendré la oportunidad de operar e investigar. Algunos de los avances más importantes en ginecología provienen del Femenino. Tengo algunas ideas. Nunca se sabe, puede que termine revolucionando la cirugía.

—Parece que tiene planeada su carrera —añadió Jack.

Graham soltó una risita, torciendo la boca como si masticara un cartílago.

—Siempre hay sitio arriba, como decía mi madre. He pasado cuarenta y ocho horas sin dormir, y estoy tan fresco. —De pronto, miró a Jack y recuperó la expresión que solía mostrar, alerta, muy observadora, limitada por la educación y las convenciones—. ¿Qué trae a lo mejor del Departamento de Policía de Nueva York a Bellevue en esta húmeda mañana de domingo?

Oscar esbozo su sonrisa más amplia y menos sincera.

—No pregunte y no tendré que mentirle.

—No será otro caso como el de Campbell.

—¿Por qué lo dice? —preguntó Jack.

Graham se encogió de hombros.

—Si han venido hasta aquí, ha de ser por un asesinato. Dudo que tengan celdas suficientes para todos los borrachos en celo que pululan por este lugar. Idiotas endogámicos. —Graham vaciló, esperando algún tipo de respuesta. Se aclaró la garganta—. Me alegro de verlos de nuevo, pero ahora debo recuperar algunas horas de sueño.

—Salude a la señora Jennings de nuestra parte —dijo Oscar.

Neill Graham observó a Oscar durante un momento, asintió con la cabeza y se marchó.

—Menuda sabandija —dijo Oscar, de camino al despacho de Nicholas Lambert—. Y pensar que lo hemos tenido delante de las narices todo el tiempo.

682

Jack estaba pensando lo mismo.

—Se me ha puesto la piel de gallina. Entonces te parece sospechoso del caso Campbell.

—Para mí ha sido como una confesión.

—Todavía queda el asuntillo de tener alguna prueba.

Oscar le restó importancia.

—Odia a las mujeres. Odia tratarlas, pero quiere hacer una carrera abriéndolas. Es un fanfarrón, de los que se creen capaces de cualquier cosa. Según él, nunca ha habido un médico mejor y todo el mundo lo reconoce como un genio, salvo cuando le arrebatan operaciones que deberían ser suyas. Puede trabajar dos días sin echarse una siesta y luego dice que anoche no durmió más de dos horas. Pierde la cuenta de las mentiras que va soltando. Y no olvides que estuvo presente durante la operación de urgencia de Janine Campbell. Trabaja en una ambulancia un par de días a la semana. Por lo menos, hay que investigarlo.

Jack recordó que Anna había hablado de eso en la vista. Recordó cómo Campbell la había descrito cuando testificó: con pocas pero elogiosas palabras. Ahora se preguntaba si todo había sido una farsa.

—Si fue él quien hizo lo de Campbell, encontró una curiosa manera de regresar al lugar del crimen sin levantar sospechas —dijo Jack.

—Deberíamos haberlo pensado —respondió Oscar—. La señora Stone no estaba en la habitación cuando examinó a Janine Campbell. Puede que ella lo reconociera, pero ahora nunca lo sabremos. ¿Y quién, sino un cirujano, puede acercarle un cuchillo a una mujer, hacerle la peor de las tropelías y salirse con la suya?

—Nos estaba midiendo. Hemos de ir con cuidado para no asustarlo. Podría desaparecer y empezar de nuevo en otro lugar.

—De eso nada —dijo Oscar—. No lo permitiré. No descansaré hasta que ese tipo caiga en los amorosos brazos de Satanás.

Cuando bajaron las escaleras que llevaban al despacho de Lambert, fue como si atravesaran una cortina invisible hacia un pantano, donde el aire era más frío y tan espeso que se podía cortar.

683

—Neill Graham —murmuró Oscar—. Poniéndoles las manos encima a las mujeres. —Meneó la cabeza, asqueado.

Nicholas Lambert era un cincuentón fuerte y atlético con una abundante cabellera negra y una barba corta a juego. Como contraste, tenía la piel muy pálida y tan fina como la de un niño. Como las de Anna, sus manos estaban rojas e hinchadas.

—Más de un buen cirujano ha abandonado la profesión por culpa de la dermatitis —dijo el forense, que no tenía el más mínimo acento. Se había percatado de la mirada de Jack, aunque no parecía ofendido—. Un desafortunado efecto secundario del procedimiento antiséptico, pero es algo inevitable.

Oscar resopló, sorprendido.

—¿Por qué se molesta si va a abrir muertos? ¿Qué daño puede hacer?

—Esa no es la cuestión —indicó Lambert—. Algunas enfermedades duran más que la muerte. Los microorganismos que causan la viruela, por ejemplo.

—¿Los muertos contagian la viruela?

—Y el cólera... y la hepatitis. Y más enfermedades. Los métodos antisépticos son la primera línea de defensa. Por eso tengo las manos como cangrejos hervidos. Lo curioso es que crecí en una granja lechera, y mi padre y mis hermanos las tienen un poco más hinchadas y rojas que yo.

—Mi esposa tiene el mismo problema —dijo Jack.

Lambert hizo una pausa, enarcando una ceja con curiosidad, pero sin querer entrometerse.

Maroney señaló a Jack con el pulgar.

—Se casó con Anna Savard, del New Amsterdam.

—Ah. —Lambert sonrió. Iba a decir algo, pero se detuvo. Empezó de nuevo y se aclaró la garganta—. Enhorabuena.

Jack asintió.

—¿No hay ningún modo de evitar la dermatitis?

—Hace cincuenta años, en Alemania, experimentaban con guantes hechos de intestino de oveja, pero no se llegó a nada. Ahora, con la vulcanización del caucho, las cosas podrían avanzar más deprisa. Supongo que las manos de la doctora Savard son sensibles al carbólico. Antes de que se vaya, recuérdeme que le dé algo para que lo pruebe. Pero no creo que hayan venido aquí para hablar de dermatitis.

—Usted hizo la autopsia de Liljeström —dijo Jack—. ¿Leyó algo sobre el caso Campbell en los periódicos?

Lambert se echó hacia atrás, medio sentado al borde de su escritorio, con los brazos cruzados.

—Así es. Y me fijé en las similitudes. ¿Ha habido otros casos?

—Pues unos cuantos —respondió Oscar—. Pero necesitamos un especialista forense que examine todos los cadáveres. Esperamos que esté dispuesto a repetir las autopsias, y de inmediato, tan pronto como los exhumemos.

Lambert se inclinó ligeramente, como si inspeccionara sus zapatos. Cuando volvió a levantar la vista, su expresión era sombría.

—Es duro pensar que hay muchas mujeres que mueren así.

—Lo que esperamos es evitar que vuelva a suceder —dijo Jack.

Lambert asintió.

—Hablaré con el director y le pediré permiso. ¿Cuánto puedo contarle?

—Nada —contestó Jack—. Salvo que hemos solicitado su ayuda con unos casos difíciles. No mencione nada de una posible relación con las muertes de Campbell y Liljeström.

—¿Quién me recomendó, si puedo preguntarlo?

Oscar pareció incómodo, pero a Jack le gustó que le hiciera esa pregunta.

—Anna. Le considera el mejor especialista forense de la ciudad.

—Muy amable por su parte. Pero si estos casos están relacionados, será mejor que un alienista revise las pruebas: un médico que entienda la mente del hombre que actuaría siguiendo tales impulsos.

—Ese será nuestro siguiente paso, después de las autopsias —dijo Oscar—. ¿Puede empezar ahora mismo?

—Iría más rápido si contara con algo de ayuda. Tengo un par de estudiantes que estarían dispuestos.

Oscar frunció el ceño.

—Mejor no involucrar a nadie más, si se puede evitar.

Pasaron treinta segundos mientras Lambert seguía inspeccionando sus zapatos. Cuando alzó la vista, Jack se dio cuenta de que era demasiado inteligente para que lo engañaran tan fácilmente.

—¿Sospechan de alguien de aquí, de Bellevue?

—Todavía no hay ningún sospechoso —dijo Jack—. Por eso tenemos prisa. Quienquiera que esté detrás de esto no se detendrá hasta que le echemos el guante.

—Lo entiendo. Seguramente, pueda arreglármelas solo, pero si las cosas se descontrolan, ¿podría llamar a la doctora Savard?

—Claro. No sé qué dirá ella, pero puede preguntarle.

En la puerta, Lambert dudó.

—¿Me permite hacerle una pregunta personal?

Jack se puso un poco tenso, pero asintió con la cabeza.

—¿La otra doctora Savard...?

—Savard Verhoeven.

—Gracias. Tengo entendido que se ha ido a Suiza con su marido. ¿Tiene alguna noticia de cómo está Cap?

—Estable —respondió Jack—. De buen humor. Sophie está contenta.

—Pienso en él a menudo —respondió Lambert—. Su padre y el mío eran buenos amigos, vinimos del mismo pueblo de Flandes, y le tenía aprecio. Si no es mucha molestia, le agradecería que le mandara un saludo con mis mejores deseos.

En el camino de vuelta a la calle Mulberry, Oscar se quedó mirando a Jack durante diez segundos.

—¿Qué?

—Tienes suerte de haber conocido a Anna antes que él. Médico, amigo de un amigo cercano, no se opone a que haya mujeres médicas, educado, inteligente, y está claro que ella le gusta. ¿Viste cómo sonrió cuando surgió su nombre?

Jack soltó un gruñido como respuesta. Oscar se sacó un puro del bolsillo, mordió el extremo y lo escupió por el lateral del carruaje, hacia la calle, sin dejar de sonreír.

686

Elise estaba en el jardín cuando Jack entró por la puerta de atrás. Por una vez no había rastro de las niñas.

—Eres el único que ha vuelto de Staten Island sin un resfriado —le dijo—. Las niñas están confinadas en la cama, y no están muy contentas.

—¿Cómo has visto a Rosa? —preguntó él.

Elise alzó un hombro.

—Menos combativa. Hace la vida más fácil, pero también es triste ver tanta resignación en una niña.

—Me pregunto si se siente aliviada. No es que vaya a admitirlo ni reconocerlo, pero hizo algo asombroso, casi inaudito. Incluso si el resultado final no fue el que esperábamos, debería estar orgullosa de sí misma.

—Debería —convino Elise—. Pero ahora mismo no puede. Necesita tiempo. ¿Sabes que Anna también está confinada en la cama? La señora Cabot la tiene encerrada.

—¿No ha habido intentos de fuga?

—Todavía no, pero será mejor que te des prisa.

Υ

Se quitó los zapatos y subió las escaleras en calcetines. No quería llamar su atención, aunque en el fondo sí que quería. Anna no lo decepcionó, pues lo llamó tan pronto como llegó al pasillo de arriba.

—Mezzanotte. —Su voz sonaba trémula—. Deja de andar de puntillas y ven aquí.

Estudió la situación desde los pies de la cama.

—Estás perdiendo la voz, lo que significa que por una vez tengo ventaja. Incluso podría ganarte en una discusión. —Ella suavizó su expresión. Luego se rio, con un resoplido ronco—. Duerme —dijo él—. Ya hablaremos más tarde.

—He estado durmiendo casi todo el día. Siéntate y cuéntame cómo ha ido tu reunión de esta mañana. —Lo miró fijamente hasta que cedió con un suspiro y se sentó al borde de la cama—. No tan cerca. —Señaló las sillas junto a la chimenea—. Siéntate allí.

Arrastró la silla más cerca de la cama, obedeciendo sin obedecer. Entonces recordó la lata que llevaba en el bolsillo y la sacó.

—¿Qué es eso?

—Nicholas Lambert me lo dio para ti, para las manos. Para la dermatitis.

—¿Por qué has hablado con Nicholas Lambert sobre mi dermatitis? ¿Y cuándo ha sido eso?

—Esta mañana, temprano. Porque él habló de las suyas, así que lo mencioné.

Ella tendió la mano, pero él negó con la cabeza.

—Puede esperar hasta que te sientas mejor.

—No me mimes. Háblame de esa reunión con Lambert. ¿Por qué necesitabas hablar con él? Ah, espera. Es sobre el caso Campbell, ¿verdad?

Así pues, le contó lo que había sucedido.

Al principio parecía no haberlo entendido, pero el color le subió a las mejillas como si la hubieran abofeteado o insultado. En cierto modo, así era, supuso Jack.

—Siete u ocho mujeres. —Hizo un gesto de negación—. Todas como Janine Campbell.

Le explicó lo que debía saber: describió las circunstancias, la edad y el estado civil, la posición social, el historial de maternidad, los resultados de la autopsia.

—No tendrá que repetir las autopsias de Campbell y Liljeström, pero comenzará con las otras mañana. Ya han empezado las exhumaciones.

Anna se apoyó en las almohadas.

—No lo entiendo. No me cabe en la cabeza que algo así esté sucediendo. No lejos de aquí, hay una partera o Dios sabe qué…, alguien que mata a mujeres porque no quieren tener hijos.

—Más niños —puntualizó Jack—. Todas habían tenido hijos antes.

—Eso es incluso peor, en cierto modo. Una mujer que no quiere tener más hijos no tiene derecho a vivir. —Su voz se quebró.

688

Jack cogió una taza medio llena y se la dio. Por una vez, Anna bebió sin arrugar la nariz. Luego le dejó alisar las sábanas y ajustar las mantas. Se estuvo preguntando si debía mencionar a Neill Graham, cuando tenía tan poco en que basarse.

Había algo en el tono de voz de Graham, en cómo movía la cabeza, la curva de su boca, las conexiones que hacía entre las palabras puta, mujer y suciedad. Había algo maligno en ese hombre, pero tendría que guardárselo para sí mismo durante un tiempo, hasta que tuviera pruebas más concretas para una mujer que ante todo era una científica.

Se sentó con ella mientras se dormía. Estaba a punto de levantarse cuando Anna abrió lo ojos nuevamente.

—Si Janine Campbell fue la primera, se podría deducir que hubo una víctima por semana durante ocho semanas. ¿Todas murieron el mismo día de la semana?

Incluso en medio de aquel terrible caso, ella era capaz de hacerle sonreír.

—¿Pensabas como un policía antes de que me casara contigo, o se te ha contagiado?

Había cierta timidez en la sonrisa de Anna, como si no estuviera segura de que fuera un cumplido, y si lo era, de habérselo ganado. En todo caso, esperó a que él respondiera.

—Podremos responder a esa pregunta cuando Lambert termine con las autopsias. Por cierto, Oscar cree que le gustas a Lambert. Y yo creo que tiene razón —añadió.

La sonrisa se trocó en simple incredulidad.

—No seas tonto. No me conoce.

—Quizá te conozca mejor de lo que imaginas.

—Ya veo —dijo Anna, parpadeando adormilada—. Esta es la discusión que crees que puedes ganar porque estoy perdiendo la voz. Y, ¿sabes qué?, te concederé esta pequeña victoria, aunque estés completamente equivocado.

689

39

Sin nada que hacer, incapaz de leer por el dolor de cabeza, empachada de miel y té con limón, la mente de Anna seguía vagando hacia Staten Island. Ciertas imágenes le venían a la mente y no la abandonaban: la expresión engreída del sacerdote, satisfecho porque había logrado mantener a los niños separados; la manera en que Rosa se había detenido mirando al mar, con los hombros caídos en señal de rendición; la cara húmeda de Lia y esos ataques de hipo que no podía controlar. Habían perdido a su hermano para siempre. Rosa no había hecho lo que su madre le había pedido; no albergaba ninguna esperanza de encontrar a Vittorio, y no tenían ni la más mínima pista sobre el paradero de Tonino.

Y Jack, en medio de aquel orfanato en obras.

En teoría, Anna sabía que era capaz de ejercer violencia, y la ejercía todos los días. También sabía que era capaz de controlar su temperamento, pero vio que le costaba dominar la furia.

Cuando se marcharon del Monte Loretto, McKinnawae se quedó justo donde lo dejaron, con las manos a la espalda y un gesto inexpresivo. En algún momento, hoy no, le preguntaría a Jack qué le había dicho al sacerdote. Cuando estuviera segura de que quería saberlo.

Si no pensaba en Staten Island, lo que la atormentaba era la historia que les había contado a las chicas el domingo por la mañana. Ahora que había abierto esa puerta, no se volvería a cerrar tan fácilmente. Durante el día, le iban y venían recuerdos distorsionados por el tiempo y la tristeza. Se preguntaba si le fallaba la memoria o si había logrado contar la historia con hechos y sin rodeos. De alguna manera se las arregló para decir la verdad, pero no toda la verdad.

Tendría que contarle a Jack lo que se había guardado para sí durante más de veinte años. Las cosas terribles que nunca había dicho en voz alta, ni a su tía, ni a Sophie, ni siquiera a sí misma.

La señora Cabot le dio a Anna caldo, huevos cocidos, té y tostadas. Cuando no traía algo de comer o le rellenaba la taza, estaba a mano con las compresas preparadas. El olor del aceite de alcanfor en la franela era reconfortante y estimulante para ambas, envuelta alrededor de su garganta. Sudaba a través de la ropa de cama, y luego se sentaba a ver cómo la señora Cabot lo cambiaba todo para poder volver a dormir en un nido limpio y perfumado.

Mientras cuidaban así a Anna, Jack dormía en una cama estrecha, en una habitación al final del pasillo. Cuando se despertó sola al final de la tarde, no recordó por qué estaba en la cama a la luz del día. Luego tragó saliva, y el dolor de garganta (aunque ya había mejorado bastante) se lo recordó.

Jack se había ido otra vez a la calle Mulberry para trabajar 691 en el caso Campbell. Por su parte, Anna no regresaría hasta el jueves a sus propios pacientes y estudiantes, a sus reuniones y sus consultas. Echó un vistazo al montón de periódicos, se dio la vuelta y volvió a dormirse. Soñó con la familia que había perdido y con la que, algún día, tal vez, formaría con Jack.

Cuando Jack llegó a casa a las seis de la mañana del martes, encontró una nota en la barandilla. Imposible de pasarla por alto: «No te atrevas a dormirte hasta después de venir a hablar conmigo».

Subió las escaleras a saltos, medio esperando que estuviera dormida y preguntándose si despertarla la pondría más o menos de mal humor. La pura verdad era que quería pasar tiempo con su esposa, cualquiera que fuera su estado de ánimo. Cuando abrió la puerta, se encontró a Anna sentada en la cama, leyendo. Ella parecía no haberle oído y por eso se detuvo a observarla un momento.

Se había recogido el pelo con una cinta de seda ancha que no lograba domeñar el maremágnum de ondas y rizos. Mientras leía (una revista médica, por supuesto) se pasaba un dedo por un largo rizo suelto, tirando de él. Había ruido de la calle y el batir de las cortinas agitadas por la brisa, pero ella centraba toda su atención en la lectura. Si supiera pintar, pensó Jack, este sería el cuadro que crearía: Anna al sol, leyendo.

Durante el día, a veces le llegaba su recuerdo tan inesperado como un relámpago: Anna debajo de él, con los hombros echados hacia atrás, la garganta arqueada, mirándolo a los ojos mientras la acercaba cada vez más al abandono. Antes de Anna no se había dado cuenta, pero ahora entendía que era un acto de confianza, un regalo que ella le brindaba al rendirse. Su mera imagen le hizo olvidar el cansancio que le pesaba en los huesos. Salió del ensueño cuando ella alzó la vista.

—Aquí estás. Ven a hablar conmigo.

La cinta de su pelo era de un color cobre intenso que de alguna manera resaltaba el verde de sus ojos almendrados. Él se lo habría comentado; quería decírselo, pero ella se pondría nerviosa por el halago y le daría la espalda.

Así pues, dijo:

—Estás mejor.

—Casi.

—Ya no pareces una adicta al tabaco de setenta años.

Primero un hoyuelo, luego el otro.

—Qué imagen tan encantadora.

Él se rio y se sentó en el otro lado de la cama, mirándola.

—Creo que podré volver a trabajar el jueves —dijo ella—. Faltan dos días, y te prometo que me volveré loca si tengo que quedarme en esta cama todo el tiempo. —Cogió una taza de té de la mesilla de noche, arrugando la nariz al probarla—. Nunca he entendido la pereza. No hacer nada en todo el día es una tortura.

—Puede que esto te ayude. —Puso encima, una carpeta un poco sucia en los bordes, con la letra de Oscar serpenteando como un rastro de hormigas—. Pensé que querrías leer las impresiones de Lambert. He traído copias de los informes de Liljeström y Campbell, así como de los tres que terminó anoche. Espera tener los últimos tres terminados para mañana por la mañana.

Su sonrisa le quitó el aliento. Se preguntó qué otra cosa la haría sonreír así. ¿Diamantes? ¿Un viaje a Londres? ¿Un hospital propio?

—Anna. —Ella lo miró—. ¿Qué te gusta hacer para divertirte?

Un gesto de confusión cruzó su rostro.

—¿Cómo que para divertirme?

Y ahí, exactamente, estaba el meollo de la cuestión. La esencia misma de Anna.

—Cuando tienes una hora o un día para ti misma, sin plazos que cumplir ni lugares en los que estar, cuando puedes darte cualquier capricho. ¿Qué es lo que haces? —preguntó, antes de añadir—: Esto no es un examen. No hay una respuesta correcta.

—Pero siempre hay algo que debe hacerse.

—Es una pregunta hipotética. Todo el trabajo está hecho, todo el papeleo clasificado, la gente cuidada, sin obligaciones.

Un día libre. ¿Qué te gustaría hacer con ese tiempo? ¿Qué te haría feliz?

—No sé si me gusta esa pregunta hipotética. ¿Hay algún truco?

Se inclinó y le besó la frente, húmeda y fresca.

—No. No importa, solo era una teoría que estaba probando.

Ella frunció el ceño, pero él casi pudo ver su atención volviendo a la carpeta en sus manos. Ya tenía la respuesta: para divertirse, a Anna le gustaba pensar en la medicina. Le gustaban muchas otras cosas: el café y las alturas, las niñas riendo, los jardines de flores y el mar, pero la diversión era un concepto difícil para ella. Las historias que contaba sobre Sophie y Cap cuando eran unos críos le hacían pensar que alguna vez había sido capaz de ser espontánea, pero en algún momento del camino había olvidado lo que se sentía al divertirse sin más. Fuera de la cama, al menos, no parecía entender el concepto.

694

Estaba leyendo el primer informe y ya se había olvidado de su presencia.

Jack trató de ahogar el bostezo que lo abrumaba y fracasó. Así pues, se levantó y comenzó a desnudarse. Chaqueta, corbata, cuello. Con una mano empezó a desabrocharse la camisa mientras que con la otra dejó caer un tirante. Entonces vio la expresión en el rostro de Anna. Asombro, tal vez. Diversión teñida de irritación.

—¿Qué?

—Mezzanotte. Estás delante de las ventanas. De las ventanas abiertas, con las cortinas corridas. —Él esperó, enarcando una ceja—. ¿Qué dirías si me pusiera ante las ventanas y me desnudara para que todo el vecindario me viera? Te escandalizarías, ¿verdad?

—Más bien me sorprendería. Y, bueno, también estaría un poco… interesado.

Ella abrió la boca y la cerró con un chasquido.

—No cambies de tema. Explícame esa compulsión que tienes de andar desnudo por la casa.

Dejó los pantalones sobre el respaldo de una silla y se sentó en la cama, con las piernas estiradas y las manos enlazadas.

—¿Sabes?, Savard, para ser médica y cirujana, puedes ser muy mojigata.

Ella se puso hecha una furia, que era lo que él pretendía. Y entonces le sorprendió.

—¿Alguna vez se te ha ocurrido que no quiero compartirte?

Él soltó una carcajada, y ella lo golpeó con un dedo, con fuerza.

—En algunas partes del mundo, las mujeres usan velos oscuros todos los días, sin importar el tiempo que haga —le dijo—. Porque sus maridos no quieren que otros hombres las miren y las deseen. También podría funcionar al revés. En teoría.

Jack le pasó un dedo por la garganta hasta el primer botón de la camisa de dormir, y ella se estremeció.

—¿Cómo sabes de los hábitos de las mujeres con velo de otras partes del mundo?

Anna suspiró con una irritación fingida y dejó la carpeta a un lado. Jack se alegró al ver que hacía aquello, aunque no dejó que se notara.

695

—Todavía no entiendes qué clase de lugar es el New Amsterdam. Recibimos a mujeres pobres de todos los colores y formas. He tratado a mujeres de países de los que nunca has oído hablar.

—¿Tú crees? —Extendió los dedos y los hundió en un mechón de su cabello—. Siempre fui bueno en geografía. Ponme a prueba.

—Espera. —Ella bajó de la cama de un salto y corrió por el pasillo a una habitación aún llena de cajas. Como solo llevaba la camisa, Jack disfrutó bastante de esa pequeña interrupción. Volvió a un ritmo más comedido, con un libro muy grande entre los brazos—. Mi atlas. Así podremos examinarnos mutuamente—. Lo dejó caer sobre su regazo.

—Cuidado —dijo él, removiéndose incómodo—. Estás jugando con nuestra progenie.

Anna se subió a la cama y se sentó sobre sus talones, con las manos enlazadas.

—El año pasado tuve una paciente de Abisinia.

Anna estaba radiante, absolutamente decidida a ganar una batalla de ingenio. Lo alargaría tanto como pudiera.

—Si no me equivoco —dijo él—, Abisinia limita con el mar Mediterráneo al norte y el mar Rojo al sur. El Nilo la recorre en toda su longitud. Vas a tener que esforzarte más para hacerme tropezar, Savard. Siempre se me dio bien la geografía.

—Y los idiomas.

—Eso también. —Lo que quería hacer era deshacerse del atlas que sostenía delante de ella como el escudo de una reina guerrera y tirarla en la cama, con resfriado o sin él—. ¿Tiene que ser un país?

—¿En contraposición a qué? ¿Continentes?

Se encogió de hombros.

—Estados, condados, comarcas, provincias, ciudades…

—Como quieras. Pero no hagas trampas.

—Tú sigue hasta que pierda una.

—Bien —dijo ella, componiendo el semblante—. Basuto-landia.

—África —respondió Jack—. Si tuviera que concretar, en el extremo sur, una de las colonias británicas, quizá. Cerca de la Colonia del Cabo.

Anna puso su expresión más desinteresada y ladeó la cabeza.

—Jiva.

—Deletréalo.

—J-I-V-A.

—¿Has tenido una paciente de Jiva?

—Soy yo quien hace las preguntas, Mezzanotte. Responde, o admite la derrota.

—No lo sé.

Ella entornó los ojos.

—Creo que sí lo sabes.

Aquello le arrancó una carcajada.

—¿Por qué iba a mentir?

—Para acabar con el juego. Pero has fallado una pregunta y es tu turno de preguntarme.

Él le tiró de un mechón de pelo.

—Si insistes. Brunéi. Se deletrea B-R-U-N-É-I.

—*Ei* significa «huevo» en alemán.

—¿Esa es tu respuesta? ¿Brunéi es un estado o un principado de Alemania?

—No era una respuesta, sino una suposición.

—Me siento magnánimo. Un intento más.

Se golpeó la frente con un nudillo.

—Espera. Ya lo tengo. Brunéi es un cantón suizo en la frontera austriaca.

Jack le quitó el libro de las manos y lo dejó caer al otro lado de la cama, lo que la hizo protestar.

—Es un atlas muy valioso.

—Tengo uno más grande. Levántate. —Le tiró del dobladillo de la camisa, atrapado bajo sus rodillas.

Ella le apartó las manos de encima.

—No.

—¿No? ¿Por qué no?

—¿Necesito una razón?

—Te daré una razón —dijo, tirando más fuerte—. Voy a recompensarte por ese impresionante farol. No hay ningún cantón suizo llamado Brunéi. ¿Ahora vas a levantarte?

—No. —Intentaba no reírse.

—Bueno. —Se encogió de hombros—. Tendré que pelarte como a un plátano.

Ella no trató de detenerlo y los botones no fueron ningún reto. La fina muselina se deslizó sobre sus hombros y brazos hasta llegar a los codos. Con sus pechos mirándolo alegremente, Jack dijo:

—Se me ha ocurrido otro tipo de examen de geografía diferente. Y estoy bastante seguro de que ganarás.

—Dime —dijo Anna media hora después, aún recuperando el aliento—. ¿La gente deja de hacer esto cuando comienza el verdadero calor, dentro de un mes?

Sintió que Jack sonreía, pero él rodó hacia un lado para que le diera la brisa de la ventana.

—¿Así está mejor?

—No me quejaba. ¿La gente deja de hacerlo cuando hace calor?

—No me digas que te has olvidado de la bañera.

Anna se rio, y se sorprendió a sí misma por ello.

Jack alzó la cabeza para mirarla, emitió un murmullo de satisfacción y volvió a bajarla.

—Bueno —dijo él—. Me estabas hablando de los hombres que cubren a las mujeres para protegerlas del interés de otros hombres. ¿Quieres que me ponga un velo y una túnica?

Anna sacó una revista de debajo de su almohada y se abanicó con ella.

—Lo estoy pensando. —Y luego añadió—: ¿Sabes qué es lo más extraño de estar casado? —Jack alzó la cabeza de nuevo, enarcando una ceja—. La complicidad. Nunca lo había imaginado, y ahora me entristece pensar que podría haber pasado toda mi vida sin ella. ¿Esperabas que fuera así?

—Albergaba esa esperanza.

—Pero ¿cómo sabías que era posible?

—Por mis padres —respondió—. Están muy unidos, como lo están mis hermanos con sus esposas. Cada uno a su manera. —Lo pensó un momento—. Algunos tienen más éxito que otros.

—¿Crees que es algo italiano?

Se limpió un hilo de sudor de la frente.

—No podría afirmarlo. ¿Recuerdas a Giacalone, el sastre?

—Ahora que lo has nombrado. «¿Por qué has matado a tu mujer?», en siciliano.

Le sonrió.

—Somos un pueblo fogoso, en todos los sentidos.

—Por lo que he oído, creo que mis padres eran cariñosos —dijo Anna. Se quedó callada, pero él casi podía oír sus pensamientos, y lo entendió.

—Tengo una idea.

—No será otro examen de geografía.

—Ahora mismo no. Me pregunto por qué no escribes lo que quieres contarme que tanto te cuesta decir.

Ella puso cara de genuina sorpresa, y a Jack volvió a sorprenderle que la gente inteligente pudiera perder la capacidad de pensar racionalmente cuando se trataba de los asuntos del corazón.

—Puedo intentarlo. —Se incorporó—. Tal vez hoy, cuando termine de leer los informes. Pero tú tienes que dormir ya.

Anna intentó salir de la cama, pero él la detuvo.

—Quédate conmigo diez minutos —dijo.

Con la ligera brisa de la ventana acariciándole la piel húmeda, cada nervio de su cuerpo vibrando aún, hundió el rostro en el espléndido cabello de Anna para aspirar su olor. Luego se quedó dormido.

Anna empezó a quedarse traspuesta, pero al cabo de cinco minutos se sentó en la cama tapándose la boca con las manos.

—¿Qué? —Jack se sentó también—. ¿Qué? —Ella tenía los ojos desorbitados—. Anna —dijo firmemente—, ¿qué pasa? ¿Una pesadilla?

—Mi diafragma. Lo he olvidado por completo. —Sus ojos iban y venían como si estuviera buscando algo. Luego respiró hondo y contuvo el aliento—. Creo que todo irá bien. El momento es bueno.

—¿Bueno para qué?

—La ovulación. O más bien, la falta de ella. Estoy al final de mi ciclo, no a la mitad. Prométeme que no volveremos a perder la cabeza así.

—Anna —dijo, apartándole un rizo de la mejilla húmeda—. Nos dejaremos llevar muchas veces, pero prometo que primero te preguntaré por el diafragma.

Ella asintió con la cabeza, bostezando.

—Bien. Debería levantarme ya o te voy a contagiar el resfriado.

Eso le hizo reír. Y todavía se estaba riendo cuando ella se escabulló y lo dejó solo, para que pudiera conciliar el sueño.

Mientras Jack dormía, Anna leyó los informes de las autopsias, tomando notas y dibujando tablas hasta que ya no pudo negar que existía un patrón. Había estado segura de que Janine Campbell había intentado operarse a sí misma porque no podía imaginar a nadie, hombre o mujer, hiriendo a propósito a otro ser humano de una manera tan cruel. No era ajena a la violencia, a los disparos y a las puñaladas, a los golpes y a las quemaduras. Los hombres eran infinitamente inventivos cuando se trataba de herir a las mujeres, ella lo sabía perfectamente; sin embargo, aquí estaba la prueba de que no era tan mundana ni tan cínica como se había creído.

699

Todo eso le hizo extrañar a Sophie más que nunca. Eran muchas las cosas de su prima que echaba de menos: el sonido de su voz, cómo tarareaba cuando hacía alguna tarea doméstica, su seco sentido del humor. Anna echaba de menos todas esas cosas, pero ahora, sentada con los informes de las autopsias delante de ella, echaba de menos la mente científica de Sophie. Como médicas se complementaban, y Sophie habría lanzado observaciones útiles que Anna se estaba perdiendo.

Por la tarde, cuando Jack se levantó para empezar el día, Anna se lo dijo:

—Como no tengo a Sophie, ¿puedo pedirle a mi prima Amelie su opinión sobre las autopsias? Ella tiene más experiencia que Nicholas Lambert y que yo, incluso en conjunto. Podría hacer alguna asociación que nos fuera útil.

A Jack le gustó la idea, así que ella escribió un resumen caso por caso junto con sus propias observaciones. Lo puso todo en un sobre para su prima.

—Pídele a Ned que lo mande por ti —sugirió Jack.

Anna asintió sobra su taza de té. La verdad era que tenía un pequeño plan. Un plan inocente, en realidad. Uno que probablemente no llevaría a nada, y que, por lo tanto, como se dijo a sí misma, sería mejor silenciarlo por el momento.

Hasta que llegó Elise a primera hora de la noche, y recordó que había otra mente disponible. Le faltaba experiencia, pero incluso eso podría jugar a su favor; lúcida y sin suposiciones previas, Elise podría ver algo que a ella se le escapaba.

Debatió consigo misma mientras Elise comentaba las últimas noticias de Rosas: la señora Lee había declarado que las niñas estaban sanas de nuevo, liberándolas para que saltaran por la casa y el jardín como ranas en una sartén durante toda la tarde. Margaret había predicho que habría lágrimas antes de irse a la cama, y la tía Quinlan había soltado un sonido grosero ante la idea y había llamado a las niñas.

—Querían venir a verte, pero tu tía dijo que debían darte otro día.

Anna quería escuchar las historias que Elise tenía que contar, pero su mente seguía volviendo a los informes.

—... leyendo un cuento de Mark Twain que hizo reír a todo el mundo —decía Elise. Y luego añadió—: ¿Estás cansada, me voy?

—No, en absoluto. De verdad. ¿Cómo van las cosas en el hospital?

Fue como darle agua a un hombre perdido en el desierto. Elise le contó las operaciones a las que había asistido durante la última semana, parando para hacerle preguntas a Anna y considerar las respuestas.

—¿Crees que te gustaría dedicarte a la cirugía?

Elise no tuvo que pensar en la respuesta.

—Me siento más cómoda al otro lado, trabajando con los pacientes directamente. Me gusta el reto de... averiguar qué es lo que falla. Los diagnósticos.

—Esa fue mi primera impresión, así que me pregunto si te interesaría leer estos informes de autopsia que he estado mirando. —Apoyó una mano en la carpeta.

Elise cambió toda su postura.

—Nunca he visto una autopsia.

—Por eso pensé que podría interesarte. —Señaló una silla con un gesto—. Siéntate y deja que te explique.

701

Elise tardó una hora en leer los informes. Luego se sentó a mirar por la ventana durante un buen rato. El sol no había empezado a declinar todavía, aunque ya eran las ocho. La gente se sentía atraída hacia el exterior por la luz, el buen tiempo y la sedosa caricia de la brisa cálida.

En algún lugar de la ciudad había un hombre que había causado la muerte de al menos cinco mujeres (quizás ocho) sin que nadie se diera cuenta. Se dedicó a sus asuntos sin interferencias porque mostraba un rostro poco llamativo al mundo. A menos que caminara por la calle con un cuchillo ensangrentado en la mano, podía seguir como había empezado: una manzana que parecía sana hasta que al morderla dejaba la boca llena de gusanos.

Se volvió para mirar al otro lado de la habitación. Anna estaba sentada en la esquina del sofá, leyendo con la cabeza apoyada en la mano. Entonces notó que Elise la miraba y alzó la vista.

—¿Alguna idea?

—Observaciones, pero dudo que sean importantes.

—Adelante. No te calles nada.

De pronto se sintió como si estuviera en una sala de conferencias. Elise ordenó sus pensamientos y comenzó:

—Este médico, creo que es médico por ciertos detalles, empezó a practicar tales operaciones con dos objetivos. Quería que la paciente muriera entre terribles sufrimientos, pero que la muerte misma tuviera lugar fuera de su vista. Con la señora Campbell fue demasiado violento, y con la señora Liljeström fue tan rápido que cortó una arteria, por lo que provocó una hemorragia inmediata que la desangró hasta morir, así que ninguno de los dos métodos le satisfizo. Pero en el tercer, cuarto y quinto caso halló un procedimiento que le dio el resultado que quería, y lo siguió a rajatabla. Las incisiones se hicieron todas en el fondo uterino, entre los cuernos, espaciadas de manera uniforme, como marcas en una hoja de recuento: uno, dos, tres. Todas en ángulo para cortar los intestinos a una profundidad de unos dos centímetros. El instrumento no fue esterilizado, e incluso podría haber sido contaminado a propósito. Parece lo más probable, dada la rapidez con la que se afianzó y se propagó la infección. —Alzó la vista del informe—. ¿Sigo adelante? Solo tengo algunos comentarios más.

—Es útil escuchar la interpretación de otra persona, así que, por favor, continúa.

—Estaba pensando en cómo se prepara a una paciente antes de una operación de este tipo. Si estas mujeres tuvieran marcas en los brazos y en las piernas que indicaran que habían sido sujetadas a la fuerza, ¿el doctor Lambert lo habría notado?

De repente, Anna enarcó las cejas.

—¿Por qué lo preguntas?

—Porque, si no hubo restricciones, tuvo que usar anestesia. El impulso natural sería apartarse del dolor. Te diré lo que creo que sucedió. —Se levantó y caminó de un lado a otro para ordenar sus pensamientos—. Creo que esta persona debe de ser alguien muy bien establecido. O, al menos, tiene esa apariencia. Se presenta como una autoridad médica, con amplia experiencia. No será muy joven, y sus honorarios serán exorbitados. ¿Sabes cuánto...?

—Sí, los honorarios eran muy altos, entre doscientos y trescientos dólares.

A Elise le llevó un momento darle sentido a un número tan grande.

—Así que estas mujeres esperaban a alguien con un comportamiento profesional —prosiguió, más despacio—. Alguien severo y un poco aterrador, pero no desagradable. No estoy siendo clara. ¿Sabes lo que quiero decir?

—Un padre estricto, pero benevolente —dijo Anna.

Elise se sentía un poco más cómoda ahora, y dejó que la historia saliera como la había imaginado:

—Las pacientes llegarían con grandes expectativas. Debe de tener algún tipo de consultorio o clínica, salas de tratamiento y de operaciones, y el equipo adecuado, todo en buen estado de funcionamiento y bien mantenido. Una sala de espera bonita, y un asistente o una enfermera, sin duda. Alguien que ayude a las pacientes a desvestirse y a vestirse de nuevo, y alguien, tal vez la misma persona, que administre la anestesia. Luego comete esa atrocidad, pero la quiere fuera de su vista cuanto antes, porque se siente vulnerable, tal vez, o supersticioso, o simplemente culpable. Puede que le preocupe dejar pruebas…, supongo. Para sacarla de su consulta lo más rápido posible, tendrá que administrarle una buena cantidad de láudano, para que esté lejos cuando se dé cuenta de que algo va mal. ¿Habrá más informes de autopsia?

—Los habrá —dijo Anna—. Mañana a última hora. ¿Te gustaría verlos cuando Jack los traiga a casa?

Aquello parecía una prueba. Se preguntó qué querría oír Anna y decidió que no importaba. Dijo la verdad:

—Me interesaría mucho si puedo ser de ayuda.

—Yo creo que sí —respondió Anna, y finalmente sonrió—. Aunque es un tanto presuntuoso por mi parte, me siento orgullosa de lo rápido que aprendes a pensar como un médico. Y ahora voy a contarte un secreto. ¿Preparada?

—Eh… Sí.

—Si crees que te están poniendo a prueba, es que lo están haciendo. Por lo menos en el campo de la medicina. Si ese es el caso, no mires a la persona que hizo la pregunta. Por dos razones: primero, cuanto más mires a esa persona en busca de aprobación, menos probable es que veas alguna expresión facial: segundo, no tengas miedo al silencio. Es un viejo truco y otro tipo de prueba. Sirve para saber cuánta confianza tienes en tus respuestas. Si no sabes algo, dilo. Si lo sabes, dilo y deja de hablar. —Elise no pudo evitar una sonrisa—. Continúa. Di lo que estás pensando.

—Estoy pensando que me recuerdas a algunas monjas.

Anna torció un poco el gesto.

—¿A alguien en particular?

Un poco mareada, Elise se levantó y caminó hacia la puerta. Se arriesgó a mirar a Anna, que tenía una ceja alzada.

—Sí —dijo, y salió de la habitación sin volver la vista atrás.

41

$\mathcal{D}$espués de vestirse para ir de tiendas, Anna le dijo a la señora Cabot que iba a salir una hora.

—Hum.

—Solo voy a ir a la oficina de correos. —Habría probado a enseñarle los hoyuelos, pero el ama de llaves ya se había mostrado inmune a su efecto.

—Ned llegará en cualquier momento. Le diré que la acompañe.

Anna no necesitaba a Ned para esta excursión. No estaba del todo segura de lo que esperaba conseguir, algo que quedaría claro en cuanto él empezara a hacer preguntas.

—Tengo que hacer ejercicio —dijo Anna en un tono que cualquiera de sus estudiantes habría entendido como «basta».

—No me gusta. —La señora Cabot se parecía cada vez más a la señora Lee.

—Ya casi estoy curada del todo. Hace buena temperatura, corre una suave brisa y brilla el sol. El aire fresco me vendrá bien.

En efecto, el aire y el ejercicio le sentaron muy bien. Fue un alivio salir. Durante unos minutos caminó a un ritmo constante, sintiendo el sol en la cara y una extraña satisfacción.

Torció por la calle 9 y aceleró el paso, se levantó las faldas y bordeó las peores inmundicias de la calle. En Nueva York, en verano, el olor a basura bajo el sol resultaba inevitable. De hecho, para Anna, era una señal de que ya era verano.

Se detuvo en la esquina siguiente y se sacó unas monedas del bolsillo para una pareja de ancianos. El hombre, que sostenía una lata, le sonrió con una alegría tan evidente que la dejó atónita por un momento.

—Es la doctora Anna. —La miraba desde la plataforma rodante que sustituía a sus piernas amputadas; otro veterano, uno que había sobrevivido a lo peor y que aquí seguía, apañándose día a día. Le dio un codazo a la mujer que tenía a su lado—. Sary, es la doctora Anna. Le curó la rodilla a nuestro nieto en febrero. Pavel Zolowski, ¿recuerda? Nuestra Judy se casó con un polaco. Luego salió para contarnos cómo estaba Pavel.

—Me acuerdo —dijo Anna—. Claro que me acuerdo. Un chico muy animoso. ¿Cómo está?

—Como unas castañuelas —respondió la anciana. Sus ojos ciegos se movían de un lado a otro, sin ver, pero buscando.

Anna se habría quedado a escucharlos hablar de su nieto, pero no haría preguntas indiscretas. Los pobres tenían todo el derecho a su intimidad y dignidad. Después de un momento puso otras monedas en la mano de la anciana, sonrió a su marido y se despidió.

706

Era fácil perderse entre los puestos del mercado; los pasillos eran estrechos y la multitud se desplazaba de un modo impredecible que parecía destinado a detener su avance. La mayoría de los vendedores pertenecían a una de dos categorías: el seductor demasiado amistoso, bullanguero, pero atractivo —pasó por delante de uno que hacía malabares con cucharas mientras coqueteaba con las transeúntes— y los irascibles y bruscos que siempre tenían la mejor mercancía.

Al final llegó a la pequeña oficina de correos de la Décima Avenida oeste, mandó la carta a Amelie y trazó un plan.

Primero, una vuelta por el mercado. Compró caramelos, unos metros de gasa de seda que enrolló en forma de salchicha para encajarla en su bolsito y unos bonitos botones de concha tallada. Miró los patos colgados tras la ventana del carnicero y los zapatos en la zapatería. En Greenwich, un dependiente se paseaba frente a la sombrerería, mostrando la última moda y tratando de atraer a los clientes.

Tras hacer un recorrido completo por el mercado, Anna

volvió a cruzar la Sexta Avenida y fue directa a la botica de Smithson.

Había pasado mucho tiempo desde la última vez, pero le pareció que nada había cambiado: balanzas colgadas del techo, pesados mostradores de madera y armarios con frente de vidrio, una pared de pequeños cajones con etiquetas impresas, frascos dispuestos en ordenadas filas sobre amplios estantes. Incluso a tan temprana hora en un día de verano, las luces de gas brillaban en el techo, para compensar la atmósfera sombría de la Sexta Avenida, parecida a la de un túnel bajo el tren elevado.

Un joven rellenaba un bote de porcelana con el contenido de una vasija de gres bastante más tosca. Aunque no pudo ver los nombres desde donde estaba, en el aire flotaba el aroma dulce y ácido de la corteza de naranja amarga —*Aurantii cortex*—. También había menta, y olores menos agradables pero familiares, algunos químicos, otros botánicos.

Entonces entró una mujer desde una habitación trasera, la prueba de que algunas cosas sí habían cambiado.

A juzgar por su comportamiento y sus ropas, no era una empleada. Smithson tenía hijos, por lo que sería una nuera o una nieta. Iba vestida con elegancia y muy a la moda, con un ligero traje de lana gris oscuro, un refinado polisón y una cintura de no más de cincuenta centímetros. Una banda de terciopelo negro con un broche de luto azabache, pequeño pero muy bonito, rodeaba su cuello.

—¿Puedo ayudarla?

—Sí, eso espero. —Anna se acercó a ella—. Estoy tratando de ponerme en contacto con una partera que trabajaba en este vecindario, pero nadie parece saber adónde ha ido. ¿Tratan ustedes con las parteras locales?

—Sí, dentro de unos límites.

Anna aprovechó el momento.

—Se llama Amelie Savard.

La fría mirada azul se fijó en algo detrás de Anna, y luego volvió a ella.

—Lo lamento, no puedo ayudarla con eso. —No tardó en recuperar la cortesía—. Soy Nora Smithson. Mi marido es el boticario.

—Ha pasado mucho tiempo desde mi última visita –explicó Anna—. Estuve una larga temporada en Europa.

Por experiencia, sabía que una buena mentira era aquella que tenía un punto de verdad.

—Quizá recuerde a mi suegro —dijo la señora Smithson—. Se jubiló el año pasado. Perdone que me entrometa, pero si necesita una partera, nosotros trabajamos con varias que tienen una excelente reputación. ¿Quiere una copia de la lista?

La señora Smithson le sonrió como las mujeres sonríen a veces a las recién embarazadas. Anna se alegró de que le ahorrase la necesidad de mentir abiertamente.

—Sí, gracias. Me gustaría.

—Si me permite la sugerencia —bajó la voz—, podría plantearse acudir a un médico. Hay especialistas en salud femenina muy reputados que ejercen en uno o más de los hospitales de la ciudad. La ciencia médica ha avanzado más allá de la partería.

—Ah. —Anna vaciló un instante, insegura de cómo continuar—. ¿Sabe algún nombre…?

Eso le valió una sonrisa muy sincera.

—Por supuesto. Le daré ambas listas.

Se dio la vuelta para sacarlas de un cajón; al volverse, Anna vio que tenía algo más que decir y que buscaba el modo de hacerlo.

—¿Hay algún problema?

—No. Bueno, no exactamente. ¿Puedo preguntarle dónde oyó el nombre de Amelie Savard?

Anna se había preparado para esa pregunta.

—Tengo unas vecinas muy amables que me recomiendan verdulerías, carnicerías y mercerías. Oí mencionar ese nombre a una anciana que vive al lado. Dijo que la señora Savard era una comadrona excelente.

La señora Smithson se mordisqueaba delicadamente el labio inferior.

—¿Esa vecina tiene hijos?

Anna se paró a pensar y decidió que, a partir de ahí, se apartaría de la verdad.

—En realidad, no lo sé. Serían de mediana edad, si los tuviera.

Otro pequeño asentimiento.

—A pesar de lo que le dijeron, Amelie Savard no era una partera.

Anna alzó una ceja, incitándola a hablar.

—Era una abortista, como *madame* Restell. ¿Ha oído hablar de *madame* Restell? Vivía en una mansión de la Quinta Avenida.

—Ah. No estoy al corriente de esas cosas.

—Todavía hay abortistas por ahí —dijo la señora Smithson—. Pero no vienen aquí. No se atreverían. Alertamos al señor Comstock sobre Savard y se fue de la ciudad, así de fácil. —Chasqueó los dedos.

Anna sabía que no debía mostrar emoción en ese momento, por muy descaradas que fueran las mentiras y las tergiversaciones acerca de su prima. Aun así, tampoco podía dejarla en la estacada.

—Me pregunto qué puede hacer una mujer cuando tiene demasiados hijos y carece de medios para alimentarlos. ¿Ayudan los médicos de su lista en ese tipo de situaciones?

La señora Smithson se ruborizó tan rápido que Anna se quedó atónita.

—Si ha venido aquí con ese propósito, se ha equivocado de botica. Le sugiero que se marche ahora mismo. —Alargó la mano para recuperar las dos hojas de papel de las manos de Anna, pero ella lo vio venir y se apartó del mostrador.

—Es usted la que se equivoca conmigo —dijo firmemente—. No estoy buscando un abortista. He hecho una pregunta y usted me ha insultado por ello. ¿Siempre trata así a sus clientes?

—No… —Se llevó la mano a la cara y se tapó la boca. A través de los dedos dijo—: Le ruego que me disculpe. Lamento haber respondido así. —Anna se quedó donde estaba, con expresión desabrida—. Es un tema delicado. Lo siento, señora…

—Acepto sus disculpas. —Anna procuró que su voz sonara tan fría como le fue posible—. Que tenga un buen día.

Odiaba desearle un buen día a la gente. Le parecía absurdo y poco sincero; nunca usaba esa expresión. Excepto en ese mo-

709

mento. Si no hubiera dicho eso, habría dicho algo mucho más vulgar. Habría llamado a la señora Smithson zorra mentirosa y santurrona, los mismos insultos que resonaron en su cabeza.

Al menos ya entendía por qué Amelie se había retirado. Después de haber ayudado a nacer a centenares de niños y madres, todo lo que quedaba de la buena voluntad acumulada durante años era esa idea. Si la señora Smithson hubiera empezado a hablar del color de la piel de Amelie, Anna la habría llamado zorra y cosas peores.

En cuanto dio la vuelta a la esquina y quedó fuera de su vista, empezó a temblar. Al principio le temblaron tanto las manos que ni siquiera pudo meter las listas en el bolso. Así pues, se detuvo y aspiró hondo tres o cuatro veces.

Cuando levantó la vista, vio la pequeña cafetería de la esquina donde convergían Greenwich, Christopher y la Sexta Avenida frente a Jefferson Market. A veces, antes de la guerra, había ido allí con el tío Quinlan. A él le gustaba el estanco de la manzana siguiente, así que Anna iba allí a primera hora y desayunaban juntos. Por lo que sabía, el local no tenía nombre, y nunca lo tuvo. A veces oía que lo llamaban la cafetería de Jefferson, el café azul o la cafetería francesa, porque los dueños eran de Montreal y hablaban francés entre ellos.

La idea de volver a casa a tomar más infusiones de manzanilla se le hacía insoportable. Cruzó la Sexta Avenida una vez más, apartándose rápidamente del camino de una carretilla y luego de un carruaje, esperó mientras un torrente de gente descendía del andén elevado del tren y volvió a rechazar su vuelta a casa. En cambio, pensó en un buen café, y continuó con mayor resolución.

Era un lugar pequeño, muy animado, muy sencillo. La mujer anotó su pedido —café y una tostada— y no pareció reconocer a Anna, que era lo que esperaba. Habría sido muy desafortunado que la señora Smithson llegara en el momento equivocado y oyera a alguien llamarla doctora Savard.

Servían el café a la manera francesa, en una especie de tazón, con leche y ligeramente dulce. Anna bebió y vio a la gente ir y venir, subir y bajar las escaleras del tren, cruzar Greenwich hacia el mercado, atravesar la Sexta hacia las tiendas. Dos guardias entraron y fueron recibidos con amabilidad;

intercambiaron noticias y unos cuantos juegos de palabras no demasiado buenos. Se habló de un robo en la manzana siguiente, ventanas rotas pero pocos objetos de valor perdidos. Habían hallado muerto a un anciano en el callejón Knucklebone; otro hombre había perdido su trabajo en la refinería, y un tercero, disgustado con la ciudad, había cogido a su familia y se había mudado a Ohio.

Durante la media hora que tardó en tomarse el café, siguió yendo y viniendo gente: más policías, compradores, un médico que reconoció del Dispensario del Norte, justo al final de la calle. No se fijó en ella y no pudo recordar su nombre.

Entraron tres hombres maduros bien vestidos, todos ellos lozanos, acicalados y emperifollados. Uno llevaba un bastón con una joya incrustada en el mango. Anna supuso que serían jueces del juzgado de distrito que había detrás del mercado. Parecían sentirse a salvo en ese barrio de gente humilde. ¿Quién se atrevería a robar a un juez rodeado de policías? Anna conocía a algunos niños muy diestros que podrían haber logrado vaciar tales bolsillos, pero con el bastón habría sido más difícil.

Contó quince centavos para la tostada y el café, añadió una moneda de cinco centavos para la propina, cogió su retículo y se fue, inclinando la cabeza hacia uno de los jueces, quien le devolvió el saludo. Al salir de la cafetería, topó con otro torrente de gente por las escaleras desde el andén elevado del tren. Hombres de negocios y abogados, probablemente de camino a alguna sala del tribunal; una mujer de mediana edad irritada con tres niños en edad escolar, y al final un hombre mayor, que se movía despacio. Usaba un bastón porque lo necesitaba, no para presumir, y se abría camino paso a paso, con esfuerzo.

Había algo en su rostro que hablaba de dolor en las articulaciones, un dolor casi insoportable y paralizante. Anna conocía esa mirada por su tía y sintió una gran compasión. Se preguntó si tendría el problema en las caderas, en las rodillas o en ambas partes. El hombre debió de notar su escrutinio, porque alzó la cabeza y la miró. La comisura de su boca se contrajo y luego se curvó hacia abajo, como si hubiera visto algo desagradable. No le sorprendió que se ofendiera; la medicina le había inculcado ciertos hábitos sociales muy inapropiados, uno de los

711

cuales era mirar fijamente a la gente para tratar de diagnosticar lo que le pasaba. De hecho, era lo que acababa de hacer. Dudó, preguntándose si debía hablar con él o si eso solo empeoraría las cosas. Al darse la vuelta sintió sus ojos en la espalda. Le estaba pagando con la misma moneda.

Una mirada de soslayo le mostró que seguía de pie en las escaleras, con una mano en la barandilla. El anciano frunció el ceño más profundamente y golpeó el suelo con su bastón, con fuerza. Una, dos y tres veces, como el mazo de un juez.

Anna se olvidó de él, pero se acordó de la señora Smithson. Por supuesto, tendría que contarle la conversación a Jack, y pensó en la mejor manera de hacerlo mientras caminaba. La pura verdad era la mejor opción; se había dejado vencer por la curiosidad.

Seguía dándole vueltas cuando llegó a casa, lista para confesárselo, y se encontró con que Jack había regresado a la calle Mulberry y que no se le esperaba antes del jueves por la mañana, temprano, cuando Anna ya habría salido para el hospital.

Desanimada, se tomó un tazón de caldo de la señora Cabot y unas cuantas galletas, bebió lo que parecía otro cuarto de litro de infusión con miel y limón, y tardó unos minutos en escribir un mensaje para que Ned lo llevara al New Amsterdam: volvería al trabajo mañana a las seis y media.

—Me voy a dormir unas horas —le dijo a la señora Cabot—. Pero llámeme si alguien me necesita.

La mujer le dedicó una media sonrisa que Anna reconocía ya como su gesto de silenciosa oposición.

—Ajá. Eso es exactamente lo que haré.

Cuando Jack llegó a la calle Mulberry, encontró a Maroney, Sainsbury y Larkin sentados alrededor de la mesa con Nicholas Lambert, quien repasaba sus notas sobre el resto de las autopsias.

Así pues, se apoyó en la puerta y escuchó, con la barbilla apoyada en el pecho.

—De los ocho casos, los dos primeros son muy distintos, pero hay suficientes parecidos para agruparlos todos como el trabajo de una misma persona. Tengo que escribir los tres últimos informes y un resumen de mis hallazgos, pero pensé que querrían saber esto de inmediato.

—Es bueno saber con qué estamos tratando —dijo Oscar—. ¿Alguna idea sobre la persona responsable?

—¿Se refiere a quién podría ser? —Negó con la cabeza—. Podría ser cualquiera. Quienquiera que esté haciendo esto habrá aprendido a presentar una cara normal al mundo. Lo más que puedo decir es que es obra de alguien familiarizado con la anatomía humana, y bien versado en cómo causar el máximo daño y dolor. Sea quien sea, espero que lo arrolle un ómnibus antes de que llegue a herir a otra mujer.

Cuando Lambert se fue, se quedaron mirándose unos a otros durante un largo momento. Las entrevistas con los cocheros, los empleados del hotel y el personal del hospital no habían llegado a nada, ni tampoco las cartas escritas a los médicos que se anunciaban en el periódico. En eso pensaba Jack cuando Sainsbury alzó la vista y dijo:

—Es posible que esto sea estupidez.

713

A todas las señoras residentes en la ciudad y alrededores:

Quedan advertidas. Una persona no identificada que dice ser médico ha estado anunciando en los periódicos lo que a veces se denomina «restauración de los ciclos de la naturaleza» o «eliminación de obstrucciones». Esta persona puede hacerse llamar doctor DePaul o usar otros nombres. La policía lo está buscando en relación con una serie de homicidios de una naturaleza particularmente atroz. Por su propia seguridad, no se comunique con nadie que anuncie tales servicios, a menos que el médico proporcione referencias válidas tanto de pacientes como de colegas. Cualquier información sobre esta persona debe dirigirse al inspector Maroney de la comisaría de Mulberry. Un particular ha ofrecido fondos con los que recompensar a las personas que proporcionen información que lleve a la detención y condena del culpable.

Hablaron de ello durante una hora, discutieron sobre los detalles y acerca de cómo tratar lo que sin duda se convertiría en un acoso de la prensa. Un mensajero llegó a la puerta. Jack cogió los mensajes, los leyó, y luego miró a Oscar con una ceja enarcada.

—¿Qué queréis oír primero, la noticia buena o la mala?

—¿Vamos a notar la diferencia?

—Lo más seguro es que no.

—Entonces sorpréndenos, adelante.

—Hay un hombre abajo, Richard Crown, un cervecero. Viene buscando a su esposa, que encaja con la descripción de nuestra desconocida. Y tenemos otra: Mamie Winthrop, de Park Place. —Oscar emitió un gemido bajo pero sincero—. Murió en su casa esta mañana por lo que su marido define como una negligencia médica.

—No me digas que hablas de Albert Winthrop —dijo Larkin.

—Justo cuando empezaban a calmarse las cosas —repuso Jack—. Al menos no vamos a aburrirnos.

Jack dejó que Oscar y Larkin interrogaran a Richard Crown y fue a Park Place. No había estado en el vecindario desde el día en que Sophie y Cap se fueron a Europa, aunque le había dicho a Cap que vigilaría la casa. Le pidió al cochero que lo llevara, le pagó y se apeó.

La casa parecía cerrada, igual que las ventanas. Comprobó las cerraduras de las puertas delanteras y traseras, examinó los marcos de las ventanas, y, satisfecho, se puso en marcha para visitar a Winthrop. Estaba a mitad de camino cuando oyó el silbato de un guardia detrás de él. Al volverse vio que no solo le perseguía el policía, sino dos hombres. A la caza, pensó Jack. Esperó con las manos en los bolsillos hasta que lo alcanzaron.

—Es él —dijo el más bajo de los dos hombres—. Estaba fisgoneando la casa de los Verhoeven, listo para entrar. Arréstelo.

El guardia tuvo la decencia de parecer avergonzado.

—Fred —lo saludó Jack—, ¿cómo te va?

—Bien, Jack, estamos todos en buena forma. Aquí hay una confusión, señor Matthews…

—No hay ninguna confusión —replicó Matthews—. Lo vi con mis propios ojos. Ahora, arréstelo.

Fred Marks era un tipo simpático, muy querido en el cuerpo, bien considerado en las calles, pero no era muy activo. Seguía en el trabajo porque la hermana de su madre estaba casada con el alcalde, pero lo mantenían lejos de los problemas asignándole las tareas fáciles que normalmente les correspondían a los veteranos a punto de jubilarse. Ahora su rostro bondadoso había adquirido un tono escarlata.

—Señor Matthews —dijo Marks—, este hombre es el inspector Mezzanotte, de la comisaría de la calle Mulberry.

—A mí como si es el papa de Roma, estaba entrando sin autorización.

El segundo hombre dijo algo en voz baja, y Matthews se volvió contra él. Jack se percató de que eran padre e hijo.

—Nunca había oído algo tan ridículo en toda mi vida. Como si los Belmont fueran a permitir que un italiano se ocupara de su casa. Sería como ponerle una cama al zorro en medio del gallinero.

Jack ya estaba harto, pero dejó que Fred lo intentara de nuevo.

—Señor Matthews, estoy seguro de que el señor Verhoeven se alegrará de que vigile su propiedad, pero se equivoca.

—Vámonos a casa —dijo el joven señor Matthews—. Has cumplido con tu deber, padre.

Matthews parecía prepararse para proceder a un arresto ciudadano, o, algo peor, tratar de derribar a Jack. Este levantó una mano y con la otra se sacó la placa del bolsillo del chaleco y se la mostró.

—Póngase en contacto con Conrad Belmont —dijo—. Él le dirá lo que necesita saber. Ahora, si me disculpan…

Se preguntó qué diría Anna si le contaba que lo habían acusado de allanamiento e intento de robo en un luminoso día de verano. Seguramente se enfadaría, así que decidió callárselo. Las cosas no habían cambiado mucho en los doce años que llevaba en el cuerpo, pero era más viejo y podía controlar su temperamento, al contrario que ella.

Todavía estaba dándole vueltas a eso cuando cruzó la calle para llegar a la casa de los Winthrop. En realidad, era una exageración llamar casa a esa monstruosidad de ladrillo rojo abarrotada de cúpulas y torres, revestimientos de mármol tallado, balaustradas de hierro forjado, cortinas de terciopelo en las ventanas y una puerta delantera que habría sido más adecuada para una cárcel.

No había señales de los periodistas, pero prefirió ser precavido e ir por la parte trasera de la casa, a través del patio del establo. La puerta de la cocina se abrió y se cerró, dejando salir un solo sonido: voces femeninas alarmadas, frustradas, miedosas. Desde más lejos, la voz de un hombre se elevó airada, demasiado confusa para darle sentido.

Jack se abrió paso entre el grupo de sirvientes y mozos de cuadra, apoyó el hombro en la puerta y atravesó la cocina llena de gente. Una mujer enjuta que medía lo justo como para morderle el codo se plantó delante a él, con una cuchara de madera en el puño y cara de pocos amigos.

—¿Es usted el médico que rajó a mi señora y la dejó desangrarse hasta morir?

—No —dijo Jack—. Soy el policía que va a encontrarlo y asegurarse de que lo cuelguen.

Una sonrisa torva se dibujó en su rostro, pero tenía los ojos empañados y la mano temblorosa cuando le tomó la muñeca.

—Entonces suba por aquí.

716

La cocinera habló tan rápido que solo captó partes de la historia que intentaba contar. La señora Winthrop había ido a ver a un médico y volvió a casa medio muerta.

—La verdad es que es un mal bicho, rencorosa como las serpientes, pero nadie merece morir así, destrozada como un zorro al final de una cacería.

—Espere, ¿todavía está viva?

—Lo está, pero apenas.

—¿Consciente?

—Más o menos.

—Necesito hablar con ella.

—Me parece muy bien, pero antes tendrá que hacerlo con *sir* Albert.

Jack se preguntó si la cocinera se sentía libre de llamar a Winthrop con un apodo que seguramente odiaría y decidió que ya no le importaba. Mamie Winthrop podía ser una patrona miserable, pero algo en ella había hecho que se ganara la simpatía de la cocinera.

La mujer señaló una puerta doble y comenzó a darse la vuelta.

—Antes de que se vaya, ¿hay alguien en la casa a quien

le tenga confianza la señora? ¿Alguien por encima de otra persona?

—Lizzy —dijo la cocinera—. Su criada. Si no fuera por Lizzy, se habría muerto en un carruaje o en un sucio hospital, completamente sola.

Un avance al fin. El primer avance de verdad.

—¿Dónde está Lizzy ahora?

—Recogiendo sus cosas. Despedida.

—No deje que se marche. Aunque tenga que atarla, manténgala en la cocina hasta que vaya a buscarla. —Al ver la cara de la cocinera, añadió—: Si quiere que atrapemos al responsable del estado de la señora Winthrop, que se quede aquí para que hable con ella.

Esperó a que la mujer asintiera y entró en una sala de estar llena de muebles, con el papel pintado apenas visible bajo docenas de cuadros y espejos. Pasó alrededor de la escultura de una diosa egipcia, un conjunto de sofás tapizados en seda, una lámpara de pie en forma de garza con ojos de rubí, entre asientos demasiado delicados para soportar el peso de algo más grande que un gato, y llegó finalmente a la puerta abierta en la pared del fondo.

El hedor de la habitación ya le era familiar: infección, sangre, excrementos humanos. Dos hombres, casi seguro que médicos, estaban de pie junto a la cama, con las cabezas juntas mientras hablaban. Alguien había puesto una sábana sobre la figura que yacía en la cama, blanca y cegadora, salvo por las gotas de sangre que impregnaban la parte inferior.

Alfred Winthrop estaba en un taburete en el otro extremo, inclinado hacia delante, con las palmas de las manos sobre las rodillas. Llevaba anillos en cada dedo, como nudillos adicionales de piedra y metal. Había una mujer mayor a su lado, vestida para un baile o una recepción real. Lucía joyas alrededor del cuello y en sus orejas.

Jack entró en la habitación y cerró la puerta tras de sí.

Nada era fácil con las gentes de alta alcurnia, y la familia Winthrop era una de las más antiguas y ricas de Nueva York. Los abogados vinieron, estudiaron la situación y aconsejaron a

Alfred Winthrop que dejara que el juez de instrucción se encargara de los restos de su esposa, tras hablar en voz baja sobre autopsias e investigaciones. Con unas pocas y bien elegidas palabras, Winthrop dejó de protestar e incluso accedió a responder algunas preguntas de Jack.

No, no sabía que su esposa estuviera *enceinte*, y desde luego no le había dicho nada sobre una cita con un médico; las damas no divulgaban esa información personal, ni siquiera con su marido. Llevaban casados cuatro años y no tenían hijos, no habían querido tener hijos cuando eran jóvenes y les quedaba mucho por experimentar. Habían hecho planes de viaje para el próximo año, y ahora tendría que cancelarse todo.

A Jack le pareció que Winthrop estaba más preocupado por los chismes que afligido por la muerte de su esposa. Podía ser cruel y superficial, pero no había nada ilegal en ello.

Apenas media hora después de que Jack lo hiciera llamar, llegó el juez de instrucción. En otros vecindarios, la espera podía alargarse varios días, pero no en Park Place. El juez de instrucción Olsen era nuevo y se sentía intimidado por la exhibición de riqueza. Jack le convenció sin mucho esfuerzo de que el caso debía ser estudiado por el doctor Lambert, del Bellevue.

Supuso que la criada de la señora daría algunos problemas, que se negaría a que la interrogaran en la comisaría de policía. Pero, en vez de eso, la encontró en la cocina con dos maletas, lista y ansiosa por irse. Su vida como sirvienta en una casa de ricos acababa de terminar; nadie más contrataría a la joven que había desempeñado algún papel, por pequeño e inocente que fuera, en la muerte de Mamie Winthrop. El daño ya estaba hecho, le dijo, y unas horas en una comisaría de policía no cambiarían nada.

Jack la observó mientras el carruaje se abría paso a través del tráfico, parándose una y otra vez. El cochero levantaba la voz para maldecir a un vendedor de periódicos, a un carretillero, a otro cochero que le hacía ir más despacio. La mujer, que tendría unos veintitantos años —muy joven para el puesto que había ocupado—, miraba la ciudad con gesto inexpresivo.

La palabra que le vino a la mente era atractiva: rasgos simétricos, piel fina, perfectamente arreglada y vestida para su ocupación, lo que significaba que su ropa era de tela de calidad, bien confeccionada, sin adornos ni encajes. No se veía ni una mota de polvo ni un hilo suelto.

Le hizo algunas preguntas que ella respondió sin dudar ni hacer conjeturas. Así pues, cuando entraron en la sala de la brigada, ya sabía lo básico: Elizabeth Imhoff, llamada Lizzy, de veinticinco años, nacida en las dependencias de los sirvientes de la finca de los Winthrop en Provincetown, hija ilegítima de una ayudante de cocina. Además, como le dijo con poca emoción, acababa de ser despedida por su medio hermano. Aunque lo conocía de toda la vida, la había echado sin una palabra amable ni una carta de recomendación.

Su futuro era incierto. A menos que tuviera un pretendiente esperando, un hombre que estuviera dispuesto a casarse y quedarse con ella, o conociera a alguien que la contratara para trabajar en una tienda, sus opciones eran limitadas. Las mujeres de la posición de Mamie Winthrop podían traerse criadas de Francia o Inglaterra, y solían hacerlo, pero ella había aceptado cargar con el ignominioso fruto de su suegro. Jack no sabía qué pensar de todo aquello. Tenía que averiguar lo que había detrás.

719

Oscar estaba escribiendo las notas de su entrevista con Richard Crown, de Brooklyn, que había identificado a la desconocida como su esposa, Catherine, y se había marchado para organizar el entierro. Su aspecto parecía indicar que también él estaba cerca de la tumba.

Evaluó a Lizzy Imhoff con una sola mirada, se levantó para saludarla y estrecharle la mano —tenía una dignidad natural, algo que Oscar apreciaba— y le indicó una silla.

La sala de la brigada era un hervidero de conversaciones superpuestas sobre el mayor acontecimiento del día: un ladrón especialmente estúpido, conocido por sus colegas como Celemín, había intentado atracar un fumadero de opio armado con un cuchillo que no cortaba ni la mantequilla. No se le había ocurrido que los dueños podrían tener armas, una lección que había aprendido por las malas, pero que nunca volvería a necesitar desde su fosa en el cementerio.

—Vamos a tomar un café —dijo Oscar, y se puso en marcha sin esperar contestación.

Jack iba el último, observando a Elizabeth Imhoff, cómo se comportaba, las cosas que miraba. Mostró una extraña calma casi de inmediato, pero supuso que aún debía de estar conmocionada. Su vida entera había quedado patas arriba en el lapso de unas pocas horas.

Cuando se instalaron en una mesa de MacNeil's, Jack vio que le temblaban un poco las manos. Así pues, no era de hielo. Solo faltaba ver cómo respondía al interrogatorio.

Oscar comenzó con la pregunta más general posible, qué le había pasado a la señora Winthrop, y ella le respondió con otra pregunta.

—¿Hasta dónde quiere que llegue?

—Empiece por contarnos un poco sobre ella —dijo Oscar.

Lizzy se rio con suavidad, hizo un gesto de disculpa y volvió a reírse.

—Perdón, no me esperaba esa pregunta. Pensaba que todo el mundo conocía a la señora Winthrop, por cómo se extienden los chismes. Pero supongo que es un círculo bastante cerrado.

—Entonces, tenía una reputación.

—Sí —confirmó la señorita Imhoff—. Tenía una reputación. No hacen falta muchas palabras. Era una malcriada, como la mayoría de las mujeres de su clase, y también era cruel.

—¿Con usted?

—Con todo el mundo: su marido, su madre, sus amigos, si es que pueden llamarse así. Era terrible con la gente de la calle, con cualquiera que no estuviera dotado de hermosura y con la mayoría de las personas hermosas. Y con los sirvientes, con todos nosotros. —Se detuvo—. No sé qué tiene que ver esto con su muerte.

—Ya llegaremos a eso. ¿Cómo la trataba? ¿Le gustaba trabajar para ella?

—Madre mía, no.

—Pues estará contenta de haberse librado de ella.

—Ahora baila con el diablo. La satisfacción que obtengo de esa idea durará tanto como mis ahorros.

Jack se echó un poco hacia atrás, movió la cabeza de un lado a otro para aliviar el comienzo de un calambre y aguardó.

Después de unos momentos, Oscar dijo:

—Mire, podemos hacerle preguntas y sacarle las respuestas poco a poco, o puede decírnoslo ya. Espere, ¿ha comido algo hoy? Parece muy cansada. —Sin esperar una respuesta, hizo señas a uno de los chicos de MacNeil—. Huevos revueltos, tostadas y panceta. Rápido.

Oscar inclinó la cabeza hacia la señorita Imhoff, que asintió.

Cuando se llenó un poco el estómago y recuperó el color, empezó a hablar. La historia no era demasiado insólita ni sorprendente: la señora Winthrop había sido pródiga con sus afectos. Durante los cuatro años que había durado su matrimonio tuvo cinco amantes que su criada conociera, simplemente porque Mamie Winthrop no se preocupaba de esconder sus indiscreciones en su propia casa.

—¿Y el marido? —preguntó Oscar.

Se encogió de hombros.

—Pasaban días sin verse. No discutían, pero… —Hizo una pausa—. No parecían disfrutar de su mutua compañía.

—Así que nada de niños —dijo Jack.

—Un hijo, de su primer matrimonio. Era viuda cuando se casó con el señor Winthrop. El niño vive con sus abuelos en Boston.

No vaciló mientras contaba el resto; eso indicaba que controlaba sus emociones, pensó Jack. Sin duda, una virtud necesaria en la casa de los Winthrop.

—En esos cuatro años creo que tuvo un aborto natural, y sé que sufrió tres operaciones. Todas las llevó a cabo el mismo médico. No sé por qué no volvió con él —declaró la señorita Imhoff—. Supongo que estará jubilado o se habrá ido de la ciudad. No me lo dijo.

—¿Fue con ella a esas citas anteriores? —preguntó Jack.

—El médico acudió a ella. La gente acudía a ella.

—¿Y por qué esta vez no? ¿Lo sabe?

—Lo dejó para muy tarde. Creo que esta vez estuvo tentada de tener al bebé y conservarlo, pero luego decidió que quería ir a Grecia. Lo sé porque llamaron a la modista y pasaron una tarde discutiendo el vestuario que necesitaría en Atenas en primavera. Al día siguiente mandó llamar al médico para que arreglara las cosas, así es como se refirió a la operación. No le gustó saber que no estaba disponible.

—¿Lo discutió con usted?

—Huy, no. Lo discutió con su madre mientras yo estaba en la habitación. Se puso furiosa cuando resultó que ninguno de los médicos que mandó buscar quiso practicarle la operación. Todos dijeron que, a partir de cierto momento, era demasiado peligroso. Pero ella no aceptaba un no por respuesta. —Jack se concentró en tomar notas. Según su experiencia, lo mejor era dejar que los testigos hablaran pasando lo más desapercibido posible—. Al final encontró un médico —continuó—. Le dijo que no vendría a casa, pero la tenía en sus manos, y ella lo sabía.

—¿Sabe lo que cobró, cuáles fueron sus honorarios? —Era una pregunta crucial, pero Oscar la formuló como si tal cosa. La mujer dudó—. Si no lo sabe, dígalo.

—La vi contando los billetes antes de que nos fuéramos. Eran más de trescientos dólares, pero no sé cuánto exactamente.

—Así que fue con la señora Winthrop a su cita —la incitó a seguir amablemente Oscar.

—Solo una parte del camino. El doctor fue muy específico en sus instrucciones, y ella no quiso arriesgarse a asustarlo. Se suponía que debía ir sola.

—Me extraña que se arriesgara tanto —dijo Jack—. Podría haber sido una trampa.

La señorita Imhoff lo miró con expresión casi divertida.

—Se llevó una pistola con ella. Por lo visto, creció entre pistolas. Su padre le enseñó a disparar cuando era una niña.

«No es que le sirviera para mucho», pensó Jack.

—¿Sabe cómo encontró al médico?

Era una pregunta crucial, y la respuesta fue decepcionante.

—Supongo que obtuvo su nombre de alguna de sus amigas. Las mujeres ricas intercambian información.

Jack anotó lo esencial mientras ella les relataba el día: salieron de la casa a las ocho de la mañana, en el carruaje personal de la señora Winthrop, solo con el cochero, un empleado de la familia que tenía más de setenta años. En el trayecto, la señora Winthrop le habló de un vestido que quería llevar a la cena del fin de semana siguiente.

—¿Pensó que podría asistir a una cena? —Oscar parecía sorprendido.

—Bueno, sí —dijo la joven—. Pensaba que esta vez sería como la última, y la anterior. Creyó que nada podía salir mal.

—¿Y dónde la dejó el carruaje?

—Me da apuro admitirlo, pero no conozco bien la ciudad, aunque he estado aquí desde muy pequeña. No se nos permite vagabundear. Puedo describir el lugar donde se detuvo el carruaje, si eso ayuda. Había una estación de tren elevado frente a un mercado y un gran juzgado justo detrás. En la esquina del mercado hay una pequeña cafetería. Ella me dio un dólar, me dijo que esperara allí y se fue. Dos horas después, cuando aún no había regresado, me preocupé. Entonces me di cuenta de que el carruaje se había ido. Por un momento pensé que la señora Winthrop se había tomado muchas molestias para librarse de mí, pero luego el carruaje dobló la esquina. Supongo que le pidió a Cullen que se reuniera con ella en una esquina a una hora diferente, pero nunca tuve la oportunidad de preguntárselo.

—Hablaremos con el conductor. Cullen, ¿verdad?

Ella asintió y volvió la cara para aclararse la garganta.

—Cuando subió al carruaje, ¿cuál fue su primera impresión? —preguntó Jack—. ¿Cree que estaba bajo la influencia de alguna sustancia?

—Apestaba a láudano —respondió la señorita Imhoff—. Así que supongo que es razonable. —Su tono era muy seco, casi frío.

—¿Vio por casualidad adónde fue, qué dirección tomó cuando la dejó?

—No. A decir verdad, no estaba demasiado preocupada. No hasta que vi el estado en que se encontraba después. Tan pronto como llegamos a casa, tomó un poco de láudano y se fue directa a la cama. Me dio órdenes estrictas de que no la molestaran por ninguna razón. A las cinco en punto debía llevarle una bandeja de té, pero tenía que entrar y dejarla en silencio, al alcance de la mano, y luego salir de nuevo.

—¿Y sucedió así?

Ella negó con la cabeza.

723

—Llevé la bandeja a las cinco, pero ella estaba en el baño. Oí sus arcadas. Esperé un poco para ver si pedía ayuda, pero no lo hizo. Volví dos horas más tarde, para recoger la bandeja y dejar toallas limpias. —Se detuvo un momento, mirándose las manos—. No sé muy bien cómo describir el resto.

—Con todo el detalle posible —dijo Oscar.

Pasó otro instante. Ella se aclaró la garganta y prosiguió, más despacio.

—Apenas estaba consciente. La cama estaba ensangrentada y había un olor muy fuerte y penetrante, como una herida infectada. Había vuelto a vomitar, pero allí mismo, en la cama. Así pues, le dije que llamaría a su médico. Pero ella se despertó y dijo que no, que se le pasaría. Que se recuperaría por la mañana.

—¿Lo creía de veras?

El aire distante que había mantenido durante todo el tiempo comenzó a tambalearse. Tragó saliva de manera visible y negó con la cabeza.

—No lo sé.

—¿Qué pasó después?

—Nada. Dejó que me quedara. Quería láudano, y le di tanto como me pareció seguro. Luego le mentí y dije que la botella estaba vacía. Ella me dejó cambiar las sábanas —volvió a tragar saliva—, pero siguió sangrando y se le escaparon muchos... Nunca imaginé que el cuerpo humano pudiera producir tal cantidad de...

—Entendemos, señorita Imhoff. ¿Fue alguien a verla? ¿Su madre, su marido?

—Esa noche no. No fueron hasta la mañana siguiente, cuando mandé llamar al médico. No me respondió, y sentí que no me quedaba otra opción. Las cosas sucedieron muy deprisa después de eso. Su madre envió un mensaje para despertar al señor Winthrop. Sus habitaciones están al otro lado de la casa, y él entró justo cuando llegó el médico. Entonces me dijo que recogiera mis cosas y me fuera; de lo contrario, haría que me arrestaran. —Miró directamente a Oscar, con aire interrogativo.

—No ha cometido ningún delito —dijo él—. Por el momento, solo necesitamos una cosa más. Será una cosa breve.

Después, si quiere, puedo presentarle a la señora Adams. Tiene una pensión para señoritas, muy reputada y bien cuidada. Sin duda, dormirá medio día después de lo que le ha pasado.

Oscar se presentaba al mundo como un hombre duro, libre de tonterías y sentimentalismos, con mano de hierro, pero también era generoso y protector con la gente que tenía problemas que no se había buscado. El milagro era que no había perdido esa cualidad después de tantos años en el cuerpo. Jack, con el tiempo, esperaba poder hacerlo la mitad de bien.

Llevó a Oscar a Hierbajos para comer y hablar en un lugar tranquilo durante el día. Entraron por el establo —vacío, ya que no tenían ni caballo ni carruaje— y salieron al jardín. Oscar se detuvo.

—Pero, bueno, ¿y esto qué es? —dijo, extendiendo los brazos y dando vueltas, como un oso bailarín—. Qué maravilla. Podría vivir aquí mismo, al aire libre.

Jack estaba contento con el jardín, aunque no había tenido la oportunidad de sentarse en él.

—El señor Lee y mi padre lo proyectaron juntos. Mandaron tres carros de tierra y plantas, reclutaron a los primos, y este es el resultado.

Se volvieron al oír el sonido de la puerta trasera, por donde apareció Anna. Parecía un poco adormilada, con una arruga de almohada en una mejilla y el pelo fuera de las horquillas.

—Supongo que pasas la mayor parte del tiempo en casa —murmuró Oscar.

Jack le dio un codazo, bien fuerte.

La señora Cabot sirvió su ragú de cerdo cocinado al oporto con manzanas y ciruelas pasas. Anna tuvo que sonreír ante la expresión de Oscar: era como si no pudiera creer su buena suerte.

—La señora Cabot cuidaba la casa de una familia que empleaba a un cocinero francés —le explicó Anna—. Esta debe de ser una de las recetas que se llevó con ella.

Más tarde, delante del café y un plato de galletas, Jack dijo:

—Hemos tenido un día muy ajetreado, pero seguimos de guardia hasta mañana.

—Acabas de llegar a casa para comer —respondió Anna—. Pero me alegro de que lo hicieras. Me iré al hospital antes de que acabes.

Oscar se aclaró la garganta.

—Tenemos otra víctima.

Anna notó que se le congelaba la expresión, pero respiró con calma, alzó su copa y preguntó:

—¿Exactamente igual?

—En lo esencial —dijo Jack—. Nicholas Lambert practicará la autopsia, pero tengo pocas dudas. ¿Oscar? —Él negó con la cabeza—. Sin embargo, esta vez hemos obtenido información de la criada de la señora. ¿Recuerdas los anuncios que encontraste en el periódico, los que mencionaban a Smithson? ¿Qué pasa? Te has puesto blanca.

—¿Smithson? —Le tembló un poco la voz—. ¿Qué ha sucedido?

—Hay una cafetería justo enfrente, ¿la conoces? —preguntó Oscar con tono cauteloso.

—Sí —dijo Anna—. Solía ir con mi tío Quinlan cuando era muy joven. Y… —primero miró a Oscar y luego a Jack, a los ojos— hoy he estado allí.

En el tiempo en que intercambiaron sus historias, dieron las ocho. Jack había sacado sus notas tanto para verificar los hechos como para añadir las observaciones de Anna, quien se sobresaltó al oír el reloj del pasillo.

—Creía que teníais que volver al trabajo.

Oscar enarcó ambas cejas y hundió la barbilla en lo que ella pensó que era un simulacro de sorpresa.

—¿Qué crees que estamos haciendo?

—Ah, claro. No lo había pensado de esa manera.

—Vuestro salón es mucho más cómodo que la sala de la brigada, lo reconozco.

—Y huele mejor —dijo Jack.

—Eso espero —murmuró Anna—. ¿Es demasiado tarde para

ir a la plaza Jefferson ahora mismo? Solo para saber cómo están las cosas y averiguar adónde podría haber ido la señora Winthrop.

—Es una posibilidad, pero no es buena idea —respondió Jack—. Estuviste allí esta mañana; nosotros estuvimos hace un par de horas. Si alguien involucrado en este caso nos viera de nuevo, juntos, podría hacer las maletas antes de que sepamos quién es.

—¿Crees que pasará algo así?

—Es bastante probable —dijo Oscar—. Y después de mañana, dalo casi por seguro.

Jack sacó un papel doblado de su cuaderno y se lo dio.

—Esto saldrá mañana en cinco periódicos.

Anna lo leyó y luego los miró.

—Puede que reduzca el número de mujeres que acudan a él, pero ¿cómo va a ayudar a identificarlo?

Ambos se miraron entre sí.

—Tenemos un sospechoso —explicó Oscar—. Lo estaremos vigilando.

—¿Puedo preguntar quién es?

—No. —El tono de Jack fue firme.

Oscar frunció el ceño.

—Vamos, hombre. Ya está hasta las cejas. ¿Debo recordarte que ha estado detrás de la mayoría de la información útil que hemos recopilado?

—Ya lo sé —replicó Jack.

—Ya sé lo que es esto, Oscar —dijo Anna—. Es el puente de Brooklyn. —La expresión de su rostro fue casi cómica, de modo que se lo aclaró—: Yo quería que Jack me llevara a lo alto de uno de los arcos, antes de que se abriera. Entonces tuvimos un desacuerdo filosófico sobre el límite entre la protección y el paternalismo. Creo que estamos ante una situación similar.

Oscar intentaba no sonreír.

—¿Y cómo acabó la cosa?

—Perdí, pero esta vez voy a ganar.

Se tomaron un descanso mientras Oscar volvía a la calle Mulberry para recoger algunas cosas. Jack cogió a Anna de la mano y la llevó al jardín para sentarse.

—Oscar dijo algo que hizo que me diera cuenta de que no estamos aprovechando esto. —Hizo un gesto a su alrededor—. Sigo queriendo levantar una pérgola.

Anna tiró de él hacia un pequeño banco situado al final del jardín.

—De momento bastará con esto. Y ahora vas a tener que convencerme sobre Neill Graham.

Él lo pensó un instante.

—Primero dime por qué estás tan segura de que no está involucrado.

—En cierto modo, esas mujeres podían estar desesperadas, pero ninguna era estúpida. Tenían dinero, algunas más que otras, pero todas vivían bien. Dirigían sus hogares, y ya sabes lo que eso conlleva. —Tomó aliento y lo contuvo unos segundos—. Una mujer así, con dinero y posición, que no es tonta, no se va a poner en manos de un interno de veintiún años. Esa clase de mujer quiere buenas instalaciones y salas de tratamiento, así como los últimos fármacos e instrumentos. Quiere anestesia y láudano, y un médico con muchos años de experiencia. Quiere decoro y cabellos blancos, distinción y modales, y está dispuesta a pagar por todas esas cosas. Graham es educado y solícito, pero no veo a Janine Campbell ni a las demás pagándole un montón de dinero y entregándose a su cuidado. ¿Te he convencido?

—Todavía no. Pero tú no estabas allí cuando Graham nos dijo lo que era tratar a las mujeres pobres. En su actitud, vi repulsión, incluso odio. Y su gran interés en el caso Campbell y en los otros… Hay algún tipo de conexión.

—Te creo. Después de haber hablado con la señora Smithson, no me sorprendería que también estuviera implicada de alguna manera, aunque no sé cómo. ¿Tienes alguna teoría sencilla que reúna todas las piezas?

—En eso estamos trabajando. Mira, aquí viene Oscar con sus mapas y el resto del archivo del caso. Anna…

Ella lo miró, expectante:

—Tienes que prometerme una cosa.

Eso la hizo reír.

—¿Así sin más? ¿Quieres carta blanca para todo, o solo para una cosa en particular?

—Quiero que me prometas que no volverás a indagar por Jefferson por tu cuenta.

Anna le tiró del lóbulo de la oreja, haciendo caso omiso de su aullido, y le plantó un beso en la mejilla.

—Trato hecho. No volveré a ir sola. ¿Satisfecho?

Sus cejas se plegaban cuando fruncía el ceño, como entonces.

—Te conozco, Savard, y sé que te guardas algo en la manga.

—No me pondré en peligro. Sé muy bien que estoy fuera de mi elemento. No soy tonta, Mezzanotte. Lo que soy... Lo que tengo bajo la manga, como tú dices, es ira. No recuerdo haber estado tan enfadada en toda mi vida.

Él contempló su rostro durante unos momentos y luego asintió con la cabeza.

—Vamos a ver lo que tiene Oscar.

729

42

$\mathcal{A}$ la mañana siguiente, Jack alcanzó a Anna antes de que llegara a la plaza Cooper, cogió su maletín y le ofreció el brazo libre, enarcando una ceja hasta que ella lo aceptó.

—Te dije que llegaría a casa a tiempo para acompañarte al trabajo.

—Quería empezar temprano. Y tú necesitas dormir un poco, Mezzanotte.

Anna solía estar nerviosa por las mañanas, pero ese día había algo más en su estado de ánimo. Habían pasado buena parte de la tarde estudiando los mapas de la zona de la plaza Jefferson, recopilando una lista de edificios a menos de tres manzanas de la cafetería y de la botica de Smithson donde un médico podría tener un consultorio. Los inspectores asignados al caso tardarían días en investigarlos todos, pero era el siguiente paso necesario. Eso e investigar más a fondo a Neill Graham.

—No has dormido bien —dijo él.

—No demasiado.

—Me preguntaba si pasaría esto.

Ella lo fulminó con la mirada, frunciendo el ceño. A punto de estallar; casi ansiosa por estallar, pensó Jack.

—¿El qué?

—Tú, con tu ágil mente de médica y tus rápidas manos de cirujana, encuentras frustrante el lento ritmo de la ley.

Se detuvieron en una esquina para dejar pasar un ómnibus, cuyas ruedas chirriaban sobre los rieles. Cuando cruzaron la calle, Anna lo miró a los ojos.

—Tuve un sueño —dijo—. No suelo recordar mis sueños, pero este me despertó y estaba sudando. Después no pude volver a dormir.

Él esperó a que continuara, pero no lo hizo.

—No quieres contármelo.

—Creo que debo contártelo. Está en esa larga lista de cosas de las que tengo que hablarte.

Jack también estaba cansado; los habían llamado por una pelea callejera después de medianoche, estibadores y marineros empeñados en romperse mutuamente la crisma. Pensó en contarle esa historia, pero decidió que esperaría hasta que ambos estuvieran de mejor humor.

Frente al New Amsterdam le devolvió su maletín, le apartó un rizo de la frente y le besó en el párpado para que sus pestañas se agitaran contra su boca.

—No te asustas fácilmente —dijo—. Pero me sorprendería que este caso no te produjera unas cuantas pesadillas.

Anna pareció relajarse un poco, apoyando la frente contra su mandíbula. Y, sin embargo, parecía infeliz, distraída, abrumada. Jack lo sentía mucho, pero no había nada que pudiera hacer por ella.

—No soñé con el caso, sino con mi hermano. Soñé que venía a pedirme disculpas y le golpeaba en la cabeza. Con un martillo. Pero era un fantasma, y se quedó ahí mirándome como si le hubiera decepcionado.

Jack se oyó resoplar a sí mismo.

—Necesitamos más tiempo para hablar de esto, pero no me importa decirte que pensé que, cuando me hablaras de Paul, la historia sería completamente distinta.

—Ya lo sé. —Le tocó la mejilla con una mano enguantada—. Creo que por eso me ha costado tanto hablar de ello. Todos esperan una historia que no puedo darles.

—Anna, puedes contarme lo que quieras.

Ella sonrió con algo parecido al remordimiento.

—Hablaremos esta noche.

Se puso de puntillas para besarle la mejilla y él volvió la cara para atraparle la boca en un beso suave y cálido. Aunque ella misma necesitaba consuelo, trató de consolarlo a él.

Jack le devolvió el beso, posesivo, hambriento, como para recordarle con quién estaba.

ϒ

El quirófano era un lugar donde Anna sabía que podía dejarlo todo atrás y despejar su mente. Tenía que tratar una simple hernia, una operación que hacía día tras día, pero estaba deseando que llegara. Entró en el pasillo y vio a Archer Campbell esperando en la puerta de su despacho.

Dos pensamientos pasaron por su cabeza en ese momento: primero, que sería pueril y absurdo huir; y segundo, que había momentos en los que realmente necesitaba un martillo.

—Doctora Savard. —Se descubrió el sombrero con una reticencia que decía mucho—. ¿Puedo hablar con usted?

—Señor Campbell. No, no puede. Tengo que estar en el quirófano dentro de cinco minutos. Solo estoy aquí para dejar mis cosas.

Abrió la puerta y entró, la cerró con llave y se tomó un momento para recuperar el aliento. Luego hizo lo mismo que había hecho cada mañana desde que trabajaba en el New Amsterdam: se quitó el sombrero, se cambió los zapatos, sustituyó su camisa por una bata nueva y se puso un delantal completo encima. Todo el tiempo supo que Campbell seguía en el vestíbulo, esperando.

Pensó en Mabel Stone en la pequeña cabaña junto al mar. Pensó en los cuatro hijos de Janine Campbell, niños que nunca había visto, pero que, sin embargo, podía imaginar: si no estaban sanos, se curarían.

Tan pronto como abrió la puerta, Campbell se acercó tanto a ella que pudo percibir la cerveza en su aliento. Ya se había enfrentado a maridos borrachos y madres beligerantes, y decidió enfrentarse a Archer Campbell. Alargó el brazo derecho, colocó el puño en el hombro de él y lo empujó.

—Señor Campbell, su comportamiento es deplorable.

Él la cogió del antebrazo. Ella giró sobre los talones y se soltó con un movimiento; se quedaron mirándose el uno al otro. Podía oír el latido de su corazón retumbando en sus oídos; cada nervio vibraba como una campana.

—Va a hablar conmigo. —La voz de Campbell sonó ronca, y Anna pudo ver que se le dilataban las pupilas con una respuesta casi sexual a su rechazo. Pensó en darle una patada para borrarle aquella expresión del rostro—. Quiero saber dónde está Mabel Stone —dijo—. No me diga que no sabe de qué estoy hablando. La vi entrar en su casa esa noche, con los policías, y al día siguiente los Stone se habían ido, los dos. No se sabe nada de ellos, y nadie sabe adónde fueron. Excepto usted. Usted lo sabe, ¿verdad?

Anna lo miró a los ojos durante tres segundos.

—Señor Campbell, abandone este edificio y no vuelva. No se acerque nunca a mí o le pondré una denuncia.

—Pero no ha respondido a mi pregunta. Para mí, eso equivale a una confesión. Hablará conmigo, a menos que le guste la idea de un registro. No sabrá cuándo será, pero le garantizo que Comstock encontrará lo que necesita para enviarla a prisión.

Anna se dio cuenta de que no sabía que estaba casada, ni con quién. La idea le hizo sonreír. Esa sonrisa hizo que la cara del hombre se retorciera por la rabia. A eso se enfrentaba su esposa cada día, pensó. Con eso vivió durante años.

Un pequeño grupo de personas llegó al pasillo. Un celador, demasiado ocupado coqueteando con las estudiantes de Enfermería como para darse cuenta de nada, y detrás de ellos, Elise. La joven se abrió paso entre los otros y echó a correr.

—¡Doctora Savard! ¿Necesita ayuda?

—Sí —dijo Campbell, con una amplia sonrisa de dientes grisáceos—. Pero no de usted. —Clavó los ojos en Anna, recorriendo su cuerpo hasta detenerse en su cara—. No es la mujer que querría un hombre como esposa. Dudo que sepa que es una mujer. —Su sonrisa iba y venía—. Aunque las solteronas pueden ser sorprendentes. Con todos esas secreciones almacenadas, sin tener a donde ir.

Anna oía un claro zumbido en los oídos y parecía estar contemplando la escena desde un lugar apartado. No sentía miedo ni asco. Lo máximo que pudo reunir fue un interés clínico: ¿qué opinaría un alienista sobre Campbell?

—Yo podría enseñarle lo que pasa en la cama de un hombre…

En ese momento, Elise Mercier se adelantó con los puños levantados y le dio un golpe que lo desinfló como un alfiler a un globo. Se le escapó el aire de los pulmones, dejando un olor a ostras y cerveza mientras se desplomaba en el suelo, tosiendo y resollando.

Sucedió en cuestión de segundos. Todos miraron a Elise. El semblante del celador era de admiración, pero las enfermeras estaban sorprendidas y un poco asustadas, pensó Anna.

Elise observó a Campbell, retorciéndose en el suelo y jadeando.

—Se pondrá bien. Es una lástima —le dijo a nadie en particular. Se dio cuenta de que todo el mundo la miraba y esbozó una sonrisilla torcida—. Seis hermanos.

Eso pareció satisfacerlos a todos. El celador se agachó para agarrar a Campbell del cuello de la chaqueta y lo puso en pie.

—¿Quiere que llame a la policía, doctora Savard?

Anna negó con la cabeza.

—Déjele en la calle, Jeremy. Tengo que ir al quirófano. Enfermera Mercier, le sugiero que ponga esa mano en agua fría antes de que empiece a hincharse —dijo sonriendo—. Más tarde trataré de recordarle que la violencia está prohibida dentro del New Amsterdam.

Elise, con la mano en remojo, todavía estaba furiosa, pero también sentía una profunda aprensión. Los matones como Campbell no se retiraban tan fácilmente, sobre todo cuando una chica les hacía hincar la rodilla. No debería ir sola a casa desde el New Amsterdam. Pero no se sentía preocupada solo por ella, sino también por Anna. ¿Por qué no había querido llamar a la policía? ¿Había algún motivo oculto que la retuviera?

Después de un rato, se secó la mano doblando cada dedo y cerrando el puño. No había daños graves, pero lo cierto es que golpear a Campbell fue como enterrar el puño en una masa de pan a medio cocer. Se quedó pensativa durante un buen momento, luego fue a buscar pluma y papel.

Jack había llegado a la conclusión de que la única ventaja de trabajar en el turno de noche era la determinación de la señora Cabot de darle de comer hasta reventar cuando se levantaba por la tarde. Aquel día le sirvieron un picadillo de carne picante junto con un trozo de pastel de cebolla, un plato de guisantes verdes en conserva aderezados con menta y crema, y un tazón de pudin de plátano.

Cuando él protestó, ella le sirvió más café y le puso otro trozo de pastel de cebolla en el plato. Luego fue a responder a una llamada a la puerta y regresó con una nota.

Estimado inspector Mezzanotte:

Le escribo para decirle que esta mañana vino al hospital un hombre llamado Archer Campbell y habló muy bruscamente con la doctora Savard en el pasillo de su despacho. Muy groseramente. Como temía por su seguridad, intervine y le encajé un gancho como me enseñaron mis hermanos. Tenía la intención de darle en el hígado, pero lo hice en el diafragma. No estaba gravemente herido, pero podría denunciarme. No obstante, aún más preocupante me resulta que también pueda buscar venganza contra la doctora Savard, contra mí o contra ambas, y por eso le mando esta nota.

Para que quede claro, no pude oír la conversación entre ellos y no sé qué era lo que quería, pero lo quería con ganas.

Atentamente,

ELISE MERCIER

Su primera parada fue en el New Amsterdam, donde encontró a Joshua Abernathy tras la mesa del portero.

—La doctora Savard no quiso que llamáramos a la policía —le dijo a Jack—. Lo habría hecho de todos modos, pero me imaginé que vendría. —No tenía mucho de lo que informar, aparte del hecho de que Campbell se había colado durante el cambio de turno del portero, sobre las seis—. No lo vi entrar, pero me aseguré de acompañarlo a la salida. —La expresión hosca dio paso a una amplia sonrisa—. Seguía tosiendo y resollando. He oído que la enfermera Mercier lo puso fino, en toda la jeta.

—Me envió una nota, preocupada porque Campbell anduviera por ahí buscando una oportunidad para vengarse.

—He pensado lo mismo —dijo el portero—. Si no hubiera venido a las cuatro, yo mismo le habría avisado.

—¿Ha estado merodeando por aquí?

—No que yo sepa. Pero hay muchos rincones oscuros en los que esconderse, si está decidido.

735

Y esa era la cuestión. Jack podía imaginarse a Campbell estando lo bastante desesperado y siendo lo bastante tonto como para hacer cualquier cosa.

Desde el New Amsterdam fue directo a la pensión de Oscar en la calle Grove. Era una casa grande, cómoda y ordenada donde los alborotadores no duraban ni una semana, porque Oscar se ocupaba de ello. Por su ayuda, la casera le permitía usar el salón, donde Jack lo encontró con un periódico y un puro, envuelto en una nube de humo.

Se sentó frente a él y le entregó la nota de Elise.

—A ver, a ver. —Oscar dejó el periódico y leyó la nota.

—¿Cómo vas con los bonos? —le preguntó Jack.

Oscar se estaba dedicando a cambiar los bonos por dinero en efectivo en los bancos más importantes, y mandaba el dinero a Little Compton por correo certificado. El plan era complicado, pero Oscar vivía para esa clase de retos.

—Solo quedan tres. Ni muchos ni pocos. El número perfecto. Estoy deseando que llegue el momento.

Cuando se sentaron a cenar a la mesa de la tía Quinlan por primera vez en casi una semana, Anna estaba preparada para que le hicieran un millón de preguntas sobre todo, desde Staten Island hasta la infusión mágica de la señora Cabot. En cambio, solo hubo un tema de conversación: el próximo viaje a Greenwood. Cada 24 de junio, la familia Mezzanotte celebraba una gran fiesta, y las familias Quinlan y Savard fueron invitadas a unirse a ellos. Margaret tenía otros planes que no podía cambiar, pero los demás adultos estaban casi tan entusiasmados como las niñas por salir de la ciudad.

Incluso los Lee acudirían. Jack había anunciado su plan de mostrarle al señor Lee la granja y los invernaderos desde el principio, lo que ponía a Anna en un aprieto. Trató de explicar el problema: «El señor Lee nunca deja Waverly Place, excepto para visitar a su hijo y a su familia, y a solo cuatro manzanas de distancia. Siempre pone la misma excusa, que alguien tiene que quedarse para cuidar la propiedad. Propiedades, ahora».

Pero Jack le había lanzado una mirada particular, una que había aprendido a reconocer como un mudo desacuerdo. Al día siguiente le presentó a los Lee un joven guardia que le caía bien y en quien confiaba. Con su aprobación, Jack lo contrató para que vigilara mientras estuvieran fuera. La señora Lee estaba tan conmovida que por una vez no pudo encontrar nada que decir, pero la tía Quinlan no lo dudó; tiró de él para besarle una mejilla mientras le daba una palmadita en la otra. Anna se preguntó por qué nunca habían pensado en hacer algo similar en el pasado.

Así pues, iban a ir a Greenwood. Anna sabía que ya habían postergado la visita demasiado tiempo, y que solo un terremoto sería una excusa aceptable para mantenerse alejados. Lo que no podía explicarse era lo nerviosa que la ponía todo el asunto hasta que tía Quinlan señaló que una gran fiesta con mucha gente sería más fácil que una pequeña cena en la que tuviera la atención de todos.

—Necesitamos un regalo de aniversario —dijo tía Quinlan—. ¿Cuántos años llevan casados tus padres, Jack?

737

Él miró al techo mientras restaba.

—Massimo nació el 24 de junio de... —Miró a su sobrina, que ya esperaba la pregunta.

—1844.

—Así que se casaron el mismo día de 1843; eso sería hace cuarenta años.

—No quieren regalos —añadió Chiara—. No nos hacemos muchos regalos. —Lo dijo con cierta melancolía.

Anna estaba pensando en sus futuros cuarenta años de matrimonio, en cómo sería todo en el año 1923. Si habría hijos y nietos y una fiesta. A veces pensaba en los niños, un tema que Jack aún no había planteado en serio. El motivo no estaba claro, y no era algo en lo que quisiera pensar en ese momento.

—¿En qué estás pensando? —le preguntó Rosa—. Estás arrugando la cara.

Anna salió de su ensimismamiento.

—Estaba pensando que querría un poco más de ese pastel de manzana, a menos que alguien se me haya adelantado.

—Has recuperado el apetito —observó la tía Quinlan.

—Después de varios días de tostadas, infusiones y consomé, podría comerme el mantel.

A las chicas les pareció muy divertido, como si no hubieran seguido la misma dieta ellas mismas.

—¿A qué hora os vais el domingo? —dijo Margaret.

La discusión se centró en el reto logístico de llegar al transbordador de Hoboken a tiempo. Las chicas contaron con los dedos, ruidosamente, y llegaron a la sorprendente cifra de diez personas, contando a Bambina y Celestina. Once, si también iba Ned, como ellas esperaban. El plan era salir el domingo por la mañana y volver a Manhattan el lunes a última hora.

—¿Hay camas para todos? —volvió a preguntar tía Quinlan.

—Sí —respondió Chiara con una amplia sonrisa—. Hay sitio de sobra.

Rosa interrogó a Chiara sobre los nietos de los Mezzanotte; quería saber nombres y edades, y quizás conseguir incluso un gráfico que le dijera quiénes se llevaban bien y quiénes no. Parecía que Rosa había sobrevivido al viaje al Monte Loretto y al golpe de perder a Vittorio. Siempre había sido una niña seria, pero ahora había perdido un poco de esa seriedad y dejaba ver cómo podría ser si aprendía a dejar marchar a sus hermanos.

No se estaba curando; esa no era la palabra adecuada. Estaba aceptando la pérdida. Precisamente, eso que Anna jamás había logrado.

Insomne, inquieta, con imágenes y fragmentos de conversaciones rondándole la cabeza, Anna decidió irse a leer al salón. De día le daba el sol, pero había lámparas de gas, y una buena silla, y una manta que ponerse sobre las piernas si hacía frío.

Aunque Jack tenía el sueño profundo, se movió en silencio, sacó las piernas fuera de la cama y se sentó.

—Savard.

Se volvió a acostar. Él rodó a su lado y bostezó. Las cortinas no estaban cerradas del todo, así que pudo ver sus rasgos bajo la tenue luz de la farola.

—No quería despertarte.

—¿Por qué no?

—Porque necesitas dormir.

—Y tú también. —Le pasó la mano por el brazo—. Se nota lo tensa que estás.

—Voy a ir a leer hasta que esté demasiado cansada para seguir despierta.

—Todavía no. Descansa conmigo.

Su mano le recorrió el brazo de arriba abajo, con la más ligera de las caricias.

—No quiero hablar de ese sueño —dijo ella.

Él murmuró, rozando su piel con la punta de los dedos. Cuando ella estaba a punto de decir que era inútil, que iba al salón a leer, la chistó con suavidad.

—Tengo una pregunta que no es sobre tu hermano, y quiero que pienses la respuesta antes de contestar.

Anna respiró hondo.

—Está bien.

—¿Por qué te sentiste tan atraída por Rosa desde que la conociste?

Ya le habían hecho esa pregunta antes, pero nunca había respondido con la verdad porque no sabía cuál era. Pensó en ese día en el sótano de la iglesia en Hoboken, en todos los niños asustados, ansiosos y enfadados, así como en Rosa, aferrándose con todas sus fuerzas a sus hermanos y hermana. Como si fueran los únicos que la mantenían a flote. Además iba a encontrar a su padre. Se lo había prometido a su madre. Mantendría a la familia unida, pasara lo que pasara. Anna la había escuchado con atención, observando su rostro, y supo que nada de eso sucedería. Eran huérfanos italianos, y estaban a punto de ser arrollados por un torbellino.

—Yo también estaba así de decidida, hace mucho tiempo. Cuando llegó el telegrama que decía que Paul había sido herido en batalla, traté de huir. Pensé que si podía llegar a Virginia y encontrarlo en el hospital del ejército, se pondría mejor.

—¿Hasta dónde llegaste?

—No muy lejos. Tío Quinlan me alcanzó en la esquina, de camino al ómnibus. Tenía seis años. Grité, pateé y le mordí, pero no me regañó. Se limitó a llevarme a casa con la tía. Allí se sentaron conmigo, mientras no dejaba de berrear. Esa no-

739

che, el tío Quinlan se fue a Virginia. Mi tía me dijo más tarde que se habría ido bajo cualquier circunstancia, pero sigo pensando que fue por mí. La ironía es que Paul estaba muerto antes de que el tío llegara, pero no había forma de que lo supiera. Así pues, fue por los hospitales de campaña, preguntando. Así es como se contagió de tifus. Murió dos días después y ambos volvieron a casa en ataúd.

Jack pareció vacilar.

—Te culpas por la muerte de tu tío.

Se volvió para mirar a aquel hombre que era su marido.

—Culpo a Paul. Lo culpo porque, cuando murieron nuestros padres, me prometió que siempre me cuidaría y nunca me dejaría, que cuando creciera tendría una casa y que podríamos vivir allí juntos. Y solo tres años después rompió su palabra y se fue a la guerra. Era la persona más importante de mi mundo. Lo sabía, pero me dejó para ir a la guerra cuando prometió que no lo haría, y murió cuando dijo que no lo haría, y se llevó al tío Quinlan con él. El tío era el único padre que recordaba. Todos piensan que estaba de luto por mi hermano, que todavía estoy de luto por él, pero no es cierto. Estaba consumida por la ira. No podía decir su nombre, no quería ver su imagen, lo odiaba por haberme abandonado. Y no podía decírselo a nadie. Ni siquiera a la tía Quinlan. No lo dije hasta que llegó Sophie, pero ella lo entendió sin palabras. Desde entonces, la gente anda de puntillas a mi alrededor cuando surge el tema de mi hermano. A veces es casi divertido. Y la cuestión es que he tratado de parar, pero no puedo sentir otra cosa.

No pudo contener un ataque de hipo y se dio la vuelta para taparse los ojos con el brazo. Todo su cuerpo temblaba, pero no podía hacer nada para evitarlo. Tenía miedo de mirar a Jack, pues estaba segura de que vería decepción y desaprobación donde antes no había dudas.

Jack respiró hondo tres veces y la abrazó. Ella se acercó a él temblando, apretó la cara contra su hombro y lloró.

Cuando Anna se calmó un poco, le dijo:

—No sé si sería un consuelo para mí si estuviera en tu lugar, pero puedo garantizar que tu hermano murió pensando en ti y lleno de arrepentimiento. Eras muy joven, Anna. Él también era joven, pero lo bastante mayor para saber que te había fallado. Hizo promesas que no podía cumplir porque pensó que eso te haría feliz.

Ella tragó saliva con fuerza.

—He estado tan enfadada con él todos estos años, tanto tanto, y luego fui y le hice a Rosa lo mismo que él me hizo a mí.

Jack se incorporó, tirando de ella. La sujetó por los hombros para poder mirarla a la cara, hinchada y llena de lágrimas.

—Eres una persona demasiado racional para creerlo de verdad. Prometiste buscar a los chicos, y lo has hecho. Todavía lo estás haciendo. Rosa no te odia. Anna, Rosa y Lia te querrán mientras vivan. —Apretó la boca contra su sien—. Y yo también.

741

43

*R*osa acudió a desayunar el viernes por la mañana, sin Lia. Se detuvo ante Anna con mucha formalidad y cara de pena, y dejó un papel doblado sobre la mesa.

—¿Puedes leer esto, por favor?

Anna supo que Jack las miraba, pero fijó su atención en Rosa.

—¿Ahora?

Rosa asintió con la cabeza, contrayendo los músculos de la garganta al tragar saliva.

Anna abrió aquella nota de un solo pliego. Rosa había escrito de margen a margen, con letra esmerada y espaciada.

> Estimado alcalde de Annandale (Staten Island, Nueva York):
>
> Le escribo para preguntarle si en su pueblo viven Eamon y Helen Mullen y sus dos hijos, una niña y un niño. El señor Mullen es herrero. Si sabe usted de ellos, me gustaría mucho tener su dirección para escribirles una carta. Gracias, señor alcalde.
>
> Atentamente,
>
> ROSA RUSSO
> Waverly Place 18, Nueva York

Anna terminó de leer la carta y le entregó la hoja de papel a Jack. Rosa estaba mirando al suelo, con la cabeza gacha. Se esforzaba tanto por ser una adulta que no le habría hecho ningún bien que Anna se pusiera a llorar.

—Rosa. —La pequeña levantó la cara lentamente; en ella luchaban por imponerse la desdicha y la determinación—. Necesitarás un sello de tres centavos. Tengo algunos en mi escritorio.

Después de hablarlo un rato, se les ocurrió un plan. Cada semana, Rosa escribiría a un pueblo distinto, uno que escogería del atlas que encontró en las estanterías del salón de Rosas. Una semana escribiría a una ciudad de Nueva York, la siguiente a Nueva Jersey. Anna proveería el papel, el sobre y el sello postal.

Margaret la ayudaba con la redacción, consultando de vez en cuando con la tía Quinlan y los demás. Rosa podía seguir escribiendo esas cartas tanto tiempo como quisiera.

Rosa le hizo a Jack una pregunta que otro hombre habría tenido problemas para responder.

—¿Crees que podré encontrarlos así?

Él le puso la mano en la coronilla.

—Cosas más raras he visto.

Elise entró cuando Rosa se fue.

—Estoy a punto de irme al hospital —dijo Anna—. Coge tus bártulos si quieres venir conmigo.

—Lo haré, pero quería que vieras esto.

Puso el *New York Post* sobre la mesa, delante de Anna. Jack se levantó de inmediato para leer sobre su hombro.

NEW YORK POST
EDICIÓN DE LA TARDE

ARCHER CAMPBELL DETENIDO
BONOS ROBADOS ENCONTRADOS EN SU POSESIÓN

Tras recibir una información anónima, los inspectores H. A. Sainsbury y M. P. Larkin del Departamento de Policía de Nueva York registraron ayer la casa de Archer Campbell en el número 19 de la calle Charles y encontraron cierta cantidad de bonos al portador robados. Campbell se resistió al arresto y sufrió heridas importantes durante el altercado. Ahora está retenido en las Tumbas a la espera de la lectura de cargos.

Campbell compareció hace unas semanas en el tribunal para testificar en la investigación por la trágica y repentina muerte de su esposa. Al mismo tiempo, los cuatro hijos pequeños de la pareja desaparecieron sin dejar rastro y siguen en paradero desconocido. La ciudad lloró la pérdida con el señor Campbell, solo para descubrir que no era merecedor de sus simpatías.

Los bonos que se encontraron en su posesión eran tres de una gran emisión de cincuenta. La policía de Boston y Nueva York interrogará a Campbell para hallar los demás.

«La policía de Boston nos informa de que el robo viene de lejos —le dijo el inspector Larkin al Post—. Es posible que nunca se recupere el resto de los bonos.»

Elise tuvo que hacer acopio de toda su fuerza de voluntad, pero no preguntó sobre el artículo del periódico; se guardó las preguntas para sí misma y se tragó el fuego de la curiosidad que le llenaba la garganta.

En su lugar hablaron de la operación de Regina Sartore, que Anna se había perdido. Las numerosas preguntas de la doctora Savard le parecieron una especie de examen para el que no había estudiado, pero respondió de manera satisfactoria. Finalmente se atrevió a preguntar por un asunto diferente, casi tan diferente como el artículo del periódico.

—¿Ha habido algún avance con las autopsias de las que hablamos?

Anna la miró sorprendida, como si ya hubiera olvidado la larga conversación de hacía dos días. Luego suavizó su expresión.

—Ha habido otro caso —dijo—, y un pequeño avance. Un testigo con cierta información. ¿Te parecieron interesantes los casos?

—Las circunstancias son terribles, pero la discusión fue interesante. ¿Estuvieron de acuerdo los inspectores en que el médico debe de estar bien establecido y gozar de cierta consideración?

Anna sonrió.

—Todo lo contrario. Tienen un sospechoso, un interno muy joven y sin experiencia. No sé por qué exactamente, pero están tan seguros de que es él como yo lo estoy de que tú tienes razón y de que deberían buscar a alguien mayor.

Caminaron en silencio durante un rato, hasta que Elise dijo algo que se le ocurrió justo entonces:

—¿Por qué no pueden ser las dos cosas?

Al salir de la sala de la brigada, un mensajero le llevó a Jack un papel que abrió y leyó en el acto.

Oscar esperó, chupando la colilla de su puro.

—¿Y bien?

—Es de Anna. Dice: «¿Por qué dais por hecho que solo hay un médico? ¿No podrían ser los culpables el hombre del que sospecháis y un médico más establecido? ¿No podrían trabajar los dos juntos? Elise me lo ha sugerido, y tiene sentido».

—Ya veo adónde va todo esto —dijo Oscar con desesperación—. Esas dos están detrás de nuestro trabajo.

Esta vez encontraron a la casera de Neill Graham metida hasta los codos en agua jabonosa, pero muy animada. Les ofreció té y pastel, y les pidió que esperaran un momento mientras se cambiaba el delantal.

Cuando por fin se acomodó al borde del sofá, Oscar le sonrió.

—Señora Jennings, estamos tratando de atar los cabos sueltos de un caso, y nos preguntábamos si podría responder unas preguntas.

Tenía los ojos brillantes y oscuros de un petirrojo, pero la manera en que se mordisqueaba el labio inferior delataba su nerviosismo.

—Bueno —dijo agitando las manos—, saben que ya no soy joven, y a veces me falla la memoria.

Jack se dio cuenta antes que Oscar. Los presentó a ambos y se abstuvo de mencionar los detalles de su última visita. Era evidente que la señora Jennings no recordaba su anterior encuentro; Anna se preguntó si ello inclinaría la balanza a su favor o lo contrario.

La señora Jennings parecía aliviada de que no fueran a regañarla y se sentó aún más recta, como una colegiala ansiosa por complacer al maestro.

—Tenemos algunas preguntas sobre uno de sus huéspedes, un joven llamado Neill Graham. Estamos tratando de localizar a su familia, pero sin suerte. ¿Sabe por casualidad dónde viven?

Fue lo suficientemente vago para que empezara a hablar.

La mujer enlazó las manos sobre el regazo.

—Ah, Neill Graham. Un chico muy bueno, muy ordenado. Nunca se retrasa con el pago, ni intenta colar chicas en su habitación, lo que sucede a menudo con los jóvenes estudiantes de Medicina, como podrán imaginar. He visto unas cosas que harían sonrojar al mismísimo diablo, estoy segura de ello. —Se detuvo como si hubiera perdido el hilo.

—Neill Graham —dijo Oscar suavemente.

—Sí, el doctor Graham. No, nunca lleva chicas a su habitación, o nunca lo he pillado. Los jóvenes tienen sus impulsos. Pero él no ha dado problemas.

—¿Sabe si tiene familia cerca o amigos íntimos que vengan a visitarlo? —Oscar se puso cómodo, tan relajado como un Buda, irradiando una tranquila aceptación de lo que ella pudiera decirles. Era la única opción de obtener algo útil de la conversación.

—Familia, familia... Una hermana, creo. ¿O un hermano? Un cuñado. Sí, una hermana casada, viene de vez en cuando y le trae cosas, camisas y calcetines nuevos y cosas así. Nunca parece muy feliz de verla, pero los hermanos suelen pelearse. Era muy elegante, alta y delgada, pero sin pieles ni joyas. Me habló muy educadamente y ni siquiera parpadeó cuando su hermano fue brusco con ella.

—¿Y su nombre?

Los ojillos oscuros se abrieron de par en par.

—Pues digo yo que lo tendrá, pero no lo recuerdo. Vino en un buen carruaje.

—¿No sabe cuál es su apellido?

—Será Graham, claro.

—Disculpe, señora Jennings, pero ¿no acaba de decir que está casada? ¿Vino su marido con ella?

—Esperó en el carruaje.

—¿Averiguó el apellido del cuñado?

—No, me parece que no. ¿Le pregunto al doctor Graham cuando llegue?

—En realidad, no importa —dijo Oscar—. No hay por qué molestar al doctor Graham con eso. Si recuerda algo más sobre su hermana, ¿nos dejaría un aviso en la comisaría? Volveremos si recuerda algo nuevo. —Se sacó una tarjeta del bolsillo del chaleco y se la entregó.

—Lo intentaré, pero a veces me falla la memoria. Oh… La hermana del doctor Graham podría ser la esposa de un panadero, olía a anís. ¿Les ayuda eso?

—Quizá.

En el porche, Oscar estrechó la mano de la señora Jennings con gran formalidad, pero mientras se alejaba pareció recordar algo y se le ocurrió una última pregunta. Jack se sorprendía siempre de que nadie se diera cuenta de que era una estratagema.

—¿Con qué frecuencia le visitaba el caballero mayor?

La señora Jennings sonrió con gesto de disculpa.

—No sabría decirlo. No muy a menudo, y siempre en domingo. No era un hombre hablador, de los que cubren de alabanzas a un niño. Ni a nadie, en realidad.

—¿Y su nombre?

—¿No tienen padres e hijos el mismo apellido? Doctor Graham, supongo.

—Espere, no entiendo. ¿El padre de Neill Graham viene de visita? —La voz de Oscar se volvió un poco ronca: un sabueso detrás de un rastro, pensó Jack.

—No muy a menudo —dijo la casera.

—Entonces su padre es médico, como él. ¿Cómo lo sabe?

Ella asintió con la cabeza, como si finalmente hubiera encontrado algo que pudiera complacerle.

—Va con uno de esos maletines de médico. Llevo muchos años alojando a estudiantes de Medicina: reconocería uno de esos maletines en cualquier parte.

—Podría estar equivocada en ambos casos —dijo Jack—. Puede que el viejo no sea el padre de Graham, e incluso si lo fuera, podría confundirse con el maletín.

—No, ella tenía razón, excepto que creo que el hombre que recuerda es el abuelo que mencionó la última vez —respondió Oscar—. Un médico mayor, establecido, con experiencia, digno de confianza. Una mujer se sentiría segura en sus manos. Pero una vez anestesiada, no sabría quién hace la operación, ¿verdad?

Jack negó con la cabeza.

—No lo sé. Parece demasiado fácil, como una caja vacía envuelta con un lazo.

—¿Tienes una mejor idea de por dónde empezar?

El argumento definitivo: cuando te atascabas, reconsiderabas las pistas.

Pasaron el resto del día entrevistando a empleados de hospitales, clínicas y dispensarios de un extremo de la isla a otro, subiendo y bajando de carruajes hasta que se encontraron con un cochero al que conocían y que contrataron para que los llevara durante el resto de la jornada. Hasta ese momento, nadie había recordado a un tal doctor Graham que se ajustara a la descripción de la casera; era poco probable que lograran algo de esa manera, pero siguieron adelante.

Mientras sorteaban el tráfico desde San Lucas hasta el Hospital Femenino, Oscar planteó la cuestión de Archer Campbell.

—¿Sabe Anna que lo han encerrado?

—Sí.

—No se da cuenta de la suerte que tiene de estar en las Tumbas, donde no puedes encararlo —dijo Oscar.

—No puede pagar la fianza, así que de momento está a salvo.

—A menos que quieras untarle la mano al viejo Fish para hacerle una visita al prisionero Campbell.

—Admito que es tentador. Pero a Anna no le gustaría.

Oscar se atusó el bigote con aire pensativo.

—Está bien. Esperaremos un poco.

Al final de la tarde volvieron a la calle Mulberry, con solo tres nombres: Michael Graham, médico del orfanato protestante; Ulrich Graham, profesor de la Escuela de Medicina Ecléctica y Andrew Graham, quien tenía una pequeña consulta cerca de la plaza Stuyvesant. Ninguno de ellos tenía edad suficiente para ser el padre o el abuelo de Neill Graham, pero, de todos modos, lo comprobaron. Luego buscarían algo para comer y empezarían a preguntar a los porteros de noche de los hospitales. A la mayoría de ellos les gustaba hablar, todos estaban aburridos y veían muchas cosas.

Lo que Jack quería era ir a casa con Anna y abrazarla para que no imaginara que le pesaba lo que le había dicho la noche antes. Como si hubiera algo que pudiera hacerle pensar mal de ella. Le escribió una nota, la metió en un sobre y lo selló.

Anna, mi amor, llegaré muy tarde, pero es por culpa tuya. Tu sugerencia nos está haciendo recorrer todo Manhattan en busca de ese segundo doctor, y estamos haciendo progresos. Oscar cree que quieres quitarle su trabajo. Yo me pregunto cómo he tenido tanta suerte. Te quiero, J.

Anna se pasó todo el día dudando si había imaginado el artículo del periódico sobre Archer Campbell, lo que podría haber comprobado haciendo un rápido trayecto a la esquina, donde vendían seis periódicos distintos por apenas unos centavos. Si le apetecía, tenía la opción de leer las noticias en alemán, en italiano o en yidis. Por otro lado, en cuanto se le presentara la oportunidad, quería hacerles unas preguntas muy concretas a Jack y Oscar.

Pero no fue a buscar el periódico, no tanto porque hubiera vencido su inquietud, sino porque una serie de emergencias continuadas la mantuvieron en la sala de operaciones. Empezó con una mujer cuya mano había quedado atrapada en los engranajes de una lavadora de vapor, destrozada y escaldada a partes iguales. No había más remedio que amputar, lo que significaba dejar a la mujer sin su medio de vida. Anna se lo explicó a su marido, un joven casi imberbe: vio cómo sus ojos se llenaban de unas lágrimas que intentó combatir con furia.

Elise estaba de enfermera ayudante ese día, haciendo caso omiso de las miradas y los susurros que la seguían. Se referían a ella como la monjita del puño de hierro. Por lo visto, Anna no era la única que pensaba en la visita de Campbell.

—He oído que ayer te asaltaron en el pasillo —dijo Judith Ambrose cuando se estaban lavando las manos juntas—. Un demonio pelirrojo, según cuentan. La enfermera Mercier te rescató con un gancho muy profesional.

Anna no tuvo más remedio que reírse.

—Dice que sus hermanos le enseñaron a pelear.

—Es dura, eso está claro. Veamos cómo se maneja ante esta desgracia.

La paciente era una mujer de unos treinta años, una limpiadora tan fuerte que se necesitaron tres camilleros para inmovilizarla. Soltaba un terrible lamento que helaba la sangre.

—No puede quitarme mi bebé. —Su voz sonaba llorosa y ronca—. No puede, no puede, no lo permitiré.

Judy Ambrose se agachó para que la paciente la mirase a la cara.

—Señora Allen, escuche, por favor. Señora Allen, el niño ha muerto. Su corazón dejó de latir hace al menos un mes. Lamento su pérdida, de verdad, pero ahora tenemos que pensar en su salud. El medicamento que le hemos dado la ayudará a parirlo. No se resista, por favor. Si no da a luz al niño, se pondrá muy enferma y morirá por envenenamiento de la sangre.

—No, no está muerto. —Se debatió contra las ataduras, arqueando el cuerpo en una contracción. Tras ella, añadió—: Siento que da patadas. Váyase y déjeme en paz, se lo suplico.

Anna terminó de lavarse y vio que Elise escuchaba la conversación atentamente, mordiéndose la lengua para no hablar.

—¿Elise?

—Estaba pensando una cosa.

—Continúa.

—Quizá, si alguien rezara con ella por el alma de su hijo, hallaría algún consuelo. ¿Se puede llamar a un sacerdote?

—¿No quieres rezar con ella?

Se tapó el mentón con la mano y negó con la cabeza bruscamente.

—Entonces encuentra a alguien que lo haga —dijo Anna—. Estamos a punto de empezar.

Ni media hora después de finalizar el parto de la señora Allen, Anna estaba lavándose de nuevo, esta vez para operar a una joven de cara pálida que se negó a decir su nombre. Su diagnóstico fue sencillo.

—Parece que es una dolencia común… —dijo Elise.

—Las mujeres desesperadas hacen cosas desesperadas —respondió Anna—. Siento decirte que verás muchos casos así.

—Creí que entendía lo que era la pobreza.

—Todavía no. No lo harás hasta que empieces a salir con

las enfermeras visitantes. Ahí es donde muchas mujeres dejan la medicina.

—¿Los hombres no?

Anna miró a esa joven prometedora, que aprendía tan rápido y con tantas ganas, y que aún no estaba preparada para las pruebas que vendrían.

—Sobre todo las mujeres. Pocos médicos varones visitan a pacientes de los peores vecindarios. No conozco a ninguno que trate a los pobres, a menos que vengan a una clínica. Personalmente, creo que debería obligarse a todos los estudiantes de Medicina a visitar a los más pobres y desesperados durante un mes por lo menos, pero nadie me pide mi opinión. —Le arrancó una pequeña sonrisa—. Así que vamos a ver a esta chica. Creo que su caso tendrá un final feliz. —Se detuvo—. Bueno, esa no es la palabra adecuada. Lo que quiero decir es que probablemente podamos salvarle la vida.

De camino a casa se detuvo para comprar varios periódicos, y luego se sentó en un banco ante el pequeño cementerio detrás de San Marcos para leerlos. En todos ellos, se mencionaba el arresto de Archer Campbell, entre las primeras páginas. No había nuevos datos, aparte del hecho de que había sido detenido cuando se encontraron tres bonos al portador robados en su posesión. Los chismosos especulaban sobre su papel en la desaparición de sus cuatro hijos. En realidad, estaban completamente equivocados, pero también tenían toda la razón.

Los nombres de los detectives le resultaban familiares, por la sencilla razón de que Jack le había presentado a Michael Larkin y a Hank Sainsbury la última vez que estuvo en la comisaría. Ambos se mostraron educados y muy torpes, ya que, según le dijo Jack más tarde, no solían ver a mujeres respetables en la sala de la brigada y temían despertar la ira de Maroney si no cumplían con sus normas de conducta.

Se imaginó a Archer Campbell preso en las Tumbas. Tal como lo veía Jack, había cruzado un punto sin retorno con su visita al New Amsterdam. Anna se preguntó si debía objetar por razones morales o éticas, pero pensó en Mabel Stone y en los cuatro niños pequeños, y decidió que no.

751

44

—¿*N*o tenías planeado el día entero? —preguntó Anna.

Jack le rodeó la cintura con más fuerza.

—Me debes un sábado lluvioso en la cama.

—Podríamos discutirlo, si estuviera lloviendo. Pero no llueve, Jack.

—Eres cruel y despiadada.

Fue solo un murmullo, pero supo que se había quedado dormido otra vez. Era un truco que Anna conocía también; lo había aprendido por necesidad durante sus estudios. De alguna manera, eso hacía que le resultara más fácil despertarlo de nuevo. Le puso una mano en el hombro.

—Jack, ¿no tienes que trabajar?

Él abrió los ojos.

—Volví hace tres horas.

—Qué tarde —dijo Anna—. ¿Has avanzado algo con el caso?

Se frotó la mandíbula con la mano y el rastrojo de barba hizo un sonido como un cepillo sobre ladrillos.

—Hasta ahora hemos encontrado a tres médicos llamados Graham, pero ninguno de ellos encaja. Hablamos con unos diez porteros de noche. Luego iremos a la oficina de registro y echaremos un vistazo a los libros. —Bostezó y se estiró, abrió un ojo y enarcó las cejas—. Ven aquí.

—De eso nada. —Se apartó sujetándose la bata.

—Me has despertado no una vez, sino dos. Ahora debes afrontar las consecuencias.

Ella se escabulló por la puerta y corrió. Jack fue tras ella, refunfuñando, poniéndose su propia bata. En el comedor, Anna dijo:

—¿Por qué me estás siguiendo?

—Ahora quieres que te regale los oídos —respondió él, y contuvo otro gran bostezo.

En la mesa le mostró el texto del anuncio que iban a publicar en los periódicos. Anna lo leyó mientras untaba mantequilla en la tostada.

—Entonces, la idea es que, si no podéis detenerlo de inmediato, vais a intentar frenarlo.

—Llegados a este punto, tenemos que advertir a la gente.

Anna pensó que si ese anuncio en el periódico asustaba a alguna mujer, el esfuerzo ya valía la pena y el gasto.

—Pero ¿qué pasaría si le hace enfadar? ¿Atacaría más a menudo?

—Mi sensación es que no habrá ninguna diferencia —dijo Jack—. Creo que, de todos modos, está acelerando el ritmo, y eso puede significar que se está volviendo descuidado. Hay algo que me pregunto desde que entrevistamos a la criada de Mamie Winthrop. Me pareció que las mujeres como Winthrop no tienen problemas para encontrar a un médico que les resuelva el problema, siempre que el precio sea adecuado y se pueda mantener cierta privacidad. ¿Es así?

—Nadie habla de ello, pero sí, probablemente. Esta es una de esas áreas en la que los médicos dicen una cosa en público para protegerse, pero luego hacen lo que sea mejor para el paciente.

—O para su cuenta bancaria.

Ella asintió con la cabeza.

—Hay médicos inmorales, como hay banqueros, dueños de fábricas y policías inmorales. ¿Podemos hablar de otra cosa? —En ese momento, la señora Cabot trajo el correo, con una carta de Amelie encima del resto—. Parece ser que no —dijo Anna, que la abrió mientras Jack revisaba el resto de la correspondencia—. Ha mandado un recorte de periódico con una nota. Se supone que debemos ir a ver a una mujer llamada Kate Sparrow que vive en Patchin Place; tiene un puesto en el mercado donde vende artículos de costura, botones, cintas y cosas así. Conozco su puesto, pero ¿dónde está Patchin Place?

—Justo enfrente de Jefferson Market con la Décima. ¿Qué es el recorte? —Anna le entregó el artículo del periódico sin dejar de mirar la carta—. Del *Morning News*.

Jack apuró café y leyó en voz alta.

IMPACTANTES TESTIMONIOS DURANTE
LA INVESTIGACIÓN DE CAMPBELL
ESCANDALOSAS DECLARACIONES DE LAS DOCTORAS
INDIGNACIÓN EN LA GALERÍA

El jurado del caso de Janine Campbell escuchó ayer el testimonio de las doctoras Anna Savard y Sophie Savard Verhoeven. El interrogatorio de la doctora Savard Verhoeven fue particularmente tenso y a menudo de tono acusatorio.

Según comentó un miembro del jurado que desea permanecer en el anonimato: «Puede que sea una dama de inusitada inteligencia, pero sigue siendo una mujer y una mulata, por lo que es inadecuada para el ejercicio de la medicina».

Durante la deposición de la doctora Savard Verhoeven, Anthony Comstock, de la Sociedad para la Supresión del Vicio de Nueva York, criticó el comportamiento de la difunta y declaró que, tras llevar a cabo una operación ilegal, la señora Campbell había cosechado el amargo fruto de sus pecados contra las leyes de Dios y los hombres. En el testimonio que siguió, el jurado y la galería oyeron detalles tan íntimos del matrimonio Campbell que el doctor James Cameron, un médico jubilado, abandonó la sala como gesto de indignación.

«Se han violado todas las leyes de la decencia», dijo a los periodistas a las puertas de las Tumbas. Continuó citando el segundo libro de Timoteo, versículos 11-12: «Que la mujer aprenda en silencio y con toda sujeción, pues no permito que la mujer enseñe ni ejerza dominio sobre el hombre, sino que guarde silencio».

Cuando le preguntaron si su amonestación iba dirigida a la difunta señora Campbell o a las doctoras Savard, el doctor Cameron respondió: «Para todas».

—Ha subrayado el nombre del médico que citan, James Cameron —dijo Jack—. Y en el margen ha escrito: «Al final no estaba muerto». ¿Qué significa eso? —Anna sintió como si la hubieran golpeado con fuerza en el estómago—. ¿Es el anciano que gritó al juez de instrucción y se marchó de la sala?

—Creo que sí. ¿Recuerdas cómo era?

Jack se encogió de hombros.

—Frágil, encorvado. Muy anticuado y formal. Caminaba con bastón.

—Sí, claro, el bastón. —Lo miró y supo que no podía ocultar la inquietud que sentía—. El otro día vi al doctor Cameron, pero no lo reconocí. Fue al salir de la cafetería enfrente de Jefferson Market.

Una de las cejas de Jack había alcanzado su altura máxima: contaba con toda su atención.

—Continúa.

—Estaba bajando del andén. Supongo que no me fijé en él en la sala, porque solo tenía ojos para Sophie en el estrado. Pero me miró como si me conociera y no le gustara. Ahora recuerdo que había otra carta que escribió al editor del *Tribune*.

Jack se levantó, atravesó la habitación y volvió a sentarse donde empezó.

—Cuéntame lo que dijo tu prima de él cuando la viste.

Anna cerró los ojos para concentrarse. Luego contó lo que recordaba: un hombre más empeñado en purificar el alma de las mujeres que en salvarles la vida.

—Y dijo que ya era viejo cuando lo conoció, y que probablemente estaba muerto. Es tan frágil, Jack. Hasta me cuesta imaginarlo operando. ¿Y por qué iba a conformarse con él una mujer que puede pagar trescientos dólares? Qué menos que pedir una mano firme.

—Tenían recursos, pero no olvides que todas las mujeres que conocemos carecían de conexiones. Algunas eran de fuera de la ciudad, otras del extranjero, algunas estaban aisladas por otros motivos. El marido de la señora Schmitt es un pastor bautista, por ejemplo. Ninguna de ellas podía acudir a sus hermanas, primas o tías para que le aconsejaran qué médico consultar. Ahora me pregunto si perdimos un día buscando al padre o al abuelo de Neill Graham. Tengo que despertar a Oscar y ponerme en marcha enseguida. —De pronto, se dio la vuelta—. Puede que esa Kate Sparrow no quiera hablar con nosotros si tú no estás.

—Podemos vernos allí al mediodía, a menos que surja una urgencia. Y si no es demasiado largo.

Jack se acercó a la mesa y se inclinó para besarle la mejilla.

—Bien. —La miró durante un momento, escudriñando su rostro—. A veces tienes los ojos marrones, dorados y verdes, y otras son solo marrones o verdes. ¿Cómo lo haces?

Ella le tiró del lóbulo de la oreja.

—Es un secreto que no me atrevo a divulgar.

Sonrió contra su boca cuando la besó, y luego fueron a prepararse para trabajar. A Anna, lo poco que había desayunado le pesaba como el plomo en las entrañas.

Elise había acumulado sus días libres sin haber trazado un plan específico sobre cómo emplearlos, hasta que surgió el viaje a Greenwood. Incluso un viaje tan corto —se irían de mañana y volverían por la noche— le resultaba emocionante. El sábado amaneció pensando que disponía de tres días completos, y se comprometió a utilizarlos de la mejor manera posible. Empezó la jornada aireando la ropa de cama, cambiando las sábanas, barriendo y quitando el polvo de todos los dormitorios.

La señora Lee subió las escaleras para saber si Elise estaba tratando de dejar a su nieta sin trabajo, o si simplemente estaba decidida a trabajar hasta la muerte.

—Permítame, por favor —dijo Elise—. Hay tareas de sobra para Laura Lee.

La señora Quinlan se negó rotundamente a aceptar cualquier pago por el alojamiento y la comida, pero Elise necesitaba contribuir de alguna manera para su propia tranquilidad.

«Guárdate el dinero», le había dicho la anciana cuando quiso ayudar con las tareas domésticas. «Tendrás gastos en la facultad, incluso con una beca.»

Aquel día, mientras limpiaba, Rosa la seguía a todas partes, ayudando, pero sobre todo haciendo preguntas, ya que, según la niña, sabía más sobre la Iglesia católica que nadie de la casa, lo que la propia Elise tuvo que admitir como cierto.

Así pues, respondió a sus dudas sobre la jerarquía de la Iglesia, sobre el papa, los arzobispos, los obispos y los sacerdotes. Rosa también quería saber cosas de las monjas, y quién era su jefe, y si las monjas y los sacerdotes tenían que confesarse, y qué pasaba si un sacerdote o una monja hacían algo muy malo.

Nada de lo que dijo Elise pareció satisfacerla. La niña quería justicia, pero ella no podía prometerle nada.

Después de la comida, cuando las niñas subieron a echar la siesta, le planteó la cuestión a la señora Quinlan.

—Rosa confía en ti —dijo la tía de Anna—. ¿Te incomodan sus preguntas?

Elise lo pensó un momento.

—No es eso. Es que dejé esa vida atrás, o lo estoy intentando. Pero no porque guarde rencor, como parecen pensar todos. No tengo motivos para ser crítica con la Iglesia.

Margaret apretó los labios con fuerza, intentando no decir lo que pensaba de la Iglesia católica, pero expresándolo de todos modos.

—No tengo motivos personales —se corrigió Elise—. Eso no significa que no vea el daño que se ha hecho, y se sigue haciendo, a otros. A Rosa. Quiere que esté tan enfadada como ella.

—Tal vez deberías estarlo —dijo Margaret—. Tal vez llegues a estarlo, a medida que pase el tiempo y pienses bien las cosas.

—Puede ser —respondió Elise, percibiendo la tensión en su propia voz—. Quizá me sienta así algún día. Pero ahora mismo no tengo ni el tiempo ni la inclinación de poner a la Iglesia en tela de juicio. Debo dedicar todas mis fuerzas a las pruebas que me esperan.

Después de la comida, Elise desterró a Margaret, a Rosa y a la Iglesia de su mente y se sentó con sus libros y apuntes. Había una anciana en el New Amsterdam cuyo corazón estaba fallando, y necesitaba entender más sobre lo que le ocurría.

El volumen de Anna de *Anatomía descriptiva y quirúrgica* estaba bastante desgastado por el uso; tenía la encuadernación floja y las tapas un poco deformadas. Las páginas estaban pobladas por un ejército de tiras de papel, en las que había notas escritas con una versión diminuta de la letra de Anna. Al ponerse el pesado tomo en el regazo, este se abrió por sí solo por la página quinientos setenta («El sistema linfático del tórax»), revelando un ramito prensado de botones de rosa.

De primeras tuvo la extraña pero innegable sensación de que había abierto la carta de amor de otra persona. Luego se recordó a sí misma que Anna le había dado permiso para usar tanto como quisiera su biblioteca médica, y se permitió observar las pequeñas flores, apenas abiertas. Su fragancia persistía, ligeramente almizclada y dulce.

Las páginas del libro estaban protegidas por papel de seda por un lado, y por una gruesa tarjeta de color crema por el otro. Sin mover nada de sitio, pudo distinguir algo del texto: una invitación a un baile de máscaras.

Se le ocurrieron cientos de preguntas, cuándo, dónde y, sobre todo, por qué. Anna Savard no parecía tener ningún interés en la alta sociedad, pero había asistido a esa fiesta. La idea de Anna y Jack en una mascarada era tan extraña que tuvo que sonreír.

Era como una carta de amor, entendió Elise, porque era una especie de declaración sin palabras. Anna Savard, que se presentaba al mundo como una mujer culta que huía de la frivolidad, era también una joven que prensaba flores por razones sentimentales. Podía ser ambas personas a la vez. Ese pensamiento hizo que se diera cuenta de algo a lo que había estado ciega.

Cuando era niña no había visto a nadie coqueteando ni enamorándose, y en el convento le habían enseñado a considerar tales cosas superficiales e innecesarias en una vida con propósito. Sin embargo, esas flores prensadas predicaban poderosamente lo contrario, de una manera que la sorprendió.

Se rio de sí misma, enamorada de la idea del amor, y aun así pasó mucho tiempo contemplando los botones de rosa, antes de recordar lo que quería buscar y pasar a una ilustración de las cavidades del corazón humano.

Patchin Place era un camino estrecho que comenzaba en la Décima, flanqueado de casas de campo que se apiñaban como dientes torcidos. Nada más entrar en el camino, una mujercita regordeta salió de una puerta y les hizo un gesto para que se acercaran.

—Aquí estás. Anna, la prima de Amelie, la doctora, ¿verdad? Me escribió para decirme que pasarías por aquí. Y con dos inspectores como dos armarios, por lo que veo. Espero tener comida suficiente...

—Es un placer conocerla, señora Sparrow, pero no tiene que darnos de comer —respondió Anna.

Oscar se aclaró la garganta detrás de ella.

—Tonterías —dijo Kate Sparrow, que les hizo entrar—. Mi Mary se ha encargado del puesto durante un par de horas, así que he tenido tiempo para cocinar. Me gusta alimentar a la gente. Me alegró mucho recibir una carta de Amelie; lo menos que puedo hacer es agasajarte, después del buen servicio que me prestó durante años.

Tras sentarlos alrededor de su mesa, la señora Sparrow colocó entre ellos una olla enorme sobre una trébede, una cesta de pan y una jarra —de cerveza, por el olor—, y repartió gruesos cuencos de barro y cucharas.

—Ahora comed, que yo hablaré. Solo tenéis que decirme lo que queréis saber. Amelie dijo que preguntaste por el viejo doctor Cameron, ¿es así?

759

Oscar parecía haberse quedado mudo con el olor del estofado, así que fue Jack quien habló.

—Es cierto. Simplemente investigamos sus antecedentes, cualquier cosa que pueda contarnos.

—Amelie pensaba que habría muerto hace tiempo —dijo Anna.

—Bueno, es que debería estar muerto —respondió Kate Sparrow—. Ochenta y tres años, según mis cálculos, y tan frágil que podría levantarlo una brisa. Ahora iré a eso, pero primero quiero saber de Amelie. No dijo mucho en su carta, salvo que vendrías a visitarme.

Mientras Jack y Oscar se dedicaban al guiso de cordero de Kate Sparrow, Anna le habló de su prima. Había que pagar el precio de la información.

—En cierta ocasión, Amelie me contó que aprendió de su propia madre, al norte de las montañas, cuando era una niña —dijo Anna—. Su madre era mi tía abuela Hannah. Ambas asistieron a mi madre cuando nací. Señora Sparrow...

—Kate, tienes que llamarme Kate.

—Kate, Amelie me dijo que hablarías con los inspectores sobre el doctor Cameron.

De pronto, la expresión de su semblante se oscureció.

—Puedo hablaros de Cameron, si es lo que queréis.

—Necesitamos saberlo —dijo Jack.

Kate apoyó las manos en la mesa y se quedó mirándolas un momento.

—La palabra que me viene a la cabeza es severidad. Severidad del Antiguo Testamento. Citaba la Biblia a las mujeres que estaban de parto, quería oírlas rezar en voz alta. Aunque, para ser justos, sabía lo que hacía. Rara vez perdía a una madre. Pero no sonreía nunca, ni siquiera al dejar un bebé sano en brazos de su madre.

—¿Fue violento alguna vez? —preguntó Oscar.

—¿Con los puños? No lo creo. El hombre tiene genio, pero era todo palabrería, fuego y azufre. Cuando le llegaba una chica embarazada sin marido, se le oía gritar desde la calle si las ventanas estaban abiertas.

—¿Sigue ejerciendo? ¿Asistiendo en partos? —Anna se oyó a sí misma y deseó ser capaz de ocultar mejor sus sentimientos, pero Kate Sparrow no pareció darse cuenta.

—No lo creo —dijo ella—. Está delicado, aunque entra y sale de ese viejo consultorio casi todos los días.

Cuando Oscar le preguntó por el consultorio de Cameron, Kate Sparrow los llevó a la calle y desde la esquina señaló un edificio en el cruce entre la Décima y Greenwich.

—Segundo piso. Entrada lateral.

Volvieron a la mesa y Jack continuó donde lo había dejado Oscar.

—¿Ha observado mujeres que entren y salgan, posibles pacientes?

Kate se encogió de hombros.

—Es una esquina muy concurrida, y él no es el único que tiene un despacho en el segundo piso. Veo a su nieta, porque le lleva el almuerzo todos los días. La veo cruzar la Sexta Avenida porque siempre está absorta, y muchas veces están a punto de atropellarla. Es hasta gracioso ver cómo alza la vista y fulmina al cochero con la mirada, como si fuera culpa suya. Aunque ahora que lo pienso…

Anna la alentó a seguir con una sonrisa.

—Hace al menos dos días que Nora no pasa por aquí. Tal vez esté en cama.

—Así que Cameron tiene una nieta… —dijo Oscar.

—Nora Smithson —repuso Kate—. Una belleza alta y delgada, con el pelo como el trigo. Se casó el año pasado con el mayor de los Smithson. Antes trabajaba con su abuelo, pero ahora está en la botica, como la señora Smithson. Así es como se llama hoy en día, y que nadie se atreva a olvidarlo y llamarla Nora. Toda la familia es así.

Arrugó la nariz como si hubiera olido algo desagradable, cosa que Anna entendió muy bien, pues recordaba los modales condescendientes y moralistas de Nora Smithson.

—¿Os importaría dejarme un momento a solas con la señora Sparrow? —dijo mirando a Jack.

Cuando los hombres cerraron la puerta tras ellos, Kate Sparrow esbozó una gran sonrisa.

—Esperaba que lo hicieras. Hay cosas que no se pueden hablar con los hombres tan cerca.

Anna consiguió sonreír.

—Opino lo mismo. Así que si puedo ser sincera…

Kate se inclinó hacia delante, asintiendo con la cabeza.

761

Oscar compró un cucurucho de cacahuetes y se dirigieron a la esquina para contemplar el edificio de oficinas que les había señalado Kate Sparrow. Como la mayor parte del vecindario, la casa había visto días mejores; la lluvia y el tiempo habían arrancado la pintura de las tablas y el techo se había hundido. Aun así, en el bajo florecían los negocios de un zapatero, un curtidor y un confitero. Cada ventana de los dos pisos superiores anunciaba un servicio con pintura negra sobre el cristal: dentista, contable, pintor de carteles, importador de textiles, agente de empleo, modista. Hasta que doblaron la esquina de la calle Christopher no encontraron lo que buscaban: otra entrada, y encima, una ventana que identificaba el consultorio del doctor J. M. Cameron en el segundo piso.

Estaban discutiendo si subir y echar un vistazo cuando la puerta se abrió y salió una mujer, delgada y bastante alta, perfectamente arreglada y muy bien vestida, con un flequillo rubio platino que asomaba bajo su tocado.

Oscar la saludó con la cabeza y la siguió, dejando solo a Jack. Subió las escaleras a paso ligero y caminó por un oscuro pasillo hasta que llegó al consultorio de Cameron en el otro extremo. Llamó a la puerta, esperó un instante, giró el pomo y se abrió, lo que no era de extrañar: la pequeña sala de espera estaba vacía, sin un solo mueble.

Desde el interior se oyeron unos pasos y apareció una cabeza asomando por una esquina: un joven con sonrisa de vendedor.

—¡Hola! Hola, adelante. ¿Ha venido por el anuncio?

—Estaba buscando al doctor Cameron.

La sonrisa se congeló y luego se desvaneció.

—El doctor Cameron se jubiló la semana pasada. Fue el primer inquilino del edificio cuando era nuevo, hace casi cincuenta años, y ahora está retirado. —Se acercó, le tendió la mano, seca y firme, y volvió a sonreír—. Soy el propietario, Jeremy Bigelow. ¿No le interesarían unas oficinas? Tienen la ubicación perfecta para casi cualquier negocio. Sala de espera, despacho, dos habitaciones para almacén, reuniones con clientes o lo que sea...

—Ya que estoy aquí, podría echar un vistazo —dijo Jack, y siguió adelante.

Habían limpiado y pintado las habitaciones; solo quedaba un vago olor que indicaba que aquello había sido un consultorio médico. Mientras Bigelow hablaba de metros cuadrados, del tránsito de viandantes y del vecindario, Jack miró por la ventana a la calle Christopher, preguntándose si Cameron se había retirado realmente, o si solo se había escondido.

Bigelow quería saber si podía mostrarle a Jack algo más que fuera de su interés.

—¿Por casualidad tiene la dirección del doctor Cameron?

No la tenía.

—Pero su nieta está en la botica justo enfrente del mercado... —Apuntó la dirección con el pulgar sobre el hombro—. Nora Smithson. Estoy seguro de que ella podrá ayudarle.

En la calle, Jack se encontró a Anna y a Oscar esperándolo, ella con semblante grave, y él, irritado.

—Tengo que volver al New Amsterdam —dijo Anna—. Si vienes conmigo, podemos hablar por el camino.

El tráfico estaba tan congestionado como era de esperar, pero, por una vez, a Jack le vino bien que fuera así. Tardaron diez minutos en llegar a la esquina de la Novena Oeste, tiempo suficiente para comentar las malas noticias.

—Dos pasos adelante, diez atrás —dijo Oscar.

Cameron había abandonado la ciudad unos días antes, camino de Filadelfia, donde iba a vivir con un sobrino y su familia. Había cerrado su consultorio antes de la operación y de la muerte de Mamie Winthrop.

—¿No hay instrumentos quirúrgicos? —le preguntó Anna a Jack.

—Está todo limpio, hasta el último rincón. Miré en los armarios y en el excusado, pero no hubo suerte. ¿Qué tenía que decirte la señora Sparrow?

—Fue Cameron quien obligó a Amelie a marcharse de la ciudad. Acudió a Comstock con historias sobre una abortista loca que mataba mujeres, y acusó a Amelie. No había ninguna prueba porque —los miró a ambos fijamente— no cometió ninguna infracción, pero Comstock le hizo la vida imposible y Nora Smithson empezó a difundir rumores. Kate cree que Cameron era malo, pero no un asesino. Y ya no podía operar: tiene las manos paralizadas.

—Eso es lo que dijo su nieta, que hacía años que no atendía a una paciente. Mantuvo la consulta por terquedad y orgullo.

Oscar no parecía frustrado, llevaba años investigando casos como este: había aprendido a tener paciencia.

—¿La nieta tiene formación médica? —preguntó Jack.

—No tiene estudios —dijo Anna—, pero fue su enfermera durante años hasta que se casó y se hizo cargo de la botica.

Se miraron unos instantes mientras el carruaje se detenía y los demás conductores mostraban su enfado.

—¿Y ahora qué? —preguntó Anna.

—Volvemos a revisar los registros y a entrevistar a la gente —respondió Jack.

—¿Y si hay otra víctima esta semana?

763

—Entonces sabremos con certeza que Cameron no estaba involucrado —dijo Oscar—. O que sigue aquí, escondido en otra parte de la ciudad.

—O que alguien ha advertido al responsable —añadió Jack.

—¿Pararía? —preguntó Anna.

—No —dijeron Oscar y Jack al unísono.

—Sea quien sea, está dominado por un impulso —apuntó Oscar—. Puede que se quede quieto durante semanas o meses, pero no se detendrá. Quizá se marche y empiece de nuevo en otro lugar, Boston o Chicago. No hay manera de saberlo, pero tenemos otra pista.

—Seguís pensando que Neill Graham es sospechoso —dijo Anna.

—Es difícil no hacerlo—contestó Oscar—. Tú también lo pensarías si le oyeras hablar de operar a mujeres.

—Las cosas nunca se cierran tan bien como te gustaría —dijo Jack, tocándole el brazo—. Ni tan rápido. No es como la cirugía.

Ella le dedicó una sonrisa burlona.

—Ya veo. ¿Por qué no interrogáis a Graham?

—Porque no tenemos ninguna prueba. Y si le ponemos sobre aviso, desaparecerá.

—No lo podemos permitir.

—Ahora no vamos a darnos por vencidos —le dijo Oscar—. Es cuando la cosa se está poniendo interesante.

A última hora de la tarde, Jack se obligó a dejar de pensar en el caso para entregarse a lo inevitable: hacer las maletas para el corto viaje a Greenwood. La de Anna ya estaba preparada; se había tendido en la cama con una de sus inacabables revistas médicas.

Rebuscando en el armario, contó para sí el número de abrigos, chalecos y pantalones que había acumulado. Sus hermanas tenían buenas intenciones, pero se habían acostumbrado a tratarlo como a un maniquí, actitud que esperaba que cesara a partir de ese momento. En todo caso, el problema ahora no era volver a casa, sino llevar a Anna por primera vez. Eso parecía exigir algo más formal que la ropa que solía ponerse en Greenwood.

Anna había sacado un vestido de verano de muchas capas delicadas, superpuestas en algunos lugares y pegadas en otros. Era suelto, como toda su ropa, con un cuello cuadrado que mostraba mucho escote y su largo cuello. Jack estaba sacando un traje del armario cuando llamaron a la puerta.

—Siento molestarles tan tarde —dijo Ned—, pero hay algo que querrán saber.

Jack lo habría echado, pero Anna se puso la bata y se la ató mientras abría la puerta.

—¿Pasa algo malo?

—No. Pero he hablado con alguien que reconoció a Tonino por la descripción.

Ned comenzó su historia: se había encontrado con un viejo amigo, que tenía el improbable nombre de Moby Dick.

—Hace unos cinco años era aprendiz de zapatero en Harlem. No lo había visto desde que se fue. Vino aquí a enseñarle su viejo hogar a su novia.

Anna se esforzó por contener su impaciencia, pero Jack no. Ondeó una mano en el aire y Ned movió la cabeza en respuesta.

—Pues estábamos hablando y mencioné que buscaba a un crío italiano. Moby no sabía nada de él, pero su chica sí. Es profesora en la escuela de sordos. Hope, así se llama, dice que tienen un niño de unos seis o siete años, de pelo negro y ojos azules, pero que es sordo. Así que no creo que sea el niño que buscan, pero si quieren puedo ir a echar un vistazo.

Se quedaron un momento en silencio, hasta que Anna dijo:

—No recuerdo que Tonino dijera una sola palabra. ¿Tú le oíste hablar, Jack?

—No, pero si fuera sordo, Rosa habría dicho algo.

—A veces, los niños que pasan por experiencias traumáticas dejan de hablar. Quizá crean que es sordo, cuando en realidad le está dando la espalda a todo y a todos. Para defenderse a sí mismo.

—O podría ser sordo —dijo Jack.

Se miraron. Jack vio algo en su cara, un arranque de perspicacia, determinación o ambas cosas.

765

—Podríamos ir mañana, si salimos temprano.

Él respiró hondo, dos veces seguidas.

—Habrá que hacerlo, pero no podemos decirles nada a las niñas.

—Ni a Margaret —acordó Anna—. Ni a nadie. Otra decepción tan pronto sería demasiado para ellas. La tía Quinlan tiene un dicho para momentos como este: «No busques problemas, ellos te encontrarán solos sin haberlos llamado».

Anna se quedó despierta durante mucho tiempo, pensando en la naturaleza misma de los problemas, en la mala suerte o el nombre que quisiera dársele. Pero, más que eso, se preguntaba por qué la idea de encontrar a Tonino le parecía un problema. Al final se durmió pensando en Rosa y en lo mucho que deseaba recuperar a su hermano. Tenía tantas esperanzas depositadas en su reencuentro…, pero lo cierto era que el niño que ella recordaba había desaparecido, independientemente de que, al día siguiente, trajeran a Tonino a casa.

45

A las siete, Jack fue a enganchar a Bonny al tílburi antes del viaje de última hora a la escuela para sordos. Anna lo siguió, bostezando en la palma de la mano. Había estado decidida a dormir bien, pero había fracasado casi por completo.

En el establo, Bonny relinchó y le presentó la cabeza a Jack para que la acariciara. Otra hembra bajo su hechizo, pensó Anna, hasta que vio que se sacaba un terrón de azúcar del bolsillo y lo apretaba contra su morro.

—Lo he visto.

Él le guiñó un ojo.

—¿Celosa?

Anna hizo una mueca y se fue por el jardín en busca del café de la señora Lee. Con suerte, las niñas habrían salido con Margaret, en lo que ella llamaba su paseo matutino diario. De lo contrario, se vería abrumada con preguntas sobre sus planes para el día, ninguna de las cuales podría responder con sinceridad.

Con la puerta y las ventanas abiertas, los olores que provenían de la cocina le recordaron al Día de Acción de Gracias, algo extraño para la última semana de junio. La señora Lee había estado cocinando y horneando durante días, y había preparado tantas cosas para llevar a Greenwood que Jack había arreglado que sus primos lo transportaran todo en una carreta de la floristería. En ese momento, la señora Lee estaba apurada, dando los últimos toques a todo, desde un jamón hasta un surtido de pasteles.

—No hace falta que llevemos comida para un regimiento, señora Lee —dijo Anna, dándose cuenta de su error táctico antes de que la última palabra saliera de su boca.

La señora Lee bajó la barbilla hasta el pecho para mirarla por encima de las gafas y soltó uno de sus parlamentos, corto y al grano: ella, Anna Savard, criada en esa misma cocina, y a la que desde los tres años se le había recordado la importancia de los buenos modales, debía saber que las familias de Hierbajos y Rosas no podían visitar a los Mezzanotte con las manos vacías.

Mientras la escuchaba, se sirvió una taza de café con leche y trató de parecer arrepentida.

Desde su sitio en la mesa de la cocina, la tía Quinlan dijo:

—Déjala en paz, Anna. Sabes que no es feliz si no da de comer a la gente. Por cierto, estás muy guapa. ¿Dónde vais esta mañana?

—Es un secreto —replicó la señora Lee—. Jack vino antes para preguntarle a Henry si podían llevarse el carruaje. Trabajo detectivesco.

Anna cogió un bollo caliente de una bandeja que acababa de salir del horno y se apartó antes de que la señora Lee le diera un golpe con la mano.

—No es un secreto, pero es demasiado complicado para explicarlo ahora mismo.

—¿Ah, sí? —La señora Lee entornó los ojos.

—Prometo contarlo todo más tarde —dijo, y de pronto le dio un beso en la mejilla a la anciana.

—Márchate, pues. —La señora Lee agitó las manos, pero estaba sonriendo—. Tengo cosas que hacer.

—¿Sacrificar un ternero? ¿Una tarta de diez pisos de última hora?

—Anna —dijo su tía—, si tienes un momento, ayer recibí una carta de Sophie.

Anna se sentó, perdiendo el buen humor.

—Sé cómo te sientes. Hace falta valor para abrir sus cartas. Así que déjame decirte que Cap sigue estable. La febrícula persiste, pero se encuentra bien de ánimo. No se queja de la comida ni de los tratamientos, y duerme mucho.

—¿Y Sophie?

—Ya sabes cómo es tu prima, no habla de sí misma.

—Cotilleos de pueblo... —intervino la señora Lee—. Cuánta ignorancia.

Anna levantó la vista sorprendida y su tía le explicó:

—Sophie ha escrito que un niño pequeño le preguntó si podía verle la cola.

—Qué ignorancia —dijo la señora Lee—. No tendría que estar soportando semejante mezquindad de espíritu. Debería estar en casa con nosotros, donde se la aprecia y nadie la insultaría preguntándole por su cola. Jamás habrías permitido que uno de tus hijos le hablara así a un desconocido, Lily, y lo sabes. —Cuando la señora Lee llamaba a la tía Quinlan por su nombre de pila, era porque se le había agotado la paciencia—. Quiero que regrese a casa… Pero para eso tenemos que perder a Cap. Siempre estoy a punto de preguntarle a Anna si Sophie estará en casa a finales de verano, pero me contengo. Sería como preguntar cuándo Cap va a morirse.

Anna tuvo que tragar saliva antes de responder:

—Se fue por propia voluntad, señora Lee. Se fue con gusto, porque quiere y necesita estar con Cap. Sin duda será extraño y a veces incómodo para ella, pero Sophie seguirá a su lado pase lo que pase, cuidándolo. Si se va a sentir mejor, escríbale una carta y dígale lo que piensa.

—Eso haré —replicó la señora Lee—. En cuanto volvamos a casa.

—Y ahora tengo que irme. Os veré en Greenwood. —Su voz sonó un poco ronca.

—¿Y tus maletas? —preguntó su tía.

—En el porche trasero. Ned las recogerá cuando venga la carreta… —echó un vistazo por la cocina, pero reprimió una sonrisa— a llevarse todo esto.

—No llegarás tarde. —Aquello era lo más cerca que estaba su tía de dar una orden.

—Por supuesto que no. Estaremos allí a última hora de la tarde.

—¿A última hora de la tarde? —La señora Lee negó con la cabeza—. ¿Dónde va a comer hasta entonces? ¿En uno de esos pequeños cafés donde sirven dolor de estómago de primero y segundo plato? ¿Así es como cuida a su marido? De verdad. —Mientras hablaba, cogió unas viandas y las metió en una cesta de la compra que le dio a Anna—. El almuerzo.

Anna seguía sonriendo cuando regresó al establo y vio que

estaban listos para partir. Bonny pataleaba en el suelo para indicar que estaba ansiosa por lanzarse a los caminos. La cara de Jack ya estaba húmeda de sudor, pero parecía satisfecho consigo mismo.

—Ahí está Ned —dijo el señor Lee, señalando con la barbilla—. No está seguro de si debe venir. Para que lo sepan.

El señor Lee había decidido que Ned pertenecía a aquel lugar, eso era evidente. Anna se preguntó si el chico se daría cuenta.

Jack le habló en italiano, con tono amable, pero Ned contrajo el rostro en un simulacro de terror.

—No fui yo —respondió—. Soy inocente.

Anna se acercó a él y le dio un empujoncito.

—Deja de fingir que eres un forajido.

—Me temo que me insulta —dijo Ned, frotándose el hombro.

—¿Qué sabes de la mujer de Moby Dick? —le preguntó Jack.

Ned puso cara de auténtica sorpresa.

—Pues… veamos: es de una antigua familia holandesa de Harlem, no recuerdo su apellido de soltera. ¿Van a hablar con ella?

—Tal vez —dijo Jack—. ¿Se llama Hope March, la señora March?

—Así se hace llamar Moby cuando está ejerciendo su oficio, Richard March.

—Y estás seguro de que enseña en la escuela para sordos.

—Enseña a las chicas a tejer y bordar.

—Deja de interrogarlo —le dijo Anna a Jack. Luego le preguntó a Ned—: ¿Recuerdas algo más del niño que te mencionó, aparte de su color de pelo y ojos?

Ned miró al suelo y restregó el talón por los adoquines, dudando.

—Suéltalo ya —dijo Jack—. Sea lo que sea.

Se encogió de hombros.

—Dijo que el chico era simple, ya saben, lento. Que tiene la cabeza un poco ida, como muchos niños sordos. Pero no lo dijo con malicia. Moby siempre ha sido un bobo de tierno corazón, son tal para cual.

—En esta historia hay más de un bobo de tierno corazón —observó Anna.

—¿Y si resulta que es él? —quiso saber Ned.

—Lo traeremos a casa —dijo Anna—. Y la esposa de tu amigo recibirá una recompensa. Pero, Ned, no le digas una palabra a nadie, especialmente a las niñas.

Entonces sí que se mostró insultado.

—Nunca les haría ningún daño a las niñas.

Anna le tocó el hombro.

—Lo sabemos. ¿Vienes a Greenwood con nosotros?

Jack había empezado a darse la vuelta, pero se detuvo para mirar a Ned.

—Estás invitado, en caso de que necesites que te lo recuerden.

—¿Sus hermanas lo saben? —le preguntó Ned.

Jack sonrió.

—Supongo que lo averiguaremos pronto.

771

Al ser domingo por la mañana, a primera hora, había poco tráfico, lo que era una suerte teniendo en cuenta lo lejos que tenían que ir. La Escuela de Sordomudos de Nueva York estaba bien lejos de la ciudad, en la calle 165, a una hora y media en el mejor de los casos. Sin el carro, tendrían que tomar por lo menos dos trenes, con largas esperas entre las conexiones.

Se reclinó en el asiento y se fue relajando. No tenían nada de qué preocuparse durante las próximas horas. Su única obligación sería divertirse.

—Eres una criatura útil —dijo Anna.

Jack le lanzó una mirada larga y atenta.

—¿Se supone que debo devolverte el cumplido, o te enfadarás?

—Ya sabes lo útil que soy. No sé cocinar, al menos no lo suficiente para alimentarte a ti. No limpio, apenas coso, nunca he hecho la colada.

—Yo tampoco sé hacer esas cosas.

—Pero puedes enganchar un carro, y limpiar una pistola, y reparar una ventana rota. Arreglaste la correa de mi zapato, construiste un perchero para la entrada. Creo que podrías haber hecho la mayor parte de las obras de la casa tú mismo, con tiempo. También negociaste la compra. No, a menos que necesites una operación o un medicamento, no sirvo de nada. Hay una palabra alemana que me describe a la perfección: *Fachidiot*. Sé mucho de una cosa, pero soy una ignorante en todo lo demás. Menos mal que tenemos ayuda doméstica, porque, si no, irías a trabajar hambriento y con la ropa arrugada.

—Ya hemos tenido esta conversación —respondió Jack—. Y podemos seguir teniéndola hasta que te convenzas de que tengo todo lo que deseo y no pienso irme a ninguna parte. Tu hermano era un muchacho en una mala situación y te decepcionó. Ese no soy yo, y lo sabes.

—No todo está relacionado con mi hermano —dijo, un tanto huraña.

Él la miró con expresión fría.

—No todo, pero esto sí. Deja de intentar convencerme de que me rinda contigo. No va a suceder.

Anna quiso protestar, pero entonces recordó una conversación que había tenido con su tía poco tiempo atrás, durante la que predijo justo eso, que intentaría distanciarse de Jack. La idea la golpeó con fuerza, y tardó unos minutos en recuperar la compostura. Por primera vez pensó que, con la ayuda de Jack, algún día podría entender al muchacho que había sido su hermano y perdonarle lo que había hecho.

—Tienes razón —dijo finalmente—. Te he estado poniendo a prueba sin darme cuenta. Lo siento.

Él la miró, con una expresión cautelosa al principio. Luego sonrió y le tomó la mano, la llevó a su boca y le besó los nudillos.

—¿Sabes qué?, no hace falta que vayamos hoy a la escuela. Después de tanto tiempo, qué importa un poco más. ¿Qué tal un pícnic en Central Park? Podríamos dejar que Bonny trote un poco y sentarnos junto a uno de los lagos.

Estuvo de acuerdo en que era una muy buena idea.

—Pero creo que debemos hacerlo hoy, Jack. Pasará una semana o más antes de que tengamos otra oportunidad.

Anna le contó lo poco que sabía sobre la escuela para sordos:

—Gozan de una excelente reputación. Nunca he tenido ningún paciente de allí, pero Sophie sí y le gustó el lugar. Los niños están bien cuidados y no hay indicios de malos tratos.

—Piensas mucho en el bienestar de los niños.

Ella volvió la cabeza para mirarlo.

—¿Te sorprende, dado el trabajo al que me dedico?

—En absoluto. Voy a hacerte una pregunta, pero no quiero que te enojes.

—No es un comienzo muy esperanzador —dijo ella, aunque mostró un hoyuelo, cosa que él se tomó como un estímulo.

—Me gustaría saber si hay muchas mujeres que preferirían no tener hijos si pudieran elegir.

—¿Lo preguntas por mí?

—No, estaba pensando en Janine Campbell y en las demás.

Anna perdió la mirada por un instante. Estaba dejando que su mente la guiara, siguiendo las imágenes, palabras e ideas que le presentaba, muchas de las cuales escapaban a su comprensión.

—Quieres saber si las mujeres están predestinadas a ser madres. Creo que la respuesta es no. Sobre todo depende de lo que se le haga creer a una niña que es lo bueno y lo normal. Estoy segura de que muchas mujeres preferirían no tener hijos, pero pocas de ellas son sinceras consigo mismas. Conocen dos maneras de ser mujer: casarse y formar una familia, o no casarse nunca y renunciar a los hijos. Las otras dos posibilidades no las querría ninguna mujer. La infertilidad es una carga terrible, pero peor aún son...

—Los hijos nacidos fuera del matrimonio.

—Sí. He visto a jóvenes tan devastadas por la noticia de un embarazo que prefieren morir. De hecho, algunas de ellas eligen morir; tú sabes mejor que yo cuántos cadáveres aparecen flotando a orillas del río. Pero si una mujer elige no casarse y no tener hijos, se significa de una manera diferente. Incluso si tiene ingresos y puede hacer lo que le interesa, se la sigue viendo como sospechosa. No es natural. Al final, pocas personas son lo bastante fuertes como para rechazar lo que la sociedad espera de ellas.

—Tú podrías haber hecho eso —dijo Jack.

—Y lo habría hecho, si no hubiera sido por Hoboken. Pero

773

yo soy muy rara, Jack. Lo sabes. Soy una persona particular de una familia particular.

—En parte, nos entendemos precisamente por eso. Es un rasgo que tenemos en común.

Anna lo miró con expresión solemne.

—Eso no es del todo cierto. Un hombre tiene la libertad de elegir no casarse. A nadie le hubiera parecido antinatural que no te casaras.

Jack fue incapaz de contradecir tal afirmación. Su madre se habría apenado, pero ninguno de sus hermanos y amigos lo habría cuestionado. Sin embargo, habrían surgido ciertas sospechas en determinados sectores.

—En general, los hombres son libres de encontrar consuelo y compañía donde quieran —dijo ella—. Siempre y cuando no se burlen abiertamente de las convenciones.

Anna lo sorprendía a menudo, y Jack empezaba a entender que siempre lo haría. Los mecanismos de su mente seguían siendo un misterio para él, y seguramente seguirían así, al menos en parte, pero había otra cosa en la que no había caído: había olvidado cuánta experiencia tenía del mundo, algo a lo que la mayoría de las mujeres no se veían expuestas. En una ciudad como Nueva York, alguien que ejerciera la medicina no podía ser ingenuo e inocente.

Nunca habían hablado de sexo, salvo como algo propio, en la intimidad de su hogar y de su cama, pero eso no significaba que ella fuera una ignorante. Se preguntó si estaría pensando en Oscar, que no se había casado y nunca se casaría.

—El soltero empedernido. —Usó el eufemismo y vio que la había entendido bien.

Pero ella no estaba pensando en Oscar, o al menos, no en ese momento.

—El tío Quinlan no se habría casado, si hubiera tenido la oportunidad de elegir cuando era joven. Dirigía sus afectos en otra dirección, hacia uno de los primos de la tía Quinlan. Pero era imposible, y se casó con la chica que le escogió su familia. Conoció a la tía Quinlan en el funeral del primo al que había amado de joven. Más tarde, cuando ella enviudó, le propuso lo que se ha dado en llamar un matrimonio de conveniencia, y ella aceptó.

—Quieres decir que nunca compartieron el lecho.

—Sí, eso es lo que he querido decir. Eran grandes amigos y se apoyaron mutuamente en tiempos difíciles. —Anna se detuvo, aún con gesto pensativo—. ¿Te referías a eso cuando has preguntado por las mujeres que no quieren tener hijos?

—Ahora ya no estoy seguro de lo que estaba preguntando.

Ella cambió de postura en el asiento para mirarlo de frente.

—Nunca me han atraído otras mujeres.

—¡Anna!

—¿No te lo habías planteado? —le dijo con expresión serena.

—Puedo afirmar con toda sinceridad que no se me había ocurrido. Me pareciste deseable y pensé que tú sentías lo mismo por mí.

Ella sonrió por fin.

—Es verdad. Cuando me pusiste esas rosas en el pelo, no pude sacarte de mi mente. Entonces… me estás preguntando si quiero niños. —Se miró las manos enlazadas durante un instante—. Nunca pensé mucho en ello, porque no esperaba tener la oportunidad. Ahora creo que sí quiero uno o dos hijos propios. Contigo. Creo que estaré lista el año que viene, si tú lo estás. Y si sigues dispuesto a aguantar a una mujer que sea madre, médica y cirujana en ejercicio, todo a la vez. Se puede hacer. Mary Putnam será mi modelo. Una médica de gran prestigio, además de esposa y madre. Y, por supuesto, una mujer exhausta en todo momento.

Eso le hizo reír.

—No planeaba que estuvieras siempre cansada.

—Y tienes la intención de salirte con la tuya.

—Has captado la esencia de mi carácter. ¿Sabes por qué he sacado el tema?

—Supongo que tiene que ver con mi primera visita a Greenwood. Y con las preguntas que me van a hacer.

Con el sol dándole en los ojos, Anna no pudo distinguir la expresión de Jack, pero percibió el cambio de tono. Incomodidad, tal vez incluso reticencia.

—Continúa —dijo ella—. Te escucho.

—Tienes razón, la gente te freirá a preguntas. Pero también saldrá a relucir otro asunto, y quería que supieras los detalles antes. Se trata de Celestina.

—Me sorprendes. Continúa.

—¿Sabes que acude al templo el *sabbat*?

—Estoy al tanto, sí. Bambina también, ¿no?

—Menos a menudo. Bambina va para complacer a mamá. Celestina va para complacerse a sí misma.

Anna se alisó las faldas con aire pensativo.

—Confieso que no tengo ni idea de adónde va esto.

—Iré al grano. Celestina ha recibido una propuesta de matrimonio, del rabino de su congregación.

Anna, llena de asombro, no encontró nada adecuado que decir, así que hizo la pregunta más fácil.

—¿Cuándo ocurrió?

—Hace un par de días. Me lo contó ayer.

—¿Y qué le respondió?

—Le dio largas.

—¿No lo rechazó?

—Tampoco lo aceptó.

Anna se quedó meditando.

—Acabas de soltar ese murmullo —dijo Jack—. ¿En qué piensas?

—En ese rabino… ¿Cómo se llama?

—Nate Rosenthal.

—El señor Rosenthal…

—El rabino Rosenthal.

—¿Lo ama?

Él la miró y frunció los labios.

—No lo dice.

—Pero no lo rechazó de plano.

—No. Creo que habría aceptado, si no fuera por…

—Bambina. Pensará que el rabino no es digno de su hermana. No dará su aprobación.

—¿Por qué supones eso?

Anna enarcó una ceja, y él agachó la cabeza rindiéndose.

—De acuerdo, es cierto. En realidad, no aprueba a nadie. No le gusta Nate Rosenthal porque tiene cuarenta años. Un viudo con dos niñas pequeñas. Por lo menos, esa es su postura oficial.

Anna había visto hermanas que se querían y se valoraban mutuamente, hermanas que se hacían la vida imposible por celos y rencor, y todo lo que mediaba entre un extremo y otro. Sophie y ella no se habían peleado nunca como lo hacían a veces las hermanas, ni subestimaban la importancia de su vínculo. Esas cosas no parecían obedecer a un motivo concreto.

Consideraba que Bambina era una persona difícil que solo pensaba en sí misma. Si a Celestina le parecía injusto, escondía bien sus sentimientos.

—No te gusta Bambina —le dijo Jack.

—Hay cosas de ella que no me gustan. Puede ser estrecha de miras y criticona, y tardaré mucho tiempo en olvidar cómo trató a Sophie, suponiendo que haya cambiado de opinión y de modales en ese sentido. Pero es muy joven, inteligente y ambiciosa, y está frustrada. Creo que lo mejor para ella sería vivir por su cuenta durante una temporada.

La mirada que le lanzó Jack fue de pura sorpresa teñida de irritación.

—Cuando surgió ese tema, te dije que no está bien visto que las jóvenes italianas vivan solas. Ninguna lo hace.

Anna exhaló un leve suspiro.

—Escúchame un momento antes de cerrarte en banda.

—Anna...

—Escucha —repitió—, hay pensiones estupendas para mujeres jóvenes, muy selectas, en muy buenos vecindarios y con una reputación impecable. No son baratas, creo que cobran seis dólares a la semana por el alojamiento y la comida, pero no se permiten visitas masculinas, ni siquiera de parientes, excepto en el salón y con carabina. Conozco a dos médicas que viven en una pensión detrás de Gramercy Park. Incluso he ido a visitarlas. Está muy bien cuidada y la comida es excelente. La dirige una pareja de ancianos. Ella es cuáquera, y él, policía jubilado. Por lo que sé, nunca han tenido ningún tipo de incidente ni problemas, pero podrías y deberías preguntar en la comisaría, ¿no?

Jack se encogió de hombros, a regañadientes.

—Te pones como si hubiera sugerido mandarla a la Luna.

—¿Y qué iba a hacer durante todo el día?

Anna resistió el impulso de reírse de él, de aquel hermano mayor contrariado y protector que, había que reconocerlo, no tenía ni idea de nada.

—Podría seguir bordando, o podría enseñar, u otra cosa que debería plantearse seriamente: aprender algo nuevo, estudiar algo que le interese y escoger su propio camino. Bambina es difícil y exigente porque es infeliz, y es lo bastante joven y egoísta para exigir que su hermana la acompañe en su desdicha.

Anna se obligó a callar. Jack pensaría en la idea si le daba el tiempo necesario.

—Estaría sola —dijo al fin.

Esta vez se le escapó una breve risa.

—¿Sola? Estaría a un corto paseo a pie o en carruaje de nosotros, de tu tía Philomena, de Celestina en su nuevo hogar y de tus muchos primos. Por cierto, todavía no he averiguado cuántos primos tienes. Además haría amigas de su edad, mujeres jóvenes con las que podría ir a conciertos, a conferencias, a pasear o al teatro. Vivir entre otras jóvenes con una profesión podría cambiar por completo su visión del mundo. ¿Crees que se escandalizará ante la idea?

Jack se encogió de hombros.

—Eso no es lo que me preocupa. Lo que me preocupa es que le gustará la idea, pero mis padres lo prohibirán, y entonces será peor para Celestina.

Anna le puso la mano en el muslo y notó que daba un respingo. Era un atrevimiento hacer tal cosa en público, incluso con tan poco tráfico en las calles, pero quería sobresaltarlo.

—¿Y si hablara con tu madre? Si ella estuviera de acuerdo, ¿sería capaz de convencer a tu padre? Después podríamos proponérselo a Bambina.

Él negó con la cabeza y soltó una ligera carcajada.

—Adelante, habla con mamá si consigues encontrarla sola durante un cuarto de hora. —Le cogió la mano y la estrechó.

Anna le sonrió, preguntándose en qué lío se había metido exactamente.

ϒ

El tráfico aumentó, pero, aun así, avanzaron a buen ritmo. Broadway se convirtió en la calle Bloomingdale y las casas empezaron a aparecer separadas, interrumpidas de vez en cuando por iglesias, granjas lecheras, criaderos, pastos de caballos, almacenes, viveros. A esta distancia de la ciudad, todos los edificios estaban rodeados de parques: el orfanato Leake y Watts, el orfanato de negros y el manicomio parecían lugares agradables si se mantenía la distancia. Anna, que había visitado muchos de ellos cuando estaba de prácticas, conocía la verdad.

Sin embargo, se veían preciosos desde el camino. Pasaron por el convento del Sagrado Corazón, encajado en un océano verde que se extendía desde la calle 130 a la 135, y luego por el orfelinato hebreo, en el que Anna nunca había estado, pero Sophie sí, haciendo rondas con el doctor Jacobi. Jack torció a la izquierda en la 155 y a la derecha en la Undécima Avenida, frente al parque Audubon, y otra vez a la izquierda en una carretera a medio construir para llegar, finalmente, a la Escuela de Sordomudos de Nueva York.

Anna esperaba algo bastante pequeño, y se sorprendió al ver cuatro edificios grandes y bien cuidados dispuestos en un cuadrilátero. El sendero llevaba a la parte trasera; al dar la vuelta en dirección a la fachada, el terreno ajardinado se abría a un campo más grande donde los niños jugaban con una pelota. Toda la propiedad estaba rodeada de bosques, de los que daban sombra fresca en los meses más calurosos. Soplaba una brisa desde el Hudson, que debía de estar más allá del bosque.

—Desde lejos, nadie diría que les pasa algo —dijo Jack. Anna siguió su línea de visión hasta los niños—. Pensé que habría más. Parece que tienen espacio para cuatrocientos estudiantes, por lo menos.

Anna los miró mientras se acercaban. Sordos o no, los niños no tenían miedo; se subían a los troncos de los árboles para lanzarse al aire como si la gravedad no pintara nada en sus vidas ni mereciera respeto. Un pequeño grupo de niñas jugaba con cordeles en un círculo, con la mirada fija en las manos de sus adversarias. Habría niños jugando así en todo el mundo, pero pocos estarían tan callados como aquellos.

—Supongo que la mayoría vuelve a casa durante el verano. No es un orfanato.

779

—Lo que plantea una cuestión —dijo Jack, justo cuando salió un hombre demacrado de unos sesenta años por la puerta principal de la escuela.

Había una joven con él que Anna supuso que sería su hija, por lo mucho que se parecían, desde la línea de la mandíbula y la nariz hasta el color y la textura del pelo. Pulcros, disciplinados, como los maestros de todas partes; reservados, pero no antipáticos. Ambos esperaron mientras el carruaje se detenía y Jack ayudaba a Anna a bajar.

Ella los miró, protegiéndose la cara del sol con una mano.

—Hola. Esperábamos hablar con el director, si está disponible un domingo.

—Soy yo, Alan Timbie. —Bajó dos escalones para darles la mano, haciéndole un gesto a la joven para que se le uniera—. Esta es mi hija Miranda, una de nuestras profesoras. Estamos esperando a la familia Humbolt, pero ustedes no son los Humbolt, ¿verdad?

Se presentaron y esperaron mientras Alan Timbie se volvía hacia su hija y mantenían una conversación en lenguaje de signos. A Anna y Jack les dijo:

—Tenemos una nueva alumna que llegará dentro de una hora, pero puedo hablar con ustedes hasta entonces, si quieren. Tengo curiosidad por saber qué trae a un inspector del Departamento de Policía de Nueva York a nuestra puerta.

Se sentaron en una sala de espera mientras Jack describía a Tonino, sin decir nada de sus circunstancias, aparte del hecho de que había sido separado de su familia. Anna intentó ver alguna reacción, pero la expresión del director no reveló más que una considerada preocupación. Cuando Jack terminó, Timbie asintió con la cabeza.

—Tenemos un niño que encaja con su descripción, pero no creo que sea el que buscan.

—¿Podríamos verlo, solo para estar seguros? —preguntó Anna.

Los llevó a una gran sala común con ventanas abiertas en dos paredes que daban a un pequeño bosque de abedules. Había un joven haciendo señas a un grupo de tres niños; un cuarto crío estaba sentado solo, con un libro ilustrado en el regazo. Tendría unos siete años y parecía estar sano: con buen color y las mejillas redondas, vestido con ropas limpias y adecuadas para la temporada, aunque muy remendadas. Le habían mojado y alisado el pelo, surcado como un campo recién arado. Miraba fijamente el libro en su regazo, como si estuviera al borde de caer rendido de sueño.

Anna sintió que Jack fijaba su atención en el niño, así como su asombro al reconocerlo, igual que ella. Era Tonino Russo, sin duda.

—Lo llamamos Jimmy —decía el director—. No creo que pueda oírlos, pero, por favor, hablen con él, si quieren.

Jack se aclaró la garganta y lo llamó desde el otro lado de la habitación con una voz ligeramente ronca:

—Tonino, tus hermanas te están buscando. Te echan de menos.

Nada. Ni un destello de reconocimiento. Jack le dio un golpecito a Anna en el brazo. También ella lo intentó, en italiano:

—Rosa te ha estado buscando por todas partes. Lia pregunta por ti todos los días.

El niño apartó la cara. Jack caminó hacia él, despacio y en silencio; luego se agachó con las manos sobre las rodillas. El niño lo miró. Contempló sus rasgos, su boca mientras hablaba, en voz tan baja que Anna no pudo entender lo que estaba diciendo.

Tonino lo miraba con una especie de cortesía distante, sin rastro de hostilidad ni interés en su expresión.

—No es un niño difícil —le dijo el director a Anna—. Si le haces entender lo que se espera de él, lo cumple sin rechistar. Pero no está en este mundo, por decirlo de alguna manera. Se esconde en su cabeza. No es un término médico…

—Pero es muy apropiado —respondió Anna—. ¿No intenta comunicarse en absoluto? ¿No hay nada que le haga reaccionar?

El director negó con la cabeza.

—Nada que ningún adulto haya observado.

—Señor Timbie, este es el niño que buscábamos. No habla inglés, lo que explica, al menos en parte, por qué no intenta comunicarse. El golpe de perder a sus padres y que lo separaran de sus hermanas y de un hermano lo ha herido profundamente.

Jack regresó, con las manos metidas en los bolsillos y gesto compungido.

—Vamos a mi despacho —dijo el director—. Me gustaría oír toda la historia con detalle. A partir de ahí podemos discutir cómo proceder.

Al salir del aula, Anna sujetó a Jack del brazo.

—Los niños son resistentes. Rosa y Lia conseguirán despertarlo. No es demasiado tarde.

Jack le estrechó la mano y le dedicó una sonrisa sombría.

—Me alegra oírlo.

«Pero no lo crees», pensó ella.

Tardaron bastante en contar toda la historia: cómo los hermanos Russo perdieron a su madre y cómo su padre los entregó al cuidado de la iglesia, lo que pasó en Hoboken y luego en la terminal del transbordador de la calle Christopher, y finalmente las largas semanas de visitar orfanatos, organizaciones y despachos en busca de los dos niños.

—Entonces nos hablaron de un chiquillo que encajaba con la descripción de Tonino, a través de la señora March.

—¿Nuestra maestra, la señora March? ¿Hope March?

Anna asintió.

—Y aquí estamos.

El señor Timbie había estado tomando notas durante la conversación, deteniéndose de vez en cuando para pedir una aclaración. Su actitud fue profesional, cortés y opaca. Al mismo tiempo, le recordó a Jack cuando pensaba como un inspector de policía: había cosas bajo la superficie que no divulgaría hasta que le conviniera.

—Tengo una pregunta para usted, si me permite —dijo Jack—. ¿Cómo es que terminó acogiendo a un huérfano? Esto es una escuela, según tengo entendido, y no un orfanato. ¿O me equivoco?

—Internamos a la mayoría de nuestros alumnos, y tenemos espacio para casos de caridad. Los niños sordos, especialmente los huérfanos sordos, no se desenvuelven bien en los orfanatos, así que acordamos quedarnos con él cuando la policía nos lo trajo el primero de mayo. Creo que fue así.

Anna miró a Jack y él le tomó la mano sobre el reposabrazos de la silla.

—¿Está seguro de la fecha?

—Puedo comprobar los registros, pero sé que fue en los primeros días de mayo, pues vino justo después de que dos de nuestros estudiantes mayores nos dejaran. De lo contrario no hubiéramos tenido sitio para él.

—Tonino desapareció el 26 de marzo —dijo Anna—. ¿Dónde estuvo antes de venir aquí?

—No tengo ni idea —contestó el director—. Ni siquiera estoy seguro de qué policía nos lo trajo. La diferencia de tiempo es preocupante. —Los miró y luego bajó la vista a sus notas y prosiguió, casi a regañadientes—: El chico tiene cicatrices. Hay indicios de que le golpearon con dureza en la espalda, desde las rodillas hasta los hombros. Aún no se le han curado la mayoría de las marcas de los azotes.

—¿Lo ha visto un médico? —preguntó Jack.

Anna se alegró de que lo preguntara él, porque ella no se vio capaz.

—Sí, nuestro médico residente, el doctor Warren. Hoy no está aquí, de lo contrario podrían hablar con él directamente. Tonino está mejor alimentado ahora y menos ansioso que cuando llegó, aunque no mucho. Hacemos lo que podemos, pero en casos como este...

—Lo entendemos —dijo Anna—. Demasiado bien. Trabajo en el Hospital de Caridad New Amsterdam, señor Timbie. Vemos a niños que han sufrido todo tipo de abusos y degradación.

—Estará de acuerdo en que juntos estamos bien preparados para cuidar de un niño con una historia como la de Tonino —añadió Jack.

—En teoría, sí —dijo el director—. Pero me inquieta que el niño no parezca reconocerles. ¿Todavía quieren llevárselo?

—Nos gustaría llevárnoslo —respondió Anna—. Reunirlo con sus hermanas será la mejor manera de llegar a él.

—Luego hay que hacer el papeleo —dijo Timbie, poniéndose en pie—. Hay que obrar como dicta la ley. Pueden empezar mientras matriculo a la nueva alumna.

Υ

El señor Timbie mandó llamar a un notario, consiguió papel, tinta y plumas, recogió unos formularios y fue a saludar a su nueva alumna. Anna se paseó por la habitación mientras se hacían los arreglos, deteniéndose a mirar los diplomas enmarcados en la pared. El señor Ambrose Timbie se había graduado en el Colegio Nacional de Sordomudos de la ciudad de Washington, unos catorce años atrás. Su diploma lo había firmado el presidente Grant, lo que le pareció muy extraño.

—Nuestro hijo, Ambrose —dijo una mujer mayor al entrar en el despacho, seguida por la señorita Timbie con una bandeja de té—. Estuvo en la primera promoción del Colegio Nacional, y ahora es profesor de esta escuela. Nuestros dos hijos son sordos.

—¿Rubéola? —preguntó Anna.

La señora Timbie asintió con la cabeza.

—Casi perdemos a ambos, pero ya ve lo bien que han salido. —Dejó los papeles que llevaba y le hizo unas señas a su hija, quien respondió con una mueca—. La avergüenzo —dijo la señora Timbie con una sonrisa afectuosa—. He pensado que les gustaría tomar un café mientras rellenan los papeles.

784

Anna se sentó frente a Jack y comenzaron con el papeleo. Durante un buen rato, el único sonido fue el rasgueo de las plumas.

—Quieren una declaración de intenciones. Creo que se preguntan si pretendemos adoptarlo legalmente.

—Se puede preguntar lo mismo sobre Rosa y Lia —dijo Jack.

—Por supuesto. Supongo que estaba esperando a resolver la situación de los niños antes de plantear la cuestión. Es un poco extraño. No hace ni una hora hablábamos de la posibilidad de un embarazo el año que viene, y ahora nos planteamos adoptar a tres niños de cinco, siete y nueve años, todos a la vez. Desde el principio, sabía que esto podría llegar, pero tomé esa decisión antes de…

—Enamorarte de mí.

Anna se prohibió sonrojarse.

—Sí —replicó—. Antes de que te enamorases de mí.

Jack esbozó una sonrisa burlona.

—Un poco de seriedad —dijo ella—. Esta es una conversación que debemos tener, por el bien de todos, antes de firmar documentos legales.

—Muy bien. Escribe esto: «Estamos preparados y dispuestos a asumir legalmente la custodia de Tonino Russo, como hemos hecho con sus hermanas Rosa y Lia».

Anna le sonrió.

—Cuando quieres, hablas como un abogado.

Jack frunció los labios, horrorizado.

—Sabes que los policías no se toman eso como un cumplido, ¿verdad?

Ella dejó la pluma y apartó la página para que se secara la tinta.

—¿Y si se niega, Jack? ¿Y si no quiere venir con nosotros?

—Tendríamos que dejarlo aquí hasta que podamos volver con las chicas. Esa podría ser la mejor manera de abordarlo, aunque nos den permiso para llevárnoslo.

—Puede ser, aunque no es lo que querría.

785

El señor Timbie seguía ocupado con la nueva alumna y su familia cuando terminaron el papeleo, así que salieron a buscar al mozo de cuadra que se había encargado del carruaje. Sacaron la cesta de la señora Lee y comieron a la sombra de unos cornejos, sin hablar de nada en particular. Y es que, en opinión de Anna, la decisión más difícil ya estaba tomada. Se llevarían al chico con ellos, hasta Greenwood, donde se reuniría con sus hermanas y, al mismo tiempo, se sumergiría en la fiesta de verano de la familia Mezzanotte.

Le dijo a Jack que todo aquello podría abrumar al chico, y él había estado pensando lo mismo.

—Tengo una idea —le dijo—. Creo que podemos organizar una reunión más tranquila.

Partieron a las dos, con Tonino sentado entre ellos tan quieto y manso como una muñeca. Toda la familia Timbie le había abrazado y le había deseado un buen viaje, haciendo señas y hablando y gesticulando de nuevo, decididos a hacer llegar su mensaje, a pesar del entumecimiento del niño. Al final le entregaron un saquito y vieron cómo Jack le daba la vuelta al tílburi y se ponían en marcha. Tonino se marchó de la escuela sin mirar atrás.

Anna pensó que lo mejor sería hablarle como lo hacía con sus hermanas, así que empezó poco a poco, hablándole de Rosa y Lia, y sobre lo sorprendidas y felices que estarían de verlo. Lo hizo en una combinación de inglés e italiano, con Jack ayudándola con el vocabulario y añadiendo palabras propias. Al cabo de un cuarto de hora, el niño se durmió, apoyado en Anna. Ella lo interpretó como una buena señal.

—De algún modo sabe que puede confiar en nosotros —le dijo a Jack—. No pareces convencido.

Él lo miró de reojo y se encogió de hombros.

—El sueño es su único medio de escapar —respondió al fin.

Anna entendió su cinismo. Era un mecanismo de defensa, uno que ella misma tenía que adoptar en su propio trabajo. Para un inspector de policía, sería aún más necesario. De hecho, Tonino había sufrido de un modo que quizá no entenderían nunca. Su recuperación no sería ni simple ni rápida: esa era la verdad más importante.

Sin embargo, el chico tenía una oportunidad. Una buena oportunidad, no solo por sus hermanas, sino porque la tía Quinlan y la señora Lee se preocuparían. Costaba imaginar a dos mujeres más distintas y, aún así, más en sintonía la una con la otra y con la gente que las rodeaba, cada una a su manera. Ambas habían consolado a sus hijos tras una pérdida terrible; Anna les debía la vida y su cordura, y dejaría que abrieran el camino con Tonino.

Entonces se le ocurrió otra cosa.

—Jack, no vamos a llegar al transbordador de las tres.

Incluso en el mejor de los trenes, el viaje desde la escuela para sordos hasta la terminal del transbordador de la calle Christopher requería mucho más de una hora, y además tenían que parar en Waverly Place para devolver a Bonny, y luego encontrar un nuevo carruaje.

—Oh, mujer de poca fe. Hay más de un transbordador, ¿sabes?

Cómo no, tenía un plan alternativo.

—Mi fe en ti es infinita. Es el tráfico lo que me preocupa.

Torcieron hacia la 135 y allí surgió el Hudson como un brazo ancho y musculoso que se extendía de norte a sur. La vista del río le hizo recorrerlo con la mente, retrocediendo en el tiempo hasta su abuela y su bisabuela. De jóvenes, ambas habían viajado por el río, entre la espesura de los bosques sin fin donde se establecieron. No tuvieron vidas sencillas, pero sí plenas. Su propio viaje era muy diferente, pero ahora tenía la sensación de que sería mucho más arduo y complejo de lo que había imaginado hacía unos meses.

Jack bajó del carro para comprar los pasajes de una barcaza de vapor, pero Anna se quedó donde estaba, con el niño dormido apoyado en ella. Podía ver a Jack de pie a la puerta de la cabaña que servía de oficina, hablando con un empleado de cierta edad con un polvoriento bombín y un bigote retorcido en los extremos como graciosos cuernos. Por cómo hablaban, estaba claro que era otro de los muchos conocidos de Jack. Ya no le sorprendía que su marido conociera a tanta gente, pero las conexiones podían resultar misteriosas, a menos que él se las explicara.

Volvió al carro y señaló a Tonino. Anna le entregó con cuidado el cálido bulto del niño. Llevaba pantalones cortos y tenía las piernas robustas y bronceadas por el sol. Al pasarle las manos sobre las ronchas de la parte posterior de los muslos, se agitó y soltó un pequeño gemido. Después, cuando estuvo a salvo en los brazos de Jack, colocó todo el cuerpo hacia la sólida pared de su pecho. Anna se preguntó si estaría soñando con su padre, o si alguien le había hecho tanto daño que incluso a plena luz del día se refugiaba en el sueño, en lugar de enfrentarse a esos recuerdos.

Anna bajó sin ayuda. El barquero se acercó para subir a Bonny a la barcaza, y ellos lo siguieron.

Cuando llegaron a Fort Lee, a las tres y media, Tonino estaba despierto, espabilado pero tranquilo. Sus ojos iban de Jack y Anna a la gente que caminaba por el paseo del río. Damas con elaborados trajes de domingo, con las faldas prendidas, levantadas y envueltas, plisadas en algunos lugares y fruncidas en otros. Jack, como siempre, se acordó de sus hermanas, que, cuando eran niñas, jugaban a disfrazarse: se ponían todas las prendas de vestir que encontraban. Suponía que había algo más; de hecho, sabía que había algo más, como percibía al oírlas hablar mientras hojeaban el *Fashion Monthly*, de *madame* Demorest, pero no era algo que echara de menos. La sencillez de Anna encajaba mejor con sus propios gustos.

Sin duda tenía a sus hermanas en la cabeza, o no se habría fijado en el desfile de atuendos. Sus hermanas, su madre, sus tías y sus cuñadas, todas las mujeres que estarían en Greenwood para darle la bienvenida a Anna a la familia.

—¿Por qué no bajas a Tonino? —le preguntó Anna.

Pero el niño parecía cómodo. Era importante que estuviera sereno y sin miedo, lo que significaba que no podían lanzarlo en medio del caos de Greenwood.

—Ahí está el carruaje —dijo, como si fuera una respuesta.

Cuando Anna se sentó, Jack ayudó a Tonino a ocupar su lugar entre los dos.

—Este es el plan: al llegar a Greenwood, te dejaré en la Mercantil mientras voy a la granja a buscar a las niñas. Creo que será mejor que se vean en un lugar reservado.

Luego se lo repitió, más brevemente y en italiano, a Tonino. El chico no parecía escucharle, a menos que prestaras mucha atención. Anna también lo notó.

—¿Te has dado cuenta de que se yergue un poco cuando se le habla en italiano? Como si oyera un sonido familiar a lo lejos. Jack, por favor, asegúrate de que entienda que volverás a por nosotros. No debe pensar que lo hemos abandonado.

Jack pasó los cuarenta minutos del viaje a Greenwood señalando cosas, primero en inglés, luego en italiano. Una posada en la que supuestamente había pasado la noche George Washington; una curva en el camino donde Jack había volcado un vagón de tierra a los dieciséis años, por lo que aún recibía burlas; un bosquecillo de manzanos que antes perteneció a una granja más grande, torcidos y deformados por el paso del tiempo, de modo que parecían una horda de gnomos; la granja de pollos en la que compraba su madre. A medida que se aproximaban al pueblo, fue contando las historias de ciertas familias, como los Carlisle de la vieja granja de piedra (aunque no se dedicaban a la agricultura); señaló la casa del maestro de escuela, con su tejado a dos aguas, y la escuela misma, donde había aprendido a leer y escribir, y a jugar con cuchillos junto con sus hermanos. Señaló la casa del médico, las iglesias, un barbero, un herrero y una biblioteca pública no más grande que un retrete. Un pintoresco pueblecito en una somnolienta tarde de domingo de finales de junio.

Se detuvieron frente a un edificio que parecía ser posada, mesón y venta, todo bajo el mismo techo.

—La Mercantil —dijo Jack—. Te presento a Rob y me marcho.

Anna le pasó a Tonino y luego tomó la mano que Jack le tendió, rezongando suavemente cuando él le rodeó la cintura y la levantó en el aire.

—¿Cuánto falta para la granja? —preguntó ella.

—Según lo que tarde en traer a las niñas, podría estar de vuelta dentro de una hora. Tiempo suficiente para que te calmes.

—Si estoy nerviosa… —empezó a decir.

Él se inclinó y le dio un beso en la sien.

—No tienes que explicarte. Conmigo no.

Ella se relajó un instante contra su cuerpo y se volvió para llevar a Tonino a la Mercantil.

Sin embargo, el niño se hizo a un lado, tenso como si fuera a huir. Algo lo había asustado, pero ¿qué? Jack actuó con decisión.

—Veamos qué clase de helado tiene Rob hoy —dijo.

Era una manera de probar el oído de Tonino y su inglés, pero el niño no dio señales de haberlo oído ni entendido.

Una voz salió de la tienda, rasgada por la edad o el tabaco:

—¿He oído a un Mezzanotte pidiendo helado?

Un hombre mayor salió de las sombras, limpiándose las manos con un trapo del tamaño de un mantel.

—Oíste bien. —Jack se acercó para estrecharle la mano—. ¿Cómo estás, Rob?

—Sorprendido. Vienes con una dama. No recuerdo que hayas traído a ninguna antes.

—Nunca había tenido una esposa —respondió Jack.

Las escasas cejas blancas se alzaron sobre la frente pecosa.

—No me digas. Oí un rumor, pero no iba a morder el anzuelo hasta que viera la prueba. Y aquí está.

—Anna Savard Mezzanotte —dijo Jack—. O la doctora Savard. Este es Rob Carlisle. Lo dirige casi todo aquí en Greenwood. Y hace el mejor helado en veinte millas a la redonda.

—El único helado —lo corrigió el anciano—. Pero tengo un lote elaborado con las primeras fresas que puede ser el mejor que he hecho nunca. ¿Puedo ofreceros uno? Ese joven que se esconde detrás del carruaje también está invitado.

—Tengo que ir a hacer un recado rápido. Había pensado en dejar aquí a Anna y a Tonino para que prueben tu helado. Tonino es un poco tímido…

—Puede tomárselo fuera si quiere —dijo Rob Carlisle—. De hecho, todos podemos hacerlo. No hay nada como el helado en una cálida tarde de verano, sentados al sol.

790

Había una mesa de pícnic en un trozo de césped al lado de la Mercantil donde se sentaron, pero, en cuanto Rob levantó su cuchara, apareció una carreta de la que salieron niños corriendo en todas direcciones mientras una madre iba detrás de ellos dando gritos.

—El deber me llama —dijo Rob. Suspiró dramáticamente sobre su helado intacto y luego miró a Tonino—. Cuídamelo un momento, ¿quieres? —Y se escabulló para atender a sus clientes sin esperar respuesta.

Al principio, el helado pareció desconcertar a Tonino. Hizo caso omiso de la cuchara y hundió un dedo en el pequeño montículo, lo contempló y, con algunas reservas, se lo llevó a la boca. Su expresión pasó de la neutralidad a una profunda sospecha, arrugando la cara con el ceño fruncido. Al hacerlo se pareció tanto a Rosa que quedó despejada cualquier duda sobre su identidad.

Durante los minutos siguientes se limitó a mirar cómo se comía Anna su helado, siguiendo la cuchara con los ojos del plato a la boca y viceversa. No tocó su propio plato hasta que Anna terminó el suyo, entonces fue a cogerlo despacio.

Anna lo vio mostrar una emoción por primera vez. Cogió el plato y le puso el brazo alrededor, protegiéndolo como una fortaleza.

—Ahí estás —dijo Anna—. Encantada de conocerte de nuevo, Tonino.

Con gran solemnidad tomó su cuchara y la acercó al helado que se estaba derritiendo. En ningún momento dejó de mirarla ni apartó el brazo del tazón mientras se metía la tremenda cucharada en la boca. Se lo tragó ruidosamente, se lamió los labios y siguió comiendo. Los modales en la mesa eran lo último que le preocupaba, pero Anna pensó en Margaret, y se preguntó si él la adoraría, como parecían hacer la mayoría de los niños, o si se rebelaría contra sus constantes indicaciones.

Desde la Mercantil se oyó una algarabía de niños peleando. Tonino se movió un poco por el banco, llevando consigo su plato y el de Rob Carlisle. Anna lo miró y trató de leer en su expresión lo que sentía. ¿Quién le había causado tanto dolor para hacer que se retirase del mundo por completo?

A pesar de lo vigilante que estaba, Anna vio que Tonino empezaba a cerrar los párpados. Ella reprimió un bostezo, pero él bajó la cabeza hasta la mesa y se quedó dormido como un bebé, en un mundo que ella apenas podía imaginar. Habría pesadillas, casi seguro, y comportamientos más típicos de un niño mucho más pequeño. Las madres solían acudir a ella desesperadas porque sus vástagos mojaban la cama y se chupaban el dedo, y esperaban soluciones cuando Anna tenía menos experiencia en esas cosas que ellas. Sophie y ella habían mantenido largas discusiones con tía Quinlan y la señora Lee, quienes habían criado diez hijos entre las dos y se habían enfrentado a todos los retos imaginables.

Anna lo haría lo mejor que pudiera, pero dependería de las dos mujeres que la habían criado, y de Margaret. Tendría que haber una conversación muy sincera al principio, en la que todos los adultos de ambas casas fijaran algunas reglas básicas. Como deberían haber hecho cuando llegaron las niñas. Sin embargo, había cosas mucho peores para aquel pequeño que un hogar lleno de adultos dedicados a su bienestar y felicidad.

El sonido de los caballos la sacó del letargo. Anna resistió el impulso de saltar por miedo a asustar a Tonino, pero vio que estaba despierto y centraba toda su atención en el carruaje.

Jack los había visto, pero Lia y Rosa estaban resolviendo una diferencia de opinión tan acaloradamente que no se dieron cuenta de nada. Eso significaba que Jack no les había dicho adónde iban, ni por qué. Entonces hizo un leve movimiento de cabeza que Anna entendió como una petición de que esperara. Una medida razonable, por varias razones; aun así, el sudor le cubrió la cara y la garganta. De repente estaba segura de que se habían equivocado, de que ese no era Tonino, o no era el Tonino que las niñas buscaban, que se asustarían por los cambios que verían en él.

Lia se dirigió a Jack para pedirle apoyo en este nuevo desacuerdo con su hermana mayor cuando vio a Anna. Una sonrisa se dibujó en su rostro y desapareció casi de inmediato al fijarse en el niño. La expresión de Lia hizo que Rosa mirara a su alrededor.

Las niñas se levantaron tan despacio que podían haber sido marionetas tiradas por hilos. Intentaron saltar del carruaje repentinamente, pero Jack estaba preparado para ello y las sujetó a ambas, hablando muy deprisa.

Rosa dobló la cintura para mirar a su hermano.

—¡Tonino!

El niño, reservado y atento, contempló a las niñas del carruaje como habría contemplado el cuadro de alguna criatura sobrenatural. Sus hermanas ya habían desaparecido antes; tal vez se había convencido de que nunca volvería a verlas. O quizá, como pensó Anna, podía estar enfadado por haberse quedado atrás y solo.

Jack ayudó a las niñas a bajar y ellas corrieron hacia la mesa, diciendo su nombre y llorando.

Anna pensó en animarlo, en decirle que fuera con ellas, pero algún instinto la hizo contenerse. Interferir ahora podría resultar desastroso. El niño estaba tan herido, tan tenso, que casi podía sentirlo vibrar.

Las niñas se detuvieron frente a su hermano. Anna se apartó y Lia se subió al banco para ocupar su lugar, mientras que Rosa se sentaba al otro lado. Anna no pudo ver la cara de

Tonino porque lo cubrieron con sus brazos. Entonces hablaron más bajo, con voz entrecortada.

Tonino no emitió sonido alguno. Estaba temblando y tenía la cara mojada de lágrimas, pero parecía incapaz de decir una sola palabra. Anna se acercó a Jack y se inclinó hacia él.

—¿Les preguntaste si...?

—Les pregunté si Tonino era tan bueno como Lia contando historias, y tuvieron una discusión que dejó claro que puede oír y hablar.

Era casi una mala noticia. Si hubiera sido sordo, las dificultades estarían claras. Pero un niño que no quería o no podía hablar era un rompecabezas mucho más difícil.

Cuando pensó que no podía soportar un segundo más de incertidumbre, los tres niños se movieron un poco en el banco, y una mano —un poco áspera, morena por el sol— se posó sobre la espalda de Lia y le dio una palmadita.

Anna se dio cuenta de que había temido lo peor: que no querría ver a las hermanas que tanto lo habían llorado. Sin embargo, allí estaba la prueba de su error: a pesar de todo, el niño que había sido, el hermano que había sido, seguía ahí. Desgarrado, temeroso y enfadado, pero continuaba siendo él mismo, y tocaba a su hermana con suavidad. Le dio una palmadita a Lia para consolarla. Y, a su vez, aceptó el consuelo que ellas le ofrecían.

793

Los tres niños se sentaron en el banco trasero del carruaje apretados y muy tranquilos. Anna no le había oído una palabra a Tonino, aunque, por lo que sabía, las niñas no le habían hecho ninguna pregunta. Le susurraban de vez en cuando, y en dos ocasiones Lia se rio a carcajadas, pero, por lo demás, se habían encerrado en sí mismos, juntos. Se preguntó si le habrían hablado de su padre y decidió que no, que no sabrían cómo darle tal noticia.

Anna tuvo la misma sensación de irrealidad que la abrumaba después de un examen importante. Le hubiera gustado disponer de unas horas para recuperar el aliento, pero ahora la esperaba otro examen. De pronto perdió toda la calma que la había acompañado hasta ese momento y se estremeció.

Jack tomó las riendas con una mano y le cogió el antebrazo con la otra. Su vestido llevaba unas mangas anchas de fina batista, prendidas con un solo botón a la muñeca. Él le abrió el puño con un simple giro y retiró la manga para pasar los dedos por la cara interna del brazo hasta recorrer los pliegues de la palma de la mano. Cada nervio del cuerpo de Anna cobró vida, y apartó el brazo, riéndose.

—¿Crees que me distraigo tan fácilmente?

—Sé perfectamente con qué facilidad te distraes. Pero no me atrevo a más, dadas las circunstancias. ¿Recuerdas que te conté que nadábamos en el río los días más calurosos del verano? Este es el río. Si fuéramos a pie, podríamos seguirlo hasta la granja.

Algo en su tono de voz la hizo sospechar, y se volvió para mirar su perfil.

—Jack, no tengo intención de nadar.

Él enarcó una ceja, como desafiándola, cosa que probablemente hacía.

—Háblame de las casas —dijo ella—. Descríbemelas.

Jack se lo contó a su manera, en pocas palabras: había cinco casas en semicírculo, lo bastante separadas y con árboles frutales plantados entre ellas para proporcionar algo de intimidad. La casa más grande, la del medio, pertenecía a sus padres. Comerían todos juntos en una larga mesa bajo la pérgola, con vistas a los huertos e invernaderos. Y ellos dormirían en el cuarto que había tenido de niño.

Jack se revolvió un poco, y Anna le dio un codazo.

—Nunca habías tenido a una chica en esa habitación, ¿verdad?

—Define lo que quieres decir con tener. —Cerró la mano libre sobre la de ella antes de que pudiera darle otro codazo—. Por supuesto que no. Las únicas mujeres que han puesto un pie en esa habitación son mi madre y mis tías cuando ayudaban con las tareas domésticas.

—¿Y tus hermanas?

—Solo bajo pena de muerte —dijo con fiereza.

—¿Tenías una habitación propia?

Se encogió de hombros.

—Es una casa grande. Cuando había fiestas familiares, tenía que compartirla con los primos. No te importará compartir la cama con Pasquale y Pietro, ¿verdad?

—Muy gracioso.

Jack le hizo una reverencia.

—Aún no los has conocido, así que no sabes lo gracioso que es.

Se le veía de buen humor. Habían hecho lo imposible por encontrar a Tonino, y al menos cumplieron la mitad de las promesas que le hicieran a Rosa. Además, estaba orgulloso de llevar a Anna a casa con su familia.

Si por lo menos no fueran tantos… Anna había dedicado mucho tiempo a aprenderse los nombres: sus hermanos, las esposas y los hijos. Entre lo que le contaron Chiara y Jack había aprendido lo suficiente sobre cada uno para partir de una base firme.

—Estoy lista para luchar por mi lugar en la jerarquía —dijo ella—. Será un reto, pero mi italiano no es muy bueno, así que no sabré si he triunfado o no.

795

Jack había dado órdenes estrictas a todos, hermanas y suegros incluidos, sobre cómo saludar a Anna.

—La pintas como un corderito —había dicho su tía Philomena—. Conozco a tu Anna y no tiene nada de tímida. Es una mujer fuerte que puede valerse por sí misma.

—Eso es cierto —respondió su madre—. Pero, aun así, no queremos agobiarla en su primera visita.

Y la palabra de su madre fue definitiva. No habría ninguna muchedumbre esperando en la puerta. La tía de Anna y los Lee fueron recibidos con todo el buen humor y respeto que Jack esperaba, y servirían como una especie de escudo entre su mujer y las mujeres de su familia.

Más adelante se oían niños jugando, y los primos habían sacado los instrumentos. Violines, un clarinete, una trompeta y un acordeón en buena armonía. Las mujeres hablaban entre sí en italiano e inglés sobre cuencos, platos, los niños que necesitaban atención, los perros que estaban en medio o la necesidad de limpiar una mesa. Jack no le prestó atención a nada de eso. Se centraba en Anna y en los niños sentados detrás de ellos.

Rosa y Lia estaban hablando con Tonino en un susurro apresurado. Si no volvían a oír la voz del niño, pensó Jack, tal vez fuera por la sencilla razón de que no le dejaban decir una palabra. Miró por encima del hombro para asegurarse de que el chico no estaba abrumado y comprobó con cierto alivio que parecía contento, aunque con los ojos un poco vidriosos. Como lo estaría cualquiera tras un cambio de fortuna tan repentino.

Cuando Jack detuvo el carro, todos se volvieron hacia ellos.

La tía Quinlan se rio a carcajadas al verlos.

—¿Tonino?

Rosa se levantó de un salto y extendió los brazos:

—Sí, es nuestro hermano Tonino. La tía Anna y el tío Jack nos lo han devuelto.

Teniendo en cuenta que era alguien que podía nombrar cada hueso y cada músculo, cada glándula y cada nervio del cuerpo humano, no debería costarle tanto unir los nombres que ya había memorizado con las caras que la rodeaban, se dijo Anna. Especialmente cuando las mujeres estaban todas juntas, sentadas, y ella podía mirarlas de frente sin disculparse.

La madre de Chiara, Mariangela, era muy alta, mientras que Carmela, casada con el segundo hijo mayor, era muy menuda y apenas más alta que su hijo de nueve años. Susanna, hija del famoso director de la banda, había perdido un colmillo, pero su sonrisa era amplia y genuina. Las dos cuñadas más jóvenes, Benedetta y Lucetta, eran más difíciles; se parecían tanto que podrían haber sido hermanas. Por ahora, Anna tendría que depender del color de sus faldas para distinguirlas. No tenía ni idea de cómo le iría en la mesa, pero aquel era un problema para otro momento.

Las jóvenes se sentaron bajo la fragante sombra de un emparrado, con el suave zumbido de las abejas de fondo, y entre las dos hicieron un estudio completo de Anna. No eran crueles, hablaban inglés, hacían preguntas directas y escuchaban sus respuestas. Y, aun así, a Anna le recordó a cuando se pasaba un recién nacido entre un grupo de mujeres. Se fijaron en todo, como ella sabía muy bien: en su postura, sus rasgos, la manera en que sostenía la cabeza, el tono de su voz, los hoyuelos de los que tanto provecho sacaba. La vieron hablar con las mujeres mayores y con sus hijos, y juzgaron por sí mismas cómo afrontaba Anna los retos.

No tenía que fingir que le gustaban los niños. Ni siquiera tenía que fingir admiración hacia esos niños en particular; todos estaban sanos y bien educados —al menos ante la mirada vigilante de las madres y tías— y se mostraban curiosos. Como en todas partes, había de todo, desde los dolorosamente tímidos hasta los muy atrevidos.

Antes de que su tía se fuera a descansar antes de la cena, la señora Lee se acercó a Anna y le susurró al oído:

—Ninguno de ellos ha preguntado por mi cola. Son gente buena y trabajadora, de noble corazón.

Los niños la tomaron como rehén. Los pequeños se le subieron al regazo para mostrarle sus cicatrices de batalla. Ella las examinó y exclamó ante las rodillas despellejadas y los nudillos costrosos, admiró los músculos que exhibieron los niños y se declaró muy interesada en hacer un recorrido para ver los mejores árboles para trepar, los arbustos de arándanos silvestres, las madrigueras de conejos, la cerda premiada, los dos potros en la pastura, una colección de peniques, un mapa de Italia o la fotografía firmada por Garibaldi del abuelo.

Antes de que pudieran avanzar mucho en la larga lista de tareas, llegó la hora de servir la comida en la mesa. Anna intentó ayudar, pero se lo prohibieron con firmeza. En cambio, mientras las cuñadas se encargaban de todo, apareció Jack y se la llevó.

—Intermedio —dijo ella en un susurro afectado.

—¿Tan malo es? ¿Necesitas que te rescaten?

—No. Ha sido muy agradable. E informativo. ¿Adónde vamos?

—A dar una vuelta.

Cuando se alejaron lo suficiente, ella preguntó:

—¿Qué tal lo estoy haciendo?

—Te dije que te los ganarías a todos, y así ha sido.

—Las mujeres con niños se encandilan fácilmente. Basta con elogiar a sus vástagos y ya lo tienes casi todo hecho. Además, tus sobrinos están sanos, sanos y llenos de vida.

—Mi madre estará encantada de oírlo.

Anna pensó en Carmela, una de las dos cuñadas que habían emigrado de Italia, y cuyo inglés era menos fluido. Pero también era muy inteligente, según le pareció, y cosa inesperada: la más amable y amistosa de todas. Sin embargo, no estaba bien. No podía decirle nada concreto a Jack, pero sí expresó su preocupación.

—Me preguntaba si te habrías dado cuenta de lo de Carmela —dijo él—. Mamá teme por ella.

—Supongo que estará anémica. En gran parte, se puede solucionar con la dieta. Si me lo pide, le haré un reconocimiento, pero debo esperar a que me lo pida.

Una ceja enarcada.

—Es poco probable.

—Podría ser más fácil de lo que piensas —replicó Anna—. Ha entablado amistad con Elise, y Elise puede ser dulcemente persuasiva. Hablaré con ella esta tarde.

—Yo también me he dado cuenta. No habría imaginado que tuvieran cosas en común.

—A veces, las amistades femeninas son muy misteriosas. Pero una verdadera amistad entre mujeres es el vínculo más fuerte que existe. Por cierto, ¿dónde está Elise, la has visto?

Jack dejó escapar un sonido gutural.

—La vi yendo al huerto con Ned.

—Ah. —Anna lo pensó un momento—. ¿Los dos solos?

Él asintió con la cabeza.

—Bambina estaba ahí de pie… —Señaló—. Mirándolos.

Bambina, a la que nunca le faltaban razones para criticar a Ned.

—Hay una frase de Shakespeare que me viene a la mente, algo que la tía Quinlan repite de vez en cuando —dijo Anna—: «Creo que la señora protesta demasiado».

—Eso es lo que me temo. Pero tengo una idea: olvidémonos de todo durante una hora. Nada de hablar de Bambina, de Ned ni de nadie. Solo por una hora, mientras te enseño mis lugares favoritos.

No obstante, luego empezó por el más grande de los invernaderos, que no era su lugar favorito, como reconoció enseguida. Interminables filas de macetas, tan ordenadas como un regimiento de soldados.

—Habrá unas quinientas —observó Anna.

—Más bien setecientas cincuenta —dijo Jack—. Y he metido las manos en todas ellas. —Ante su mirada de sorpresa, añadió—: En marzo, que es el momento de sembrar las semillas, nos tocó arrimar el hombro a todos. Mientras tú ibas a la isla con las niñas para el entierro de su padre, yo estaba aquí, hasta el cuello de marga y estiércol. El año que viene estarás tú también, a mi lado.

—¿Ah, sí? —Levantó un hombro—. Hay peores maneras de pasar el día.

—Y mejores —dijo, y la llevó a la sombra de un cobertizo, donde la arrinconó contra la pared y la besó hasta dejarla sin aliento.

Terminaron el paseo tendiéndose en la hierba, bajo un peral. Dentro de un mes, dada la lluvia y el sol, los pequeños frutos duros estarían listos para caer sobre una palma ahuecada, cargados de jugo. Las cosas cambiaban tan rápidamente que a veces se quedaba sin aliento.

—Menudo suspiro —dijo él—. ¿De cansancio, de tristeza o de las dos cosas?

—No estoy triste para nada. Estaba pensando en lo rápido que cambian las cosas, pero a veces para mejor. No siempre, claro. —Sin previo aviso, le vino la imagen de Janine Campbell. Esperaba que los hijos de Janine estuvieran sanos y aprendieran a ser felices.

Jack le pasó los nudillos por encima del hombro.

—No es pecado olvidarte de tus pacientes unos días.

—Ya lo sé. O, mejor dicho, eso he aprendido. —Miró hacia la casa, donde alguien tocaba una campana con calma.

—La campana de la cena —dijo Jack—. Es hora de volver. —Se puso en pie y la ayudó a levantarse.

—¿Y ahora qué? —quiso saber Anna—. ¿Qué vamos a hacer?

—Comer. Nos sentaremos durante horas alrededor de la mesa y veremos a los niños correr hasta que se agoten y puedan ser acorralados, bañados y acostados. Los primos tocarán sus instrumentos y, si mamá ha bebido suficiente vino, cantará y nos hará cantar a todos con ella. Brindaremos por el cumpleaños de Massimo y el aniversario de mis padres. Se contarán las viejas historias sobre cómo se conocieron los matrimonios. Cada pareja tiene que contar la suya, y querrán que nosotros también contemos la nuestra. —Anna debió de hacer una mueca, porque él se rio y le apretó la mano—. No te preocupes, yo me ocuparé de eso.

—Oh, estoy segura de que contarás una historia —respondió ella, reprimiendo una sonrisa.

—Luego comeremos y hablaremos un poco más. Antes de la puesta de sol, dentro de unas tres horas, caminaremos hacia esa colina —señaló un punto—, y veremos cómo llega a su fin el día más largo de nuestro año. ¿Qué te parece?

—Bien. ¿Qué vas a decir de cuando nos conocimos?

—Tendrás que esperar y descubrirlo por ti misma.

—Creo que debería preparar un plan de contingencia.

—¿Crees que no bordaré la historia?

—Jack —dijo ella, frotando la cara contra su manga—, en eso te pareces mucho a tus hermanas. Todo tiene que estar bordado, si no, está sin terminar.

La comida no fue tranquila, pero sí más tranquila de lo que Anna había imaginado. Había dos razones: comer exigía atención, y cuando las voces empezaban a subir y las conversaciones a cruzarse, la madre de Jack se ponía medio de pie, con las palmas de las manos sobre la mesa, los brazos estirados, y echaba una mirada a su familia. Entonces volvía a reinar el silencio.

Los niños hacían mucho más ruido en la mesa de al lado, pero no parecía importarle a nadie. La tía Quinlan lo señaló con cierta satisfacción.

—Ojalá Margaret estuviera aquí para ver que los niños bulliciosos y felices pueden llegar a ser adultos razonables. No se necesitan camisas de fuerza ni corsés.

Tenía las mejillas encendidas, lo que podía atribuirse al fuerte vino tinto del que estaba disfrutando, o simplemente a que estaba contenta. Y, lo que era aún más importante, sostenía el tenedor sin ningún indicio de dolor y comía con apetito.

—Te gusta estar aquí —le dijo Anna a su tía—. Te recuerda tu casa.

—Supongo que me recuerda Paradise —respondió ella—. En los aspectos que importan.

—¿Creció en un pueblo llamado Paradise? —Elise parecía intrigada por la idea.

—Sí, hace mucho tiempo y muy lejos de aquí. Casi toda mi gente se ha ido ya. El tiempo es un río, mi niña. No lo olvides nunca. No lo olvidéis ninguno.

Entonces sonrió a Anna, para suavizar el aguijonazo de aquella verdad.

Más tarde, cuando les tocó contar la historia de su primer encuentro, Jack se levantó y puso una mano en el hombro de Anna mientras hablaba.

—Bajé al sótano de la iglesia y allí estaba ella, examinando a un niño pequeño, una criatura, en realidad, que estaba sentada en su regazo agarrada a su chaqueta, como si fuera lo único que le impedía flotar a la deriva hacia aguas más profundas. Y eso es lo que era. Entonces se dio cuenta de que había niños sin vacunar y se enfadó muchísimo, así que se acercó a una monja temible como un dragón (Elise puede dar fe, preguntadle si no me creéis) y la regañó. Se ocupó de esos niños como si fueran suyos y no se echó atrás. Y supe que era ella, la persona que jamás creí que encontraría. Una mujer fuerte, inteligente, hermosa, implacable y segura de su lugar en el mundo.

Su madre sonrió a Anna.

—¿Y qué pensaste cuando viste a nuestro Jack por primera vez?

—Oí su voz antes de verlo y pensé: «Oh, ha venido un sacerdote a ayudar». Y luego, un poco más tarde, cuando lo miré y lo vi sonriéndome, pensé: «Qué pena que sea sacerdote».

ϒ

Cuando la primera señal del crepúsculo se deslizó por el cielo solo una hora después, Anna se sentó con Jack en la colina que daba a toda la granja y los campos de más allá. Estaban solos, aunque no del todo: las tías mayores habían llevado a los niños a la cama, pero los adultos andaban cerca, repartidos por la ladera de dos en dos y de tres en tres. De vez en cuando, les llegaba una voz, zalamera o regañona, cantarina o risueña.

Un aroma terroso y limpio se elevaba del suelo al enfriarse, mezclándose con el humo de la yesca y la leña, el poleo, el gordolobo y la bergamota silvestre que crecían al borde de los prados. Todos los olores se mezclaban en una brisa que subía y bajaba como el mar.

Dejó que sus ojos vagaran por las granjas, los graneros e invernaderos y el colmenar. El río se abría paso entre los campos para desaparecer en un pequeño estanque donde el azul reflejado del cielo fue trocándose en rojos, rosas y naranjas más profundos, todos ribeteados de oro. Colores tan vivos e intensos que Anna imaginó que caían sobre su piel como pétalos de flores.

En un silencio puntuado por el canto del guabairo y el suave zumbido de las abejas, Anna trató de reconstruir la tarde en su cabeza.

—No le he oído hablar ni una sola vez —dijo. Jack lanzó un profundo suspiro que le movió el pelo de la nuca—. Ni una palabra. Aunque las niñas no han dejado de acariciarlo, abrazarlo y susurrarle.

Tonino no se había resistido, pero tampoco había mostrado ninguna respuesta en particular.

—Rosa fue a buscarme. No entiendo por qué no quiere hablar con ellas. No supe qué decir, excepto que debíamos ser pacientes y comprensivos con él.

—Me pregunto si alguna vez sabremos dónde estuvo durante esas semanas.

Jack se encogió de hombros.

—Tal vez. Quizá pueda decírnoslo él mismo, una vez que empiece a confiar en que está a salvo.

Después de la cena, Anna había ido a ver a los niños que dormían en una sola cama grande, con Tonino acurrucado entre sus hermanas. Rosa respiraba con cierto resuello, una niña seria incluso en sueños, sin duda haciendo planes que lo arreglaran todo. Soñaba con un mundo en el que los hermanitos estaban enteros y sin cicatrices, y llenos de historias que fluían como un arroyo sobre las rocas. «El tiempo es un río.»

—Si hubiera venido con los huesos rotos, sabría qué hacer por él. Me siento impotente, pero no puedo dejar que las niñas se den cuenta.

—Ni Tonino —añadió Jack.

—Volverá a nosotros cuando esté listo —dijo, sobre todo a sí misma, y se guardó el siguiente pensamiento lógico: si alguna vez llegaba ese día. Podía estar segura de que Sophie regresaría a casa, pero lo de Tonino era otra historia.

—Haremos todo lo posible por él —respondió Jack.

Ese tendría que ser suficiente consuelo, porque era la verdad.

—Esta es mi época favorita y menos favorita del año. En el límite entre la luz y la oscuridad. La palabra ocaso siempre me ha parecido desafortunada.

Jack frotó la mejilla contra su sien.

—Tiene gracia que digas eso. Cuando era joven, no alcanzaba a entender cómo podía ser que la luz y el color inundaran el mundo después de que desapareciera el sol. Más tarde aprendí la explicación óptica, que el sol cae unos pocos grados por debajo del horizonte, pero, aun así, nunca me pareció suficiente. Es más que la luz y el color, y dura tan poco tiempo. Está aquí ahora mismo, ¿lo sientes?

Sentados a la trémula luz, Anna se acurrucó para sentir el latido del corazón de Jack contra su columna vertebral, separados nada más que por unos centímetros de músculo y hueso. Atrapada en el crepúsculo, suspendida en la hora mágica, se vio a sí misma en un paisaje de años que se extendía hacia un horizonte que nunca se había atrevido a imaginar para sí misma.

Cuando la luz se apagó y surgieron las primeras luciérnagas, dijo:

—Gracias, Jack. Gracias por traerme aquí para ver esto.

La noche era cálida, y, sin embargo, tembló entre sus brazos.

—Es hora de volver.

Anna quiso contestar, pero se le escapó un largo bostezo. Él la ayudó a levantarse riendo y la tomó en brazos.

803

—Jack, puedo caminar.

—Por supuesto que puedes. —Empezó a ir hacia la casa, removiéndole el pelo de la sien con el aliento.

—Está demasiado lejos, Jack.

—Anna Savard. —La miró de frente—. ¿Cuándo dejarás de considerarte una carga?

De repente, fue consciente del latido de su corazón y del olor de su piel, de su fuerza y del tierno peso de su mirada. De la eternidad de las estrellas en el cielo, la luna creciente y el pulso de la tierra. Todo a la vez. Todo en armonía.

—Ahora —dijo, sorprendiéndose sobre todo a sí misma—. Creo que ahora puedo hacerlo.

Agradecimientos

Como siempre, estoy muy agradecida a los amigos y colegas que se molestaron en leer los borradores de esta novela y darme su opinión. Entre ellos se encuentran mi superagente Jill Grinberg; mi editora original, de nuevo en casa, Wendy McCurdy; Cheryl Pientka y Katelyn Detweiler, de Grinberg Literary Management; y Penny Chambers, Jason Kovaks, Frances Howard-Snyder, Patricia Rosenmeyer y Audrey Fraggalosch. Penny escuchó atentamente mientras le leía la novela, palabra por palabra, algunas partes más de una vez. No sé qué haría sin ella.

Los lectores y amigos activos en Facebook y en mi blog fueron decisivos para reunir una lista de frases en una infinidad de dialectos italianos. Gracias a cada uno de vosotros.

Jason Kovaks me rescató de las arenas movedizas de los documentos legales del siglo XIX, mientras que los doctores Carl Heine, Janet Gilsdorf y Margaret Jacobsen respondieron a muchas preguntas sobre asuntos médicos en general.

Cualquier error o mala interpretación son solo mías.

Finalmente, estoy agradecida a mi marido por su apoyo y paciencia en los momentos difíciles, y a mi hija Elisabeth. Que es.

Notas de la autora

Cuanto más cambia algo, más se parece a lo mismo.
JEAN-BAPTISTE ALPHONSE KARR, *Las avispas* (1849)

(o en otras palabras)

El pasado no ha muerto: ni siquiera ha pasado.
WILLIAM FAULKNER, *Réquiem por una monja* (1950)

Dos puntualizaciones:

*P*rimera puntualización: la idea de esta novela surgió de mi abuela paterna, Rosina Russo Lippi, nacida en 1882, la primera de los cuatro hijos de unos inmigrantes italianos empleados en las fábricas de seda de Paterson, en Nueva Jersey. Cuando tenía ocho años, sus padres murieron o desaparecieron; hay indicios poco concluyentes de que veinte años después vivían en Brooklyn con otros seis hijos. El modo en que el primer grupo de niños se separó de sus padres es uno de los muchos misterios que rodean su historia.

Nunca he sido capaz de rastrear dónde estuvieron los cuatro niños mayores de los Russo durante los primeros años que quedaron huérfanos o fueron abandonados o se perdieron. Sé que al único niño lo enviaron al oeste en los trenes de huérfanos y que más tarde murió en la explosión de una fábrica en Kansas. La hermana menor de mi abuela, un bebé, fue adoptada, mientras que a ella y a su hermana May las llevaron al hogar de la madre Cabrini para huérfanos italianos, donde crecieron y vivieron hasta que se casaron, ambas antes de los veinte años.

Mi abuela tuvo diez hijos que sobrevivieron hasta la edad adulta, y murió a los setenta y dos años, en 1955, seis meses antes de mi nacimiento. De acuerdo con la costumbre italiana, me pusieron su nombre en su honor. Este hecho tan mundano es en realidad más complicado de lo que podría parecer. La cuestión es la siguiente: nadie estaba realmente seguro de su nombre.

Se escribe fonéticamente en su registro de bautismo; en los certificados de matrimonio, nacimiento y muerte aparece como Rosa, Rose, Rosie o Rosina, con un apellido igual de variado: Russo, Russ, Ross y Rose. Cada uno de sus hijos relataba una historia diferente sobre su nombre y sus orígenes. La primera semilla de esta novela se plantó cuando mi tía Kate me contó su versión: «Tu abuela se llamaba Rose Rose, y tú te llamas como ella».

Fue investigando la vida de mi abuela cuando empecé a pensar en el Manhattan en la década de 1880 y a imaginar una historia. Esta no es la historia de mi abuela, que aún está por descubrir, sino una de mi propia creación.

Segunda puntualización: para entender de verdad cómo era el Manhattan de 1883 tienes que olvidar el Manhattan que crees conocer. En 1883 no existía Ellis Island, la Estatua de la Libertad, el edificio Flatiron, Times Square ni la Biblioteca Pública de Nueva York, por nombrar algunos puntos de referencia. El transporte se limitaba a andar, a vehículos tirados por caballos o impulsados por vapor, a trenes elevados y al floreciente sistema ferroviario. En 1883, la luz de gas seguía dominando las calles; la luz eléctrica acababa de empezar a sustituir las farolas de gas, y muy pocos edificios habían hecho el cambio. El teléfono estaba en el horizonte, pero en 1883 el telegrama era la única manera de transmitir la información rápidamente de un lugar a otro.

Esta novela fue una empresa de investigación intensa. Algunos datos que podrían resultar útiles para aquellos interesados en la historia o que se dediquen a la comprobación de hechos…

Reconozco que siento debilidad por los mapas, y una debilidad particular por la colección de mapas de David Rumsey (davidrumsey.com), que fue especialmente útil para reconstruir Manhattan tal como era en 1883. Desde entonces, muchas calles han desaparecido o se han transformado, mientras que otras han sido cambiadas de nombre. El mapa de la ciudad se complica aún más porque en un periodo de tiempo relativamente corto el transporte público pasó por múltiples encarnaciones: las líneas de tren elevadas que subían y bajaban, las docenas de ferrocarriles que competían por el espacio y la costumbre, y los primeros de ellos que se soterraron mediante túneles, precursores del sistema de metro. De forma similar, los bienes raíces crecieron con fuerza a medida que la ciudad se desplazaba hacia el norte; los habitantes de Manhattan no dudaron en derribar elaboradas estructuras de menos de cincuenta años de antigüedad si había un beneficio potencial al sustituirlas por otra cosa.

Los que aparecen aquí son los nombres y las ubicaciones originales de los edificios, negocios, instituciones, intersecciones, residencias, rutas y estaciones de tren elevado, restaurantes, escuelas y todo lo demás, en la medida en que fui capaz de documentarlos.

Las excepciones son, en primer lugar, las residencias de los personajes ficticios: las casas de los Quinlan, los Savard, los Maroney y los Campbell, y la floristería, los invernaderos y la granja de los Mezzanotte, porque nunca existieron. Además, debo señalar que me he apropiado de una manzana de Waverly Place justo al este del edificio original que albergaba la Universidad de Nueva York para mis propósitos literarios. En 1883, este bloque era sobre todo de naturaleza mercantil y hogar de comerciantes que se especializaban en todo tipo de ropa.

El Hospital de Caridad New Amsterdam también es ficción, y nunca se ubicó en Manhattan.

Con muy pocas excepciones, los nombres de las personas reales han sido cambiados para permitirme una licencia más interpretativa. Esto es así especialmente cuando faltan los registros históricos. Por ejemplo, el padre John McKinnawae es una versión muy libre del padre John Drumgoole, quien estableció el orfanato Monte Loretto en Staten Island, así como el hogar católico para niños huérfanos en la intersección de Great Jones Street y Lafayette; por el contrario, la directora de la Casa de Huérfanos (conocida como Foundling) era en vida (igual que lo es en la novela) sor Mary Irene, de las Hermanas de la Caridad. La doctora Mary Putnam Jacobi fue una persona real, alguien que merece ser conocido, casada con otro médico, el doctor Abraham Jacobi, a quien algunos consideran el fundador de la medicina pediátrica moderna. Todos los demás médicos son inventados.

La vida y hechos de Anthony Comstock se han extraído de los relatos de los periódicos, tratados y libros contemporáneos y del saber histórico. Sin embargo, se ha cambiado la identidad de las personas a las que persiguió y empujó al suicidio, algo de lo que presumía el Jardinero de Dios (un sobrenombre que se otorgó él mismo).

La Ley Comstock no es ficción. Todos los incidentes mencionados en la historia (como las payasadas de Anthony Comstock dentro y fuera de la sala del tribunal) se basan en los registros históricos, en particular en los relatos de los periódicos.

810

Fui especialmente cuidadosa con los avances de la ciencia médica, porque algunos de los descubrimientos más importantes (la naturaleza de la infección y la importancia de las técnicas de esterilización, por ejemplo) no se aceptaron ni se pusieron en práctica de forma inmediata; todo lo contrario. La historia de la muerte del presidente Garfield no se trata detalladamente en esta novela, pero vale la pena consultarla, aunque solo sea para hacerse una idea de lo despacio que cambiaron algunas cosas. El libro de Candice Millard *Destiny of the Republic: A Tale of Madness, Medicine and the Murder of a President* (2011) es un excelente punto de partida.

Los jóvenes de hoy (por fin soy lo bastante vieja para usar ese cliché) no parecen tener una concepción real de lo mal que estaban las cosas para las mujeres. Y lo que es más importante, no saben que podrían estarlo de nuevo. Los problemas a los que se enfrentaban las mujeres en 1883 no se han exagerado. Sin embargo, hay que tener en cuenta que no pretendo afirmar que todas las mujeres fueran infelices. No era así, pero tampoco era suficiente. Algunas cosas que conviene recordar:

1. Hubo un periodo de varias décadas en el que los médicos varones eran libres de experimentar con nuevos procedimientos, sin importar cuán engañosos fueran los funda-

mentos teóricos, con poca o ninguna supervisión de sus pares ni de la ley.

2. Las mujeres que no se adherían a los ideales de la época y cuyos intereses y comportamientos se consideraban anormales y antinaturales, eran a veces internadas en hospitales y manicomios, y en casos extremos se las sometía a la castración y a la circuncisión femenina. Esto se produjo en parte porque los hombres que regían sus vidas decidieron que los órganos reproductivos femeninos eran la fuente de la locura. Los aspectos de la historia que tocan tales temas se basan en textos médicos y artículos de revistas científicas de la época, así como en investigaciones académicas actuales. Los lectores familiarizados con el periodo de tiempo y el tema se preguntarán por qué no se menciona al doctor J. Marion Sims, quien durante décadas fue considerado el padre de la ginecología moderna hasta que los historiadores lo examinaron más de cerca. Su ausencia en esta historia tiene que ver con su ausencia de Nueva York durante el periodo de tiempo en el que transcurre la novela; no soy ni debo ser tomada por una apologista, ni racionalizaría jamás su violación sistemática de los derechos de las mujeres, libres o esclavas, blancas o negras, a su cargo.

3. Las mujeres estaban empezando a tener acceso a la educación superior. En las grandes ciudades existían colegios médicos para mujeres, aunque tiempo después las admitieron en las instituciones tradicionales. La investigación sobre la historia temprana de las mujeres médicas y cirujanas proviene de una amplia variedad de fuentes, especialmente del trabajo de Regina Markell Morantz-Sanchez sobre Mary Putnam Jacobi y Mary Amanda Dixon. El libro de Susan Wells *Out of the Dead House: Nineteenth-Century Women Physicians and the Writing of Medicine* fue tremendamente útil. Otros autores cuyo trabajo en esta área me pareció inestimable son Arleen Marcia Tuchman, William Leach y Judith Walzer Leavitt. Las fuentes difieren en las cifras, pero en 1883 había unas veinte mujeres afroamericanas licenciadas en Medicina que ejercían en Estados Unidos. En parte, la historia de Sophie se inspira en la vida de esas mujeres indomables.

4. Las actitudes del siglo xix hacia la sexualidad, la reproducción, el control de la natalidad y el aborto son temas enormemente complejos. Resultan muy útiles para guiarse a través de la oscuridad: *City of Eros: New York City, Prostitution, and the Commercialization of Sex, 1790-1920*, de Timothy J. Gilfoyle; *The Moral Property of Women*, de Linda Gordon; *The Horrors of the Half-Known Life: Male Attitudes toward Women and Sexuality in Nineteenth Century America*, de G. J. Barker-Benfield; y *Gay New York: Gender, Urban Culture, and the Making of the Gay Male World, 1890-1940*, de George Chauncey. Son obras cruciales a las que acudí muchas veces.

Los aspectos legales del control de la natalidad y el aborto se basan en la investigación histórica moderna y en libros, artículos de revistas y relatos de periódicos del siglo xix. Especialmente útiles fueron los trabajos académicos de Andrea Tone, Leslie J. Reagan, James C. Mohr y Timothy J. Gilfoyle. El artículo de Andrea Tone «Black Market Birth Control: Contraceptive Entrepreneurship and Criminality in the Gilded Age» (*The Journal of American History*, 87.2:435-59) proporciona una excelente introducción al tema.

Aquí debo aclarar algo: en esos tiempos, aquellos que serían considerados socialmente progresistas según los estándares modernos no eran infalibles. De hecho, algunas de las creencias de las personas racionales y educadas de entonces son claramente chocantes. Por ejemplo, la teoría maltusiana era bastante popular a finales del siglo xix. Según ella, la sociedad se ve amenazada cuando el crecimiento de la población supera la estabilidad económica; por lo tanto, el aumento de la población tiene que ser restringido, si no por enfermedades, hambrunas o guerras, por medio de la represión moral y la intervención. Esto se reduce a una simple fórmula: las clases medias y altas blancas necesitaban reproducirse más, y los inmigrantes pobres, en su mayoría irlandeses, alemanes e italianos en esta época, tenían que reproducirse menos. En algunos sectores, los discapacitados y los que se consideraban impuros también se añadieron a esa lista.

Esta es una caracterización muy simplificada de la teoría de la eugenesia, pero muchos progresistas sociales y liberales de finales del siglo xix, como Theodore Roosevelt, John Maynard Keynes, Woodrow Wilson, Bertrand Russell, Alexander Graham Bell, George Bernard Shaw, Harry Laughlin, H. G. Wells y Margaret Sanger adoptaron posturas similares.

Esta es una de las cosas más difíciles para un escritor de novela histórica: contar una historia basada en hechos que (sin duda alguna) le resultarán desagradables y deprimentes a los lectores modernos. Si lo he conseguido o no, es algo que no me corresponde a mí decidir.

En cuanto a las cuestiones de derecho: la investigación del crimen, la estructura del departamento de policía, el sistema de jueces de instrucción y la realización de juicios y pesquisas se basa en obras contemporáneas sobre el Departamento de Policía de Nueva York, como *Our Police Protectors: History of the New York Police from the Earliest Period to the Present Time*, de A. E. Costello (1885). También se consultaron estudios históricos más recientes, incluidas obras populares de no ficción sobre crímenes de la época, como *The Murder of the Century: The Gilded Age Crime That Scandalized a City and Sparked the Tabloid Wars*, de Paul Collins.

Investigué las circunstancias de los más necesitados (a los que en 1883 se les llamaba indigentes) y de los niños huérfanos o abandonados a través de artículos de periódico, informes anuales publicados por organizaciones benéficas tanto religiosas como seculares e investigaciones académicas contemporáneas.

El quinto volumen de *The Iconography of Manhattan Island, 1498-1909*, una monumental obra en seis volúmenes de Isaac Newton Phelps-Stokes (1915), fue una fuente primaria, junto con otras publicaciones más generales, entre las que se incluyen (sin ningún orden en particular) la segunda edición de la *Encyclopedia of New York City*, de Kenneth T. Jackson; *New York 1880: Architecture and Urbanism in the Gilded Age* (1999), de Robert A. M. Stern, Thomas Mellins y David Fishman; *The Mauve Decade, Part II* (1926), de Thomas Beer; *Lights and Shadows of New York Life* (1872), de James McCabe; *From Sicily to Elizabeth Street: Housing and Social Change Among Italian Immigrants, 1880-1930*, de Donna Gabac-

813

cia; y *Daily Life in the Industrial United States, 1870-1900*, de Julie Husband y Jim O'Loughlin.

Existen varios blogs de historia dirigidos por personas apasionadas por la ciudad y que son generosas con sus conocimientos e investigaciones. Entre los que consulto regularmente destaco: *The Bowery Boys, Abandoned NYC, Daytonian in Manhattan, Ephemeral New York, Forgotten New York, Gothamist,* y *Untapped New York*. Cada día espero con interés lo que estos sitios web tienen que decir.

Estoy escribiendo la continuación de *La edad dorada*. Para obtener más información sobre ambos libros, puedes visitar thegildedhour.com o mi blog literario en saradonati.com.

SARA DONATI

Este libro utiliza el tipo Aldus, que toma su nombre
del vanguardista impresor del Renacimiento
italiano, Aldus Manutius. Hermann Zapf
diseñó el tipo Aldus para la imprenta
Stempel en 1954, como una réplica
más ligera y elegante del
popular tipo
Palatino

La edad dorada

se acabó de imprimir

un día de invierno de 2021,

en los talleres gráficos de Liberdúplex, s. l. u.
Crta. BV-2249, km 7,4. Pol. Ind. Torrentfondo
Sant Llorenç d'Hortons (Barcelona)